5/13 ③

D1211001

LA ADVERTENCIA DE AMBLER

Robert Ludlum

La advertencia
de Ambler

Traducción de Camila Batlles Vinn

Umbriel Editores

Argentina • Chile • Colombia • España
Estados Unidos • México • Uruguay • Venezuela

Título original: *The Ambler Warning*
Editor original: Orion Books, Londres
Traducción: Camila Batlles Vinn

Reservados todos los derechos. Queda rigurosamente prohibida, sin la autorización escrita de los titulares del *copyright*, bajo las sanciones establecidas en las leyes, la reproducción parcial o total de esta obra por cualquier medio o procedimiento, incluidos la reprografía y el tratamiento informático, así como la distribución de ejemplares mediante alquiler o préstamo públicos.

Copyright © 2005 *by* Myn Pyn, LLC
 Published in agreement with the author c/o Baror International, Inc., New York, NY, USA
 All Rights Reserved
© de la traducción 2010 *by* Camila Batlles Vinn
© 2010 *by* Ediciones Urano, S.A.
 Aribau, 142, pral. – 08036 Barcelona
 www.umbrieleditores.com

ISBN: 978-84-89367-81-4
Depósito legal: B. 9.388 - 2010

Fotocomposición: A.P.G. Estudi Gràfic, S.L.
Impreso por Romanyà Valls, S.A. – Verdaguer, 1 – 08786 Capellades (Barcelona)

Impreso en España – *Printed in Spain*

R05022 96767

La relación inmanifiesta es más poderosa que la manifiesta.

HERÁCLITO, 500 A. C.

Primera parte

1

El edificio poseía la invisibilidad de lo corriente. Podía haber sido un espacioso instituto o un centro regional de recaudación de impuestos. La imponente estructura de ladrillo marrón —cuatro plantas alrededor de un patio interior— era como tantos otros edificios construidos en las décadas de 1950 y 1960. A un transeúnte que pasara por allí no le habría llamado la atención.

Pero ningún transeúnte pasaba por allí, por esa isla barrera situada a diez kilómetros de la costa de Virginia. Oficialmente, la isla formaba parte del National Wildlife Refuge System del gobierno norteamericano (o NWRS)*, y cualquiera que hiciera algunas pesquisas habría averiguado que, debido a la extrema fragilidad de su ecosistema, los visitantes tenían prohibido el acceso a la misma. Una parte de sotavento de la isla constituía un hábitat para águilas pescadoras y serretas grandes: aves raptoras y sus presas, ambas especies en peligro de extinción debido al hombre, el mayor depredador. Pero la parte central de la isla estaba ocupada por un recinto de más de seis hectáreas con unos cuidados céspedes y unas pendientes minuciosamente trazadas, donde se hallaba situado el edificio de aspecto vulgar y corriente.

Los barcos que recalaban en Parrish Island tres veces al día ostentaban las siglas NWRS y, de lejos, no se advertía que el personal que era transportado a la isla no tenía pinta de guardabosques. Si una embarcación de pesca averiada trataba de atracar en el muelle de la isla, era interceptada por unos hombres vestidos de caqui con sonrisas afables y ojos duros y fríos. Nadie se acercaba

*Red de Refugios de la Fauna Nacional. (*N. de la T.*)

nunca lo suficiente para ver o preguntarse qué hacían allí las cuatro torres de vigilancia, o la valla electrificada que rodeaba el recinto.

El centro psiquiátrico de Parrish Island, pese a su aspecto anodino, contenía una maraña más espesa que la maleza que lo rodeaba: la de la mente humana. Pocas personas en el gobierno sabían que existía ese centro. Pero la mera lógica había decretado su existencia: un centro psiquiátrico para pacientes que estaban en posesión de un material muy sensible. Un lugar seguro y necesario para tratar a alguien que había perdido el juicio y su mente estaba llena de secretos de Estado. En Parrish Island podían resolver con eficacia los peligros potenciales de seguridad. Todos los empleados eran investigados minuciosamente, poseían unas credenciales impecables y durante las veinticuatro horas funcionaban sistemas de vigilancia de audio y vídeo que reforzaban la protección contra cualquier fallo de seguridad. Para mayor seguridad, el personal clínico de la institución era rotado cada tres meses, minimizando así la posibilidad de que se establecieran relaciones peligrosas entre empleados y pacientes. Los protocolos de seguridad estipulaban incluso que los pacientes fueran identificados por un número, nunca por su nombre.

A veces ingresaban a un paciente que consideraban que presentaba un riesgo muy elevado, bien debido a la naturaleza de su trastorno psíquico o al carácter extremadamente confidencial de lo que sabía. Ese tipo de paciente era aislado de los demás y recluido en un pabellón separado y cerrado a cal y canto. En el ala oeste de la cuarta planta había un paciente que reunía esas características, el número 5312.

Un empleado que hubiera sido rotado recientemente al Pabellón 4O y se encontrara por primera vez con el paciente número 5312 sólo podía estar seguro de lo que saltaba a la vista: que medía aproximadamente un metro ochenta de estatura y aparentaba unos cuarenta años; con el pelo castaño y cortado al rape y unos ojos de un azul diáfano. Si sus miradas se cruzaban, el empleado sería el primero en desviar la vista, pues la intensidad de la mirada del pa ciente era desconcertante, casi físicamente penetrante. El resto de su perfil se hallaba en su historial psiquiátrico. En cuanto a la maraña de su mente, sólo cabía hacer conjeturas.

En alguna parte del Pabellón 4O se producían explosiones, barullo y gritos, pero eran silenciosos, relacionados con los agitados sueños del paciente, los cuales se hacían más vívidos cuando el sueño comenzaba a disiparse. Esos momentos antes de despertarse, cuando el espectador sólo es consciente de lo que ve —un ojo carente de un «yo»— estaban llenos de imágenes que se combaban como una película ante la bombilla recalentada de un proyector. Un mitin político en un día sofocante en Taiwán: miles de ciudadanos congregados en una amplia plaza, refrescados sólo por una brisa ocasional. Un candidato político, abatido cuando pronunciaba un discurso por una detonación pequeña, contenida, mortal. Unos momentos antes, el candidato que se había expresado con elocuencia, con pasión, ahora yacía postrado en la tarima de madera, en un charco de su propia sangre. El político alzó la cabeza, mirando a la multitud por última vez, y sus ojos se posaron en una persona que formaba parte de la muchedumbre: un *chang bizi*, un occidental. La única persona que no gritaba, lloraba ni huía. La única persona que no parecía sorprendida, pues se hallaba en presencia de su obra. El candidato expiró mirando al hombre que había atravesado medio mundo para matarlo. Luego la imagen se combó, centelleó y ardió envuelta en un fogonazo blanco.

Un sonido distante emitido por un orador invisible, una tríada* de poca monta, y Hal Ambler abrió sus ojos legañosos.

¿Había amanecido? En su celda carente de ventanas, Ambler no podía adivinarlo. Pero era «su» mañana. A lo largo de media hora las suaves luces fluorescentes empotradas en el techo fueron

---

*Organización criminal de origen chino. *(N. de la T.)*

adquiriendo más intensidad: un amanecer tecnológico, más luminoso debido a la blancura del entorno. Al menos, comenzaba el simulacro de un día. La celda de Hal medía casi tres metros por tres y medio; el suelo estaba revestido de vinilo blanco y las paredes cubiertas con espuma de poliestireno, un material denso y gomoso que cedía ligeramente al tacto, como el suelo de los cuadriláteros de lucha libre. Al poco rato, la puerta tipo escotilla se abrió, emitiendo un suspiro hidráulico. Ambler conocía esos detalles, y centenares de detalles parecidos. Constituían el eje sobre el que giraba la vida en un centro de máxima seguridad, si es que eso podía llamarse vida. Pasaba por unos períodos de sombría lucidez intercalados con otros en un estado de fuga disociativa. Experimentaba una profunda sensación de que había sido abducido, no sólo su cuerpo, sino su alma.

Durante una carrera de casi dos décadas como agente secreto, a Hal le habían secuestrado en alguna ocasión —en Chechenia y Argelia—, sometiéndole a períodos de confinamiento solitario. Sabía que esas circunstancias no inducían a una profunda reflexión, a un análisis minucioso ni a planteamientos filosóficos. La mente estaba llena de fragmentos de melodías publicitarias, canciones pop con letras recordadas a medias y de una intensa percepción de las pequeñas molestias corporales. Como remolinos, deslizándose a la deriva, pues en última instancia la mente estaba sujeta al singular suplicio del aislamiento. Los que le habían instruido para la vida de un agente secreto habían tratado de prepararlo para esas eventualidades. El reto, insistían, consistía en impedir que la mente se devorara a sí misma, como un estómago que fagocita la membrana que recubre sus paredes.

Pero, en Parrish Island, Ambler no estaba en manos de sus enemigos; era cautivo de su propio gobierno, el mismo a cuyo servicio había dedicado su carrera.

Y no sabía por qué.

El que alguien pudiera estar internado en este lugar no era un misterio para él. Como miembro de uno de los servicios de inteligencia estadounidense conocido como Operaciones Consulares, Hal había oído hablar del centro en Parrish Island. Por lo demás, comprendía el motivo de su existencia; todo el mundo era susceptible de sucumbir a las debilidades de la mente humana, incluso las personas en posesión de secretos celosamente guardados. Pero era peligroso permitir que cualquier psiquiatra tuviera acceso a ese tipo de pacientes. Era una lección que él había aprendido a su pesar durante la Guerra Fría, cuando un psicoanalista berlinés en Alexandria, Virginia, cuya clientela comprendía a varios altos funcionarios del gobierno había sido denunciado como enlace de la tristemente célebre Seguridad del Estado de Alemania Oriental.

Pero nada de ello explicaba por qué motivo Hal Ambler se hallaba ahí desde... ¿Cuánto tiempo hacía? Su adiestramiento hacía hincapié en la importancia de no perder la noción del tiempo cuando estás aislado. Él no lo había conseguido, por lo que sus preguntas sobre la duración de su confinamiento seguían sin respuesta. ¿Habían pasado seis meses, un año, más? Ignoraba muchos factores. Pero sabía que si no se fugaba pronto acabaría enloqueciendo realmente.

La rutina diaria: el ex miembro de Operaciones Consulares no sabía si su observancia podía ser su salvación o su ruina. Silenciosa y eficientemente, realizó su tabla de ejercicios, terminando con cien abdominales apoyado en un solo brazo, alternando el izquierdo y el derecho. Podía bañarse cada dos días; éste no era uno de ellos. Se lavó los dientes ante un pequeño lavabo blanco situado en una esquina de su habitación. Observó que el mango del cepillo de dientes era de un polímero suave con tacto gomoso, no fuera que un trozo de plástico duro pudiera ser afilado hasta convertirlo en un arma. Al oprimir un resorte salía una maquinilla de afeitar eléctrica de un compartimento sobre el lavabo. Podía utilizarla durante exactamente ciento veinte segundos antes de tener que devolver el artilugio dotado de un sensor a su compartimento de seguridad; en caso contrario sonaba una alarma. Cuando terminó, se lavó la cara y se pasó los dedos mojados por el pelo, para alisárselo. No había un espejo; no había ninguna superficie reflectante. Incluso todos los cristales que había en el pabellón estaban tratados con una capa antirreflectante. Sin duda con fines terapéuticos. Hal se puso su «traje de día», la holgada camisa de algodón blanca y el pantalón con cintura elástica que constituía el uniforme de los internos.

Se volvió lentamente al oír que se abría la puerta y percibió el olor a pino del desinfectante que flotaba siempre en el pasillo. Se trataba, como de costumbre, de un hombre corpulento con el pelo cortado a cepillo, vestido con un uniforme de popelín gris claro y un trozo de tela abrochado con unos corchetes sobre la placa con su nombre que lucía en el pecho: otra precaución que el personal tomaba en este pabellón. Sus vocales abiertas indicaban que el hombre era del Medio Oeste, pero su aire de aburrimiento y abulia era contagioso. Ambler apenas le prestó atención.

Más actos rutinarios: el celador sostenía un grueso cinturón de malla de nailon en una mano. «Levante los brazos» fue la orden que le dio con tono hosco al tiempo que se acercaba a Hal y colocaba el cinturón de nailon negro alrededor de su cintura. Éste no podía abandonar su habitación sin ese cinturón especial. Dentro del grueso tejido de nailon había unas pilas de litio; después de colocarle el cinturón, el celador ajustaba dos muescas de metal justo encima del riñón izquierdo del prisionero.

El artilugio —conocido oficialmente como un cinturón REACT, un acrónimo que significaba «Tecnología Activada Electrónicamente por Control Remoto»— era utilizado para el traslado de prisioneros de máxima seguridad; en el Pabellón 4O, era una prenda de uso diario. El cinturón podía ser activado incluso a noventa metros de distancia y lanzaba una carga de cincuenta mil voltios en ocho segundos. La descarga de electricidad era capaz de derribar incluso a un luchador de sumo al suelo, donde sufriría unas convulsiones incontrolables de diez a quince minutos.

Después de asegurar con un cierre automático el cinturón que le había colocado, el celador le condujo por el pasillo de losas blancas para que le administraran su medicación matutina. Hal avanzó despacio, trastabillando, como si chapoteara en el agua. Era un modo de andar que a menudo se debía a los elevados niveles de suero de los medicamentos antipsicóticos, una forma de caminar con el que todos los que trabajaban en el pabellón estaban familiarizados. Sus torpes movimientos contrastaban con la ágil eficiencia con que sus ojos asimilaban todo cuanto le rodeaba. Era uno de los muchos detalles en que el celador no reparó.

Había pocos detalles en los que Hal no reparase.

El edificio había sido construido hacía varias décadas, pero era remozado periódicamente con una tecnología de seguridad puntera: las puertas se abrían mediante tarjetas de acceso con un código encriptado en lugar de llaves, y las puertas principales funcionaban mediante un escáner que examinaba la retina, de modo que sólo podía pasar el personal autorizado. A unos treinta metros de la celda de Ambler, se hallaba la Sala de Evaluación, que tenía una ventana interior de cristal polarizado gris que permitía observar al sujeto que se hallaba en ella, mientras que éste no podía observar al observador. Hal acudía allí para someterse a «evaluaciones psiquiátricas» periódicas, cuyo propósito constituía para el médico que lo atendía un misterio tan insondable como para el recluso. En los últimos meses había sido presa de la desesperación, y no debido a un trastorno psíquico, sino a un cálculo realista de sus probabilidades de salir libre. Durante los tres meses en que los empleados eran rotados, Ambler había intuido que éstos le consideraban un paciente que permanecería recluido en el centro mucho después de que ellos lo hubieran abandonado.

No obstante, hacía unas semanas todo había cambiado para el recluso. No era algo objetivo, material, observable. Pero lo cierto era que había logrado conmover a una persona, lo cual cambiaría su situación. Mejor dicho, esa persona cambiaría su situación. Ya había empezado a hacerlo. Era una joven enfermera psiquiátrica llamada Laurel Holland. La cual estaba de su lado, lisa y llanamente.

Al cabo de unos minutos, el celador llegó con su paciente que andaba con paso cansino a una amplia área semicircular del Pabellón 40 denominada «sala de estar», un término no muy adecuado. Su calificación técnica era más exacta: atrio de observación. En un extremo había unos aparatos de ejercicios rudimentarios y una estantería con una edición de la *World Book Encyclopedia* de hacía quince años. En el otro, estaba el dispensario: un largo mostrador, una ventana corredera con un cristal de tela metálica y un estante, visible a través del mismo, sobre el que había unas botellas de plástico con etiquetas de color pastel. Según había comprobado Ambler, el contenido de esas botellas podía dejar a una persona tan incapacitada como unas esposas de acero. Producían un letargo sin paz, una apatía sin serenidad.

Pero al centro no le preocupaba tanto la paz como la pacificación. Media docena de celadores se habían congregado esta mañana en esa área. Lo cual no era insólito: el término «sala de estar» sólo tenía sentido para los celadores. El pabellón había sido diseñado para media docena de pacientes, pero su población se reducía a uno. Por tanto, el área se había convertido, oficiosamente, en un espacio de descanso y recreo para los celadores que trabajaban en los pabellones más conflictivos. Por lo demás, su tendencia a congregarse ahí incrementaba la seguridad del pabellón.

Cuando Ambler se volvió y saludó con un gesto de la cabeza a un par de celadores que estaban sentados en un banco bajo tapizado con gomaespuma, dejó que un hilo de baba se deslizara lentamente por su barbilla mientras les dirigía una mirada confusa y desenfocada. Se había percatado de la presencia de seis celadores, aparte del psiquiatra de turno y —su bote salvavidas— la enfermera psiquiátrica.

—Es la hora de las golosinas —dijo uno de los celadores; los otros rieron disimuladamente.

Hal se dirigió despacio hacia el dispensario, donde la enfermera de pelo castaño aguardaba con sus píldoras matutinas. Ambos cruzaron una mirada fugaz acompañada por un gesto casi imperceptible de la cabeza.

Ambler había averiguado el nombre de la enfermera por casualidad; ésta se había derramado encima una taza de agua, y al mojarse, el trozo de tela destinado a ocultar la placa de acetato con su nombre se había vuelto transparente. Laurel Holland: las letras aparecieron debajo del trozo de tejido. El paciente había pronunciado su nombre en voz baja; la joven se había mostrado nerviosa, pero no disgustada. En esos instantes se había producido un chispazo entre ellos. Hal había observado su rostro, su actitud, su voz, su talante. Calculó que la enfermera tenía unos treinta años, con unos ojos castaños con motas verdes y un cuerpo ágil y esbelto. Era más inteligente y bonita de lo que ella misma imaginaba.

Las conversaciones entre ellos eran breves susurros, nada que pudiera atraer la atención de los sistemas de vigilancia. Pero a través de sus miradas y tímidas sonrisas lograban comunicar muchas cosas. Según el sistema, Ambler era el paciente número 5312. Pero a esas alturas sabía que para Laurel Holland representaba mucho más que un número.

El ex miembro de Operaciones Consulares había cultivado las simpatías de la enfermera durante las seis últimas semanas sin fingir —antes o después la joven se daría cuenta—, respondiéndole con naturalidad, de una forma que la había inducido a hacer lo propio. La joven había reconocido algo en él: su cordura.

Eso había estimulado en Ambler su confianza en sí mismo, y su voluntad de fugarse.

—No quiero morir en este lugar —había susurrado una mañana a Laurel Holland. La joven no había respondido, pero su gesto de consternación le había indicado todo cuanto necesitaba saber.

—Sus medicinas —había dicho la enfermera con tono jovial a la mañana siguiente, depositando tres píldoras en la palma de la mano del paciente, las cuales parecían ligeramente distintas de los neurolépticos que solían administrarle y le dejaban atontado.

«Tylenol», había dicho Laurel moviendo los labios en silencio. El protocolo clínico exigía que Ambler se tragara las pastillas bajo la mirada vigilante de la enfermera y abriera luego la boca para demostrar que no las había ocultado en algún rincón. Hal ingirió las píldoras y al cabo de una hora comprobó que la enfermera le había dicho la verdad. Se sentía más ágil, física y mentalmente. Al cabo de unos días empezó a sentirse más animado, más optimista, como si empezara a recuperar su auténtica forma de ser. Tenía que esforzarse en dar la impresión de estar medicado, andar arrastrando los pies, como cuando tomaba Compazine, para no despertar las sospechas de los celadores.

La institución psiquiátrica de Parrish Island era un centro de máxima seguridad, perfectamente equipado con tecnología de última generación. Pero no existía ninguna tecnología totalmente inmune al factor humano. En esos momentos, ocultando con su cuerpo sus movimientos a la cámara, la joven introdujo su tarjeta de acceso en la cinturilla elástica del uniforme de algodón blanco de Ambler.

—He oído que esta mañana podría producirse un código doce —musitó Laurel Holland.

El código se refería a una grave emergencia médica, que requería la evacuación de un paciente a un centro médico situado fuera de la isla. La enfermera no le reveló cómo lo había averiguado, pero Hal lo suponía: lo más probable era que un paciente se hubiera quejado de dolores en el pecho, unos síntomas precoces de una grave dolencia cardíaca. Monitorizarían la situación, sabiendo que, si aparecían más síntomas de una repentina arritmia, el paciente tendría que ser trasladado a una unidad de cuidados intensivos en tierra firme. Recordó un código doce que se había producido con anterioridad —un paciente de edad avanzada que había sufrido un derrame cerebral—, y las medidas de seguridad que habían tomado. Pese a su eficacia, constituían una irregularidad: algo que quizás él pudiera aprovechar.

—Esté atento —murmuró Laurel—. Y esté preparado para actuar.

Dos horas más tarde —durante las cuales Hal permaneció en silencio e inmóvil con expresión impasible— sonó un timbrazo electrónico, seguido por una voz electrónica: «Código doce, pabellón dos este». La voz pregrabada era como las que se oyen en los trenes de enlace con los aeropuertos y en el metro, inquietantemente agradable. Los celadores se levantaron de inmediato.

—Debe de ser el anciano del dos E. Es su segundo infarto de miocardio.

La mayoría de celadores se dirigió hacia el pabellón situado en la segunda planta. El timbrazo y el mensaje se repitieron en intervalos frecuentes.

Un anciano víctima de un ataque cardíaco, tal como cabía prever. Ambler sintió una mano sobre su hombro. Era el fornido celador que había entrado en su habitación a primera hora de la mañana.

—Es un trámite rutinario —dijo el celador—. Los pacientes deben regresar a su celda durante los protocolos de emergencia.

—¿Qué ocurre? —preguntó Hal con voz pastosa e inexpresiva.

—Nada que deba preocuparle. En su celda estará seguro. —Traducción: era preciso encerrar a los pacientes—. Acompáñeme.

Varios minutos más tarde, los dos hombres llegaron a la celda de Ambler. El celador sostuvo su tarjeta ante el lector, un artilugio de plástico gris montado a la altura de la cintura junto a la puerta escotilla, y ésta se abrió.

—Entre —dijo el fornido celador del Medio Oeste.

—Necesito que me ayude a... —el recluso dio unos pasos hacia el umbral y luego se volvió hacia el celador, señalando con aire de impotencia el retrete de porcelana.

—Maldita sea —protestó el hombre, dilatando sus fosas nasales en un gesto de repugnancia, y entró en la celda detrás de Ambler.

Sólo tendrás una oportunidad. Nada de errores.

Cuando el celador se le acercó, él se agachó, doblando ligeramente las rodillas, como si fuera a desplomarse en el suelo. De pronto se incorporó, asestando un cabezazo a la mandíbula de aquel tipo, cuyo rostro mostró una expresión de pánico y perplejidad al tiempo que absorbía la tremenda fuerza del impacto: el interno narcotizado y de movimientos torpes se había convertido en una fiera. ¿Qué había ocurrido? Al cabo de unos momentos, el celador cayó al suelo revestido de vinilo y Hal se abalanzó sobre él para registrarle los bolsillos.

Nada de errores. Desde luego no podía permitirse cometer un solo error.

Tomó la tarjeta de acceso y la placa de identidad y se enfundó rápidamente la camisa y el pantalón gris claro del celador. Las prendas le quedaban algo grandes, pero no demasiado. A nadie llamaría la atención verlo vestido así. Se apresuró a arremangarse el pantalón con los bajos hacia dentro, para acortar las perneras. La cinturilla le colgaba sobre el cinturón de electrochoque. Ambler habría dado casi cualquier cosa por despojarse de él, pero era físicamente imposible debido al poco tiempo de que disponía. Lo único que podía hacer era apretarse el cinturón de tejido gris del uniforme y confiar en que la malla negra de nailon del artilugio REACT quedara oculta.

Sosteniendo ante el lector interior la tarjeta de acceso del celador, Ambler abrió la puerta de la celda y asomó la cabeza. En esos momentos el pasillo estaba desierto. Todos los empleados no imprescindibles habían sido enviados al escenario de la urgencia médica.

¿Se cerraría la puerta escotilla de la celda automáticamente? Ambler no podía cometer ningún desliz. Tras salir al pasillo, sostuvo la tarjeta de acceso frente al lector exterior. Después de un par de clics, la puerta se cerró.

Avanzó a la carrera hacia la amplia puerta situada al fondo del pasillo. Una de las puertas de Electrolatch con cuatro puntos de anclaje. Lógicamente, estaba cerrada. Hal utilizó entonces la misma tarjeta de acceso que acababa de usar y oyó unos clics mientras el motor de cierre giraba. Luego nada. La puerta seguía cerrada.

Los celadores no estaban autorizados a acceder a ese pasillo.

El recluso dedujo el motivo por el que Laurel Holland le había dado su tarjeta de acceso: la puerta seguramente daba al mismo pasillo a través del cual abastecían el dispensario.

Probó con la tarjeta de acceso de la enfermera.

Esta vez la puerta se abrió.

Ambler se encontró en un estrecho pasillo de servicio, tenuemente iluminado por unas luces fluorescentes de pocos vatios. Al volverse hacia la derecha vio en el otro extremo del corredor un carrito con ruedas con ropa de cama y toallas, y se encaminó sigilosamente hacia él. Era evidente que los conserjes no habían pasado aún por esa zona. En el suelo había colillas de cigarrillos y envoltorios de celofán. De pronto tropezó con algo plano de metal: una lata vacía de Red Bull que alguien había pisoteado. Dejándose llevar por una vaga intuición, Ambler se la guardó en el bolsillo trasero.

¿De cuánto tiempo disponía? Más concretamente, ¿cuánto tardarían en percatarse de la desaparición del celador? Dentro de unos minutos, el código doce concluiría y enviarían a alguien a sacar al prisionero de su celda. Tenía que abandonar el edificio cuanto antes.

Las yemas de sus dedos rozaron algo que sobresalía de la pared. Lo había encontrado: era la tapa metálica del conducto de la ropa sucia. Hal se introdujo en él, sujetándose al saliente de entrada con ambas manos y tentando a su alrededor con las piernas. Le preocupaba que el conducto fuera demasiado pequeño; lo cierto es que era demasiado grande, y no había una escalera lateral auxiliar, como confiaba que hubiera. El conducto estaba revestido de acero laminado. Para no precipitarse por él, tenía que sujetarse apoyando las manos y los pies, calzados en unas deportivas, en los costados del conducto.

Descendió lentamente, moviendo los brazos y las piernas de forma extenuante; el esfuerzo muscular que ello representaba era tremendo y, al cabo de unos minutos, muy doloroso. Detenerse a descansar no era una opción; tenía que mover los músculos continuamente, de lo contrario se precipitaría por la empinada pendiente.

Parecía como si hubieran pasado horas cuando Hal logró llegar al fondo del conducto, aunque sabía que tan sólo habían transcurrido un par de minutos. Se abrió camino a través de dos bolsas de ropa sucia al tiempo que sus músculos se contraían en espasmos de dolor, y por poco vomitó al percibir el olor a sudor y excrementos humanos. Tenía la sensación de salir de una sepultura, arañando, retorciéndose, abriéndose paso a la fuerza a través de una sustancia resistente. Cada fibra de su musculatura reclamaba reposo, pero no tenía tiempo para eso.

Por fin aterrizó en un suelo duro de cemento. Se hallaba..., ¿dónde? En un sótano sofocante, de techo bajo, en el que se oía el ruido de unas lavadoras. Ambler volvió la cabeza. Al final de una larga hilera de lavadoras industriales esmaltadas de blanco, vio a dos empleados cargando una de las máquinas.

Hal se levantó y atravesó el pasillo donde estaban alineadas las lavadoras, tratando de controlar el temblor de sus músculos. Si le veían, tenía que caminar con paso seguro. Tras alejarse de donde se hallaban los empleados de la lavandería, se detuvo junto a una hilera de carritos de lona para la ropa sucia y trató de ubicarse.

Sabía que las evacuaciones médicas se llevaban a cabo en una lancha rápida muy veloz que no tardaría en atracar en el muelle, suponiendo que no hubiera llegado ya a su destino. En esos momentos el anciano que había sido víctima del ataque cardíaco estaba siendo colocado sobre una camilla. Para que sus planes tuvieran alguna probabilidad de éxito, no podía perder un minuto.

Tenía que escapar en esa lancha.

Lo que significaba que tenía que alcanzar el embarcadero. *No quiero morir en este lugar*. Al decirlo no había tratado sólo de conmover a Laurel Holland. Había dicho la verdad, quizá la verdad más apremiante que conocía.

—¡Eh! —dijo una voz—. ¿Qué coño haces aquí?

En la pregunta se reflejaba el tono autoritario de un mando medio del centro, un supervisor cuya vida consistía en soportar la mierda de sus jefes y arrojarla sobre quienes mandaba.

Ambler esbozó una sonrisa forzada y afable mientras se volvía hacia un hombre bajo y calvo con un cutis semejante a un queso gruyère y unos ojos que parecían girar como una cámara de seguridad.

—Tranquilo, tío —respondió Hal—. Te juro que no estaba fumando.

—¿Te crees muy gracioso? —El supervisor se acercó a él, observando la placa sobre su camisa—. ¿Qué tal se te da el español? Porque puedo hacer que te trasladen a mantenimiento... —El tipo se detuvo de repente, al observar que la foto de la cara en la placa de identidad no correspondía al hombre que lucía el uniforme—. ¡Hostia!

A continuación hizo algo muy curioso: se alejó unos seis metros y sacó un artilugio de su cinturón. Era el radiotransmisor que activaba el cinturón de seguridad.

¡No! Ambler no podía dejar que se saliera con la suya. Si el cinturón de electrochoque se activaba, caería al suelo bajo el impacto de un tsunami de dolor, sacudido por violentas convulsiones. Todos sus planes se irían al traste. Moriría en ese lugar. Un cautivo anónimo, el peón de unas fuerzas que jamás llegaría a esclarecer. Sin pensárselo dos veces, se llevó las manos a la lata de refresco aplastada que tenía en el bolsillo trasero, su mente subconsciente adelantándose una fracción de segundo a su mente consciente.

Era imposible quitarse el cinturón de electrochoque. Pero podía deslizar el metal aplastado debajo del cinturón, y eso fue lo que hizo, oprimiéndolo con todas sus fuerzas contra su cuerpo, sin apenas percatarse del desgarro que le produjo en la piel. Los dos contactos metálicos del cinturón de electrochoque reposaban sobre el metal conductivo.

—Bienvenido al mundo del dolor —dijo el supervisor con tono neutro mientras pulsaba el activador del cinturón de electrochoque.

Ambler oyó un zumbido ronco procedente de la parte posterior del cinturón. Ya no era su cuerpo, sino la lata de metal aplastada, la vía de menor resistencia entre las muescas del cinturón de electrochoque. Percibió un leve olor a humo y el zumbido cesó.

El cinturón había sido cortocircuitado.

Se abalanzó sobre el supervisor, reduciéndolo rápidamente y derribándolo al suelo. El tipo se golpeó la cabeza contra el cemento y lanzó un gemido ronco, como si hubiera sufrido una conmoción cerebral. El recluso recordó una de las cosas en que insistía siempre uno de sus jefes de Operaciones Consulares: que la mala suerte no es más que la otra cara de la buena suerte. *Cada contratiempo ofrece una oportunidad.* No tenía un sentido lógico, pero en muchas ocasiones a Ambler le parecía que tenía un sentido intuitivo. Al mirar las iniciales debajo del nombre del supervisor, comprobó que estaba encargado del control del inventario. Lo cual significaba supervisar todos los objetos que entraban y salían del edificio, lo que a su vez significaba una utilización continua de las entradas de servicio. Los puntos de salida del edificio eran mucho más complicados que las puertas internas, pues requerían la firma biométrica del personal autorizado. Como el hombre que yacía desmadejado a los pies de Ambler. Sustituyó la placa de identidad del celador que llevaba por la del supervisor. Pese a estar inconsciente, ese tipo le ayudaría a salir del edificio.

La puerta de acero situada en la salida de servicio oeste ostentaba un letrero blanco y rojo que indicaba claramente: «EL USO DE ESTA ENTRADA POR PERSONAL NO AUTORIZADO ESTÁ ESTRICTAMENTE PROHIBIDO. SONARÁ UNA ALARMA». No había una cerradura o un lector de tarjetas junto a la barra de la puerta. En lugar de ello, había algo mucho más complejo: un dispositivo eficientemente instalado cuyo simple interfaz consistía en un rectángulo de cristal horizontal y un botón. Era un escáner para examinar la retina, y prácticamente infalible. Los capilares que emergen del nervio óptico y que se extienden a través de la retina tienen una configuración singular en cada persona. A diferencia de los lectores de huellas dactilares, que funcionan sólo con sesenta índices de semejanza, los escáneres retinianos comportan varios centenares. Por consiguiente, los dispositivos para examinar la retina poseen un índice de fallo equivalente a cero.

Pero esto no significa que sean infalibles. *Saluda a tu personal autorizado*, pensó Ambler mientras introducía los brazos debajo de los del supervisor inconsciente, alzándolo para colocarlo ante el escáner y abriéndole los ojos con los dedos. Al pulsar el botón con su codo izquierdo se encendieron dos luces rojas a través del cristal del escáner. Después de varios segundos, se oyó el sonido de un motor que giraba al otro lado de la puerta de acero y ésta se abrió. Hal dejó caer al hombre al suelo, franqueó la puerta y subió unos escalones de hormigón.

Se encontraba en la zona de descarga del lado oeste del edificio, respirando aire puro por primera vez en mucho tiempo. Hacía un día nublado: frío, húmedo y desapacible. Pero estaba fuera. Ambler sintió que le invadía una breve sensación de vértigo, de mareo, eclipsada por una intensa sensación de ansiedad. Corría mayor peligro que nunca. Laurel Holland le había informado sobre la valla electrificada que rodeaba el perímetro. La única forma de salir era que un guardia le escoltara fuera, o ser uno de los guardias.

Hal oyó el sonido distante de una lancha rápida y luego, más cerca, el de otro motor. Un vehículo eléctrico, como un cochecito de golf pero más grande, se dirigió hacia el lado sur del edificio. Al cabo de unos instantes sacaron una camilla con ruedas, que acercaron a la parte posterior del vehículo. El coche eléctrico transportaría al paciente hasta la lancha.

Ambler respiró hondo, rodeó el edificio, se acercó corriendo al vehículo y dio un golpe con los nudillos en el lado del conductor. Éste le observó con recelo.

Estás tranquilo; estás aburrido. No haces más que cumplir con tu trabajo.

—Me han dicho que permanezca junto al paciente que ha sufrido el ataque cardíaco hasta que llegue al centro médico —dijo montándose en el vehículo. Lo que significaba: *Esta tarea me gusta tan poco como a ti*—. A los novatos nos dan los trabajos de mierda —prosiguió Ambler. El tono era ligeramente quejumbroso, el mensaje de disculpa. Cruzó los brazos, ocultando la placa y la foto de identidad que no eran suyas—. Este lugar es como todos los sitios en los que he trabajado.

—¿Estás en el equipo de Barlowe? —preguntó el conductor con tono brusco.

—¿Barlowe?

—¿Lo conoces?

—Es un gilipollas.

—Lo conoces —repitió Hal.

Al llegar al muelle, los hombres que estaban a bordo de la lancha rápida —el piloto, un técnico sanitario y un guardia armado— protestaron cuando les informaron de que un empleado del centro psiquiátrico acompañaría al cadáver. ¿Acaso no se fiaban de que cumplieran su trabajo como era debido? ¿Era ése el mensaje? Además, como señaló el técnico sanitario, el paciente ya estaba muerto. Iban a trasladarlo al depósito de cadáveres. Pero la combinación de la indiferencia de Ambler y la apatía del conductor les tranquilizó, y no era cosa de entretenerse con el tiempecito que hacía. Cada miembro de la tripulación cogió un extremo de la camilla de aluminio, tiritando ligeramente embutidos en sus cazadoras azul marino mientras transportaban el cadáver a un camarote situado debajo de cubierta, en la popa de la embarcación.

El Culver Ultra Jet de doce metros de eslora era más pequeño que los barcos que transportaban al personal del centro psiquiátrico de la isla a tierra firme y a la inversa. Pero era más veloz. Dotado de dos motores de propulsión de quinientos caballos, podía cubrir la distancia hasta el centro médico en la costa en diez minutos, más rápidamente de lo que tardarían en pedir que les enviaran un helicóptero de la base aérea de Langley o de la base naval, que éste aterrizara y cargaran el cadáver en él. Ambler permaneció junto al piloto; el barco era un modelo militar moderno y quería familiarizarse con el panel de control. Observó cómo el piloto ajustaba las toberas de popa y proa, tras lo cual partieron a todo gas. La lancha, con la quilla alzada, surcaba las aguas a más de treinta y cinco nudos.

Tardarían diez minutos en alcanzar la costa. ¿Lograría Ambler engañarlos hasta entonces? No era difícil ensuciar con un poco de barro la foto de su placa de identidad, y sabía que la gente se fiaba más del tono de la voz, del talante, que de los documentos. Al cabo de unos minutos fue a sentarse junto al técnico sanitario y el guardia en un banco de popa.

El técnico sanitario —un joven que rondaba los treinta años, con las mejillas rubicundas y el pelo negro y rizado— parecía sentirse aún ofendido por la presencia de Ambler. Al cabo de un rato se volvió y le dijo:

—No nos dijeron nada de que un empleado acompañaría al cadáver. A fin de cuentas, ese tipo está muerto. —El técnico sanitario, que hablaba con acento sureño, parecía aburrido e irritado, probablemente cabreado porque le habían enviado a recoger a un paciente que ya estaba muerto.

—¿Ah, sí? —Ambler reprimió un bostezo, o fingió hacerlo. *Joder, qué pelmazo es el tío.*

—Desde luego. Yo mismo lo comprobé. Así que no creo que vaya a escaparse.

Hal recordó el aire autoritario del individuo al que había arrebatado la placa. Ése era el tono que debía adoptar.

—Hasta que reciban un certificado oficial, lo que tú digas les tiene sin cuidado. En Parrish no hay nadie autorizado para certificar que el paciente está muerto. De modo que hay que atenerse a las reglas.

—Eso es una chorrada.

—Deja de darle la tabarra, Olson —intervino el guardia. No por solidaridad, sino por llevarle la contraria. Pero eso no era todo. Ambler intuyó que los dos hombres no se conocían bien y no se sentían a gusto en su mutua compañía. Probablemente se trataba del típico problema de quién tenía más autoridad; el técnico sanitario quería demostrar que quien mandaba era él, pero el guardia era quien portaba el arma reglamentaria.

Hal lo miró con expresión afable. Era un individuo fornido, de veintitantos años, con un corte de pelo producto de un barbero militar. Parecía un ex Ranger del ejército estadounidense*. Su pistola HK P7, que llevaba enfundada en la cadera, compacta y letal, era un arma muy apreciada entre los Rangers. Era el único hombre armado a bordo del barco, pero Ambler intuyó que no era un incompetente.

—Como tú digas —respondió el técnico sanitario al cabo de unos momentos. Pero no lo hizo para obedecer al guardia, sino insinuando: «¿Cuál es tu problema?»

Cuando los tres guardaron de nuevo un tenso silencio, Hal sintió una leve sensación de alivio.

La lancha se había alejado unas pocas millas de Parrish Island cuando el piloto, que llevaba puestos unos auriculares, hizo una indicación para atraer la atención de los otros y oprimió una palanca que hizo que la radio sonara a través del altavoz de la cabina.

—Esto es un cinco-cero-cinco desde Parrish Island. —La voz del que transmitía el mensaje tenía un tono apremiante—. Tenemos una emergencia. Se ha fugado un interno. Repito: se ha fugado un interno.

---

*Tropas de élite del ejército norteamericano que lleva a cabo operaciones especiales. *(N. de la T.)*

Ambler sintió una opresión en la boca de estómago. Tenía que actuar, tenía que aprovechar esa crisis.

—Hostia —exclamó levantándose de un salto.

La voz del empleado del centro psiquiátrico sonó de nuevo a través del altavoz.

—Crucero doce-seis-cuarenta y siete-M, es posible que el interno se haya ocultado en su barco. Haga el favor de confirmarlo o desmentirlo de inmediato. Permanezco a la escucha.

El guardia dirigió a Hal una mirada de pocos amigos; empezaba a formarse un pensamiento en su mente y Ambler tenía que anticiparse a él.

—Joder —dijo—. Supongo que ahora comprendéis por qué estoy aquí. —Una brevísima pausa—. ¿Creéis que es por capricho que insisten en colocar a unos agentes de seguridad en todos los vehículos que parten de la isla? Hace veinticuatro horas que venimos oyendo rumores de un intento de fuga.

—Podrías habérnoslo dicho —comentó el guardia malhumorado.

—No es el tipo de rumores que el centro desea propagar —contestó Hal—. Iré a echar un vistazo al cadáver ahora mismo. —Se dirigió hacia el camarote situado debajo de cubierta, en la popa del barco. En su interior, a la izquierda, había un estrecho armario de herramientas, empotrado en la zona de carga. En el suelo había unos cuantos trapos grasientos. Sobre una plataforma de chapa estriada de acero, el cadáver seguía atado a la camilla con unas tiras de velcro; presentaba un aspecto hinchado, pesaba unos ciento diez kilos y la palidez cenicienta de la muerte era inconfundible.

¿Y ahora qué?, se preguntó Ambler. Tenía que actuar con rapidez, antes de que los otros decidieran bajar.

Al cabo de veinte segundos, regresó apresuradamente a la cabina.

—¡Eh, tú! —dijo con tono acusador apuntando con el índice al técnico sanitario—. Dijiste que el paciente estaba muerto. Es mentira. Acabo de palparle el cuello y el pulso y le late al igual que a ti y a mí.

—No sabes lo que dices —replicó el hombre indignado—. Ahí abajo hay un cadáver.

Ambler seguía resollando.

—¿Un cadáver con el pulso a setenta? No lo creo.

El guardia de seguridad se volvió. Hal intuyó lo que estaba pensando. *Ese tipo parece saber de lo que está hablando.* Contaba con una ventaja momentánea; tenía que aprovecharla.

—¿Eres cómplice de esto? —preguntó Hal dirigiendo al técnico sanitario una mirada acusadora—. ¡Venga, confiesa!

—¿A qué coño te refieres? —le increpó el otro al tiempo que la rojez de sus mejillas se acentuaba. La forma en que el guardia le observaba le enfureció aún más, haciéndole reaccionar a la defensiva, de forma vacilante. Se volvió hacia el guardia—. Becker, no puedes tomarte en serio a ese tipo. Sé cómo tomarle el pulso a una persona, y lo que está tendido en esa camilla es un fiambre.

—Vale, demuéstranoslo —dijo Ambler secamente, conduciéndolos hacia el camarote. Lo dijo con un tono tajante, trazando implícitamente una línea entre el hombre al que acusaba y los demás. Tenía que ponerlos nerviosos a todos, fomentar la disensión y la sospecha. De lo contrario, la sospecha recaería sobre él.

Hal se volvió y vio que el guardia seguía a su compañero empuñando la pistola. Los tres hombres se dirigieron al camarote. El técnico sanitario abrió la puerta y exclamó estupefacto:

—Pero ¿qué coño...?

Los otros dos se asomaron al camarote. La camilla estaba volcada, las tiras de velcro arrancadas. El cuerpo había desaparecido.

—¡Eres un asqueroso embustero! —estalló Ambler.

—No comprendo —balbució el técnico sanitario.

—Pues nosotros sí —replicó Hal con tono gélido.

El sutil poder de la sintaxis: cuanto más utilizara la primera persona del plural, mayor sería su autoridad. Miró el armario de herramientas, confiando en que nadie reparara en que el cerrojo estaba a punto de ceder debido a la presión del cadáver contra la puerta desde el interior.

—¿Pretendes decirme que un cadáver ha salido de aquí andando? —preguntó el guardia con el corte al cero volviéndose hacia el sureño de pelo rizado y empuñando su pistola con firmeza.

—Probablemente se cayó por la borda —dijo Ambler con tono socarrón. *Insiste en tu escenario; evita que piensen en otros escenarios alternativos*—. No podríamos oírlo y, con esta niebla, es imposible que lo viéramos. Desde aquí, hay unas tres millas hasta la costa, lo cual no representa un esfuerzo excesivo para un buen nadador. Es lo que suelen hacer los cadáveres, ¿no?

—Esto es absurdo —protestó el técnico sanitario—. ¡No tengo nada que ver con esto! Debéis creerme. —La negación era automática, pero no hizo sino confirmar el elemento crucial de la afirmación: que el hombre sobre la camilla era el fugitivo.

—Ahora sabemos por qué le cabreó tanto que me enviaran para vigilarlo —dijo Hal al guardia, lo suficientemente alto como para hacerse oír a través del ruido de los motores—. Más vale que avises de esto cuanto antes. Yo vigilaré al sospechoso.

El guardia parecía confundido; Ambler observó los impulsos contrapuestos que dejaba entrever su rostro. Se inclinó hacia él y le susurró al oído:

—Sé que no tienes nada que ver en el asunto. Mi informe lo dejará muy claro. De modo que no tienes nada de qué preocuparte.

El mensaje transmitido no se contenía en las palabras. Hal era consciente de que no se refería a la preocupación del guardia. A éste no se le había ocurrido que alguien sospechara que estuviera implicado en una fuga de un centro de máxima seguridad. Pero al asegurarle que no lo involucraría en el asunto —y al referirse a su «informe»—, Ambler establecía sutilmente su autoridad: el hombre vestido con un uniforme de color gris pálido representaba ahora la autoridad oficial, los trámites que había que seguir, la disciplina de mando.

—Entendido —respondió el guardia, volviéndose hacia él mientras trataba de tranquilizarse.

—Dame tu pistola, que yo vigilaré a este payaso —dijo Hal con tono neutro—. Pero debes informar inmediatamente de lo ocurrido por radio.

—De acuerdo —contestó el guardia. Ambler observó que aún se sentía un tanto inquieto, por más que los hechos —desconcertantes e inauditos— le forzaran a abandonar su natural cautela. Antes de entregar su Heckler & Koch P7 cargada al hombre que lucía un uniforme gris, el guardia dudó unos instantes.

Pero sólo unos instantes.

2

Incluso después de casi tres décadas de servicio, Clayton Caston seguía gozando de los pequeños detalles del complejo de la CIA, como la escultura exterior conocida como *Kryptos*, una pantalla de cobre en forma de ese perforada con unas letras, el resultado de una colaboración entre un escultor y un criptógrafo de la agencia. O el bajorrelieve de Allen Dulles en el muro norte, debajo del cual había grabadas unas elocuentes palabras: «Su monumento nos rodea». Sin embargo, no todos los cambios más recientes resultaban tan gratificantes. La entrada principal de la agencia constituía el vestíbulo de lo que actualmente era el edificio del Cuartel General Original, que había pasado a ser «original» cuando el edificio del Nuevo Cuartel General había sido terminado en 1991, y de acuerdo con la nomenclatura ya no existía ningún edificio llamado simplemente del Cuartel General. Uno tenía que elegir entre el Original y el Nuevo, una colección de torres de oficinas de seis plantas construidas en una ladera junto al edificio del Cuartel General Original, o CGO. Para acceder a la entrada principal del edificio del Nuevo Cuartel General, o NCG, uno tenía que subir a la cuarta planta. Todo era muy poco ortodoxo, lo cual, a juicio de Caston, nunca era recomendable.

El despacho de Caston se hallaba, como es lógico, en el CGO, pero no cerca de sus muros exteriores dotados de luminosos ventanales. De hecho, estaba un tanto oculto, el tipo de espacio interior carente de ventanas que solía albergar copiadoras y material de oficina. Era un lugar conveniente si uno no quería que le importunasen, pero pocos lo interpretaban así. Incluso los veteranos de la agencia tendían a suponer que Caston había sido víctima de un exilio interno. Al mirarlo veían a una mediocridad que seguramente nunca había hecho nada importante, un empleado cincuentón que se dedicaba al papeleo burocrático mientras contaba los días que le faltaban para jubilarse con una pensión.

Cualquiera que le hubiera visto sentarse a su mesa esta mañana, con los ojos fijos en el reloj que había sobre ella, los bolígrafos y lápices dispuestos sobre su secante como cubiertos sobre un tapete, se habría reafirmado en sus suposiciones. El reloj indicaba las ocho y cincuenta y cuatro minutos: seis minutos antes de que comenzara la jornada laboral propiamente dicha, según Caston. Sacó un ejemplar del *Financial Times* y lo abrió por la página del crucigrama. Miró el reloj sobre su mesa. Cinco minutos. Caston se puso manos a la obra. Uno horizontal. «Lo que queda en la fachada después de que me reduzcan. Un obstáculo.» Uno vertical. «Una contrariedad: suena como alguien que va al lavabo.» Cuatro horizontal. «Breve coyuntura que te asciende sin una subida.» Dos vertical. «Capital de Gran Bretaña. La auténtica.» En silencio, Caston rellenó las casillas con un bolígrafo, sin apenas detenerse más de un par de segundos. «Impedimento*.» «Inconveniencia.» «Brevet**.» «Libra.»

Ya había terminado. El reloj indicaba las ocho y cincuenta y nueve minutos. Caston oyó abrirse la puerta: era su asistente, que llegaba justo a tiempo, resollando por haber atravesado el pasillo a la carrera. Recientemente habían hablado sobre el tema de la puntualidad. Adrian Choi abrió la boca como para disculparse, pero luego miró su reloj y se sentó en silencio delante de su mesa, más pequeña y más baja que la de Caston. Sus ojos almendrados mos-

---

* Se trata de un juego de palabras, ya que la voz inglesa *pediment* significa «frontón». *(N. de la T.)*

** Orden que autoriza a un oficial a obtener temporalmente un rango más elevado, pero por lo general sin un aumento de paga correspondiente. *(N. de la T.)*

traban una expresión somnolienta, y su espeso pelo negro estaba húmedo del agua de la ducha. Adrian Choi tenía veintiún años, lucía un discreto *piercing* debajo del labio inferior y su apariencia rozaba los límites de lo aceptable.

A las nueve de la mañana en punto, Caston arrojó el *Financial Times* a la papelera y activó su lista de correos electrónicos protegida. Varios correos electrónicos eran notificaciones de la agencia a nivel general que apenas le interesaban: un nuevo programa de Wellness para ponerte en forma, una pequeña enmienda a la póliza dental, una dirección de la Intranet a través de la cual los empleados podían comprobar la situación de sus planes de ahorro, los cuales les permitían ahorrar para su jubilación e invertir parte de sus ahorros. Uno de los correos era de un empleado de una oficina de Hacienda en San Luis quien, aunque extrañado por la solicitud del Departamento de Evaluación Interna de la CIA, no tenía inconveniente en suministrarles los pormenores de las inversiones bursátiles durante los siete últimos años de una empresa de la industria ligera. Otro era de una pequeña compañía que cotizaba en la bolsa de Toronto y contenía la lista que Caston había solicitado de las actividades comerciales llevadas a cabo, durante los seis últimos meses, por los miembros del consejo de administración. El interventor no entendía por qué Caston le había pedido la fecha y la hora de cada transacción, pero había satisfecho su solicitud.

Caston comprendía que sus actividades les pareciesen aburridas a la mayoría de sus colegas. Los ex deportistas y universitarios que realizaban trabajos de campo, o que aún no los realizaban pero esperaban hacerlo, le trataban con afable condescendencia. Su lema era «Si quieres estar informado, tienes que estar en el ajo». Caston nunca iba a ninguna parte, pero no suscribía ese dogma. A menudo, bastaba con que uno revisara un puñado de hojas de cálculo para averiguar cuanto deseaba saber sin tener que abandonar su mesa de despacho.

Pero muy pocos de sus colegas sabían en realidad lo que hacía

Caston. ¿No era uno de los tipos que auditaba las cuentas de los viajes y gastos de representación de la gente? ¿O se dedicaba a supervisar las solicitudes de papel y cartuchos de tinta? (Sin duda no quería que nadie metiera las narices en los libros de cuentas del *back office**.) En cualquier caso, era un trabajo ligeramente superior al del personal de vigilancia en cuanto a prestigio. No obstante, algunos de sus colegas le trataban con respeto, incluso con cierta reverencia. Solían ser los miembros del círculo interno del director de la CIA, o el escalafón superior de los directores de la contrainteligencia. Sabían cómo había sido realmente capturado Aldrich Ames en 1994. Y sabían que una leve pero persistente discrepancia en los ingresos y gastos declarados era el hilo que había permitido poner al descubierto a Gordon Blaine y desentrañar una gigantesca maraña de intriga. Conocían docenas de otras victorias, algunas de una magnitud comparable, que jamás serían del dominio público.

Una mezcla de cualidades y habilidades era lo que permitía a Caston obtener resultados cuando toda la agencia fallaba. Sin abandonar su despacho, profundizaba en el complejo laberinto de la venalidad humana. El ámbito de las emociones no le interesaba. Como todo contable que se precie, lo que le preocupaba eran las columnas de dígitos que no cuadraban. Un viaje que había sido reservado, pero no se había llevado a cabo; una factura de un medio de transporte que no encajaba con el itinerario indicado; una compra con tarjeta de crédito de un segundo móvil que no había sido declarado: el mentiroso era propenso a cometer miles de errores, y bastaba con uno. Pero quienes no estaban dispuestos a enfrentarse a la tediosa tarea de cotejar datos —verificar que uno horizontal coincidía con uno vertical— jamás los detectarían.

Adrian, cuyo pelo había empezado a secarse, se acercó a su

---

* *Back office* (trastienda de la oficina) es el área de las empresas donde se llevan a cabo las tareas destinadas a gestionar la propia empresa. *(N. de la T.)*

mesa sosteniendo varios memorandos al tiempo que explicaba animadamente lo que había examinado y descartado. Caston le miró, tomando nota del tatuaje que el joven lucía en el antebrazo y el fugaz atisbo de un *piercing* que llevaba en la lengua, lo cual no habría sido permitido cuando él había empezado a trabajar en la agencia, pero sin duda ésta tenía que cambiar con los tiempos.

—Envíe los formularios trimestrales ciento sesenta y seis para que sean tramitados —dijo Caston.

—Fenomenal —respondió Adrian.

El joven empleaba a menudo la expresión «fenomenal», que a Caston le sonaba de la década de 1950, pero por lo visto había adquirido renovado vigor. Significaba, según dedujo, algo así como «He oído lo que ha dicho y me lo tomaré muy en serio». Quizá significara menos; desde luego no significaba más.

—En cuanto a los mensajes recibidos esta mañana, ¿algo fuera de lo corriente? ¿Algo... irregular?

—Un mensaje de voz de Caleb Norris, asistente del director adjunto de Inteligencia. —La voz de Adrian denotaba un deje californiano, la entonación inquisitiva con que los jóvenes adornaban a menudo sus afirmaciones.

—¿Me lo dice o me lo pregunta?

—Lo siento. Se lo digo. —Adrian se detuvo—. Me da la sensación de que es urgente.

Caston se repantigó en su silla.

—¿Le da la sensación?

—Sí, señor.

Observó al joven, como un entomólogo escudriñando a un cinípodo.

—Y... ha decidido compartir sus sensaciones conmigo. Muy interesante. Veamos, ¿soy acaso un miembro de su familia, su padre o su hermano? ¿Somos amigos? ¿Soy su esposa o su novia?

—Pues...

—¿No? Bien, en tal caso..., le propongo un trato. Le propongo que no me cuente lo que siente. Sólo me importa lo que piensa. Lo que tenga motivos para creer, siquiera con una certeza parcial. Lo que sepa, debido a la observación o la deducción. Pero guárdese sus nebulosas sensaciones. —Caston se detuvo—. Lo siento. ¿He herido sus sentimientos?

—Señor, yo...

—Era una pregunta capciosa, Adrian. No hace falta que responda.

—Muy aleccionador, jefe —dijo el joven esbozando una media sonrisa—. Tomo nota.

—¿Decía...? Sobre los mensajes fuera de lo habitual que hemos recibido.

—Bien, hay ese mensaje interno amarillo del despacho del asistente del director adjunto.

—Ya debería conocer los códigos de colores de la agencia. En la CIA no existe el «amarillo».

—Lo siento —contestó Adrian—. Canario.

—¿Que significa...?

—Significa... —se detuvo, su mente en blanco—. Un incidente a nivel estatal con implicaciones de seguridad. O sea que no procede de la CIA. Algo relacionado con los otros servicios. Con alguna OAG.

OAG: otra agencia gubernamental. Un oportuno término que significaba que podían arrojar el mensaje a la papelera.

Caston asintió con la cabeza y tomó el sobre de color amarillo vivo. Le resultaba repulsivo, como un llamativo y escandaloso pájaro tropical: de hecho, un canario. Rompió él mismo el sello de seguridad, se puso las gafas de leer y examinó el informe. Un incidente que entrañaba un peligro potencial de seguridad relacionado con la fuga de un interno. Un paciente, el número 5312, residente en un centro de tratamiento de alta seguridad clandestino.

Qué extraño que no constara el nombre del paciente, pensó

Caston. Leyó de nuevo el informe para averiguar dónde se había producido el incidente.

En el centro psiquiátrico de Parrish Island.

Le sonaba. Como un timbre de alarma.

Ambler avanzó a través de la vegetación costera que estaba en semirreposo —metros y metros de orgaza, planta varilla, árbol de la cera, mientras las ásperas hojas y los espinos arañaban sus empapadas ropas— y posteriormente a través de árboles desprovistos de hojas, atrofiados por la sal. Se puso a tiritar cuando se levantó un viento frío, y trató de no hacer caso de la arena que se había introducido en sus zapatos, que le quedaban grandes, lastimándole los pies con cada paso que daba. Puesto que la base aérea de Langley debía de estar a unos cuarenta o cincuenta kilómetros al norte y la base naval estadounidense aproximadamente a la misma distancia al sur, esperaba oír en cualquier momento el zumbido grave de un helicóptero militar. La ruta 64 estaba a un kilómetro de donde se hallaba. No había tiempo para descansar. Cuanto más tiempo anduviera solo a la intemperie, mayor era el peligro al que se exponía.

El prófugo apretó el paso hasta oír el runrún del tráfico en la autopista. Al alcanzar el arcén, se despojó de la arena y las hojas, levantó el pulgar y sonrió. Estaba empapado, desaliñado y vestía un extraño uniforme, por lo que más valía que su sonrisa resultara tranquilizadora.

Al cabo de un minuto, un camión con el logotipo de Frito-Lay se detuvo. El conductor, un hombre con cara de bulldog y un vientre inmenso, que lucía unas Ray-Ban de saldo, le indicó que se acercara. Ambler había encontrado a alguien dispuesto a llevarlo.

De pronto recordó las palabras de un antiguo himno: *Hemos llegado hasta aquí gracias a la fe.*

Un camión, un coche, un autobús: después de viajar a bordo de distintos vehículos, Hal llegó a la penumbra de asfalto de la capital. En un centro comercial vio una tienda de artículos de deporte, donde se apresuró a comprar unas prendas anodinas en el departamento de oportunidades, que pagó con el dinero que llevaba en los bolsillos de su uniforme. Se cambió detrás de un seto de boj junto a la tienda. Ni siquiera había tenido tiempo de mirarse en un espejo, pero sabía que el atuendo que lucía —pantalón caqui, camisa de franela, cazadora con cremallera— se asemejaba al tipo de vestimenta que solía lucir el típico varón americano en su tiempo libre.

Una espera de cinco minutos en la parada del autobús: Rip van Winkle regresaba a casa.

Mientras observaba cómo el paisaje se hacía más denso conforme el autobús se aproximaba a Washington D.C., Ambler se sumió en un estado contemplativo. El cuerpo siempre llega a un punto en que las hormonas del estrés se relajan y el nerviosismo, o el temor, cede paso al atontamiento. Hal había alcanzado ese punto. Dejó que su mente divagara, evocando rostros y voces del lugar del que había escapado.

Había dejado a sus captores atrás, pero no los recuerdos que guardaba de ellos.

El último psiquiatra que había «evaluado» su estado era un hombre delgado y atlético de unos cincuenta y tantos años que lucía unas gafas con montura negra. Tenía las sienes salpicadas de canas y sobre la frente le caía un largo y juvenil mechón de pelo castaño que no hacía sino realzar lo lejos que estaba de presentar un aspecto juvenil. Pero cuando Ambler le miró, vio también otras cosas.

Vio a un hombre que jugueteaba en un gesto protector con sus carpetas perfectamente etiquetadas y sus rotuladores (los bolígrafos, al igual que los lápices, eran considerados unas armas en potencia), que detestaba su trabajo y el lugar en el que se hallaba, que detestaba el hecho de trabajar en un centro gubernamental donde la principal consideración era el secretismo, no el tratamiento. ¿Cómo había venido a parar aquí? Hal no tardó en deducirlo: una trayectoria profesional que había comenzado con una beca de ROTC (Cuerpo de Adiestramiento de Oficiales de Reserva) para la universidad y la facultad de medicina, y una residencia psiquiátrica en un hospital militar. Pero no había contado con acabar aquí. Experto en miles de expresiones que indicaban un doloroso hastío, el ex miembro de Operaciones Consulares vio a un hombre que soñaba con otro tipo de vida, quizás el tipo de vida que solían reflejar las viejas novelas y películas: un despacho con una amplia biblioteca en el Upper West Side de Manhattan, un mullido diván y una butaca orejera de cuero, una pipa, una clientela de escritores, artistas y músicos, unos retos fascinantes. Lo más duro ahora era simplemente pasar consulta en un lugar que detestaba, entre pacientes y empleados de los que no se fiaba. Frustrado, estaba dispuesto a buscar otro puesto que le hiciera sentirse vivo, especial, no el de un mero empleado del gobierno que cobraba el sueldo de un soldado raso. Quizás era un trotamundos, que aprovechaba sus días de vacaciones para participar en viajes especiales de ecoturismo a través de bosques tropicales y desiertos. Quizás había reunido una bodega extraordinaria o era un fanático del balonmano, un golfista obsesivo o lo que fuera. Esas personas con el síndrome de estar quemado siempre tenían alguna afición oculta. Cada detalle específico de las conjeturas de Ambler podía ser erróneo. Pero estaba seguro de haber dado con la estructura básica del individuo. Conocía a la gente: era su oficio.

Era lo que veía.

El psiquiatra no sentía simpatía por Hal, quien le hacía sentirse incómodo. Se suponía que su experiencia profesional le permitía penetrar en la psicología del paciente, lo cual solía ir acompañado de una sensación de poder, de autoridad: la autoridad del profesor sobre el alumno, del médico sobre el paciente. Pero ese hombre no experimentaba esa sensación de autoridad en presencia de Ambler.

—Permita que le recuerde que el propósito de estas sesiones es estrictamente valorativo —dijo el psiquiatra a su paciente—. Mi misión consiste en monitorizar sus progresos y detectar cualquier efecto secundario de la medicación. De modo que empecemos por ahí. ¿Ha notado efectos secundarios?

—Me sería más fácil hablar de efectos secundarios —respondió Hal— si supiera cuál es el efecto principal de la medicación.

—Los medicamentos que le administramos son para controlar sus síntomas psiquiátricos, como sabe. La generación de ideas paranoicas, trastornos disociativos, síndromes egodistónicos...

—Palabras —dijo Ambler—. Carentes de significado. Sonidos sin sentido.

El psiquiatra tecleó unas notas en su ordenador portátil. Sus ojos de color gris pálido mostraban una expresión fría a través de las gafas.

—Diversos equipos de psiquiatras han tratado de resolver sus trastornos disociativos de la identidad. Ya hemos hablado de ello en numerosas ocasiones. —El médico pulsó un botón en un pequeño mando a distancia que activó una cinta de audio, cuyo sonido emergió fuerte y claro a través de los altavoces empotrados en la pared. Una voz, la de Ambler, empezó a hablar, vomitando teorías conspiradoras con un tono apremiante e histérico: «Ustedes están detrás de ello. Todos ustedes. Y todos ellos. El rastro de la serpiente humana lo invade todo». La grabación prosiguió durante unos minutos. «La Comisión Trilateral..., el Opus Dei..., los Rockefeller...»

El sonido de su voz, grabada durante una sesión psiquiátrica anterior, le resultó a Hal casi físicamente doloroso.

—Párelo —dijo con tono quedo, incapaz de reprimir la intensa emoción que le embargaba—. Por favor.

El psiquiatra detuvo la cinta.

—¿Sigue creyendo en esas... teorías?

—Son fantasías paranoides —respondió, aturdido pero con

claridad—. Y la respuesta es no. Ni siquiera recuerdo haberlas expuesto.

—¿Niega que la voz en esa cinta sea la suya?

—No —admitió Hal—. No lo niego, pero no... lo recuerdo. Ése no soy yo, ¿comprende? Me refiero a que yo no soy así.

—De modo que es otra persona. Dos personas distintas. ¿O más?

Ambler se encogió de hombros con aire impotente.

—De niño quería ser bombero. Ya no quiero ser bombero. Ese niño ya no es la persona que soy ahora.

—La semana pasada dijo que de niño quería ser jugador de baloncesto cuando fuera mayor. ¿O estaba hablando yo con otra persona que no era usted? —El psiquiatra se quitó las gafas—. La pregunta que le formulo es la que debe plantearse usted mismo: ¿quién es usted?

—Lo malo de esa pregunta —contestó Hal tras una larga pausa— es que usted cree que tengo diversas opciones. Quiere que elija una de su pequeña lista de opciones.

—¿Cree que ése es el problema? —El psiquiatra alzó la vista de su ordenador portátil—. Yo diría que el auténtico problema es que está explorando más de una respuesta.

Ambler tardó unos momentos en regresar a la realidad cuando el autobús se detuvo en Cleveland Park, pero bajó antes de que éste arrancara de nuevo. Una vez en la calle, se enfundó su gorra y miró a su alrededor, primero para detectar cualquier detalle fuera de lo normal y luego para gozar plenamente de la normalidad que le rodeaba.

Había regresado.

Sintió deseos de saltar. Quería alzar los brazos. Quería dar con los responsables de su confinamiento y someterlos a un juicio feroz: *¿Pensasteis que no conseguiría salir? ¿Era eso lo que pensasteis?*

El tiempo no era el que Hal habría elegido para su regreso a casa. El cielo aún estaba oscuro; la llovizna hacía que las aceras estuvieran resbaladizas y negras. Era un día normal y corriente en un lugar normal y corriente, pensó, pero después de su largo aislamiento, la frenética actividad que veía a su alrededor le agobiaba.

Pasó junto a las farolas de hormigón octagonales, reforzadas por fajas metálicas que exhibían anuncios y pósters. Lecturas de poesía en cafés. Conciertos a cargo de bandas de rock que habían pasado hacía poco de tocar en garajes a actuar en locales públicos. Un nuevo restaurante vegetariano. Un club de comedia que ostentaba el ridículo título de Millas y Sonrisas. Todo el pujante y estrepitoso barullo de actividad humana, reclamando la atención de los transeúntes en unos trozos de papel chorreantes. La vida fuera. No, se corrigió Ambler, la vida sin más.

Ladeó la cabeza, completamente alerta. Una calle normal y corriente en un día nublado. Había peligros, desde luego. Pero si conseguía llegar a su apartamento, podría rescatar el detritus normal y corriente de su existencia. Era justamente su normalidad lo que hacía que fuera tan preciado para él. Lo que ansiaba, lo que necesitaba, era la normalidad.

¿Se atreverían a seguirlo hasta aquí? Aquí, uno de los pocos lugares en el mundo donde la gente le conocía. Sin duda era el lugar más seguro de la Tierra. Aunque apareciesen, Ambler no temía enfrentarse a ellos en público. Temerariamente, casi lo deseaba. No, no temía a quienes le habían recluido; eran ellos quienes ahora debían temerlo a él. Estaba claro que un elemento que iba por libre había abusado del sistema, tratando de sepultarlo vivo, sumergiéndolo entre unas almas perdidas, unos espías obnubilados por la depresión o enloquecidos por sus delirios. Ahora que había salido, sus enemigos harían bien en ocultarse, desaparecer. Lo que no podían permitirse era enfrentarse a él aquí, a la vista de todos, donde la policía local tomaría sin lugar a dudas cartas en el asunto. Cuantas más personas averiguaran lo que le había ocurrido, más se exponían esos cabrones a ser descubiertos.

En la esquina de Connecticut Avenue y Ordway Street, Ambler vio el quiosco de prensa frente al que solía pasar cada mañana cuando estaba en la ciudad. Al ver al hombre canoso de sonrisa desdentada detrás del mostrador, que seguía luciendo su gorro de punto rojo, sonrió.

—Reggie —dijo—. Reggie, amigo mío.

—Hola —respondió el quiosquero. Pero era un acto reflejo, no un saludo.

Ambler se acercó.

—Hace mucho que no nos vemos.

El quiosquero volvió a mirarlo. No daba muestras de reconocerlo.

Hal bajó la vista y vio una pila de *Washington Post*. El primer ejemplar estaba empapado debido a la lluvia y, al leer la fecha, sintió una punzada de angustia. La tercera semana de enero; no era de extrañar que hiciese tanto frío. Pestañeó. *Habían transcurrido casi dos años.* Le habían arrebatado casi dos años. Dos años de olvido, desesperación y anomia.

Pero ése no era el momento de lamentarse de lo que había perdido.

—Vamos, Reggie. ¿Qué tal estás? ¿Trabajas duro o no das golpe?

En el arrugado rostro del hombre, la perplejidad dio paso a la suspicacia.

—No tengo una moneda para darte, hermano. Y tampoco doy café gratis.

—Venga, Reggie, que ya nos conocemos.

—Vete de aquí, tío —contestó el quiosquero—. No quiero problemas.

Ambler se alejó sin decir palabra. Anduvo media manzana hasta Baskerton Towers, un gigantesco edificio de apartamentos neogótico en el que había sido un inquilino durante los últimos diez años. Construido en la década de 1920, consistía en una estructura de ladrillo rojo de seis plantas, adornada con medias columnas de color gris pálido y pilastras de hormigón. En las ventanas que daban a los vestíbulos de cada planta, las persianas estaban parcialmente bajadas, como párpados entornados.

Baskerton Towers. Una especie de hogar para un hombre que no tenía ninguno. Trabajar durante toda tu carrera en un programa de acceso especial —el escalafón superior de la seguridad operativa— significaba vivir todo el tiempo bajo un alias. No había una división de Operaciones Consulares más secreta que la Unidad de Estabilización Política, y ninguno de sus agentes conocía a los otros, salvo por su seudónimo. No era un tipo de vida propicio para tejer lazos civiles profundos: el trabajo significaba que pasabas la mayoría de los días en el extranjero, esencialmente ilocalizable, y durante un tiempo impredecible. ¿Tenía Ambler amigos de verdad? No obstante, su miserable existencia doméstica había otorgado un peso especial a la amistad que mantenía con la gente del barrio. Y durante el poco tiempo que pasaba en Baskerton Towers, el apartamento constituía un auténtico hogar para él. No era el refugio de su casa junto al lago, pero sí un signo de normalidad. Un lugar donde echar anclas.

El edificio de apartamentos se hallaba algo retirado de la calle y se accedía a él a través de una entrada profunda y ovalada que permitía a los coches llegar hasta el vestíbulo. Hal echó un vistazo a las calles y las aceras, no observó que nadie le estuviera mirando y anduvo hacia el edificio. Alguien le reconocería allí —uno de los porteros, el gerente o el conserje— y le abriría la puerta de su apartamento.

Contempló la placa alargada con los nombres de los inquilinos, unas letras de plástico negras sobre un fondo blanco, unas hileras de nombres dispuestos en orden alfabético.

No había ningún Ambler. Después de «Alston» aparecía el nombre de «Ayer».

¿Se habían apropiado de su apartamento? Era una gran contrariedad, pero no le sorprendía.

—¿En qué puedo ayudarlo, señor?

Era uno de los porteros, que había salido del cálido vestíbulo: Greg Denovich. Su pronunciada mandíbula estaba, como siempre, cubierta por una densa barba resistente a la maquinilla de afeitar.

—Greg —dijo Hal con tono jovial. Siempre había supuesto que «Greg» era la abreviatura de Gregor; el hombre procedía de la antigua Yugoslavia—. Hace mucho que no nos vemos, ¿eh?

La expresión que traslucía el rostro de Denovich empezaba a resultarle familiar a Ambler: el desconcierto de alguien a quien un extraño saluda como a un amigo.

Se quitó la gorra y sonrió.

—Tranquilo, Greg. Apartamento tres ce, ¿recuerdas?

—¿Le conozco? —preguntó Denovich. Pero en realidad no era una pregunta, sino una afirmación. Una afirmación en sentido negativo.

—Supongo que no —contestó Ambler con tono quedo. De pronto su perplejidad dio paso al pánico.

A sus espaldas oyó el sonido de un frenazo brusco sobre el pavimento mojado por la lluvia. Se volvió rápidamente y vio una furgoneta blanca que se había detenido al otro lado de la calle. Oyó abrirse y cerrarse las puertas del vehículo y vio a tres hombres apearse de él, vestidos con el uniforme de los guardias del centro psiquiátrico. Uno portaba una carabina; los otros dos empuñaban pistolas. Los tres echaron a correr hacia él.

La furgoneta. Ambler la reconoció al instante. Formaba parte de un «servicio de recuperación» de emergencia utilizado por un cuerpo clandestino del gobierno federal en casos de «recogidas» a domicilio delicadas. Tanto si se trataba de agentes que iban por libre o de espías extranjeros en suelo estadounidense, esos «paquetes» tenían en común que no iban destinados a ninguna rama del sistema judicial oficial. Y esa mañana fría y húmeda de enero,

Harrison Ambler era el paquete que debían recoger. No tendrían que dar explicaciones a la policía local, porque Ambler habría desaparecido mucho antes de que llegaran los policías. No se trataba de una confrontación pública; lo que habían orquestado era un secuestro rápido y discreto.

Al presentarse aquí, como comprendió Hal, había dejado que sus deseos eclipsaran su sentido común. No podía permitirse cometer más errores.

Tenía que pensar.

Mejor dicho, tenía que guiarse por sus sentidos.

Después de dos décadas de trabajar como agente secreto, había aprendido a dominar las técnicas de fuga y evasión. Las conocía al dedillo. Pero nunca se había planteado el tema a través de la lógica, de los «árboles de decisión» y demás recursos áridos que los instructores imponían a veces a los novatos. El reto consistía en librarte de una situación comprometida utilizando los sentidos, improvisando sobre la marcha. Lo contrario te llevaba a caer en una peligrosa rutina, y toda rutina podía ser prevista y contrarrestada por tus adversarios.

Hal escudriñó la calle frente al edificio de Baskerton Towers. El procedimiento habitual habría sido un bloqueo de tres puntos: colocar una unidad en ambos extremos del edificio antes de que la furgoneta se detuviera enfrente. Efectivamente, vio a unos hombres armados, algunos de uniforme, otros de paisano, dirigirse hacia el edificio desde los dos lados con el paso decidido de agentes expertos en este tipo de operaciones de secuestro. ¿Y ahora qué? Hal podía entrar en el vestíbulo del edificio y tratar de localizar una salida posterior. Pero los otros habrían previsto ese movimiento y habrían tomado las oportunas precauciones. Podía esperar a que pasara un grupo de transeúntes, unirse a ellos y luego echar a correr para tratar de dar esquinazo a los hombres apostados en el otro extremo del edificio. Esa táctica presentaba también ciertos riesgos. *Deja de pensar*, se dijo. Era la única forma de zafarse de sus perseguidores.

Mientras observaba al hombre con el fusil de cañón corto que atravesaba apresuradamente el bulevar, Ambler se esforzó en tratar de distinguir todos los detalles de su rostro, aunque la llovizna había dado paso a un aguacero. Entonces decidió hacer lo más peligroso.

Echó a correr hacia el hombre.

—¿Por qué habéis tardado tanto? —le espetó Hal—. ¡Moved el culo, joder! ¡Se nos va a escapar! —Se volvió y gesticuló enérgicamente con el pulgar hacia el edificio de Baskerton Towers.

—Vinimos en cuanto pudimos —contestó el hombre armado con la carabina. Los otros dos, según observó Ambler cuando pasaron corriendo junto a él, portaban pistolas calibre cuarenta y cinco con doce cartuchos en el cargador. Mucha munición para capturar a un hombre. Suponiendo que tuvieran orden de capturarlo.

Hal echó a andar con paso decidido hacia la furgoneta de rescate que estaba aparcada al otro lado de la calle. Sus pasajeros se habían desplegado alrededor del área del vestíbulo del edificio Baskerton; dentro de unos momentos se darían cuenta de su error.

Se acercó a la puerta del conductor de la furgoneta blanca, abrió el billetero que había pertenecido al supervisor de Parrish Island y se lo mostró durante unos breves instantes, como si mostrara una placa o un certificado. Estaba demasiado lejos para que el conductor lo viera con detalle. Confió en que la autoridad del gesto bastara para convencerlo. Cuando el tipo bajó automáticamente la ventanilla, Ambler le observó con atención. Tenía una mirada dura, perspicaz, y el cuello corto y musculoso: un levantador de pesas.

—¿Habéis recibido el cambio de orden? —preguntó Hal—. Hay que matarlo, no capturarlo. ¿Por qué habéis tardado tanto? Si hubierais llegado hace un minuto, ya habríamos terminado.

El conductor tardó unos momentos en responder. Luego su mirada se endureció.

—No he visto bien eso que me has mostrado.

De pronto Ambler sintió que la musculosa manaza del hombre le sujetaba por la muñeca.

—He dicho que no lo he visto bien. —La voz del conductor era grave, amenazadora—. Muéstramelo otra vez.

Hal se llevó la mano izquierda al interior de la chaqueta para sacar la pistola que había arrebatado al guardia de la lancha, pero el conductor estaba muy bien adiestrado. Con reflejos rápidos como el rayo, golpeó con la palma de la mano que tenía libre la P7, haciendo que el arma saltara por el aire. Era preciso que Ambler actuara en el acto. Giró su muñeca, moviéndola hacia sí y alzándola hasta el nivel de los hombros, tras lo cual la bajó bruscamente, utilizando su antebrazo a modo de palanca, y golpeó el brazo del conductor contra el borde de la ventanilla que estaba bajada casi por completo.

El conductor soltó un alarido, pero siguió sujetando a Hal con fuerza. Con la otra mano, empezó a palpar la parte inferior del salpicadero, donde sin duda ocultaba un arma.

Ambler relajó su brazo derecho, dejando que el conductor tirara de él y lo introdujera parcialmente en la furgoneta. Acto seguido, con la otra mano, asestó un certero puñetazo en la laringe de su adversario.

El conductor lo soltó y se inclinó hacia delante, llevándose ambas manos al cuello y tratando de aspirar aire a través del destrozado cartílago. Ambler abrió la puerta y lo sacó de su asiento. El hombre se alejó unos pasos de la furgoneta antes de desplomarse en el suelo.

Cuando Hal se montó en el vehículo, giró la llave de contacto y arrancó a toda velocidad, oyó el griterío de confusión de los hombres de la segunda unidad. Pero era demasiado tarde para que le detuvieran.

Ambler no envidiaba al jefe de los agentes que tendría que explicar que el paquete no sólo se les había escapado ante sus narices, sino que se había fugado en el vehículo del equipo. Pero su maniobra no había sido calculada ni premeditada. Al pensar ahora en ello, comprendió que sus acciones habían sido desencadenadas por la expresión que había observado en el rostro del primer hombre: inquisitiva, suspicaz y vacilante. Un cazador que no estaba seguro de haber dado con su presa. Habían enviado al equipo en su busca con tanta urgencia que no habían tenido tiempo de facilitarles fotografías de la presa. Habían supuesto que haría lo que hacen los fugitivos casi invariablemente en esas situaciones: identificarse al tratar de huir. Pero ¿cómo perseguir a un zorro cuando éste corre junto con los perros de caza?

La furgoneta constituía un admirable vehículo de fuga; no obstante, dentro de unos minutos se convertiría en un faro luminoso que revelaría su presencia a sus perseguidores. Tras circular unos kilómetros por Connecticut Avenue, enfiló una calle lateral y detuvo la furgoneta, sin quitar las llaves del contacto. Con suerte, alguien la robaría.

A esas alturas, la mejor forma de conservar el anonimato era permanecer en una zona populosa que fuera asimismo un barrio residencial y comercial, un barrio en el que hubiera embajadas, museos, iglesias, librerías y edificios de apartamentos. Un lugar con un tránsito dinámico de peatones. Un lugar como Dupont Circle. Situado en el cruce de las tres avenidas más importantes de la ciudad, Dupont Circle era desde hacía tiempo un barrio pujante; incluso esa desapacible mañana las aceras estaban completamente llenas de gente. Hal tomó un taxi hasta allí, se apeó en la esquina de New Hampshire Avenue y la calle Veinte y se apresuró a perderse entre los transeúntes matutinos. Se dirigía hacia un destino específico, pero fingía caminar sin rumbo fijo con expresión de aburrimiento.

Mientras caminaba entre la multitud, procuró prestar atención a lo que le rodeaba sin mirar a nadie a los ojos. Pero cada vez que su mirada se posaba en un transeúnte, experimentaba la vieja sensación: especialmente en ese estado de alerta, era como si leyera una página del diario de alguien. Le bastaba una mirada para asimilar el paso rápido de una mujer sesentona con el pelo rubio melocotón, la cual lucía una falda azul marino con un corte detrás, una chaqueta a cuadros desabrochada, unos gigantescos pendientes chapados en oro y una bolsa de plástico de Ann Taylor que sujetaba con demasiado fuerza con una mano salpicada de manchas de vejez. Había pasado horas arreglándose para salir, lo cual significaba ir de tiendas. Su rostro dejaba entrever una expresión de soledad y melancolía; las gotas de lluvia en sus mejillas podían ser lágrimas. Ambler dedujo que no tenía hijos, lo cual quizá fuera también un motivo de tristeza. En su pasado había sin duda un marido que iba a ofrecerle una vida plena y feliz, un marido que —¿hace diez años o más?— se había cansado de ella y había conocido a una mujer más joven, más lozana, que le prometía un futuro más hermoso. Ahora la mujer coleccionaba tarjetas de crédito de establecimientos y se reunía con gente para tomar el té y jugar partidas de bridge, aunque quizá no con la frecuencia que habría deseado; intuyó que se sentía decepcionada de la gente. Probablemente sospechaba que su tristeza repelía a las personas de una forma subliminal; la gente estaba demasiado atareada para ocuparse de ella, y su aislamiento intensificaba su tristeza y hacía que su compañía resultara menos atrayente a los demás. De modo que iba de tiendas, adquiría ropa demasiado juvenil para ella, iba a la caza de «gangas» y prendas rebajadas que no parecían más caras de lo que eran. ¿Había acertado en sus suposiciones? No importaba: sabía que contenían la verdad esencial.

Ambler se fijó en un joven negro desgarbado que lucía unos vaqueros que le caían sobre las caderas y una gorra con visera sobre un pañuelo, un brillante en una oreja y una pequeña perilla debajo del labio. Iba empapado en colonia Aramis y miró hacia el otro lado de la calle, donde había otro joven —un chico con aspecto de pijo engreído, con unos poderosos muslos de atleta enfundados en un ceñido pantalón y el pelo largo y rubio—, tras lo cual desvió la vista, no sin esfuerzo, decidido a no delatar su interés. Una chica de pechos voluminosos y la piel de color cacao, el pelo alisado y los labios carnosos pintados de un color oscuro y brillante, bajita pese a sus tacones de aguja, se esforzaba en seguir al joven negro: su novio, o eso dejaba el negro que la chica pensara. La joven no tardaría en preguntarse por qué su novio, que se pavoneaba y mostraba tan chulito en la calle, cuando estaban solos se mostraba tan casto y vacilante. Por qué sus citas concluían tan temprano, y adónde iba el joven después de dejarla. Pero Hal dedujo que a la chica aún no se le habían ocurrido esos pensamientos, que ignoraba que su novio sólo podía mostrarse tal cual era con otros jóvenes como él.

El cibercafé se hallaba donde recordaba Ambler, en el cruce de las calles Diecisiete y Church, tres manzanas al este de Dupont Circle. Localizó un ordenador situado junto a una ventana que le ofrecía una buena vista de la fachada del café; no dejaría que volvieran a pillarlo desprevenido. Tras teclear en el ordenador, apareció en la pantalla la Watchlist, una base de datos colectiva coordinada por el Departamento de Justicia para uso de múltiples agencias federales involucradas en el cumplimiento de la ley. Comprobó con alivio que aún funcionaban las contraseñas que recordaba vagamente. Tecleó su nombre completo, Harrison Ambler, en el buscador interno; quería averiguar si estaba señalado con una banderita. Al cabo de unos momentos, apareció un mensaje.

No hay datos sobre HARRISON AMBLER.

Era un fallo técnico muy extraño; cualquier empleado federal, incluso uno que ya no estuviera en nómina, debía figurar en el listado. Y aunque su identidad como agente clandestino no podía constar en esa base de datos, su puesto tapadera como empleado civil en el Departamento de Estado era del dominio público.

Irritado, Ambler se encogió de hombros y siguió tecleando hasta entrar en la página web del Departamento de Estado, tras lo cual se coló detrás de un cortafuegos y localizó una base de datos interna de empleados protegida por una contraseña, aunque de baja seguridad. Durante años, Hal Ambler siempre había podido explicar, cuando alguien se lo preguntaba, que era un empleado de categoría intermedia en el Departamento de Estado, que trabajaba en la Oficina de Educación y Asuntos Culturales. Era un tema —«diplomacia cultural», «amistad a través de la educación» y demás— sobre el que podía hablar largo y tendido en caso necesario. El hecho de que no tuviera nada que ver con su auténtica carrera era lo de menos.

Ambler solía preguntarse qué ocurriría si respondiera sinceramente cuando alguien le preguntara en una fiesta a qué se dedicaba. *¿Yo? Trabajo para una división ultraclandestina de un servicio de inteligencia clandestino denominado Operaciones Consulares. Un programa de acceso especial, del que sólo están enteradas unas veinticinco personas en el gobierno. Se llama Unidad de Estabilización Política. ¿Que qué hacemos? Muchas cosas. A menudo tenemos que matar a alguien. A personas que confías en que sean peores que las que salvamos de ellas. Aunque, claro está, nunca puedes estar seguro. ¿Le apetece otra copa?*

Después de teclear su nombre en la base de datos del Departamento de Estado, Hal hizo clic en Return y esperó unos segundos para comprobar los resultados.

No consta ningún empleado llamado HARRISON AMBLER. Verifique si ha escrito el nombre correctamente y vuelva a intentarlo.

Ambler miró a través de la ventana que daba a la calle, y aunque no observó nada anormal, empezó a sentir un sudor frío. Siguió tecleando hasta entrar en la base de datos de la Seguridad Social y trató de localizar su nombre.

No hay constancia de ningún HARRISON AMBLER.

¡No tenía sentido! De forma metódica, entró en otras bases de datos, buscando su nombre en todas ellas. Pero todas arrojaban el mismo resultado negativo, con algunas variaciones sobre el tema.

Los documentos que busca no constan.
No existen datos sobre «Harrison Ambler».
Harrison Ambler no consta.

Media hora más tarde, había examinado más de diecinueve bases de datos federales y estatales. Sin éxito. Parecía como si nunca hubiese existido.

¡Qué locura!

Ambler evocó de pronto, como una lejana sirena de niebla, las voces de diversos psiquiatras de Parrish Island, emitiendo sus falsos diagnósticos. Era absurdo, del todo absurdo. Tenía que serlo. Sabía muy bien quién era. Hasta el período de su internamiento, los recuerdos que tenía de su vida eran nítidos, claros y continuos. Desde luego, era una vida poco corriente —ligada a una vocación poco corriente—, pero era la única que tenía. Debía tratarse de un error, un fallo técnico: estaba convencido.

Siguió tecleando rápidamente en el ordenador, pero fue recompensado tan sólo con otra respuesta negativa. Entonces empezó a preguntarse si la certeza se había convertido en un lujo. Un lujo que ya no podía permitirse.

De repente apareció un coche blanco —no, una furgoneta— que circulaba demasiado deprisa, más que el resto de vehículos. Seguido por otro. Y un tercero, que se detuvieron justo delante del café.

¿Cómo le habían localizado tan pronto? Si el cibercafé había registrado la dirección IP de su red privada y en la base de datos del Departamento de Estado habían instalado un discriminador de la red interna, la búsqueda de Ambler habría activado una contrabúsqueda y la dirección física del dispositivo de red TCP/IP que había utilizado.

Se levantó, atravesó una puerta que ponía «SÓLO EMPLEA-

DOS» y echó a correr escaleras arriba. Con suerte, alcanzaría el tejado y luego el tejado del edificio colindante... Pero tenía que moverse con rapidez, antes de que los miembros del equipo de recuperación se posicionaran. Y mientras sus músculos se tensaban y empezaba a resollar debido al esfuerzo, se le ocurrió un pensamiento fugaz: *Si Hal Ambler no existe, ¿a quién persiguen?*

3

Ambler siempre la había considerado un refugio. Era una cabaña de una sola planta, construida con madera del bosque cercano desde el caballete del tejado a las tablas del suelo. Como refugio, era casi tan primitivo como la naturaleza que lo rodeaba. Había construido la cabaña él solo durante un cálido junio infestado de mosquitos, utilizando poco más que una pila de madera y una motosierra: las tablas del techo y el suelo, las vigas de los aleros e incluso la chimenea construida al estilo antiguo con palos y barro. Estaba destinada para que la ocupara una persona, y Ambler siempre había estado allí solo. Nunca hablaba de ella a la gente que conocía. Infringiendo las reglas, ni siquiera había informado a sus jefes de la adquisición del terreno a orillas del lago, una adquisición que, para proteger aún más su intimidad, la había realizado a través de una empresa que operaba en un paraíso fiscal. Era su cabaña. La cabaña le pertenecía sólo a él. Y en ocasiones, cuando aterrizaba de regreso de un viaje en el Aeropuerto Internacional Dulles, incapaz de afrontar el mundo, se dirigía en coche a su primitivo refugio de madera, recorriendo los casi trescientos kilómetros en tres horas. Sacaba su bote y se iba a pescar lobinas para tratar de salvar una parte de su alma de la maraña de engaños y subterfugios que era su vocación.

El lago Aswell apenas merecía una mota azul en un mapa, pero formaba parte del mundo que hacía que Ambler se sintiera feliz. Ubicado a los pies de los montes Sourland, era una zona donde los pastos daban paso a un terreno densamente boscoso, estaba rodeado de sauces, abedules y nogales amargos, a veces sobre un frondoso sotobosque. En primavera y verano, el terreno aparecía sembrado de hojas, flores y bayas. Ahora, en enero, la mayoría de árboles presentaban un aspecto mustio y sin hojas. Con todo, el lugar poseía una sombría elegancia; la elegancia de lo potencial. Al igual que él, el bosque requería una temporada para recuperarse.

Ambler estaba rendido, el precio de largas horas de mantenerse alerta. El coche en el que había partido era un viejo monovolumen Dodge Ram azul, del que se había apropiado a unas manzanas del cibercafé. Fue un trayecto incómodo debido al meneo del vehículo. Se había apropiado de él simplemente porque su dueño había instalado una caja StoreAKey en el compartimento de la rueda de repuesto. La caja era un artilugio absurdo, utilizado por los conductores que valoraban la seguridad que ofrecía una llave de repuesto más que la seguridad de sus vehículos. El Honda Civic verde de doce años de antigüedad que conducía ahora lo había tomado en el área de aparcamiento de noche de la estación de ferrocarril de Trenton, y estaba protegido contra robos con similar celo, o ausencia del mismo. Era un modelo lo suficientemente anónimo para satisfacer sus necesidades, y hasta el momento no le había dado ningún problema.

En la mente de Ambler bullía un sinfín de pensamientos mientras conducía por la ruta 31. ¿Quién le había hecho eso? Era la pregunta que le atormentaba desde hacía muchos meses. Los servicios legítimos, aunque clandestinos, del gobierno estadounidense se habían movilizado contra él. Lo cual significaba... ¿Qué? Que alguien había mentido sobre él, que le habían preparado una encerrona, que habían convencido a las autoridades superiores de que se había vuelto loco y se había convertido en una amenaza para la seguridad del Estado. O que una persona o un grupo con acceso a los poderes estatales habían tratado de hacer que desapareciese. Una persona o un grupo que le consideraban una amenaza, pero que habían decidido no matarlo. La cabeza empezaba a dolerle; la jaqueca se abría como una flor maligna. En la Unidad de Estabilización Política tenía colegas que podían ayudarle, pero ¿cómo dar con ellos? No eran hombres y mujeres que cumpliesen un horario de oficina; cambiaban periódicamente de lugar, como las piezas en un tablero de ajedrez. Y

Ambler había sido eliminado de todos los foros electrónicos que conocía. *No consta nadie llamado Harrison Ambler.* Era una locura, pero había sido llevada a cabo de forma metódica. Lo presentía, sentía la malignidad como la pulsante jaqueca que le impedía pensar con claridad. Ellos habían tratado de librarse de él. Ellos habían tratado de sepultarlo. *¡Ellos!* ¡El exasperante y escueto plural! Una palabra que lo significaba todo y nada.

Para sobrevivir, necesitaba averiguar más cosas, pero no podía averiguar más si no lograba sobrevivir. Barrington Falls, en el condado de Hunterdon, Nueva Jersey, era un lugar al que se accedía tomando un desvío de la ruta 31 que discurría a través de la campiña central del estado, surcada por cruces sin señalar y carreteras secundarias. Ambler tomó en dos ocasiones por una de esas carreteras, para asegurarse de que no le seguían, pero nada indicaba esa posibilidad. Al ver el pequeño letrero que decía «BARRINGTON FALLS», miró el reloj en el salpicadero: eran las tres y media de la tarde. Esa mañana se hallaba recluido en un centro psiquiátrico de máxima seguridad. Ahora casi había llegado a casa.

A medio kilómetro del camino de acceso al lago, Hal detuvo el Honda, alejado de la carretera, y lo dejó oculto en un lugar donde crecían cicutas y cedros. La cazadora rellena de fibra que había comprado de camino le abrigaba bien. Mientras avanzaba por el mullido suelo, sus pisadas resonando suavemente sobre el tapiz de hojas y agujas de pino, Ambler notó que la tensión que sentía empezaba a remitir. A medida que se aproximaba al lago, comprobó que era capaz de reconocer cada árbol. Oyó el aleteo de un búho posado en el enorme ciprés desnudo, su tronco rojizo a primera vista desprovisto de la corteza, nudoso y arrugado como el cuello de un anciano. Distinguió la chimenea de mampostería de la cabaña donde el viejo McGruder guardaba sus alforjas, construida peligrosamente cerca del agua en la otra orilla. Siempre parecía que una violenta tormenta podía acabar arrojándola al lago.

Más allá de una frondosa arboleda de piceas, Ambler atravesó el boscoso enclave y alcanzó el mágico claro donde, siete años atrás, había decidido construir su cabaña. Rodeada por tres costados de magníficos árboles de hoja perenne, no sólo le ofrecía aislamiento sino tranquilidad: una apacible vista del lago enmarcada por árboles vetustos.

Por fin había regresado. Tras emitir un largo y reconfortante suspiro, pasó a través de un hueco en la hilera de abetos y miró a su alrededor: un pequeño claro desierto donde se suponía que estaba su cabaña. El mismo claro con el que se había tropezado hacía siete años, cuando había decidido construir allí su refugio.

Una sensación de mareo y desorientación hizo presa en él. Ambler sintió como si el suelo se abriese bajo sus pies. *Era imposible.* No había ninguna cabaña. Ni rastro de que alguien hubiera construido allí una. La vegetación estaba intacta. Sus recuerdos de dónde había ubicado la estructura de una sola planta eran indelebles, pero lo único que veía era el suelo cubierto de musgo, grandes arbustos de enebro y un tejo bajo, devorado por los ciervos, que debía de tener unos veinte o treinta años de antigüedad. Caminó alrededor de la zona, rodeándola, tratando de divisar alguna señal que indicara que un ser humano había habitado aquí, ahora o en el pasado. Nada. Era un solar virgen, en el mismo estado en que estaba cuando él lo había adquirido. Por fin, incapaz de vencer el mareo que le producía su confusión, cayó de rodillas sobre el suelo frío y musgoso. Hasta el mero hecho de plantearse la pregunta le aterrorizaba, pero debía hacerlo: ¿podía fiarse de su memoria? Empezando por los siete últimos años de su vida. ¿Eran sus recuerdos reales? ¿O era su experiencia presente un espejismo? ¿Se despertaría de repente y comprobaría que estaba encerrado en su habitación blanca en el Pabellón 4O?

Ambler recordó que en cierta ocasión le habían dicho que, al soñar, una persona no tiene sentido del olfato. En tal caso, no estaba soñando. Podía oler el agua del lago, las sutiles fragancias de detritus orgánico, las hojas mohosas y los excrementos de las lombrices, el olor ligeramente resinoso de las coníferas. No, Dios sabía que no estaba soñando.

Que era justo lo que lo convertía en una pesadilla.

Se levantó y emitió un alarido gutural de furia y frustración. Había llegado al hogar de su alma, pero ese hogar no existía. Un cautivo al menos podía albergar la esperanza de huir; la víctima de torturas —él lo había experimentado en carne propia— tenía al menos la esperanza de gozar de un respiro. Pero ¿qué esperanza tenía una persona que ha perdido su refugio?

Todo aquí le resultaba al mismo tiempo conocido y desconocido. Eso era lo desesperante. Se puso a caminar de un lado para otro, escuchando los gorjeos y silbidos de los pájaros invernales. De pronto oyó un leve sonido semejante a un silbido de distinto género y sintió una aguda sensación —mezcla de dolor y fuerza impactante— justo debajo del cuello.

El tiempo se detuvo. Ambler se tocó la zona, sintió un objeto que sobresalía de su cuerpo y se lo arrancó. Era un dardo largo, como un bolígrafo, que le había alcanzado en la parte superior del esternón, justo debajo del cuello. Le había alcanzado y se había quedado clavado allí, como un cuchillo arrojado contra un árbol.

Existía una palabra que describía esa zona de hueso denso, según recordó por haberla leído en un manual de adiestramiento: manubrio. En un combate ofensivo, era una zona bien protegida que convenía evitar. Lo que significaba que Ambler había tenido mucha suerte. Se ocultó apresuradamente entre las ramas colgantes de una de las grandes cicutas orientales y, contando con la invisibilidad temporal que le confería ese escondite, examinó el proyectil metálico.

No era un simple dardo; era un dardo jeringa con lengüetas, de acero inoxidable y plástico moldeado. En el tubo de la jeringa había unas letras pequeñas y negras que identificaban su contenido presurizado como carfentanil, un opiáceo sintético diez mil veces más potente que la morfina. Bastaban diez miligramos de esa sustancia para inmovilizar a un elefante de seis toneladas; una dosis humana eficaz se medía en microgramos. El esternón estaba tan cerca de la piel que las lengüetas de la aguja no habían logrado clavarse en su carne. Pero ¿y el contenido del dardo jeringa? Estaba vacío, pero eso no indicaba a Ambler si se había vaciado antes o después de que se lo arrancara. Volvió a pasar los dedos sobre el área dura y huesuda de debajo de su cuello. Palpó un bulto donde el dardo le había alcanzado. Hasta el momento, seguía conservando la lucidez. ¿Cuánto tiempo había permanecido el dardo clavado en su esternón? Seguía teniendo unos reflejos ágiles, lo que indicaba que no habían pasado más de dos segundos. Pero una sola gota podía hacer efecto. Y un dardo jeringa de ese tipo estaba destinado a verter su contenido al cabo de unos instantes.

Entonces, ¿por qué no había perdido aún el conocimiento? Quizá conocería la respuesta dentro de poco. De momento, Ambler sintió que empezaba a sentirse ofuscado, mareado. Era una sensación a la que estaba acostumbrado: en otras ocasiones, probablemente muchas veces, en Parrish Island le habían administrado una dosis similar de narcóticos. Era posible que hubiera desarrollado cierta tolerancia a esas sustancias.

Existía un segundo factor protector. Debido a que la punta hueca de la aguja se había clavado en el hueso, debió de quedar bloqueada y ello impidió que el líquido se vertiese. Y, por supuesto, la dosis contenida en el dardo jeringa estaba calculada para no ser mortal, de lo contrario habría sido menos complicado acabar con él de un balazo. Un dardo como ése, aunque solía ser el preludio de un secuestro, no estaba destinado a matar a la víctima.

Se suponía que debía de haber perdido ya el conocimiento, pero sólo se sentía un poco aletargado. Precisamente en unos momentos en que no podía permitirse el lujo de que sus sentidos perdieran agudeza. El tapiz de agujas de pino bajo sus pies parecía ahora el lugar ideal para tumbarse en él y echar un sueñecito. *Sólo unos minutos.* Descansaría un rato y se despertaría como nuevo. *Sólo unos minutos.*

¡No! No podía sucumbir. Tenía que sentir su temor. El carfentanil, según recordó, tenía una media de vida de noventa minutos. En caso de sobredosis, el tratamiento óptimo era administrar a la víctima naloxona, un fármaco antagonista de los opiáceos. Pero en caso de no disponer de él, convenía administrarle una inyección de epinefrina. Epinefrina. Más conocida como adrenalina. Ambler no sobreviviría tratando de eliminar su terror, sino aceptándolo.

Siente el temor, se dijo reiteradamente, saliendo de debajo de las ramas de la enorme cicuta oriental y mirando a su alrededor. De golpe lo sintió, al tiempo que oía de nuevo un leve sonido sibilante, el sonido de aire removido por las alas rígidas y estabilizadoras de un proyectil que se desplazaba a gran velocidad, el cual no le alcanzó por escasos centímetros. Notó una descarga de adrenalina en su torrente sanguíneo. Tenía la boca seca, el corazón le latía descontrolado y sentía una opresión en el estómago. Alguien iba a por él. Lo que significaba que alguien sabía quién era. El temor se disipó, dando paso a los circuitos profundamente arraigados de adiestramiento e instinto.

Ambos dardos procedían de la misma dirección, de la orilla del lago. Pero ¿a qué distancia? El procedimiento habitual era evitar aproximarse si no era necesario; un hombre armado con un fusil tranquilizante se habría apostado a una distancia prudencial. No obstante, dado el limitado alcance de los dardos jeringa, la distancia no podía ser excesiva. Hal trató de visualizar cada detalle del terreno en dirección suroeste. Había una frondosa arboleda de cicutas cuyas ramas estaban adornadas con pequeños conos marrones; una hilera de piedras por las que podías subir utilizándolas a modo de peldaños; un barranco donde, durante el verano, la col fétida y la zapatilla de dama proliferaban a la húmeda sombra. Y, sujeta a un viejo y achacoso olmo, una plataforma para cazar ciervos.

Por supuesto. Años atrás habían instalado una plataforma resistente y portátil, la cual, al igual que tantos objetos «temporales», nunca había sido desmontada. La plataforma medía un metro cuadrado aproximadamente; las gruesas correas que la sostenían estaban aseguradas alrededor del árbol mediante un par de pernos de anilla que habían sido enroscados en el tronco. La plataforma estaba situada, según recordó Ambler, a unos tres metros y medio del suelo, en el cual se encontraba en aquellos momentos. Cualquier profesional se habría aprovechado de ello. ¿Cuánto tiempo le había estado observando el tirador con el fusil de disparar dardos antes de apretar el gatillo? ¿Y quién era ese tipo?

Las incertidumbres empezaban a cansar a Hal, reactivando de algún modo los microgramos de carfentanil que contenía su sangre: *Podría descansar aquí. Tan sólo unos minutos.* Parecía casi como si el potente opiáceo le susurrara ese consejo. ¡No! Ambler se esforzó en centrarse de nuevo en la presente crisis, en el aquí y ahora. Mientras estuviera libre, tenía una oportunidad. Era cuanto pedía. Una oportunidad.

La oportunidad de hacer que el cazador probara el temor que había provocado en él. La oportunidad de perseguir al cazador.

El reto consistía en avanzar a través del bosque agachado, con paso sigiloso y seguro. Tendría que echar mano de una técnica de adiestramiento que rara vez utilizaba. Saliendo de entre los densos arbustos que le ocultaban y agachándose, Ambler levantó lentamente la rodilla, relajando el tobillo y el pie mientras lo movía hacia delante al tiempo que mantenía la rodilla en la misma postura. La punta del pie se apoyó en el suelo presionando la superficie, asegurándose de no pisar ninguna rama que pudiese crujir. Luego apoyó el resto del pie, seguido del otro, en un movimiento fluido y continuo.

El hecho de mantener su peso distribuido equitativamente a través del pie maximizaba el área de superficie sobre la que aplicaba la fuerza, reduciendo así la fuerza descendente que ejercía. *Lento y seguro,* se dijo Hal. Pero nunca procedía de forma lenta y segura. De no ser por el carfentanil que circulaba en su torrente sanguíneo, no estaba seguro de no haberse lanzado a la carrera.

Por fin, completó un trayecto elíptico que le condujo más allá del olmo y luego de regreso a éste. Cuando estuvo a unos diez metros del árbol, vio un espacio a través de las zarzas, los árboles y las ramas que le permitían observar el lugar donde suponía que se hallaba la plataforma para cazar ciervos.

Pero aunque el árbol era tal como recordaba, no había ninguna plataforma sujeta a él. No había ni rastro de ninguna plataforma. Pese al frío que hacía, sintió una oleada de calor, sin duda debido al nerviosismo. Si la vieja plataforma no se hallaba allí...

En esto se levantó una ráfaga de viento y Ambler oyó un sonido, leve pero claro, de madera rozando contra madera. Al volverse la vio. Una plataforma para cazar ciervos. Otra, más grande, más elevada, más nueva, asegurada al gigantesco tronco de un viejo plátano. Avanzó hacia ella tan sigilosamente como pudo. Alrededor de la base del árbol crecía un denso arbusto de rosa multiflora. Lástima que en invierno no perdiese sus afiladas espinas con sus hojas. La rosa multiflora, una especie invasora procedente de Asia, solía formar algo semejante a un alambre serpentino natural. Constituía a todos los efectos una alambrada de espinas, enrollada en torno al tronco del plátano de casi treinta metros de altura.

Ambler miró a través de las ramas —más allá de las pequeñas y rasposas vainas que se recortaban contra el cielo, como unos erizos de mar colgantes—, hasta que logró distinguir a la figura. Era un individuo corpulento, vestido con un mono de camuflaje que, por suerte, miraba en dirección opuesta. Lo cual significaba que no había detectado sus movimientos. El tirador suponía que Hal seguía en la zona que descendía hacia el lago. Ambler miró de nuevo, esforzándose en verlo con claridad en la penumbra del atardecer. El tirador miraba a través de unos prismáticos Steiner autofoco, un modelo militar dotado de lentes antideslumbrantes y una carcasa verde revestida en goma impermeable, con los que escudriñaba el paraje atenta y metódicamente.

Llevaba un fusil largo colgado alrededor de los hombros de una correa. Debía de ser el fusil con que había disparado los dardos. Pero también portaba una pequeña pistola, que a juzgar por su silueta probablemente era una Beretta M92.A de nueve milímetros utilizada por el ejército estadounidense, aunque por lo general reservada a unidades de operaciones especiales.

¿Estaba solo el individuo?

Eso parecía: no llevaba un *walkie-talkie*, ni auricular visible, como habría llevado de haber formado parte de un equipo. Pero era mejor no hacer suposiciones.

Ambler miró de nuevo a su alrededor. Su visión del tirador quedaba en parte bloqueada por una gruesa rama del vetusto plátano, cuya corteza era jaspeada, pero lisa. La rama... Si se movía a la izquierda y daba un salto, podría agarrarla en un punto donde probablemente era lo bastante gruesa para sostener su peso. La rama se extendía desde el árbol en sentido horizontal unos ocho metros, cinco de los cuales eran gruesos como su muslo. Lo cual, según dedujo Ambler, significaba que era lo suficientemente gruesa y fuerte para satisfacer sus propósitos. Si conseguía encaramarse a ella, podía saltar sobre las zarzas y llegar a un par de metros de la plataforma para cazar ciervos.

Hal esperó a que soplara otra ráfaga de viento en el sentido adecuado, no hacia el tirador sino hacia él, y saltó tan alto como pudo. Agarró la rama no de un manotazo, sino rodeándola rápida y silenciosamente. Una nueva descarga de adrenalina le permitió encaramarse a ella con agilidad.

De pronto se oyó un leve crujido de madera al tiempo que la gruesa rama cedía un poco bajo su peso. Pero el crujido no fue demasiado fuerte como él había temido, y el tirador apostado sobre la plataforma —al que Hal veía ahora con claridad— no dio señal de haberlo oído. El viento había arreciado; un árbol había crujido: la secuencia tenía sentido. No llamó la atención del cazador.

Ambler se desplazó lentamente hacia el extremo de la rama, utilizando sus manos y pies en rápida sucesión, hasta casi alcanzar la gruesa correa de nailon de la plataforma. Su propósito era soltar la cincha de nailon para que la plataforma cayera al suelo. Pero era imposible. El cierre de la correa estaba colocado al otro lado del tronco, frente a la plataforma. De hecho, no podía acercarse más sin hacer algún ruido que delatara su presencia. Crispó la mandíbula, tratando de concentrarse. *Nada sale nunca según lo previsto. Rectifica e improvisa.*

Se encaramó sobre otra rama, cerró los ojos unos instantes, respiró hondo y se abalanzó sobre el tirador. Era una técnica de placaje volando por el aire que no había intentado desde sus tiempos de jugador de fútbol americano en la universidad.

Eso también fue un error. Alertado por el ruido del movimiento, el hombre se volvió. Hal le golpeó demasiado bajo —al nivel de las rodillas en lugar de al nivel de la cintura—, y en vez de derribar a su adversario, éste cayó hacia delante y le sujetó con fuerza. Tras no pocos esfuerzos, Ambler logró arrebatarle la Beretta.

Con un golpe contundente, el tirador le obligó a soltar la pistola, que cayó entre las zarzas. Cuando ambos hombres se encararon sobre la pequeña plataforma, Hal comprendió que iba a llevarse la peor parte. Aquel tipo medía casi dos metros de estatura, con un cuerpo musculoso pero increíblemente ágil. La cabeza, que llevaba rapada, parecía una extensión atrofiada de su recio cuello. Golpeaba con la contundencia de un boxeador profesional: cada puñetazo estaba dirigido con precisión y propulsado por todo su torso, retirando el brazo de inmediato y adoptando una postura defensiva. Ambler se las vio y se las deseó para protegerse la cabeza; pero no podía protegerse el cuerpo, y comprendió que los demoledores golpes no tardarían en derribarlo.

Inopinadamente, Hal cambió de postura, se apoyó contra el tronco del árbol y dejó caer los brazos. Ni él mismo habría sabido explicar el motivo.

El fornido individuo parecía más complacido que perplejo al tiempo que se disponía a asestarle el golpe de gracia.

4

Mientras Ambler boqueaba y todo su cuerpo temblaba debido a la fatiga muscular, la expresión en los ojos de su adversario le indicó lo que necesitaba saber: éste se disponía a asestarle el golpe de gracia, un puñetazo demoledor en la mandíbula, con la inmensa fuerza de su torso.

Pero Hal hizo lo único que era capaz de hacer, lo que a ningún profesional se le ocurriría: tirarse al suelo en el momento oportuno. Y el puñetazo con los nudillos desnudos impactó en el tronco del árbol.

Cuando el hombre emitió un alarido de dolor, Ambler se levantó de un salto y le golpeó con la cabeza en el plexo solar. Luego, incluso antes de oír la expulsión de aire automática, agarró al tipo por los tobillos y lo alzó. El tirador cayó de la plataforma y Hal se arrojó a continuación para aterrizar sobre él. Al menos el cuerpo de su atacante amortiguaría la caída.

Con movimientos rápidos y diestros, despojó al hombre de su cazadora de camuflaje forrada de Kevlar y de su chaleco de combate. Acto seguido desprendió el fusil de cañón largo de su correa y lo utilizó para atar las manos del tirador a su espalda. Los dos nudillos del centro de su mano derecha estaban enrojecidos, ensangrentados, y empezaban a hincharse, evidentemente partidos. El tirador no cesaba de gemir de dolor.

Ambler miró a su alrededor en busca de la Beretta. Vio un destello metálico debajo de las espinosas ramas enroscadas de la rosa multiflora, y decidió no tratar de recuperarla.

—Arrodíllate, soldado —ordenó Hal—. Ya conoces la postura. Cruza los tobillos.

El tirador obedeció, moviéndose a regañadientes pero sin vacilar, como alguien que había obligado a otros a adoptar esa postura. Era evidente que había recibido la instrucción habitual en técnicas de combate del ejército estadounidense. Sin duda había recibido un adiestramiento muy intensivo.

—Creo que me he roto algo —dijo el hombre en voz baja y entrecortada, tocándose las costillas. Ambler dedujo que procedía del profundo sur, de Misisipí.

—Sobrevivirás —respondió secamente—. O no. Eso lo decidiremos nosotros, ¿vale?

—Creo que no comprendes la situación —dijo el hombre.

—Ahí es donde entras tú —contestó Ambler. Palpó los bolsillos del pantalón del individuo y sacó una navaja multiusos militar—. Vamos a jugar al juego de verdad o consecuencia. —Sacó el cuchillo de escamar y lo acercó al rostro del individuo—. No dispongo de mucho tiempo. De modo que vamos al meollo de la cuestión. —Se esforzó cuanto pudo en controlar su respiración. Tenía que mostrarse tranquilo y firme. Y tenía que centrarse en el rostro del hombre que estaba arrodillado al tiempo que le amenazaba con el cuchillo de escamar—. Primera pregunta. ¿Trabajas solo?

—Ni mucho menos. Hemos venido un montón de tíos.

Estaba mintiendo. Pese a estar atontado por el carfentanil, Ambler se dio cuenta, como siempre. Cuando sus colegas le preguntaban cómo se daba cuenta, él ofrecía distintas respuestas según los casos. En un caso, el temblor de la voz. En otro, el tono de voz demasiado enérgico o despreocupado. Un gesto de la boca. Un gesto de los ojos. Siempre había algo.

En cierta ocasión la unidad de Operaciones Consulares había ordenado a sus agentes que estudiaran la insólita habilidad de Ambler, pero, que él supiera, nadie había conseguido imitarle. Él lo llamaba intuición. La intuición significaba que no lo sabía. A veces incluso se preguntaba si ese don no era una incapacidad más que una capacidad: Hal era incapaz de «no ver». La mayoría de las personas filtraban lo que veían cuando observaban el rostro de alguien, rigiéndose por la norma del razonamiento abductivo, lo que significaba que lo que no encajaba con la explicación que les parecía que tenía más sentido lo ignoraban. Él no tenía esa capacidad de ignorar lo que no encajaba.

—De modo que estás solo —le espetó al hombre que estaba arrodillado—. Tal como supuse.

Éste protestó, pero sin mucha convicción.

Aunque ignoraba quiénes eran o lo que pretendían, Ambler supuso que debieron pensar que existían pocas probabilidades de que fuera allí. Había otros cincuenta sitios a los que podía haber ido, y dedujo que había agentes apostados en cada uno de ellos. Dadas las circunstancias y el poco tiempo que habían tenido para prepararse, la estrategia dictaba un solo hombre en cada lugar. Era un problema de recursos humanos.

—Siguiente pregunta. ¿Cómo me llamo?

—No me informaron —contestó el hombre con tono casi resentido.

Su respuesta parecía increíble, pero decía la verdad.

—No he encontrado una fotografía del objetivo en tus bolsillos. ¿Cómo ibas a identificarme?

—No hay ninguna foto. Recibí el encargo hace unas horas. Dijeron que tenías cuarenta años, que medías un metro ochenta de estatura, con el pelo castaño y los ojos azules. Por lo que a mí respecta, eres el tipo de enero. Básicamente, si alguien aparecía hoy en este lugar dejado de la mano de Dios, eras tú. Eso fue lo que me explicaron. No me enviaron a un congreso de la Asociación Nacional del Rifle, ¿entiendes?

—Bien hecho —respondió Ambler. La explicación del tirador era un tanto extraña, pero no le había engañado—. Has dicho la verdad. Siempre me doy cuenta.

—Lo que tú digas —replicó el individuo. Era un incrédulo.

Hal tenía que hacer que le creyese. El interrogatorio sería más sencillo.

—Te lo demostraré. Te haré unas preguntas inocuas a las que puedes responder sinceramente o no, como quieras. Así comprobarás si me doy cuenta de que mientes o dices la verdad. Para empezar, ¿tuviste un perro de niño?

—No.

—Ahora estás mintiendo. ¿Cómo se llamaba el perro?

—*Elmer.*

—Una respuesta sincera. ¿Cuál era el nombre de pila de tu madre?

—Marie.

—No es cierto. ¿Y el de tu padre?

—Jim.

—No es verdad —dijo Ambler. Observó que el hombre arrodillado se mostraba visiblemente impresionado por la facilidad con que él juzgaba sus respuestas—. ¿De qué murió *Elmer*?

—Lo atropelló un coche.

—Cierto —respondió Hal para darle ánimos—. Una respuesta sincera. Ahora aférrate a esa idea. Porque a partir de ahora, sólo aceptaré respuestas sinceras. —Tras una breve pausa añadió—: Siguiente parte del examen. ¿Para quién trabajas?

—Tengo las costillas rotas.

—Eso no es una respuesta. Te he advertido que no tengo tiempo que perder.

—Ellos te lo explicarán. No me corresponde a mí. —La voz del hombre denotaba que había recuperado cierta seguridad en sí mismo. Ambler tenía que socavar esa seguridad o perdería la oportunidad de averiguar lo que necesitaba saber.

—¿Explicármelo? Creo que no te enteras. En estos momentos mando yo, no ellos. —Hal oprimió la hoja dentada del cuchillo escamador contra la mejilla derecha del hombre.

—Por favor —gimió el sureño.

Unas gotitas de sangre aparecieron en el borde de la hoja dentada.

—Un consejo. Si vas armado con un fusil en una pelea con

cuchillo, procura ganar. —El tono de Ambler era gélido y tajante. Formaba parte del arte de interrogar: el aura de absoluta determinación y ausencia de escrúpulos.

Miró el fusil de cañón largo. Un Paxarms MK24B.A. de calibre 509 para disparar jeringas.

—Un arma muy sofisticada —comentó Ambler—. No suele formar parte del equipo de un soldado americano. ¿A qué viene todo esto? —inquirió oprimiendo de nuevo el cuchillo escamador contra el rostro del individuo.

—Por favor —respondió éste como si estuviera a punto de derrumbarse.

—Te encargaron que secuestraras a un sujeto. Te ordenaron que me dejaras inconsciente... ¿Y luego?

—No me ordenaron eso exactamente —contestó el hombre con tono casi azorado—. Por lo visto, las personas para las que trabajo están muy interesadas en ti.

—Las personas para las que trabajas —repitió Ambler—. Te refieres al gobierno.

—¿Qué? —El individuo le miró perplejo, como si pensara que Hal le estaba tomando el pelo, pero no estuviera seguro—. Hablamos de particulares, ¿vale? Te aseguro que no estoy en la nómina del gobierno. Me dijeron que quizás aparecerías por aquí, y que debía abordarte.

—¿Llamas a eso «abordarme»? —preguntó Ambler señalando el fusil Paxarms.

—Me dijeron que actuara según mi criterio si creía que podías ser peligroso —contestó el tirador encogiéndose de hombros—. De modo que me traje el fusil de disparar dardos por si acaso.

—¿Y?

El hombre volvió a encogerse de hombros.

—Creí que podías ser peligroso.

Hal le miró sin pestañear.

—¿Las órdenes incluían algún lugar al que debías trasladarme?

—No me lo dijeron al encargarme la misión. Iban a transmitirme esa información por radio cuando yo les comunicara que te había localizado o capturado. Suponiendo que aparecieses. Ignoro qué probabilidades creían ellos que había de que te presentaras.

—¿Ellos? Debo decirte que ésa no es mi palabra favorita.

—Oye, mira, esa gente me encarga unos trabajos, pero a distancia. No jugamos al dominó chino los domingos, ¿comprendes? Tuve la sensación de que habían averiguado que estabas disponible y querían contratarte antes de que lo hicieran otros.

—Me alegra saber que estoy tan solicitado. —Ambler se esforzó en asimilar lo que oía, pero sin dejar que el ritmo del interrogatorio decayera—. ¿Método de contacto?

—Mantenemos una relación de larga distancia. Esta mañana recibí un correo electrónico encriptado con las instrucciones. Depositarían un pago parcial en una cuenta. Ése era el trato. —Las palabras brotaron atropelladamente—. Nada de reuniones. Una seguridad a prueba de bomba.

El hombre decía la verdad, y sus palabras revelaron a Hal más que su contenido explícito. «Seguridad a prueba de bomba» era un término muy utilizado por los servicios de inteligencia estadounidenses.

—Eres un agente secreto norteamericano —afirmó Ambler.

—Jubilado. Trabajé en la IM. —O sea, la Inteligencia Militar—. En las Fuerzas Especiales durante siete años.

—Y ahora vas por libre.

—Exacto.

Ambler abrió la cremallera de un bolsillo del chaleco de camuflaje del tirador. Contenía un móvil Nokia bastante maltrecho, probablemente para su uso particular, que Hal se guardó en el bolsillo. También encontró, tal como había supuesto, una versión militar de un artilugio para enviar mensajes de texto estilo BlackBerry. Un sistema puntero de seguridad de datos RASP. Tanto el tirador como las personas que le habían contratado estaban habituados a utilizar material de los servicios clandestinos estadounidenses.

—Te propongo un trueque —dijo Ambler—. Tú me explicas el protocolo del correo electrónico y tus contraseñas...

Se produjo una pausa. Luego, con expresión de renovada determinación, el hombre meneó lentamente la cabeza.

—Ni lo sueñes.

Hal sintió de nuevo irritación; tenía que recuperar la posición dominante. Al observar las emociones que traslucía el rostro del tirador, comprendió que no trataba con un fanático, un auténtico creyente. El hombre que tenía delante trabajaba por dinero. Su objetivo era mantener su reputación de fiabilidad; los encargos que le hicieran en el futuro dependían de ello. Ambler tenía que convencerle de que el que tuviera un futuro dependía de su cooperación. En momentos como éste, un aire tranquilo y razonable no surtía efecto. Tenía que transmitir el aire de un sádico integral, un tipo que se alegra de poder poner en práctica sus habilidades.

—¿Sabes el aspecto que presenta la cara de un hombre despellejada? —preguntó con tono neutro—. Yo sí. La matriz dérmica es sorprendentemente resistente, pero se adhiere a las capas de lípido y músculo que hay debajo. Dicho de otro modo, después de practicar un corte, la piel se separa con bastante facilidad de la fascia que hay debajo. Es como arrancar un terrón en un césped. Y al levantar la piel, observas una estriación increíblemente compleja de músculos faciales. El cuchillo escamador no es el instrumento ideal, ya que produce unos cortes muy irregulares, pero servirá. Me temo que no estarás en situación de observar lo que hago, pero yo te describiré lo que vea. Para que no pierdas detalle. Bien, ¿empezamos? Quizá sientas un pellizco. Bueno, algo más que un pellizco. Más bien sentirás... como si alguien te arrancara la cara.

El hombre arrodillado cerró los ojos en un gesto de temor.

—Has hablado de un trueque —dijo—. ¿Yo qué consigo?

—Ah, eso. Tú consigues... ¿Cómo te lo diría? Salvar la cara.

El hombre tragó saliva.

—La contraseña es mil trescientos cuarenta y cinco ge de —dijo con voz ronca—. Repito: mil trescientos cuarenta y cinco ge de.

—Un amable recordatorio. Si mientes, me daré cuenta enseguida —dijo Ambler—. Si te equivocas en algún detalle, volvere-
mos a nuestra lección de anatomía. No te quepa la menor duda.

—No miento.

—Lo sé —contestó Hal esbozando una sonrisa gélida.

—La encriptación de los correos electrónicos es automática en
el *hardware*. El asunto debe ser: «Buscando a Ulises». Las mayúsculas no son importantes. Y la firma es «Cíclope». —El hombre
pasó a detallar los protocolos de comunicación que habían sido
establecidos, y Ambler los memorizó.

—Suéltame de una vez, tío —dijo el sureño después de que
Hal le obligara a repetirlo todo tres veces.

Ambler se quitó la chaqueta de color tostado y se puso el chaleco de combate y la cazadora de camuflaje del tirador. Pensó que
eran unas prendas que podían serle útiles. Luego le quitó la riñonera que llevaba y se la puso él; la mayoría de los agentes que iban
por libre solían llevar importantes cantidades de dinero, lo cual
también podía serle útil. La Beretta seguía perdida entre las zarzas.

En cuanto al fusil, hacía mucho bulto, por lo que representaba
más un engorro que una ventaja para Hal, al menos a corto plazo,
y en esos momentos el corto plazo se extendía ante él como una
docena de vidas. Lo desmontó y arrojó los seis dardos tranquilizantes que quedaban entre los matorrales. Por último desató las
manos del tirador y le arrojó su chaqueta de color tostado.

—Para que no te hieles.

De pronto sintió un leve aguijonazo en el cuello —¿un mos-
quito, un jején?— y se dio un manotazo distraídamente en el lugar
donde sentía el escozor para ahuyentarlo. Pasaron unos instantes
antes de que Ambler se percatara de que en esa época del año no
había esos insectos, aparte de comprobar que tenía las yemas de
los dedos manchados con su propia sangre. No había sido un insecto. Ni un dardo.

Había sido una bala.

Se volvió. El hombre al que acababa de desatar las manos se desplomó en el suelo. Un chorro de sangre brotaba de su boca y sus ojos mostraban la mirada fija de la muerte. La bala de un francotirador —la misma bala que había arañado el cuello de Ambler— debió de entrarle por la boca y penetrar hasta el fondo de la cabeza. Hal había decidido perdonarle la vida. Pero otra persona, no.

¿O estaba la bala destinada a él?

Tenía que largarse de allí cuanto antes. Echó a correr a través del bosque a toda velocidad. El hecho de regalar al hombre su chaqueta tostada debió de ser su sentencia de muerte, identificándole para ser ejecutado. Un francotirador apostado a lo lejos debió de fijarse en el color de la prenda. Pero ¿por qué enviar a alguien «para abordarle» si el plan consistía en matarlo?

Ambler tenía que abandonar los montes Sourland. El Honda sin duda había sido ya localizado. ¿Qué otros vehículos había en la zona? Recordó haber visto un Gator con techo de lona, a medio kilómetro sobre la ladera. Era un todoterreno de color verde, capaz de circular por donde fuera: ciénagas, arroyos, colinas.

Cuando llegó junto a él, no le sorprendió comprobar que las llaves estaban puestas en el contacto. En esos parajes nadie cerraba con llave la puerta de su casa. No le costó poner en marcha el Gator, y condujo a través del bosque tan rápidamente como pudo, sujetando el volante con firmeza cuando el vehículo brincaba sobre las piedras, agachando la cabeza cuando unas ramas bajas amenazaban con golpearlo. El todoterreno avanzó con facilidad a través de zarzas y matorrales; mientras tuviera cierto margen para circular entre los árboles, la maleza no le detendría. Ni los pedregosos barrancos ni arroyos. Fue un trayecto repleto de sacudidas y bandazos. Era como montar un caballo sin domar; pero las ruedas del vehículo se adherían bien al terreno.

De repente el parabrisas del Gator estalló, asumiendo un aspecto opaco debido a la fragmentación del cristal.

Por fin había llegado una segunda bala.

Hal pegó un volantazo al azar, confiando en que las sacudidas del vehículo sobre el escabroso terreno hicieran más difícil que el francotirador le localizara en el retículo de su visor. Entretanto, en su mente bullía un sinfín de incertidumbres. La línea de fuego le indicaba que el disparo, casi seguro, procedía de la otra orilla del lago, cerca de la vieja casa de McGruder. O de la torre de conducción eléctrica situada en la colina. O —Ambler escudriñó el horizonte— del silo de trigo en la granja Steptoe, en la ladera. Sí, ahí es donde él se habría colocado si estuviera llevando a cabo una operación. La seguridad residía en el terreno elevado, en la parte superior de las laderas donde la cuesta daba paso a una zona muy irregular. Por ella discurría una carretera asfaltada, y si lograba alcanzarla, la misma tierra le protegería.

Tras pisar el acelerador a fondo, comprobó que el vehículo era capaz de trepar por las laderas de los montes Sourland con facilidad; al cabo de diez minutos llegó a la carretera. El Gator era demasiado lento para seguir el ritmo del tráfico rodado, y el parabrisas destrozado por la bala sin duda llamaría la atención, lo cual no le convenía. De modo que condujo el coche hasta detrás de una frondosa arboleda de cedros rojos orientales y paró el motor.

No parecía que nadie le persiguiera. Sólo se oía el rumor del motor apagado y el ruido de los coches que circulaban por la carretera en la cercana montaña.

Ambler sacó el teléfono inteligente del hombre asesinado. *Quieren contratarte.* Eso había supuesto el tirador, pero ¿era una treta? Estaba claro que las personas que habían reclutado al ex agente norteamericano querían permanecer en el anonimato: una seguridad a prueba de bomba. Pero Hal tenía que averiguar lo que sabían. Ahora era él quien tenía que «abordarlos» a ellos, pero de acuerdo con sus propios términos y como otra persona. Para vencer los mecanismos de cautela, el mensaje tenía que prometer algo, ¿o contener quizás una amenaza? La imaginación es muy poderosa: cuanto menos específico sea el mensaje, mejor.

Tras reflexionar unos momentos, tecleó con los pulgares un mensaje en el teléfono, breve pero hábilmente redactado.

El encuentro con el sujeto, explicó, no había dado el resultado previsto, pero en estos momentos estaba en posesión de unos «documentos interesantes». Era preciso que se reunieran. Ambler dio las mínimas explicaciones, sin ofrecer ningún detalle.

Espero instrucciones, tecleó. Luego envió el mensaje a quienquiera se hallara al otro lado del criptosistema.

A continuación se encaminó hacia el borde de la carretera. Vestido con la cazadora de camuflaje, parecía un cazador fuera de temporada. Supuso que a pocas personas en esa zona les importaría. Al cabo de unos minutos lo recogió una mujer de mediana edad que conducía un GMC con el cenicero lleno de colillas. Tenía muchas cosas en la cabeza y no paró de hablar hasta que dejó a Hal en el Motel 6 junto a la ruta 173. Ambler estaba seguro de haber pronunciado unas frases corteses mientras la mujer hablaba, pero apenas había oído una palabra de lo que ésta había dicho.

Setenta y cinco dólares la habitación. Durante unos instantes temió no llevar bastante dinero, pero entonces recordó la riñonera que le había cogido al tirador. Mientras se registraba —bajo un nombre que se inventó sobre la marcha—, procuró no sucumbir al agotamiento que amenazaba con tumbarlo y que probablemente habría hecho presa en él incluso sin los restos de carfentanil que tenía aún en su organismo. Necesitaba una habitación. Necesitaba descansar.

La habitación era tan anodina como cabía imaginar: el estilo de la ausencia de estilo. Ambler se apresuró a examinar el contenido de la riñonera del hombre asesinado. Había dos juegos de tarjetas de identidad; la más útil era el permiso de conducir de Georgia, donde los sistemas informáticos no estaban muy al día. El carné tenía un aspecto corriente, pero al examinarlo más detenidamente comprobó que había sido diseñado para poder modificarlo con facilidad. De modo que no tendría problema alguno en obtener una fotografía suya del tamaño de un sello de correos en un centro comercial y adaptar un permiso de conducir que de entrada era falso. La estatura y el color de ojos del tirador eran distintos de los de Ambler, pero no hasta el punto de llamar la atención. Mañana... Mañana tendría que solventar muchas cosas. Tantas que en esos momentos estaba demasiado rendido para pensar siquiera en ellas.

Sintió que estaba a punto de dormirse: la combinación del estrés físico y emocional era tremenda. Pero se esforzó en meterse en la bañera, con agua tan caliente como pudo resistir, y permaneció un buen rato en ella, lavando el sudor, la sangre y la suciedad de su cuerpo hasta que no quedó más que el olor de la pastilla de jabón del motel. Luego salió de la bañera y empezó a secarse con las toallas de algodón blancas.

Había muchas cosas sobre las que tenía que reflexionar, pero curiosamente pensó que no le convenía hacerlo. No en esos momentos. Hoy, no.

Se secó el pelo con la toalla y se acercó al espejo del lavabo. Estaba empañado por el vaho y lo calentó con el secador de pelo hasta despejar un espacio ovalado. No recordaba la última vez que había visto su rostro —¿cuántos meses hacía?—, por lo que se preparó para contemplar un semblante demacrado.

Cuando por fin se vio reflejado en el espejo, notó que le invadía una profunda sensación de vértigo.

Era el rostro de un extraño.

Hal sintió que se le doblaban las rodillas y al cabo de unos segundos cayó al suelo.

El hombre reflejado en el espejo le resultaba irreconocible. No era una versión demacrada o desmejorada de él. No era él con la frente surcada de arrugas o unas ojeras profundas. Sencillamente, no era él.

Los pómulos altos y pronunciados, la nariz aguileña: era un rostro de rasgos armoniosos —un rostro que la mayoría de la gente consideraría más atractivo que el de Ambler—, salvo por cierto aire de crueldad. Él tenía la nariz más redondeada, ancha y con la punta un tanto carnosa; sus mejillas eran más convexas y tenía un hoyuelo en el mentón. *Ese hombre no soy yo*, se dijo, y lo ilógico de la situación le golpeó como una poderosa ola.

¿Quién era el hombre que veía en el espejo?

Era un rostro que no reconocía, pero que podía leer. Y lo que leyó en él era la misma emoción que él experimentaba: terror. No, algo más que terror. Pavor.

El torrente de jerga psiquiátrica a la que Ambler había estado sometido durante sus meses de cautiverio —trastorno disociativo de la identidad, fragmentación de la personalidad y demás— inundó de pronto su mente. Oyó, como un coro de voces murmurando, la insistencia de los médicos en que había sufrido un brote psicótico y pasaba a través de diversas identidades ficticias.

¿Era posible que estuvieran en lo cierto?

¿Estaba loco?

SEGUNDA PARTE

5

Por fin le sobrevino el sueño, un sueño agitado; ni siquiera la inconsciencia le ofrecía un refugio. Sus sueños eran rehenes de recuerdos de una tierra lejana. De nuevo, una reluciente imagen se combó como un fotograma de celuloide colocado ante la bombilla recalentada de un proyector, y de pronto Ambler comprendió dónde estaba.

Changhua, Taiwán. La ciudad milenaria estaba rodeada de montañas por tres costados; al oeste, daba al estrecho de Taiwán, el peligroso centenar de millas de agua salada que separa la isla de tierra firme. Unos emigrantes fukieneses se habían establecido allí en el siglo XVII, durante la dinastía Ching, seguidos por numerosas oleadas de colonizadores. Cada oleada imprimía su huella singular, pero la ciudad, como un organismo inteligente, decidía qué aportaciones merecían preservarse y cuáles debían desaparecer de la historia. En un parque situado al pie de las montañas Bagua se alzaba un descomunal Buda negro, custodiado por dos impresionantes leones de piedra. Los visitantes contemplaban admirados el Buda; los ciudadanos sentían casi la misma admiración por los leones, emblemas de defensa, con los músculos tensos y afilados colmillos. Años atrás, Changhua era un importante fuerte. Actualmente era una ciudad populosa que se había convertido en otro tipo de bastión. Un bastión de democracia.

En las afueras de la ciudad, cerca de la fábrica de papel y una granja de flores, habían instalado un estrado provisional. El hombre que muchos creían que sería el próximo presidente de Taiwán, Wai-Chan Leung, iba a comparecer ante una multitud formada por miles de personas. Sus seguidores habían acudido de los municipios de Tianwei y Yungjing por la autovía provincial 1, y coches pequeños y polvorientos invadían todas las calles laterales y callejones. Ningún candidato político había inspirado jamás tal entusiasmo entre las gentes normales y corrientes de Taiwán.

Leung era, en muchos aspectos, un personaje singular. Para empezar, era mucho más joven que la mayoría de candidatos: tenía tan sólo treinta y siete años. Era el vástago de una familia adinerada, la cual descendía de comerciantes, pero un auténtico populista, con un carisma que encandilaba a la gente humilde. Había fundado el partido político más pujante de Taiwán y era el artífice del enorme tirón que éste tenía en el extranjero. En la república isleña no faltaban los partidos y las organizaciones políticas, pero el partido de Wai-Chan Leung se había distinguido de inmediato por su decidido compromiso con la reforma. Tras dirigir exitosas campañas anticorrupción a nivel local, Leung pedía ahora que le concedieran autorización para depurar la política y el comercio nacionales de la corrupción y el amiguismo. Pero su visión política no terminaba ahí. A diferencia de otros candidatos que explotaban el persistente temor y resentimiento hacia el «Imperio chino» representado por China continental, Leung hacía hincapié en «una nueva política con respecto a la nueva China», una política basada en la conciliación, el comercio y un ideal de soberanía compartida.

Para muchos altos funcionarios del Departamento de Estado, el joven parecía ser un auténtico mirlo blanco. Según un dossier minuciosamente compilado por la Unidad de Estabilización Política de Operaciones Consulares, de eso no tenía nada.

Ése era el motivo de que Ambler hubiera sido enviado a Changhua, formando parte de un «equipo de acción» enviado por la Unidad de Estabilización Política; es decir, era uno de los agentes de Estab, la abreviatura de la unidad. Lo cual significaba que no estaba allí como Hal Ambler, sino como Tarquin, el nombre de guerra que le habían asignado desde el principio de su carrera en las operaciones encubiertas. Ambler pensaba a veces que Tarquin no sólo era un personaje ficticio, sino una persona por derecho propio. Cuando trabajaba en una misión secreta, se convertía en Tarquin. Era una forma de compartimentación psíquica que le permitía hacer lo que tenía que hacer.

Tarquin, uno de los pocos occidentales en un mar de rostros asiáticos —según una deducción automática, por tanto, un miembro de los medios extranjeros—, se movía a través de la densa multitud sin apartar los ojos del estrado. El candidato estaba a punto de aparecer. La gran esperanza de la nueva generación de Taiwán. El joven idealista. El visionario carismático.

El monstruo.

Los datos estaban minuciosamente detallados en el dossier de la Unidad de Estabilización Política, o UEP. Revelaba el sanguinario fanatismo que subyacía bajo la pose quintacolumnista de moderación y amable sensatez del candidato. Delataba sus vínculos ideológicos con los jemeres rojos. Su implicación personal en el narcotráfico del Triángulo Dorado y varios asesinatos políticos ocurridos en Taiwán.

Era imposible desenmascararlo sin comprometer a docenas de agentes, exponiéndolos a que afrontaran torturas y la muerte a manos de los cómplices secretos de Leung. Pero no podían permitir que éste se saliera con la suya, que ocupara su cargo a la cabeza del Congreso Nacional de Taiwán. Ese venenoso populista debía ser eliminado de la arena política a fin de garantizar la supervivencia de la democracia.

Era el tipo de misión en el que estaba especializada la unidad Estab. Los implacables métodos utilizados por algunos de sus agentes les había valido la desaprobación de los analistas de inteligencia del Departamento de Estado de corazón blando y cabeza aún más blanda. Lo cierto era que en ocasiones era preciso emprender acciones inaceptables con tal de evitar consecuencias más inaceptables todavía. La subsecretaria Ellen Whitfield, directora de Estab, estaba entregada a ese principio con una determinación que la hacía extraordinariamente eficaz. A diferencia de otros directores de unidades que se contentaban con analizar y valorar, Whitfield no vacilaba en pasar a la acción. «Es preciso eliminar el cáncer antes de que se extienda» constituía su lema y su historial en lo referente a amenazas políticas. Ellen Whitfield no creía en interminables intentos diplomáticos de contemporizar cuando la paz podía preservarse por medio de una rápida intervención quirúrgica. Pero pocas veces había habido tanto en juego.

—Alfa Uno en posición —murmuró una voz a través del auricular de Tarquin.

Traducción: el técnico de explosivos del equipo se había situado a una distancia prudencial del lugar donde había ocultado su artilugio, dispuesto a activar el detonador controlado por radio a una señal de Tarquin. La operación era forzosamente compleja. La familia de Leung, temiendo por su integridad física y recelosa de la policía estatal, le había proporcionado un eficaz equipo de seguridad. Todos los obvios nidos de francotiradores habían sido registrados. Otros guardias, expertos tanto en las antiguas tradiciones de artes marciales como en las nuevas técnicas de combate contemporáneo, escudriñarían a la multitud, y algunos habían sido apostados a intervalos regulares: a la mínima señal de la existencia de un arma, ésta sería eliminada por la fuerza. Leung viajaba en un coche blindado, se alojaba en habitaciones de hoteles celosamente custodiadas por sus partidarios. Nadie imaginaba que la amenaza se hallaba dentro de ese podio de aspecto normal y corriente.

Había llegado el momento.

Por el creciente murmullo de la multitud, Tarquin dedujo que el candidato había aparecido. Alzó la vista en el momento en que Leung subía al estrado.

Los aplausos se intensificaron, y el candidato sonrió complacido. Aún no se había situado frente al podio, lo cual era crucial. Para evitar daños colaterales, el pequeño explosivo había sido diseñado para estallar en una dirección muy precisa. Tarquin esperó, sosteniendo un pequeño bloc de notas y un bolígrafo, las herramientas de un periodista.

Esperamos tu señal, dijo una voz metálica a través del auricular de Tarquin. Una señal que significaba la muerte.

Esperamos tu señal.

El sonido dio paso a otro, al tiempo que parecía como si la temperatura del aire descendiera, y Tarquin oyó de nuevo un leve ruido, el ruido que en esos momentos comprendió que le había despertado y transportado al aquí y ahora, a miles de kilómetros a través del mundo y más de dos años después.

Ambler se revolvió en la cama del motel; las sábanas estaban arrugadas y empapadas de sudor. El ruido procedía de la mesilla de noche. La BlackBerry del tirador asesinado vibraba, indicando la llegada de un mensaje de texto. Después de pulsar unos botones, Hal constató que había recibido una respuesta a su correo electrónico. El mensaje era breve, pero contenía unas instrucciones precisas. Debía acudir a una cita a las dos y media de la tarde, en el Aeropuerto Internacional de Filadelfia. Puerta C 19.

Eran muy astutos. Utilizaban a los empleados de seguridad y los detectores de metales del aeropuerto para sus propios fines, asegurándose de que Ambler llegara indemne. El carácter público del lugar ofrecía asimismo una excelente protección contra cualquier iniciativa violenta por parte de Hal. Pero habían elegido una hora en que habría menos pasajeros esperando sus vuelos. En una zona bastante desierta de la terminal —Ambler estaba seguro de que habían elegido esa puerta justamente por esa razón—, gozarían de cierto aislamiento. Una zona bastante aislada para garantizarles privacidad, pero lo suficientemente pública para ofrecerles seguridad. Buen trabajo. Esa gente sabía lo que hacía. Aunque no era un pensamiento muy tranquilizador.

Clayton Caston estaba desayunando, vestido, como de costumbre, con uno de sus doce trajes grises prácticamente intercambiables. Cuando los había adquirido, a través del catálogo de venta por correo de los sastres Jos. A. Bank, los trajes tenían un descuento del cincuenta por ciento, por lo que el precio le había parecido muy razonable, y la mezcla de lana y poliéster minimizaba las arrugas, lo cual resultaba muy práctico. «Un traje de ejecutivo de tres botones que puede lucir todo el año —decía el catálogo—. Un tejido apto para cualquier estación.» Caston había hecho caso a los sastres: lucía los mismos trajes todo el año. Al igual que las corbatas rojas con rayas verdes o azules con rayas rojas. Sabía que algunos de sus colegas consideraban su poco variado atuendo una excentricidad. Pero ¿por qué variar por el mero hecho de variar? Cuando das con algo que cumple su función, no merece la pena cambiar.

Con su desayuno ocurría otro tanto. A Caston le gustaban los cereales. Por las mañanas comía cereales, y en esos momentos desayunaba cereales.

—¡Qué gilipollez! —soltó Andrea, su hija de dieciséis años. No se dirigía a Caston, desde luego, sino a Max, su hermano, un año mayor que ella—. Chip es un borde. En cualquier caso, le gusta Jennifer, no yo. ¡Gracias a Dios!

—Eres transparente —comentó Max implacable.

—Si vas a comer un pomelo, utiliza uno de los cuchillos de cortar pomelos —dijo su madre con leve tono de reproche—. Para eso los tenemos. —Iba vestida con un albornoz de felpa, calzaba zapatillas de felpa y tenía el pelo recogido con una banda elástica del mismo tejido. A Clay Caston le parecía una belleza.

Max aceptó el cuchillo curvado de cortar pomelos sin rechistar y siguió metiéndose con su hermana.

—Chip odia a Jennifer y Jennifer odia a Chip gracias a ti, pues le contaste a Chip lo que Jennifer había dicho de él a T.J. A propósito, espero que le hayas contado a mamá lo que ocurrió ayer en tu clase de francés.

—¡Ni se te ocurra! —Andrea se levantó apresuradamente de su asiento, presa de la típica rabieta que acomete a una adolescente de dieciséis años—. ¿Por qué no hablamos sobre el pequeño arañazo en la puerta del Volvo? No estaba ahí antes de que lo cogieras anoche. ¿Crees que mamá ya se ha dado cuenta?

—¿De qué arañazo hablas? —pregunto Linda Caston, depositando en la mesa su enorme taza de café solo.

Max dirigió a su hermana una mirada fulminante, como tratando de idear alguna tortura que sirviera para escarmentarla.

—Digamos que Max el Loco aún no domina las sutilezas de aparcar en paralelo.

—¿Sabes qué te digo? —replicó el chico sin apartar la vista de su hermana—. Que creo que va siendo hora de que tu amigo Chip y yo tengamos una charla.

Caston alzó la vista del *Washington Post*. Era consciente de que en esos momentos no ocupaba un lugar preponderante en la mente de sus dos hijos, lo cual no le importaba en absoluto. Se parecían tan poco a él que el hecho de que fueran hijos suyos representaba un misterio para Caston.

—No te atreverás, cretino.

—¿Qué tipo de arañazo? —repitió Linda.

Los otros sentados a la mesa seguían discutiendo entre sí como si Caston no existiese. Estaba acostumbrado a ello. Incluso a la hora del desayuno, era el burócrata más anodino del mundo, y Andrea y Max, como todos los adolescentes, eran un tanto absurdos y egocéntricos. Andrea, con sus labios pintados con un brillo que olía a frambuesa y sus vaqueros decorados con rotulador; Max, la estrella emergente del equipo de fútbol de su instituto que nunca se acordaba de afeitarse el cuello como es debido y se echaba demasiada Aqua Velva. Caston se corrigió mentalmente: hasta unas gotas de Aqua Velva eran excesivas.

Eran unos mocosos indisciplinados y pendencieros, que se ponían a discutir por cualquier nimiedad. Y Clayton Caston los amaba más que a su propia vida.

—¿Queda zumo de naranja? —Eran las primeras palabras que pronunciaba desde que se había sentado a desayunar.

Max le pasó el envase de cartón. La vida interior de su hijo le resultaba muy opaca, pero de vez en cuando veía algo semejante a compasión en su expresión: era un joven que trataba de clasificar

a su padre según las categorías antropológicas del instituto —un
gilipollas, un tipo prepotente, un chalado, un cretino, un perde-
dor—, sabiendo que si fueran compañeros de clase decididamente
no saldrían juntos.

—Quedan un par de tragos, papá —dijo Max.

—Con un trago me basta y sobra —respondió Caston.

El chico le miró desconcertado.

—Lo que tú digas.

—Tenemos que hablar sobre el arañazo —dijo Linda.

Dos horas más tarde, en el despacho de Caleb Norris en la CIA,
había menos griterío, pero las voces quedas no hacían sino realzar la
profunda tensión. Norris era un subdirector adjunto de inteligencia,
y cuando había citado a Caston para una reunión a las nueve y media
de la mañana, no le había explicado el motivo. No era necesario.
Desde que había llegado el boletín de Parrish Island la mañana anterior, habían recibido otras señales —en su mayoría contradictorias
y exasperadamente vagas— de que se habían producido otros contratiempos relacionados con el incidente.

Norris tenía el rostro orondo de un campesino ruso, un cutis
picado de viruela y unos ojos pequeños y separados. Tenía el pecho
ancho y fuerte y era hirsuto; de los puños de sus mangas asomaban
unos pelos negros y, cuando se quitaba la corbata, del cuello de su
camisa también. Aunque era el funcionario más veterano en análisis
de inteligencia de la agencia y miembro del círculo interno del director, alguien que sólo hubiera visto a Norris en fotografía le habría
adjudicado una profesión muy distinta, por ejemplo la de un portero
de discoteca o guardaespaldas de un gánster. Sus modales de delega-
do sindical tampoco ofrecían una indicación sobre su currículo: una
licenciatura en Física en la Universidad Católica de América; una
beca de investigación en la Fundación Nacional de la Ciencia para
trabajar en las aplicaciones militares de la teoría de juegos; breves
estadías en organizaciones civiles como el Instituto de Análisis de

Defensa y la Corporación Lambda. Norris había comprendido hacía tiempo que era demasiado impaciente para llevar a cabo una carrera tradicional, pero en la CIA su impaciencia constituía una virtud, pues conseguía solventar los atascos y escollos que otros provocaban. Sabía que el poder en una organización residía en las atribuciones que uno asume, no en las que le otorga formalmente su cargo. Era cuestión de no aceptar como respuesta «seguimos en ello». Caston admiraba en él esa cualidad.

Cuando apareció en la puerta de su despacho, Norris mostraba su característico estado de nerviosismo, paseándose de un lado a otro con sus fornidos brazos cruzados. Más que preocuparle, el incidente de Parrish Island le enojaba. Le enojaba porque le recordaba que buena parte del personal de inteligencia se hallaba fuera del ámbito de su director titular. Ése era el problema principal y perenne. Cada división del estamento militar —el Ejército, la Marina, las Fuerzas Aéreas y el Cuerpo de Marines— tenía sus propias unidades de inteligencia, mientras que el Departamento de Defensa, por el contrario, derrochaba sus recursos en la Agencia de Inteligencia de Defensa. El Consejo de Seguridad Nacional de la Casa Blanca contaba con su propia plantilla de analistas de inteligencia. La Agencia de Seguridad Nacional, en Fort Meade, disponía de una vasta infraestructura, destinada a «la intercepción de comunicaciones»; la Oficina Nacional de Reconocimiento y la Agencia Nacional de Inteligencia Geoespacial llevaban a cabo otros trabajos de interceptación de comunicaciones. El Departamento de Estado mantenía una oficina de inteligencia e investigación, aparte de su división de servicios clandestinos, las Operaciones Consulares. Y cada organización estaba dividida internamente. Las fisuras y fallas eran numerosas, y cada una representaba un fracaso catastrófico en potencia.

De ahí que un incidente en apariencia insignificante como ese boletín irritara a Norris como un pelo que crece hacia dentro. Una cosa era no saber lo que ocurría en las estepas de Uzbekistán, y otra muy distinta estar en Babia en lo referente a tu propio departamento. ¿Cómo era posible que nadie supiera quién se había fugado de Parrish Island?

El centro era utilizado como «recurso común» por todas las oficinas de los servicios clandestinos de América. Un hombre que al parecer no sólo estaba internado en Parrish Island sino aislado en un pabellón cerrado a cal y canto era supuestamente un tipo muy peligroso, o bien debido a lo que podía revelar, o bien por lo que era capaz de hacer.

Pero cuando en la oficina del director de la CIA habían tratado de averiguar la identidad del hombre que se había fugado, nadie había sido capaz de responder. Era una locura, de un tipo que no trataban en Parrish Island, o algo parecido a insubordinación.

—El tema —soltó el subdirector adjunto en cuanto Caston entró en el despacho, como si se hallaran en plena conversación— es que cada paciente en ese centro va acompañado de una solicitud de servicios firmada por una persona autorizada, de un código de facturación, por decirlo así. El término «recurso común» significa que cada agencia contribuye en la medida en que lo utiliza. Si Langley ingresa a un analista que está chalado, Langley corre con los gastos, al menos en gran parte. Si se trata de alguien de Fort Meade, la factura es enviada a Fort Meade. Lo que significa que cada paciente tiene un código de facturación. De doce dígitos. Por razones de seguridad, el procedimiento de pago se mantiene aparte de los archivos de operaciones, pero se supone que en los archivos consta el nombre del funcionario que autorizó el internamiento en el centro psiquiátrico. Pero en este caso no es así. Confío en que consigas averiguar qué ha pasado. Los libros de cuentas de Parrish Island nos indican que el código de facturación del paciente funcionó, que los pagos estaban siempre al día. Pero ahora los contables en Operaciones Consulares dicen que no encuentran el código de facturación en su base de datos. O sea que ni siquiera sabemos quién autorizó su internamiento.

—Que yo sepa, eso no había ocurrido nunca.

Otra oleada de indignación hizo presa en Norris.

—O dicen la verdad, en cuyo caso están jodidos, o se niegan a cooperar, en cuyo caso los que estamos jodidos somos nosotros. De ser así, quiero que idees la forma de joderlos a ellos. —Cuando se ponía nervioso Norris solía expresarse mediante oraciones disyuntivas. La camisa azul claro del subdirector adjunto mostraba unas manchas oscuras en los sobacos—. Pero ésta es mi batalla, no la tuya. Lo que quiero de ti Clay es una linterna en la oscuridad. Como te pido siempre, ¿no?

Caston asintió con la cabeza.

—Si se niegan a cooperar, Cal, es a muy alto nivel. Eso te lo digo de entrada.

El subdirector adjunto le dirigió una mirada expectante y le indicó con un ademán que prosiguiera.

—Más —fue lo único que dijo Norris.

—Está muy claro que el fugado es un ex agente de gran valor.

—¿Un AGV que ha perdido la chaveta?

—Eso nos han dicho. Según he deducido, Operaciones Consulares nos ha proporcionado unos pocos datos del historial del paciente cinco mil trescientos doce. Y nosotros hemos obtenido de Parrish Island su perfil psíquico. Docenas de campos de la base de datos, repletos de términos del *Manual de diagnóstico y estadística* de la Asociación Americana de Psiquiatría. Básicamente, padece un grave trastorno disociativo.

—¿Lo que significa?

—Que cree ser otra persona.

—Pero ¿quién es?

—Ésa es la pregunta del millón.

—Maldita sea —exclamó Norris exasperado—. ¿Cómo se puede perder la identidad de una persona, como un calcetín en una secadora? —Sus ojos relampagueaban de ira. Al cabo de unos momentos, dio una palmada a Caston en el hombro al tiempo que sonreía de forma zalamera. Sabía que podía ser quisquilloso: había que convencerlo para que cooperara, no darlo por supuesto. Cuando Caston se sentía coaccionado, reaccionaba mal, encerrándose en el caparazón del burócrata vulgar y corriente que fingía ser. Hacía tiempo que Caleb Norris había aprendido esa lección. El subdirector adjunto desplegó todo su encanto sobre el procesador de números cargado de hombros—. ¿Te he dicho alguna vez lo mucho que me gusta tu corbata? Te sienta de maravilla.

Caston aceptó el comentario supuestamente afectuoso con una media sonrisa.

—No trates de tocar mi fibra sensible, Caleb. No tengo fibra sensible. —Se encogió de hombros—. Te expondré la situación. Como he dicho, tenemos los historiales psiquiátricos, clasificados bajo el número del paciente, cinco mil trescientos doce. Pero la información que contienen no nos permite recuperar ningún historial del personal de Operaciones Consulares, por más que lo hemos intentado. Los detalles sobre el personal no constan.

—Lo que significa que los han borrado.

—Seguramente los han desconectado. Es probable que los datos existan en algún lugar, pero no están vinculados con un fichero digital al que tengamos acceso. Es el equivalente digital a una columna vertebral partida.

—Al parecer has dedicado mucho tiempo a explorar el sistema informático.

—Los principales sistemas informáticos en el Departamento de Estado no están integrados internamente, y existen incompatibilidades básicas enormes con nuestros sistemas. Pero utilizan el mismo programa que usamos nosotros para la nómina, los deducibles, los cálculos de coste y el aprovisionamiento—. Caston enumeró esos capítulos de contabilidad como un camarero recitando los platos del día—. Si conoces los entresijos de la contabilidad, consigues el equivalente a una tabla que puedes utilizar para pasar de un barco a otro.

—Como el capitán Kidd persiguiendo a Barba Azul.

—Lamento decírtelo, pero no creo que existiera Barba Azul. De modo que dudo mucho que aparezca en el currículo del capitán Kidd.

—¿Que no existe Barba Azul? Ahora me dirás que tampoco existe Papá Noel.

—Creo que tus padres te han informado mal sobre esos temas —dijo Caston con expresión seria—. Desinformación vacacional. Ya puestos, quizá debas limpiar también tus archivos del ratoncito Pérez. —Observó con gesto de censura las desordenadas pilas de memorandos sin clasificar sobre la mesa de Norris—. Pero creo que has captado la idea. Una persona preferiría subir por la escalera del barco como es debido. Pero si no hay más remedio, una tabla puede resultar sorprendentemente eficaz.

—¿Y qué es lo que averiguaste cuando sacaste esa tabla y empezaste a saltar de un barco a otro?

—Hasta ahora, poca cosa. Aún estamos examinando los historiales de los pacientes. Hay un historial parcial de un agente, bajo su nombre de guerra, Tarquin.

—Tarquin —repitió Caleb Norris—. Un alias, pero no el nombre. Esto resulta cada vez más extraño. ¿Qué sabemos sobre ese tipo?

—Lo más importante que sabemos es que el agente Tarquin no era sólo un agente de Operaciones Consulares, sino miembro de la Unidad de Estabilización Política.

—Si es un agente Estab, probablemente sea un experto en «trabajos mojados».

«Trabajos mojados», es decir asesinatos o ejecuciones; el término derivaba de que te *mojabas* las manos de sangre. Caston aborrecía esos eufemismos. Todo indicaba que el agente era un peligroso psicópata. Lo cual parecía ser un requisito imprescindible para hacer carrera en la UEP.

—Sólo sabemos unos retazos de su historial. Logré hacer la conexión con la UEP a través del sistema de codificación. El personal tiene un sufijo siete mil quinientos ochenta y ocho unido a sus números de identificación, y conseguimos esa información de los datos del cinco mil trescientos doce en el centro. Pero cuando entramos en las bases de datos del Departamento de Estado, las cosas se torcieron: el resto ha sido eliminado del historial de Tarquin.

—¿Qué te dice el corazón?

—¿El corazón?

—Sí, tu intuición.

Caston tardó unos instantes en percatarse de que Norris estaba burlándose de él.

Desde el primer momento en que habían empezado a trabajar juntos, no había tenido reparos en dejar muy claro el desprecio que le inspiraba la noción de «golpe de intuición o corazonada». De hecho, era uno de sus divertimentos preferidos. A Caston le irritaba sobremanera que la gente le preguntara qué le decía su intuición antes de haber obtenido los suficientes datos para formarse una opinión: basarse en un golpe de intuición era una solemne estupidez. Te impedía analizar las cosas lógicamente; obstaculizaba la labor de la razón y las rigurosas técnicas de análisis probabilístico.

Caston observó que Norris sonreía: el subdirector adjunto gozaba induciéndole a exponer sus firmes convicciones sobre el tema.

—Te estoy tomando el pelo —comentó—. Pero dime, ¿qué debemos pensar sobre ese tipo? ¿Qué dice tu... matriz de decisiones?

Caston respondió con una sonrisa fría.

—Estamos en la fase preliminar. Pero hay varios datos puntuales que indican que es un tipo de cuidado. Supongo que ya conoces mi opinión sobre los agentes que rebasan los límites. Si estás en nómina, tienes que cumplir con los parámetros establecidos por los decretos federales. Hay un motivo para ello. Podemos utilizar el eufemismo de «trabajos mojados». Pero a mi entender una práctica está autorizada o no. No hay medias tintas. Quisiera saber por qué el gobierno federal emplea a personas como ese Tarquin, cuando nuestros servicios de inteligencia saben que nunca da resultado.

—¿Que nunca da resultado? —preguntó Norris arqueando una ceja.

—Las cosas no salen nunca según lo previsto.

—Como en el resto de la creación. Incluyendo la propia creación. Y Dios disponía de siete días para resolverlo. Yo sólo puedo concederte tres.

—¿A qué viene tanta prisa?

—Tengo un presentimiento. —Norris alzó una mano para cortar el comentario de reproche de Caston—. Lo cierto es que los jefes de inteligencia han recibido unas señales, no específicas pero lo suficientemente persistentes para no ignorarlas, sobre cierta actividad encubierta. ¿Llevada a cabo por nosotros? ¿Contra nosotros? Todavía no lo sé, ni tampoco el director de la CIA. Creemos que están involucrados miembros destacados del gobierno y que, sea lo que sea, se han afanado en agilizarla. De modo que estamos alerta. Cualquier irregularidad... Claro que no podemos saber si está relacionada o no, pero es peligroso suponer que no lo está. Así que necesitamos que nos entregues un informe definitivo dentro de tres días. Averigua quién es ese Tarquin. Ayúdanos a encontrarlo. O a liquidarlo.

Caston asintió con expresión seria. No necesitaba que Norris se esforzara en convencerlo. Detestaba todo tipo de anomalías, y el hombre que se había fugado de Parrish Island era el peor tipo de anomalía. Nada le produciría más satisfacción que identificar esa anomalía... y eliminarla.

6

En el Motel 6 cerca de Flemington, Nueva Jersey, Hal Ambler utilizó el Nokia del hombre asesinado para hacer varias llamadas telefónicas. En primer lugar al Departamento de Estado norteamericano. A estas alturas no convenía hacer suposiciones: no podía saber si su relación con la unidad de inteligencia en la que había hecho su carrera era amiga o enemiga. No podía utilizar los números de emergencia que había memorizado, por si activaba un mecanismo de rastreo. Lo más seguro era llamar directamente a la puerta. Por tanto, la primera llamada que hizo fue a la oficina de comunicaciones del Departamento de Estado. Haciéndose pasar por un reportero de Reuters International, Ambler pidió que le pasaran con el despacho de la subsecretaria Ellen Whitfield. ¿Podía ésta confirmar una declaración que le había sido atribuida? Su secretaria, con la que le pasaron después de que Hal hubiera hablado con varios intermediarios, se mostró contrita. La subsecretaria se hallaba en esos momentos de viaje, formando parte de una delegación que había partido al extranjero.

¿Podía darle una respuesta más concreta?, preguntó el reportero de Reuters. La secretaria lo lamentaba, pero no.

Una delegación que había partido al extranjero: sin duda la información era verídica. También era inútil.

El cargo oficial de Ellen Whitfield como «subsecretaria» del Departamento de Estado ocultaba tenuemente su puesto administrativo real como directora de la Unidad de Estabilización Política. Es decir, era la jefa de Ambler.

¿Creían sus colegas que había muerto? ¿Que estaba loco? ¿Que había desaparecido? ¿Qué sabía Ellen Whitfield sobre lo que le había ocurrido?

Las preguntas bullían en su mente. Si Ellen Whitfield no sabía nada, lo lógico es que deseara saber qué era de él, ¿no? Ambler se esforzó en recordar el período justo antes de hallarse cautivo en una colonia psiquiátrica penal. Pero esos últimos recuerdos permanecían opacos, aprisionados, inaccesibles, ocultos en la niebla que había eclipsado su existencia. Hal trató de inventariar lo que recordaba antes de que la niebla lo envolviera todo. Recordó los pocos días que había pasado en Nepal, visitando a los líderes de un grupo de autoproclamados disidentes tibetanos que habían pedido ayuda a los americanos. Había deducido que se estaban disolviendo: de hecho, representaban una insurrección maoísta que había sido repudiada por China y rechazada por el atribulado gobierno de Nepal. La operación de Estab en Changhua había comenzado poco después, preparando la «eliminación» de Wai-Chan Leung, ¿y luego? La mente de Ambler era como una página arrancada: no había una línea nítida que separara la memoria del olvido, sino que ésta se iba reduciendo hasta desvanecerse.

Cuando trataba de evocar los últimos meses en Parrish Island, ocurría otro tanto. Muchos de sus primeros recuerdos eran momentos fragmentados, despojados de todo sentido del tiempo o secuencia.

Quizá debía retroceder aún más, con anterioridad a las semanas que rodeaban su secuestro, a la época en que los recuerdos de su vida eran nítidos, continuos, tan reales como la tierra que pisaba en esos momentos. ¡Si pudiera hallar a alguien con quien compartir esos recuerdos! Alguien cuyas evocaciones le ofrecieran la corroboración que necesitaba desesperadamente: la seguridad de que era quien decía ser.

Sin pensárselo dos veces, Ambler llamó a información para que le facilitaran el número de Dylan Sutcliffe en Providence, Rhode Island.

Dylan Sutcliffe era una persona en la que apenas había pensado desde hacía años, que había conocido hacía un montón de tiempo. Se habían conocido cuando ambos eran estudiantes de primer curso en la escuela universitaria Carlyle, una pequeña escuela de humanidades en Connecticut, y se habían hecho íntimos amigos. Dylan era un chistoso, con mucha labia y un nutrido arsenal de historias sobre los años que había vivido de niño en Pepper, Ohio. También tenía una pronunciada debilidad por las bromas un tanto pesadas.

Una mañana a fines de octubre —cuando ambos cursaban segundo curso—, el campus se despertó para comprobar que una gigantesca calabaza había aparecido en lo alto de la Torre McIntyre. La calabaza debía de pesar unos treinta kilos, y su aparición en ese lugar era un misterio. El episodio fue motivo de regocijo entre los estudiantes y de consternación entre los administradores: ningún operario de mantenimiento estaba dispuesto a jugarse el cuello para retirar la calabaza del campanario, de modo que se quedó allí. A la mañana siguiente, un pequeño grupo de linternas hechas con calabazas vaciadas apareció a los pies de la Torre McIntyre, colocadas de forma que parecían mirar hacia lo alto, donde se hallaba la enorme calabaza. Algunas ostentaban unos letreros en los que se leía: «¡SALTA!» El regocijo de los estudiantes no hizo sino intensificar el malhumor de las autoridades de la escuela universitaria. Unos meses antes de la graduación, dos años más tarde, cuando los ánimos entre los administradores se habían calmado, por fin se supo que el autor de la broma había sido Dylan Sutcliffe, un experto y bien equipado escalador. Sutcliffe era un bromista, pero prudente; nunca confesó ser el autor de la broma y agradeció la discreción de Ambler. Pues éste, que había observado algo en el rostro de Sutcliffe cuando hablaron del asunto, fue el primero en adivinar quién estaba detrás de la broma, y aunque insinuó a su amigo que lo sabía, jamás se lo contó a nadie.

Hal recordaba las camisas estilo Charlie Brown que le gustaban a Sutcliffe, con sus amplias y coloristas rayas horizontales, así como su colección de pipas de cerámica, que casi nunca utilizaba, pero que eran más interesantes que las botellas de cerveza o cintas de Grateful Dead grabadas en sótanos que los estudiantes solían coleccionar. Recordaba haber asistido a la boda de Sutcliffe un año después de que se graduaran, sabía que tenía un excelente puesto en un banco comunitario en Providence, antes independiente, pero que ahora formaba parte de una cadena nacional.

—Habla Dylan Sutcliffe —dijo una voz. Hal no le reconoció de inmediato, pero experimentó una sensación cálida.

—¡Dylan! —respondió—. Soy Hal Ambler. ¿Te acuerdas de mí?

Se produjo una larga pausa.

—Lo siento —respondió el hombre, que parecía confundido—. No creo haber captado su nombre.

—Hal Ambler. Estudiamos juntos en Carlyle hace dos décadas. Compartimos el dormitorio el primer año. Asistí a tu boda. ¿Lo recuerdas? Ha pasado mucho tiempo.

—Mire, no compro nada a extraños por teléfono —contestó el hombre secamente—. Le sugiero que lo intente con otra persona.

¿Era posible que se tratara de otro Dylan Sutcliffe? Nada en él sonaba como el Sutcliffe que recordaba.

—Caray —dijo Hal—. Quizá me haya equivocado. ¿No estudiaste en Carlyle?

—Sí, pero no recuerdo a nadie en mi clase que se llamara Hal Ambler. —Tras esas palabras, el hombre colgó.

Movido por una mezcla de ira y temor, Hal llamó a la escuela universitaria Carlyle y pidió que le pasaran con secretaría. Explicó al joven que atendió la llamada que era un directivo de recursos humanos de una importante empresa que pensaba contratar a un tal Hal Ambler. Ateniéndose a la política de la empresa, querían verificar ciertos datos del currículo del candidato. Lo único que tenía que hacer el secretario era confirmar que Harrison Ambler se había graduado en Carlyle.

—Desde luego —respondió el joven de secretaría. Le pidió que deletreara el nombre y lo escribió en el ordenador. Ambler oyó el suave tecleo—. Lo siento —dijo la voz—. ¿Podría volver a deletrear el nombre?

Hal obedeció con creciente aprensión.

—Ha hecho bien en llamar —dijo la voz a través del teléfono.

—¿No se graduó ahí?

—Nadie por ese nombre se ha matriculado aquí, y menos aún graduado.

—¿Es posible que su base de datos no contenga el listado de alumnos de hace tantos años?

—No. Somos una escuela universitaria muy pequeña, de modo que no tenemos ese problema. Créame, si ese tipo se hubiera matriculado aquí durante el siglo veinte, yo lo sabría.

—Gracias —respondió Ambler con voz hueca—. Le agradezco el tiempo que me ha dedicado. —Con mano temblorosa, pulsó el botón de terminar la llamada en su móvil.

¡Era una locura!

Todo lo que creía que era... ¿Podía tratarse de un fantasma? ¿Era eso posible? Hal cerró los ojos un instante y dejó que los innumerables recuerdos de sus cuatro décadas invadieran, inundaran y se arremolinaran en su mente, abandonándose a un torrente libre y no estructurado de asociaciones. Los recuerdos eran incontables, y eran los recuerdos de Hal Ambler, a menos que estuviera realmente loco. La vez que, al explorar de niño el jardín trasero de su casa, había tropezado con un nido subterráneo de avispas comunes —las cuales habían surgido de la tierra como un géiser negro y amarillo— y él había terminado en la sala de urgencias con treinta picaduras. El largo y sofocante julio que había pasado en colonias, aprendiendo el estilo mariposa en el lago Candaiga, y vislumbrando durante unos instantes un pecho cuando una de las monitoras, Wendy Sullivan, se cambiaba en un lavabo portátil Portosan con la puerta rota. El agosto que había pasado, a los quince años, trabajando en el restaurante de carnes a la parrilla de un parque de atracciones a unos veinte kilómetros al sur de Camden, en Delaware, aprendiendo a preguntar a los clientes «¿Quiere una guarnición de maíz con su pedido?», cuando sólo habían pedido el plato de costillas y puré de patata. Sus serias conversaciones des-

pués del trabajo con Julianne Daiches, una chica con el pelo rizado que manejaba la freidora, sobre la diferencia entre besuquearse
y un magreo a fondo. Había otros recuerdos menos gratos, algunos de los cuales estaban relacionados con la marcha de su padre,
cuando él tenía seis años, y el alcoholismo de sus progenitores. Hal
recordó una partida de póquer que había durado toda la noche,
durante su primer año en la escuela universitaria, y lo nerviosos
que se habían puesto sus compañeros de cursos superiores al observar cómo aumentaba sistemáticamente su montón de fichas,
como si éste hubiera descubierto un método infalible de hacer
trampas. También recordó haberse enamorado de una chica durante su segundo año en Carlyle. ¡Dios!, la excitación de sus primeros encuentros, y las lágrimas, las violentas recriminaciones y
reconciliaciones, el perfume de verbena del champú que utilizaba
la joven, el cual a él le parecía muy exótico y que, años más tarde,
aún le producía una intensa sensación de nostalgia y anhelo.

Recordó su reclutamiento y formación en Operaciones Consulares, la creciente fascinación de sus instructores con su singular
don. Su trabajo tapadera en la Oficina de Asuntos Educativos y
Culturales del Departamento de Estado, como funcionario de intercambio cultural, alguien que solía pasar buena parte del tiempo
en el extranjero. Evocó todas esas cosas con claridad y precisión.
La suya había sido una doble vida. ¿O era simplemente un doble
espejismo? Cuando salió de su habitación, empezaba a sentir un
martilleo en la cabeza.

En un rincón de lo que pasaba por ser el vestíbulo del motel,
habían instalado un ordenador conectado a Internet para uso de
los clientes. Hal se sentó ante él y, utilizando una contraseña de la
oficina de estadística del Departamento de Estado, entró en la
base de datos periodísticos LexisNexis. El periódico local en Camden, donde Ambler se había criado, había publicado en cierta ocasión un pequeño artículo sobre él, cuando estudiaba sexto curso y
ganó el certamen de ortografía del condado. «Entalpía», «ditirám-
bico», «eléboro». Había escrito esas palabras correctamente, de-

mostrando no sólo ser el alumno que más sabía de ortografía en la Escuela Primaria Simpson, sino en todo el condado de Kent. Cuando cometía un error, siempre se daba cuenta en el acto, por la expresión del juez. Hal recordó que su madre —que lo había criado sola— se había sentido muy complacida. Pero en estos momentos estaba en juego algo más que el egocentrismo de un niño.

Buscó en Nexis.

Nada. Nada concordaba con la descripción. Recordó con toda nitidez el artículo del *Dover Post*, que su madre había recortado y pegado en la puerta del frigorífico con un imán diseñado para parecer una tajada de sandía. Lo había conservado allí hasta que el papel había empezado a amarillear y a desintegrarse debido a la luz. La LexisNexis contenía décadas de artículos publicados en el *Dover Post*, un archivo de todo tipo de noticias locales, sobre quién había ganado y quién había perdido en las elecciones municipales de la ciudad, sobre los despidos en la empresa de medias y calcetines Seabury, sobre importantes reformas en el ayuntamiento. Pero, para Nexis, Harrison Ambler no existía. No existía entonces. No existía ahora.

¡Una locura!

El aeropuerto constituía una conocida selva de terrazo, acero y cristal, con el aire familiar de unas dependencias dotadas de una amplia plantilla. Por doquier veías a empleados de aerolíneas, agentes de seguridad del aeropuerto y empleados encargados del *handling* de equipajes, los cuales lucían diversas placas y uniformes. El lugar, pensó Ambler, era un cruce entre una oficina de correos federal y una ciudad turística.

Adquirió un billete para Wilmington, sólo de ida, que le costó ciento cincuenta dólares: el precio del cubierto, por decirlo así, de la cita. Asumió una expresión tan aburrida como la de la mujer del mostrador de billetes, la cual reprimió un bostezo mientras sellaba la tarjeta de embarque. La foto de identidad que Ambler le entregó —el permiso de conducir de Georgia, modificado para mostrar una fotografía de su presente titular— no resistía un detenido escrutinio, pero la empleada apenas le echó un vistazo.

La puerta D14 se hallaba al final de un largo pasillo que se unía a otros dos en una disposición radial. Hal miró a su alrededor; había menos de una docena de pasajeros. Eran las dos y media. No saldría ningún vuelo de ninguna de esas puertas hasta dentro de noventa minutos. En media hora llegarían más personas para abordar un vuelo a Pittsburgh, pero de momento no había ningún movimiento.

¿Habría llegado ya la persona con la que debía reunirse? Probablemente. Pero ¿quién era? «Ya me reconocerá», decía el mensaje.

Se paseó por las distintas zonas donde se sentaban los pasajeros a esperar sus vuelos, observando a los rezagados y los madrugadores. La mujer rechoncha que daba caramelos a su no menos rechoncha hija; el hombre vestido con un traje que le sentaba como un tiro, hojeando una presentación PowerPoint; la joven con unos *piercings* y unos vaqueros que había decorado con rotuladores de distintos colores... Ninguno de ellos era la persona con quien debía encontrarse. Empezó a sentir una creciente frustración. «Ya me reconocerá.»

Por fin se fijó en un hombre que estaba sentado solo, junto a una ventana.

Era un sij con un turbante, que movía los labios mientras leía *USA Today*. Cuando Ambler se acercó, observó que no se advertía la presencia de pelo debajo del turbante, ni un mechón rebelde. Un leve brillo de cinta adhesiva en la mejilla del individuo indicaba que se había pegado su poblada barba hacía poco. ¿Movía en realidad los labios mientras leía, o se estaba comunicando a través de un micrófono de fibra óptica?

A cualquier otra persona, el hombre le habría parecido un tipo tranquilo, aburrido y quieto. A Hal le dio una impresión radicalmente distinta. Por instinto se volvió y se situó detrás del hombre que estaba sentado. Acto seguido, con la velocidad del rayo, agarró el turbante del individuo y lo alzó. Debajo del mismo vio la pálida calva del tipo y, adherida a ella con una venda de tela, una pequeña Glock.

Ambler empuñó la pistola mientras soltaba el turbante, que volvió a dejar sobre la cabeza del individuo. Éste se quedó quieto, con la inmovilidad y el silencio tácticos de un profesional adiestrado a la perfección que sabía que la reacción más prudente era no reaccionar. Sólo sus cejas arqueadas denotaban sorpresa. Toda la maniobra silenciosa le había llevado a Hal un par de segundos y su cuerpo la había ocultado a los ojos de los demás.

La pistola era ligera y Ambler reconoció de inmediato el modelo. La carcasa era de plástico y cerámica; la corredera contenía menos metal que la típica hebilla de un cinturón. Las probabilidades de que activara un detector de metales eran escasas; las probabilidades de que los guardias de seguridad obligaran a un sij a quitarse su tocado religioso eran aún más escasas. Un tubo de bronceador y un metro de muselina: un disfraz barato y convincente. De nuevo, la astucia y eficiencia de la cita le inspiró a Hal una mezcla de admiración y ansiedad.

—Bravo —dijo el falso sij en voz baja con una media sonrisa—. Un excelente movimiento defensivo. Aunque ello no cambia nada.

—Hablaba inglés articulando las consonantes con la perfección de alguien que lo ha aprendido en el extranjero, seguramente de joven.

—Yo soy quien tiene el arma. ¿Eso no cambia nada? Según mi experiencia, sí.

—A veces la mejor forma de utilizar un arma es deponiéndola —respondió el hombre con una expresión casi risueña—. Dígame, ¿ve a ese tipo con el uniforme de la línea aérea que está junto al mostrador de la puerta? Acaba de llegar.

Ambler lo miró.

—Ya lo veo.

—Está con nosotros. Está dispuesto a disparar contra usted en caso necesario. —El hombre que estaba sentado alzó la vista y miró a Hal—. ¿Me cree? —La pregunta no estaba hecha en tono de mofa, sino que formaba parte del interrogatorio.

—Creo que lo intentará. Por el bien de usted, más vale que confíe en que no yerre el tiro.

El falso sij sonrió al tiempo que asentía con expresión de aprobación.

—Pero yo, a diferencia de usted, llevo puesto un chaleco antibalas, por si acaso. —El hombre miró de nuevo a Ambler—. ¿Me cree?

—No —contestó Hal al cabo de unos instantes—. No le creo.

El hombre sonrió satisfecho.

—Usted es Tarquin, ¿no? El paquete, no el mensajero. Como ve, su reputación le precede. Dicen que tiene una extraordinaria habilidad para leer la mente de los demás. Tenía que asegurarme.

Ambler se sentó junto a él; de esa forma, el encuentro entre ambos llamaría menos la atención. Sea lo que fuere que el tipo le tenía reservado, no era una muerte rápida.

—¿Por qué no se explica? —preguntó Hal.

El otro le ofreció la mano.

—Me llamo Arkady. Verá, me han dicho que un agente de campo legendario, alias Tarquin, podía estar «disponible».

—¿Disponible?

—Para ser reclutado. Y no, no conozco su nombre verdadero. Sé que busca información. Yo no tengo esa información. Pero tengo acceso a ella. Mejor dicho, tengo acceso a quienes poseen la información. —Arkady hizo crujir sus nudillos—. O acceso a gente que tiene acceso a quienes poseen la información. No le sorprenderá saber que la organización a la que pertenezco está oportunamente compartimentada. La información sólo fluye por los canales adecuados.

Mientras el hombre hablaba, Ambler le observó con detenimiento, concentrándose. Sabía que la esperanza a veces nubla la percepción, al igual que la desesperación. Como había explicado hasta la saciedad a sus colegas, los cuales se sentían impresionados por su don, «no vemos lo que no deseamos ver». Era preciso dejar de desearlo. Dejar de proyectar los pensamientos de uno mismo.

Limitarse a recibir las señales que, quiérase o no, nos envían. Ésa era la clave.

El sij que estaba ante él era una mentira. Pero no le mentía.

—Reconozco que la rapidez de la invitación me ha desconcertado —comentó Hal.

—No nos gusta perder el tiempo. Supongo que es algo que ambos tenemos en común. Una puntada a tiempo ahorra ciento, como dicen ustedes los americanos. Por si acaso, ayer por la mañana salió por el *squawk**.

Según la jerga de la profesión, significaba que habían enviado una alerta por radio a todos los servicios de inteligencia del país. El canal sólo era utilizado cuando la urgencia superaba la necesidad de mantener el secreto; era una forma arriesgada de comunicación, puesto que se prestaba a filtraciones. Un mensaje enviado a tantos oídos podía llegar también a oídos fisgones.

—No obstante... —dijo Ambler.

—Creo que usted mismo puede sacar sus conclusiones. Está claro que sus admiradores llevan mucho tiempo esperando este momento. Seguramente, habían confiado en reclutarlo incluso antes de que desapareciese del mapa. Y, sin duda, suponen que hay otros que compiten por sus servicios. No quieren desaprovechar el momento.

Está claro..., seguramente..., sin duda...

—Está usted especulando, no me ofrece ningún hecho concreto.

—Como le he dicho, la información está muy compartimentada en la organización. Yo sé lo que debo saber. Más allá, puedo deducir ciertas cosas. Y, por supuesto, hay muchas cosas que debo contentarme con ignorar. Es un sistema que beneficia a todos. Les proporciona seguridad a ellos. Me proporciona seguridad a mí.

---

* Se refiere a un transpondedor o *transponder*, un tipo de dispositivo utilizado en telecomunicaciones cuyo nombre deriva de la fusión de las palabras inglesas *transmitter* («transmisor») y *responder* («contestador»). *(N. de la T.)*

—Pero a mí no. Uno de sus agentes trató de matarme.

—Lo dudo mucho.

—La bala de gran calibre que me hirió en el cuello lo confirma.

Arkady parecía perplejo.

—Eso no tiene sentido.

—Sí, ya. El tipo sureño también parecía sorprendido, unos segundos antes de que la bala le atravesara la parte posterior de la cabeza—. Ambler prosiguió en voz baja—. ¿Qué clase de juego absurdo se llevan ustedes entre manos?

—No fuimos nosotros —contestó Arkady. Luego murmuró casi como si hablara consigo mismo—: Todo indica que es un caso de interferencia. Significa que no fuimos los únicos en oír el *squawk* y responder.

—¿Me está diciendo que hay una segunda parte involucrada en el asunto?

—Sin duda —respondió Arkady tras una larga pausa—. Lo analizaremos para cerciorarnos de que no se ha producido ninguna filtración. Pero parece tratarse de una visita parasitaria, por decirlo así. No volverá a ocurrir. Al menos cuando esté usted con nosotros.

—¿Es una promesa o una amenaza?

Arkady torció el gesto.

—Vaya, parece que usted y yo hemos empezado con mal pie. Pero le diré una cosa. Mis patronos procurarán que no le ocurra ningún percance, siempre y cuando usted les asegure hacer lo mismo por ellos. La confianza debe ser mutua.

—El que puedan confiar en mí —respondió Ambler con firmeza— es algo de lo que tendrán que fiarse.

—Me temo que jamás hacen eso —replicó Arkady con tono de disculpa—. Es un aburrimiento, lo sé. Tienen otra idea. De hecho, quieren matar dos pájaros de una pedrada. Tienen un trabajito para usted.

Por primera vez, Hal detectó los diptongos de la lengua materna del individuo, que era obviamente eslava.

—Como una audición.

—¡Exacto! —exclamó Arkady con mirada risueña—. Y se trata de que todos los participantes se beneficien, como suelen decir mis jefes. El trabajo que tenemos para usted es pequeño, pero... peliagudo.

—¿Peliagudo?

—No le mentiré, no tendría sentido. —Arkady sonrió con aire jovial—. Es un pequeño trabajo, pero que ha derrotado a otros. Pero es preciso llevarlo a cabo. Verá, mis superiores tienen un problema. Son personas prudentes, como podrá comprobar y agradecer. Como dice la máxima, Dios los cría y ellos se juntan. Pero puede que no todos los amigos de mis jefes sean tan prudentes como ellos. Es posible que un intruso haya conseguido algo de los colegas de mis superiores. Lamentablemente, no es oro todo lo que reluce. Puede que ese agente, después de haber obtenido ciertas pruebas, se disponga a declarar en un juicio. Es un asunto muy complicado.

—¿Un intruso? Hablemos claro. ¿Se refiere usted a un agente federal encubierto?

—Es peliagudo —repitió Arkady—. De hecho, se trata de la ATF.

Si el investigador pertenecía a la Agencia de Alcohol, Tabaco, Armas de Fuego y Explosivos, la investigación probablemente se refería al tráfico de armas. Eso no significaba que la organización para la que trabajaba Arkady estuviera implicada en el tráfico de armas; el tipo había utilizado la palabra «colegas». Por lo que cabía deducir que los traficantes de armas que abastecían a la organización habían caído en una trampa.

—Un día ese hombre morirá —prosiguió el falso sij con tono pensativo—. Un derrame cerebral. Un ataque al corazón. Un cáncer. ¿Quién sabe? Pero como todos los mortales, un día morirá. Nosotros deseamos simplemente agilizar ese trámite. Eso es todo.

—¿Por qué yo?

El sij torció de nuevo el gesto.

—Esto es muy embarazoso.

Ambler le miró sin pestañear.

—Bien, lo cierto es que no sabemos con exactitud qué aspecto tiene. Gajes del oficio, ¿comprende? La persona con la que trató directamente no puede ayudarnos.

—¿Porque está muerta?

—El motivo no viene a cuento, no perdamos de vista el asunto que nos ocupa. Tenemos un lugar, tenemos una hora, pero no queremos eliminar a la persona equivocada. No queremos cometer un error. Como verá, somos muy escrupulosos. Algunos simplemente ametrallarían a todo bicho viviente que estuviera ahí. Pero nosotros no trabajamos de ese modo.

—O sea que le hacen la competencia a la Madre Teresa.

—No pretendo decir que somos unos santos, Tarquin. Pero usted tampoco lo es. —Los ojos oscuros de Arkady relampagueaban—. Pero volviendo al tema, usted podrá identificar de inmediato al sujeto. Porque el sujeto sabe que está en nuestro punto de mira. Y eso es lo que usted detectará.

—Comprendo —dijo Ambler. Mejor dicho, empezaba a comprender. Un grupo que actuaba por libre quería contratarlo. El trabajo equivalía efectivamente a una audición, pero lo que querían comprobar no era su habilidad para leer los pensamientos de la gente. No, al matar a un agente federal demostraría que era de fiar, que se había desvinculado de su lealtad hacia sus anteriores superiores, por no hablar de la moral convencional. Esa gente debía tener motivos para suponer que Hal estaba tan amargado y desengañado como para aceptar el trabajo.

Quizás estaban equivocados. Pero seguramente sabían más que el propio Ambler, quizá sabían, a diferencia de él, exactamente por qué le habían internado en Parrish Island. Tal vez tenía motivos para sentirse agraviado y los desconocía.

—¿Acepta el trato?

Reflexionó unos momentos.

—¿Y si me niego?

—Eso nunca lo sabrá —respondió Arkady sonriendo—. Quizá debería negarse. Y resignarse a no averiguar lo que desea. Hay cosas peores. Dicen que la curiosidad mató al gato.

—Y que la satisfacción le hizo resucitar.

Ambler no resistiría el no averiguar la verdad. Necesitaba averiguarla, y castigar a quienes habían tratado de destruir su vida. Miró al hombre que lucía una chaqueta azul situado detrás del mostrador junto a la puerta.

—Creo que nos entenderemos.

Era una locura, pero era lo que podía salvarlo de enloquecer. Hal recordó, de una clase hacía mucho tiempo, la leyenda griega sobre el laberinto de Creta, la guarida del Minotauro. El laberinto era tan intrincado que los que se hallaban presos en él jamás encontraban el medio de salir. Pero Teseo había contado con la ayuda de Ariadna, quien le había dado un ovillo y había atado un extremo del hilo a la puerta del laberinto. Al seguir el hilo, Teseo había conseguido escapar. En estos momentos, ese hombre era lo más semejante que tenía Ambler a un hilo. Lo que no sabía era a qué extremo del laberinto le conduciría, si a la libertad o a la muerte. Estaba dispuesto a arriesgarse a lo que fuera con tal de no seguir perdido en el laberinto.

Por fin, Arkady se puso a hablar con el tono de alguien que ha memorizado con precisión unas instrucciones.

—Mañana, a las diez de la mañana, el agente encubierto tiene una cita con el fiscal del distrito sur de Nueva York. Creemos que una limusina blindada le conducirá hasta la esquina del número uno de la plaza Saint Andrew's, cerca de Foley Square en el Bajo Manhattan. Es posible que vaya acompañado, que forme parte de un grupo, o que esté solo. En cualquier caso, serán unos momentos de extrema vulnerabilidad: el hombre tendrá que atravesar a pie una amplia zona peatonal. Usted debe estar allí.

—¿Sin apoyo?

—Uno de los nuestros estará en el lugar para ayudarle. En el momento oportuno, nuestro agente le entregará un arma. El resto depende de usted. Sólo insistimos en que siga las instrucciones al pie de la letra. Comprendo que es como pedirle a un músico de jazz que siga las notas en una partitura en lugar de improvisar, pero en este caso no cabe la improvisación. ¿Cómo es esa expresión americana...? Ah, sí, «o lo hacemos a mi manera, o no hay trato». —Otro modismo inglés que el tipo había aprendido en su lengua nativa, por lo que la doble traducción le había costado un considerable esfuerzo—. Debe respetar todos los pormenores del plan.

—Es muy arriesgado —protestó Ambler—. El plan no me gusta nada.

—Nosotros admiramos su singular pericia —respondió Arkady—, y usted debe respetar la nuestra. No conoce todos los detalles sobre el terreno. Mis superiores sí, y los han estudiado. El objetivo es un hombre cauto. No se halla convenientemente oculto debajo de un puente. Ésta es una oportunidad única. Quizá no se nos presente otra en mucho tiempo, cuando sea demasiado tarde.

—Pueden producirse docenas de problemas —insistió Hal.

—Es libre de rechazar el trato —contestó Arkady con voz gélida—. Pero si lleva a cabo la misión, se reunirá con uno de mis superiores. Es alguien que usted conoce. Que ha trabajado con usted.

O sea, alguien que quizá conociera toda la historia de lo que le había ocurrido a Harrison Ambler.

—De acuerdo —dijo, sin pensar en las consecuencias, sin pensar en lo que acababa de aceptar. Sabía que si soltaba ese hilo quizá no volviera a dar con él. *¿Adónde conducirá este hilo de Ariadna?*

Arkady se inclinó hacia delante y le dio una palmada en la muñeca. De lejos, podía parecer un gesto afectuoso.

—No le pedimos demasiado. Sólo que triunfe en lo que otros han fracasado. No será la primera vez.

No, pensó Hal, *pero quizá sea la última*.

7

Clayton Caston mostraba un aire pensativo cuando regresó a su despacho sin ventanas. No un aire ausente, decidió Adrian Choi, sino concentrado. Parecía como si estuviera reflexionando detenidamente sobre algo. *Quizás algo relacionado con una larguísima hoja de cálculo,* pensó el joven, desmoralizado.

Muchas de las cosas que rodeaban a Caston parecían tener que ver con hojas de cálculo. No es que Adrian pretendiera conocerlo bien. Su misma insipidez era intrigante. Era difícil imaginar que compartiera la misma profesión con, pongamos por caso, Derek St. John, el héroe de capa y espada de las novelas de Clive McCarthy que Adrian atesoraba. De haberlo sabido, Caston le hubiera dado la lata, pero Adrian llevaba la última novela de bolsillo protagonizada por Derek St. John en su macuto, de la cual había leído casi un capítulo mientras desayunaba. La novela trataba de una cabeza nuclear oculta entre los restos del naufragio del *Lusitania.* Había dejado la lectura en un momento apasionante: Derek St. John, buceando entre los restos del barco, había estado a punto de ser alcanzado por una granada lanzada con un arpón por un agente enemigo. Adrian decidió tratar de leer de tapadillo otros dos capítulos durante la hora del almuerzo. Caston probablemente leería el último número del *Journal of Accounting, Auditing and Finance.*

Quizá fuera una especie de castigo el que le hubieran colocado junto a alguien que debía de ser el hombre más aburrido de toda la CIA. Adrian reconoció que se había mostrado demasiado seguro de sí durante su entrevista para el puesto. Sin duda era una especie de broma pesada que se le había ocurrido a alguien, a lo mejor a alguien de recursos humanos que en estos momentos estaba pensando en él y riéndose a mandíbula batiente.

De modo que le habían hecho una jugada. Cada día, el hombre para el que Adrian trabajaba se presentaba con una camisa blanca Perma-Prest idéntica, una corbata casi idéntica y un traje de Jos. A. Bank cuyo colorido oscilaba entre un atrayente gris plomo y un subyugante gris marengo. Ya sabía que no trabajaba para *GQ*, pero ¿no exageraba su jefe un poco con su indumentaria? Caston no sólo tenía un aspecto insípido, sino que su menú diario era no menos insípido: su almuerzo consistía cada día en huevos pasados por agua y pan blanco ligeramente tostado, regado con un vaso de zumo de tomate y un lingotazo de antiácido Maalox. Por si acaso. En cierta ocasión que Caston le había pedido a Adrian que le trajera el almuerzo y él le había llevado un zumo vegetal en lugar de un simple zumo de tomate, su jefe le había mirado como si se sintiera traicionado. *Hombre, de vez en cuando hay que hacer una locura*, había estado a punto de decirle Adrian. Caston nunca parecía utilizar un arma más peligrosa que un lápiz n.º 2 bien afilado.

Con todo, había ciertos momentos en que el joven se preguntaba si no estaría equivocado respecto a ese hombre, si no tendría alguna faceta oculta.

—¿Puedo ayudar en algo? —preguntó a Caston, sin perder la esperanza.

—Sí —respondió su jefe—. Cuando enviamos la solicitud de los archivos de Operaciones Consulares pertenecientes al agente de acceso especial alias «Tarquin», sólo nos dieron unos archivos parciales. Necesito todo lo que puedan facilitarnos. Tenemos autorización del director. Pueden consultar con su oficina para verificar las condiciones de la autorización. Y agilizar los trámites.

Caston tenía un leve acento de Brooklyn —que Adrian había tardado un tiempo en identificar— y se expresaba en la jerga técnica y en un lenguaje salpicado de palabrotas con idéntica facilidad.

—Un momento —dijo Adrian—. ¿Tiene la autorización del
director de la CIA?

—Esas autorizaciones son dispensadas puntualmente para
cada proyecto. Pero sí, en términos generales tengo la autorización
del director de la CIA.

Adrian trató de ocultar su sorpresa. Había oído decir que menos de una docena de personas en toda la agencia contaban con
una autorización a ese nivel. ¿Era Caston una de ellas?

Pero si éste contaba con la autorización del director de la
CIA, Adrian dedujo que él, siendo como era su ayudante, debía de haber sido investigado a fondo antes de obtener el cargo. El joven se sonrojó. Había oído decir que los novatos que
estaban expuestos a secretos de alto nivel eran automáticamente vigilados. ¿Era posible que hubieran colocado micrófonos
ocultos en su apartamento? Adrian había firmado un sinfín de
documentos antes de obtener el puesto; no tenía la menor duda
de que había renunciado con ello a ciertos derechos de privacidad que le correspondían como ciudadano. Pero ¿era concebi-
ble que estuviera sometido a una vigilancia operativa? Analizó
esa posibilidad. Para ser sincero, la perspectiva le parecía deli-
ciosa.

—Y necesito más datos de Parrish Island —dijo Caston. Pestañeó unas cuantas veces—. Quiero los historiales de todos los empleados que han trabajado en el Pabellón cuatro O durante los
veinte últimos meses: médicos, personal de enfermería, celadores,
guardias. De todo el mundo.

—Si los historiales son digitales, podrían enviarlos a través de
un correo electrónico seguro —comentó Adrian—. Debería ser
automático.

—Dada la complejidad de las plataformas operativas del gobierno estadounidense, nada es realmente automático —observó
Caston—. El FBI, el INS, hasta el dichoso Departamento de Agri-
cultura tienen sus propios sistemas patentados. La ineficiencia es
increíble.

—Además, algunos de esos historiales quizá no estén digitalizados —prosiguió Choi—. Podría llevar mucho tiempo.

—El tiempo apremia. Tiene que hacérselo comprender a todo el mundo —insistió su jefe.

Adrian guardó silencio unos momentos.

—¿Me permite hablar con claridad, señor?

Caston puso los ojos en blanco.

—Adrian, si quiere que le concedan «permiso para hablar con claridad», debió de ingresar en el ejército. Está en la CIA. Aquí no hacemos esas cosas.

—¿Lo que significa que siempre puedo hablar con claridad?

Su jefe meneó la cabeza.

—Al parecer nos confunde con el Congreso Interanual de Astronomía. Suele ocurrir.

A veces Adrian estaba convencido de que Caston no poseía el menor sentido del humor; otras, le parecía que tenía un sentido del humor extremadamente seco. Tan seco como el valle de la Muerte.

—Pues bien, tengo la sensación de que los de Operaciones Consulares se hacen los remolones —dijo—. Creo que la solicitud de los archivos no les hizo ninguna gracia.

—Es lógico. Ello suponía tener que reconocer que la CIA es, de hecho, la agencia central de inteligencia del país. Lo cual ofende su pundonor. Pero hoy no puedo dedicarme a resolver el follón organizativo. El hecho es que necesito que cooperen con nosotros. Lo que significa que usted tiene que obligarles a cooperar. Cuento con ello.

Adrian asintió con expresión seria notando que el vello del cogote se le erizaba, una sensación por lo demás muy placentera. «Cuento con ello.» Casi sonaba a «Cuento con usted».

Una hora más tarde, llegó un voluminoso archivo digital comprimido del sistema informático de Parrish Island. Después de descomprimirlo y descifrarlo, el principal componente resultó ser un archivo de audio.

—¿Sabe cómo funciona eso? —inquirió Caston con sequedad.
Adrian asintió con la cabeza.

—Este chisme es un archivo de datos de veinticuatro bits, formateado en el sistema integrado de grabación de audio profesional. El formato SIGAP. Parece ser un vídeo de audio de cinco minutos de duración. —Se encogió de hombros, como rechazando modestamente unos elogios que no había recibido—. En el instituto yo era el presidente del club audiovisual. Soy un hacha en este tipo de cosas. Si alguna vez decide presentar su propio programa de televisión, yo soy su hombre.

—Procuraré tenerlo presente.

Después de hacer unos ajustes en el *software*, Adrian instaló el archivo SIGAP en el ordenador de Caston. Al parecer había sido grabado durante una sesión psiquiátrica con el paciente número 5312 y representaba su estado de ánimo actual.

Caston y Adrian sabían que dicho paciente era un experimentado agente de campo del gobierno. Un espía de gran valor que llevaba dos décadas trabajando para ellos y que, por tanto, estaba en posesión de los secretos de dos décadas: procedimientos, códigos, agentes, informadores, fuentes, redes.

Asimismo, según indicaba la grabación, estaba como un cencerro.

—Ese tipo me da mala espina —observó Adrian.

Caston frunció el ceño.

—¿Cuántas veces tengo que decírselo? Si quiere hablarme sobre lógica, información o pruebas, soy todo oídos. Cuando se haya formado un juicio ponderado, comuníquemelo. Nosotros nos basamos en «grados de certidumbre». Pero, por favor, no me hable de lo que siente. Me alegro de que tenga sentimientos. Es posible que yo también los tenga, por más que algunos lo pongan en duda. Pero los sentimientos no tienen cabida en esta oficina. Ya hemos hablado de ello en varias ocasiones.

—Lo siento —dijo su ayudante—. Pero que un tipo como ése ande suelto...

—No por mucho tiempo —contestó Caston casi como si hablara consigo mismo. Luego repitió bajando la voz—: No por mucho tiempo.

Pekín, China

Como jefe del Segundo Departamento del Ministerio de Seguridad del Estado —el departamento destinado a operaciones extranjeras—, Chao Tang visitaba periódicamente Zhongnanhai. Pero cuando llegaba, su corazón siempre se ponía a latir desbocado. En ese lugar se concentraba buena parte de la historia china: esperanzas y desencantos, logros y fracasos. Era una historia que Chao conocía bien, y que le acompañaba con cada paso que daba.

Zhongnanhai, conocido a veces como los Palacios del Mar, era una capital dentro de la capital. El inmenso complejo, fuertemente custodiado, donde los principales líderes chinos vivían y gobernaban había sido un símbolo del imperio desde que los señores mongoles lo habían amurallado durante la dinastía Yuan del siglo XIV. Sucesivas dinastías habían reconstruido el área a lo largo de los siglos, demoliendo y construyendo imponentes edificios; algunos estaban destinados a la búsqueda del poder, otros a la búsqueda del placer. Todos los edificios estaban situados entre los vastos lagos construidos por el hombre en el silvestre esplendor de una Arcadia artificial. En 1949, el año en que Mao había alcanzado un poder absoluto sobre el país, el complejo, que se había deteriorado, fue reconstruido de nuevo. En resumen, los nuevos gobernantes del país disponían de un nuevo hogar.

Lo que antiguamente había sido un exquisito simulacro de la naturaleza había tenido que rendirse a los requisitos prácticos de las aceras y los aparcamientos; la suntuosidad de tiempos pasados había dado paso a la tosca y deprimente decoración del bloque oriental. Pero ésas eran simples cuestiones cosméticas; los revolucionarios habían demostrado su absoluta lealtad a las antiguas y profundas tradiciones del secretismo y el aislamiento. La pregunta que se hacía Chao era si la influencia de esas tradiciones se disiparía ante un hombre que estaba decidido a eliminarlas: Liu Ang, el joven presidente de China.

Según recordaba Chao, había sido el presidente quien había tomado la decisión de residir aquí. Su inmediato predecesor no había habitado en Zhongnanhai propiamente dicho, sino en una finca cercana. Pero Liu Ang tenía sus propios motivos para residir en el mismo complejo que el resto de los líderes. Creía en sus poderes de persuasión personal, confiaba en su habilidad para conquistar a los focos de resistencia mediante visitas informales, paseos por los bosquecillos ornamentales y tés improvisados.

No obstante, la reunión fijada para esta noche, no era informal ni improvisada. De hecho, había sido impuesta sobre Liu, no por sus oponentes, sino por sus partidarios. Lo que estaba en juego era ni más ni menos que la pervivencia de Liu y el futuro de la nación más populosa del mundo.

El temor había hecho presa en cinco de los seis hombres sentados alrededor de la mesa lacada negra en la segunda planta de la residencia de Liu. Pero el presidente se negaba a tomarse en serio las amenazas. Chao adivinó la expresión que reflejaban los ojos de mirada clara de Liu: consideraba a esos hombres unos «viejos atemorizados». Aquí, en un pequeño recinto de granito a la sombra del Palacio Cargado de Compasión, a Liu Ang le resultaba difícil comprender su extrema vulnerabilidad. Era preciso hacer que lo comprendiese.

Los informes de inteligencia estaban llenos de sombras, sí, y eran imprecisos, pero cuando los informes de los colegas de Chao en el Primer Departamento, especializado en inteligencia doméstica, se combinaban con los del departamento de Chao, las sombras se intensificaban hasta adquirir un color negro.

Un hombre de voz suave y hombros estrechos, sentado a la derecha de Liu, cambió una mirada con el camarada Chao y se dirigió al presidente:

—Permita que me exprese sin ambages, pero ¿de qué sirven sus planes de reforma si no vive para llevarlos a cabo? —preguntó el hombre. Era el asesor de Liu en materia de seguridad y, al igual que Chao, había trabajado en el Ministerio de Seguridad del Estado, aunque en el departamento doméstico—. Es preciso eliminar a las peligrosas tortugas de la charca si uno desea nadar en ella tranquilamente. Es preciso dragar el estanque de los *koi* si uno desea depurar las aguas. Es preciso arrancar de raíz la hiedra venenosa del jardín de crisantemos si uno desea coger las flores. Es preciso...

—Es preciso segar los matorrales de la metáfora si uno desea cosechar el grano de la razón —le interrumpió Liu con una breve sonrisa—. Pero sé lo que tratas de decirme. No es la primera vez que me expones tu opinión. Y mi respuesta sigue siendo la misma —declaró el presidente con firmeza—. Me he negado a dejar que el temor me paralice. Y me niego a actuar contra ciertas personas basándome sólo en la sospecha en lugar de en pruebas. Si lo hiciera, los demás no me distinguirían de mis enemigos.

—¡Sus enemigos le destruirán mientras usted sigue perorando sobre sus nobles ideales! —terció Chao—. Y entonces le distinguirán con toda facilidad de sus enemigos, pues éstos se habrán erigido en vencedores y usted habrá sido derrotado.

Chao habló con sinceridad y vehemencia. Ang siempre insistía en la sinceridad; la vehemencia era fruto de ésta.

—Algunos de los que se oponen a mí son hombres y mujeres de principios —dijo Liu Ang sin alzar la voz—. Hombres y mujeres que atesoran la estabilidad y me consideran una amenaza contra ella. Cuando comprueben que están equivocados, dejarán de oponerse a mí.

Aquí, insistía el presidente a menudo, el tiempo estaba de su lado. Podía hacer valer su argumento de la paz a través de la reforma prosiguiendo con sus planes y demostrando que no había estallado ningún caos social.

—¡Confunde una pelea a cuchillo con un intercambio de analectas! —replicó Chao—. Esos hombres son poderosos incluso dentro de los consejos de Estado, y para ellos el enemigo es el cambio, cualquier tipo de cambio.

No era necesario que Chao abundara en detalles. Todos habían oído hablar de los partidarios de la línea dura que se oponían a cualquier movimiento hacia la transparencia, la justicia y la eficacia, justo porque habían prosperado gracias a su ausencia. Los partidarios de la línea dura eran quienes habían convertido el Palacio Cargado de Compasión en una burla de sí mismo. Los más peligrosos eran los pertenecientes al ala dura del comité —ampliamente representados en el Ejército Popular de Liberación y los departamentos de seguridad del Estado—, quienes habían aceptado a regañadientes el nombramiento de Liu Ang creyendo que podrían controlarlo. Se decía que el patrocinador de Liu, el vicepresidente del Partido Comunista, les había dado garantías en ese sentido. Al constatar que Liu no se dejaba manipular por nadie, el descontento de los partidarios de la línea dura había dado paso a un sentimiento de traición. Hasta la fecha, ninguno se había atrevido a actuar en público contra él; atacar a alguien tan popular como Liu habría desatado unas fuerzas sísmicas de rebelión social. Se habían limitado a observar y aguardar pacientemente. Pero empezaban a perder la paciencia. Un pequeño grupo de partidarios de la línea dura había decidido que Liu se hacía más poderoso día a día, que era preciso que actuaran pronto, antes de que fuese demasiado tarde.

—Vosotros, que proclamáis vuestra lealtad a mi persona, ¿por qué queréis convertirme en algo que detesto? —protestó Liu Ang—. Dicen que el poder corrompe, pero no dicen cómo. Yo lo sé: así es como corrompe el poder. El reformador empieza a escuchar la voz del temor. Pues bien, yo me niego a hacerlo.

Chao tuvo que reprimirse para no descargar un puñetazo en la mesa.

—¿Acaso se cree invulnerable? —preguntó con ojos centelleantes—. Si alguien dispara una bala contra su cerebro reformista, ¿cree que la bala rebotará sin herirle? Si alguien intenta clavar una espada en su cuello reformista, ¿cree que la hoja se doblará? ¡Habla de la voz del temor! ¿Y la voz de la cordura?

La devoción de Chao al joven presidente era a la vez personal y profesional, y muchos se sentían perplejos por ambos elementos de ésta. Chao, que había pasado décadas en los departamentos de inteligencia de China, no encajaba en el acostumbrado perfil de los fervientes partidarios de Liu. Pero incluso antes de su toma de posesión dos años atrás como presidente del Comité Permanente del Congreso Popular Nacional, Chao respetaba la combinación de agilidad e integridad de Liu, quien, para él, encarnaba lo mejor del carácter chino. El hecho de haber trabajado durante toda su carrera en contacto con los mandos del partido había desengañado a Chao con respecto al aparato que Liu confiaba en desmantelar. No sólo fomentaba la ociosidad, el egocentrismo y la estrechez de miras, sino el autoengaño, que para Chao constituía el peor de los pecados.

De ahí sus acaloradas palabras durante la reunión de esta noche. Pese a las protestas del presidente, Chao no quería que Liu Ang cambiara; simplemente quería que sobreviviera. Por más que el presidente interpretara unas medidas preventivas agresivas como despotismo, en todo caso era un despotismo al servicio de una noble causa.

—Como sabe, el camarada Chao y yo hemos manifestado nuestro desacuerdo en muchas cosas —dijo un hombre de cincuenta años llamado Wan Tsai, cuyas gafas con montura fina de acero magnificaban sus ojos, de por sí grandes—. Pero en esto estamos de acuerdo. Hay que mantener el principio de la precaución.

Wan Tsai era un economista de carrera y uno de los amigos más antiguos de Liu. Había sido él quien le había convencido cuando era un jovencito para que trabajara dentro del sistema; un golpe contra el statu quo resultaría más potente si provenía de dentro. A diferencia de otros miembros del consejo personal de Liu, a Wan Tsai nunca le había preocupado la velocidad de las reformas del joven presidente, sino que se había mostrado impaciente por que hiciera más reformas y más deprisa.

—Dejémonos de eufemismos —dijo Liu—. ¿Queréis que emprenda una purga?

—¡Sólo que elimine a los desleales! —contestó Wan Tsai—. ¡Como medida de autodefensa!

El presidente miró a su mentor con aspereza.

—El sabio Mencio pregunta: ¿de qué sirve la autodefensa si es a expensas de uno mismo?

—Entiendo que desea mantener las manos limpias —dijo Chao sonrojándose—. ¡Todos admirarán sus manos limpias cuando asistan a su funeral! —Chao se ufanaba de su autocontrol, pero en esos momentos respiraba trabajosamente—. No pretendo ser un experto en derecho, economía y filosofía. Pero sí lo soy en seguridad. He pasado mi carrera en el Ministerio de Seguridad del Estado. Como dice también Mencio, cuando un asno habla sobre asnos el hombre prudente escucha.

—Tú no eres un asno —dijo Liu Ang con una media sonrisa.

—Y usted no es un hombre prudente —replicó Chao con dureza.

Al igual que los otros sentados a la mesa, Chao no sólo había reconocido hacía tiempo el extraordinario potencial del presidente, sino que le había ayudado a desarrollarlo. Todos tenían un empeño personal en su bienestar. En la historia de China había habido otros hombres como Liu, pero ninguno había triunfado.

El hecho de que el joven presidente —a sus cuarenta y tres años era mucho más joven que los otros que habían ocupado ese cargo, y aparentaba ser incluso más joven de lo que era— fuera tan amado por las multitudes más allá de las puertas de Zhongnanhai no dejaba de tener un aspecto negativo. Pues la adoración de la gente, al igual que el entusiasmo que le mostraban los medios occidentales, no hacía sino realzar la ponderada suspicacia que los partidarios de la línea dura alimentaban contra él. No obstante, los actos de Liu le habrían valido en cualquier caso la enemistad de sus oponentes. Al cabo de tan sólo dos años de desempeñar su cargo, había demostrado ser una fuerza vigorosa de liberalización, confirmando a la vez los temores y las esperanzas de quienes le rodeaban. Ello le convertía en un personaje que inspiraba a los demás. Pero a muchos partidarios de la línea dura, lo que Liu les inspiraba principalmente era odio y temor.

Como es natural, los periodistas occidentales se habían apresurado a atribuir sus políticas a sus orígenes. Hacían hincapié en el hecho de que había sido tiempo atrás uno de los disidentes de la plaza de Tiananmen, el primero de esa cohorte en prosperar en las filas del partido. Destacaban que era el primer jefe de Estado chino que había estudiado en el extranjero, achacando un exagerado significado al año que había estado estudiando ingeniería en el MIT (Instituto Tecnológico de Massachusetts). Asimismo, apuntaban que sus opiniones prooccidentales se habían visto reforzadas por las amistades que había hecho durante esa época. Sus colegas resentidos, por otra parte, temían que su criterio estuviera influido por esos factores. A los chinos que habían pasado un tiempo en Occidente les apodaban *hai gui*, un término que significaba «tortuga de mar», pero que, en un juego de palabras, significaba «el que regresa del mar». Los chinos suspicaces que contemplaban con hostilidad el cosmopolitismo de los *hai gui* se autodenominaban, para diferenciarse de éstos, *tu bie*, «tortugas locales». Para muchos *tu bie*, la pugna contra la influencia de los *hai gui* sería una lucha a muerte.

—No me malinterpretéis —anunció Liu con tono grave—, no desdeño las inquietudes que habéis manifestado. —El presidente señaló una ventana que daba a la isla ornamental en el Lago Sur, actualmente poco más de una hectárea grisácea cubierta de nieve, que relucía con una iluminación artificial—. Cada día miro hacia allí y veo donde mi antecesor, el emperador Kuang-hsü, fue encarcelado. Su castigo por lanzar los Cien Días de Reformas. Al igual que yo, el emperador preso estaba motivado por el idealismo y el realismo. Lo que le ocurrió hace un siglo puede ocurrirme a mí. No lo olvido en ningún momento.

Había ocurrido en 1898, un cambio de rumbo legendario, que

en última instancia había propiciado las masivas insurrecciones en el siglo siguiente. El emperador, inspirado por los problemas nacionales y el consejo del gran erudito y gobernador Kang Yu Wei, había acometido un proyecto más temerario que todos sus predecesores. Durante cien días, promulgó decretos que habrían transformado China en un estado constitucional moderno. Sus grandes esperanzas y nobles aspiraciones no tardaron en disiparse. Al cabo de tres meses, la emperatriz viuda, respaldada por los gobernadores generales, mandó encarcelar al emperador, su sobrino, en la isla ornamental situada en el Lago Sur y restituir el antiguo orden. Los intereses creados consideraban las reformas demasiado peligrosas, y esos intereses habían prevalecido, en todo caso hasta que una restauración conservadora estrecha de miras fue aplastada por unas fuerzas revolucionarias infinitamente más potentes e implacables que lo que el emperador derrocado y su consejero podían imaginar.

—Pero Kang era un erudito sin apoyo popular —dijo un hombre flaco sentado en el extremo de la mesa, sin alzar los ojos—. Usted posee una credibilidad intelectual y política. Lo que hace que sea más peligroso.

—¡Basta! —protestó el joven presidente—. No puedo hacer lo que deseáis que haga. Decís que es la forma de proteger mi posición. Pero si recurro a las purgas, destruyendo a mis adversarios porque son mis enemigos, mi administración no merecerá ser protegida. Algunos toman ese camino por motivos nobles. Pero ese camino no tiene bifurcaciones, conduce sólo a la tiranía. —Liu se detuvo—. A quienes se oponen a mí por razones de principio trataré de convencerlos. Quienes lo hacen por motivos menos loables son unos meros oportunistas. Y si mis políticas triunfan, harán lo que siempre hacen los oportunistas. Se colocarán del lado del que sopla el viento. Ya lo veréis.

—¿Es ésa la voz de la humildad o de la arrogancia? —inquirió un hombre sentado al otro lado de la mesa.

El hombre, Li Pei, tenía el pelo canoso y un rostro tan arrugado y surcado de venas como una cáscara de nuez. Era una generación mayor que los otros y en algunos aspectos era el más atípico de los aliados de Liu. Li Pei era un provinciano de origen muy humilde, y era conocido por el despectivo apodo de *jiaohua de nongmin*, o «astuto campesino». Un superviviente consumado, había conservado un puesto en el complejo de Zhongnanhai, bien en el Consejo de Estado o en el propio partido, a través de Mao y los diversos sucesores de Mao, a través de la Revolución Cultural y su desmantelamiento, a través de matanzas, levantamientos, reformas y mil cambios ideológicos de rumbo. Muchos creían que Li Pei era simplemente un cínico que se aclimataba a quienquiera que estuviera en el poder. Pero eso era sólo parte de la historia. Como muchos de los cínicos más corrosivos, era un idealista desencantado.

El presidente Liu Ang, sentado en la cabecera de la mesa lacada negra, bebió un trago de té verde.

—Quizá peque tanto de arrogancia como de humildad. Pero no de ignorancia. Conozco los riesgos.

Otro asistente dijo con voz suave:

—No debemos mirar sólo dentro de nuestras fronteras. Como dijo Napoleón: «Dejad que China duerma. Pues cuando se despierte, las naciones temblarán». Entre sus enemigos, presidente, se cuentan extranjeros que no desean el bien del País del Centro. Temen que, bajo su liderazgo, China se despertará por fin.

—Estas preocupaciones no son meramente teóricas —terció Chao Tang, exasperado—. Los informes de inteligencia a los que me he referido son muy inquietantes. ¿Ha olvidado lo que le ocurrió a Wai-Chan en Taiwán? Muchos consideraban a ese joven muy semejante a usted, y ya ve lo que le pasó. Es posible que usted se enfrente a los mismos enemigos, los que temen la paz más que la guerra. Los peligros que afronta son reales. Todo indica que ya está en marcha algún tipo de conspiración.

—¿Algún tipo de conspiración? —repitió Liu—. Me previenes contra una conspiración internacional, pero lo cierto es que no tienes la menor idea de quiénes son sus protagonistas ni cuáles son sus fines. Hablar de una conspiración sin conocer su naturaleza es no decir nada.

—¿Desea certezas? —preguntó Chao—. Certeza es lo que uno obtiene cuando es demasiado tarde. Un complot cuyos detalles conociésemos sería un complot fracasado. Pero hay demasiados rumores, insinuaciones, referencias indirectas que no podemos seguir ignorando...

—¡Simples conjeturas!

—Está claro que están involucrados algunos miembros de su gobierno —dijo Chao tratando de controlar su voz—. Y no podemos ignorar las pruebas que indican que pueden estar también involucrados ciertos elementos del gobierno estadounidense.

—Tus informes de inteligencia no son concluyentes, por lo que no justifican ninguna acción por mi parte —protestó Liu—. Agradezco tu preocupación, pero no veo cómo actuar de forma que sea consecuente con el ejemplo que pretendo imponer.

—Le ruego que tenga en cuenta... —dijo Wan.

—Podéis proseguir con vuestra conversación —dijo el joven presidente levantándose—. Pero si me disculpáis, arriba tengo una esposa que empieza a pensar que la República Popular China la ha dejado viuda, según me insinuó hace poco. Al menos en esta cuestión, una información parcial justifica el tomar cartas en el asunto.

Las risas que suscitaron las palabras de Liu eran superficiales y apenas aliviaron el ambiente de ansiedad.

Quizás el joven presidente no deseaba conocer las amenazas contra él; parecía temer esas amenazas menos de lo que temía las consecuencias de una paranoia política. Los otros no podían permitirse ser tan optimistas. Lo que Liu Ang ignoraba podía matarlo.

8

Saint Andrews Plaza, Bajo Manhattan

Ambler sintió como si tuviera los ojos llenos de arena, hinchados; los músculos le dolían. Estaba sentado en un banco en una espaciosa plataforma de hormigón entre tres inmensos edificios, todos revestidos de piedra y grises. Como en buena parte del Bajo Manhattan, las gigantescas estructuras estaban construidas una pegada a la otra, como un frondoso bosque compitiendo por la luz y el aire. En la mayoría de las ciudades del mundo, cualquiera de esos edificios habría sido considerado imponente. En el Bajo Manhattan, ninguno de ellos impresionaba a nadie. Hal se rebulló en el asiento, no para ponerse cómodo, sino para sentirse menos incómodo. La taladradora de una cuadrilla de reparaciones callejeras de la compañía Con Ed, que trabajaba cerca, empezó a provocarle una jaqueca. Consultó su reloj; ya había leído el *New York Post* de cabo a rabo. Al otro lado de la plaza había un vendedor ambulante que vendía almendras garrapiñadas de un carro de cuatro ruedas; pensó en comprar una bolsa, simplemente para hacer algo, cuando se fijó en un hombre de mediana edad vestido con una cazadora de los Yankees que acaba de apearse del asiento trasero de un sedán negro.

El objetivo había llegado.

Era un hombre barrigudo y estaba sudando pese al frío que hacía. Miró a su alrededor nervioso y subió, solo, los escalones que conducían de la acera a la plaza. Era alguien que sabía que era muy vulnerable y tenía un mal presentimiento.

Ambler se levantó despacio. ¿Y ahora qué? Había decidido

atenerse al escenario descrito por Arkady mientras pudiera, que ya se le ocurriría algo en el momento oportuno. Era más que posible que todo el asunto fuera un ensayo.

Una mujer que lucía unos zapatos de tacón alto y una gabardina de vinilo verde echó a andar a paso vivo hacia él. Tenía una espesa melena rubia y ondulada, labios carnosos y unos ojos verde gris que le recordaron los de un gato, quizá porque, al igual que los gatos, la mujer parecía no pestañear nunca. Curiosamente, llevaba una bolsa de papel marrón como las que contienen el almuerzo. Al aproximarse, la mujer se distrajo con la puerta giratoria del edificio federal situado en el lado norte de la plaza y chocó con él.

—Caramba, lo siento —murmuró con voz ronca.

Ambler comprobó que sostenía en las manos la bolsa de papel, la cual, según le confirmaron sus dedos, no contenía el almuerzo.

El hombre vestido con la cazadora de los Yankees había llegado a la plaza y echó a andar hacia el edificio. Quedaban unos doce segundos.

Hal abrió su gabardina de color tostado —en cada manzana de la ciudad se veía una docena de gabardinas como la suya— y sacó el arma de la bolsa. Era un Rugger calibre cuarenta y cuatro de acero pavonado, un Redhawk. Más potente de lo que requería el trabajo y demasiado ruidosa.

Ambler se volvió y vio que la rubia estaba sentada en otro banco, junto al edificio. Ocupaba un asiento de primera fila para contemplar el espectáculo.

¿Y ahora qué? Hal sintió que el corazón le latía aceleradamente. Eso no era un ensayo.

Era una locura.

Era una locura haber aceptado este trabajo. Era una locura que le hubieran pedido que lo hiciera.

El objetivo se detuvo de golpe, miró a su alrededor y echó a andar de nuevo. Estaba a unos diez metros de Ambler.

Una efímera intuición cruzó por la cabeza de Hal, como el sol cuando atraviesa una nube. Ahora comprendió lo que antes había supuesto vagamente, en su subconsciente. *Jamás se lo habrían pedido.*

Sin duda Arkady creía lo que le habían contado, pero la sinceridad no es ninguna garantía de la verdad. De hecho, la historia no tenía sentido: una organización que procura evitar todo riesgo jamás habría encomendado a alguien de cuya lealtad no estaban seguros una misión de esta naturaleza. Ambler podía haber dado el soplo a las autoridades y salvar el pellejo del objetivo. Ergo...

Ergo todo el asunto era una prueba. Ergo la pistola estaba descargada.

El objetivo se hallaba a unos cinco metros, caminando con paso rápido hacia el edificio en el lado este de la plaza. Hal se dirigió hacia él, sacó el Redhawk de su gabardina y, apuntando a la parte posterior de la cazadora de béisbol que llevaba el hombre, oprimió el gatillo.

Se produjo el quedo y rápido clic de un arma descargada, un sonido sofocado por el ruido del tráfico y la taladradora de los operarios de Con Ed. Fingiendo perplejidad, Ambler apretó el gatillo seis veces, hasta vaciar supuestamente el tambor.

Estaba seguro de que la rubia había visto rotar el cilindro, había visto martillar el percutor sin resultado.

Al detectar un rápido movimiento en su visión periférica, Hal se volvió. ¡Un guardia de seguridad situado al otro lado de la plaza le había visto! El guardia sacó su pistola de su chaquetón azul marino y se acuclilló sosteniendo el arma con ambas manos, dispuesto a disparar.

Como es lógico, la pistola del guardia estaba cargada. Ambler oyó el sonido seco de un revólver de calibre treinta y ocho y un silbido agudo cuando la bala pasó junto a su oreja. El guardia o tenía suerte o una gran destreza; Hal podía morir antes de decidir entre lo primero o lo segundo.

Cuando echó a correr hacia la escalera en el lado sur de la plaza, observó otro rápido movimiento; el vendedor ambulante, como presa del temor, se abalanzó con su carro y chocó contra el guardia, que cayó al suelo. Ambler oyó al guardia lanzar un gemido de dolor y el ruido metálico del revólver al rodar por el suelo.

Pero lo que acababa de ocurrir no tenía sentido: ningún espectador se habría abalanzado hacia la línea de fuego. El hombre que fingía ser un vendedor ambulante sin duda formaba parte de un equipo.

Hal oyó el estruendo de una moto antes de verla. Al cabo de unos segundos apareció una potente Ducati Monster de color negro. El rostro del conductor oculto por la visera del casco. *¿Amigo o enemigo?*

—¡Súbase! —gritó el hombre a Ambler, aminorando la marcha pero sin detenerse.

Éste se montó en el amplio asiento posterior de la moto y la Ducati partió a toda velocidad. No había tenido tiempo de pensar en lo que hacía; había obrado instintivamente. Sintió la potencia del motor vibrando a través de sus muslos.

—¡Agárrese con fuerza! —gritó de nuevo el conductor. Al cabo de unos momentos la moto bajó los escalones en el lado opuesto de la plaza, la parte posterior alzándose peligrosamente.

Los transeúntes en la acera se habían diseminado aterrorizados. Pero el conductor sabía lo que hacía, y al cabo de unos momentos se incorporó al tráfico, y adelantó a un volquete, un taxi y una furgoneta UPS. El conductor miraba los dos retrovisores por si les perseguía la policía. Tras recorrer dos manzanas hacia el norte, tomó por Duane Street y se detuvo junto a una limusina aparcada.

La limusina era un Bentley de color burdeos; Ambler observó que el chofer lucía un uniforme de un apagado verde aceituna. Subió al coche y se instaló en un asiento de cuero tostado claro. El Bentley estaba perfectamente insonorizado; cuando la puerta trasera se cerró con un ruido seco, los sonidos de la ciudad desaparecieron. El espacio posterior era muy amplio y estaba diseñado de forma que quedaba oculto a la mirada de los transeúntes u otros conductores.

Pese a la inmediata sensación de aislamiento, Ambler no estaba solo. Había otro hombre sentado en el asiento trasero, el cual abrió una ventana en la mampara de cristal y se dirigió al conductor en una lengua gutural:

—*Ndiq hartën. Mos ki frikë. Paç fat të mbarë. Falemnderit.*

Hal miró de nuevo al conductor: el pelo rubio oscuro, un rostro anguloso. El chofer maniobró suavemente la limusina entre el tráfico de la ciudad. El pasajero sentado junto a Ambler se volvió hacia él y le saludó con tono jovial.

—Hola.

Se sobresaltó al reconocer la voz. Conocía a ese hombre. Era la persona con la que Arkady le había prometido que se reuniría. *Es alguien que usted conoce. Que ha trabajado con usted.* Un hombre que conocía sólo como Osiris y que le conocía a él sólo como Tarquin.

Osiris era un hombre alto y corpulento de sesenta y tantos años, calvo, excepto por un cerquillo pelirrojo alrededor de sus orejas y su nuca. Cuando habían trabajado juntos en la Unidad de Estabilización Política tenía una barriga abultada, pero siempre había sido ágil. Sobre todo teniendo en cuenta su otra incapacidad.

—Ha pasado mucho tiempo —dijo Ambler.

Osiris movió la cabeza ligeramente, sonriendo, hasta casi fijar sus ojos azules y opacos en los del ex miembro de Operaciones Consulares.

—Hace mucho que no nos vemos —convino. Era hábil haciendo que la gente olvidara que era ciego de nacimiento.

Osiris se expresaba en términos visuales, pendiente del sol, de la textura de la chaqueta de alguien, y traducía continuamente la información táctil o audible a su equivalente visual. Claro que la traducción siempre había sido su punto fuerte. En Operaciones Consulares no tenían un lingüista más brillante. Osiris no sólo hablaba y comprendía las lenguas más importantes, sino que era un experto en lenguas criollas, dialectos poco conocidos y acentos regionales, las lenguas que la gente hablaba realmente, no las versiones idealizadas que te enseñan en las academias de idiomas. Osiris sabía si un alemán provenía de Dresde o de Leipzig, de Hessen o de Turingia; distinguía las vocales de una provincia hanseática de otra, era capaz de diferenciar entre treinta acentos de árabe «callejero». En las regiones del Tercer Mundo donde se hablaban múltiples lenguas en un solo barrio —por ejemplo, en Nigeria, donde en una familia numerosa pueden hablar igbo, hausa, yoruba, lenguas criollas y una extraña mezcla de inglés y árabe—, la habilidad de Osiris era impagable. Podía escuchar grabaciones que hacían que los expertos en la sección africana del Departamento de Estado tiraran la toalla o solicitaran un período de tres meses para estudiar el tema, y ofrecer una traducción instantánea de palabras pronunciadas a gran velocidad.

—Me temo que nuestro chofer no conoce el inglés —dijo el hombre conocido como Osiris a Ambler—. Pero habla albanés como un príncipe. De hecho, estoy seguro de que a la mayoría de sus compañeros extrapatriados les parece un tanto afeminado. —Pulsó un botón y apareció un bar deslizante tras la mampara de cristal. Tomó una botella de agua con firmeza, sin tener que tantear, y sirvió un poco de agua en dos vasos. Esperó que Hal tomara uno de los vasos antes de beber él del otro. Un hombre aplacando las naturales sospechas de otro hombre.

—Disculpa la jugarreta —prosiguió Osiris—. Seguro que ya lo habías adivinado. Mis patronos necesitaban confirmar que no estabas jugando a dos bandas. Como es natural, no podían pedir referencias.

Ambler asintió con la cabeza. Era tal como había supuesto. El numerito en la plaza había sido un medio de verificar su buena fe: le habían observado disparar contra un hombre que le habían dicho que era un agente del gobierno. De haber seguido Hal al servicio de Estados Unidos, jamás lo habría hecho.

—¿Qué le ocurrió al objetivo? ¿El tipo con la cazadora de los Yankees?

—¿Quién sabe? En realidad, no tiene nada que ver con nosotros.

Según parece, los federales emprendieron una investigación sobre la fijación de precios en la industria de la construcción, y ese tipo perdió la chaveta y decidió testificar a favor del Estado. Si intuiste que estaba atemorizado, no te equivocaste. Mucha gente importante y sin escrúpulos quisiera eliminarlo del mapa. No sólo nosotros.

—Pero Arkady no lo sabía.

—Lo que Arkady te dijo es lo que le dijimos nosotros. Pensó que te decía la verdad, porque no sabía que le habíamos enredado.

—Osiris se rió—. Yo le mentí, él te mintió a ti, pero cuando la información te llegó había experimentado un proceso de purificación, porque Arkady creía que lo que te decía era verdad.

—Lo tendré presente —respondió Ambler—. ¿Cómo sé que no te han mentido también a ti... sobre otras cosas? —Hal dirigió la vista hacia el retrovisor del conductor y experimentó una sensación de vértigo: el corpulento y calvo Osiris estaba sentado junto a otro hombre, alguien a quien Ambler no identificó de inmediato. El pelo castaño y corto, los ojos azules y un rostro... Un rostro simétrico, casi cruelmente atractivo, y que tardó unos momentos en reconocer.

Un rostro que no era el suyo. Un rostro que había visto por primera vez en el Motel 6 y que aún era capaz de hacer que se le helara la sangre en las venas.

—La premisa de la pregunta anularía mi capacidad de responderla —dijo Osiris con un tono cargado de significado. Fijó sus ojos ciegos y velados en Ambler—. Así que fíate de tu instinto. ¿No es lo que haces siempre?

Hal tragó saliva, respiró hondo y se volvió hacia el agente ciego.

—Entonces permíteme que te someta a un pequeño interrogatorio. ¿Sabes mi nombre?

—¿En cuántos trabajos hemos colaborado? ¿Tres, cuatro? Después de los años que hace que te conozco, cabe imaginar que he averiguado un par de datos sobre ti. Tarquin. Nombre verdadero Henry Nyberg...

—Nyberg es otro alias —le interrumpió Ambler—. Lo utilicé unas cuantas veces y luego lo deseché. ¿Cuál es mi nombre auténtico?

—Te expresas como un chulo de la Novena Avenida —respondió Osiris procurando mantener un tono jovial—. «¿Cómo me llamo?», «¿Quién es tu papá?» Mira, entiendo que tengas algunas preguntas. Pero yo no soy el mostrador de información. Quizá tenga algunas respuestas. Pero no todas.

—¿Cómo es eso?

Los ojos azules y opacos de Osiris parecían curiosamente alerta debajo de sus cejas ralas, casi porcinas.

—Porque algunas respuestas están... por encima de mi categoría.

—Me conformo con lo que puedas decirme.

—Los conocimientos son peligrosos, amigo mío. No conviene tomarse en serio todo lo que te digan. Quizá no quieras saber lo que deseas saber.

—Hagamos la prueba.

Osiris fijó sus ojos ciegos en Ambler durante unos momentos con expresión pensativa.

—Conozco un lugar más apropiado para que hablemos —propuso.

9

Aunque el presidente Liu Ang se había retirado a sus aposentos privados en otra ala del recinto, la conversación continuó.

—¿Y las pruebas fotográficas que mencionaste? —preguntó el alto funcionario del Ministerio de la Seguridad de Estado de voz suave, volviéndose a Chao.

Chao Tang, el jefe del Segundo Departamento, asintió con la cabeza y sacó un dossier de su maletín negro. Dispuso varias fotografías en el centro de la mesa.

—Como es lógico, ya se las he mostrado a Ang, con resultados previsibles, es decir, ninguno. Le he pedido que al menos anule sus viajes al extranjero en aras de su seguridad. Se ha negado. Pero quiero que las veáis también vosotros.

Señaló con el dedo una fotografía en la que se veía una multitud delante de un estrado de madera.

—Fue tomada unos minutos antes del asesinato en Changhua —dijo el jefe de espías Chao—. Si recordáis lo ocurrido. Fue hace poco más de dos años. Observad al caucásico entre la multitud.

Distribuyó otra fotografía, un primer plano aumentado digitalmente del mismo hombre.

—El asesino. El individuo que perpetró ese crimen. En otras fotografías lo veréis en el lugar donde se cometieron otros asesinatos. Es un monstruo. Nuestros espías han averiguado algunas cosas sobre él.

—¿Cómo se llama ese monstruo? —preguntó el anciano Li Pei con su tosco acento rural.

Chao parecía consternado por la pregunta de Li Pei.

—Sólo conocemos su alias—confesó Chao—. Tarquin.

—Tarquin —repitió Pei; sus labios temblaban como los de un viejo perro sharpei—. ¿Un americano?

—Eso creemos, aunque no estamos seguros de quién lo controla. Ha sido muy difícil separar el grano de la paja. Pero tenemos motivos fundados para pensar que puede ser uno de los protagonistas principales en el complot contra Liu Ang.

—En tal caso, debe ser eliminado —dijo el anciano de pelo canoso descargando un puñetazo sobre la mesa.

Será muy astuto, pensó Chao, *pero no deja de ser un campesino*.

—Comparto tu opinión —respondió el jefe de espías—. A veces me preocupa que Liu Ang sea demasiado bueno para este mundo. —Tras una pausa agregó—: Por fortuna, yo no lo soy.

Todos los presentes asintieron con gesto serio.

—Ya hemos tomado las debidas precauciones. Tenemos a un equipo de intercepción de comunicaciones del Segundo Departamento trabajando en el asunto. Ayer, cuando recibimos una información fidedigna sobre su posible paradero, nos pusimos de inmediato manos a la obra. Creedme, he asignado este caso al mejor agente de este país.

Sonaba como retórica hueca, pensó Chao, pero en un sentido estrictamente técnico estaba convencido de ello. Había conocido a Joe Li cuando éste aún era un adolescente y había ganado el primer premio en un campeonato regional de tiro, organizado por la sección local del Ejército Popular de Liberación. Sucesivas pruebas habían demostrado que el chico, pese a sus orígenes campesinos, poseía unas aptitudes fuera de lo común. Chao siempre estaba pendiente de descubrir a un prodigio; creía que lo mejor de China se hallaba entre sus ciudadanos, no simplemente la fuerza bruta de la mano de obra barata, sino el raro prodigio que sin duda se encontraba entre la masa. Si uno succionaba mil millones de ostras, encontraría más de un puñado de perlas, solía decir el camarada Chao. Estaba convencido de que el joven Joe Li era una de esas perlas y se había ocupado de prepararlo para una carrera extraordinaria. El estudio intensivo de idiomas había comenzado muy pronto. Joe Li llegaría a conocer no sólo las principales lenguas occidentales sino las costumbres populares de las naciones donde se hablaban esos idiomas, llegaría a dominar lo que allí todo el mundo conocía. Asimismo, recibiría una formación intensiva en armas, camuflaje, combate mano a mano occidental y artes marciales al estilo Shaolin.

Joe Li jamás había decepcionado a Chao. No se había convertido en un hombre alto y corpulento, pero su complexión menuda constituía una ventaja; le daba un aspecto poco amenazador e inconspicuo, ocultando sus habilidades bajo un caparazón normal y corriente. Era, como le había dicho Chao en cierta ocasión, un acorazado bajo la guisa de un esquife.

Pero el joven tenía otras cualidades. Aunque Joe Li realizaba su trabajo con profesionalidad, eficiencia y frialdad, su lealtad personal a su país y a su mentor era incontestable. Éste se había asegurado de ello. En parte por motivos de seguridad y en parte porque era consciente de las constantes disputas para obtener más recursos a los niveles más elevados del gobierno, Chao se había afanado en mantener ocultos los detalles de las operaciones en que participaba Joe Li. Dicho de otro modo, el agente secreto más brillante de China respondía tan sólo ante Chao.

—Pero ese Tarquin... ¿ha muerto? —inquirió el economista Tsai, tamborileando con los dedos sobre la mesa lacada negra.

—Todavía no —respondió Chao—. Pero no tardará en hacerlo.

—¿Cuándo? —insistió Tsai.

—Una operación de ese tipo en suelo extranjero siempre es delicada —advirtió Chao—. Pero tal como os he asegurado, he asignado este caso al mejor agente. Es un hombre que jamás me ha fallado, y al que le suministramos continuamente la información que obtenemos de los servicios de inteligencia. La muerte y la vida tienen sus citas predeterminadas, como dice el gran sabio. Baste decir que la cita de Tarquin no tardará en llegar.

—¿Cuándo? —repitió Tsai.

Chao miró su reloj y esbozó una breve sonrisa.

—¿Qué hora tenéis?

Nueva York

El Hotel Plaza, en la Quinta Avenida y Central Park South, había sido construido a principios del siglo XX, y desde entonces constituía un emblema de elegancia en Manhattan. Con sus cornisas con los bordes de cobre y sus interiores dorados y de brocado, parecía un majestuoso castillo francés situado en la esquina de Central Park. Su Salón de Roble y su Salón de Palmeras, junto con sus magníficas galerías y *boutiques*, ofrecían innumerables oportunidades para que la gente contribuyera a su mantenimiento, incluso personas que no habían alquilado una de sus ochocientas habitaciones.

Pero fue en la piscina de dimensiones olímpicas del hotel, situada en la planta decimoquinta, donde, a instancias de Osiris, los dos hombres continuaron su conversación.

Otro lugar astutamente elegido, pensó Ambler, mientras ambos se desnudaban y se ponían los bañadores suministrados por el Plaza. Era difícil ocultar un aparato de escucha en estas condiciones, y desde luego era prácticamente imposible realizar una grabación audible con el sonido ambiental de las zambullidas en la piscina.

—¿Para quién trabajas ahora? —había preguntado Hal nadando hacia la parte más profunda, donde se hallaba Osiris.

Una mujer de edad avanzada nadaba perezosamente unos largos donde la piscina era menos profunda y más estrecha. Aparte de ella, el lugar estaba desierto. Unas matronas, vestidas con bañadores de una pieza, bebían café o té instaladas en tumbonas junto a la piscina, haciendo acopio de fuerzas para la práctica deportiva que estaban postergando.

—Esa gente son personas como nosotros —respondió Osiris—. Aunque organizadas de modo distinto.

—Me tienes intrigado —dijo Ambler—. Pero no entiendo nada. ¿A qué diablos te refieres?

—Se trata de liberar el talento. Hay un montón de ex agentes encubiertos, muchos de ellos de Estab, que quizá no tendrían oportunidad de sacar el máximo partido de sus habilidades. Ahora sirven a intereses americanos, pero les pagan y son utilizados por una organización privada. —El exceso de peso de Osiris hacía que flotara, por lo que nadar le costaba un mínimo esfuerzo.

—Una organización privada. Una vieja historia en este país. Tan vieja como los mercenarios hessianos que contribuyeron a animar las cosas durante la Revolución Americana.

—Algo distinto —observó Osiris respirando con facilidad—. Estamos organizados como una red de asociados que trabajan en el sector privado. La idea clave es la red.

—O sea que es más parecido a Avon o Tupperware que a Union Carbide. El modelo de *marketing* de múltiples niveles.

Siguiendo el sonido de la voz de Hal, Osiris se volvió; sus ojos ciegos casi parecían observarlo.

—No es exactamente como yo lo describiría, pero en términos generales, así es. Agentes independientes, que trabajan de forma autónoma, aunque coordinados y a las órdenes de sus superiores. De modo que comprenderás que estén impacientes por tenerte a bordo. Te quieren por la misma razón que me querían a mí. Yo poseo una habilidad singular. Al igual que tú. Y esa gente está decidida a emplear a personas con un talento singular. Lo cual te coloca en posición de negociar. Ya sabes, entre los chicos de Estab eres una figura mítica. Los jefes piensan que aunque sólo fuera cierta la mitad de las historias que circulan sobre ti... Yo te he visto trabajar, sé de lo que eres capaz. Joder, recuerdo lo que hiciste en Kuala Lumpur... Una hazaña legendaria. Y yo estaba ahí, como sabes. No hay muchos que hablen malayo en la Unidad de Estabilización Política.

—Eso fue hace mucho tiempo —respondió Ambler colocándose boca arriba y flotando.

Kuala Lumpur. Hacía muchos años que no pensaba en ello, pero los recuerdos acudieron de inmediato a su mente. Un centro de congresos en el Putra World Center, en el distrito financiero de la ciudad, junto a la zona del Triángulo Dorado y las Torres Petronas. Se celebraba un congreso de comercio internacional y Tarquin era el representante oficial de un bufete de abogados neoyorquino especializado en propiedad intelectual: en esa ocasión el agente legendario había sido Henry Nyberg. Un miembro de una de las delegaciones extranjeras, según habían averiguado los jefes de Tarquin, era un terrorista, pero ¿cuál? Tarquin había sido enviado en calidad de detector de mentiras. Sus jefes creían que le llevaría los cuatro días que duraba el congreso descubrirlo. Pero logró su objetivo en menos de media hora. Tarquin había entrado la primera mañana en el vestíbulo del centro de congresos y había estado paseándose alrededor de los grupos de asistentes con sus carpetas azules suministradas por los organizadores de la conferencia, observando a los representantes de *marketing* intercambiando tarjetas de visita, observando a los empresarios abordar a los inversores en ciernes y las miles de otras maniobras que llevaban a cabo los ejecutivos de negocios. El ambiente en el vestíbulo estaba impregnado de olor a café y bollos calientes para el desayuno. Tarquin había dejado que su mente divagara mientras se paseaba por el vestíbulo, fingiendo saludar de vez en cuando con la cabeza a alguien situado detrás de una persona que le estaba observando. Al cabo de veinticinco minutos, lo había averiguado.

No era una persona, sino dos, que formaban parte de una delegación de banqueros de Dubái. ¿Cómo lo había descubierto? Tarquin no se molestaba en analizar los signos subliminales de ocultamiento y temor; al verlos, lo supo, como ocurría siempre. Eso era todo. Un equipo de inteligencia de la Unidad de Estabilización Política había pasado el resto del día confirmando lo que él había detectado a simple vista. Los dos jóvenes eran sobrinos del presidente del banco; habían sido reclutados para una hermandad *jihadista* mientras estudiaban en la Universidad de El Cairo. La hermandad les había ordenado que consiguieran ciertas piezas de material industrial, un material que, siendo por sí solo inofensivo, en combinación con determinadas sustancias podía ser utilizado para fabricar municiones.

Ambler se permitió el lujo de permanecer flotando unos minutos en el agua. *Esas personas saben de lo que eres capaz,* pensó. *¿En qué cambiará eso la ecuación?*

—En Kuala Lumpur, todos te preguntaron cómo lo habías adivinado, y tú respondiste que era obvio, que esos tipos sudaban tinta. Pero para los demás no era tan obvio. Posteriormente los analistas revisaron el vídeo. El caso es que, según todos los demás, esos individuos habían logrado pasar inadvertidos. Mostraban un aspecto aburrido y sumiso, tal como pretendían. Sólo tú les viste con otros ojos.

—Vi cómo eran.

—Exacto. Lo cual nadie más consiguió. Nunca hemos hablado de eso. Es una habilidad asombrosa. Un don.

—Ojalá pudiera cambiarlo.

—¿Por qué? ¿Te queda grande? —preguntó Osiris riendo—. ¿Cómo lo conseguiste? ¿Un brujo te dio un día un amuleto?

—No soy la persona más indicada para que se lo preguntes —respondió Ambler con rostro serio—. Pero creo que tiene que ver con esto: la mayoría de la gente ve lo que quiere ver. Simplifica las cosas, se dedica a confirmar sus hipótesis. Yo no. No puedo. No es algo que pueda conectar o desconectar.

—No sé si eso es una bendición o una maldición —dijo Osiris—. O ambas cosas. *Comme d'habitude.* Saber demasiado.

—Ahora mismo mi problema es saber muy poco. Ya sabes lo que busco. Información.

De hecho, para Hal era una cuestión de vida o muerte. Necesitaba averiguar la verdad o se hundiría en una corriente del inconsciente de la que jamás saldría.

—Pero la información viene paso a paso —respondió Osiris—.
Como te he dicho, más que información puedo ofrecerte una opinión. Cuéntame los datos relevantes y quizá pueda ayudarte a des-
cifrarlos.

Ambler lo miró; seguía nadando sin el menor esfuerzo. Sus anchos hombros estaban perlados de agua, pero su cerquillo pelirrojo permanecía seco. Sus ojos azules y ciegos eran casi reconfortantes, incluso mostraban una expresión afectuosa; la tensión que Hal
podía detectar no era el resultado de una estratagema o un engaño.
Sus sospechas eran automáticas, y debía desecharlas. Si la oportunidad era real, no podía desaprovecharla.

El chino vestido con un traje bien cortado —un discreto príncipe
de Gales en una excelente lana merino— apenas llamó la atención
cuando franqueó la puerta giratoria y entró en el vestíbulo del Hotel Plaza, en la Quinta Avenida. Era delgado y bien parecido, con
rasgos delicados y ojos chispeantes y joviales. Saludó con la cabeza
a una de las empleadas de recepción y ésta le devolvió el saludo,
suponiendo que el hombre la había confundido con la chica que le
había atendido cuando se había registrado en el hotel. El chino
saludó también con la cabeza al conserje, que le dirigió una sonrisa
servicial, y prosiguió con paso decidido hacia los ascensores. De
haber mostrado un aire indeciso, de haberse detenido para orientarse, uno de los empleados menos ocupados se le habría acercado
para preguntarle si podía ayudarle. Pero en un hotel de ochocientas habitaciones, cuando alguien daba la impresión de alojarse en
él, lo lógico era pensar que efectivamente se alojaba en él.

Al cabo de unos minutos, el chino se cercioró de que su presa
no se hallaba en el vestíbulo ni en el comedor del hotel; unos minutos más tarde, comprobó que no se encontraba en ninguno de
los otros espacios públicos situados en los niveles inferiores: las
galerías de arte, las tiendas, las peluquerías o el *spa*.

Joe Li había descartado la posibilidad de que su presa hubiera alquilado una habitación: un hotel de lujo como éste exigía demasiados requisitos: documentos de identidad, fotocopias de las tarjetas de crédito, etc. El hombre que buscaba no era del tipo de personas que desean dejar huella de su visita. Su ausencia en los espacios públicos principales dejaba otras dos posibilidades. Una era el gimnasio del hotel.

Ninguno de los numerosos empleados del Plaza destinados a darle la bienvenida le vio avanzar por un pasillo enmoquetado entre los ascensores y atravesar una discreta puerta de servicio. No le vieron abrir su maletín y montar las piezas del equipo que portaba. No le vieron ponerse el mono gris pizarra de un operario de mantenimiento y montarse en un ascensor de servicio, acompañado por un cubo y una mopa con ruedas.

De haberse encontrado ahora con él, no le habrían reconocido. Mediante unos simples cambios musculares y posturales, el chino había envejecido veinte años; ahora era un hombre cargado de hombros, que se ocupaba de sus cubos y una interminable lista de faenas, una presencia encorvada y vigilante en la que pocos reparaban.

Osiris empezaba a hablar un tanto trabajosamente, aunque no debido al esfuerzo.

—¿No lo entiendes? —preguntó—. Existe una hipótesis alternativa. —Nadaba con movimientos breves y airosos, como si dirigiera una pequeña orquesta de cámara. El azul de sus ojos hacía juego con el azul del agua de la piscina.

—¿Que encaja con mi experiencia durante las últimas veinticuatro horas?

—Sí —respondió su colega—. Tu relato ha sido bastante claro. Estás desconcertado por el hecho de que tus recuerdos de quién eres no concuerdan con el mundo que habitas, y supones que es el mundo el que ha sido manipulado. ¿Y si tu suposición fuera errónea? ¿Y si fuera tu mente la que ha sido manipulada?

Ambler escuchó con una creciente sensación de aprensión mientras el barrigudo se lo explicaba.

—Es la navaja de Occam: ¿cuál es la explicación más simple? —prosiguió Osiris—. Es más fácil alterar el contenido de tu mente que cambiar el mundo entero.

—¿Qué tratas de decirme? —Hal se sentía paralizado de miedo.

—Habrás oído hablar de Pájaro Azul, Alcachofa, MKULTRA, esos programas de ciencias conductuales de los años cincuenta, ¿no? Han sido desclasificados, eliminados. Todos creen que no fue sino un curioso episodio en la historia de las agencias de espionaje.

—Y tienen razón —contestó Ambler despectivamente—. Te refieres a estupideces de la Guerra Fría, fantasías de una época pasada. Hace tiempo que los desecharon.

—Te equivocas. Cambiaron los nombres de los programas, pero la investigación no se suspendió. Y la historia no es irrelevante. En realidad, comenzó con el cardenal Josef Mindszenty, ¿te suena su nombre?

—Otra víctima de mediados de siglo de los regímenes comunistas, a principios de la era de la posguerra. Hungría montó un proceso organizado con fines propagandísticos, le obligaron a confesar frente a las cámaras de los cargos de traición y corrupción. Pero fue un montaje.

—Sin duda. Pero la CIA se sintió picada por la curiosidad. Obtuvo la grabación audiovisual del cardenal confesando y la pasaron a través de todos los indicadores de pruebas de estrés, tratando de hallar alguna prueba de que estaba mintiendo. Y lo extraño es que no lo consiguieron. Todas las pruebas indicaban que el cardenal decía la verdad. Pero también sabían que los cargos eran un invento. Lo cual les dio que pensar. ¿Era posible que el prelado creyese lo que había declarado? En tal caso, ¿cómo habían logrado convencerlo de esa... realidad alternativa? De haberle drogado, ¿qué drogas habían utilizado? Y así sucesivamente. Eso fue lo que puso en marcha nuestros experimentos sobre el control de la psique. Durante las primeras décadas, gran parte de esos experimentos eran unas chorradas. Inducían un coma en alguien con pentotal, tras lo cual le inyectaban la suficiente cantidad de Dexedrina para provocarle un subidón brutal. ¿Qué efecto tendría eso en una persona, la haría receptiva a sugestiones narcohipnóticas? Los mejores y más brillantes cerebros se sentían fascinados por las posibilidades. Al cabo de poco tiempo, reclutaron al personal de Servicios Técnicos en aras de la causa. Pero necesitaban más recursos, de modo que idearon la forma de incorporar a la División de Operaciones Especiales del Ejército al proyecto en Fort Detrick, en Maryland, donde tenían un centro de investigaciones biológicas.

—¿Cómo estás tan enterado? —preguntó Ambler sintiendo que un escalofrío le recorría la espalda.

—¿Por qué crees que nos pusieron juntos? —respondió Osiris encogiéndose de hombros—. Empecé en Operaciones Psicológicas. Como muchos lingüistas. El lenguaje solía ser un grave escollo en el método de administración de alucinógenos. En los viejos tiempos, los de Operaciones Psicológicas interrogaban a un desertor ruso en un piso franco alemán, o a un norcoreano en un apartamento en Seúl, y le drogaban con un complicado protocolo. Al poco rato el tipo hacía una regresión y se ponía a hablar en la lengua de su aldea natal, y esos memos de la Berlitz de la agencia no tenían pajolera idea de lo que el tipo decía ni podían hablarle en su dialecto nativo. Entonces decidieron que necesitaban a gente como yo. Removieron Roma con Santiago para dar con nosotros y reclutarnos. Nosotros cumplíamos con nuestro deber en uno de los proyectos de Operaciones Psicológicas. Luego, al cabo de un tiempo, nos prestaban a algunas OAG. Por «compañerismo», decían. Pero en realidad era un problema de distribución de recursos, para alargar el presupuesto.

— OAG, otras agencias gubernamentales. Como Operaciones Consulares. O su Unidad de Estabilización Política.

—Ya sabes cómo funciona. Por fin pedí oficialmente el traslado al Departamento de Estado, porque creí que sería más estimulante en lo referente a utilizar mis conocimientos lingüísticos. Pero en Operaciones Consulares se sentían intrigados por la formación que yo había recibido sobre operaciones psicológicas. En aquel entonces se sentían preocupados por ti. Les preocupaba que no fueras de fiar. Y decidieron que yo trabajara contigo en un par de casos.

—De modo que te dedicabas a redactar informes sobre mí.

—Exacto. Tú redactabas informes sobre el tipo malo y yo sobre el tipo bueno que nos estaba ayudando a atrapar al tipo malo. Seguro que te diste cuenta, aunque te comportaste como si no pasara nada.

—Creo recordar que me pidieron que redactara un informe sobre ti —dijo Ambler—. No estaban muy convencidos de la eficacia de un agente invidente. Querían que les tranquilizara en ese aspecto.

Osiris sonrió alegremente.

—Es como un ciego conduciendo a otro ciego. Debías de saber las instrucciones que me habían dado. Pero deduzco que eras demasiado educado para echármelo en cara.

—Imagino que no querías perjudicarme.

—Cierto —respondió Osiris—. En realidad, siempre me has caído bien. Desde Kuala Lumpur.

—Ese episodio se exageró mucho.

—¿Lo de atrapar a los cachorros *jihadistas*? No me refiero a eso.

—Entonces, ¿a qué te refieres?

—Haz memoria. Trata de recordar lo ocurrido justo antes de ese hecho.

—Tú tenías que vigilar la puerta en el Putra World Center. Lo que significa que estabas sentado en un extremo de la barra, bebiendo una especie de refresco de manzana. Parecía cerveza. Llevabas un auricular en un oído, para que el técnico pudiera transmitirte información a través del micrófono sobre lo que sucedía en el vestíbulo. La idea era que si oías algo interesante o anómalo me harías una señal.

—No lo hice, no tuve que hacerlo. Pero me refiero a lo que ocurrió un poco antes. Ambos nos dirigíamos hacia allí, con nuestras placas acreditativas para asistir a la conferencia y con esos trajes de ejecutivo de Kilgour, French & Stanbury que proclamaban «gastos de representación» hasta en los botones de los puños.

—Si tú lo dices, te creo —gruñó Ambler.

—Las yemas de mis dedos nunca mienten. Unos trajes de excelente estambre, cortados a la perfección alrededor del cuello y los hombros. —Osiris alzó las manos y movió los dedos—. De modo que estamos en la acera, no lejos de nuestro destino, y ese campesino lleva un rato tratando de conseguir que alguien le indique cómo llegar a la estación de ferrocarril más cercana, pero nadie le hace puñetero caso. Por su acento deduzco que es un dyak, ya sabes, una de las minorías étnicas relativamente primitivas que viven en aldeas desperdigadas alrededor de lo que queda de la Malaisia rural, y nos hallamos en el centro del distrito financiero. La gente anda muy liada y no tiene tiempo para atender a un dyak, de modo que pasan de él, como si no existiese. Desesperado, ese tipo menudo (que es probable que vaya vestido con una extraña túnica y sandalias) te pregunta si puedes indicarle la dirección.

—Si tú lo dices —respondió Ambler.

—Tú no eras de allí, de modo que no tenías ni la más remota idea. Pero en lugar de decir a ese tipo «Lo siento, no puedo ayudarle», paras a uno de esos ejecutivos que andan tan ajetreados. Como es natural, el tío se detiene encantado para atender a un occidental de aspecto próspero como tú. Luego, con el pequeño dyak a tu lado, preguntas al ejecutivo: «¿Puede indicarnos dónde se encuentra la estación de ferrocarril más cercana?» Y te quedas ahí escuchando mientras el tío te explica con todo detalle cómo llegar a la estación. A todo esto, yo hago crujir mis nudillos dentro de los bolsillos del pantalón porque tenemos una importante misión que cumplir y tú estás perdiendo el tiempo para ayudar al miembro de una exótica tribu a que regrese a casa.

—¿Y?

—Comprendo que no lo recuerdes, porque no significó nada para ti. Pero para mí, sí. Pensaba que eras un gilipollas de campeonato como la mayoría de los chicos de Estab, pero de pronto cambié de opinión.

—¿Pensaste que era un gilipollas de segunda división?

—De un equipo de tercera. —Osiris volvió a reírse. Ambler recordó que era un hombre de risa fácil—. Es curioso las cosas que recordamos. Y no menos curioso las que no recordamos. Lo que nos lleva a la siguiente fase de los experimentos psiquiátricos. La guerra en Vietnam está en su apogeo. Nixon aún no ha ido a China. Y entonces se incorpora por fin a nuestras filas un hombre muy brillante, muy peligroso, muy poderoso.

—¿Me estás dando una maldita lección de historia?

—Ya sabes lo que dicen. Los que olvidan el pasado...

—Suspenden los exámenes de historia —respondió Hal—. ¿Y qué? A veces pienso que sólo los que recuerdan el pasado están condenados a repetirlo.

—Ya. Te refieres a personas que albergan un profundo rencor y resentimiento por cosas que ocurrieron hace siglos. Pero ¿y si yo plantara algo ponzoñoso en tu huerto frutícola, si plantara belladona entre tus arándanos? ¿No querrías saberlo?

—¿Qué dices?

—Pienso en James Jesus Angleton, y una de las muchas víctimas de su legado.

—Pero ¿a quién coño te refieres?

—Quizás a ti.

En el gimnasio tampoco estaba. Joe Li había explorado el lugar a fondo, incluido el vestuario. Era asombroso que apenas llamara la atención; parecía como si al ponerse el mono del operario de mantenimiento se hubiera puesto una prenda mágica que le hiciese invisible. Joe Li había entrado con su cubo en los vestuarios de la piscina. Pero no había rastro de su presa. El último lugar donde podía mirar era en la propia piscina, la cual presentaba muchas ventajas como lugar de reunión.

Arrastrando los pies, un modo de caminar que había adoptado para su papel, penetró en la zona de la piscina. Nadie se fijó en él, ni tampoco en el largo mango de la mopa. El hecho de que su diámetro fuera demasiado grande para su pretendida función era un pensamiento demasiado complicado para que se le ocurriera a alguien. Cuando Joe Li empujó el cubo con ruedas con la mopa dentro por el suelo de pequeños azulejos, miró disimuladamente a su alrededor. El hombre al que perseguía había conseguido esquivarlo en los Sourland. Pero no volvería a ocurrir.

Si su presa se hallaba ahí, él concluiría pronto su misión.

Ambler cerró los ojos y se zambulló hasta el suelo de la piscina, tras lo cual subió a la superficie. Necesitaba un respiro. Angleton, el gran cerebro del contraespionaje de la CIA durante la Guerra Fría, era un genio cuyas obsesiones paranoicas casi habían destruido la organización a la que servía.

—Había pocas cosas en las que Angleton no estuviera metido —prosiguió Osiris—. Por consiguiente, cuando se formó el Comité Church y la CIA tuvo que aparcar MKULTRA, a principios de los setenta, Angleton se aseguró de que el programa no fuera desactivado. Simplemente emigró al Pentágono. Al poco tiempo perdió popularidad, pero sus seguidores seguían creyendo en él. Año tras año, gastaban millones de dólares en investigación, dentro y fuera del gobierno. Tenían en nómina a científicos de compañías farmacéuticas y laboratorios académicos. Y llevaban a cabo sus propios trabajos, sin tener que soportar las críticas de un comité de bioética. Trabajaban con escopolamina, bufotenina, corinantina, anfetas, tranquilizantes y drogas de efectos intermedios. Desarrollaron versiones modificadas de los viejos aparatos Wilcox-Reiter, para la terapia electroconvulsiva. Realizaban estudios en el ámbito de la destrucción de patrones de conducta, con los que manipulaban la mente de alguien hasta el punto de que la persona empezaba a perder toda noción del espacio y el tiempo, todos sus patrones neurológicos habituales, su sentido de sí misma. Si combinas eso con una técnica que denominaban «conducción psíquica», en la que hacían que un paciente se sumiera en un sopor y le bombardeaban con mensajes grabados en unas cintas magnéticas... Dieciséis horas al día durante varias semanas. Todo era muy burdo en aquellos tiempos. Pero Angleton creía que existía una aplicación práctica para eso. Como es de suponer, estaba obsesionado con las técnicas soviéticas del control de la mente. Sabía que nuestros agentes podían y habían sido capturados por el enemigo, que les sonsacaba el contenido de sus psiques a través del estrés, el trauma y la psicofarmacología. Pero ¿y si pudieran alterar el contenido de la memoria humana?

—Eso es imposible.

—Angleton no lo creía así. La cuestión era adaptar los antiguos trabajos de investigación sobre la destrucción de los patrones de conducta y manejo psíquico y llevarlos a un nuevo estadio. Ahora nos hallamos en la División Estratégica de Neuropsicología del Pentágono, donde han desarrollado una técnica denominada «superposición nemotécnica». Olvídate de las viejas cintas magnéticas. Eso ya es historia. La técnica consistía en atiborrar al paciente de determinada información por medio de vídeos, sistemas de audio y estímulos olfativos, y la fabricación de centenares de imágenes específicas de memoria. Los sujetos eran sometidos a la influencia de todo tipo de productos químicos psicotomiméticos, y posteriormente expuestos a un cúmulo de información, un torrente de episodios vívidos, presentados en un batiburrillo que cambiaba sin parar, desde hacer caca de niño en un orinal de plástico hasta besuquear y magrear a la vecinita de trece años... Una escena de la graduación en el instituto... Una fiesta universitaria... Un nombre, el de la identidad superpuesta, era repetido una y otra vez. El resultado era un yo alternativo que un agente adoptaba en condiciones de extremo estrés o alteración psíquica. La idea era crear un agente a prueba de interrogatorios. Pero ya sabes cómo trabajan los servicios clandestinos. Cuando desarrollan una técnica, nadie sabe cómo la aplicarán.

—Insinúas que...

—Exacto —respondió el ciego—. Lo insinúo. No lo afirmo porque no lo sé. Sólo te lo expongo. ¿Qué tiene más sentido de todo lo que sabes?

Ambler empezó a sentir un intenso calor, pese al frescor del agua. *Fragmentación de la identidad..., distonía abreactiva del ego...* De nuevo recordó unos retazos de jerga psiquiátrica que le laceraban la mente.

¡Era una locura!

Tratando de confirmar la inmediatez de sus sentidos —aferrarse a la realidad—, Hal sintió el frescor del agua a su alrededor, sus doloridos músculos. Volvió la cabeza, asimilando todas las pequeñas partículas de su entorno. La anciana, que debía de tener ochenta años, nadando con unas brazadas cortas. La joven —que debía de ser su nieta— vestida con un traje rojo como de encaje. Las rollizas bebedoras de café sentadas en unas tumbonas junto a la piscina, con sus púdicos bañadores de una pieza, seguramente hablando de dietas y tablas de ejercicio. Al otro lado de la piscina, en el solárium con el suelo revestido de azulejos, había un operario encorvado con un cubo y una mopa. Un chino, de edad imprecisa... Pero había algo en él que no encajaba.

Ambler pestañeó. Su postura encorvada no resultaba muy convincente, y, al analizar la escena ante él, la mopa tampoco.

¡*Joder*!

¿Estaba alucinando?, se preguntó Hal. ¿Sucumbía a delirios paranoicos?

No podía permitirse pensar de ese modo.

—Osiris —dijo Ambler de improviso—. Hay un operario de mantenimiento. Chino. ¿Es uno de los vuestros?

—De ninguna manera —respondió el ciego—. Venir aquí fue una decisión tomada sobre la marcha. No he informado a nadie.

—Hay algo raro en ese tipo. Algo que... no logro identificar. Pero no podemos quedarnos aquí.

Hal se zambulló de nuevo, dispuesto a ascender a la superficie unos metros más lejos, para poder echar otro vistazo al operario de mantenimiento sin que éste se diese cuenta. No podía desterrar la sensación de que había algo raro en ese tipo.

Al cabo de unos momentos, el agua junto a él se tiñó de un color oscuro, turbio.

Instintivamente, se abstuvo de ascender a la superficie, y se zambulló hasta el fondo de la piscina antes de alzar la vista.

La sangre manaba a chorros del cuerpo de Osiris —la velocidad y la presión indicaban que la bala debió de seccionarle una arteria carótida—, y se extendió a través del agua clorada como unas espesas nubes.

Kevin McConnelly trataba de mostrarse paciente con el tipo arrogante en lo que el Plaza insistía en denominar el área para cambiarse. McConnelly suponía que la palabra «vestuario» les parecía demasiado hortera. «Vestuario» tenía unas connotaciones de pie de atleta y suspensorios; el Plaza atendía a personas ricas que creían que el mundo estaba diseñado sólo para ellas, como si un sastre de Savile Row hubiera aplicado sus tijeras y alfileres en todo el hemisferio occidental y lo hubiera adaptado a sus gustos. ¿Le molesta dónde está situado Cincinnati, señor? Lo quitaremos de ahí. ¿El lago Michigan no es lo bastante grande? Lo ensancharemos un poco, señor. Así era como se expresaban. Así era como pensaban. Y si había alguna burbuja en el planeta donde podían dar rienda suelta a sus fantasías, era el Hotel Plaza.

—Veamos, señor —dijo McConnelly al tipo arrogante, un hombre cuellicorto de rostro rubicundo—. Si usted cree que alguien le ha robado el billetero, debemos tomárnoslo muy en serio.

Sólo digo que no solemos tener el problema de que le roben a alguien sus pertenencias en el área para cambiarse.

—Siempre hay una primera vez —gruñó el hombre.

—¿Ha mirado en el bolsillo de su chaqueta? —preguntó McConnelly, indicando el bulto en el bolsillo inferior del *blazer* azul marino que llevaba.

El hombre le miró con gesto hosco, pero se palpó el bolsillo. Luego sacó el billetero y lo abrió, como para verificar que era suyo.

¿De quién creías que era el billetero, mamón? Kevin McConnelly se abstuvo de sonreír, no fuera que el otro se lo tomara mal.

—Bien, pues ya está resuelto —dijo.

—Nunca guardo mi billetero ahí —dijo el tipo con tono petulante—. Es muy extraño. —Miró a McConnelly con expresión suspicaz, como si éste fuera el culpable. Como si le hubiera gastado una broma pesada. Luego sonrió con frialdad—. Lamento haberle hecho perder el tiempo. —Pero su tono indicaba de alguna forma que el culpable era él.

El típico prepotente. McConnelly se encogió de hombros.

—Descuide. Ocurre con frecuencia.

Especialmente con cabrones como tú que se niegan a reconocer cuando la cagan. Esto era un problema al que nunca se había enfrentado cuando era policía militar. La policía militar trataba con gente que no tenía que aclarar su posición. Su posición quedaba bien especificada en sus charreteras.

McConnelly se disponía a ir a buscar una carpeta sujetapapeles y redactar un informe sobre el «incidente» —aunque debían denominarse informes de «no incidentes», puesto que la mayoría de las veces eso es lo que eran, quejas sin motivos fundados— cuando oyó unos gritos procedentes de la piscina.

Otra bala perforó el agua, dejando una estela de burbujas como un collar de perlas, pero no alcanzó a Ambler por unos pocos metros. El índice de refracción había hecho que el tirador errara el tiro. Pero no cometería el mismo error. ¿Cuál era el ángulo de tiro, a qué distancia estaba el supuesto operario de mantenimiento del lado de la piscina? Hal permaneció debajo de la superficie, nadando con poderosos movimientos de sus brazos y piernas, y avanzó rápidamente hacia el lado más próximo al tirador. Cuanto más cerca de éste, más seguro estaría. El tirador tendría que variar de posición para apuntar de nuevo contra él.

Ambler contempló la mancha roja que se extendía por el centro de la parte honda de la piscina: Osiris estaba muerto, según dedujo, flotando cerca de la superficie con sus extremidades extendidas.

¡Santo cielo, no!

¿Dónde estaría más seguro? Hal llevaba unos quince segundos debajo del agua. Quizá pudiera contener el aliento durante otros cincuenta o sesenta segundos más. No había lugar donde esconderse en las aguas azules y cristalinas. Excepto... la sangre, la nube hemorrágica a unos metros... El cuerpo sin vida de Osiris ofrecía la única protección con que contaba. Ésta no duraría mucho, y Hal, vestido sólo con el bañador proporcionado por el hotel, era un blanco muy vulnerable. Ascendió rápidamente a la superficie, por el lado de la piscina próxima a su agresor, y respiró hondo unas cuantas veces, abriendo mucho la boca para minimizar el sonido. Se oían gritos. Las otras personas que estaban en la piscina y el solárium cubierto de azulejos chillaban y huían despavoridas. No tardarían en llegar los guardias de seguridad del hotel, pero para él sería demasiado tarde, aparte de que sospechaba que no conseguirían abatir al francotirador chino.

Sin protección... Pero eso no era del todo cierto. El agua constituía una especie de armadura. Cuatro metros de agua en la parte profunda de la piscina. El agua era mil veces más densa que el aire, creaba mil veces más resistencia que el aire. Las balas no podían desplazarse a través de ella más que una corta distancia sin perder velocidad y dirección.

Se zambulló hasta el fondo, y cuando ascendió hacia la superficie, se ocultó debajo de la nube de sangre que se extendía debajo del agente muerto. Luego arrastró el cadáver hacia los trampolines. Otra bala surcó el agua, a pocos centímetros del hombro de Hal. Un fusil fácil de desmontar y volver a montar, cuyo cañón podía pasar por el mango de una mopa, era un arma de asalto. Seguramente se trataba de un modelo simplificado que tenía que ser recargado antes de cada disparo. De ahí el intervalo de cuatro o cinco segundos entre los disparos.

Ambler observó a través del agua teñida de sangre el elevado trampolín, situado sobre él. El puntal de hormigón que lo sostenía le ofrecería cierta protección.

El chino empuñaba el largo fusil semejante a una barra cilíndrica con la culata apoyada en la mejilla. Parecía un arma de estrecho calibre, quizá modificada a partir de un AMT Lightning, uno de los modelos plegables utilizados por francotiradores.

Se oyó otro sonido seco cuando el chino apretó el gatillo; Hal, que dedujo que se disponía a disparar unos momentos antes de lo que hiciese, se apresuró a cambiar de posición para esquivar la trayectoria de la bala. Acto seguido se zambulló de nuevo en el agua.

Era cuestión de elegir el momento oportuno. Quizá transcurrieran otros cinco o seis segundos antes de que el chino volviera a disparar. ¿Lograría Ambler alcanzar el puntal de hormigón a tiempo? Y suponiendo que lo consiguiera, ¿qué haría después?

No había tiempo de planificar una estrategia. Tenía que vivir el momento o moriría. No tenía opción. ¡Ahora!

Kevin McConnelly decidió que no eran gritos de dolor, sino de pánico. Tenía un aspecto desgarbado y no estaba en forma —el espejo nunca miente—, pero los quince años que había pasado como policía militar le habían procurado un instinto de supervivencia. Asomó la cabeza en *Le Centre Nautique*, como decía pretenciosamente el letrero en la zona de la piscina, y luego retrocedió. Vio a un tirador profesional disparando un curioso fusil de aspecto paramilitar; sabía que no era alguien a quien podría abatir con una pistola. Entró en los vestuarios y miró a su alrededor frenéticamente. Estaba sudando, sentía una opresión en el estómago y recordó por qué había abandonado la policía militar. No obstante, era preciso hacer algo, y tendría que hacerlo él.

Algo. Pero ¿qué?

McConnelly no se consideraba una lumbrera, pero lo que hizo a continuación fue, a su juicio, muy astuto. Localizó el cortacircuitos de la zona y apagó las luces. Una densa oscuridad lo envolvió todo, además de un curioso silencio, cuando los ventiladores y los motores dejaron de funcionar, el tipo de silencio del que uno no se percata hasta que los aparatos dejan de sonar. McConnelly supuso que eso quizás ayudara al tirador a huir, pero ése no era su problema más acuciante. Tenía que detener el tiroteo. Nadie se pone a disparar en la oscuridad, ¿no? Dedujo que debía de haber una linterna en alguna parte.

Oyó a alguien que corría hacia él y entonces extendió el pie y le hizo tropezar.

El hombre chocó con unas taquillas. Cuando McConnelly encendió de nuevo las luces, vio a un tipo de aproximadamente un metro ochenta de estatura vestido con un bañador. Tenía el pelo castaño y corto, un cuerpo musculoso pero sin exagerar, de treinta y tantos o cuarenta años, una edad en que si una persona se mantiene en forma es difícil de precisar.

—¿Por qué coño ha hecho eso? —preguntó el hombre indignado mientras se masajeaba el hombro que se había golpeado.

No era el tirador, sino probablemente el objetivo de éste.

McConnelly echó un rápido vistazo a su alrededor; no había señal del asesino. Ni del fusil.

El tipo malo había huido del lugar de los hechos: ambos lo sabían. El empleado del Plaza sintió una sensación de alivio.

—Esto es lo que voy a hacer. —A McConnelly le complacía decir eso. Era la voz de la autoridad, y era increíble lo convincente que resultaba incluso con los tipos más indeseables—. Avisaré enseguida a la policía y acordonaré el área. Luego quiero que usted nos explique a mí y a los policías exactamente lo ocurrido. Se quedó plantado con las manos en los bolsillos, con su chaqueta informal abierta y mostrando la funda de su pistola.

—¿Eso cree? —El hombre se dirigió a su taquilla, de la que sacó una toalla con la que se secó la cabeza. Luego se quitó el bañador y se puso su ropa de calle.

—No es que lo crea, lo sé —replicó McConnelly con tono neutro, siguiendo al hombre.

Entonces ocurrió algo muy curioso; el tipo vio su imagen reflejada en el espejo montado en la pared y de pronto palideció, como si hubiera visto un fantasma. Al cabo de unos momentos, se volvió y respiró hondo.

—Llame a uno de los periódicos sensacionalistas —dijo—. Quisiera contarles lo ocurrido. «Un tiroteo en la piscina del Hotel Plaza.» Unos titulares muy llamativos.

—No es necesario —respondió McConnelly abatido. No le apetecía explicar lo sucedido al director del hotel. De hecho, su puesto no merecía que pasara por ese trance. Además, probablemente le culparían de ello, al igual que aquel gilipollas con la cara roja, y aplicando la misma lógica.

—¿Qué le ha hecho decidir que no es necesario?

—Sólo pienso que podemos tener una investigación policial sin publicidad negativa.

—Creo que la prensa sensacionalista puede mejorar los titulares. Quizá pongan: «Baño de sangre en el Plaza».

—Es muy importante que usted permanezca aquí —observó McConnelly. Pero no lo dijo con tono convincente, porque en su fuero interno no estaba convencido de ello.

—Esto es lo que vamos a hacer —comentó el hombre mientras se alejaba—. Usted no me ha visto nunca.

Langley, Virginia

Caston contemplaba desmoralizado una lista de agentes civiles encubiertos del Departamento de Estado.

Lo malo era que estaba casi seguro de que no contenía el nombre que buscaba. El nombre había sido borrado. ¿Cómo iba a encontrar algo que no existía?

Miró la edición matutina del *Financial Times*, que reposaba en la papelera junto a su mesa. Prueba de lo tan distraído que estaba, por primera vez, que él recordara, era que se había equivocado al hacer el crucigrama. La pista era: «Nada importante. Un juego de mesa». Caston había escrito «insignificante», cuando evidentemente la respuesta correcta era «trivial». Sacó el periódico doblado de la papelera y miró el crucigrama. Aún tenía adheridas unas migas de goma de borrar.

Dejó el periódico, pero los engranajes en su cabeza comenzaban a girar. Borrar era eliminar algo. Pero al hacerlo, ¿no acabamos añadiendo algo también?

—Adrian —dijo Caston.

—Sí, jefe —respondió Adrian inclinando la cabeza con campechana ironía. De haber sido un gesto menos afectuoso, cabría calificarlo de cuasi insubordinación.

—Prepare una solicitud mil ciento trece A.

El ayudante frunció los labios.

—Eso es como buscar una aguja en un pajar, ¿no? Para recuperar unos archivos ilocalizables.

—Muy bien, Adrian. —Se notaba que el joven había hecho sus deberes.

—Los archiveros odian hacer ese tipo de tareas. Es un coñazo.

Lo cual explicaba sin duda el que siempre tardaran un montón de tiempo en realizarlas.

—¿Eso dice el manual? —le preguntó Caston con tono gélido.

Adrian Choi se sonrojó.

—Conozco a alguien que hace ese tipo de trabajo.

—¿Quién es, si puede saberse?

—Una chica —farfulló Adrian, lamentando haber abierto la boca.

—Una chica, o sea una mujer de aproximadamente su generación, ¿no?

—En efecto —respondió bajando los ojos.

—Bien, Adrian, esa solicitud me corre mucha prisa.

—De acuerdo.

—¿Diría usted que soy un hombre encantador?

El joven le miró con la expresión de un ciervo asustado por los faros de un coche.

—Mmm... Pues no —respondió al cabo de unos momentos, comprendiendo que no podía decir que sí sin echarse a reír.

—Correcto, Adrian. Me alegra comprobar que no ha perdido contacto con la realidad. Es la ventaja de ser un principiante. Alguien en esta oficina me describió en cierta ocasión, acertadamente, como una persona con «un déficit de encanto», y era alguien a quien yo le caía bien. Le daré unas instrucciones muy precisas. Quiero que llame a su amiga del departamento de archivos y —carraspeó para aclararse la garganta— seduzca a esa potranca. ¿Es capaz de hacerlo?

Adrian ladeó la cabeza, estupefacto.

—Yo... creo que sí. —Tragó saliva. ¡Se trataba de un deber patrio! Luego añadió con mayor convicción—: Desde luego.

—Cuando hable con ella, consiga que tramiten mi solicitud más rápidamente de lo que jamás se ha tramitado una solicitud mil ciento trece A en la historia de la agencia. —Sonrió—. Considérelo un reto.

—Fenomenal —contestó Adrian.

A continuación Caston tomó el teléfono; tenía que hablar con el asistente del director adjunto. No se había movido de su asiento desde hacía varias horas. Pero estaba a punto de resolver el tema.

10

Era una vivienda estilo rancho de una planta, como tantas, que sólo se distinguía de las demás de la vecindad por los arbustos podados de acebo que crecían alrededor de su base, un foso de plantas con hojas espinosas, incluso en invierno. No tenía el aspecto de ser un lugar seguro, y quizá no lo fuera. Pero Ambler tenía que averiguarlo.

Llamó al timbre y esperó. ¿Estaría la joven en casa?

Oyó unos pasos y se formuló otra pregunta: ¿estaría sola? En el garaje sólo había un coche, un viejo Corolla, y ninguno frente a la casa. No había oído voces en el interior de la vivienda. Pero eso no demostraba nada.

La puerta principal se abrió unos centímetros, sujeta por una cadena.

Unos ojos se fijaron en los suyos, abiertos como platos.

—Por favor, no me haga daño —dijo Laurel Holland con voz queda y atemorizada—. Por favor, váyase.

Y la enfermera que le había ayudado a fugarse de Parrish Island le cerró la puerta en las narices.

Ambler supuso que oiría unos pasos alejándose, a la joven marcando un número de teléfono. La puerta era de contrachapado, pintada de marrón con adornos encolados. La cadena era de broma. Un empujón bastaría para hacerla saltar. Pero eso era impensable. Sólo tenía una oportunidad; no podía desaprovecharla.

La mujer había retrocedido unos pasos, dedujo Hal, pero seguía junto a la puerta, como paralizada por la incertidumbre, la indecisión.

Llamó de nuevo al timbre.

—Laurel.

La casa estaba en silencio; la joven le estaba escuchando. Las palabras que Ambler pronunciara eran claves.

—Laurel, si lo desea me iré. Me iré y no volverá a verme. Se lo prometo. Usted me salvó la vida, Laurel. Usted vio algo que nadie más vio. Tuvo el valor de escucharme, de arriesgar su carrera, de hacer lo que nadie más hizo. Jamás lo olvidaré. —Hizo una breve pausa—. Pero la necesito, Laurel. Necesito que me ayude de nuevo. —Aguardó unos momentos—. Le ruego que me perdone, Laurel. No volverá a molestarla.

Se apartó de la puerta, desmoralizado, y bajó los dos escalones del porche, escudriñando la calle. Parecía imposible que le hubieran seguido —no había motivos para que nadie supusiera que haría una visita a uno de los empleados de Parrish Island—, pero quería volver a cerciorarse. Había ido de Nueva York utilizando un taxi y dos coches de alquiler, y durante el viaje había estado atento al tráfico por si alguien le seguía. Antes de acercarse a la casa de la enfermera había explorado a fondo la urbanización. Pero no había observado nada anómalo. Era media tarde y la calle estaba casi desierta. Había unos cuantos coches de personas que, como Laurel Holland, hacían jornada intensiva por las mañanas y ahora estaban en casa esperando el regreso de sus hijos de la escuela. A través de las ventanas de algunas casas se atisbaban concursos que daban por televisión; en otras se oían emisoras de radio que transmitían música suave de rock mientras las amas de casa —una especie resistente, pese a los boletines que advertían que estaba en peligro de extinción— planchaban o daban cera a los muebles adquiridos en grandes almacenes.

Antes de llegar al camino de acceso a la casa, Ambler oyó abrirse la puerta a su espalda y se volvió.

Laurel Holland sacudió la cabeza como en un gesto de autorreproche.

—Ande, entre —dijo—. Antes de que recupere la sensatez.

Sin decir palabra, Hal entró en la modesta casa y miró a su alrededor. Unos visillos de encaje. Una alfombra barata de importación cubría el suelo de roble fabricado en serie. Un sofá corriente, aunque cubierto con una especie de manta bordada de aspecto oriental. La cocina no había sido reformada desde que la casa había sido construida. Las encimeras eran de linóleo, los armarios y aparatos electrodomésticos eran de color dorado oscuro; el suelo era de vinilo con un dibujo de rombos, como el que se vende en rollos.

Laurel Holland parecía asustada, enojada con Ambler, pero más enojada consigo misma. De paso, estaba muy guapa. En Parrish Island, había sido una enfermera bonita de modales bruscos; en casa, con el pelo suelto, vestida con un jersey y vaqueros, Hal observó que era más que bonita. Era preciosa, incluso elegante, sus pronunciados rasgos quedaban suavizados por su melena castaña ondulada; se movía con una gracia natural. Bajo su holgado jersey, se adivinaba un cuerpo al mismo tiempo duro y suave, dúctil y maleable. Tenía la cintura estrecha, pero unos pechos generosos y casi maternales. Ambler se dio cuenta de que la miraba con insistencia y desvió la vista.

Observó con cierto sobresalto un pequeño revólver —un Smith & Wesson de calibre veintidós— colocado en un soporte junto al especiero. Su presencia era significativa. Aunque más significativo era el hecho de que Laurel Holland no hiciera ningún ademán por tomarlo.

—¿Por qué ha venido? —preguntó observando a Ambler con expresión dolida—. ¿Se da cuenta de las consecuencias que puede acarrearme?

—Laurel...

—¡Si me está agradecido, váyase! ¡Déjeme en paz!

Hal torció el gesto como si le hubiera abofeteado y agachó la cabeza.

—Me iré —dijo casi en un susurro.

—No —respondió Laurel—. No quiero..., no sé lo que quiero.

—Su voz denotaba angustia y vergüenza de que el intruso presenciara su turbación.

—Le he causado problemas, ¿no es así? Por lo que hizo. Quiero darle las gracias, y decirle que lo siento.

Laurel se pasó las manos distraídamente por su lustrosa cabellera.

—La tarjeta de acceso no era mía. La enfermera del turno de noche siempre deja la suya en el cajón del dispensario.

—Así que pensaron que yo había logrado arrebatársela de algún modo.

—Exacto. El vídeo dejaba bien claro lo ocurrido, al menos eso creyeron. Todos nos llevamos una bronca, y eso fue todo, aparte de los dos médicos residentes. De modo que usted se fue y ahora ha regresado.

—No del todo —rectificó Ambler.

—Nos dijeron que era un hombre peligroso. Un psicópata.

Él miró el revólver. ¿Por qué no lo había usado Laurel para protegerse? Dudaba de que fuese ella quien lo había colocado allí. Supuso que lo había hecho otra persona. Un marido, un novio. No era el arma de un hombre. Pero era el arma que un hombre adquiriría para una chica. En todo caso, cierto tipo de hombre.

—Le dijeron esas cosas, pero usted no las creyó —dijo Ambler—. De lo contrario, no habría permitido que un psicópata peligroso entrara en su casa. Especialmente teniendo en cuenta que vive sola.

—No esté tan seguro —replicó Laurel.

—Antes no vivía sola —comentó Hal—. Hábleme de su ex.

—Ya que parece saber tantas cosas, ¿por qué no lo hace usted?

—Es, o era, un doble ex. Ex pareja de usted. Ex militar.

Laurel asintió con la cabeza, sorprendida.

—Un veterano.

La joven asintió de nuevo y empezó a palidecer.

—Quizás un tanto paranoico —dijo Ambler señalando con la cabeza el revólver—. Analicemos el tema. Usted es una enfermera psiquiátrica, en un centro de alta seguridad perteneciente al complejo Walter Reed. ¿Por qué? Quizá porque su hombre regresó a casa de una misión (¿Somalia, Tormenta del Desierto?) un tanto desquiciado.

—Padecía estrés postraumático —dijo Laurel.

—Y usted trató de curarle, de que se restableciera.

—Lo intenté —respondió ella con voz trémula.

—Y fracasó —aventuró Hal—. Pero no porque no lo intentara con todas sus fuerzas. De modo que se puso a estudiar, quizás en una de las escuelas profesionales militares, y le aconsejaron que se especializara, y usted se entregó a ello en cuerpo y alma, y como es inteligente, le fue bien. Una enfermera psiquiátrica, con una formación militar. Walter Reed. Parrish Island.

—Lo hace usted muy bien —le espetó Laurel, irritada al verse reducida a un estudio de caso.

—No, es usted quien lo hace muy bien, por eso se metió en un problema. Como suele decirse, toda buena obra obtiene su castigo.

—¿Por eso ha venido aquí? —preguntó ella con aspereza—. ¿Para castigarme?

—Por Dios, claro que no.

—Entonces, ¿por qué diablos...?

—Porque... —Un sinfín de pensamientos bullían en la cabeza de Ambler—. Quizá porque temo estar realmente loco. Y porque usted es la única persona que me mira como si no lo estuviera.

Laurel sacudió la cabeza, pero él observó que su temor empezaba a disiparse.

—¿Quiere que le diga que no es un psicópata? No creo que sea un psicópata. Pero lo que yo crea no significa nada.

—Para mí, sí.

—¿Le apetece un café?

—Si iba a prepararlo... —respondió él.

—¿Le gusta el instantáneo?

—¿No tiene nada más rápido?

Laurel le observó durante unos momentos. De nuevo, parecía como si le traspasara con la mirada, como buscando el núcleo de su ser, una cordura esencial.

Se sentaron uno junto al otro, bebiendo café, y de golpe Ambler comprendió por qué había ido a verla. Laurel exhalaba un calor y una humanidad que él necesitaba desesperadamente en esos momentos, como el oxígeno para respirar. La explicación de Osiris sobre «superposición nemotécnica» —el arsenal de técnicas destinadas a manipular la psique— había sido atroz: había tenido la sensación de que el suelo cedía bajo sus pies. El espectáculo de la violenta muerte del ciego, no menos atroz, había añadido autoridad a su voz.

A diferencia de otros, que le buscaban para contratarlo como sicario, Laurel Holland era la única persona que él conocía que, por algún extraño motivo, creía en él, como Ambler deseaba creer en sí mismo. La ironía no dejaba de ser dolorosa: una enfermera psiquiátrica, que le había visto en su punto más bajo, era la única persona que podía atestiguar su cordura.

—Cuando le miro —dijo Laurel—, es como si me viera a mí misma. Sé que somos radicalmente distintos. —La joven cerró los ojos unos instantes—. Pero tenemos algo en común. No sé qué es.

—Usted es mi refugio en la tormenta.

—A veces creo que a los refugios les gustan las tormentas —contestó la enfermera.

—¿Una virtud por necesidad?

—Más o menos —respondió Laurel—. A propósito, era Tormenta del Desierto.

—Su ex.

—Ex marido. Ex marine. Ser un ex marine constituye de por sí una especie de identidad. Nunca te abandona. Como tampoco le abandonó lo que le ocurrió en Tormenta del Desierto. ¿Qué significa? ¿Qué los problemas me atraen?

—Cuando se conocieron, su marido no sufría un estrés postraumático, ¿no es así?

—No, en esa época no. De eso hace mucho. Pero le enviaron al extranjero, llevó a cabo dos misiones seguidas y volvió cambiado.

—¿Y no en un sentido positivo?

—Empezó a beber. Empezó a pegarme un poco.

—Un poco es demasiado.

—Yo trataba de llegar a él, como si llevara dentro un niño que sufría y yo pudiera aliviarle si le amaba lo suficiente. Yo le quería. Y él a mí. Quería protegerme. Empezó a obsesionarse, a imaginar que había enemigos por todas partes. Pero temía por mí, no sólo por él. Nunca se le ocurrió que, según mi criterio, a quien debía temer era a sí mismo. Ese revólver en la pared lo colocó él para mi seguridad, insistió en que aprendiera a utilizarlo. Por lo general, ni me acuerdo de que está ahí. Pero a veces pensé en utilizarlo para protegerme...

—Contra él.

Laurel cerró los ojos y asintió con la cabeza, avergonzada. Guardó silencio unos minutos.

—Usted debería infundirme miedo. No sé por qué no es así. Casi me asusta el que usted no me asuste.

—Usted es como yo. Sigue sus instintos.

—Ya ve lo que he conseguido —respondió ella señalando a su alrededor.

—Es usted una buena persona —dijo Ambler con sencillez. Sin pensárselo dos veces, apoyó una mano sobre la de Laurel.

—¿Es eso lo que le dice su instinto?

—Sí.

La mujer de ojos castaños con motas verdes meneó la cabeza.

—Dígame, ¿hay un veterano que padece neurosis de guerra en su historial?

—Mi forma de vida no propiciaba unas relaciones profundas. Ni, a decir verdad, superficiales. Es difícil tener una amante cuando te pasas siete meses en Sri Lanka, o Madagascar, o Chechenia, o Bosnia. Es complicado tener amigos civiles cuando sabes que los condenas a un período intensivo de vigilancia. Simple protocolo, pero cuando formas parte de un programa de acceso especial, un contacto civil o es alguien a quien estás utilizando, o (nuestro gran temor) alguien que te está utilizando a ti. Es una buena vida para un solitario. Siempre y cuando no te importe tener relaciones que vienen con fecha de caducidad, como una botella de leche. Representa un sacrificio. Y grande. Pero se supone que te hace menos vulnerable.

—¿Y es cierto?

—He llegado a pensar que tiene el efecto contrario.

—No sé —dijo Laurel. Las luces empotradas en el techo conferían unos reflejos cobrizos a su pelo ondulado—. Con la suerte que tengo, me habría ido mejor si hubiera estado siempre sola.

Ambler se encogió de hombros.

—Sé lo que se siente cuando la gente de tu entorno cambia. Yo tenía un padre que bebía. Solía aguantar bien el alcohol, pero luego cambió.

—¿Se convirtió en un borracho agresivo?

—En última instancia, la mayoría lo son.

—¿Le pegaba?

—No mucho —respondió Hal.

—No mucho es demasiado.

Ambler desvió la mirada.

—Yo solía captar sus estados de ánimo. Aunque con los borrachos es complicado, porque cambian de estado de ánimo en un abrir y cerrar de ojos. Tan pronto están alegres, riendo, como de pronto te dan un bofetón o un puñetazo, según les dé, y la expresión de su rostro se convierte en una mueca que dice «no te pongas chulo conmigo, chaval».

—Oh, Dios.

—Mi padre siempre se arrepentía después. Se arrepentía sinceramente. Ya sabe lo que ocurre, el tipo te asegura que esta vez cambiará, y tú le crees porque quieres creerle.

Laurel asintió con la cabeza.

—Tienes que creerle. Como crees que algún día dejará de llover. Lo que demuestra que nuestro instinto puede equivocarse.

—Yo lo llamo autoengaño. Ignorar tus instintos. Verá, cuando eres ese niño, aprendes a observar el rostro de tu padre. Aprendes a darte cuenta cuando parece estar de mal humor, pero es porque está deprimido. Entonces le preguntas si puede darte tu paga, si puede comprarte un nuevo muñeco articulado, y te mira como si le hicieras un favor. Te da un billete de cinco o diez dólares y dice: «Anda, cómprate algo que te apetezca». Te dice que eres un buen chico. En otras ocasiones se muestra alegre, contento, y le miras extrañado y de pronto estalla y sabes que te va a zurrar.

—De modo que usted nunca sabía cómo iba a acabar la cosa. Su padre era imprevisible.

—No, justamente lo contrario —respondió Ambler—. Aprendí a interpretarlo. Aprendí a observar las diferencias, las sutilezas. Aprendí a distinguir las variaciones meteorológicas. A los seis años, sabía interpretar sus estados de ánimo como el alfabeto. Sabía cuándo convenía quitarme de enmedio; cuándo mi padre estaba en un estado de ánimo generoso; cuándo estaba enfadado y agresivo, cuándo se mostraba pasivo y se compadecía de sí mismo. Sabía cuándo me mentía a mí o a mi madre.

—Eso es muy duro para un niño.

—Cuando cumplí siete años, nos dejó.

—¿Se sintieron su madre y usted aliviados?

—Era más complicado. —Hal se detuvo.

Laurel guardó silencio un rato mientras se bebían el café.

—¿Ha desempeñado otros trabajos? Aparte del de espía.

—Un par de trabajos de verano. Sirviendo barbacoas en un parque de atracciones en las afueras de la ciudad. Confiabas en que a los clientes les apeteciera comer costillas después de montarse en la montaña rusa. Yo solía dibujar bastante bien. De joven pasé un año en París, tratando de ganarme la vida como pintor callejero.

Ya sabe, los que hacen dibujos de los transeúntes y tratan de sonsacarles dinero.

—Su camino a la fortuna, ¿eh?

—Tenía que salir por pies. La gente se indignaba cuando veía lo que yo había dibujado.

—¿No se le dan bien los parecidos?

—No era eso. —Ambler hizo una pausa—. Dios, hace años que no pienso en ello. Tardé un tiempo en comprender cuál era el problema. La forma en que yo veía a esas personas no era necesariamente como ellas querían que las viera. Las personas que dibujaba en mi cuaderno aparecían atemorizadas, o atormentadas por la desconfianza de sí mismas, o desesperadas... Quizá fuera verdad. Pero no era una verdad que quisieran ver. En muchos casos, les alarmaba o cabreaba. Cuando yo les entregaba el dibujo, se enfurecían, lo arrugaban, lo rompían y lo arrojaban a la papelera. Era casi una cosa supersticiosa. Como si no quisieran que nadie lo viera, que atisbara su alma. Por esa época, como le he dicho, yo no comprendía lo que ocurriría.

—¿Y ahora lo comprende?

Hal la miró.

—¿Tiene alguna vez la sensación de no saber en realidad quién es?

—Ésa es la sensación que usted tiene... —respondió Laurel fijando sus ojos de lince en él—. ¿Qué le hicieron?

—Más vale que no lo sepa —contestó él con una media sonrisa de amargura.

—¿Qué le hicieron? —repitió Laurel. Apoyó una mano en la de él, y el calor del contacto recorrió el brazo de Hal.

Empezó a explicarle lo de su desaparición de las bases de datos y los archivos electrónicos, y luego, a grandes rasgos, los pormenores esenciales de lo que le había contado Osiris. Laurel le escuchó con expresión pensativa, con una serenidad contagiosa.

Por fin preguntó:

—¿Quiere saber lo que opino?

Él asintió con la cabeza.

—Creo que trataron de manipular su psique cuando estuvo internado. De hecho, estoy convencida. Con drogas y electrochoque y Dios sabe qué otros procedimientos. Pero no creo que se pueda cambiar realmente la identidad de una persona.

—Cuando... estuve internado..., oí una grabación —dijo Ambler—. De mí mismo. —La describió de forma desapasionada.

—¿Cómo sabe que era usted?

—Lo sé... simplemente —respondió él gesticulando.

Laurel le dirigió una mirada penetrante.

—Todo eso puede explicarse.

—¿Ah, sí? ¿Cómo?

—Cursé una asignatura de farmacología en la escuela de enfermería —respondió ella—. Iré a por mi libro de texto y se lo demostraré.

Cuando Laurel regresó al cabo de unos minutos, llevaba un grueso volumen con la tapa de color rojo oscuro y unas letras doradas.

—El tipo de psicosis al que se refería puede ser inducido con fármacos. —Laurel pasó las páginas hasta llegar a un capítulo sobre anticolinérgicos—. Mire, aquí hay una explicación sobre los síntomas de una sobredosis. Dice que los anticolinérgicos pueden producir psicosis.

—Pero no recuerdo nada. No recuerdo la psicosis. No recuerdo que me drogaran.

—Es posible que combinaran el agente anticolinérgico con otros fármacos como Versed. —Laurel pasó las páginas delgadas como piel de cebolla—. Mire —dijo señalando con el dedo un pasaje con anotaciones—. Los fármacos como Versed interfieren en la memoria. Hay una advertencia sobre «amnesia anterógrada», que es una amnesia de acontecimientos después de que le administren la inyección. Lo que digo es que, con determinado combinado de fármacos, pudieron sumirle en un episodio de locura, que usted no recordaría. Durante unas horas estaría loco de remate...

Ambler asintió. Notó que el vello de la nuca se le erizaba debido a la excitación.

—Y mientras se halla en ese estado graban lo que dice —prosiguió Laurel—. Y le hacen creer que está loco. Tratan de convencerle de que está loco. Por motivos que sólo ellos conocen.

Por motivos que sólo ellos conocen.

Las preguntas principales —«¿quiénes?, ¿por qué?»— se abrían como un abismo que recompensaría a quienes lo contemplaran demasiado tiempo con la destrucción. El tratar de hallar la respuesta elemental a la pregunta «¿qué?» era de por sí agotador.

Por motivos que sólo ellos conocen.

Atribuir razón a la locura era sólo una aparente paradoja. La inducción artificial de demencia formaba parte del arsenal de cabronadas del contraespionaje. Un método para desacreditar a alguien. Ponían discretamente en circulación una cinta grabada, la cual convencería a cualquier persona interesada de que el sujeto estaba como un cencerro.

La perspectiva era horripilante. Entonces, ¿por qué se sentía Hal Ambler eufórico? Porque no estaba solo. Porque estaba reuniendo las piezas del puzzle con ayuda de otra persona.

Alguien que le creía. Que creía en él. Y cuya confianza en él le ayudaba a recuperar la confianza en sí mismo. Es posible que hubiese estado perdido en un laberinto, pero Teseo había hallado a su Ariadna.

—¿Cómo explica lo de las bases de datos? —preguntó—. Parece como si yo no hubiera existido nunca.

—Ya sabe de lo que son capaces las personas poderosas. Yo también. En el trabajo oigo chismorreos, cosas que no deberían comentar, pero que comentan. Cosas sobre crear historiales de personas que jamás han existido. No es mucho más difícil borrar los historiales de alguien que ha existido.

—Es increíble.

—Menos increíble que la alternativa —respondió Laurel con seguridad. Su tono denotaba certeza, una certeza que descartaba de entrada la hipótesis de Osiris—. Están tratando de hacerle desaparecer. De modo que quieren detener cualquier investigación sobre usted. Es como retirar la escalera de una patada después de haber entrado por la ventana.

—¿Y lo que vi en los Sourland? No había rastro de mi cabaña, ni de que nadie hubiera vivido allí.

—¿Y cree que eso está más allá de las habilidades de arquitectura paisajística de alguien capaz de contratar a una poderosa agencia gubernamental?

—Escuche, Laurel —dijo Ambler con voz casi entrecortada—. Cuando me miro en el espejo, no me reconozco.

Ella le tocó la mejilla.

—Es porque le han cambiado.

—¿Cómo es posible?

—No soy cirujano —respondió Laurel—. Pero he oído rumores sobre técnicas de cirugía plástica, sobre cómo pueden cambiar a una persona de forma que ésta ni siquiera se da cuenta de que la han operado. Sé que se puede mantener a la gente anestesiada durante varias semanas. A veces lo hacen en los pabellones de quemados, para evitar que los pacientes sufran. Hoy en día existe todo tipo de cirugías «mínimamente invasivas». Pudieron haber alterado su rostro y mantenerlo anestesiado hasta que las heridas cicatrizaron. Aunque a ratos hubiera estado consciente, podrían haber utilizado Versed para impedir que se formaran recuerdos en su psique. Usted jamás se habría dado cuenta.

—Increíble —repitió Ambler.

Laurel se le acercó y apoyó las manos en su rostro. Examinó la piel de su mandíbula, sus orejas, y luego palpó en busca de unas cicatrices que pudieran estar ocultas detrás del nacimiento del pelo. Observó de cerca sus párpados, sus mejillas, su nariz. Hal sintió el calor del rostro de la joven junto al suyo, y cuando Laurel deslizó los dedos sobre su cara, experimentó un grato cosquilleo. *Dios, qué hermosa era.*

—¿Ve algo?

Ella negó con la cabeza.

—No veo ninguna cicatriz, pero eso no significa nada —insistió—. Hay técnicas que desconozco. El bisturí puede penetrar a través de la mucosa de la nariz, el reverso de los párpados, todo tipo de portales de entrada quirúrgicos. Ése no es mi campo.

—No tiene ninguna prueba de ello. Son meras conjeturas.

—Aunque eran palabras escépticas, Ambler se sintió momentáneamente animado por la seguridad que demostraba Laurel.

—Es lo único que tiene sentido —respondió ella con vehemencia—. Es lo único que tiene sentido de todo lo que usted ha experimentado.

—Suponiendo, claro está, que mi experiencia, mis recuerdos, tengan sentido. —Hal calló—. Caray, me siento como una jodida víctima.

—Puede que esa gente quiera que se sienta así. Oiga, mire, las personas que le han hecho esto no son buena gente. Son unos manipuladores. No creo que le internaran en Parrish Island porque era débil. Quizá le encerraran en Parrish Island porque era demasiado fuerte. Porque había empezado a ver cosas que no querían que viese.

—Empiezo a creer que está loca —observó él sonriendo.

—¿Puedo hacerle una pregunta personal? —preguntó Laurel casi tímidamente.

—Adelante —respondió Ambler.

—¿Cómo se llama?

Por primera vez ese día Hal soltó una carcajada, una sonora y explosiva carcajada que le salió de la tripa, del alma.

—Encantado de conocerla, Laurel Holland —dijo con fingida formalidad—. Me llamo Harrison Ambler. Pero puede llamarme Hal.

—Eso me gusta más que lo de paciente número cinco mil trescientos doce —respondió ella. Apoyó ambas manos sobre el pelo castaño y corto de Ambler y a continuación las deslizó de nuevo suavemente sobre su rostro. Le volvió la cabeza hacia un lado y luego hacia el otro, como si jugara con un maniquí. Luego se inclinó hacia delante y le acarició la mejilla.

Hal tardó unos momentos en reaccionar. Cuando lo hizo, fue como lo haría un viajero que atraviesa el desierto y llega a un oasis muerto de sed. La abrazó, estrechándola con fuerza contra sí, sintiendo su cuerpo firme. Laurel era cuanto Ambler tenía en el mundo, y era más que suficiente.

Cuando se separaron, ambos tenían lágrimas en los ojos.

—Te creo —dijo ella con voz trémula pero decidida—. Creo que eres quien eres.

—Quizá seas la única que lo cree —respondió él.

—¿Y tus amigos?

—Ya te lo he dicho, durante los veinte últimos años he vivido bastante aislado. El protocolo profesional. Mis amigos eran mis colegas, y ahora es imposible localizarlos. En estos momentos podrían estar en cualquier latitud y longitud, según la misión. Los agentes no conocemos nunca el nombre de los otros. Es una norma básica.

—Olvídate de eso. ¿Y tus amigos de la infancia, de la universidad?

Estremeciéndose al recordarlo. Ambler contó a Laurel su llamada a Dylan Sutcliffe.

Ella calló, pero sólo durante unos segundos.

—Quizá sea un caso precoz de Alzheimer. Quizás ese antiguo amigo sufriera un accidente de carretera que le produjo una fuerte contusión cerebral. O tal vez creyó que ibas a pedirle dinero prestado. ¿Quién sabe? —Laurel se levantó, fue en busca de un lápiz y un papel y los colocó delante de Hal—. Escribe los nombres de las personas que recuerdas que podrían acordarse de ti. Un chico del barrio donde creciste. Un compañero de la universidad. Lo que sea. Céntrate en los nombres menos corrientes, así cometerás menos fallos.

—No sabría cómo localizar a esas personas...

—Escribe —insistió ella con un gesto con el que trataba de quitar importancia al asunto.

Él se puso a escribir. Una docena de nombres elegidos al azar: del barrio donde vivía en Camden, del instituto, del campamento de vacaciones, de la escuela Carlyle. Laurel tomó la hoja de manos de Ambler y ambos se dirigieron a un cuartito situado junto a la cocina, donde ella tenía instalado un ordenador un tanto destartalado. Parecía como si lo hubiera comprado en una tienda de material militar a bajo precio.

—Es una conexión lenta —dijo disculpándose—, pero es increíble lo que puedes averiguar en Internet.

—Mira —le advirtió Hal—, no creo que te convenga hacer esto. —Ya la había involucrado en su pesadilla personal más de la cuenta y no quería complicarle más la vida.

—Estoy en mi casa. Hago lo que quiero.

Mientras él observaba por encima de su hombro, Laurel se sentó delante del ordenador y tecleó los nombres en un «buscador de personas». Al cabo de cinco minutos, obtuvo media docena de números telefónicos de la docena de nombres, y transcribió esos números con una letra clara y ordenada.

Luego le pasó a Ambler un teléfono cercano.

—Anda, llama a alguien —le ordenó. Sus ojos mostraban una profunda seguridad.

—No —respondió él—. No quiero hacerlo desde tu teléfono.

—¿Te preocupa el coste de la conferencia? Muy amable por tu parte. Puedes dejar una moneda de veinticinco centavos en mi escritorio, como Sidney Poitier en *Adivina quién viene esta noche.*

—No es eso. —Ambler se detuvo; no quería dar la impresión de padecer una obsesión paranoide, pero sabía que las precauciones que a cualquier agente le parecían normales a una persona civil podían parecerle extrañas—. No estoy seguro de que...

—¿Mi teléfono no esté pinchado? —A Laurel no parecía inquietarle esa posibilidad—. ¿No hay ningún medio de comprobarlo?

—No.

Ella meneó la cabeza.

—¡Qué mundo el tuyo!

Él la observó teclear de nuevo su nombre en el buscador. El resultado tenía el aura de lo inevitable:

El nombre que busca —Harrison Ambler— no consta en ningún documento.

—Utilizaré el móvil —dijo él sacando el Nokia—. Es más seguro.

Después de respirar hondo, llamó al primer número de la lista.

—¿Podría hablar con Elaine Lassiter? —preguntó adoptando un tono sereno.

—Mi esposa falleció el año pasado —respondió una voz casi en un susurro.

—Lo lamento —se apresuró a decir Hal. Cuando llamó al segundo número de teléfono, de un tal Gregson Burns, la llamada fue atendida de inmediato.

—Estoy tratando de localizar a Gregson Burns...

—Yo mismo —le interrumpió la voz.

—¡Greg! ¡Soy Hal Ambler! Comprendo que ha pasado mucho tiempo...

—Si es una llamada de cortesía, haga el favor de incluirme en la lista de «no llamar» —le espetó una voz de tenor áspera e irritada.

—¿No viviste de niño en Hawthorne Street, en Camden? —insistió Hal.

—Sí —respondió la voz con tono cansino.

—¿Quién es? —preguntó una voz femenina al fondo.

—¿No recuerdas a Hal Ambler, que vivía enfrente? ¿O a alguien llamado Ambler?

—He oído hablar de Eric Ambler, el escritor. Ha muerto. Por mí puede ir usted a reunirse con él, porque me está haciendo perder el tiempo. —El hombre colgó.

Hal sintió como si el suelo cediera bajo sus pies. Rápidamente llamó al siguiente número de la lista. Julianne Daiches —o Julianne Daiches Murchison, según figuraba ahora en la guía telefónica—, que seguía residiendo en Delaware. Pero cuando la mujer con ese nombre atendió por fin la llamada, no le reconoció. A diferencia de Gregson Burns, se mostró cordial, afable, sin suspicacias, aunque perpleja por la confusión de su interlocutor.

—¿Ha dicho que se llama Sandler? —preguntó tratando de cooperar—. Porque estoy segura de haber conocido a un chico llamado Sandler.

Después de haber llamado a la mitad de los números de la lista, Ambler sintió que la vista se le nublaba y un sudor frío empapaba su rostro. Observó la hoja durante largo rato y por fin la estrujó con la mano. Luego cayó de rodillas y cerró los ojos.

Cuando los abrió, vio a Laurel Holland de pie junto a él, mirándole preocupada.

—¿Lo ves? Es inútil —dijo Hal. Las palabras brotaban de sus entrañas como un gemido—. No puedo seguir con esto.

—Tranquilo —respondió ella—. O bien todos están compinchados, o bien... no lo sé. Pero no importa. No es preciso que lo resolvamos ahora mismo. No debí presionarte.

—No —dijo Ambler con voz ronca—. Lo siento, pero no puedo...

—Y no lo harás. No es necesario. No te disculpes. Eso sería darles a ellos una satisfacción.

—Ellos. —De nuevo esa palabra hueca y detestable.

—Sí, ellos. Quienesquiera que sean responsables de esta maldita pantomima. No les darás esa satisfacción. Quizás estén tratando de volverte loco. Pues que se jodan. No les seguiremos el juego, ¿de acuerdo?

Él se levantó temblando.

—De acuerdo —respondió con una emoción que ya no podía reprimir.

Laurel le abrazó, y él sintió que su abrazo le daba renovadas fuerzas.

—Mira, quizá seamos todos una idea en la mente de Dios. Yo tenía un novio que decía que para alcanzar la inmortalidad lo mejor era comprender que no existimos. Reconozco que casi siempre estaba colocado. —Laurel oprimió su frente contra la de Ambler y éste la sintió sonreír—. Lo que digo es que a veces debemos elegir en qué queremos creer. Y yo te he elegido a ti. Cuestión de instinto, ¿no?

—Pero, Laurel...

—Calla, ¿vale? Yo te creo, Harrison Ambler. Te creo.

Hal sintió como si el sol, cálido y radiante, hubiera aparecido de pronto en el cielo de medianoche.

11

Mientras conducía el Pontiac alquilado en la urbanización donde vivía Laurel y giraba a la izquierda para tomar una concurrida vía de doble sentido, Ambler se sintió extrañamente animado, como un maltrecho barco balanceándose sobre una ola. La sensación de alivio era real, pero precaria. Con todo, no había querido prolongar su visita, por más que deseaba hacerlo. Laurel Holland ya había hecho mucho por él y no podía permitir que siguiera sacrificándose.

Al llegar al siguiente cruce, unos kilómetros más adelante, esperó pacientemente ante un semáforo y cambió las luces largas a cortas cuando una furgoneta se acercó por la intersección frente a él. Cuando la luz se puso verde, arrancó, sintiendo un repentino escalofrío al tiempo que comprobaba con la mano izquierda que a través de las rejillas de ventilación soplaba un aire cálido y miraba por el retrovisor...

¡Joder! La furgoneta. El rostro de asesino del conductor. Habían puesto en marcha un nuevo dispositivo para dar con él.

O algo peor.

Ambler pensó en cambiar de sentido inmediatamente, pero había una procesión de coches que inundaba el carril contrario. Estaba perdiendo tiempo y no podía permitírselo.

¿Cómo había ocurrido? *Estoy en mi casa. Hago lo que quiero.* El ordenador de Laurel Holland. Su maldito ordenador; sus búsquedas debían de haber activado algún dispositivo. Varios organismos gubernamentales disponían de programas para captar y seguir el rastro de señales —el programa Carnivore del FBI era el más conocido—, y monitorizar el tráfico en Internet. Esos sistemas utilizaban técnicas denominadas «detectores de bloques» para controlar determinados nodos y datos en la Red. Al igual que el ordenador que Hal había utilizado en el cibercafé de Dupont Circle, el ordenador de Laurel debía de tener una dirección digital única, que podía ser utilizada para recuperar la información facilitada al registrarse y las señas del dueño.

De pronto se produjo una pausa en el tráfico que circulaba en sentido contrario e hizo un giro de ciento ochenta grados con gran chirrido de los neumáticos. Oyó los bocinazos del coche ante el cual había girado, el patinar de las ruedas cuando el conductor redujo la velocidad para evitar una colisión. El semáforo en el cruce estaba en rojo, lo cual no le habría detenido, pero los coches no cesaban de pasar a toda velocidad por la carretera transversal. De haber circulado más despacio, Ambler habría tratado de abrirse camino entre ellos, pero puesto que el tráfico circulaba en ambos sentidos, el riesgo de sufrir un accidente era demasiado grande. Era mejor aceptar una demora de un par de minutos que no llegar. Pero cada segundo transcurría con exasperante lentitud. Por fin se produjo otra pausa en el tráfico, y —¡ahora, ya, había que aprovechar esa pausa de unos tres segundos!— arrancó con el semáforo en rojo, atravesando a toda pastilla el cruce al tiempo que oía el chirrido de neumáticos y el ruido de cláxones.

Al cabo de unos momentos, Hal se encontró detrás de una camioneta rezagada que circulaba a cincuenta kilómetros por hora en una zona donde se circulaba a setenta y cinco. Apoyó la mano en el claxon —¡maldita sea, el tiempo apremiaba!—, pero la camioneta mantuvo su velocidad, casi en actitud desafiante. Ambler giró bruscamente sobre una doble línea amarilla y se situó en el carril opuesto, adelantando a la camioneta con un tremendo acelerón. Cuando enfiló por Orchard Lane, notó que tenía la camisa empapada de sudor. Después de atravesar la apacible calle residencial a una velocidad de autopista, detuvo el sedán frente a la casa estilo rancho de Laurel Holland, donde...

¡Joder! La furgoneta estaba detenida delante de la casa, en dia-

gonal con respecto al camino de acceso, las puertas traseras semiabiertas y de cara al porche de la casa. Ambler oyó gritar —a Laurel— y abrirse violentamente la puerta de entrada de su casa. Dos tipos corpulentos, cuyos poderosos músculos se insinuaban debajo de las camisas negras, habían conseguido tumbarla sobre una camilla y la estaban instalando en la parte posterior de la furgoneta mientras ella, pálida como la cera, no cesaba de revolverse. *¡Santo cielo, no!*

Eran tan sólo dos tipos, pero —*¡santo cielo, no!*— uno de ellos sacó una enorme jeringa, cuya aguja relucía a la luz de las farolas, dispuesto a dejar a Laurel inconsciente con ella. Lo que más aterrorizó a Hal fue la expresión decidida, serena y profesional que mostraban esos individuos.

Sabía lo que ocurriría a continuación. No habían previsto que él escapara de su prisión de un blanco cegador, del «agujero» psiquiátrico esterilizado donde le habían sepultado. La misma suerte le aguardaba ahora a Laurel. Sabía demasiado. Jamás la liberarían para que relatara su historia. Si se mostraban misericordiosos con ella, la matarían; en caso contrario, pasaría el resto de su existencia como habían decidido que él pasara la suya. No internada, sino «enterrada». Sepultada viva. Para experimentar con ella. Para que languideciera allí, mientras borraban todo rastro de su existencia del mundo de los vivos.

Santo cielo, no. No podía permitir que eso ocurriera.

Uno de los hombres, el conductor con cara de asesino, echó a correr hacia Ambler.

Éste pisó a fondo el acelerador en punto muerto y luego, mientras el motor se aceleraba y rugía, embragó de improviso y arrancó. El coche dio una sacudida, toda su potencia canalizada a través de la transmisión, y se abalanzó hacia la furgoneta, que se hallaba a unos doce metros. El tipo con cara de asesino estaba ahora a su izquierda. En el último momento, Ambler abrió bruscamente la puerta del conductor y oyó cómo ésta golpeaba al hombre, que quedó inconsciente. Acto seguido pisó el freno y giró todo el volante a la izquierda. La parte posterior del coche viró de pronto en sentido contrario, chocando con la furgoneta, absorbiendo el impacto sin que Hal sufriera daño alguno.

Los gritos eran aún audibles cuando se apeó del vehículo, experimentando una curiosa sensación de alivio: significaba que Laurel todavía respiraba, que aún no le habían clavado la reluciente jeringa. Echó a correr hacia la parte posterior de la furgoneta donde la joven, sujeta con unas correas a la camilla, pataleaba y se debatía con todas sus fuerzas, forcejeando con su increíblemente musculoso captor. Hal se situó detrás de la puerta delantera de la furgoneta, que se había abierto debido a la fuerza de la colisión.

—Apártate de ella o morirás, cabrón —gritó—. Un disparo a la cabeza, un disparo al vientre. —Sabía que esos detalles darían resultado. En la penumbra, el tipo supondría que iba armado, aunque no pudiera verificarlo a simple vista. Esos hombres eran profesionales, pero no fanáticos: realizaban un trabajo por dinero—. ¡Ahora! —gritó Hal.

El hombre obedeció. Alzando las manos con gesto de sumisión, echó a andar lentamente alrededor de la furgoneta. Cuando alcanzó la parte delantera, hizo lo que Ambler había previsto: meterse en el vehículo, agachando la cabeza, y poner en marcha el motor. Lo único que le preocupaba era salvar el pellejo. Hal rodeó apresuradamente la furgoneta para sacar de ella a Laurel mientras el tipo aceleraba y arrancaba en el potente vehículo, apartando al Pontiac que estaba aparcado de lado y atravesando a toda velocidad el césped para alcanzar la seguridad que ofrecía la calle.

El tipo había huido, pero no tardarían en aparecer otros.

—Laurel —dijo Ambler mientras desataba con movimientos ágiles las correas de lona que la sujetaban a la camilla.

—¿Se han ido? —preguntó la enfermera con voz temblorosa a causa del miedo.

—Tenemos que salir de aquí —se limitó a responder Hal.

De pronto Laurel se abrazó a él, aferrándolo con todas sus fuerzas.

—Sabía que vendrías a rescatarme —repitió una y otra vez. Ambler sintió su cálido aliento en el cuello—. Sabía que vendrías a rescatarme.

—Tenemos que largarnos de aquí —le interrumpió él con tono apremiante—. ¿Hay algún lugar donde puedas alojarte, donde estés segura?

—Mi hermano vive en Richmond.

—¡No! Debe de figurar en sus archivos, darán contigo al instante. Un lugar que ellos desconozcan.

Laurel estaba demudada.

—Hay una mujer que es como una tía para mí; era la mejor amiga de mi madre cuando yo era niña. Vive en Virginia Occidental. En un lugar en las afueras de Clarksburg.

—Eso está mejor —respondió Ambler.

—Por favor... —dijo Laurel. Él vio la desesperación y el temor reflejados en su rostro. No quería que la dejara sola.

—Te llevaré allí.

El viaje a Clarksburg les llevó unas horas por las interestatales sesenta y ocho y setenta y nueve; viajaban en el coche de Laurel, un viejo Mercury, y Ambler estaba atento a cualquier signo de que les estuvieran siguiendo o vigilando. Ella pasó un rato llorando; después estuvo encerrada en un obstinado mutismo. Estaba asimilando algo ajeno a sus experiencias habituales, reaccionando a un trauma, en última instancia, con rabia y determinación. Entretanto, Hal se maldecía en silencio. En un momento de debilidad, una enfermera le había ayudado, y ahora su vida corría peligro, quizá no volvería a ser la de antes. Ambler sabía que la mujer sentada a su lado le consideraba su salvador, un baluarte seguro. No obstante, era todo lo contrario. Pero nadie lograría convencer a Laurel de ello. Era una verdad lógica que no contenía ninguna verdad emocional para ella.

Cuando se separaron —Hal había dispuesto que un taxi le esperara junto a un cruce cerca del destino de Laurel—, la joven casi se estremeció, como si le arrancaran la venda de una herida. Él experimentó una sensación similar.

—Yo te he metido en este lío —murmuró Ambler tanto para sí como dirigiéndose a Laurel—. Yo soy el culpable.

—No —protestó ella con vehemencia—. No vuelvas a decir eso. Maldita sea, los culpables son ellos. Ellos. Gente como esos... —No terminó la frase.

—¿Estarás bien?

Asintió.

—Atrapa a esos cabrones —dijo apretando los dientes antes de dar media vuelta y encaminarse hacia la casa estilo victoriano de «tía Jill». La luz del porche arrojaba un resplandor amarillo. Parecía como si Laurel penetrara en otro mundo, un mundo seguro. Un mundo en el que Ambler no habitaba.

No quería seguir exponiéndola a los peligros a los que se enfrentaba él. En ese laberinto acechaban monstruos. Teseo tenía que matar al Minotauro, o ninguno de los dos volvería a estar a salvo.

Esa noche, en un motel barato cerca de Morgantown, en Virginia Occidental, Hal tuvo un sueño agitado. Los viejos recuerdos empezaron a filtrarse a través de las cámaras de su mente como radón a través de un sótano. Su padre se le aparecía en retazos y fragmentos: un rostro bello, cuadrado, menos atractivo visto de cerca, pues los años dedicados a la bebida habían dejado su huella en los capilares rotos y la aspereza de la piel. El aroma a regaliz de Sen-Sen, unos caramelos que su padre disolvía en la boca para tratar de ocultar el olor a alcohol que exhalaba su aliento. La típica expresión de dolida pasividad de su madre; a Ambler le llevó un tiempo detectar la ira que pulsaba en su interior. Su rostro estaba siempre cubierto por una fina capa de polvos que desprendía el maquillaje que se aplicaba; formaba parte de su acicalamiento diario, para que nadie observara nada anómalo, puesto que el maquillaje servía para ocultar algún moratón.

Faltaban unas semanas para el séptimo cumpleaños de Hal.

—¿Por qué se marcha papá? —preguntó.

Él y su madre se hallaban en el cuarto en penumbra junto a la cocina que llamaban la sala de estar familiar, pese a que pocas veces se reunía allí la familia. Su madre estaba sentada, tejiendo una bufanda que debía de saber que nadie se pondría; las gruesas agujas emitían el característico clic clic mientras tricotaban la lana de color rojo vivo. De pronto su madre alzó la vista y palideció debajo de su espeso maquillaje.

—Pero ¿qué dices? —Su voz denotaba dolor y perplejidad.

—¿Es que papá no se marcha?

—¿Te ha dicho tu padre que se marchaba?

—No —respondió el niño que estaba a punto de cumplir siete años—. No me ha dicho nada.

—Entonces... No entiendo a qué viene esa pregunta —le espetó su madre enojada.

—Lo siento, mamá —se apresuró a responder el niño.

—Eres un diablillo. ¿Cómo se te ocurre decir semejante cosa?

¿No es obvio?, deseaba responder el pequeño a su madre. *¿Es que no lo ves tú también?*

—Lo siento —repitió.

Pero no bastaba con decir «lo siento», pues una semana más tarde su padre se largó. Vació su armario ropero, se llevó todas las chucherías —sus alfileres de corbata, sus encendedores de latón, sus puros— que guardaba en los cajones de la cómoda y su Chevy desapareció del garaje: papá había desaparecido de sus vidas.

La madre de Hal había ido a recogerlo después de una actividad extraescolar, tras haberse pasado por el centro comercial de Camden para comprarle regalos de cumpleaños. Cuando regresaron a casa y se percataron de lo ocurrido, la mujer empezó a lamentarse.

Pese a sus propias lágrimas, Hal había tratado, torpemente, de consolarla, pero su madre se había apartado, estremecida, de las caricias del niño. Siempre recordaría la mirada que le dirigió. Su madre recordaba lo que su hijo había dicho hacía unos días, y su rostro mostraba una expresión tensa y horrorizada.

Al cabo de un rato su madre trató de poner buena cara al mal tiempo, al igual que el día del cumpleaños de Hal. Pero las cosas no volvieron a ser las mismas entre ellos. Ella se sentía observada por su hijo, lo cual la ponía nerviosa, y empezó a evitarlo. Para Hal, fue el primero de una larga serie de momentos como ése. Lo cual le enseñó una lección: era mejor estar solo a que te abandonaran.

Posteriormente, el niño de siete años se convirtió en un hombre de treinta y siete, y esta vez la mirada penetrante pertenecía a otra persona. A un candidato taiwanés, en otro tiempo, otro lugar.

Había empezado a ver cosas que no querían que viese.

Ambler se encontraba de nuevo en Changhua, situado entre la numerosa multitud de seguidores, esperando a que el candidato se colocara de forma óptima antes de indicar al técnico de municiones que hiciera detonar el explosivo.

¡Qué lenguaje tan neutral para describir un acto de venganza! Quizás eso era lo que les permitía hacer lo que hacían.

Wai-Chan Leung era más menudo de lo que Hal había supuesto, delgado y bajo. Pero para la multitud tenía la estatura de un gigante, y cuando empezó a hablar, Tarquin también dejó de verlo como un hombre menudo.

—Amigos míos —dijo el político. Llevaba un pequeño micrófono prendido en la solapa y se movía con libertad, sin leer el discurso escrito en un papel—. ¿Puedo llamaros amigos míos? Creo que sí. Mi mayor esperanza es que vosotros me consideréis también vuestro amigo. Durante demasiados años, en la República de China, nuestros líderes no han sido nuestros amigos. Han sido amigos del capital extranjero. Amigos de las dinastías opulentas. Amigos de otros gobernantes. Amigos del Fondo Monetario Internacional. Pero no creo que hayan sido siempre vuestros amigos.

El candidato se detuvo cuando una salva de aplausos interrumpió momentáneamente sus palabras.

—Ya conocéis la vieja historia china sobre tres hombres abstemios que pasan frente a una vinatería. El primero dice: «Soy tan sensible que basta que beba un solo vaso de vino para ponerme rojo y desmayarme». El segundo dice: «Eso no es nada. Basta con que huela vino, para ponerme rojo y empezar a trastabillar hasta caer redondo». Y el tercero dice: «En cuanto a mí, basta con que vea a alguien que ha olido vino...» —La multitud respondió a la conocida anécdota con risas de regocijo—. En una era de globalización, algunos países son más vulnerables que otros. Taiwán es ese tercer hombre. Cuando se produce una fuga de capitales, cuando el dólar americano sube o baja, cuando presenciamos esas cosas en otros lugares del mundo, nuestros sistemas económico y político se acaloran y empiezan a trastabillar. —El político se detuvo y avanzó hacia el podio.

Tarquin —en esos momentos era Tarquin— le observó con atención, fascinado. Nada sobre el ser humano situado a unos veinte metros ante él concordaba con el dossier que los de Estab le habían facilitado a él y a su equipo. No disponía de datos contrastados personalmente, sino sólo de su intuición, pero para él la intuición tenía la fuerza de la verdad. El dossier describía a alguien cargado de astucia y premeditación, propenso a una ira vengativa y mortal, cínico y rencoroso. Alguien cuyas manifestaciones públicas de compasión constituían una burda pantomima. Tarquin no detectó ninguno de esos rasgos: ni la menor señal de artificio o cinismo, ni un atisbo de la inseguridad del mentiroso. El hombre que estaba hablando se ufanaba de su elocuencia, pero creía en lo que decía, en la importancia y gravedad de su mensaje.

Habías empezado a ver cosas que no querían que vieses.

—A Taiwán lo llaman el pequeño tigre —dijo Wai-Chan Leung con una voz casi potente—. Lo que me preocupa no es que seamos pequeños. Lo que me preocupa es que los tigres son una especie en peligro de extinción. —Hizo otra pausa—. El ser autosuficiente es magnífico. Pero ¿es realista? Necesitamos ambas cosas, ideales y realismo. Algunas personas os dirán que debéis elegir entre ellas. Pero son las mismas personas que insisten en que podemos gozar de la democracia siempre y cuando permitamos que nos ordenen lo que debemos hacer. ¿Sabéis a quién me recuerdan? Me recuerdan a un hombre que vivió antiguamente, que montó una tienda en una aldea en la que vendía una lanza que según decía era capaz de traspasar cualquier cosa y un escudo que aseguraba que nada podía traspasar.

La multitud estalló en aplausos y carcajadas.

—Las gentes de Taiwán (todo el pueblo chino) tienen un maravilloso futuro ante sí, si lo desean. Un futuro que crearemos nosotros mismos. De modo que debemos elegir con prudencia. China Continental está cambiando. ¿Seremos los únicos que permanezcamos quietos?

Wai-Chan Leung se hallaba ahora a medio metro del podio de madera oscura. Cada nervio de su cuerpo le decía a Tarquin que esa operación era un error. Que estaba mal concebida. Mal iniciada. Que se habían equivocado al elegir al objetivo. Wai-Chan Leung no era su enemigo.

El candidato extendió los brazos ante él, en ángulo recto con su cuerpo, formando con las manos unos puños, que restregó uno contra otro.

—¿Veis? El simple hecho de oponerse (así) conduce a la inmovilidad. A la parálisis. ¿Debe ser ésta la relación que mantengamos con nuestros primos al otro lado del estrecho? —Wai-Chan enlazó ahora los dedos de ambas manos, ilustrando su visión de cómo podía coexistir la soberanía con la integración regional—. En la cooperación (en la unión) hallaremos nuestra fuerza. En la integración, recuperaremos nuestra integridad.

Tarquin oyó una voz a través de su auricular.

—Desde aquí no puedo verlo, pero me parece que el objetivo está en posición, ¿no es así? Esperamos tu señal.

No respondió. Había llegado el momento de activar el explosivo, de poner fin al papel del joven candidato en el mundo, pero su instinto se oponía a ello. Estaba alerta, rodeado por una multitud de miles de ciudadanos taiwaneses, luciendo polos o camisas, invariablemente con una camiseta blanca debajo, al estilo nacional. De haber observado la menor indicación de que el dossier era correcto... Pero nada.

—¿Estás dormido, Tarquin? —preguntó la voz a través del auricular—. El período de planificación ha concluido. Voy a activar...

—No —murmuró él a través del micro de fibra óptica que llevaba oculto en el cuello—. No lo hagas.

Pero el especialista en explosivos estaba impaciente, harto, y no se dejó disuadir. Cuando el técnico respondió, Tarquin percibió el resentido cinismo de un hombre que llevaba demasiados años realizando trabajos de campos.

—A la una, a las dos, a las tres, vamos allá...

Cuando se produjo la explosión, resultó mucho más suave de lo que Tarquin había imaginado. Era como el sonido de una bolsa de papel que un niño infla y luego hace estallar. Los costados interiores del podio habían sido reforzados con acero para minimizar los daños colaterales, y el revestimiento contribuía al mismo tiempo a sofocar el sonido y centrar la fuerza de la explosión hacia la figura situada detrás del mismo.

Tarquin observó, como a cámara lenta, a Wai-Chan Leung, la gran esperanza de muchos taiwaneses —urbanitas y agricultores a favor de la reforma, estudiantes universitarios y tenderos—, tensarse y caer sobre la tarima, su cuerpo perfilado por la lluvia de sus vísceras. A su izquierda aparecían amontonados los restos ennegrecidos del podio, de los cuales brotaba un hilo de humo.

Durante unos momentos, el cuerpo postrado boca abajo del candidato permaneció inmóvil. Luego Tarquin le vio alzar la cabeza del suelo y mirar a la multitud ante él. Lo que ocurrió a continuación le impresionó vivamente y le cambió: los ojos del moribundo, en sus últimos estertores, se fijaron en los suyos.

Hacía un día cálido y húmedo en la subtropical Taiwán, y Tarquin sintió su piel seca y fría; de algún modo comprendió que cada momento de lo que viera quedaría grabado para siempre en su memoria y sus sueños.

Había ido a Changhua para matar a un hombre, y el hombre había muerto. Y ese hombre, a través de la intensidad de su mirada, compartía con Tarquin, durante unos segundos de sobrecogedora intimidad, los instantes que le quedaban de vida.

Incluso ahora, mientras agonizaba, el rostro de Wai-Chang Leung no reflejaba odio o ira. Tan sólo traslucía perplejidad y tristeza. Era el rostro de alguien imbuido de un admirable idealismo. Alguien que sabía que se estaba muriendo y no sabía por qué.

Y Tarquin se preguntó también en esos momentos por qué.

La multitud bramaba, gemía, gritaba y, a través del estruendo, percibió el sonido de un pájaro. Apartó los ojos de los restos humanos que yacían ante él y los dirigió hacia una palmera, donde una oropéndola trinaba. Incesantemente.

Al otro lado de la Tierra, años después, Ambler se revolvió en su cama, consciente del acre olor del motel. Abrió los ojos: los trinos proseguían.

El Nokia que había arrebatado al francotirador en los Sourland.

Pulsó el botón ON y acercó el móvil a su oreja.

—¿Sí?

—Tarquin —tronó una voz campechana.

—¿Quién es? —preguntó receloso. Un temor frío hizo presa en él.

—Soy el controlador de Osiris —respondió la voz campechana.

—Eso no es una gran referencia.

—Y que lo diga. Hemos estado realmente muy preocupados por el fallo de seguridad.

—Un fallo es cuando alguien abre tu correo. Cuando alguien mata a un agente, es algo más grave.

—Tiene toda la razón. Tenemos una idea sobre lo que ocurrió. El caso es que le necesitamos, y le necesitamos ahora.

—No sé quién diablos es usted —respondió Ambler—. Dice que Osiris trabajaba para usted. ¿Cómo sé que el tipo que trabaja para usted no es quien le asesino?

—Escuche, Tarquin. Osiris era un agente muy valioso. Lamento mucho su pérdida, al igual que todos.

—Y espera que yo le crea.

—En efecto —contestó el hombre—. Conozco sus habilidades.

Hal se detuvo. Como Arkady, como Osiris, ese tipo confiaba en su habilidad para detectar el engaño. La honestidad no era una garantía de la verdad, se dijo. Ese hombre podía estar engañado. Pero Tarquin —Ambler— no tenía más remedio que seguirle el juego. Cuanto más se adentrara en la organización, más probabilidades tenía de llegar a la verdad de lo que le había ocurrido, y averiguar quién era.

Un pensamiento no cesaba de rondarle por la cabeza. Durante su carrera Hal había participado a veces en lo que llaman una operación secuencial: una información conducía a otra, cada una más crítica que la anterior, destinada a atraer y tender una trampa al adversario. Ambler sabía que cada operación secuencial dependía de que actuara con credibilidad; cuanto más hábil era el adversario, mayor era el nivel de credibilidad requerido. No obstante, los agentes más astutos se mostraban suspicaces; empleaban intermediarios ciegos, facilitándoles preguntas que debían ser respondidas en el acto. No era preciso que las respuestas fueran exactas —el funcionario encargado de la operación podía recelar si las respuestas eran demasiado precisas—, pero tenían que pasar el examen de la intuición; al menor desliz, todo podía irse al traste.

No obstante, los tipos más taimados trataban de invertir la operación secuencial, como si la cola agitara al perro, por decirlo así. Programaban señuelos que contenían información especialmente ideada para atraer a los servicios de inteligencia estadounidenses; la operación secuencial funcionaba, pero al revés. Un renovado afán de dar con una información tan valiosa como inesperada ocultaba los objetivos originales: el cazador pasaba a ser la presa.

Lo que Ambler no podía determinar era si le estaban tendiendo una trampa con una operación secuencial y, en tal caso, si podría utilizarla para sus propios fines. No existía un juego más peligroso. Pero ¿qué opción tenía?

—De acuerdo —dijo—. Le escucho.

—Mañana nos reuniremos en Montreal —dijo el hombre—. Utilice el documento de identidad de que disponga, por ejemplo el que le dio Osiris. Pero puede usar el que más le convenga. —Le dio instrucciones más detalladas: debía volar a Montreal Dorval esa misma mañana.

Poco antes de partir, sonó el teléfono en su habitación del motel: era Laurel. Parecía más calmada, más entera, pero su voz denotaba preocupación por él, no por ella misma. Hal le explicó brevemente que tenía que acudir a una cita, que había recibido una llamada del controlador de Osiris.

—No quiero que vayas —dijo ella. Ambler percibió su temor y determinación.

—Temes por lo que pueda pasarme. Yo también. Pero temo más no ir. —Se detuvo—. Soy como un pescador en una barca que nota que algo tira de su sedal. ¿Un pez vela? ¿Un enorme tiburón blanco? No lo sé, no puedo saberlo, pero no me atrevo a soltarlo.

Se produjo una pausa antes de que Laurel hablara de nuevo.

—¿Aunque se hunda la embarcación?

—No puedo soltarlo. Aunque exista esa posibilidad.

Discovery Bay, Nuevos Territorios

La lujosa villa en Hong Kong constaba de doce habitaciones, todas decoradas en un estilo acorde con su construcción en los años veinte: una profusión de exquisitos muebles franceses de madera dorada y damasco; las paredes tapizadas con seda tornasolada... Pero su mayor gloria era la terraza cubierta de flores, con vistas a las aguas mansas de Discovery Bay. Especialmente en esos momentos, cuando las aguas relucían bajo el rosado sol del atardecer. En uno de los extremos de la terraza había dos personas sentadas a una mesa, cenando, el mantel de lino blanco cubierto con una docena de platos, raras exquisiteces preparadas por manos expertas. Un americano con el pelo plateado y una frente prominente aspiró los aromas que se mezclaban bajo la suave brisa, comentando que en siglos pasados un banquete así sólo habría estado al alcance de unos pocos fuera de las cortes reales de China.

Ashton Palmer probó un plato consistente en polluelos de bulbul montañés; los huesos del diminuto pájaro cantor eran menudos como las espinas de una sardina. Al igual que con la receta del hortelano perfeccionada por Escoffier —el hortelano era otro pequeño pájaro cantor que los *gourmets* franceses sabían sostener por el pico y comérselo entero, cubriéndose la boca con una servilleta—, el polluelo de bulbul había que comérselo de un bocado, masticando sus huesecillos casi embriónicos, gozando de la leve resistencia que producía, como al comer el dúctil exoesqueleto de un crustáceo de caparazón blando. El plato se llamaba en mandarín *chao niao ge*, que significa textualmente «pájaro cantor salteado».

—Extraordinario, ¿no le parece? —preguntó Palmer a su único compañero de cena, un chino con unos rasgos amplios y curtidos y unos ojos duros y penetrantes.

El hombre, un general del Ejército Popular de Liberación, sonrió, haciendo que en su correosa piel se formaran unos profundos surcos desde las mejillas a la boca.

—Extraordinario —convino el chino—. Pero uno no espera menos de usted.

—Es usted muy amable —respondió Palmer, observando los rostros inexpresivos de los sirvientes, que no entendían lo que decían los comensales. Palmer no se dirigía al general Lam en mandarín ni en cantonés, sino en el dialecto de los hakka que hablaban en la aldea natal del militar—. No obstante, sé que usted, al igual que yo, aprecia la atención al detalle. Este plato, *chao niao ge*, fue servido por última vez, según dicen, durante las últimas décadas de la dinastía Qing. Me temo que a sus amigos en Wanshoulu

—Palmer se refería a un barrio fuertemente custodiado de Pekín, donde muchos de los altos funcionarios chinos residían— o Zhong-nanhai les parecería decadente.

—Prefieren el Burger King —rezongó el general Lam—. Pepsi-Cola servida en copas de plata.

—Es obsceno —apuntó el intelectual americano—. Pero cierto.

—Aunque de un tiempo a esta parte no voy mucho por Zhong-nanhai —dijo el general.

—Si de Liu Ang dependiera, todos los guerreros serían exiliados a las provincias. Considera al Ejército Popular de Liberación un enemigo, de modo que lo ha convertido en un adversario. Pero la historia de China demuestra que en el exilio reside la oportunidad.

—Al menos, en su caso —respondió el general.

Palmer sonrió, pero no lo negó. Su trayectoria profesional no era la que habría elegido cuando comenzó su carrera, pero otra cosa habría sido un error. Siendo aún un joven con un doctorado que trabajaba en Planificación Política del Departamento de Estado, la gente rica e influyente lo consideraba el próximo Henry Kissinger y el intelectual especializado en política más prometedor de su generación. Pero se daba la circunstancia de que Palmer tenía un defecto que le impedía prosperar en el Departamento de Estado: tenía, según pensaba, pasión por la verdad. Con increíble celeridad, el adorado niño prodigio se convirtió en un *enfant terrible* a quien todos daban la espalda. Así era como las mediocridades conservaban su poder e influencia, expulsando al que ponía en riesgo sus cómodas creencias. En ciertos aspectos, pensó Palmer, su propio exilio había sido lo mejor que le había ocurrido. La historia de su ascenso y caída, publicada en *The New Republic*, aseguraba que, tras haber sido arrojado de los corredores del poder, se había «retirado» al ámbito académico. En tal caso, había sido una retirada estratégica: un reagrupamiento, por decirlo así. Pues sus discípulos —«palmeritas», según el término despectivo utilizado por sus enemigos— habían ido ocupando diversos cargos en el Departamento de Defensa y el Departamento de Estado, incluyendo Asuntos Exteriores, así como en las «fábricas de ideas»* radicadas en Washington y bien relacionadas. Palmer les había imbuido la dura lección de la discreción, la cual había sido asimilada a la perfección. Sus protegidos ocupaban ahora los cargos más sensibles. A medida que transcurrían los años, su gurú, retirado como un Cincinato junto al Charles, había aguardado pacientemente.

Ahora, sin embargo, se dedicaba a contar los días.

—En cuanto a Zhongnanhai —dijo Palmer—, me complace que sigamos compartiendo el mismo punto de vista sobre esos temas.

El general se tocó una mejilla y luego la otra mientras decía en el dialecto hakka:

—Ojo derecho, ojo izquierdo. —Significaba que dos personas compartían unas opiniones tan cercanas como los dos ojos de un individuo.

—Ojo derecho, ojo izquierdo —repitió Palmer en un murmullo—. Claro está que una cosa es ver, y otra muy distinta actuar.

—Cierto.

—¿No habrá cambiado usted de parecer? —se apresuró a decir Palmer, pendiente de algún signo que indicara que la determinación del general empezaba a flaquear.

El hombre respondió con un proverbio hakka:

—El viento no mueve la montaña.

—Me alegra oírle decir eso —contestó Palmer—. Pues lo que nos aguarda pondrá a prueba la determinación de todos. Soplarán unos vientos de fuerza diez.

—Lo que debe hacerse —declaró el general— se hará.

—A veces es necesario que se produzcan grandes disturbios —dijo Palmer— para garantizar una mayor estabilidad.

---

* Instituciones u otro tipo de organizaciones que ofrecen consejo e ideas sobre asuntos de política, comercio e intereses militares. *(N. de la T.)*

—Exacto. —El general se llevó el polluelo de bulbul, adereza-
do con especias, a la boca. Entornó los ojos mientras saboreaba el
crujiente bocado.

—Es preciso talar un árbol para calentar la cazuela de arroz
—observó Palmer; otro dicho hakka.

Al general ya no le sorprendían los profundos conocimientos
del profesor sobre su región natal.

—Este árbol que hay que talar no es un árbol corriente.

—La cazuela de arroz tampoco es corriente —replicó el intelectual—. Sus gentes conocen los papeles que deben desempeñar.
Deben saber cuándo tienen que actuar, y hacerlo sin que les tiem-
ble el pulso.

—Ciertamente —respondió el general Lam.

Pero el académico con el pelo plateado siguió observándolo
con atención.

—Faltan seis días —dijo con discreto énfasis—. Todos deben
desempeñar su papel a la perfección.

—Sin falta —respondió el general, cuyo curtido rostro mostraba una expresión de firmeza—. A fin de cuentas, el curso de la
historia está en juego.

—Y, como sin duda coincidirá conmigo, el curso de la historia
es algo demasiado importante para dejarlo al azar.

El general asintió con gesto grave y alzó de nuevo un dedo.

—Ojo derecho, ojo izquierdo —dijo.

12

El hombre que le había llamado utilizando un móvil le dijo que estuviera en la esquina de Dorchester Square a las once de la mañana. Hal había llegado temprano y había tomado un taxi hasta la esquina de Cypress y Stanley, a una manzana de la plaza, para explorar el terreno. El edificio Sun Life en Dorchester, un gigante de las bellas artes, había sido antiguamente el más grande en todo el Imperio británico. Ahora quedaba eclipsado por los modernos rascacielos, muchos de los cuales se erigían alrededor de Dorchester Square. Eso fue lo que puso nervioso a Ambler, el hecho de que hubiera tantos edificios que daban a la plaza.

Llevaba unas bolsas de Place Montreal Trust, una cámara colgada alrededor del cuello y confiaba en presentar el aspecto de un turista. Después de deambular por las callejuelas adyacentes, se convenció de que no había visto a nadie sospechoso en Dorchester Square y entró en la plaza propiamente dicha. Habían quitado la nieve de los pasajes de la plaza, varios caminos rectos que desembocaban en un círculo central, donde la estatua de sir John A. Macdonald, el primero de los primeros ministros del país, observaba a los transeúntes. Otro monumento honraba el papel de Canadá en la Guerra de los Boéres, y no lejos había un cementerio católico para las víctimas de una epidemia de cólera que se había producido a principios del siglo XIX. Las piedras mostraban la pátina del tiempo, sus tonos oscurecidos por el liquen realzados por la blancura de la nieve. El Banco Imperial se erguía sobre la plaza, una construcción de acero y pizarra. Frente al edificio de Dominion Square, una mole de estilo neorrenacentista, se detuvo un autobús rojo que decía «LE TRAM DU MONTREAL.»

Por más que Ambler hubiera explorado el terreno, era evidente que los elementos críticos podían cambiar en el momento más impensado. ¿Era por ese motivo que el controlador de Osiris lo había elegido? Mirando a través del objetivo de la cámara, escudriñó los centenares de ventanas visibles de los diversos rascacielos de oficinas. La mayoría habían sido diseñadas de forma que no podían abrirse; las que sí podían abrirse estaban cerradas debido al tiempo. Aunque Hal se había abrigado, la temperatura era de unos veinte grados bajo cero y sus orejas empezaban a helarse. Oyó unos pasos decididos que se dirigían a él y se volvió.

—Discúlpenos, caballero.

Ambler vio a un hombre y una mujer de edad avanzada que lucían unas chaquetas rellenas de plumón, sus cabellos blancos agitados por el viento.

—¿Sí? —respondió Hal adoptando un tono neutro, indiferente.

—¿Le importaría sacarnos una fotografía? —El hombre le entregó una cámara desechable amarilla, como la que venden en cualquier *drugstore*—. Procure que se vea la estatua de sir John Macdonald al fondo.

—De acuerdo —contestó Ambler, avergonzado por sus sospechas—. ¿Son americanos?

—De Sacramento. Pero vinimos aquí en nuestra luna de miel. ¿A que no adivina hace cuántos años?

—No tengo ni idea —respondió él tratando de disimular su desconcierto.

—¡Hace cuarenta años! —exclamó la mujer.

—Enhorabuena —dijo Ambler oprimiendo el botón en la parte superior derecha de la cámara. Al adelantarse para enmarcar la imagen, observó algo: una persona que se colocaba detrás de la estatua, un tanto apresuradamente, como si no quisiera que le vieran. Hal se quedó perplejo; era el error de un aficionado, y estaba seguro de no tratar con aficionados.

Devolvió la cámara desechable a la pareja de ancianos y dio unos pasos hacia el frontón de la estatua.

Un joven —no, un chico de unos catorce o quince años— retrocedió.

—Eh —dijo Ambler adoptando el tono más neutral posible.

—Hola —respondió el muchacho.

—¿Qué pasa?

—Creo que la he fastidiado —contestó el chico con un ligero acento de Quebec. Tenía una pronunciada nariz que algún día encajaría con el resto de su fisonomía y el pelo rubio, corto y de punta, que obviamente era teñido.

—Seguro que tiene solución. —Hal no apartó la vista de su rostro, pendiente de cada cambio en su expresión.

—Se suponía que usted no debía verme hasta las once de la mañana.

—¿Quién va a enterarse?

—¿No se lo dirá a nadie? —preguntó el chico más animado.

—¿Por qué iba a hacerlo? ¿No crees que ya lo sé?

—Su amigo me dijo que era una sorpresa de cumpleaños. Una especie de caza del tesoro.

—Dime lo que tenías que decirme. Fingiré mostrarme sorprendido, te lo prometo.

—De acuerdo —respondió el muchacho nervioso.

—¿Cuánto te paga mi amigo? Yo te pagaré lo mismo.

El chaval sonrió satisfecho.

—¿Cuánto me paga? —repitió, haciéndose el remolón.

—Sí.

—Cuarenta. —Era un pésimo embustero.

Ambler arqueó una ceja.

—¿Treinta?

Siguió observándolo con escepticismo.

—Veinte —dijo por fin el chico.

Ambler sacó un fajo de billetes y le dio uno de veinte.

—Bien, ¿qué instrucciones debías darme?

—Las instrucciones son que el lugar de la cita ha variado. Se reunirán en la ciudad subterránea.

—¿Dónde?

—En los bulevares de la catedral —respondió—. Pero si le tienen reservada una sorpresa, recuerde que debe hacerse el sorprendido.

A alguien aficionado a las metáforas le habría parecido oportuno o irónico que debajo de la catedral de Christ Church hubiera un inmenso y moderno centro comercial, los bulevares de la catedral. La diócesis, que andaba escasa de fondos, había resuelto el problema vendiendo el terreno de debajo de la basílica. Las palabras «erigiréis una iglesia sobre esta piedra» habían sido traducidas al lenguaje de la era comercial, cuando una iglesia tenía que mantenerse vendiendo la roca sobre la que se alzaba.

Ambler acababa de tomar la escalera mecánica que descendía hacia los bulevares, tratando de orientarse en el cavernoso centro comercial, cuando sintió unas manos sobre sus hombros que le obligaron a volverse.

Un hombre fornido y pelirrojo le sonrió jovialmente.

—Por fin nos encontramos cara a cara.

Hal se quedó pasmado. Conocía a ese hombre, no en persona, sino por su reputación. Como mucha gente. Se llamaba Paul Fenton y su fama era tan turbia como transparente su mirada.

Paul Fenton. Un importante industrial americano, que se había hecho famoso al fundar una compañía electrónica radicada en Texas con numerosos contratos de la Secretaría de Defensa. Pero su negocio se había expandido mucho desde esos primeros tiempos, y a fines de la década de 1980 había adquirido notoriedad en ciertos círculos por financiar insurrecciones de extrema derecha y acciones destinadas a sofocarlas en diversas partes del mundo. Entre los beneficiarios de su mecenazgo se hallaba la Contra en El Salvador, Renamo en Mozambique y Unita en Angola.

Para algunos, era un patriota, un hombre cuya lealtad era hacia su país más que hacia el poderoso dólar. Para otros, era un fanático peligroso que manipulaba las leyes que regulaban la exportación al extranjero de municiones, semejante a los hombres de negocios que habían apoyado la desastrosa invasión de Bahía de Cochinos a principios de los años sesenta. El hecho de que Fenton era un emprendedor astuto y agresivo era una verdad que nadie ponía en duda.

—Usted es Tarquin, ¿no es así? —preguntó. Interpretó el silencio de Ambler por una señal de asentimiento y le tendió una mano. Pero la pregunta no era retórica, sino que existía cierta incertidumbre. *Fenton no sabía qué aspecto tenía Tarquin.*

Hal le estrechó la mano y avanzó unos pasos, hablando en voz baja y áspera.

—Es una idiotez que nos encontremos en público de esta forma. Usted es demasiado reconocible.

Fenton guiñó un ojo.

—He comprobado que las personas no ven lo que no esperan ver. Y no soy una celebridad hollywoodiense. Además, a veces el mejor lugar donde ocultarse es entre la multitud, ¿no cree? —Retrocedió un paso, señalando a su alrededor—. Bienvenido a la zona peatonal subterránea más grande del mundo.

Fenton hablaba con una voz melodiosa de barítono. Tenía la piel rubicunda, curtida, con los poros dilatados, pero tersa, posiblemente debido a la dermabrasión. Tenía una incipiente calvicie y llevaba el poco pelo que le quedaba peinado hacia delante en un pico de viuda, aunque las zonas calvas estaban tachonadas con pequeños grupos de cabello dispuestos casi geométricamente, como el pelo de una muñeca. Todo indicaba que era un hombre obsesionado con mejorar su apariencia.

Tenía un aspecto atlético, fuerte. También tenía pinta de rico. Exhalaba un aire lustroso. Era un guerrero que pasaba un fin de

semana jugando al polo en Argentina, otro pasando tanques
Abrams por la frontera de Chad y otro sometiéndose a baños de
sales minerales en un *spa* en Parrot Cay. Fuerte, curtido, pero...
hidratado. El semblante de un tipo duro millonario.

—La ciudad subterránea —comentó Ambler—. El lugar perfecto para un hombre subterráneo.

Sabía que Fenton no había exagerado: la ciudad subterránea
de Montreal consistía en una treintena de pasajes e incluía mil seis-
cientas *boutiques*, un par de centenares de restaurantes y docenas
de cines. Pese a la temperatura bajo cero en la superficie, la ciudad
subterránea era agradablemente cálida y estaba muy iluminada.
Hal miró a su alrededor. Elevados tragaluces en arco, numerosas
escaleras mecánicas y balcones que daban al gigantesco complejo
contribuían a la sensación de espaciosidad. La ciudad subterránea
unía las tiendas caras de Cours Mont-Royal con el Eaton Centre y
se extendía a través de las galerías comerciales del Complexe Des-
jardin, hasta el Palais des Congrès, el gigantesco centro de congresos que se erguía sobre la Ville Marie Expressway como un monstruo de acero, vidrio y hormigón.

Ambler comprendió por qué Fenton había elegido ese lugar:
en aras de la seguridad de ambos. El riesgo de violencia era mínimo en un lugar tan público.

—Dígame —prosiguió Hal—. ¿Ha venido solo? Un hombre
de su... categoría.

—Dígamelo usted.

Ambler miró a su alrededor, observando docenas de rostros. Un
hombre con la cara cuadrada vestido con una vieja trenca im-
permeabilizada, de cuarenta y tantos años, con el pelo corto. Otro, a
unos veinte metros a su izquierda, que parecía sentirse mucho menos cómodo embutido en un atuendo más costoso: un abrigo cruzado de pelo de camello y el pantalón de un traje oscuro de franela.

—Sólo veo dos. Y uno de ellos no está acostumbrado a un trabajo de vigilancia.

Fenton asintió con la cabeza.

—Gillespie es sobre todo un secretario. Que sabe tratar con *maîtres* y esas cosas. —Fenton saludó con la cabeza al hombre vestido con el abrigo de pelo de camello, el cual le devolvió el saludo, sonrojándose levemente.

—Pero iba a hablarme de Osiris. Y éste no me parece el lugar adecuado para una charla confidencial.

—Conozco el lugar ideal —respondió Fenton con tono afable, conduciendo a Ambler a una tienda de ropa de aspecto caro, situada a unos metros en un paseo de terrazo. En el escaparate había un vestido de seda tornasolada con las costuras y pespuntes visibles y formando unas lazadas verdes. Parecía como si la prenda estuviera a medio confeccionar, como las que exhibían algunos modistos en sus escaparates, pero Hal comprendió que estaba terminada: tenía un aire supermoderno y «deconstruido» que sin duda había causado sensación entre la prensa especializada al lucirlo una modelo anoréxica en una pasarela. Un pequeño letrero en cobre indicaba su nombre: *Système De La Mode*.

Ambler se sintió de nuevo impresionado por el lugar hábilmente elegido por Fenton: les ofrecía a la vez seguridad y privacidad. La tienda, con sus costosos y rebuscados productos, no pasaba desapercibida para los transeúntes, pero ni siquiera uno de cada mil se atrevería a entrar en ella.

En la entrada había el habitual portal antirrobo, dos torres revestidas de plástico, aunque algo más alejadas de la puerta de lo habitual. Cuando Hal se acercó, empezó a sonar un grave pitido.

—Lo lamento —dijo Fenton—. Probablemente no le gusta su cámara.

Lo que significaba que no era un portal para controlar el robo de mercancías. Ambler se quitó la cámara y franqueó el portal.

—Si no le importa, deténgase unos segundos —dijo Fenton con tono de disculpa.

Hal obedeció. La puerta se cerró tras él.

—Ya puede entrar —dijo el fornido industrial—. Bienvenido a mi modesta tienda. Quizá piense que no es lo mío, pero si usted fuera un seguidor de la moda se sentiría impresionado. En este lugar no hay una sola etiqueta con un precio de menos de tres cifras.

—¿Tiene muchos clientes?

—Prácticamente ninguno —respondió Fenton esbozando una hidratada sonrisa—. Casi nunca estamos abiertos. Y cuando lo estamos, tengo a la vendedora más temible del mundo (se llama Brigitte); tiene un don especial para hacer creer a los clientes en ciernes que llevan mierda pegada a los zapatos. En este momento ha salido a almorzar, y lamento que no llegue a conocerla. Brigitte es de armas tomar. No dice exactamente a las personas que entran que no tienen categoría para comprar aquí, pero consigue que capten el mensaje.

—Ya lo entiendo. Si uno quiere montar un piso franco, supongo que es más discreto que colocar un letrero que diga «¡PROHIBIDA LA ENTRADA!» Deje que lo adivine, el portal no es para controlar el robo de mercancías. Es un detector de micrófonos y otros chismes ocultos.

—Tiene un espectro muy amplio. Es muy poderoso. Lo ponemos a prueba a menudo. Nadie ha conseguido nunca pasar un aparato de escucha. Es más agradable que tener que obligar a la gente a desnudarse y explorar sus cavidades. Y más eficaz. De todos modos, aunque consiguieran pasar uno de esos artilugios, tampoco se saldrían con la suya. Eche un vistazo al cristal del escaparate.

Ambler se acercó al escaparate; al observarlo de cerca, detectó una finísima mampara de tela metálica instalada dentro del cristal. Parecía un adorno, aunque se trataba de un elemento funcional.

—Todo el lugar está protegido —dijo Hal maravillado. Consistía en un espacio rodeado por una rejilla o tela ferromagnética puesta a tierra: la mampara bloqueaba la transmisión de cualquier señal de radiofrecuencia.

—Exacto. ¿Ve esa pared negra reluciente? Doce capas de laca, doce, cada una pulida antes de aplicar la siguiente; un excelente trabajo realizado por auténticos artesanos. Y debajo de esas doce capas hay hormigón y tela metálica.

—Es usted un hombre precavido.

—Ése es el motivo por el que nos encontremos cara a cara. Cuando hablas con alguien por teléfono, nunca sabes si hablas sólo con esa persona o con ella y su grabadora, o con ella y quienquiera que esté escuchando a través de un dispositivo digital. Verá, creo firmemente en la compartimentación. Procuro mantener los compartimentos de información separados, como las bandejas de una cena precocinada. —El magnate rió satisfecho. Era importante para él que Ambler se sintiese impresionado por las precauciones que tomaba.

Haz que se mantenga a la defensiva.

—En tal caso, ¿cómo explica lo que le ocurrió a Osiris? —Su voz denotaba ira.

El rostro rubicundo de Fenton palideció un poco.

—Confiaba en que no hablaríamos de eso. —Hal vio a un vendedor al que pillan con el paso cambiado. Pero ¿qué vendía?—. Mire, lo que le ocurrió a Osiris fue una tragedia. Tengo a un equipo de primera investigándolo, y aunque aún no hemos obtenido respuestas, no tardaremos en obtenerlas. Ese hombre era un prodigio, uno de los agentes más extraordinarios que he tenido el privilegio de conocer.

—Ahórrese las alabanzas para el funeral —replicó Ambler despectivamente.

—Y debe saber que era un gran admirador suyo. Tan pronto como se difundió por el *squawk* que Tarquin había aparecido de nuevo en escena, Osiris fue el primero en decir que tenía que ponerse en contacto con usted y convencerlo para que se incorporara a la organización. Sabía que, por lo que a mí respecta, «andar suelto» significa «estar disponible».

El hilo de Ariadna... Averigua adónde conduce.

—Parece saber mucho sobre mí —dijo Hal tratando de tirarle de la lengua. ¿Exactamente qué sabía Paul Fenton?

—Todo y nada. Tarquin es el único nombre con el que le conocen. Mide un metro ochenta de estatura, aparte de los centímetros que añadan los tacones. Pesa ochenta y cinco kilos. Tiene cuarenta años. El pelo castaño y los ojos azules. —Fenton sonrió—. Pero eso no son más que datos. Ni a usted ni a mí nos impresionan demasiado los datos.

Haz que siga hablando. Ambler pensó en las largas tardes que solía pasar pescando, los ritmos alternativos de soltar el sedal y recogerlo, cansando al enorme pescado, dejando que nadara contra el arrastre.

—Es usted demasiado modesto —dijo para seguir sonsacándole información—. Creo que sabe mucho más de lo que dice.

—Por supuesto que sí. He oído muchas cosas de los agentes de campo.

—De Osiris.

—Y de otros. Tengo muchos contactos. Ya se dará cuenta. No hay muchas personas que yo no conozca, me refiero a gente que cuenta. —Fenton se detuvo—. Es evidente que usted tenía por igual enemigos y amigos poderosos. Quisiera ser uno de estos últimos. —Sonrió de nuevo meneando la cabeza—. Usted me ha impresionado vivamente, lo cual logran hacer pocas personas. Es usted un genio. Un mago. ¡Puf!, y el elefante desaparece del escenario. ¡Puf!, y el mago desaparece junto con su capa, su varita mágica y todo lo demás. ¿Cómo diantres lo ha conseguido?

Ambler se sentó en una silla de acero laminado y observó el rostro rubicundo y suave del industrial. *¿Eres mi enemigo? ¿O me conducirás a mi enemigo?*

—¿A qué se refiere? —preguntó Hal con tono neutro, aburrido.

—Secreto profesional, ¿eh? Me dijeron que Tarquin era un hombre de numerosos talentos, pero no tenía ni idea. *Incognito ergo sum*, ¿eh? Como comprenderá, intentamos cotejar sus huellas digitales.

Ambler recordó el vaso de agua que Osiris le había dado en el asiento posterior del Bentley.

—¿Y?

—Nada. Humo. Nada de nada. Le han borrado de todas las bases de datos que existen. Utilizamos el sistema biométrico habitual, los identificadores digitales, pero no conseguimos nada. —Fenton se detuvo y luego empezó a recitar—: «Cuando subía la escalera, me encontré con un hombre que no estaba allí...»

—«Hoy tampoco estaba allí» —apostilló Hal.

—«¡Ojalá viniera a jugar!» —El pelirrojo sonrió al citar equivocadamente la frase de la vieja canción infantil—. No le sorprenderá saber que tenemos acceso a todos los archivos del personal del Departamento de Estado. ¿Se acuerda de Horus?

Ambler asintió con la cabeza. Horus era un tipo gigantesco que pasaba demasiado tiempo en el gimnasio —caminaba como un mono, con los brazos separados del torso, y su espalda cubierta de acné indicaba un uso excesivo de esteroides—, pero podía ser útil para operaciones de Estab que no requerían una gran finura. Hal había trabajado con él en tres o cuatro ocasiones. No eran amigos, pero se llevaban bien.

—¿Conoce su nombre verdadero?

—Por supuesto que no. Son las normas. Nunca las rompemos.

—Yo sí. Harold Neiderman. Campeón de lucha libre en su instituto en South Bend. Trabajó un tiempo con una unidad CBIOE (combate de baja intensidad de operaciones especiales), se casó, se sacó el título de administración de empresas tras un curso de dos años en una escuela en Florida, se divorció, volvió a alistarse..., pero los detalles no importan. El caso es que puedo contarle todo lo referente a Harold Neiderman. ¿Se acuerda de Triton?

Pelo cobrizo, pecoso, muñecas y tobillos muy delgados, pero con una extraordinaria habilidad para ciertos trabajos silenciosos, como partir el cuello a centinelas, rebanar yugulares... El tipo de medidas utilizadas cuando incluso un arma con silenciador podía hacer demasiado ruido. Ambler asintió de nuevo.

—Triton se llamaba Ferrell W. Simmons, la uve doble significaba Wyeth. Hijo de militar, había pasado buena parte de su infancia en Wiesbaden, y la mayoría de su adolescencia en el instituto público de Lawton, cerca de Fort Sill, Oklahoma. A propósito, esta información personal es alto secreto, no la obtendría rastreando los archivos. Pero yo tengo ciertos privilegios. Como creo haberle demostrado. De modo que debería resultarme fácil obtener información sobre Tarquin, ¿no? Pero no he conseguido nada. Porque usted es un mago. —El tono de admiración en la voz de Fenton era auténtico—. Lo cual, como es natural, le hace aún más valioso como agente. Si le capturan, lo cual no es probable, pero suponiendo que ocurriera, no sería más que una cifra. Una voluta de humo. Un espejismo. Que desaparece en un abrir y cerrar de ojos. *Voilà*, El Hombre que No Estaba Allí. Nada le conectará con otra persona. ¡Un genio!

Ambler reflexionó; no quería desengañar a Fenton. Éste era un tipo importante. «Tengo muchos contactos», había dicho, lo cual era quedarse corto.

—Aunque un buen mago puede hacer que las cosas reaparezcan —dijo Hal midiendo bien las palabras.

Se volvió y miró fuera: las personas pasaban de largo, sin ver en el interior de la tienda. Podía utilizar a Fenton, pero ¿le habían utilizado otros también? Si los miembros del dispositivo que ahora le estaba buscando se habían enterado de la reunión entre ambos... Pero hasta el momento nada hacía presagiar tal cosa.

—Usted lo ha logrado, está aquí. ¿Tiene idea de lo que vale para mí? Según sus antiguos colegas, es lo más parecido a un adivinador de pensamientos. ¡Y oficialmente no existe!

—Por eso me siento tan vacío por dentro —observó Ambler con sequedad.

—Siempre procuro conseguir a los mejores —dijo Fenton—. No sé qué hizo usted que le acarreó serios problemas. No sé en qué lío se metió. Ni me importa.

—Me cuesta creerlo. —No obstante, Hal lo creía.

—Verá, Tarquin, me gusta rodearme de personas que son realmente excelentes en su trabajo. Y usted, amigo mío, es un caso aparte. No sé cómo consiguió hacer lo que hizo, pero es el tipo de hombre que admiro.

—Cree que me dedico a romper las reglas.

—Estoy convencido de ello. La grandeza consiste en saber cuándo romper las reglas. Y cómo hacerlo.

—Parece como si hubiera logrado reunir a *Los doce del patíbulo*.

—Somos mejores que ellos. ¿Ha oído hablar del Grupo de Servicios Estratégicos?

Ambler asintió con la cabeza. *El hilo de Ariadna... Averigua adónde conduce.* Junto con McKinsey, Bain, KPMG, Accenture y una docena más, era una de esas firmas de consultoría que parecían ofrecer soluciones espurias a problemas espurios. Recordó haber visto algún cartel colocado en los grandes aeropuertos. Las iniciales eran enormes, GSE, las palabras Grupo de Servicios Estratégicos escritas debajo en letra más pequeña. Sobre una imagen de unos ejecutivos con aire de perplejidad, aparecía el eslogan: «ES INÚTIL TENER LAS RESPUESTAS ADECUADAS SI NO HACE LAS PREGUNTAS ADECUADAS».

—Lo celebro, porque estoy pensando en su futuro.

—No soy precisamente el ejecutivo típico.

—No quiero andarme con rodeos. Estamos en un espacio insonorizado, nuestra privacidad la garantizan mamparas protectoras e inhibidores de radiofrecuencias Faraday. Ni la luna nos ofrecería un lugar más privado.

—Por no hablar de la calidad de la atmósfera.

Fenton asintió con gesto impaciente.

—GSE se parece a este lugar. Proporciona un tipo de servicio, pero ésa es no es su razón de ser. Quizás Osiris empezó a explicárselo. Yo soy el director del espectáculo. Así me llaman.

—¿Y en qué consiste el espectáculo?

—Una consultoría internacional. ¿De qué se trata realmente? Un grupo de hombres trajeados y encorbatados que viajan por todo el mundo, acumulando bonificaciones de las líneas aéreas.

Todo aeropuerto importante en el mundo está repleto de esos hombres. Cualquier funcionario de aduanas o control fronterizo es capaz de reconocerlos a un kilómetro a lo lejos: son profesionales, tienen el aire de personas que han aprendido a vivir a bordo de aviones. Pero ¿sabe lo que dicen los carteles publicitarios sobre «la diferencia GSE»?

—«Hacer la pregunta adecuada, no limitarse a ofrecer la respuesta adecuada.» —Ambler recitó el eslogan publicitario.

—No obstante, la auténtica diferencia es que nuestro equipo central se compone de ex agentes encubiertos. Y no precisamente de unos fracasados. He reunido a los mejores. He contratado a numerosos agentes de Estab.

—¿Una especie de incentivo para la jubilación? —Era una provocación deliberada.

—No están jubilados, Tarquin —respondió el hombre pelirrojo—. Hacen lo que hacían antes. Pero mejor. La diferencia es que ahora son libres para llevar a cabo su labor, su auténtica labor.

—Es decir, trabajar para usted.

—Trabajar en aras de la libertad. La verdad, la justicia y el manido estilo de vida americano.

—Lo suponía —dijo Ambler.

—Pero trabajan con ahínco. No se limitan a rellenar formularios por triplicado y a hacerse el haraquiri cada vez que pisan el callo a un pez gordo extranjero, como suelen hacer los burócratas de Washington. Cuando hay que ponerse duro, se ponen duros. Sin disculpas. ¿Tiene algún problema con eso?

—No, ¿por qué iba a tenerlo? —*Suelta el sedal.*

—Nunca he conocido a un agente que lo tuviera —dijo Fenton—. Yo soy tan patriota como el que más. Pero siempre me ha enfurecido la forma en que nos inhibimos ante trabas como leyes, control federal, acuerdos con las Naciones Unidas, tratados internacionales y demás. La cautela, la timidez de los agentes encubiertos estadounidenses es obscena. Casi una forma de traición. Nuestros agentes son los mejores que existen, ¡pero luego vienen los burócratas y les ponen grilletes! Yo soy partidario de quitarles esos grilletes; ahora veamos de qué es usted capaz.

Recoge el sedal.

—Lo que le convierte en enemigo del gobierno al que trata de proteger. —Las palabras de Ambler estaban cargadas de significado, pero su tono era neutral.

—¿Me pregunta si suelo pisar los callos del gobierno? —Fenton arqueó una ceja; su curtida frente mostraba cuatro arrugas asombrosamente regulares, tan rectas como las arrugas en una camisa doblada que acabas de recoger de la lavandería—. La respuesta es sí y no. Sin duda hay muchos tipos inflexibles que desaprueban esos métodos. Pero en Washington hay también hombres y mujeres muy válidos. Las personas que en realidad cuentan.

—Las personas que cuentan con usted.

—Exacto. —Fenton miró su reloj. Le preocupaba la hora, como si quisiera atenerse al plan fijado. Pero ¿qué plan?—. Mire, hay un modelo perfectamente establecido para este tipo de relación. Supongo que sabe el papel crucial que las empresas militares privadas han desempeñado durante las últimas décadas.

—Desde luego, con fines de auxilio y operaciones de apoyo.

—¡No me venga con chorradas! —Fenton descargó un puñetazo sobre la delicada mesa junto a su silla—. No sé cuánto tiempo ha estado usted ausente, pero da la impresión de que no se ha puesto al día. El mundo ha cambiado. Las cosas se globalizaron cuando Defense System Limited, ya sabe, los ingleses, en su mayoría del SAS, se fusionó con Armor Holdings, una compañía americana. Se dedicaban a custodiar embajadas, minas e instalaciones petrolíferas en África del Sur, sometiéndose al adiestramiento de las Fuerzas Especiales en Indonesia, Jordania y Filipinas. Luego adquirió Intersec y Falconstar. Y después DSL y se dedicó a todo tipo de servicios de gestión de riesgos, desde eliminación de minas antipersonas hasta inteligencia. Luego Armor compró la compañía rusa Alpha.

Ambler sabía que el personal de Alpha se componía de antiguos miembros de una división de élite soviética, la homóloga rusa de la Fuerza Delta estadounidense.

—La Spetsnaz de Spetsnaz —comentó Hal.

Fenton asintió con la cabeza.

—Adquieren Defense Systems Colombia, en su mayoría ex militares suramericanos. Al poco tiempo se convierte en una de las compañías más pujantes que existen. Luego tenemos el Group 4 Flack, una corporación danesa, propietaria de Wackenhut. Y Levdan y Vinnell. Y, en el grupo L-3 Communications, tenemos el MPRI, que fue lo que me inspiró originariamente. Military Professional Resources Incorporated, esa compañía radicada en Virginia, es la que mantuvo la paz y la estabilidad en Bosnia. ¿Creía usted que fueron los cascos azules? Pues no, fue MPRI. Un día, el consejero especial del Departamento de Defensa para la Federación Bosnia-Croata se retira. Al día siguiente trabaja de nuevo en los Balcanes, pero para MPRI. Corre el año 1995, y de pronto los croatas atacan a los serbios. ¿Cómo ha ocurrido? ¿Cómo es posible que ese hatajo de incompetentes haya aprendido de repente a ejecutar a la perfección una serie de asaltos contra las posiciones de las tropas serbias? ¿Sabe usted deletrear MPRI? Eso es lo que llevó a los serbios a la mesa de negociaciones, además de los ataques aéreos de la OTAN. No se trata de privatizar la guerra, sino de privatizar la paz. Con hombres del sector privado que trabajan para el bien público.

—Creo que solíamos llamarlos mercenarios.

—No hay nada nuevo bajo el sol. Cuando Ramsés II luchaba contra los hititas, llamó a los consejeros militares especiales de los númidas. ¿Y los Diez Mil de Jenofonte? Básicamente, un grupo de guerreros griegos retirados que se ofrecieron para expulsar a los persas. Incluso en la Guerra del Peloponeso muchos subcontrataron sus servicios a los fenicios.

—¿De modo que ya entonces existía la subcontratación?

—Disculpe a un viejo forofo de la guerra por abundar en estos temas. Pero ¿cómo es posible creer en la genialidad del mercado y la importancia de la seguridad sin querer unir esos dos elementos?

Ambler se encogió de hombros.

—Comprendo lo de la demanda. ¿Y la oferta? —Hal observó de nuevo el paseo de terrazo frente a la *boutique* y luego al industrial que estaba ante él. ¿Por qué no dejaba Fenton de consultar su reloj?

—¿No se ha preguntado nunca qué pasó con el «déficit de paz»? El ejército norteamericano tiene un tercio de los soldados que tenía en plena Guerra Fría. Hablamos sobre una vasta desmovilización. En otros lugares también, especialmente en Suráfrica y en Inglaterra. Regimientos enteros han sido separados del servicio. ¿Qué es lo que queda? ¿Las Naciones Unidas? Las Naciones Unidas son una broma. Es como el papa medieval: muchos preceptos papales y pocas bayonetas.

—De modo que reunimos un ejército de ex militares.

—Es más complicado que eso, amigo. Ya no estoy en el sector militar, el mercado está demasiado atestado para mi gusto. A Paul Fenton le gusta pensar que está haciendo una contribución importante.

—¿Eso es lo que hace ahora?

—Desde luego. Porque GSE no compite con las empresas militares privadas. Éstas trabajan abiertamente. Nosotros de forma encubierta. Eso es lo bonito, ¿comprende? Operaciones, no combate. Lo que nosotros hacemos es incluso más importante. Desarrollamos operaciones encubiertas. Una especie de Operaciones Consulares, Sociedad Anónima.

—Unos espías a sueldo.

—Hacemos la labor de Dios, Tarquin. Hacemos que los Estados Unidos de América sean tan fuertes como deben ser.

—¿De modo que no forman parte del gobierno estadounidense?

—Nosotros podemos hacer lo que Estados Unidos no puede hacer. —Los ojos de Fenton chispeaban. Al principio, esos ojos no parecían ser de un color especial; pero al observarlos más de cerca, Ambler reparó en que un ojo era gris y el otro verde—. Claro está que muchos burócratas en Fort Meade y en Langley, por no hablar del Departamento de Estado, denuncian mis métodos, como le he dicho. Pero en el fondo se alegran de que haga lo que hago.

—Imagino que algunos incluso se alegrarán abiertamente. Deduzco que mantiene una estrecha relación con algunos altos funcionarios. —*Altos funcionarios: incluidos los que saben lo que me ha ocurrido, y por qué.*

—Desde luego. Funcionarios que contratan nuestros servicios. Se trata de la subcontrata de operaciones clandestinas a Servicios Estratégicos.

—Todo el sabor, sin las calorías —comentó Ambler reprimiendo una sensación de náuseas. Los fanáticos como Paul Fenton eran especialmente peligrosos porque se consideraban héroes. Al igual que creían que su elevada retórica justificaba todo tipo de atrocidades, esa gente perdía la capacidad de distinguir entre sus propios intereses y la Gran Causa a la que se habían entregado. Sus entidades corporativas se nutrían de fondos públicos al tiempo que ellos peroraban sobre las virtudes de la empresa privada. Los auténticos creyentes como Fenton se consideraban por encima de las leyes de los hombres, por encima de la misma justicia, lo cual les convertía en una amenaza contra la seguridad que tanto valoraban.

—Todo el mundo sabe que los enemigos de la libertad, incluido el libre mercado, son los enemigos de Paul Fenton. —El industrial se puso serio durante unos instantes—. Muchas de nuestras operaciones pueden parecer insignificantes. Pero ahora perseguimos a una presa de gran envergadura. —La voz de Fenton denotaba entusiasmo—. Nos han encomendado una misión de enorme importancia.

—¿De veras? —Ambler tenía que andarse con cuidado con Fenton. No debía parecer demasiado interesado, pero tampoco demasiado frío. Lo ideal era mostrar una calculada indiferencia. Dejar que el pez nadara contra el arrastre.

—Y ése es el motivo por el que le necesitamos.

—¿Qué ha oído sobre mí? —preguntó Hal escrutando el rostro del industrial.

—Muchas cosas. Incluso he oído decir que algunos lo consideran un loco peligroso —respondió Fenton con sinceridad.

—Entonces, ¿por qué quiere tener tratos conmigo?

—Quizá porque la idea que tiene el gobierno de un loco peligroso no coincide necesariamente con la mía. O quizá porque sólo un personaje así aceptaría la misión que quiero ofrecerle. Y sólo un hombre con su habilidad tiene posibilidad de llevarla a cabo. —Fenton se detuvo—. ¿Qué le parece? ¿Está dispuesto a hacer un trato conmigo? ¿Podemos contribuir ambos a arreglar este desquiciado mundo? ¿Qué le parece mi organización? ¡Sea sincero!

El hilo de Ariadna... ¿Adónde conduciría?

—Antes de que nos conociéramos —respondió Ambler tocando uno de los vestidos colgados en una percha—, no tenía ni idea de lo que podía hacerse con una gasa plisada.

Fenton soltó una risotada nasal y aguda. Luego miró a Hal durante unos momentos.

—Quiero que me acompañe, Tarquin. ¿Está dispuesto a hacerlo? Quiero enseñarle algo.

—Celebro que me lo diga —contestó echando un vistazo a la gélida elegancia de la *boutique* de acero laminado y moqueta gris—. Porque aquí no hay nada de mi talla.

Los dos hombres salieron de la tienda y penetraron de nuevo en el concurrido y cavernoso mundo de la ciudad subterránea. Mientras bajaban en una de las tres escaleras mecánicas, Ambler pensó en la curiosa combinación de fanatismo, astucia y sinceridad que mostraba Fenton. Pocas personas con su fortuna se paseaban sin un numeroso séquito de guardaespaldas; él parecía ufanarse de su autosuficiencia. Era la misma extraña mezcla de intenso individualismo y autocomplaciente egocentrismo que había exhibido en

otros aspectos. Quizás era lo que le había convertido en un potentado.

Debajo de la claraboya colgaba un gigantesco póster de Gap.
Por doquier había quioscos de prensa, tiendas, luces y gente pa-
seando. Abriéndose camino a través de la multitud, Fenton y Ambler avanzaron a lo largo de varias manzanas de pasajes. Por fin
llegaron a la salida del Palais des Congrès en la Ville Marie Expressway. Cuando ascendieron unos cuantos tramos en una escalera
mecánica y llegaron a la superficie, parecía como si hubieran regresado a un gélido e inhóspito planeta. El centro de congresos era
una fría estructura, una descomunal mole de vidrio, acero y hormigón.

Fenton condujo a Hal hacia la acera frente al edificio. Éste observó que había un amplio dispositivo de seguridad alrededor del
mismo.

—¿Qué ocurre?

—Una reunión del G7 —respondió Fenton—. En realidad, el
G7 más uno. Ministros de Comercio de todas partes. Estados Unidos, Canadá, Francia, Inglaterra, Italia, Alemania y Japón, además
de un invitado especial. Siempre se organiza un gran revuelo. Nunca anuncian el lugar, para despistar a los manifestantes antiglobalización. Pero tampoco es un gran secreto.

—No recuerdo que me invitaran.

—Está conmigo —respondió Fenton con expresión risueña—.
Vamos. Será un espectáculo interesante.

En lo alto de la torre de oficinas anexa al Complexe Guy-Fa-
vrau, revestido de cristal, Joe Li ajustó sus potentes prismáticos.
Había recibido un aviso de que su presa podía intentar colarse
en la reunión internacional. Junto a él tenía un fusil chino de
francotirador, un Tipo 95 de 7,62 milímetros. Esa mañana lo
había revisado minuciosamente. En esos momentos, el hombre
conocido como Tarquin estaba visible, expuesto; aparte del

fuerte viento racheado, Joe Li tenía bastantes probabilidades de dar en el blanco.

Pero ¿con quién estaba Tarquin? Joe Li ajustó sus prismáticos mientras enfocaba el rostro rubicundo del hombre fornido que acompañaba a su objetivo.

¿Actuar o analizar? Era el viejo dilema: uno podía fácilmente morir, o dejar que muriesen otros, mientras analizaba las opciones. Pero en este caso Joe Li se preguntó si debía tratar de informarse mejor antes de seguir adelante. Iba contra su naturaleza, la fibra de su ser: había sido creado —seleccionado y adiestrado— para actuar. Un arma humana, como le había llamado en cierta ocasión el camarada Chao. Pero una acción eficaz nunca era impetuosa; era crucial elegir el momento oportuno, al igual que resultaba clave la facultad de adaptarse y reaccionar a las circunstancias cambiantes.

Joe Li retiró el dedo del gatillo y tomó una cámara digital. Ajustó el foco hasta que la imagen del hombre de rostro rubicundo quedó centrada y nítida. Enviaría la imagen para que la analizaran.

Rara vez experimentaba temor, pero en esos momentos sentía cierta inquietud. Era razonable temer que sus enemigos hubieran hallado a un nuevo y peligroso agente.

Joe Li miró de nuevo el fusil, sus dudas se intensificaron por momentos.

¿Analizar o actuar?

13

Cuando Ambler entró detrás de Fenton en el centro de congresos, todo su cuerpo parecía vibrar de impaciencia.

La entrada del Palais consistía en un atrio de varias plantas de cristal cortado a inglete y azulejos de granito hexagonales, y el vestíbulo y los tres balcones en lo alto estaban bañados por el atenuado resplandor plateado del cielo invernal. Un letrero —un anticuado tablón tipo clavijero, con unas letras blancas laboriosamente colocadas en los orificios del plástico negro— indicaba qué espacios habían sido destinados a las diversas reuniones.

—Dentro de poco —murmuró Fenton— verá la prueba de lo que somos capaces de hacer.

Ambler oyó el murmullo de voces procedente de la sala adjunta, el sonido de una reunión que se estaba disolviendo. La gente se ponía de pie, moviendo un poco las sillas; algunos asistentes se apresuraban a presentarse o a volver a presentarse a otros. Algunos salieron para tomarse un café o fumarse un cigarrillo.

—¿Qué hora es, Tarquin?

—Las once y cincuenta y nueve minutos. —Tras unos instantes—. Las doce del mediodía.

De pronto sonaron unos gritos penetrantes a través del atrio de cristal y granito. El rumor de voces cesó en el acto, sustituido por reiteradas exclamaciones de terror: «¡Santo cielo! ¡Santo cielo! ¡Santo cielo!» Los gritos se intensificaron. Fenton se detuvo en la enmoquetada escalera, rodeando los hombros de Ambler con el brazo.

Unos guardias de seguridad que lucían chaquetas negras entraron, seguidos al cabo de pocos minutos por técnicos sanitarios. Un asistente a la reunión había sido asesinado.

Hal se volvió hacia Fenton, reprimiendo su emoción:

—¿Quién ha muerto?

Fenton habló brevemente a través de un móvil, tras lo cual asintió con la cabeza.

—El hombre asesinado se llamaba Kurt Sollinger —dijo en voz baja—. Un funcionario de la Comunidad Económica Europea que residía en Bruselas.

—¿Y?

—Según nuestros informes, es, mejor dicho era, una auténtica amenaza. Se había incorporado a los restos de la banda Baader-Meinhof cuando estudiaba en el instituto y a partir de entonces había llevado una doble vida. Era un economista brillante, y un tipo encantador, según decían todos. Se aprovechó de su cargo en Bruselas para montar compañías de negocios internacionales en todo el mundo, las cuales se dedicaban a blanquear dinero de naciones sin escrúpulos y a canalizar cuantiosas sumas hacia determinadas células terroristas. Lo llamaban el Pagador. Pagaba por la comisión de atentados con bombas y, especialmente, de asesinatos.

—Pero ¿qué tiene usted que ver...?

—Hoy es un día especial. —Los ojos de Fenton mostraban dureza—. Una especie de aniversario. ¿Recuerda cuando el subsecretario del Tesoro estadounidense fue asesinado?

Ambler asintió con la cabeza. Varios años atrás, en un lujoso hotel de São Paulo, el subsecretario del Tesoro —otrora el profesor numerario más joven de la facultad de economía de Harvard y artífice del rescate financiero de dos países latinoamericanos— había sido asesinado a tiros ante una multitud. Había sido uno de los elementos brillantes del gobierno norteamericano. Pero nunca habían logrado capturar al asesino. Aunque las autoridades sospechaban que estaban involucrados extremistas del movimiento antiglobalización, la extensa investigación internacional que se emprendió no dio resultado alguno.

—Ocurrió hace exactamente cinco años. A las doce en punto del mediodía. En el salón de baile de un hotel. En público. Sus asesinos eran sicarios que se jactaban de su habilidad de organizarlo todo con gran precisión y de llevar a cabo cualquier misión con frialdad y eficiencia. Kurt Sollinger era el Pagador. Pagó por el atentado por intermedio de antiguos afiliados del Rote Armee Fraktion. Lo averiguamos hace poco. Como comprenderá, no es el tipo de pruebas que puedes esgrimir ante un tribunal, pero el caso está resuelto.

—Joder —murmuró Ambler.

—Hace exactamente cinco años, a las doce del mediodía. Créame, esos cabrones captarán el mensaje. Acabamos de enviar una señal a través de su frecuencia de radio. Sabrán que les hemos pillado, se dispersarán aterrorizados y tratarán de reagruparse. Las operaciones en curso serán suspendidas. Su red de contactos caerá bajo sospecha. Y su paranoia les perjudicará más de lo que podríamos hacerlo nosotros. Esos gritos, esos chillidos... Es la misma banda sonora que en São Paulo. La puta justicia poética. —Fenton encendió un cigarrillo.

Ambler tragó saliva. El hecho de que Fenton permaneciera en el lugar de un asesinato que él mismo había orquestado era como jactarse de ello.

El hombre pareció adivinar sus pensamientos.

—¿Se pregunta por qué estoy aquí? Porque puedo —declaró sin pestañear—. En GSE no salimos huyendo. Debe convencerse de ello. Por más que nuestro trabajo sea clandestino, no somos fugitivos de la ley. Somos la ley.

No cabía duda que ése era el estilo de Fenton. El industrial sabía que nadie lograría relacionarlo con el mortal incidente que acababa de ocurrir a pocos metros.

—Pero tenemos un pez infinitamente más gordo para usted. —Le entregó un folio, una hoja muy delgada, un cruce entre el papel de cebolla y el papel de las antiguas termoimpresoras. El olor indicó a Hal que era un papel altamente combustible, destinado a ser devorado por las llamas en pocos segundos—. O quizá debería decir un tiburón.

—¿Es el tipo que quiere que elimine? —Ambler sintió una opresión en la boca del estómago, pero se esforzó en controlar su voz. *El hilo de Ariadna... Averigua adónde conduce.*

Fenton asintió con gesto serio.

Hal leyó rápidamente la hoja de papel. El objetivo se llamaba Benoit Deschesnes. Reconoció el nombre. El director general del Organismo Internacional de Energía Atómica. En efecto, un pez muy gordo. En la hoja constaban otros detalles sobre su cargo y residencia, junto con una descripción de sus costumbres cotidianas.

—¿Qué me puede contar de este tipo? —preguntó tratando de adoptar un tono despreocupado.

—Deschesnes era un experto en armas nucleares del gobierno francés. Ahora ha decidido aprovecharse de su cargo como director del OIEA para transferir conocimientos nucleares a países como Irán, Siria, Libia, Argelia e incluso Sudán. Quizá crea que es justo que todos jueguen en igualdad de condiciones. Tal vez desee labrarse una fortuna. Da lo mismo. El caso es que está hundido en la mierda. Es peligroso. Y tiene que desaparecer. —Fenton dio otra calada a su cigarrillo—. ¿Ha memorizado los datos que contiene la hoja?

Ambler asintió con la cabeza.

Fenton tomó el papel de sus manos y le prendió fuego con la punta de su cigarrillo. Durante unos segundos se convirtió en una llamarada rosa blanquecina —como cuando un mago abre la mano y muestra una rosa oculta en la palma— y luego se evaporó. Ambler miró a su alrededor; nadie se había percatado.

—Tenga presente, Tarquin, que los buenos somos nosotros —dijo Fenton. El frío hacía que su aliento fuera visible—. Me cree, ¿no?

—Creo que usted lo cree —respondió Hal hábilmente.

—Créame, esto será el comienzo de algo muy especial. Ocúpese de Benoit y se convertirá en el equivalente a un «hombre de honor». Luego hablaremos. Pasará a ser el primero de la clase.

Ambler cerró los ojos durante unos momentos. Su situación era exquisita. Podía prevenir al gobierno sobre el atentado que preparaban contra Deschesnes, pero ¿de qué serviría? Habían sido unos funcionarios gubernamentales los que habían «subcontratado» el trabajo a Fenton. Por lo demás, sus palabras no tendrían la menor credibilidad. Sus antiguos jefes creían que Tarquin estaba loco, y no existían pruebas de que Harrison Ambler hubiese existido. Sus enemigos no se habrían molestado en inducir un episodio psicótico como ése si no pensaran utilizarlo. La grabación de los desvaríos paranoicos de Hal sin duda había sido mostrada a miembros clave de la comunidad de inteligencia. Además, si rechazaba el trabajo, Fenton no tardaría en hallar a otro para que lo llevara a cabo.

De pronto un policía echó a andar hacia ellos.

—¡Usted, señor! —bramó el agente uniformado, que tenía un cuello como el de un toro, a Fenton.

—¿Yo?

—¡Usted! —El policía se acercó con expresión indignada—. ¿Se cree por encima de la ley? ¿Es eso lo que cree?

El industrial parecía la viva imagen de la inocencia.

—¿Perdón?

El agente acercó su rostro al de Fenton y frunció los labios.

—En el centro de congresos está prohibido fumar. Según los estatutos municipales, está prohibido fumar en todos los edificios municipales. No se haga el despistado. Hay letreros en todas partes.

Ambler se volvió hacia Fenton meneando la cabeza.

—Tío, la has pifiado.

Al cabo de unos minutos, ambos hombres echaron a andar por un camino despejado de arenisca frente al centro de congresos. El suelo estaba cubierto por una espesa capa de nieve y el camino estaba flanqueado por hileras de arbustos cubiertos de escarcha.

—¿Acepta el trato? —preguntó Fenton.

Era una locura; no tenía sentido, ni lógica, que Hal se uniera a esa organización cuya legitimidad fundamental le repelía. Pero rechazar el trato sería como soltar el hilo, y no podía hacer eso. Al menos mientras permaneciera en el laberinto. Perder el hilo equivaldría a perderse a sí mismo.

—Me pagará con información, director del espectáculo — contestó Ambler

Fenton asintió con la cabeza.

—Es la historia de siempre. Alguien le ha jugado una mala pasada. Y quiere que yo averigüe quién y por qué. ¿No es así?

No es la historia de siempre, estuvo a punto de replicar él.

—Así es —respondió.

El cielo se había oscurecido; mostraba el tipo de gris definitivo, terminante, que hacía que fuera imposible creer que hubiera podido mostrar otro color.

—Con su extraordinaria habilidad, no tendrá ningún problema —dijo Fenton con firmeza—. Y si lo tiene, si le capturan, es el Hombre Que No Estaba Allí. El hombre que oficialmente nunca existió. Nadie lo sabrá nunca.

—Parece un buen trato —contestó Hal con tono seco—. A menos que uno sea el Hombre Que No Estaba Allí.

Langley, Virginia

Clay Caston observó con gesto de desaprobación que en la moqueta de tonos crema del despacho del subdirector adjunto había una mancha de café a pocos pasos del sofá de cuero color tostado. La mancha había estado ahí en su última visita. Caston sospechaba que seguiría ahí en su próxima visita. Caleb Norris sin duda había dejado de verla. Había muchas cosas como ésa. Uno dejaba de verlas no porque estuviesen ocultas, sino porque se acostumbraba a ellas.

—Creo que hasta el momento te sigo —dijo Morris—. Localizas los datos de admisión del paciente y luego hacéis...

—Un análisis de las discrepancias.

—Ya. Un análisis de las discrepancias. Comprobáis los sutiles patrones en el capítulo de gastos. Bien pensado. —Una pausa expectante—. ¿Y qué habéis encontrado?

—Nada.

—Nada —repitió Norris desmoralizado—. En fin...

—Lo cual me pareció fascinante.

Norris lo miró perplejo.

—Es como el perro que no ladró, Cal. Una operación especial de bajo nivel significa un gran cúmulo de papeleo para obtener autorizaciones y todo tipo de requisitos especiales, aunque se trate de unos pocos dólares para gastos menores. Si un subalterno hace algo que implica recursos de la agencia, tiene que rellenar unos impresos de solicitud. Pistas en el bosque... Un rastro. Cuanto más alto en el escalafón, menos pistas encuentras. Porque uno puede disponer de los recursos que necesita. Lo que trato de decirte, Cal, es que la ausencia de cualquier irregularidad indica la presencia de un pez gordo. Nadie se presenta en Parrish Island e ingresa por su propio pie. Te llevan unos tipos vestidos con batas blancas. Lo cual significa la redistribución de vehículos, la posibilidad de horas extras, y así sucesivamente. Pero cuando busqué algunos resultados, no encontré nada.

—¿Cómo de alto en el escalafón?

—Como mínimo un nivel E diecisiete —respondió Caston—. Alguien de tu categoría, o superior.

—Eso debería estrechar el margen de posibilidades.

—¿Tú crees? ¿Acaso el gobierno se encogió de pronto mientras estuve en el lavabo?

—Mmm. Me recuerda la forma en que pillaste al tipo de la Dirección de Operaciones que hizo un viaje secreto a Argelia. Utilizó un pasaporte falso, borró sus huellas. Nosotros creíamos que había pasado la semana en los Adirondacks. Me encanta la pista que te permitió descubrir el pastel: la utilización de una cantidad exagerada de papel higiénico en el lavabo de hombres junto a su despacho.

—Por favor, no fue precisamente sutil. El tío utilizaba un rollo entero cada día.

—Suponías que era la diarrea del turista. La giardiasis, un virus intestinal endémico en Argelia. Dos días más tarde obtuvimos una confesión. ¡Dios, y todo gracias a un rollo de papel higiénico! —El hirsuto administrador rió para sus adentros—. Pero ¿y los datos sobre su carrera? ¿No habéis averiguado nada sobre el escapista?

—Un par de cosas —respondió Caston.

—Me parece que tenemos que idear la forma de atraerlo, de abordarlo.

—Eso no será fácil —dijo Caston—. Tratamos con un tipo fuera de lo corriente. Te diré un detalle que me ha parecido interesante. Al parecer, los otros agentes no querían jugar a cartas con él.

—¿Hacía trampas? —Caleb Norris se aflojó la corbata, pero no se la quitó, como suelen hacer los redactores de periódicos sensacionalistas. Unos mechones de vello negro asomaron por el cuello desabrochado.

Caston negó con la cabeza.

—¿Conoces el significado del término alemán *Menschenkenner*?

Norris achicó los ojos.

—¿Un conocedor de personas? ¿Alguien que conoce a mucha gente?

—No exactamente. Un *Menschenkenner* es alguien con la habilidad de calar a las personas, de desenmascararlas.

—O sea, de leerles el pensamiento.

—Como si fueran libros abiertos. Si tienes algo que ocultar, más vale que no te acerques a un tipo así.

—Un detector de mentiras humano. Eso me convendría.

—Las personas con las que hablé dudan de que el propio Tarquin sepa cómo lo consigue. Pero, como era de prever, han investigado el tema.

—¿Y? —Norris se sentó en el sofá.

—Hay muchas variables en juego. Pero la investigación indica que las personas como Tarquin son muy sensibles a cosas como «microexpresiones», unas expresiones faciales que no duran más de treinta milisegundos. El tipo de sutilezas en las que la mayoría de nosotros no reparamos nunca. Los especialistas se refieren a «fugas» y «emblemas». Por lo visto, hay muchas formas en que una persona muestra sin querer sus emociones ocultas. El rostro humano contiene mucha información que no detectamos. Si pudiéramos hacerlo, la vida probablemente se nos haría insoportable.

—Me he perdido, Clay. —Norris apoyó los pies en una destartalada mesita de centro. Caston supuso que no debía de estar destartala cuando la habían instalado los del departamento de servicios y material de oficina. Todo cuanto había en el despacho de Norris presentaba un aspecto más gastado y maltrecho de lo que justificaba la edad del objeto.

—Son cosas que acabo de descubrir. Pero al parecer varios psicólogos han estudiado el tema. Grabas una cinta de alguien hablando, luego la pasas fotograma a fotograma y, a veces, observas otra expresión que no coincide con lo que dice el sujeto. Éste parece afligido, e inopinadamente muestra una expresión triunfal. Pero todo es tan rápido que la mayoría de nosotros no nos percatamos. Lo que hace Tarquin no tiene nada de místico. Tan sólo reacciona a cosas tan efímeras que los demás no captamos.

—De modo que ve más que nosotros. Pero ¿qué ve?

—Una pregunta interesante. Las personas que estudian el rostro han elaborado una determinada combinación de músculos implicados en las emociones que tratamos de ocultar. Alguien empieza a sonreír, y de inmediato hace descender las comisuras de su boca. Pero cuando lo haces de modo consciente, tienes que mover también el músculo de la barbilla. Cuando las comisuras de tu boca descienden involuntariamente, debido a una emoción sincera, el músculo de la barbilla no cambia. O cuando esbozas una sonrisa forzada, hay ciertos músculos en la frente que no cambian como deberían. En las cejas y los párpados hay músculos involuntarios que transmiten ira o asombro. A menos que seas un actor adepto del método Stanislavski, o que experimentes sinceramente esas emociones, cuando finges se producen sutiles discrepancias musculares. En la mayoría de los casos, no las detectamos. Son demasiado sutiles. Los músculos faciales interactúan de múltiples formas. Es como mirar un cuadro rebosante de detalle y color, pero es como si fuéramos daltónicos, sólo vemos unos tonos grises. En cambio, un tipo como Tarquin ve todos los colores.

—Lo cual le convierte en un arma muy potente. —Las tupidas cejas de Norris formaron un par de acentos circunflejos. Lo que oía no le complacía.

—Sin duda —respondió Caston. Se abstuvo de expresar una sospecha que estaba larvada en su mente: que existía una relación entre las extraordinarias habilidades de Tarquin y su hospitalización, el hecho de que su existencia civil hubiera sido eliminada de todas las bases de datos. Caston aún no había descifrado la lógica. Pero el día era joven.

—Ha trabajado para nosotros durante veinte años.

—En efecto.

—Y ahora debemos suponer que trabaja contra nosotros. —Norris meneó la cabeza vigorosamente, como si quisiera borrar imágenes internas—. No nos conviene tener a ese hombre al otro lado.

—Sea cual sea ese lado —apostilló Caston con tono sombrío.

14

La deprimente tarde en Montreal se animó cuando Laurel le llamó a su móvil.

—¿Estás bien? —se apresuró a preguntar Ambler.

—Perfectamente —respondió ella esforzándose en adoptar un tono despreocupado—. Todo va bien. Tía Jill está bien. Yo estoy bien. Sus sesenta tarros de melocotón en conserva están bien, aunque no me lo hayas preguntado, y nadie vaya a comérselos. —Tapó el teléfono con la mano durante unos instantes, mientras hablaba con alguien que estaba cerca, y luego añadió—: Tía Jill quiere saber si te gustan los melocotones en conserva.

Ambler se puso tenso.

—¿Qué le has contado sobre...?

—¿Sobre ti? Nada. —Laurel bajó la voz—. Cree que estoy hablando con un novio, un «admirador», como diría ella. Imagínate.

—¿Estás segura de no haber observado nada raro? Por insignificante que sea.

—Nada —contestó ella—. Nada —repitió.

—Háblame sobre eso que no es «nada» —dijo Ambler.

—De veras, no es nada. Hace un rato llamó un tipo de la compañía que nos suministra el combustible para la calefacción. Estaban poniendo al día las fichas de sus clientes y me hizo varias preguntas tontas, tras lo cual me preguntó sobre el combustible que utilizábamos y el tipo de caldera. Fui a comprobarlo y vi que tía Jill usa gas natural, no petróleo, pero cuando regresé al teléfono el tipo había colgado. Supongo que debía tratarse de un error.

—¿Cómo se llama esa compañía?

—¿El nombre? —Laurel se detuvo—. No me lo dijo.

Ambler se sintió como si estuviera encerrado en un bloque de hielo. Reconoció los signos del método utilizado para abordar a Laurel: la aparentemente inofensiva confusión, la amable llamada profesional, quizás una de varias docenas de llamadas que habían hecho, con un analizador del tono de la voz al otro lado del hilo telefónico.

Estaban tanteando el terreno.

Guardó silencio unos instantes; no quería hablar hasta poder hacerlo con calma.

—¿Cuándo recibiste esa llamada, Laurel?

—Hará unos... veinte minutos —respondió la joven. La sangre fría había abandonado su voz.

Doce capas de laca. Doce capas de terror.

—Escúchame con atención. Tienes que marcharte ahora.

—Pero...

—Tienes que marcharte ahora mismo. —Ambler le dio instrucciones precisas. Le indicó que condujera su coche a un taller de reparaciones, les dijera que quería que ajustaran la columna de la dirección y partiera con cualquier auto que pudieran prestarle. Era un sistema barato y sencillo de conseguir un vehículo que no podrían rastrear hasta ella.

Luego debía dirigirse a un lugar donde no conociera a nadie.

Laurel escuchó con atención, repitiendo algunos de los detalles. Hal comprendió que lo estaba memorizando, calmándose mientras traducía la amenaza en una serie de medidas que debía tomar.

—Lo haré —dijo la joven respirando hondo—. Pero tengo que verte.

—No es posible —respondió Ambler.

—De lo contrario no podré hacerlo —insistió Laurel, exponiendo un hecho, no suplicando—. Yo... —se detuvo—. No puedo.

—Mañana me marcho del país —le reveló él.

—Entonces nos veremos esta noche.

—Laurel, no creo que sea una buena idea.

—Necesito verte esta noche —repitió ella con tono desalentador pero firme.

Esa noche, en un motel cerca del Aeropuerto Kennedy, Ambler se hallaba en su habitación del piso veinte —había insistido en que estuviera situada en un piso alto, orientado hacia el norte— observando el tráfico en la calle Ciento cuarenta en Jamaica, Queens, a través de un velo de mal tiempo. Hacía una hora que llovía a cántaros, provocando que se desbordaran las alcantarillas y formando capas de barro en todas las carreteras. Aunque no tanto como en Montreal, hacía frío, unos cinco grados bajo cero, y la humedad intensificaba la sensación de frío. Laurel le había dicho que vendría en coche, y hacía un tiempo pésimo para conducir. Pero Ambler se sintió más animado ante la perspectiva de verla. Sentir un frío intenso era dudar de que alguna vez volverías a sentir calor. En esos momentos, estaba convencido de que Laurel era lo único capaz de hacerle sentir de nuevo calor.

A las once de la noche, mientras miraba a través de unos prismáticos, vio aparecer el sedán, un Chevrolet Cavalier sobre el cual la lluvia batía con fuerza. Comprendió que era Laurel incluso antes de ver su pelo castaño y alborotado tras el parabrisas. Ella hizo lo que le había indicado: después de aguardar unos minutos ante el hotel, se incorporó de nuevo al tráfico hasta que apareció la siguiente salida, y regresó en sentido contrario. Desde la elevada planta del motel, Ambler observó el resto de coches. Si la seguían, él se daría cuenta.

Diez minutos más tarde, Laurel se detuvo de nuevo delante de la entrada para coches del hotel. Después de que Ambler la llamara a su móvil para asegurarle que no parecía que la siguieran, ella se apeó del vehículo, sosteniendo un paquete envuelto en un plástico como si fuera un objeto muy preciado. Al cabo de unos minutos llamó a la puerta de la habitación. En cuanto ésta se cerró,

Laurel dejó caer al suelo su parka de nailon azul —empapada como la mayoría de prendas supuestamente impermeables— y depositó el paquete en la alfombra. Luego, sin decir nada, se acercó a Ambler y se abrazaron, sintiendo ambos los latidos del corazón del otro. Él la estrechó contra sí como un náufrago se aferra a un salvavidas. Durante unos momentos permanecieron juntos, casi inmóviles, abrazándose con fuerza. Luego ella lo besó en los labios.

Al cabo de unos instantes Ambler se separó.

—Laurel, todo lo que ha ocurrido... Tienes que mantenerte al margen. Debes andarte con cuidado. Esto... no te conviene. —Las palabras brotaron atropelladamente.

Ella lo miró con expresión implorante.

—Laurel —dijo él con voz ronca—, no estoy seguro de que debamos...

Él sabía que un trauma puede crear formas de dependencia, distorsionar percepciones, emociones. Laurel seguía viéndolo como el hombre que la había rescatado; no podía aceptar que era él quien la había puesto en peligro. Ambler sabía también que ella necesitaba desesperadamente sentirse reconfortada: incluso poseída. No podía rechazarla sin herirla, y lo cierto era que no deseaba hacerlo.

Un sentimiento de culpa mezclado con el acuciante deseo que sentía por Laurel hizo presa en él, y al cabo de unos momentos ambos cayeron sobre la cama, dos cuerpos desnudos, flexionándose, estremeciéndose, enardecidos, creando juntos el calor que ambos ansiaban con desesperación. Cuando sus cuerpos se separaron por fin —agotados, jadeando, cubiertos de sudor—, se buscaron con las manos, enlazando los dedos, como si ninguno de los dos pudiera soportar estar separados. No en esos momentos. Todavía no.

Al cabo de varios minutos de permanecer en silencio, Laurel se volvió hacia Ambler.

—De camino me detuve a recoger algo —murmuró. Se levantó

de la cama y tomó el paquete con el que había llegado. Ambler sintió que el corazón le latía aceleradamente al contemplarla desnuda, su silueta recortada contra las cortinas. *¡Dios, qué hermosa era!*

Laurel sacó un objeto de una bolsa de plástico y se lo entregó. Un volumen grande y pesado.

—¿Qué es? —preguntó él.

—Mira —respondió ella reprimiendo una sonrisa.

Ambler encendió la lámpara de la mesita de noche. Era un anuario encuadernado en tela, con el logotipo del Carlyle College grabado en la tapa de color tostado y en su envoltura de celofán original, que ahora parecía un tanto deslucida. Él lo miró estupefacto.

—Está intacto —dijo ella—. Nadie lo ha manipulado —continuó entregándole el volumen—. Éste es tu pasado. Esto es lo que no han podido destruir.

La parada que había hecho antes de llegar al hotel había sido en el Carlyle College.

—Laurel —musitó Ambler. Experimentaba una profunda gratitud y otra cosa, un sentimiento más fuerte—. Lo has hecho por mí.

Ella le miró detenidamente; en su mirada había dolor y amor a la vez.

—Lo he hecho por los dos.

Él tomó el libro. Era un grueso volumen encuadernado destinado a durar varias décadas. La fe de Laurel en él era evidente; ni siquiera había abierto ella misma el anuario.

Ambler sintió que tenía la boca seca. Laurel había hallado el medio de pasar a través de las mentiras, de poner al descubierto la astuta pantomima. Laurel Holland. *Mi Ariadna.*

—Dios santo —dijo con asombro.

—Me dijiste en qué escuela habías estudiado, me dijiste en qué clase habías estado, y me puse a pensar. La forma en que trataron de borrar tu pasado... Pensé que ellos habían hecho lo suficiente como para impedir que se llevara a cabo una investigación rutinaria. Pero no podían hacer más que eso.

La vaporosa tercera persona del plural: ellos. Una pancarta sobre un abismo de incertidumbre. Ambler asintió con la cabeza.

—Son demasiadas cosas. Me puse a pensar en ello. Es como cuando pasas el aspirador rápidamente por toda la casa porque esperas visita. Puede que todo tenga un aspecto limpio y ordenado. Pero siempre hay algo... Polvo debajo de la alfombra, una bandeja de cartón debajo del sofá. Tienes que mirar. Quizá lograran modificar los archivos informáticos en el despacho del rector. Pero yo fui a la oficina de los alumnos y compré un ejemplar de tu anuario. El objeto real, físico. Pagué sesenta dólares por él.

—Dios santo —repitió Ambler sintiendo que el corazón le daba un vuelco.

Rompió con una uña el envoltorio de celofán, rígido por el paso del tiempo, y se recostó contra el cabecero de la cama. El anuario exhalaba el olor a plástico de una impresión cara, a tinta y a cola. Ambler lo hojeó, sonriendo al contemplar las imágenes de viejas trastadas: el famoso episodio de la calabaza; la vez que metieron una vaca Guernsey en la biblioteca e hicieron que el animal pasara las tarjetas del catálogo con los movimientos de su cola. Lo que llamó poderosamente su atención era lo delgaduchos que estaban la mayoría de los chicos. Al igual que debía de estarlo él.

—Hace que evoques viejos recuerdos, ¿no es así? —preguntó Laurel acomodándose junto a él.

Ambler sintió que el corazón le latía desbocado mientras seguía pasando las páginas. El peso y solidez del volumen eran reconfortantes. Recordó su rostro abierto y sincero de veintiún años y la cita que había escrito debajo de su fotografía, una cita de Margaret Mead que le había impresionado profundamente. Recordaba las palabras de memoria: «No dudes nunca de que un pequeño grupo de ciudadanos responsables y comprometidos pueden cambiar el mundo. Es lo único capaz de hacerlo».

Llegó a las aes de las páginas en que aparecían las fotos de los alumnos y deslizó un dedo por la columna de pequeños rectángu-

los de imágenes en blanco y negro, una colección de hirsutas cabe-
lleras y aparatos de ortodoncia: Allen, Algren, Amato, Anderson,
Anderson, Azaria. La sonrisa se borró de su rostro.

Las fotografías estaban colocadas en cinco hileras por página,
cuatro rostros dispuestos en sentido horizontal. Estaba claro dónde debía aparecer la de Harrison Ambler.

Nada. Ni un espacio en blanco. Ni una nota que dijera «No
disponemos de la fotografía». Sólo el rostro de otro estudiante,
que Ambler recordaba vagamente.

Le invadió una sensación de mareo y náuseas.

—¿Qué ocurre? —preguntó Laurel. Al ver donde tenía apoyado el dedo en la página, se llevó también un sobresalto.

—Debí de adquirir el anuario equivocado —dijo—. Me equivoqué de año, ¿no? Soy una estúpida.

—No —contestó él con voz ronca—. No te has equivocado de
año. El equivocado soy yo. —Suspiró, cerró los ojos y volvió a
abrirlos, esforzándose en ver algo que no había visto antes. Algo
que no estaba ahí.

Era imposible.

Apresurada, desesperadamente, Ambler consultó el índice.
Allen. Algren. Amato. Anderson.

No había ningún Ambler.

Pasó las páginas hasta dar con una fotografía de grupo del
equipo de remo de Carlyle. Recordó los uniformes, recordó el dichoso barco —un destartalado Donoratico de tres metros de eslora— que aparecía al fondo. Pero cuando examinó la foto de grupo,
comprobó que él no estaba. Aparecían unos jóvenes luciendo las
camisetas amarillas y los pantalones cortos amarillos de Carlyle.
Estaban todos sus compañeros, unos jóvenes que exhalaban una
apabullante seguridad en sí mismos, sacando pecho para el fotógrafo. Un equipo formado —Ambler los contó— por veintitrés
chicos. Todos los rostros le eran familiares. Hal Ambler no estaba
entre ellos.

Siguió hojeando mecánicamente el libro, contemplando otras

fotografías de grupo —equipos, momentos, actividades— en las que esperaba ver su propia imagen. Pero no aparecía en ninguna de ellas.

De pronto recordó las palabras de Osiris. «Es la navaja de Occam: ¿cuál es la explicación más simple? Es más fácil alterar el contenido de tu psique que cambiar el mundo entero.»

Harrison Ambler era... una mentira. Una brillante interpolación. Una vida fraguada a partir de una laguna, construida con un millar de fragmentos del mundo real, imbuida en la mente de otra persona. *Un cúmulo de información.* Una vida artificial que suplanta a la auténtica. *Un torrente de episodios vívidos, presentados en un batiburrillo que cambiaba sin parar.* Una pizarra por la que pasas un trapo y escribes de nuevo en ella.

Apoyó la cabeza entre las manos, presa del terror y el desconcierto, de la sensación de que le habían arrebatado algo que jamás recuperaría: su identidad.

Cuando alzó la vista, vio que Laurel le observaba con las mejillas surcadas de lágrimas.

—No cedas ante ellos —le dijo ella con voz queda.

—Laurel... —respondió Ambler.

—No te des por vencido —le conminó con firmeza.

Él sintió que se desplomaba sobre sí mismo, como un cuerpo astral aplastado por su gravedad.

Ella le abrazó y le susurró al oído:

—¿Cómo dice ese poema? «¡No soy nadie! ¿Quién eres tú? ¿Tú también no eres nadie? Podemos ser nadie juntos.»

—Laurel —insistió él—. No puedo hacerte eso.

—No puedes darte por vencido —objetó ella—. Porque entonces ganarán ellos. —Le rodeó los hombros con los brazos, asiéndole con fuerza como para obligarle a regresar del remoto lugar en el que se hallaba—. No sé cómo decirlo. Es una cuestión de instinto, ¿vale? A veces sabemos lo que es verdad aunque no podamos demostrarlo. Pues bien, te diré lo que yo sé que es verdad. Cuando te miro, ya no me siento sola, y te aseguro que es una sensación muy rara en mí. Contigo me siento segura. Sé que eres un buen hombre. Lo sé porque conozco a otros tipos que no lo son, créeme. Tengo un ex marido que convirtió mi vida en un infierno, contra el que tuve que conseguir una orden de alejamiento, aunque no sirvió de nada. Esos hombres que aparecieron anoche... Vi cómo me miraban, como si yo fuese un pedazo de carne. Les importaba un comino lo que pudiera ocurrirme. Uno de ellos dijo que «me echaría un polvo» en cuanto me anestesiaran. El otro dijo que él haría otro tanto. Convinieron en que nadie se enteraría. Eso era lo primero que iba a ocurrirme. Pero no habían contado contigo.

—Pero de no ser por mí...

—¡Basta! Decir eso es como decir que ellos no son los culpables. Por supuesto que lo son, y pagarán por ello. Escucha a tu instinto y comprenderás lo que es verdad.

—La verdad —repitió Ambler. Las palabras sonaban huecas en su boca.

—Tú eres verdad —dijo ella—. Empecemos por ahí. —Le estrechó contra sí—. Yo lo creo. Y tú debes creerlo también. Tienes que hacerlo por mí.

El calor de su cuerpo reforzó a Ambler, como una armadura. Laurel era fuerte. ¡Dios, qué fuerte era! Él tenía que recobrar también sus fuerzas.

Ambos guardaron silencio durante largo rato.

—Tengo que ir a París —dijo Ambler por fin.

—¿Huyendo o tras los pasos de alguien? —Era al mismo tiempo una pregunta y un reto.

—No estoy seguro. Quizá para profundizar en el asunto. Tengo que seguir el hilo, al margen de adónde me conduzca.

—Lo comprendo.

—Pero necesito estar preparado, Laurel. En última instancia, quizás averigüe que no soy quien creo ser. Que soy otra persona. Alguien que es un extraño para ambos.

—Me estás asustando —dijo ella con tono quedo.

—Quizá debas estar asustada —respondió Ambler sosteniendo las dos manos de la joven en las suyas, suavemente—. Quizás
ambos deberíamos estar asustados.

Ambler tardó en conciliar el sueño, y cuando lo consiguió, trajo
consigo unas desagradables imágenes del pasado que aún pensaba
que era el suyo.

El rostro de su madre, los moratones cubiertos por el maquillaje, su voz rebosante de dolor y la confusión.

—*¿Te ha dicho tu padre que se marchaba?*

—*No* —*respondió el niño que estaba a punto de cumplir siete
años*—. *No me ha dicho nada.*

—*Eres un diablillo. ¿Cómo se te ocurre decir semejante cosa?*

*Su respuesta silenciosa: «¿No es obvio? ¿Es que no lo ves tú
también?»*

El dolor y desconcierto en el rostro de su madre dieron paso a
una intensa expresión de admiración e intencionalidad en el de
Paul Fenton.

*Es usted un genio. Un mago. ¡Puf!, y el elefante desaparece del
escenario. ¡Puf!, y el mago desaparece junto con su capa, su varita
mágica y todo lo demás. ¿Cómo diantres lo ha conseguido?*

Sí, ¿cómo lo había conseguido?

Apareció otro rostro, primero los ojos, unos ojos de compren-
sión y serenidad. Los de Wai-Chan Leung.

*Me recuerdan a un hombre, que vivió hace muchos años, el cual
montó una tienda en una aldea en la que vendía una lanza que, según decía, era capaz de traspasar cualquier cosa y un escudo que
aseguraba que nada podía traspasar.*

Ambler había regresado a Changhua, se había precipitado en
los recovecos de su mente. Los recuerdos que habían desaparecido de su conciencia le inundaron como el géiser de un manantial
oculto.

No sabía por qué no había podido recordar antes; no sabía por qué podía recordar ahora. Los recuerdos retornaron con fuerza, lacerándolo, el dolor despertaba unos recuerdos precoces de dolor...

Había presenciado una matanza y, al sostener la mirada del hombre que agonizaba, no experimentó la serenidad espiritual de éste. En lugar de ello, le embargó la ira, una ira más intensa de lo que jamás había experimentado. Ambler y sus colegas habían sido manipulados, eso estaba claro. El dossier: un tapiz de mentiras, centenares de débiles hilos que cobraban fuerza cuando los entretejían.

Habías empezado a ver cosas que no querían que vieses.

Al término de la jornada, el gobierno de Taiwán anunció que habían arrestado a los miembros de una célula de extrema izquierda radical, la cual, según dijeron, estaba detrás del asesinato; la célula fue incluida en una lista oficial de organizaciones terroristas. Tarquin conocía la supuesta célula: una docena de licenciados que hacían poco más que distribuir fotocopias de panfletos maoístas de los años cincuenta y debatir oscuros puntos doctrinales mientras bebían una taza de té verde aguado.

Durante los próximos tres o cuatro días, mientras los otros miembros de su equipo se dispersaban para ser enviados a sus siguientes misiones, Tarquin, furioso pero procurando no desmadrarse, decidió poner al descubierto la verdad. Las piezas del puzzle no fueron difíciles de localizar. Mientras corría entre uno y otro centro de poder en la isla, la propia Taiwán quedó reducida a una imagen borrosa de pagodas, tejados de templos intrincadamente pintados y tallados, e inmensos y poblados paisajes urbanos, llenos de mercados y tiendas. La isla estaba atestada de gente que se desplazaba en motos de tamaño familiar y en pequeños coches y autobuses, y de personas que mascaban nueces de betel y lanzaban sonoros escupitajos sanguinolentos sobre las aceras. Tarquin se reunió con «agentes» del ejército taiwanés que apenas disimulaban su regocijo por el asesinato de Leung. Visitó a los secuaces y confederados de los políticos, cortesanos y hombres de negocios corruptos que eran quienes manejaban las riendas del poder, en ocasiones sonsacándoles información fingiendo estar de su lado, otras obteniéndola por medio del terror y una brutalidad que no sabía que poseía. Conocía bien a ese tipo de individuos. Incluso cuando medían cuidadosamente sus palabras, sus rostros expresaban sus furtivos planes con toda claridad. Sí, los conocía bien.

Ahora empezaban a conocerlo a él.

Al tercer día fue a Peitou en la red de transporte rápido . Situado a unos veinte kilómetros al norte de Taipei, Peitou fue un balneario de aguas termales que se reconvirtió en un sórdido barrio de drogas y prostitución. Ahora era algo entremedias. Tras pasar frente a un salón de té y una residencia, Tarquin halló un «museo» de aguas termales, una especie de baños de alto *standing*. En la cuarta planta, encontró al joven rechoncho que andaba buscando, el sobrino de un poderoso general que estaba implicado en el narcotráfico, el cual contribuía a disponer el transbordo de heroína desde Birmania a Tailandia y a Taiwán, y desde allí a Tokio, Honolulú y Los Ángeles. Un año antes, el joven rechoncho había decidido postularse para un escaño en el Parlamento, y aunque el *playboy* estaba más familiarizado con las diversas variedades de coñac que con los problemas políticos de sus electores en ciernes, el escaño estaba garantizado para un candidato respaldado por el KMT. Más tarde el joven averiguó que Leung había mantenido conversaciones con otro candidato para el escaño. La noticia no le cayó bien: si Leung apoyaba a su rival, su fortuna política corría peligro. Es más, si la campaña anticorrupción de Leung tenía éxito a nivel nacional —o incluso inspiraba a otro gobierno a adoptar una similar como medida defensiva—, su tío corría peligro de ser destruido.

El hombre estaba inmerso hasta las tetillas en un agua caliente que exhalaba un denso vaho, mirando KTV —televisión karaoke— con una expresión narcotizada. Pero se espabiló en cuanto Tarquin se acercó a él, vestido, y sacó un cuchillo de combate con una hoja dentada de titanio de quince centímetros de su funda Hytrel. El sobrino se mostró más comunicativo después de que

Tarquin practicara unas cuantas incisiones en su cuero cabelludo y la sangre de esa zona altamente vascular le empapara el rostro. Conocía el singular terror que experimentaba un hombre cuando su propia sangre le nublaba la vista.

Era tal como Tarquin había empezado a sospechar. Los datos del dossier habían sido inventados por los rivales políticos de Leung, quienes habían aducido los suficientes y precisos detalles sobre otros malhechores para que resultara superficialmente plausible. Pero eso conducía a un misterio mayor. ¿Cómo había llegado esa burda información a la red de inteligencia de Operaciones Consulares? ¿Cómo era posible que la Unidad de Estabilización Política se hubiera tragado ese montón de mentiras?

Ninguna trampa en materia de inteligencia era más familiar para los profesionales: los enemigos de un hombre estaban siempre dispuestos a decir cualquier cosa que pudiera perjudicarle. En ausencia de una confirmación por partes no interesadas, no se podía dar por buena ninguna información. Era de esperar que quienes se sentían amenazados por un político reformista trataran de perjudicarlo difundiendo mentiras. Lo que no cabía esperar, lo que resultaba inexplicable, era el fallo de la unidad Estab en no analizar la información.

Las emociones que Tarquin experimentaba eran intensas y peligrosas. Peligrosas para otros, y también, según comprendió vagamente, para él mismo.

Cuando Ambler se despertó, se sintió, si cabe, más cansado que cuando se había acostado, y no tenía nada que ver con el sofocado estruendo de los reactores que despegaban y aterrizaban en el aeropuerto cercano. Tenía la sensación de haber estado a punto de descubrir algo, algo de gran importancia; el pensamiento no dejó de darle vueltas en la cabeza con la persistencia de la niebla matutina, tras lo cual se disipó rápidamente. Tenía los ojos hinchados, y sentía martillazos en la cabeza como si tuviera resaca, aunque no había bebido ni una gota de alcohol.

Laurel estaba levantada y vestida; lucía un pantalón de color caqui y una camisa azul pálido plisada. Ambler miró el reloj en la mesilla de noche, para cerciorarse de que no hacía tarde.

—Tienes tiempo de sobra, no perderemos nuestro vuelo —dijo ella cuando él se dirigió por fin al baño.

—¿Nuestro vuelo?

—Voy contigo.

—No puedo consentirlo —protestó—. No sé qué peligros me aguardan, y no puedo exponerte...

—Acepto que haya peligros —le interrumpió Laurel—. Por eso te necesito. Por eso me necesitas tú a mí. Puedo vigilar para que no te ataquen por la espalda. Seré otro par de ojos.

—Es imposible...

—Comprendo que soy una aficionada. Eso me convierte en algo que los otros no han previsto. Además, tú no les temes. Tienes miedo de ti mismo. Y ahí es donde yo puedo hacerte las cosas más fáciles, no más complicadas.

—¿Cómo podría vivir conmigo mismo si algo te ocurriera allí?

—¿Cómo te sentirías si me ocurriera algo aquí y tú no estuvieras para socorrerme?

Ambler la miró consternado.

—Yo te he metido en esto —dijo de nuevo dejando entrever el horror que sentía. No formuló en voz alta la insistente y silenciosa pregunta que se hacía a sí mismo: «¿Cuándo acabará todo?»

Laurel habló con firmeza.

—No me dejes, ¿vale?

Ambler tomó su rostro entre sus manos. Lo que le proponía era una locura. Pero quizá le salvara de otra forma de locura. Y lo que había dicho era cierto: en otro continente, él no podría protegerla de quienes la amenazaban en éste.

—Si te ocurriera algo... —dijo Ambler. Pero no tuvo que terminar la frase.

Laurel le miró fijamente, sin temor.

—Compraré otro cepillo de dientes en el aeropuerto —dijo.

15

París

Cuando el tren entró en la Gare du Nord, Ambler sintió al mismo tiempo una corriente pulsante de ansiosa cautela y una profunda nostalgia. El olor del lugar —recordaba cada ciudad por sus singulares olores— le retrotrajeron con fuerza a los nueve meses que había pasado allí de joven, temporada en la que tenía la impresión de haber madurado más rápidamente que durante los cinco años precedentes. Depositó su maleta en consigna y entró en la Ciudad de la Luz por el inmenso portal de la estación ferroviaria.

Como medida de precaución, él y Laurel habían viajado por separado. Él había volado a Bruselas, utilizando los documentos de identidad que le había facilitado Fenton a nombre de un tal «Robert Mulvaney», y había llegado a París en el tren Thalys, que partía cada hora. Ella utilizaba un pasaporte que Ambler había modificado a partir de uno que había adquirido en Tremont Avenue, en el Bronx: el nombre, Lourdes Esquivel, no concordaba mucho con la americana de ojos ambarinos, pero él sabía que nadie repararía en ello en un aeropuerto de gran actividad. Miró su reloj y se abrió camino entre la multitud en la estación. Laurel estaba sentada en la sala de espera, tal como habían acordado, y al verlo sonrió.

Él sintió una oleada de emoción. Era evidente que ella estaba cansada del viaje, pero tan hermosa como siempre.

Cuando se dirigieron hacia la plaza Napoleón III, Ambler observó a Laurel contemplar maravillada la magnífica fachada con sus columnas corintias.

—Esas nueve estatuas representan las ciudades más importantes del norte de Francia —le explicó él con el tono de un guía turístico—. Esta estación fue construida para que constituyera la puerta del norte: el norte de Francia, Bélgica, Holanda e incluso Escandinavia.

—Es increíble —murmuró Laurel.

Las mismas palabras que la gente pronuncia con frecuencia. Pero en su boca no sonaban automáticas o superficiales, sino que expresaban lo que sentía. A medida que Ambler contempló los lugares familiares a través de los ojos de Laurel, experimentó un creciente y renovado vigor.

Las puertas simbólicas que se alzaban ante él representaban la perfecta destilación de la historia de la humanidad. Siempre había quienes trataban de abrir las puertas; e igualmente los que trataban de cerrarlas. En su día, Ambler había tratado de hacer ambas cosas.

Una hora más tarde, dejó a Laurel en su café favorito, Deux Magots, con un enorme capuchino ante ella, una *Guía azul* y una vista, según le dijo, de la iglesia más antigua de París. Le explicó que tenía que hacer unas gestiones y que no tardaría en regresar.

Ambler echó a andar con paso rápido hacia el oeste, hacia el Distrito Séptimo. Dio varios rodeos, deteniéndose delante de las lunas de los comercios para comprobar si podía identificar a alguien que le estuviera siguiendo, escudriñando los rostros con los que se cruzaba. No había señal de un dispositivo de vigilancia. Hasta que tomara contacto con la gente de Fenton en París, confiaba en que nadie supiera que Laurel y él estaban allí. Por fin, se dirigió hacia un elegante edificio del siglo XIX en la calle St. Dominique y llamó al timbre.

El logotipo del Grupo de Servicios Estratégicos estaba grabado en una placa de latón rectangular en la puerta. Ambler vislumbró momentáneamente a un extraño reflejado en ella y sintió una descarga de adrenalina; al cabo de unos segundos, comprendió que ese hombre era él mismo.

Enderezó la espalda y observó de nuevo la puerta. Había un cuadrado de cristal montado en el marco de la misma que presentaba el aspecto vidriado y oscuro de una pantalla de televisión apagada. Sabía que formaba parte de un sistema audiovisual de última generación; incrustadas en la superficie de silicato, había centenares de microlentes que captaban señales fraccionarias de luz de un dispositivo radial de casi ciento ochenta grados. El resultado era una especie de ojo compuesto, como el formado por las omatidias de un insecto. Las señales de cientos de receptores visuales independientes estaban integradas por ordenador en una imagen móvil, la cual podía rotarse para ser observada desde diversos ángulos.

—*Est-ce que vous avez un rendevouz?* —preguntó una voz masculina a través del interfono.

—Me llamo Robert Mulvaney —respondió Ambler. Era casi más reconfortante tener un nombre que sabía que era falso que uno que confiaba en que fuera auténtico.

Al cabo de unos momentos, durante los cuales un ordenador sin duda comparó la imagen de Ambler con la que Fenton les había suministrado, la puerta se abrió y penetró en un vestíbulo de aspecto anodino e institucional. Un voluminoso letrero de plástico, situado a nivel de los ojos, ostentaba el logotipo del Grupo de Servicios Estratégicos, una versión mayor del que estaba grabado en la placa de latón. Ambler enumeró a un empleado con una incipiente calva el material y los documentos que necesitaba, incluyendo un pasaporte fechado hacía un año, debidamente sellado, a nombre de Mary Mulvaney. Les indicó que dejaran la página de la fotografía en blanco, con la película suelta. Ambler pegaría él mismo la fotografía por medio de calor y presión. Media hora más tarde, le entregaron un maletín cuyo contenido no se molestó en inspeccionar. No tenía la menor duda sobre la eficiencia del equipo de Fenton. Mientras preparaban su «pedido», Ambler había examinado el dossier actualizado sobre Benoit Deschesnes. Cuando echó a andar de nuevo hacia Deux Magots, reflexionó sobre su contenido.

Tres fotografías de alta resolución mostraban a un hombre entrecano, con los rasgos pronunciados, de cincuenta y tantos años. Tenía el pelo largo y lustroso, y en una fotografía lucía unos quevedos que le daban un aire ligeramente pretencioso. Las fotos iban acompañadas por unas páginas que resumían la vida de ese hombre.

Deschesnes, cuya dirección actual era un apartamento en la calle Rambuteau, era un hombre brillante. Había estudiado física nuclear en la Ècole Polytechnique, la universidad científica más elitista de este elitista país, tras lo cual había trabajado en un laboratorio de investigación nuclear en el CERN, el centro de investigación nuclear europeo en Ginebra. Posteriormente, a los treinta y pocos años, hacía unos quince, había regresado a Francia y se había incorporado a la facultad en París VII, donde había desarrollado un profundo interés en política nuclear. Al producirse una vacante para un puesto de inspector de armas nucleares en el Organismo Internacional de Energía Atómica, Deschesnes se había presentado para el cargo y había sido aceptado de inmediato. Al poco tiempo había demostrado una insólita habilidad para navegar a través de los bajíos burocráticos de las Naciones Unidas y un auténtico don para la administración y diplomacia interna. Su ascenso había sido muy rápido, y cuando le propusieron ocupar el cargo de director general del OIEA, Deschesnes se las arregló para que los miembros de la misión francesa le respaldaran sin fisuras.

Los miembros más veteranos del Ministerio de Defensa francés habían expresado ciertas reservas debido a la relación que Deschesnes había mantenido de joven con Actions des Français pour le Désarmement Nucléaire, una ONG que propugnaba la abolición total de armas nucleares. Cuando Deschesnes había ocupado el cargo en el OIEA, el Ministerio de Asuntos Exteriores francés había cuestionado lo que denominaban «su objetividad de criterio». Había sido una tormenta que Deschesnes había logrado capear. Sin el apoyo de su país, Deschesnes no habría sido considerado para ocupar un cargo tan ilustre y poderoso.

Todo el mundo lo consideraba un hombre de éxito. Aunque el Secretariado del OIEA estaba radicado en el Centro Internacional de Viena, en la calle Wagramer, donde se hallaban los mandamases del organismo, a pocos sorprendía que el francés pasara casi medio año en las oficinas del OIEA en París. Era típico de un galo; todo el mundo en las Naciones Unidas lo sabía. Los viajes de Deschesnes a Viena eran frecuentes, e incluso visitaba periódicamente los laboratorios del OIEA en Seibersdorf, Austria, y en Trieste, Italia. Durante sus tres años como director general, Deschesnes había mostrado poseer el don de evitar la controversia innecesaria al tiempo que defendía el prestigio y la credibilidad del organismo. Un breve artículo en *Time*, reproducido en el dossier, le llamaba «Doctor Guardián». Según la revista, Deschesnes no era «un mero burócrata aficionado al queso brie», sino un «francés cerebral con un corazón tan grande como su cerebro», que «había aportado un renovado brío para luchar contra la amenaza más grave contra la seguridad global: el hecho de que material, tecnología y armas de destrucción masiva cayeron en malas manos.

Pero la opinión pública no conocía la verdadera historia: que hacía aproximadamente un año la CIA había observado al director general del OIEA reunirse en secreto con un científico nuclear renegado libio. La agencia había captado suficientes fragmentos de la conversación para deducir que el destacado papel de Deschesnes como el primer defensor del mundo de la antiproliferación parecía ser una tapadera para un lucrativo negocio consistente en ayudar a estados desnuclearizados a adquirir la tecnología para construir armas nucleares. La labor antiproliferación de Deschesnes era una mera fachada; las invectivas antiamericanas en sus discursos de juventud de la AFDN no lo eran.

Ambler sabía por Fenton que la fuente de la información era un destacado miembro de la comunidad de inteligencia americana. Ciertamente, el análisis presentaba todas las características de un informe analítico de la CIA, desde el estilo protocolario hasta las cautelosas calificaciones, pasando por los ambages. Las pruebas nunca «demostraban» una determinada conclusión. Por el contrario, «hacían sospechar», «apoyaban la suposición de que», o «reforzaban la tesis propuesta». Nada de eso preocupaba a Fenton. La CIA, cautiva de su cultura legalista washingtoniana, no defendía al país, pero ahí era donde Fenton creía que debía intervenir. Podía hacer por su país lo que sus defensores oficiales no hacían debido a un exceso de cautela.

Tres cuartos de hora después de haberse marchado, Ambler regresó a Deux Magots. En el interior, el aire caldeado estaba saturado del olor a café y cigarrillos; en la cocina del café no habían empezado a preparar la cena. Laurel se mostró visiblemente aliviada al verlo aparecer. Llamó a un camarero y sonrió a Ambler. Éste se sentó en la mesa, depositó el maletín junto a su silla y tomó la mano de ella, sintiendo su calor.

Le explicó en qué consistía su trabajo con el documento. No le llevaría más de un minuto plastificar la fotografía de Laurel en el pasaporte.

—Ahora que el señor y la señora Mulvaney tienen sus pasaportes en regla, podemos comportarnos como un matrimonio.

—¿En Francia? ¿No significa eso que tienes que tener una amante?

Él sonrió.

—A veces, incluso en Francia, tu esposa es tu amante.

Cuando ambos echaron a andar hacia la parada de taxis en la esquina, Ambler tuvo la sensación de que les seguían. Dobló de improviso un recodo y enfiló por una calle adyacente; Laurel le siguió dócilmente. La presencia de una patrulla no era motivo de alarma. Sin duda las gentes de Fenton querían asegurarse de que Ambler no volvería a desaparecer. Durante los siguientes cinco minutos, él y Laurel tomaron por varias calles, elegidas al azar, constatando siempre que un hombre de complexión atlética les seguía, por el otro lado de la calle, aproximadamente a un tercio de una manzana de distancia.

Había algo que preocupaba a Ambler sobre el hombre que les seguía, hasta que por fin comprendió lo que era: ese tipo se lo ponía demasiado fácil. No guardaba la distancia adecuada entre su presa y él mismo; por lo demás, iba vestido como un americano, con un traje oscuro que parecía de Brooks Brothers y una corbata a rayas multicolor, como un asambleísta local de Cos Cobb. Ese hombre quería que le viesen. Lo que significaba que era un señuelo —destinado a proporcionar una falsa sensación de seguridad cuando lograran darle esquinazo— y que Ambler no había identificado aún a la persona que les seguía de verdad. El conseguirlo le llevó varios minutos. Era una atractiva morena que lucía un abrigo oscuro tres cuartos. Era inútil tratar de esquivarlos a ambos. Si el tipo que les seguía quería que le viesen, Ambler quería que la gente de Fenton supiera adónde se dirigía; incluso había telefoneado desde las oficinas del GSE al Hotel Debord, supuestamente para confirmar su reserva.

Por fin, Laurel y él tomaron un taxi, recogieron su equipaje en la consigna de la Gare du Nord y se instalaron en una habitación de la tercera planta del Hotel Debord.

El establecimiento era algo húmedo y oscuro; las alfombras emanaban un olor un tanto mohoso. Pero Laurel no manifestó recelo alguno. Él la detuvo antes de que empezara a desempacar.

Abrió el maletín que el factótum con una incipiente calvicie le había entregado. Las piezas del fusil TL 7 que había pedido —un arma plegable de francotirador— estaban perfectamente colocadas en compartimentos en el forro de gomaespuma negra y rígida. La Glock 26 —una pistola que disparaba munición de nueve milímetros— estaba también en el maletín. Los documentos que Ambler había solicitado se hallaban en un compartimento lateral.

Lo que buscaba era justamente lo que no estaba visible. Tardaría un rato en dar con ello. En primer lugar examinó el exterior del maletín, comprobando si había algún elemento de adorno. Luego retiró la gomaespuma negra y palpó con las yemas de los dedos cada centímetro cuadrado del forro del maletín. No detectó nada anormal. Dio unos golpecitos con las uñas en el mango y examinó cada centímetro del pespunteado en la parte superior, para detectar alguna señal de manipulación. Por último examinó la gomaespuma negra, estrujándola con los dedos hasta detectar un pequeño bulto. Utilizando una navaja, separó las dos capas hasta descubrir lo que andaba buscando. Era un objeto reluciente y ovalado, como una píldora de vitaminas envuelta en papel aluminio. De hecho, era un transpondedor GPS en miniatura. El pequeño artilugio estaba diseñado para indicar su localización mediante la emisión de señales de radio en una frecuencia especial.

Mientras Laurel Holland le miraba perpleja, Ambler examinó la habitación del hotel. Debajo de la ventana había un pequeño sofá verde con un estampado floral, con un cojín para sentarse sobre sus patas de león curvadas. Ambler alzó el cojín y ocultó el transpondedor debajo del mismo. Probablemente era la primera persona que había alzado el cojín en un año, a juzgar por la lluvia de monedas y polvo; Ambler dudó que alguien lo volviera a alzar hasta al cabo de otro año.

Luego tomó el maletín junto con su bolsa de viaje e indicó a Laurel que tomara su maleta. Salieron sin decir palabra de la habitación. Ella le siguió cuando Ambler pasó frente a los ascensores, dobló una esquina y avanzó hasta llegar a un cavernoso ascensor de servicio, donde el suelo era de acero antideslizante en lugar de moqueta. Al llegar a la planta baja, comprobaron que estaban cerca de una zona de carga. A esa hora estaba desierta. Ambler condujo a Laurel a través de una amplia puerta con una barra para empujarla hasta una rampa que les condujo a un callejón.

Al cabo de unos minutos, tomaron otro taxi para recorrer el breve trayecto hasta el Hotel Beaubourg, en la calle Simon Lefranc, a un tiro de piedra del Centro Pompidou. Era el lugar ideal para unos turistas americanos interesados en arte moderno, y a escasa distancia del apartamento de Deschesnes. De nuevo, no tuvieron ningún problema para conseguir una habitación —era enero— y, de nuevo, Ambler pagó en efectivo, con el dinero que le había arrebatado al agente en los Sourland; utilizar las tarjetas de crédito a nombre de Mulvaney habría equivalido a enviar una señal. No era un hotel de lujo. No disponía de restaurante, sólo de un pequeño comedor para desayunar en el sótano. Pero la habitación tenía unas vigas vistas de roble en el techo y un confortable baño con una espaciosa bañera con patas de león. Ambler se sintió relativamente a salvo, gracias a la seguridad que proporciona el anonimato. Observó que Laurel también parecía sentirse a salvo.

Ella fue la primera en romper el silencio.

—Iba a preguntarte a qué viene todo esto. Pero creo que ya lo entiendo.

—Confío en que sea una precaución inútil.

—Tengo la sensación de que hay muchas cosas que no me has contado. Por lo cual supongo que debería sentirme agradecida.

Ambos guardaron un cómodo silencio mientras se instalaban en la habitación. Era por la tarde, después de una larga jornada, pero Laurel quería salir a cenar. Mientras se daba un rápido baño, Ambler calentó la pequeña plancha suministrada por el hotel y plastificó la fotografía de Laurel, pegándola en el pasaporte. Los pasaportes estadounidenses eran difíciles de falsificar debido al material con que estaban hechos; todo estaba muy controlado: el papel, la película, la faja metálica olografiada. Probablemente el material que le había facilitado el equipo de Fenton había sido conseguido gracias a su colaboración con el gobierno.

Laurel salió del baño cubriéndose con una toalla, y Ambler la besó en el cuello.

—Iremos a cenar y nos acostaremos temprano. Mañana podemos desayunar en uno de los cafés que están cerca de aquí. El hombre al que busco vive a pocas manzanas.

Ella se volvió y le miró, tratando de averiguar, según pensó Ambler, si podía preguntarle algo. Algo que era importante para ella.

—Adelante —le dijo él para tranquilizarla—. Pregúntamelo. No quiero verte con esa expresión preocupada.

—¿Has matado a alguien? —quiso saber Laurel—. Me refiero a cuando trabajabas para el gobierno.

Asintió con gravedad y rostro pétreo.

—¿Es... difícil?

¿Era difícil matar? Hacía muchos años que no se hacía esa pregunta. Pero había otras preguntas relacionadas que le atormentaban. ¿Qué costaba matar, en moneda del alma humana? ¿Qué le había costado a él?

—No sé cómo responder a esa pregunta —contestó.

Laurel le miró contrita.

—Lo siento. He tratado con pacientes que parecían... traumatizados por el daño que habían causado a otros. No parecían vulnerables, la mayoría de ellos habían tenido que pasar unas pruebas psíquicas exhaustivas antes de ser contratados para el tipo de trabajos que realizaban. Pero es como una pieza de cerámica que presenta una diminuta raja. Nada puede parecer más resistente hasta que de pronto se rompe.

—¿Eso era el centro psiquiátrico de Parrish Island, una caja llena de soldados de cerámica rotos?

Laurel tardó unos instantes en responder.

—A veces daba la impresión de serlo.

—¿Era yo uno de ellos?

—¿Un objeto roto? No. Quizás un tanto maltrecho. Como cuando trataron de machacarte y no dejaste que lo hicieran. Es difícil de explicar. —Laurel le miró a los ojos—. Pero durante tu carrera, habrás tenido que hacer... cosas que debían de resultarte muy duras.

—En Operaciones Consulares tenía un instructor que decía que existen dos mundos —respondió Ambler—. El mundo del agente, un mundo de asesinatos, caos y todas las artimañas que puedas imaginar. También es un mundo aburrido, el infinito tedio de esperar y planificar, de contingencias que nunca entran en juego, de trampas que nunca se cierran. Pero la brutalidad es muy real. No menos real por el hecho de ser tan común.

—Suena tan despiadado. Tan frío —dijo ella con voz entrecortada.

—Y existe otro mundo, Laurel. El mundo normal, el mundo cotidiano. El lugar donde las personas se levantan por la mañana y van a trabajar, y solicitan un ascenso, o van a comprar el regalo de cumpleaños de su hijo, o cambian de operador de llamadas de larga distancia para telefonear a su hija en la universidad y que les cueste menos. Es el mundo donde olisqueas la fruta en el supermercado para comprobar si está madura, y buscas una receta de tarta de naranja, porque la comiste en una ocasión especial, y te preocupa llegar tarde a la primera comunión de tu nieto. —Ambler se detuvo—. Y a veces esos mundos se cruzan. Supón que un hombre está dispuesto a vender una tecnología que puede utilizarse para matar a decenas de miles, quizás a millones de personas. La seguridad del mundo normal, el mundo de las personas corrientes, depende de que podamos impedir que los malos se salgan con la suya. A veces, eso requiere tomar unas medidas extraordinarias.

—Unas medidas extraordinarias —repitió Laurel—. Haces que suene como una medicina.

—Quizá sea una especie de medicina. En todo caso, es más parecido a una medicina que al trabajo de la policía. Porque en el lugar donde trabajaba teníamos un credo muy simple: si nos ateníamos a las normas de la policía, perderíamos un terreno que no podíamos permitirnos el lujo de perder. Perderíamos la guerra. Y estábamos en guerra. Debajo de la superficie de toda ciudad importante en el mundo (Moscú, Estambul, Teherán, Seúl, París, Londres, Pekín) se libraban batallas en todos los momentos del día. Si las cosas funcionan como es debido, las personas como yo se pasan la vida trabajando para personas como tú, impidiendo que la batalla estalle a la vista de todos. —Ambler se detuvo.

Había muchas preguntas que seguían sin responder, quizá no tuvieran una respuesta. ¿Formaba Benoit Deschesnes parte de esa guerra? ¿Era capaz de matar a ese hombre? ¿Debía hacerlo? Si los informes de Fenton eran correctos, Benoit Deschesnes no sólo traicionaba a su país, no sólo traicionaba a las Naciones Unidas, sino a todas las personas cuyas vidas estaban amenazadas por armas nucleares en manos de dictadores de pacotilla.

Laurel rompió el silencio.

—¿Y si no es así? ¿Si las cosas no funcionan como es debido?

—Entonces el gran juego se convierte en eso, otro juego, pero que se juega con vidas humanas.

—Sigues pensando eso —dijo ella.

—Ya no sé qué pensar —respondió Ambler—. A estas alturas, me siento como un animal de dibujos animados que se ha caído por un precipicio y que si no mueve las patas constantemente se estrellará contra el suelo.

—Te sientes cabreado —admitió ella— y perdido.

Ambler asintió con la cabeza.

—Yo también me siento así —dijo Laurel, casi como si hablara para sí—. Pero también siento otra cosa. Siento que ahora tengo un propósito en la vida. Nada tiene sentido, y, por primera vez en mi vida, parece como si todo lo tuviera. Porque hay cosas que se han roto, y deben repararse, y si no lo hacemos nosotros, no lo hará nadie. —Se detuvo—. No me hagas caso. Ni siquiera sé lo que digo.

—Y yo no sé quién soy. ¡Menuda pareja formamos! —Él buscó los ojos de Laurel con los suyos y ambos compartieron una breve sonrisa.

—Sigue avanzando —dijo ella—. No mires hacia abajo, mira hacia arriba. Viniste aquí por un motivo. No lo olvides.

Por un motivo. El adecuado, confiaba Ambler con todas sus fuerzas.

Al cabo de un rato decidieron salir a tomar el aire y se dirigieron a la plaza del Centro Pompidou. A Laurel le entusiasmó el edificio, un gigantesco monstruo de cristal, con las tripas fuera. Cuando se acercaron a él, entre personas que caminaban apresuradamente debido al intenso frío, ella parecía más animada.

—Es como una caja de luz gigantesca flotando sobre la plaza. Un inmenso juguete infantil rodeado de tubos de vivos colores. —Se detuvo—. Jamás había visto algo parecido. Demos una vuelta a su alrededor.

—Muy bien. —Ambler gozaba con el entusiasmo que mostraba Laurel. Pero al mismo tiempo se sentía agradecido por la oportunidad de utilizar el sinfín de ventanas para buscar cualquier reflejo del hombre con el traje de Brooks Brothers y la mujer con el abrigo tres cuartos. Pero esta vez no había rastro de ellos. Hubo un momento en que oyó una voz interior de alarma: el reflejo de un hombre, al que vislumbró fugazmente, con el pelo corto, unos rasgos armoniosos, pero casi crueles, unos ojos que buscaban con demasiado afán, insistencia, y gran desesperación.

No le tranquilizó darse cuenta de que el hombre que había vislumbrado era él mismo.

A las siete y media de la mañana siguiente, la pareja de americanos saludó al recepcionista con un jovial «*Bonjour*». El hombre trató de dirigirlos al comedor del desayuno en el sótano, pero Ambler le explicó que querían tomar «*un vrai petit déjeuner américain*». Él y Laurel se dirigieron al café cercano al hotel en la calle Rambuteau, que Ambler había identificado la noche anterior. Cuando se sentaron a una mesa que daba a la calle, él se aseguró de poder observar desde allí la entrada del bloque de apartamentos del número 120. Luego comenzó a vigilar el edificio.

Ambos habían dormido bien. Laurel presentaba un aspecto animado y descansado, dispuesta a lo que les aguardara.

En el café Saint Jean pidieron un copioso desayuno. Cruasanes, un par de huevos pasados por agua, zumo de naranja y café.

Ambler salió un momento para comprar un ejemplar del *International Herald Tribune* en un quiosco de prensa.

—Quizá tengamos que permanecer aquí un rato —dijo—. No tenemos prisa.

Laurel asintió con la cabeza y abrió la primera página del *Tribune* sobre la mesa de hierro forjado.

—Las noticias del mundo —comentó—. Pero ¿qué mundo, me pregunto? ¿Cuál de esos dos mundos de los que me hablaste anoche?

Ambler echó una ojeada a los titulares. Diversos líderes empresariales y políticos asistían a la reunión anual del Foro Económico Mundial en Davos, Suiza. Se había producido una huelga en Fiat, frenando la producción en la planta de fabricación de automóviles en Turín. Una bomba había estallado durante un festival religioso en Cachemira; los autores eran al parecer unos extremistas hindúes. Las negociaciones en Chipre habían fracasado.

Cuanto más cambian las cosas..., pensó Ambler.

No tuvieron que esperar mucho rato. Deschesnes apareció sobre las ocho de la mañana, maletín en mano, escudriñando la calle unos instantes antes de montarse en una gigantesca limusina negra que había llegado para transportarlo a su destino.

Ambler, oculto por el reflejo del sol en la ventana del café, observó ese rostro con detenimiento. Pero apenas le dijo nada.

—Lo siento, cielo —se excusó en voz alta—. Creo que me he dejado la guía en el hotel. Sigue desayunando tranquilamente mientras voy a por ella.

Laurel, que no había visto las fotografías de Deschesnes, le miró desconcertada, pero sólo unos momentos. Luego sonrió.

—Gracias, cariño, eres un encanto.

Casi parecía disfrutar con todo aquello, pensó Ambler. Le entregó una lista de la ropa que tenían que comprar, y que les sería útil, y se marchó.

Al cabo de unos minutos, Hal entró en la boca del metro de Rambuteau; Deschesnes debía de dirigirse a su despacho —nada

en su expresión indicaba que ésta sería una jornada distinta— y
Ambler tomó el metro hasta la estación de la École Militaire. Se
apeó cerca de la oficina regional de la OIEA en la plaza de Fontenoy, en una calle en forma de media luna junto a la avenida de
Lowendal, en el extremo opuesto del Parc du Champ de Mars. El
lugar era espectacular; el edificio, no. Destinado principalmente a
trabajos de oficina de la UNESCO, el edificio estaba rodeado por
una valla de acero y ofrecía el imponente aura del modernismo de
mediados de siglo: una configuración de vigas maestras, piedra y
cristal destinada no a dar la bienvenida, sino a intimidar.

Ambler se convirtió en un observador de aves en la plaza Com-
bronne, mirando a su alrededor con unos prismáticos, echando de
vez en cuando a las palomas las migas de un bollo que había comprado a un vendedor ambulante. Pese a su aire distendido y despreocupado, ni una persona salió del número siete de la plaza
Fontenoy sin que él se percatara.

A la una, Deschesnes salió del edificio con expresión decidida.
¿Iba a almorzar a uno de los restaurantes cercanos? De hecho,
entró en la estación de metro de la École Militaire, lo cual no dejaba de ser extraño tratándose del director general de un poderoso
organismo internacional. Ambler sospechaba que Deschesnes solía ir acompañado por un séquito —mandatarios de visita, colaboradores, colegas que querían robarle unos minutos de su tiempo—,
y que se desplazaba en lujosos coches. Su cargo en las Naciones
Unidas le convertía en un personaje además de ser una persona. El
hecho de que alguien tan importante desaparecía en una boca de
metro indicaba cierto subterfugio.

Ambler recordó el semblante del hombre que había visto al
otro lado de la calle esa mañana; no había signos visibles de estrés,
de preocupación ante una cita comprometida.

Le siguió mientras el alto funcionario de las Naciones Unidas
se dirigía hacia el sur, a Boucicaut. Cuando salió en la estación de
Boucicaut, echó a andar hasta el otro lado de la manzana, dobló a
la izquierda y se detuvo en una apacible calle residencial flanquea-

da por las clásicas casas de aspecto rural parisinas, sacó una llave y entró en una de ellas.

Se trataba de una versión un tanto temprana del *cinq à sept*, la forma típicamente francesa de una *liason*. El asunto en el que Deschesnes estaba implicado se caracterizaba a la vez por el subterfugio y la rutina. El alto funcionario mantenía una relación sentimental, sin duda desde hacía bastante tiempo. Ambler, situado al otro lado de la calle, sacó sus prismáticos y observó las ventanas del anodino edificio de piedra caliza manchada por el paso del tiempo. Una luz en una ventana con cortinas en la cuarta planta le indicó que era el apartamento en el que había penetrado Deschesnes. Miró su reloj. Era la una y veinte. Vio la figura del francés recortada contra las cortinas sin forrar. Estaba solo; su amante quizás era una mujer de carrera y aún no había llegado. Quizá llegaría a la una y media, y Deschesnes se entretendría hasta entonces con sus abluciones. Había demasiados «quizás». Su instinto le decía que debía interceptar a ese hombre ahora. Palpó la pequeña Glock 26 que llevaba en una funda sujeta al cinto. Había reparado en una floristería que había en la esquina; pasados unos minutos, llamó al interfono del apartamento en la cuarta planta, sosteniendo un elegante ramo de flores.

—*Oui?* —preguntó una voz al cabo de unos instantes. Incluso a través del defectuoso sonido del interfono, Ambler percibió el tono preocupado de Deschesnes.

—*Livraison.*

—*De quoi?* —preguntó el hombre.

—*Des fleurs.*

—*De qui?*

Ambler respondió con tono aburrido, impasible:

—*Monsieur. J'ai des fleurs por monsieur Benoit Deschesnes. Si vous n'en voulez pas...*

—*Non, non.* —La puerta se abrió—. *Quatrième étage. A droit.* —Ambler había conseguido entrar.

El edificio estaba en un estado lamentable, los escalones gastados por décadas de zapatos de suela dura, la balaustrada rota en varios lugares. Ambler estaba seguro de que no era el tipo de edificio que Deschesnes o su amante habrían elegido como residencia, pero resultaba económico, un nido de amor cuyos gastos no incidirían notablemente en el presupuesto familiar.

Cuando el francés abrió la puerta, vio a un hombre que lucía un abrigo respetable y sostenía un ramo de flores con la mano izquierda. Ambler no parecía un recadero, pero su sonrisa abierta y afable le tranquilizó y abrió la puerta del todo para tomar el ramo.

Ambler dejó caer el ramo y metió el pie derecho en la puerta. En la mano derecha empuñaba la Glock, que apuntó al abdomen del francés.

Éste soltó una exclamación de alarma, retrocediendo, y trató de cerrar la pesada puerta de madera. Al mismo tiempo, Ambler se abalanzó hacia delante, frenando la puerta con el hombro, y ésta golpeó contra el tope.

El alto funcionario salió despedido hacia atrás, pálido. Ambler le vio mirar con desespero a su alrededor en busca de algo que pudiera utilizar como arma o escudo. Moviéndose con agilidad, cerró la puerta tras él, asegurándola con la cadena y el cerrojo con la mano que tenía libre. No quería que les molestaran.

Luego avanzó hacia Deschesnes, obligándole a retroceder hacia el fondo del cuarto de estar.

—No haga ruido o utilizaré la pistola —dijo Ambler en inglés. Tenía que proyectar un aura de poderosa fuerza.

Tal como había supuesto, Deschesnes estaba solo. El sol invernal lucía a través del ventanal frente a la puerta, arrojando un resplandor plateado sobre el cuarto de estar, austeramente decorado. Había una estantería con unos cuantos libros, una mesita de centro repleta de periódicos, textos mecanografiados y revistas. Antes había sido una ventaja que toda la habitación fuera visible desde la calle; ahora representaba una desventaja.

—¿El dormitorio? —preguntó Ambler.

Deschesnes señaló con la cabeza una puerta a la izquierda y él se encaminó hacia ella.

—¿Está solo? —inquirió mientras examinaba el dormitorio.

El alto funcionario galo asintió con la cabeza. Decía la verdad.

El hombre que Ambler tenía ante sí era corpulento, pero fofo, con unos michelines alrededor de la cintura que indicaban demasiadas comidas caras y poco ejercicio. La información de Fenton describía a un sujeto que era una auténtica fuerza del mal en el mundo. «*Ocúpese de Benoit y se convertirá en el equivalente a un "hombre de honor". Luego hablaremos.*» Si Fenton estaba en lo cierto, el alto funcionario de las Naciones Unidas merecía morir, y al matarlo Ambler podría infiltrarse en el corazón de la organización de Fenton. Conseguiría la información que buscaba. Averiguaría quién era... y quién no era.

El dormitorio tenía unas persianas enrollables opacas, y Ambler, sin quitar ojo al físico, las bajó. Se sentó en el brazo de un sofá junto a la ventana, sobre el que había una pila de ropa.

—Siéntese —dijo apuntando con la pistola hacia la cama. Luego permaneció en silencio unos momentos, observando atentamente a Deschesnes.

Con movimientos pausados, el francés sacó su billetero del bolsillo.

—Guarde eso —dijo Ambler.

Deschesnes se quedó petrificado; su rostro traslucía una mezcla de temor y confusión.

—Me han dicho que habla bastante bien el inglés —prosiguió Ambler—, pero si no entiende algo de lo que digo, indíquemelo.

—¿Por qué ha venido? —Eran las primeras palabras que pronunciaba Deschesnes.

—¿No sabía que esto ocurriría algún día? —respondió con tono quedo.

—Entiendo —dijo el galo. Mostraba una expresión de pesar y bajó la vista, abatido—. Entonces es usted Gilbert. Es curioso, pero siempre supuse que era francés. Ella no me dijo que no lo fuera. No es que habláramos de usted. Sé que ella le amaba, que siempre le ha amado. Joelle siempre fue muy sincera sobre esto. Lo que nosotros tenemos... es distinto. No es un asunto serio. No espero que usted nos disculpe o perdone, pero debo decirle...

—Monsieur Deschesnes —le interrumpió Ambler—. No tengo relación alguna con Joelle. Esto no tiene nada que ver con su vida personal.

—Pero entonces...

—Tiene que ver con su vida profesional. Su otra vida encubierta. Ahí sí que tiene unas *liaisons dangereuses*. Me refiero a sus vínculos con quienes están empeñados en acumular un arsenal de armas nucleares. A los cuales está usted ansioso de complacer.

En el rostro de Deschesnes se pintó una expresión de total desconcierto que era difícil de simular. ¿Era debido a que no le había entendido bien? Parecía hablar con fluidez el inglés, pero quizá no lo comprendiera perfectamente.

—*Je voudrais connaître votre rôle dans la prolifération nucléaire* —dijo Ambler, articulando las palabras con claridad.

Deschesnes respondió en inglés.

—Mi papel en la proliferación de armas nucleares es del dominio público. He dedicado mi carrera a luchar contra ello. —Se detuvo de pronto, recelando—. Un rufián irrumpe en mi residencia y me amenaza a punta de pistola, ¿y yo debo hablarle sobre mi vocación? ¿Quién le ha enviado? ¿Qué diantres es esto?

—Llámelo un examen de interpretación. Vaya al grano o no volverá a decir palabra. Déjese de jueguecitos. Déjese de evasivas.

Deschesnes entrecerró los ojos.

—¿Le han enviado los de Actions des Français? —preguntó refiriéndose a la organización de activistas antinucleares—. ¿Comprenden ustedes lo increíblemente contraproducente que es comportarse como si yo fuera el enemigo?

—Al grano —bramó Ambler—. Cuénteme su reunión con el doctor Abdullah Alamoudi en Ginebra la primavera pasada.

El fucionario de las Naciones Unidas le miró perplejo.

—¿De qué está hablando?

—El que hace aquí las preguntas soy yo. ¿Insinúa que no sabe quién es el doctor Alamoudi?

—Por supuesto que sé quién es —replicó el francés ofendido—. Se refiere a un físico libio que se halla en nuestra lista de elementos indeseables. Creemos que está implicado en programas de armas secretas en las que están involucradas varias naciones de la Liga Árabe.

—Entonces, ¿por qué se reuniría el director general del Organismo Internacional de Energía Nuclear con semejante individuo?

—Eso me pregunto yo —soltó Deschesnes—. A Alamoudi le apetece tanto estar en la misma habitación que yo como a un ratón acurrucarse junto a un gato. —Ambler no detectó ningún signo de engaño.

—¿Y cómo explica su viaje a Harare el año pasado?

—No puedo explicarlo —respondió sin más Deschesnes.

—Eso está mejor.

—Porque jamás he estado en Harare.

Ambler le observó con atención.

—¿Jamás?

—Jamás —repitió el francés con firmeza—. ¿De dónde ha obtenido esa información? Me gustaría saber quién le ha contado esas mentiras. —Deschesnes se detuvo—. Fueron los de Actions des Français, ¿no es así? —En su rostro se reflejó una expresión astuta—. En cierto momento cumplieron un papel útil. Ahora me consideran un traidor. Dudan de todo lo que ven, de todo lo que oyen. Si quieren conocer mi postura, lo que he hecho, no tienen más que leer los periódicos o escuchar la radio.

—Las palabras y las acciones no siempre coinciden.

—*Exactement* —respondió Deschesnes—. Diga a sus amigos de Actions des Français que harían mejor en presionar a nuestros funcionarios electos.

—No tengo nada que ver con Actions des Français —replicó Ambler con calma.

Deschesnes fijó la vista en la pistola.

—Ya —dijo al cabo de un rato—. Por supuesto. Esos xenófobos jamás confiarían nada importante a un americano. ¿Es usted entonces de... la CIA? Supongo que sus servicios de inteligencia son más malos de lo que imaginaba, ya que han cometido semejante metedura de pata.

Ambler observó que Deschesnes se debatía entre su indignación y su deseo de aplacar a un intruso que le amenazaba con una pistola en su nido de amor. La locuacidad y la indignación ganaron por fin el pulso.

—Quizá debería transmitir a sus superiores un mensaje de mi parte. Para que no cierren los ojos a la verdad, para variar. Porque la verdad es que las naciones más importantes de Occidente han mostrado una negligencia criminal con respecto a la mayor amenaza a la que se enfrenta ahora el mundo. Y Estados Unidos no es la excepción, sino el primer culpable.

—No recuerdo haberle oído hablar con tamaña sinceridad ante los miembros del Consejo de Seguridad de las Naciones Unidas —comentó Ambler con tono socarrón.

—Mi informe ante las Naciones Unidas contiene todos los datos. La retórica se la dejo a otros. Pero los datos escuetos son elocuentes. Corea del Norte posee suficiente plutonio para varias cabezas de guerra nucleares. Al igual que Irán. Más de otros veinte países tienen reactores supuestamente de investigación con uranio enriquecido para construir sus propias bombas nucleares. Y de las bombas que ya existen, cientos de ellas están almacenadas en condiciones de seguridad risibles. Una blusa de seda en las estanterías de unos grandes almacenes está mejor custodiada que muchas cabezas de guerra nucleares rusas. Es una obscenidad moral. El mundo debería estar aterrorizado, ¡pero a ustedes les importa un comino! —Deschesnes resollaba, expresando la furia que había impulsado su carrera, olvidándose casi de sus anteriores temores y confusión.

Ambler se sintió impresionado; ya no podía dudar de la sinceridad de ese hombre sin dudar de sus propias percepciones.

Alguien había tendido una trampa a Deschesnes.

Pero ¿con qué fin? Fenton no había mostrado la menor duda sobre la «integridad» de la fuente detrás de esta misión. ¿Hasta dónde llegaba la intriga? ¿Y qué la motivaba?

Tenía que averiguar quién era el responsable, y tenía que averiguar por qué. Pero el francés apenas podía ayudarlo en eso.

Desde la ventana, Ambler vio una mujer menuda de pelo negro aproximarse a la entrada desde la calle. Sin duda era Joelle.

—¿Hay alguien en estos momentos en el apartamento de arriba? —preguntó.

—Todos los vecinos trabajan —respondió Deschesnes—. Nunca regresan a casa antes de las seis. Pero ¿qué más da? No tengo la llave. Y Joelle...

—Me temo que no hemos concluido nuestra conversación —dijo Ambler—. Prefiero no involucrar a Joelle. Si está de acuerdo...

Deschesnes asintió con el cabeza, demudado.

Empuñando la pistola, Ambler siguió al francés hasta el piso de arriba. La puerta estaba cerrada, pero eso representaba un mero trámite. Había observado lo frágiles que eran las cerraduras, unas lenguas de metal hueco montado en una madera que se caía a pedazos. Con un brusco movimiento, golpeó con la cadera la puerta y ésta cedió con una pequeña explosión de astillas de madera, y ambos hombres entraron en el apartamento. Joelle debía de estar acercándose al rellano del piso inferior. Le extrañaría que su amante no hubiera aparecido, pero había muchas explicaciones posibles. Ambler decidió dejar que fuera Deschesnes quien eligiera una.

El apartamento del quinto piso no parecía habitado. Había una alfombra ovalada de yute y unos pocos y destartalados muebles que uno no encontraría ni en un rastro. Pero era suficiente. A instancias de Ambler, ambos hombres hablaron en voz baja.

—Supongamos —dijo Hal— que me han dado una información falsa. Que usted tiene enemigos que le han preparado una encerrona. La pregunta que debemos hacernos los dos es «por qué».

—La pregunta que yo me hago es por qué coño no se larga y me deja en paz —replicó Deschesnes, presa de un ataque de furia. Había decidido que ya no corría un peligro inmediato de morir de un tiro—. La pregunta que yo me hago es por qué insiste en agitar esa pistola delante de mis narices. ¿Quiere saber quiénes son mis enemigos? ¡Pues mírese en el espejo, *cowboy* americano! ¡Usted es mi enemigo!

—Enfundaré la pistola —dijo Ambler. Al hacerlo, añadió—: Pero eso no hará que esté usted más seguro.

—No comprendo.

—Porque de donde yo vengo hay muchos más.

Deschesnes palideció.

—¿De dónde viene usted?

—Eso no importa. Lo que importa es que a unos personajes muy poderosos les han asegurado que usted constituye un grave riesgo para la seguridad internacional. ¿Qué motivo cree que existe para que crean algo así?

Deschesnes meneó la cabeza.

—No se me ocurre ningún motivo —respondió al cabo de unos momentos—. Como director general de la OIEA, represento una especie de símbolo de la voluntad internacional con respecto a ese tema, prescindiendo del hecho de que, a menudo, la voluntad es meramente simbólica. Mis opiniones sobre la amenaza nuclear son de puro sentido común, compartidas por millones de personas y miles de físicos.

—Pero supongo que una parte de su trabajo no es público, consistirá en tratos confidenciales.

—Por regla general, no emitimos resultados provisionales. Pero todo ello está destinado a hacerse público en el momento indicado. —Deschesnes se detuvo—. El principal trabajo que llevo a cabo actualmente, que aún no se ha publicado, es un informe sobre el papel de China en la proliferación de armas de destrucción masiva.

—¿Qué ha averiguado?

—Nada.

—¿Cómo que nada? —Ambler se acercó a la ventana y observó a la mujer morena y menuda salir del edificio con gesto indeciso y regresar de nuevo a la acera. Formularía preguntas que serían respondidas más tarde.

—Pese a lo que digan el gobierno americano, el gobierno francés y la OTAN, no hay pruebas de que China está implicada en la proliferación. Por lo que sabemos, Liu Ang rechaza enérgicamente la proliferación de tecnología atómica. La única pregunta es si podrá controlar al ejército chino.

—¿Cuántas personas trabajan en ese informe?

—Un puñado de colaboradores, en París y Viena, aunque procesamos información remitida por un numeroso equipo de analistas e inspectores de armas. Pero el principal artífice soy yo. Sólo yo estoy en disposición de conferirle la total credibilidad de mi cargo.

Ambler sintió que su frustración iba en aumento. Quizá Deschesnes fuera un hombre inocente, pero también era, y por la misma razón, un hombre irrelevante. No era sino otro francés de mediana edad, quizá de dudosa moral en lo referente a su vida privada, pero de indudable integridad pública.

No obstante, tenía que existir un motivo para que una persona —o un grupo— hubiera ordenado su muerte. Y si Ambler no llevaba a cabo la misión, otros no dudarían en hacerlo.

Cerró los ojos durante unos instantes y entonces vio lo que debía hacer.

—*Vous êtes fou! Absolument fou* —fue la primera respuesta de Deschesnes cuando Ambler le explicó la situación.

—Es posible —contestó éste plácidamente. Sabía que tenía que ganarse la confianza del francés—. Pero piénselo. Las personas que me han enviado van en serio. Tienen los medios. Si yo no le mato, enviarán a otra persona. Pero si logramos convencerlos de que usted ha muerto, y puede desaparecer durante un tiempo, quizá yo consiga averiguar quién le ha tendido esta trampa. Es la única forma en que estará usted seguro.

Deschesnes le miró sin parpadear.

—¡Es una locura! —Tras unos instantes preguntó—: ¿Y cómo propone que lo hagamos?

—Dentro de unas horas, cuando haya resueltos los detalles, me pondré en contacto con usted —respondió Ambler—. ¿Hay algún lugar donde pueda ocultarse durante una semana o dos, un lugar donde nadie pueda dar con usted?

—Mi esposa y yo tenemos una casa en el campo.

—Cerca de Cahors —le interrumpió Ambler, impaciente—. Ellos ya lo saben. No puede ir allí.

—La familia de Joelle tiene una casa cerca de Dreux. Nunca van allí en invierno... —Deschesnes se detuvo—. No, no puedo involucrarla a ella. Me niego a hacerlo.

—Escúcheme —dijo Ambler después de una larga pausa—. No tardaré más de una semana o dos en resolver este asunto. Le aconsejo que alquile un coche, no utilice el suyo. Diríjase en coche al sur y quédese en la Provenza durante un par de semanas. Si el plan da resultado, no le buscarán. Envíeme su número de teléfono a esta dirección de correo electrónico. —Ambler lo anotó en un papel y se lo entregó—. Le llamaré cuando el peligro haya pasado.

—¿Y si no me llama?

Entonces significará que estoy muerto, pensó Ambler.

—Le llamaré —dijo sonriendo fríamente—. Le doy mi palabra.

16

Clayton Caston no podía apartar la vista de la mancha de café en la moqueta color crema de Caleb Norris. Quizá no saldría nunca. Quizá la solución consistía en esperar a que el resto de la moqueta estuviera manchada de café, lo que le daría un tono uniforme. Era una forma de ocultar algo: cambiar la naturaleza de su entorno. No era mala idea. La voz de Norris interrumpió sus reflexiones.

—¿Qué ha ocurrido?

Caston pestañeó. A través de la luz matutina que se filtraba por la ventana de Caleb se veían unas motas de polvo.

—Bien, como sabes, tenemos a un montón de gente que trabajó en equipo con él en diversos lugares. De modo que decidí averiguar cuál fue la última misión de nuestro hombre. Resultó ser Taiwán. La pregunta es ¿quién fue el OE, el oficial encargado? Porque el informe definitivo debía de tener su firma autorizada. Deduje que el OE debía de saber quién era Tarquin antes de que éste se convirtiera en Tarquin. Quizá fue la persona que lo reclutó.

—¿Y quién firmó en la equis?

—No hay ninguna firma. La autorización estaba codificada. El alias del OE era Transience.

—¿Quién era Transience?

—No pude averiguarlo.

—Nuestro trabajo sería mucho más sencillo si facilitaran a la CIA la identidad de los agentes de Operaciones Consulares —gruñó Norris—. Su preciado «principio de compartimentación» por lo general significa que terminamos colgando la cola de asno en nuestro propio culo.

El auditor se volvió hacia Norris.

—Como he dicho, no logré averiguarlo. Así que tendrás que averiguarlo tú. Quiero que llames a la persona que dirige la Unidad de Estabilización Política, Ellen Whitfield, y se lo preguntes directamente a la subsecretaria. Eres el subdirector adjunto. Whitfield tiene que hacerte caso.

—Transience —repitió Caleb Norris—. Empiezo a tener un mal presentimiento sobre este asunto... —Se detuvo al observar el gesto hosco de Caston—. Me refiero a que hay muchos interrogantes. Como dices siempre, existe una diferencia entre el riesgo y le incertidumbre, ¿no es así?

—Desde luego. El riesgo es cuantificable; la incertidumbre, no. Una cosa es saber que hay un cincuenta por ciento de probabilidades de que algo salga mal, y otra muy distinta no saber qué probabilidades hay.

—Así que es un problema de saber lo que no sabes. Y de no saberlo. —Norris respiró hondo y se volvió hacia Caston—. Lo que me preocupa es que estamos en una situación en que ni siquiera sabemos qué es lo que no sabemos.

Cuando Caston regresó a su despacho, sintió una creciente sensación de... incertidumbre. Adrian mostraba un aspecto irritantemente animado, como de costumbre, pero su ordenada mesa le resultaba reconfortante: el bolígrafo y el papel juntos pero sin tocarse, la delgada carpeta situada cinco centímetros a la izquierda de éstos, la pantalla del ordenador alineada con el borde de la mesa.

Caston se dejó caer en la silla, sus dedos sobre el teclado. Riesgo, incertidumbre, ignorancia: los conceptos brotaban en su psique como hierbajos en un semillero.

—Adrian —dijo inopinadamente—. Tengo una urna de cerámica llena de bolas negras y bolas blancas.

—¿Ah, sí? —El joven miró alrededor del despacho de Caston con cautela.

—Finge que la tengo —le espetó el auditor.

—Fenomenal.

—Sabes que la mitad de las bolas son negras y la mitad blancas. Hay mil bolas. Quinientas negras, quinientas blancas. Vas a sacar una bola al azar. ¿Qué probabilidades hay de que sea negra?

—Un cincuenta por ciento, ¿no?

—Digamos que tengo otra urna, que llenaron en la misma fábrica de bolas. En este caso, sabes que contiene bolas negras o bolas blancas, o ambas. Pero nada más. No sabes si las bolas son blancas o negras. Quizá todas las bolas sean negras. O todas sean blancas. Tal vez estén divididas a partes iguales. Que haya sólo una bola en la urna. Quizás haya mil. No lo sabes.

—Así que esta vez no tengo ni pajolera idea —dijo Adrian—. Aparte del hecho de que en la urna hay bolas negras y/o blancas, no sé nada. ¿Es eso?

—Exacto. ¿Qué probabilidades hay de que saques una negra?

Su ayudante frunció su tersa frente.

—Pero ¿cómo voy a saber qué probabilidades hay? Podría ser un cien por cien. Podría ser un cero por ciento. Podría ser una cifra entre medias. —Adrian se pasó la mano por su espeso pelo negro.

—De acuerdo. Pero ¿y si tuvieras que pronunciarte al respecto? ¿Crees que hay una probabilidad entre diez de que la bola que saques sea negra? ¿Una entre cien? ¿Cien a que no sacas una bola negra? ¿Qué?

El joven se encogió de hombros.

—Diría... de nuevo un cincuenta por ciento de probabilidades.

Caston asintió con la cabeza.

—Eso es lo que diría cualquier experto. En el segundo caso, cuando no sabes casi nada, deberías comportarte igual que en el primero, cuando sabes bastante. En la década de 1920, un economista llamado Frank Knight distinguió entre el «riesgo» y la «incertidumbre». En el caso del riesgo, dijo, podías dominar la aleatoriedad con probabilidades. En el caso de la incertidumbre, ni siquiera conoces las probabilidades. No obstante, como comprendieron Von Neumann y Morgenstern, incluso la ignorancia puede ser cuantificada. De lo contrario, nuestros sistemas no podrían funcionar.

—¿Tiene esto algo que ver con «Tarquin», jefe? —Su *piercing* debajo del labio inferior relucía a la luz fluorescente.

Caston emitió un ruido entre una exclamación de protesta y una risa. Tomó una fotocopia de un periódico taiwanés que estaba incluida en la carpeta que había llegado esa mañana. No podía leerla, y no le habían facilitado una traducción.

—¿Hablas por casualidad chino? —preguntó esperanzado.

—Veamos. ¿*Dim sum* cuenta?

—Disculpa —farfulló Caston—. Lo que hablas es coreano, ¿no?

—Ni una palabra —respondió el joven con serenidad.

—¿Tus padres no eran inmigrantes coreanos?

—Precisamente por eso —contestó el joven esbozando una media sonrisa—. Tuvieron que aprender a decir «limpia tu habitación» en inglés. Lo cual me facilitó mucho las cosas.

—Entiendo.

—Lamento decepcionarle. Por increíble que parezca, ni siquiera me gusta el *kimchi*.

—Al menos ya tenemos una cosa en común —replicó Caston con sequedad.

París

Había mucho que hacer y el tiempo apremiaba. Ambler ya no podía acudir a la gente de Fenton para pedir más material, puesto que no estaba jugando limpio con ellos. El ingenio y el oportunismo tendrían que sustituir al bien surtido almacén.

A última hora de la tarde, empezó a reunir los objetos que necesitaría. Decidió apropiarse del nido de amor del director general Deschesnes, cerca de la estación de Boucicaut, para utilizarlo como un taller rudimentario. Utilizando un abrelatas y tres botes de caldo, confeccionó tres piezas de acero circulares que reforzó con pegamento y una delgada capa de gomaespuma, el material del envoltorio de un reloj barato. Confeccionó las bolsas de sangre con profilácticos de látex extrafinos y un frasco de una viscosa sangre artificial que compró en una tienda de disfraces, Les Ateliers du Costume, en el Distrito Nueve.

Por último retiró laboriosamente la pólvora de un par de los cartuchos de calibre 0,284 que le había proporcionado el armero de Fenton. Era más complicado de lo que Ambler había supuesto. Las vainas Lazzeroni hacían que fuera difícil retirar el detonante, que se hallaba justo debajo, al mismo nivel que la base del cartucho. Tenía que trabajar sin las herramientas adecuadas, utilizando las llaves inglesas y los alicates que había adquirido en la *quincaillerie* o ferretería más cercana. Si doblaba el borde aplicando demasiada presión, se arriesgaba a detonar la pólvora y herirse. Era una tarea lenta, laboriosa. La cápsula de pólvora contenía menos de un gramo de explosivo y tenía que utilizar las cápsulas de cuatro cartuchos para confeccionar un explosivo que funcionase.

Tardó una hora y media en completar el trabajo: la bolsa de sangre adherida al explosivo; el pequeño alambre conectado a una batería de nueve voltios.

Cuando Ambler se reunió con Laurel en la galería del piso superior del Centro Pompidou, había estado ausente durante horas, preparando el atrezo para el drama, un teatro de la muerte destinado a ser un simulacro de la propia muerte.

Laurel manifestó, de entrada, su incredulidad ante la minuciosa explicación de Ambler, pero al cabo de unos minutos prevaleció su insólita sangre fría. Aunque el plan presentaba un problema, tal como él comprendió mientras hablaba con ella. Laurel también lo vio.

—Cuando los transeúntes vean a un hombre abatido por unos disparos —señaló Laurel—, llamarán a una ambulancia.

Ambler arrugó el ceño mientras analizaba el problema.

—Un técnico sanitario tardará dos segundos en descubrir la treta —dijo Ambler. Tenía que pensar en una solución, o abandonar el plan—. Maldita sea —murmuró—. Tenemos que utilizar nuestra propia ambulancia. Organizarlo todo de antemano. Contratar de alguna forma a un conductor.

—¿«De alguna forma»? —repitió la mujer—. ¿Es uno de los términos especiales de la jerga de espionaje?

—No me estás ayudando, Laurel —dijo Ambler con un tono entre zalamero y quejica.

—Ése es el problema —respondió ella—. O quizá la solución. Necesitas que te ayude. Yo conduciré la ambulancia.

La dureza de la mirada de Ambler desapareció, dando paso a la admiración. No se molestó en llevarle la contraria. Era la única solución. Hablaron sobre los detalles mientras echaban a andar, del brazo, en dirección al sur, hacia el Sena. El hombre vestido con el traje de Brooks Brothers había reaparecido. Era importante que Ambler y Laurel no dieran la impresión de tener prisa; Fenton no debía sospechar lo que planeaban. Puede que Laurel hubiera entrado en un palacio de la risa, según había dicho, pero había comprendido que, en esos momentos, para ella no existía otra realidad. Tendría que convivir con ello, al igual que había hecho Ambler.

Éste se volvió hacia ella, y observó su cuerpo esbelto, su pelo castaño y ondulado, sus cálidos ojos color avellana con motas verdes como vetas en un topacio tallado. Cada vez que ella le miraba, cada pregunta que le hacía, cada leve presión sobre su brazo le confirmaba que confiaba en él y estaba dispuesta a hacer lo que le pidiera.

—De acuerdo —dijo Laurel—. Ahora lo único que tenemos que hacer es agenciarnos una ambulancia.

Él la miró con cariño y admiración.

—¿Te ha dicho alguien alguna vez que eres muy lista?

La Clinique du Louvre era un elegante edificio que ocupaba buena parte de una manzana —con amplios ventanales en arco en la planta baja y ventanas más pequeñas de guillotina a partir de la primera—, situada entre el Louvre, el principal museo de París, y Les Grands Magasins de La Samaritaine, los grandes almacenes más importantes de la ciudad. Frente a ella, al norte, se alzaba la iglesia de Saint-Germain l'Auxerrois; a una manzana hacia el sur se hallaba el Quai du Louvre, a unos cientos de metros del Pont Neuf. La clínica era céntrica y de fácil acceso desde varios puntos. Era asimismo el lugar ideal para ir a buscar una ambulancia. La normativa municipal garantizaba que dispusiera de una amplia flota de vehículos medicalizados de urgencias —por no hablar de un amplio contingente de técnicos sanitarios de urgencias—, que excedía sus necesidades reales.

Junto al hospital, Ambler se esforzaba en adoptar un aire de calma glacial. Aspiró el aroma a violetas y brea de la acera húmeda, el olor metálico de las emisiones de los tubos de escape, y, más levemente, el hedor orgánico de excrementos de perro, pues París era una ciudad de amantes de los perros y huérfana de leyes que regularan sus defecaciones. Había llegado el momento de que la función comenzara.

A una señal de Ambler, Laurel se acercó al guardia que estaba sentado en una caseta de cristal en la entrada de un aparcamiento circular. Era una turista que buscaba unas señas. El guardia —un hombre poco agraciado, con una nariz ganchuda y una mancha roja de nacimiento en la calva— estaba solo, a excepción de un teléfono, un anticuado ordenador y un cuaderno de espiral en el que anotaba las entradas y salidas de los vehículos. El tipo le dirigió una mirada recelosa, pero no hostil. Para un hombre confinado en la caseta de un guardia, una mujer bonita no era un espectáculo desagradable. Laurel chapurreaba el francés, y el inglés del guardia también era defectuoso. Al cabo de unos momentos ella desdobló un enorme plano de la ciudad y se lo mostró.

Mientras la vista del guardia de nariz ganchuda quedaba bloqueada por el kilométrico plano callejero Michelin, Ambler saltó sigilosamente la pequeña puerta oscilante de seguridad, subió por la rampa curvada de hormigón que daba acceso al aparcamiento y se acercó a una pequeña flota de ambulancias Renault, pintadas de un blanco aséptico con una franja naranja y unas letras azules. La mayoría eran vehículos con el capó acortado y el chasis bajo. Eran ambulancias de refuerzo que apenas utilizaban, pero que eran lavadas periódicamente y que no sólo estaban en buen estado, sino que relucían en la penumbra. Ambler eligió una miniambulancia que parecía ser el vehículo más antiguo de la flota. Desmontó sin mayores complicaciones el cilindro de la cerradura de contacto. Le llevó más tiempo tallar en una llave las muescas apropiadas. Pero al cabo de diez minutos había completado la tarea. Probó la llave varias veces, confiando en que el sonido del motor quedara sofocado por el estrépito de los otros vehículos dentro y fuera del garaje.

Pero su satisfacción no tardó en disiparse al pensar en los problemas que les aguardaban. Había demasiadas cosas que podían fallar.

Dos horas más tarde, en el Hotel Beaubourg, Ambler desmontó el fusil TL 7 y limpió y lubricó todas las piezas. Luego volvió a montarlo, salvo la boca. Con la culata plegada, el objeto era inconspicuo en una bolsa de deporte. Se puso un chándal y unas zapatillas de deporte, como si se dirigiera al gimnasio. En el vestíbulo, saludó con la mano al recepcionista.

—*Le jogging* —dijo sonriendo.

El recepcionista se rió, encogiéndose de hombros. Era evidente que pensaba: «Esos americanos, obsesos del ejercicio...»

—Hasta luego, señor Mulvaney.

Laurel se reunió con Ambler al cabo de unos minutos en la plaza del Centro Pompidou y repasaron apresuradamente la secuencia paso a paso, mientras él escudriñaba la zona con todos sus

sentidos alerta. Nada parecía fuera de lo normal, al menos nada
que él pudiera detectar. La secuencia operativa había sido estable-
cida; no se podía interrumpir sin el riesgo de que causara graves
perjuicios.

A las cinco menos cuarto apareció Benoit Deschesnes, como
hacía la mayoría de las tardes, para dar un paseo por los Jardines
de Luxemburgo, ese enclave de veinticinco hectáreas de tranquilidad y entretenimiento en el Distrito Sexto. Ambler lo observó a
través de unos prismáticos, aliviado al comprobar que los movimientos del hombre eran naturales y fluidos. El alto funcionario
parecía enfrascado en sus pensamientos, y quizá lo estuviera.

Décadas atrás, según le habían contado a Ambler, unos miembros de la Generación Perdida habían robado unas palomas en los
Jardines de Luxemburgo para calmar el hambre. Hoy en día había
más niños que artistas en ese lugar. Los jardines, en el más puro
estilo tradicional francés, formaban patrones geométricos. Incluso
en invierno, los niños podían montarse en un viejo tiovivo o asistir
a un espectáculo de marionetas.

Esas escenas se filtraron a través de la mente de Ambler, pero
sin apenas hacer mella en él; estaba concentrado en montar su propia función de Grand Guignol. Ya había detectado a las personas
que le seguían, tal como había confiado en hacer; el americano que
lucía el traje de Brooks Brothers fingía leer las placas en las bases
de varias estatuas. A unos metros, un reducido grupo de franceses
vestidos con vaqueros jugaban a la petanca, mientras otros dispu-
taban una partida de ajedrez. Con todo, el parque estaba relativamente desierto.

Deschesnes, como verificó Ambler al observarlo de nuevo, caminaba siguiendo sus instrucciones, con la chaqueta abierta a la brisa,
mostrando su camisa blanca. Se sentó unos momentos en un banco
del parque, fingiendo admirar la fuente que seguía manando incluso
en invierno. Hacía un día despejado y el sol crepuscular arrojaba
sombras sobre los macizos de flores. El físico se estremeció.

Ambler confiaba en que recordara todas sus instrucciones. Su camisa blanca tenía unas diminutas incisiones invisibles practicadas con una hoja de afeitar sobre las bolsas de sangre, para que cuando las pequeñas cargas explosivas detonaran el tejido se rompiera.

—Recuerde —le había advertido Ambler al físico— que cuando estallen los pequeños tubos explosivos no debe hacer ningún gesto excesivamente dramático. Olvídese de lo que ha visto en el teatro y el cine. No se arroje hacia atrás; no caiga de bruces; no se lleve las manos al pecho. Desplómese como si le hubiera acometido una inmensa sensación de sueño.

Ambler sabía que aunque el metal protegería a Deschesnes de graves daños las detonaciones de los explosivos le asustarían; por más precauciones que hubieran tomado, no dejaría de dolerle un poco. Lo cual era positivo, pues haría que su reacción a los «disparos» fuera más convincente.

A Ambler le llevó unos minutos localizar al hombre que contemplaba la escena con unos prismáticos desde una ventana situada en uno de los elegantes edificios de apartamentos que daban al parque. En esos momentos el tipo debía de ver sólo la espalda de Deschesnes, pero era suficiente. Sólo otro profesional adivinaría que Ambler era algo más que un entusiasta del ejercicio vestido con un chándal, que regresaba de hacer *jogging* con su bolsa de deporte colgada del hombro. Siguió escudriñando la zona hasta localizar a la morena con el abrigo tres cuartos. Luego esperó a que se desarrollaran los acontecimientos.

Esas personas constituían su público, aunque Ambler no habría jurado que no hubiera otras. Cuando se cercioró de que nadie estaba observando, desapareció silenciosamente entre los arbustos de hoja perenne, a unos cincuenta metros de la fuente, y montó el fusil. Tenía a Deschesnes con toda claridad en su punto de mira. Activó el pequeño *walkie-talkie* que llevaba en la bolsa. Sosteniendo el micrófono cerca de su boca, habló en voz baja.

—Si puede oírme, Deschesnes, ráscese la oreja.

Al cabo de unos momentos el físico obedeció.

—Voy a empezar a contar a partir de cinco. Cuando llegue a uno, oprima el dispositivo que lleva en el bolsillo y active el circuito. No se preocupe. Todo terminará en unos instantes.

Miró a su alrededor. Una atractiva joven pasó junto al banco, pero luego siguió su camino. Otras personas se aproximaban a unos veinte metros de distancia. Serían unos testigos perfectos. Ambler alzó el fusil y dejó que el cañón asomara unos centímetros a través de los arbustos. Quería que la morena de Fenton lo viera.

—Cinco, cuatro, tres, dos, uno...

Disparó dos veces, y luego una vez más. Un sonido seco acompañó cada disparo, el sonido de un fusil con silenciador. De la boca del arma brotó un pequeño pero visible hilo de humo; el ojo humano no podía detectar que de ella no había salido ningún proyectil.

En una secuencia perfecta, en la pechera de la camisa de Deschesnes apareció un chorro de sangre, seguido por otros dos. El funcionario de las Naciones Unidas emitió un sonoro alarido —Ambler observó a través del visor telescópico su expresión de asombro— y cayó del banco al suelo. Sobre su almidonada camisa blanca aparecían unas manchas rojas que se iban extendiendo.

Los hombres que jugaban a la petanca vieron lo ocurrido y echaron a correr primero hacia el cuerpo tendido en el suelo, pero luego, cuando uno de ellos se percató del peligro, se alejaron. Ambler desmontó rápidamente el fusil y lo guardó de nuevo en la bolsa. Luego esperó. Durante unos minutos no sucedió nada. Luego oyó el sonido de la ambulancia. Sacó una bata blanca de la bolsa de deporte y se la puso. Laurel detuvo la ambulancia, tal como habían convenido, y echó a correr hacia el cuerpo en el suelo.

Ambler se acercó corriendo a la ambulancia, la brisa agitando los faldones de su bata blanca, y sacó una camilla. Le llevó unos treinta segundos. Cuando se aproximó a Laurel, vestida con una bata blanca como él, ella observaba muda y pálida el cuerpo de Benoit Deschesnes postrado en el suelo.

—Está muerto —dijo Laurel con voz trémula.

Algo había fallado.

—Te lo aseguro, está muerto —repitió mirando a Ambler consternada.

Él se quedó de una pieza. *Era imposible.*

Pero el cuerpo mostraba la rigidez, la pesadez de la muerte.

—Tenemos que sacarlo de aquí —murmuró con los ojos fijos en el hombre muerto. Entonces lo vio.

Un hilo de sangre brotaba del nacimiento del pelo de Deschesnes, debajo de una diminuta área circular de cabello enmarañado y apelmazado. Ambler tocó su cuero cabelludo con las yemas de los dedos y sintió una intensa sensación de vértigo. Unos centímetros sobre su frente había un orificio de bala de pequeño calibre. Era el tipo de disparo que causaba escasa hemorragia, pero una muerte instantánea. Podían haberle disparado desde lo alto, desde demasiados nidos potenciales de francotiradores para poderlos contar. Alguien, en el parque o en uno de los edificios colindantes, había matado al inspector jefe de armas de las Naciones Unidas de un balazo en la cabeza.

Moviéndose como autómatas, Ambler y Laurel trasladaron el cadáver como pudieron a la ambulancia. No podían dejarlo allí o los pequeños explosivos delatarían su artimaña fallida. Pero había transcurrido demasiado tiempo. El vehículo estaba rodeado por un grupo de curiosos. Ambler cerró la puerta posterior y empezó a desnudar el cadáver de Deschesnes. Le quitó el improvisado chaleco con las cargas explosivas adheridas y limpió los fluidos del pecho del cadáver.

De pronto oyó unos golpes en la puerta de la ambulancia y alzó la vista.

—*Ouvrez la porte! C'est la police!*

¿Por qué? ¿Acaso quería uno de los policías acompañarlos al hospital? ¿Era el trámite habitual? Ambler no podía consentirlo. Eran dos americanos en una ambulancia robada, con el cadáver de un hombre. Se desplazó rápidamente a la parte delantera del vehículo y se instaló en el asiento del conductor. El motor estaba en marcha. Habían planeado salir de París y dirigirse al Bois de Boulogne, donde Deschesnes había aparcado un coche alquilado. Ahora no tenía sentido. Pero tenían que dirigirse a alguna parte. Ambler arrancó. No era el momento de ponerse a conversar con los gendarmes.

Observó la escena a su espalda por el retrovisor. Un policía hablaba furioso por su *walkie-talkie*. Al llegar al límite del parque, un tanto alejada del resto de la gente, la morena con el abrigo tres cuartos hablaba por su móvil. Ambler confió en que estuviera informando tan sólo de que él había cumplido su misión. Pero entonces observó algo sobre el hombro de la mujer que hizo que se le helara la sangre en las venas.

A unos diez metros detrás de la agente de Fenton, confundido entre la multitud de curiosos, había un rostro que Ambler deseó no haber reconocido. Un rostro chino. Un hombre bien parecido, delgado.

El francotirador del Hotel Plaza.

17

Washington, D.C.

El edificio principal del Departamento de Estado norteamericano, en el número 2201 de C Street, consistía en dos estructuras colindantes, una completada en 1939 y la otra en 1961, es decir, una cuando había estallado una guerra mundial y la otra en el punto más bajo de la Guerra Fría. Cada organización tiene una historia local, una memoria institucional atesorada entre sus muros, aunque fuera haya caído en el olvido. En el Departamento de Estado, había auditorios y salas de reuniones para acontecimientos públicos que ostentaban los nombres de altos funcionarios fallecidos. Estaba, por ejemplo, la Sala de Loy Henderson, que rendía homenaje al reverenciado director de Asuntos de Oriente Próximo y África de los años cuarenta, y un inmenso salón con el nombre de John Foster Dulles, el secretario de Estado durante los años cruciales de la Guerra Fría. No obstante, en las entrañas del edificio de construcción reciente, había unas salas de conferencia dotadas de fuertes medidas de seguridad que no habían sido dignificadas con nombres, sino que eran conocidas por unas denominaciones numéricas y alfabéticas. La más segura de esas salas de conferencia ostentaba la denominación 0002A, y un visitante que bajara al sótano habría supuesto que estaba destinada a albergar el material de mantenimiento y reparación, como las estancias situadas a ambos lados de la misma. La sala se hallaba en un largo pasillo subterráneo de ladrillo de ceniza pintado de gris, con tuberías de cobre, conductos de aluminio y luces fluorescentes. En las reuniones que se celebraban allí nunca se servía nada para «picar»;

uno no entraba en una de esas salas triple cero esperando que le ofrecieran pastelitos, galletas o sándwiches. Eran reuniones arduas y complicadas, no precisamente agradables, y era preciso evitar cualquier cosa que pudiera prolongarlas.

El tema de la conferencia de esa mañana no era grato para ninguno de los asistentes.

Ethan Zackheim, el jefe del equipo que acababa de reunirse, observó a las ocho personas sentadas alrededor de la mesa en busca de algún signo de silenciosa discrepancia. Estaba cansado del «pensamiento único», la tendencia de algunos grupos a coincidir en sus criterios, a convenir en una interpretación unitaria cuando las pruebas eran equívocas, ambiguas.

—¿Os sentís satisfechos de las valoraciones que hemos oído hasta ahora? —preguntó. La respuesta fueron unas frases de conformidad.

—Abigail —dijo Zackheim dirigiéndose a una mujer corpulenta que lucía un jersey de cuello alto—, ¿estás satisfecha de tu interpretación de la información?

La mujer asintió con la cabeza, su flequillo castaño cubierto de laca e inmóvil.

—Es confirmatoria —dijo—, no concluyente. Pero en combinación con otras fuentes de datos, eleva el nivel de credibilidad de la valoración.

—¿Y tu equipo de rastreo de imágenes, Randall? —Zackheim se dirigió a un joven delgado y pálido, vestido con un *blazer* azul, que estaba sentado con la espalda encorvada.

—Lo han verificado veinte veces —respondió Randall Denning, experto en procesamiento de imágenes digitales—. Es auténtico. Hemos visto a un sujeto al que la gente de Chandler ha identificado como Tarquin, que llegó a Montreal Dorval unas horas antes de que Sollinger fuese asesinado. Hemos confirmado la autenticidad del vídeo de seguridad. No observamos un margen significativo de duda.

Pasó las fotografías de Montreal a Zackheim, que las examinó brevemente, consciente de que sin ayuda sus ojos no verían nada que hubiera eludido a los expertos en procesamiento de imágenes digitales con sus métodos de análisis por medio de ordenador.

—Lo mismo ocurre con esta fotografía de los Jardines de Luxemburgo tomada hace unas cuatro horas —prosiguió el experto en imágenes digitales.

—Las fotografías pueden ser engañosas, ¿no? —inquirió Zackheim mirándole con expresión inquisitiva.

—No se trata sólo de la fotografía, sino de nuestra habilidad para interpretarla, lo cual, de un tiempo a esta parte, ha mejorado muchísimo. Nuestros ordenadores son capaces de aplicar métodos del valor umbral, análisis límite y saturación de todo tipo de gradientes, y detectan variaciones en las que la mayoría de expertos no repararían.

—¡En cristiano, puñetas! —le espetó Zackheim.

Denning se encogió de hombros.

—Piensa que esta imagen es un paquete de información enormemente rico. Los dibujos de las ramas de un árbol, las gotas de savia, el crecimiento de las algas... Todo cambia día a día. Un simple árbol nunca es el mismo objeto dos días sucesivos. Aquí vemos un complejo campo de objetos, un terreno con un contorno muy definido, los diseños de las sombras, que no sólo indican la hora del día, sino que nos procuran información sobre la configuración de miles de objetos específicos. —Denning dio un golpecito en el cuadrante inferior de la fotografía con un rotulador negro—. Si observamos la foto bajo una lupa, veremos el tapón de una botella aproximadamente a tres centímetros del sendero de grava. Una botella de Orangina. Ayer no estaba ahí.

Zackheim se puso a tamborilear con los dedos.

—Eso parece una posibilidad muy remota...

—En la jerga de mi departamento este tipo de detalle se llama «detritus diurno». Es lo que hace posible la arqueología en tiempo real.

Zackheim le miró.

—Nos disponemos a emprender una operación irreversible. Debo estar seguro de que lo tenemos todo controlado. Antes de que «Tarquin» sea declarado un elemento «irrecuperable», tenemos que estar seguros de no meter la pata.

—La certeza es posible en los libros de matemáticas del instituto. —El que había hablado era un hombre con un voluminoso vientre y una cabeza esférica que lucía unas gruesas gafas con montura negra. Se llamaba Matthew Wexler y era un veterano que llevaba veinte años trabajando en la Oficina de Inteligencia e Investigación del Departamento de Estado. Era un hombre con un aspecto desaliñado. Asimismo, poseía un intelecto formidable, comparado por un secretario de Estado con una cosechadora: tenía la increíble habilidad de asimilar cantidades ingentes de datos complejos y convertirlos en formulaciones claras y precisas. Podía proponer acciones con los datos que interpretaba, y no temía tomar una decisión. En Washington era una cualidad intelectual que no abundaba, para la que había una gran demanda y era muy valorada—. La certeza no existe en el mundo real de las decisiones. Si esperáramos a tener una absoluta certeza, tardaríamos tanto en tomar una decisión que ésta sería irrelevante, y como nos recuerda un viejo dicho: «No decidir es decidir». Uno no puede decidir sin información. Pero no puede esperar a tener toda la información. Existe un gradiente entre los dos extremos, y la integridad procedimental consiste en la habilidad de elegir el punto adecuado del conocimiento parcial.

Zackheim se afanó en ocultar su enojo. Desde que alguien había dado a esa doctrina el nombre de «principio Wexler», el analista no perdía ocasión de recitarlo.

—Y según tú, ¿hemos alcanzado ese punto?

—En mi opinión —respondió Wexler—, hace tiempo que lo hemos rebasado. —Extendió los brazos y reprimió un bostezo—. También quisiera hacer hincapié en los interrogantes que planean sobre las misiones anteriores de «Tarquin». Debemos pararle los pies, con discreción, antes de que desprestigie a sus empleadores.

—Supongo que te refieres a sus ex empleadores. —Zackheim se dirigió de nuevo al joven de rostro pálido con el *blazer* azul—. ¿La identificación es buena?

—Muy buena —respondió Randall Denning—. Como hemos comentando, Tarquin ha modificado su fisonomía por medios quirúrgicos...

—El típico recurso de un agente que va por libre —interrumpió Wexler.

—Pero los índices faciales básicos son constantes —prosiguió Denning—. No puedes alterar la distancia entre las cavidades orbitales, o sea las cuencas de los ojos, o la curva del foramen supraorbital. No puedes cambiar la curva de la mandíbula y el maxilar sin afectar la colocación de las piezas dentales.

—¿A qué diantres te refieres? —bramó Zackheim.

El experto en procesamiento de imágenes digitales miró a su alrededor.

—Quiero decir que la cirugía plástica no puede tocar la estructura ósea básica del cráneo. La nariz, las mejillas y la barbilla constituyen protuberancias superficiales. Puedes ajustar los sistemas de identificación facial computerizados para que los ignoren y se centren en lo que no puede alterarse. —Denning entregó a Zackheim otra fotografía—. Si ése es Tarquin —la imagen mostraba a un hombre de treinta y tantos años, un rostro claramente occidental entre una multitud de asiáticos—, éste también lo es. —Dio un golpecito con su rotulador duro de goma sobre la fotografía tomada por un vídeo de seguridad de un hombre en el aeropuerto de Montreal.

Franklin Runciman, el director adjunto de Operaciones Consulares, apenas había despegado los labios durante la reunión. Era un tipo de aspecto rudo, de ojos azules y penetrantes, frente protuberante y de rasgos marcados. Lucía un traje caro, de estambre azul gris con un discreto dibujo de cuadritos.

—No veo razón alguna para demorar una decisión —dijo por fin.

A Zackheim le había extrañado, incluso irritado, la decisión de Runciman de asistir a la reunión. Él era el encargado de dirigir la reunión, pero la presencia de un funcionario más veterano no podía sino socavar su autoridad. Dirigió al director adjunto una mirada expectante.

—Alertaremos a todas nuestras estaciones —dijo Runciman con voz tronante—. Y es preciso reunir y desplegar a un equipo de «recuperación» —añadió pronunciando el eufemismo con disgusto—. Capturar o liquidar.

—Propongo que otros organismos participen en la operación —apuntó Zackheim tensando la mandíbula—. El FBI, la CIA.

Runciman meneó la cabeza.

—En caso necesario, utilizaremos sus servicios, pero no quiero implicar en esto a nuestros colegas norteamericanos. Soy de la vieja escuela. Siempre he creído en el principio de autocorrección. —Se detuvo y fijó su penetrante mirada en Ethan Zackheim—. En Operaciones Consulares, nosotros mismos limpiamos nuestra basura.

18

¿Cuándo había ocurrido? ¿Y qué exactamente? Las sorpresas no cesaban nunca. Una de ellas era la propia Laurel. De nuevo, había vivido una experiencia tremebunda, pero no se había venido abajo. Tenía una resistencia impresionante y reconfortante. La proximidad de la muerte no había hecho sino potenciar emociones latentes en ambos. Una era el temor, pero había otras. Ambler comprobó que había empezado a pensar en la primera persona del plural: ahora había un «nosotros», en lugar de un simple «yo». Era algo compuesto de palabras y miradas, emociones compartidas, euforia y abatimiento. O dolor y alivio del dolor. Y risas quedas. Era sutil como una gasa, pero él no conocía nada más fuerte.

Parecía un pequeño milagro. Ambos habían creado una normalidad donde no existía: conversaban como si se conocieran desde hacía años. Cuando dormían juntos —Ambler se había percatado de ello anoche—, sus cuerpos se acoplaban con toda naturalidad, sus piernas suavemente enlazadas, como si estuvieran hechos para ello. Cuando sus cuerpos se unían al hacer el amor, ambos experimentaban una intensa dicha y, por momentos, algo más huidizo, análogo a la serenidad.

—Haces que me sienta segura —había dicho Laurel al cabo de un rato, mientras yacían juntos debajo de las sábanas—. ¿Te molesta que te lo diga?

—No, aunque quizás estés tentando a la suerte —respondió Ambler esbozando una sonrisa. De hecho, había pensando en cambiar de hotel, pero lo había descartado; los riesgos de registrarse en otro establecimiento superaban los riesgos de permanecer en el que estaban.

—Pero eso tú ya lo sabías, ¿no es así?

Él no respondió.

—Es curioso —prosiguió Laurel—. Tengo la impresión de que lo sabes todo sobre mí, aunque es imposible.

Mi Ariadna, pensó Ambler. *Mi hermosa Ariadna.*

—Existen hechos y existen verdades. No conozco los hechos. Pero conozco unas cuantas verdades.

—Debido a tu habilidad de ver lo que otros no ven —dijo ella—. Lo cual debe de incomodar a algunas personas. —La joven se detuvo—. Supongo que a mí también debería hacerme sentir incómoda. Como si mi combinación asomara por debajo de la falda, pero mil veces peor. Pero no me siento incómoda. En ningún momento. Es muy extraño. Quizá no me importe que se vea mi combinación por debajo de la falda. O tal vez me gusta que me veas tal como soy. O bien estoy cansada de que los hombres vean en mí sólo lo que desean ver. El que tú veas hasta el fondo de mi ser es casi un goce.

—Hay mucho que ver —contestó Ambler sonriendo y estrechándola contra sí.

Ella volvió a enlazar sus dedos con los de él.

—Me recuerda a eso que los niños dicen a veces. «Sé que sabes que yo sé que tú sabes...» —Laurel sonrió, como si la sonrisa de Ambler se le hubiera contagiado—. Dime algo sobre mí.

—Creo que eres una de las personas más sensibles que jamás he conocido —respondió él convencido.

—Deberías ligar más a menudo —replicó Laurel sonriendo.

—De niña eras distinta de los otros, ¿no es así? Te mantenías un tanto al margen de las cosas. No es que no te integraras, pero tenías la capacidad de ver cosas que los demás no veían, incluida tú misma. La capacidad de alejar un poco la cámara.

Ella dejó de sonreír. Miraba a Ambler como hipnotizada.

—Eres una persona buena, honesta, pero te cuesta abrirte a los demás, dejar que descubran quién es la verdadera Laurel Holland.

Cuando por fin te abres a alguien, por lo que a ti respecta es para siempre. Eres leal. No entablas amistad rápidamente, pero cuando lo haces, es duradera, fuerte, porque es real, no un mero teatro. Y a veces desearías establecer relaciones personales con más facilidad, sentirte cómoda en ellas, como el resto de la gente. —Ambler se detuvo—. ¿Crees que lo que he dicho tiene sentido?

Laurel asintió en silencio.

—Creo que eres una persona en quien se puede confiar. No eres una santa, puedes ser egoísta, y tienes genio. A veces la emprendes contra quienes te rodean. Pero lo que cuenta es que estás ahí. Comprendes la importancia de ser una buena amiga. Para ti es clave dar la impresión de controlarte, aunque a veces no sea así. Es casi un acto de voluntad, de disciplina, conservar la calma y controlar la situación, lo cual significa también controlarte a ti misma.

Ella guardó silencio.

—Antes, en ocasiones, eras demasiado sincera sobre tus sentimientos —prosiguió Ambler—. Pero comprendiste que revelabas demasiado sobre tu persona, y eso hace que ahora a veces te muestres cautelosa, reservada.

Laurel emitió un prolongado y trémulo suspiro.

—Hay algo que has omitido, o quizá seas demasiado educado para mencionarlo —dijo ella con voz queda y entrecortada. Tenía los ojos a escasos centímetros de los de Ambler, y éste observó sus dilatadas pupilas.

Luego la besó y la estrechó contra sí, un abrazo lento y prolongado que casi constituía el acto de hacer el amor.

—Hay cosas que no es necesario expresar de palabra —murmuró él al cabo de un rato, intuyendo que ella compartía la misma sensación de bienestar que le embargaba a él en ese momento: luminosa, cálida, como un amanecer dentro de ellos.

Más tarde, mientras yacían juntos, sus cuerpos empapados de sudor y las sábanas hechas un lío entre las piernas, Laurel fijó la vista en el techo y dijo con una voz que sonaba remota:

—Mi padre era un veterano de Vietnam. Era un buen hombre, creo, pero traumatizado, casi como llegó a estarlo mi marido. Cualquiera diría que me siento atraída por ese tipo de hombres, pero no lo creo. Me tocó en suerte, eso es todo.

—¿Tu padre pegaba a tu madre?

—No —respondió Laurel con vehemencia—. Nunca le pegó. De haberle levantado la mano siquiera una vez, la habría perdido para siempre, y él lo sabía. La gente habla sobre ataques de furia incontrolables. Muy pocos son realmente incontrolables. El río puede desbordarse, pero el agua es contenida por los sacos terreros. La mayoría de las personas tienen algún tipo de saco terrero en sus vidas. Las cosas que no dices, que no haces. Mi padre se crió en una granja lechera, y si por él hubiera sido yo hubiera crecido en un ordeñadero. Pero tenía una familia que mantener. Y había ciertas realidades económicas que afrontar. De modo que me crié en una urbanización de Virginia, a las afueras de Norfolk. Mi padre trabajaba en una planta de aparatos eléctricos; mi madre era recepcionista en la consulta de un médico.

—Quizás eso contribuyó a que eligieras la profesión médica.

—Bueno, no exactamente la profesión médica, pero sí algo muy relacionado. —Laurel cerró los ojos unos instantes—. El lugar donde me crié no era gran cosa, pero había una buena escuela en el barrio, lo cual era importante para mis padres. Pensaron que me iría bien allí. Mi madre daba mucha importancia a la educación. Quizá demasiada. Estaba claro que pensaba que mi padre iba a prosperar. Le insistía para que pidiera un aumento de sueldo, un ascenso. Un día mi madre habló con unas personas de la planta, quizá con motivo de una recogida de fondos en la escuela o algo parecido, y aunque al principio no lo comprendí, creo que esas personas le insinuaron que sólo mantenían a papá en nómina en la planta por compasión. Por sus servicios en Vietnam y esas cosas. De modo que lo del ascenso quedó descartado. A partir de entonces mi madre cambió un poco. Al principio, creo que se sentía triste, pero luego se lo tomó con filosofía. Como si hubiera tirado la toalla con respecto a mi padre, pero era su marido y tenía que aguantarse.

—Pero te tenía a ti.

—¿Como vehículo para sus esperanzas? Ya. —La voz de Laurel destilaba amargura—. Y cuando gané mi primer Oscar y le di las gracias delante de mil millones de telespectadores... Ya has visto cómo se han cumplido sus sueños.

—Tu madre ha muerto, ¿no? —le preguntó Ambler—. Y tu padre también.

—Creo que la vez que mi madre se sintió más orgullosa de mí fue cuando me vio en el papel de María en la función de *West Side Story* que dimos en el instituto —dijo Laurel con voz ronca. Él observó que tenía los ojos húmedos. Ella se volvió hacia él, pero su voz denotaba la distancia de algo viejo que acababa de recordar—. Aún me parece oír a mi padre gritar y silbar cuando cayó el telón, y patear el suelo. Sucedió cuando regresaban a casa en coche.

—No tienes que contármelo, Laurel.

Las lágrimas rodaban por sus mejillas, humedeciendo la almohada debajo de su cabeza.

—Había hielo en un cruce y un camión municipal de la basura derrapó. Mi padre no prestaba atención, había bebido un par de cervezas y los dos estaban contentos. Papá conducía una camioneta de la compañía cargada con aparatos eléctricos cuando chocó contra el camión de la basura. La camioneta se detuvo, los aparatos salieron volando. Mis padres quedaron aplastados. Permanecieron en el hospital, en coma, durante dos días, y luego murieron, los dos a la misma hora.

Laurel cerró los ojos, tratando de eliminar las lágrimas que le nublaban la vista, esforzándose en recobrar la compostura.

—Puede que yo cambiara. O quizá no. Pero nunca podré olvidar lo que pasó, ¿comprendes? Una gota de dioxina en una cuenca hidrográfica.

Ambler sabía que la herida había sido curada por el tiempo, pero era el tipo de herida que nunca cicatrizaría del todo. Sabía también por qué era importante para Laurel que él lo supiera. Quería que él la conociera, necesitaba que la conociera, no sólo que supiera quién era, sino cómo se había convertido en quien era. Ella deseaba compartir su identidad con él. Era una identidad que se componía de decenas de miles de piezas de mosaico, decenas de miles de incidencias y recuerdos, pero que sin embargo formaban una unidad, un todo único e incuestionable. Una entidad que era suya; no, una entidad que era ella.

Ambler experimentó un sentimiento que al principio no reconoció como envidia.

Pekín

¿Era posible gozar de protección sin sufrir un aislamiento? Era un *koan**, pensó el presidente Liu Ang. La ciudad dentro de una ciudad que constituía Zhongnanhai se le antojaba a menudo muy aislada. Al igual que el emperador Kuang-hsü, en su espléndida cautividad, el presidente se preguntaba si no habitaba en una jaula dorada o, en todo caso, lacada. Pero hubiera sido egoísta por su parte no tomar precauciones elementales: lo que estaba en juego era muy importante, más que su propia vida. No obstante, jamás podía aceptar el consejo paralizante de que se abstuviera de realizar visitas al extranjero, como su próxima comparecencia en el Foro Económico Mundial. Si seguía ese consejo por temor, perdería la fuerza necesaria para que sus reformas prosperasen. El presidente miró por la ventana. En invierno el Lago Norte y el Lago Sur presentaban un aspecto vidriado, opaco, como los ojos de un gigante abatido, pensó. Al contemplarlos se estremeció; la familiaridad no podía empañar el ominoso pulso de la historia.

---

* Según la tradición zen, un problema que el maestro plantea al novicio para comprobar sus progresos. *(N. de la T.)*

Sí, su mayor preocupación era la seguridad de su agenda —su legado—, más que la de su vida. Sería absurdo sacrificar lo primero en aras de lo segundo. Si su muerte consiguiera propiciar la nueva era de libertad y democracia que anhelaba ardientemente, Liu Ang confiaba tener el valor para aceptarlo. De momento, sin embargo, todo indicaba que era más probable que alcanzara sus propósitos si seguía con vida. El presidente confiaba en que su convicción no fuera mera vanidad. Por lo demás, si sucumbía a la vanidad, el *jiaohua de nongmin* le haría rectificar. Todo el mundo temía la afilada lengua del astuto campesino. Muy afilada, según decían algunos bromistas, debido a los largos años que había pasado mordiéndosela. Pero el *jiaohua de nongmin* no temía a nadie.

El joven presidente observó los rostros familiares congregados alrededor de la mesa lacada negra, unos rostros familiares que mostraban expresiones de ansiedad no menos familiares.

Chao Tang, del Ministerio de Seguridad del Estado, Segundo Departamento, se mostraba muy serio esa mañana.

—Hemos recibido una nueva información —anunció.

—¿Fidedigna o simplemente nueva? —inquirió Liu Ang con tono socarrón.

—Me temo que ambas cosas. —El camarada Chao no estaba para bromas, como de costumbre, por otra parte. Sacó varias fotografías de una delgada carpeta, que mostró a Liu Ang antes de pasárselas a los otros.

—Éste es el hombre que llaman Tarquin —señaló Chao—. En Canadá, durante la reunión del G siete, hace un par de días. Observe la hora grabada en esta fotografía. Unos minutos antes, un miembro de la delegación europea había sido asesinado. Kurt Sollinger. Un amigo nuestro, alguien que se esforzaba en alcanzar un acuerdo económico que facilitara el comercio entre nuestro país y la Unión Europea.

El hombre que estaba sentado a la izquierda de Liu Ang, su asesor especial sobre asuntos de seguridad interna, meneó la cabeza con expresión consternada.

—Cuando el gavilán mata a la gallina, el buen granjero debe levantarse en armas contra el gavilán.

—Pensé que los gavilanes se habían extinguido —comentó el presidente con ironía.

—Aún no, pero no tardarán en extinguirse si no se toman las precauciones necesarias. Ambos, usted y el gavilán, tienen eso en común —dijo despectivamente Wan Tsai, el anciano y quisquilloso mentor del presidente, entrecerrando sus grandes ojos tras las gafas con montura fina de acero.

—Y ésta es otra fotografía de Tarquin —prosiguió el camarada Chao—. Fue tomada en los Jardines de Luxemburgo en París, minutos antes de que Benoit Deschesnes, el director general de la OIEA, fuera asesinado de un tiro. Se da la circunstancia de que el doctor Deschesnes estaba preparando un informe sobre la inspección de armas que habría exonerado a este régimen del bulo de que hemos contribuido a la proliferación nuclear.

La consternación del consejero de seguridad iba en aumento.

—Es un asesino que tiene la seguridad futura de China en su punto de mira.

—La pregunta del millón es «¿por qué?» —dijo Liu Ang.

—Eso es demasiado optimista. La pregunta del millón es «cuándo». —El camarada Chao depositó dos fotografías de Tarquin en la mesa, una junto a la otra—. Ésta es una ampliación de Tarquin, tomada durante el incidente en Changhua. Y ésta fue tomada de nuevo en Canadá.

—Son dos hombres distintos —dijo el presidente.

—No —respondió el camarada Chao—. Nuestros analistas han examinado las imágenes en busca de ciertos aspectos de la fisonomía que no pueden ser alterados, como la distancia entre los ojos, la distancia del ojo a la boca y demás—, y han llegado a la conclusión de que es el mismo hombre. Ha cambiado de aspecto, evidentemente con el fin de eludir a sus enemigos. Algunos informes señalan que se ha sometido a la cirugía plástica y trabaja por libre. Otros informes insisten en que sigue al servicio de su gobierno.

—Hay muchas formas de trabajar para el gobierno de uno —terció el *jiaohua de nongmin* con gesto sombrío.

El presidente Liu Ang miró su reloj.

—Agradezco que me hayáis puesto al día, caballeros —dijo—. Pero no debo llegar tarde a mi reunión con el Comité Industrial del EPL. Se sentirían ofendidos. —Liu Ang se levantó y, tras una breve reverencia, se excusó.

Pero la reunión no fue suspendida.

—Volvamos a la pregunta del presidente —dijo Wan Tsai—. No debemos ignorarla. Simplemente: ¿por qué?

—«¿Por qué?» es una pregunta importante sin lugar a dudas —dijo el hombre de pelo canoso conocido como el astuto campesino, volviéndose al camarada Chao—. Sobre todo, ¿cómo es que el asesino sigue vivo? La última vez que nos reunimos dijiste que habías tomado medidas.

—Quizá sea aún más astuto que tú —respondió el camarada Chao.

París

El Distrito Decimocuarto, que se extiende desde el bulevar de Montparnasse, había gozado antiguamente de una gran popularidad entre la comunidad norteamericana en París. Pero Ambler dudaba de que ése fuera el motivo por el que Fenton había elegido esa zona para su piso franco, en todo caso uno de sus pisos francos, pues Hal sospechaba que tenía varios. A través del laberinto de calles de dirección única, por sus arterias circulaba un denso flujo de tráfico que se dirigía a Orly y a los barrios industriales más al sur. Los manifestantes, un género que define a París como los «sin techo» definen a Nueva York, solían decantarse por Denfert Rochereau, en el cruce de las arterias principales. Pero incluso las calles con menos tráfico ofrecían un amplio surtido de creperías bretonas, clubes nocturnos y cafés. Es preciso adentrarse en el distrito para llegar a las plácidas y tranquilas zonas residenciales. El número 45 de la calle Poulenc se hallaba en una de ellas. Fenton había dado a Ambler las señas cuando habían hablado en Montreal. Era donde éste debía presentarse, tras cumplir la misión Deschesnes. Después de su primera visita, no debía volver a poner los pies en la sucursal de Servicios Estratégicos.

El único rasgo notable del inmueble era su aspecto anodino. Hubiera podido pasar por la consulta de un oftalmólogo o de un dentista. Las persianas venecianas de las ventanas del entresuelo no dejaban ver el interior. De los balcones de la planta superior colgaban macetas.

Hal llamó por el interfono y esperó casi un minuto, durante el cual dedujo que estaban escrutando su rostro, bien a través de la mirilla o por medio de una cámara oculta. Un sonido vibrante indicó que habían abierto la puerta. Giró el pomo y entró en el enmoquetado vestíbulo. No había nadie visible en la entrada. Una estrecha escalera a la derecha estaba cubierta con una elegante alfombra sujeta por unas barras de metal en cada escalón y contrahuella. Oyó una voz a través de un interfono junto al pie de la escalera, la voz de barítono de Fenton, que sonaba metálica a través del pequeño altavoz.

—Estoy en la planta baja. Al fondo del vestíbulo.

Ambler atravesó una puerta abierta y bajó por otra angosta escalera. Al llegar abajo, vio una puerta cerrada de doble hoja y llamó con los nudillos.

Paul Fenton abrió y lo condujo a lo que parecía el estudio de un intelectual. Cada superficie disponible estaba cubierta de libros. No el tipo de libros que uno compra para decorar una estancia, sino los libros de un amante de la literatura: volúmenes con el lomo raído, muchos desteñidos por el paso de los años.

—Siéntese —dijo con tono jovial. Señaló una silla de oficina con ruedas, tras lo cual él se sentó en una de metal plegable que estaba al lado.

—Me encanta cómo ha decorado este lugar —dijo Ambler. Sentía una extraña calma. Laurel y él habían dejado la ambulancia en un garaje automático; nadie en el Hotel Beaubourg se había fijado en ellos cuando habían regresado. Ambos se habían vuelto a sumergir en la más absoluta normalidad. Ahora, al penetrar en el curioso imperio del multimillonario, Hal se sentía como atontado.

—Ríase —replicó Fenton—, pero es una réplica exacta del despacho de Pierre du Pré en el Collège De France. El piso de arriba es una réplica casi perfecta de la consulta de un dentista de Montparnasse. Podría ser un decorado cinematográfico. Contraté a dos técnicos para que lo crearan, para comprobar si era posible. Le aseguro que no fue fácil.

—Dicen que dos mentes son mejor que una —respondió Ambler girándose sobre su silla forrada de vinilo—. Supongo que cree que dos pares de manos son mejores que uno.

—¿A qué se refiere?

Hal se volvió hacia el potentado con estudiada indiferencia.

—Me sorprendió que decidiera apostar por un segundo francotirador en los Jardines de Luxemburgo sin decírmelo. Quizá lo considerara un elemento de refuerzo, pero en mi opinión fue un error operativo. Pude haber matado a ese tipo al identificarlo equivocadamente como hostil.

—No le sigo —contestó Fenton con expresión de perplejidad.

—Lo que digo es que no trabajo con refuerzos si no estoy informado al respecto.

—¿A qué refuerzos se refiere?

Ambler observó detenidamente el rostro de Fenton en busca de un gesto de disimulo, un leve tic que delatara tensión. Pero no observó nada anormal.

—En cuanto al caballero chino...

—¿Qué caballero chino? —le interrumpió Fenton con tono neutro.

Hal se detuvo.

—¿No tiene ni idea de lo que estoy hablando? —preguntó por fin.

ROBERT LUDLUM

—Me temo que no —respondió Fenton—. ¿Se presentó otra persona a la cita, Tarquin? ¿Ha ocurrido algo que deba preocuparme? Si tiene motivos para sospechar un fallo en la seguridad, debo saberlo.

—Créame, si la tuviera, usted sería el primero en saberlo —respondió Ambler con calma—. No se trata de eso. Entiendo su necesidad de colocar observadores en el lugar de los hechos.

—Es un trámite habitual —protestó Fenton.

—No hay ningún problema. En las operaciones de Estab, solía estar informado de todos los detalles, pero de eso hace mucho tiempo. Disculpe a un viejo gato salvaje por estar tenso. Olvídelo, no tiene de qué preocuparse.

—Perfecto —respondió Fenton. Su éxito se debía a su capacidad de concentrarse al máximo, lo que significaba que no se dejaba distraer por detalles que consideraba irrelevantes—. Durante unos momentos me sentí preocupado por usted. Pero ha demostrado que su fama es más que justificada. Estoy muy satisfecho. Ha cumplido con su trabajo de forma expedita y limpia. Ha demostrado ingenio, rapidez de reflejos, excelentes aptitudes para tomar decisiones. Tiene talla de ejecutivo. De hecho, creo que tiene futuro en mi círculo interno en GSE. Las personas que tienen una vista de pájaro de las cosas son rapaces natas. Ésa es mi filosofía. —Fenton se detuvo y alzó una mano—. Pero no he olvidado nuestra conversación frente al Palais des Congrès. Usted deseaba averiguar ciertas cosas. Yo le dije que tenía enemigos poderosos y amigos poderosos, y al parecer tenía razón. He hablado con mi socio principal en el Departamento de Estado.

—¿Y?

—Está claro que existe una historia, pero no quieren revelármela. Un problema de información compartimentada, lo cual es normal. Lo respeto. La buena noticia es que mi socio principal ha accedido a verse cara a cara con usted, y promete explicárselo todo. Concertaremos la entrevista tan pronto como sea posible. Quizás aquí.

—¿Quién es su socio principal?

—He prometido no revelarlo. Todavía no. No tardará en comprobar que soy un hombre de palabra, Tarquin.

—Y yo le obligaré a cumplirla —le espetó Ambler—. Maldita sea, Fenton, le dije que quería que me pagara con información. ¿Cree que puede despachar el asunto con una excusa tan endeble como ésa?

El rostro rubicundo de Fenton se puso aún más rojo.

—No es eso, Tarquin —dijo sin perder la calma—. Mi socio desea conocerlo. Y ahora con más motivo. Eso ocurrirá dentro de unos días. Entretanto, entiendo que no quiera permanecer cruzado de brazos, un agente como usted debe de estar impaciente por trabajar de nuevo. En estos momentos, no hay ninguna misión que yo no le confiaría. En este mundo hay pocas cosas que sean tan buenas como dicen ser. Pero usted sí, Tarquin. De eso no hay duda.

—¿Qué puedo decir? —respondió Ambler con tono neutro. *El hilo de Ariadna... Averigua adónde conduce.*

—Tengo un proyecto muy interesante para usted. Pero no crea que mientras tanto va a permanecer ocioso. Queremos encargarle otra misión.

—¿Otra misión?

—Un hombre que es preciso matar —respondió Fenton—. Disculpe que no me ande por las ramas. Pero es un asunto peliagudo.

—¿Peliagudo? —repitió Hal.

—Le diré otra cosa, los de Operaciones Consulares han cursado una orden para capturar a ese tipo por considerarlo «irrecuperable». Han asignado el caso a sus mejores agentes. Pero cuando las cosas se ponen feas, acuden a mí. Porque no pueden dejar nada al azar, y conmigo, el resultado está garantizado. De modo que voy a asignar esta misión a mi mejor agente: usted.

—Cuénteme más cosas sobre el objetivo.

—Estamos hablando de alguien con unas aptitudes y una formación extraordinarias. Un agente encubierto de primer orden que se ha corrompido.

—Suena complicado.

—Lo es. Lo peor de lo peor.

—¿Quién es? —preguntó Ambler sin más preámbulos.

—Un psicópata que tiene almacenada en su cabeza un montón de información confidencial del gobierno, debido a las operaciones que le han encomendado. —Fenton adoptó una expresión de profunda preocupación—. Tiene conocimientos de primera mano de todo tipo de secretos, contraseñas, procedimientos operativos y demás. Y está loco. Cada día que ese tipo sigue con vida, su país corre un grave peligro.

—Gracias por facilitarme tantos detalles. Pero necesito empezar por un nombre.

—Por supuesto —contestó Fenton—. El nombre del objetivo es Harrison Ambler.

Hal palideció.

—¿Le conoce? —preguntó Fenton arqueando una ceja.

Ambler se esforzó en respirar con normalidad.

—Digamos que tenemos una historia.

TERCERA PARTE

19

Clayton Caston tomó la carpeta del paciente, que acababa de llegar esa mañana, y examinó brevemente la copia en color de la pequeña fotografía. Un rostro bien parecido pero corriente, aunque había algo casi cruel en sus armoniosos y angulosos rasgos. No se entretuvo contemplando la imagen. A algunos investigadores les gustaba poner un «rostro» a su presa; Caston no era uno de ellos. Las firmas digitales y los patrones de gastos eran mucho más reveladores que los pormenores superfluos de lo que uno ya sabía: que la persona en cuestión tenía dos ojos, una nariz y una boca.

—¡Adrian!

—Sí, *Shifu* —respondió su ayudante, juntando las palmas de las manos como si rezara, en un fingido gesto de respeto. Caston había averiguado que *Shifu* significaba «instructor» y era un título honorífico utilizado en las películas de artes marciales. Los jóvenes tenían un curioso sentido del humor, pensó.

—¿Ha sacado algo en limpio de la lista del personal del Pabellón cuatro O?

—No —contestó Adrian—. Pero usted consiguió la mil ciento treinta y tres A, ¿no es así?

—En efecto. Con una rapidez increíble.

—Y ha visto que tengo una copia de la carpeta del paciente, con su fotografía.

—Cierto —respondió Caston.

—En cuanto a las listas del personal, me dijeron que las estaban actualizando.

—Tendremos que arreglárnoslas con lo que tengan.

—Eso fue lo que les dije. Pero nada. —Adrian se mordió el labio inferior con aire pensativo; su *piercing* dorado relucía bajo las luces fluorescentes—. Ha sido muy duro. Están literalmente atrancando las escotillas.

Caston arqueó las cejas con fingida expresión de censura.

—¿Literalmente o sólo figurativamente?

—No se preocupe. No he tirado la toalla.

Caston meneó la cabeza con una breve sonrisa y se repantigó en su silla. Su desazón iba en aumento. Los datos que había recibido parecían predigeridos. Preparados. Como si estuvieran destinados a ojos como los suyos. Les habían suministrado más información sobre Tarquin, referente a sus misiones como miembro de la Unidad de Estabilización Política de Operaciones Consulares. Pero no había ni una molécula más sobre su identidad civil. Y nada en absoluto sobre cómo había sido internado en el centro de Parrish Island. Normalmente, constituía un proceso que implicaba mucho papeleo. Pero el papeleo concerniente al ingreso de Tarquin había desaparecido. Parrish Island era un centro del gobierno de máxima seguridad; había un exhaustivo historial sobre cada empleado. Pero todo intento de Caston de conseguir los expedientes del personal del pabellón en el que había permanecido el agente había sido abortado. Dudaba de que los oficinistas fueran cómplices en la trama; incluso dudaba de que sus homólogos en el Departamento de Estado se atrevieran a obstaculizar su investigación. Pero eso significaba que el agente o agentes que lo bloqueaban se hallaban a otro nivel: o a uno inferior, que el radar no captaba, o a uno superior, por encima de todo escrutinio.

Era desesperante.

Su teléfono emitió los dobles tonos de una llamada interna. Era Caleb Norris. No parecía complacido. Le pidió que fuera a verlo de inmediato.

Cuando Caston llegó al despacho del subdirector adjunto de inteligencia, éste estaba más malhumorado de lo que le había parecido por teléfono.

Norris cruzó los brazos, mostrando unos pelos negros y rizados que asomaban por los puños; su orondo rostro era la viva imagen del desconcierto.

—Órdenes del jefe. Tenemos que cerrar esta investigación.

—Al hablar evitó mirar a Caston a los ojos—. Ya lo sabes.

—¿A qué te refieres? —preguntó reprimiendo su sorpresa.

—Por lo visto se han producido conversaciones a alto nivel entre el Departamento de Estado y el director de la CIA —respondió Norris. Tenía la frente cubierta de unas gotas de sudor que relucían bajo el sesgado sol crepuscular—. El mensaje que nos han transmitido es que la investigación está interfiriendo con una operación de acceso especial en curso.

—¿Y cuáles son los detalles de esa operación?

Norris se encogió de hombros, movilizando todo su torso. Su rostro mostraba una expresión sombría, mezcla de irritación y repugnancia, pero no estaba dirigida contra Caston.

—Acceso especial, ¿captas? No nos han confiado esa información —contestó nervioso—. Dicen que Tarquin está en París. Lo capturarán allí.

—¿Lo atraparán o lo liquidarán?

—¿Quién coño lo sabe? Es como si se hubiera cerrado bruscamente una puerta. Aparte de lo que te he dicho, no sabemos nada de nada.

—La respuesta lógica a un atropello —dijo Caston— es mostrarse indignado.

—Maldita sea, Clay. No podemos hacer nada al respecto. Esto no es un juego. El director de la CIA nos ha dicho que o damos carpetazo a la investigación o rodarán cabezas. ¿Te enteras? El mismo director de la CIA.

—Ese cabrón es incapaz de distinguir un polinomio de un pólipo —soltó Caston enojado—. Es injusto.

—Ya sé que es injusto —replicó Norris—. Se trata de un puto juego de poder institucional. Nadie en la comunidad de inteligencia quiere reconocer la primacía de la Central de Inteligencia. Es algo que no conseguiremos hasta que no obtengamos el respaldo del comandante en jefe y el Senado.

—No me gusta que me interrumpan —insistió Caston—. Cuando emprendo una investigación...

Norris le dirigió una mirada de exasperación.

—Lo que tú pienses, o lo que yo piense, carece de importancia. Existen principios procedimentales en juego. Pero el hecho es que el director adjunto se ha rendido al jefe, que ha tomado una decisión, y nosotros no tenemos más remedio que obedecer.

Caston guardó silencio unos momentos.

—¿No te parece que todo esto es muy irregular?

—Sí. —Norris empezó a pasearse por la habitación con aire desmoralizado.

—Muy irregular —dijo Caston—. Me huele a chamusquina.

—A mí también. Pero eso es lo de menos. Vas a dar carpetazo al asunto, al igual que yo. Luego quemaremos todo lo referente al mismo. Y nos olvidaremos de él. Ésas son las órdenes que hemos recibido.

—Es muy raro —repitió Caston.

—Clay, tienes que elegir tus batallas —dijo Norris con tono derrotado.

—¿No has comprobado que siempre son tus batallas las que te eligen a ti? —preguntó el auditor. Acto seguido dio media vuelta, dispuesto a abandonar el despacho del asistente del director adjunto. ¿Quién demonios mandaba aquí?

Caston siguió rumiando mientras regresaba a su mesa. Quizás una irregularidad merecía otra. Miró las carpetas sobre su mesa y luego las que estaban sobre la mesa de Adrian, menos ordenadas, mientras los engranajes de su mente seguían girando.

«Dicen que Tarquin está en París. Lo capturarán allí.»

Por fin sacó un bloc de notas amarillo y empezó a hacer una lista. Pepto-Bismol. Ibuprofeno. Maalox. Imodium. No podía viajar sin esas precauciones médicas. Había oído hablar de la «diarrea del turista». Caston se estremeció al pensar en la perspectiva de subirse a un avión. No era el temor a las alturas, a que el avión se estrellara o a la sensación de estar encerrado. Era la perspectiva de respirar el aliento reciclado una y otra vez de los otros pasajeros..., algunos de los cuales podían padecer tuberculosis u otra infección microbacteriana propia de quien viaja en avión. Todo era de lo más antihigiénico. Le asignarían un asiento que seguramente la azafata habría limpiado hacía un rato para eliminar los vómitos del anterior pasajero. Distribuirían mantas con pelos repletos de bacterias adheridos a ellos debido a la electricidad estática.

Tenía un *Manual Merck* en el cajón de abajo, y Caston tuvo que reprimir el impulso de ojear el índice.

Emitió un sonoro suspiro al tiempo que sus temores se incrementaban y dejó el bolígrafo.

Cuando llegara, tendría que afrontar la repugnancia que le producía la comida extranjera. Francia sin duda tenía su larga lista de horrores, no había vuelta de hoja. Caracoles. Ancas de rana. Quesos mohosos de pasta verde. Hígados distendidos de ocas alimentadas a la fuerza. No conocía la lengua, por lo que los problemas de comunicación serían un constante peligro. Quizá pidiera pollo y le sirvieran en su lugar la carne de algún asqueroso animal que sabía a pollo. En un estado debilitado por la tuberculosis, esos contratiempos podían tener consecuencias muy graves.

Se estremeció. Era una gran responsabilidad la que iba a asumir. No lo haría de no haber estado seguro de que lo que había en juego era muy importante.

Cogió de nuevo el bolígrafo y siguió tomando notas.

Por fin, después de llenar casi la primera hoja con su ordenada letra, alzó la vista y tragó saliva.

—Me voy de viaje, Adrian. A París. De vacaciones. —Caston trató de disimular la angustia que sentía.

—Fenomenal —respondió el joven con irritante entusiasmo—. ¿Un par de semanas?

—Eso creo —contestó—. ¿Qué suele llevarse una persona para un viaje así?

—¿Esa pregunta tiene truco? —inquirió Adrian.

—Si lo tiene, yo no me he enterado.

Su ayudante frunció los labios con expresión pensativa.

—¿Qué suele llevarse usted cuando va de vacaciones?

—Nunca me voy de vacaciones —replicó Caston como si se sintiera herido en su amor propio.

—Bueno, cuando viaja.

—Detesto viajar. Jamás lo hago. Salvo para ir a recoger a los niños cuando van de colonias, suponiendo que eso cuente.

—No —respondió Adrian—. No creo que cuente. París es increíble. Se lo pasará de película.

—Lo dudo mucho.

—Entonces, ¿por qué va?

—Ya se lo he dicho, Adrian —respondió Caston con un rictus que mostraba su dentadura—. Me voy de vacaciones. No tiene nada que ver con el trabajo. Ni con la investigación, la cual, según me han informado oficialmente, debemos suspender.

La expresión del joven indicaba que de pronto lo había comprendido todo.

—Supongo que le parece... irregular.

—Muy irregular.

—Rayano en lo anómalo.

—Exacto.

—¿Tiene algunas instrucciones que darme, *Shifu*? —preguntó Adrian esgrimiendo un rotulador. Sus ojos chispeaban de regocijo.

—Ahora que lo menciona, sí. —Caston esbozó una pequeña sonrisa mientras se repantigaba en su silla—. Preste atención, Pequeño Saltamontes.

20

París

La calle Saint Florentin, a un centenar de metros de la plaza de la Concorde, era una elegante manzana estilo Haussmann, con balcones de hierro forjado exquisitamente trabajados que decoraban ventanas altas de múltiples paneles. Marquesinas rojas protegían los escaparates de las librerías y perfumerías de lujo, que alternaban con las oficinas de burócratas extranjeros. Incluida la oficina en el número 2 de la calle Saint Florentin. Era la sección consular de la embajada estadounidense y el último lugar en el que Ambler pondría los pies. No obstante, la razón fundamental de su decisión residía en esa aparente temeridad.

Después de lo ocurrido en los Jardines de Luxemburgo, no tenía ninguna duda de que las oficinas de Operaciones Consulares, aquí y en el resto del mundo, habrían sido alertadas con respecto a Tarquin. Paradójicamente, era una ansiedad que podía utilizar en beneficio propio.

En parte se trataba de saber lo que uno buscaba, y Ambler lo sabía. Sabía que los servicios administrativos ofrecidos por la «sección consular» en el número 2 de la calle Saint Florentin constituían una tapadera perfecta para la sucursal de Operaciones Consulares. En la planta baja, los despistados turistas que habían perdido sus pasaportes hacían cola y rellenaban los impresos que les entregaba un empleado con pinta de director de una funeraria. Particularmente, en lo que respecta a personas que no tenían la ciudadanía estadounidense, no convenía darles falsas esperanzas. Las solicitudes de visados eran tramitadas al paso de un caracol afectado por la enfermedad de Parkinson.

A ninguno de los visitantes o empleados fijos se le habría ocurrido preguntarse qué sucedía en los pisos superiores, ni por qué el acceso a los lavabos de esos pisos les estaba vedado a los procesadores de visados y pasaportes y por qué quienes trabajaban en ellos empleaban entradas y salidas distintas. El reino de los pisos superiores: la oficina de Operaciones Consulares. Dominios que, como la nueva petición de Fenton había demostrado, habían decidido que un ex agente conocido como Tarquin era irrecuperable.

Ambler trataría de penetrar en la guarida del león, pero sólo si podía cerciorarse de que el león la había abandonado.

El león en cuestión era un tal Keith Lewalski, un hombre corpulento de sesenta años que dirigía la oficina parisina de Operaciones Consulares con mano de hierro y un nivel de paranoia más acorde con el Moscú de mediados de siglo que con la Europa occidental contemporánea. El resentimiento, incluso el odio que inspiraba entre sus subalternos, le tenía sin cuidado; las personas bajo cuyas órdenes se hallaba lo consideraban un excelente administrador, con un historial carente de fallos importantes. Lewalski había ascendido hasta donde se había propuesto, no alimentaba otras ambiciones. Ambler le conocía de oídas, pero sabía que tenía una reputación temible, la cual no tenía ninguna intención de poner a prueba.

Todo estaba en manos de Laurel.

¿Había sido eso un error? ¿La había colocado en peligro? Lo cierto es que no se le había ocurrido otro medio de lograr lo que pretendía.

Se sentó en una silla en un café cercano y miró su reloj. Si Laurel había conseguido sus fines, él vería los resultados dentro de muy poco.

¿Y si Laurel fracasaba? Ambler sintió que el terror hacía presa en él.

Le había dado instrucciones detalladas, que ella había memorizado. Pero no era una profesional; ¿sería capaz de improvisar en caso de que ocurriera algún imprevisto?

Si todo salía de acuerdo con el plan, Laurel ya habría hecho una llamada desde la embajada norteamericana en el número 2 de la avenida Gabriel; podría haberlo hecho el propio Hal, pero no podía correr el riesgo de que hubieran instalado analizadores de voz en las centralitas del consulado. ¿Lo habría conseguido Laurel?

Habían barajado varios escenarios, varios pretextos, varias eventualidades. Ella debía presentarse en la sección de asuntos públicos como la asistente personal de un conocido conservador de un museo, que formaba parte del programa de Colaboración Internacional entre Museos y la había enviado para recoger la programación de futuras reuniones. El pretexto era así de simple y vago. No les había costado recabar los suficientes detalles plausibles de la página web de la embajada. Ambler contaba asimismo con el hecho de que el departamento de asuntos culturales de la embajada estaba desorganizado hasta el extremo de la disfunción. Sus empleados no se aclaraban, duplicando u omitiendo tareas administrativas. A la asistente del conservador del museo la enviarían al cuarto piso, mientras trataban de subsanar el error por no haberles sido comunicada su visita. Mientras Laurel se hallaba allí, pediría utilizar un teléfono privado para llamar a su jefe y explicarle la confusión.

Tenía instrucciones de marcar a continuación el número que Hal le había dado, utilizando la jerga que ambos habían preparado, y enviar un recado urgente a Keith Lewalski. Un alto funcionario del Departamento de Estado de Washington había llegado a la embajada y deseaba reunirse de inmediato con el señor Lewalski para informarle de cierto asunto. La centralita del consulado comprobaría que la llamada provenía de la embajada estadounidense; las palabras y frases especiales que Laurel emplearía transmitirían lo urgente de la situación.

Su misión no requería unas grandes dotes de interpretación, pero sí una gran precisión. ¿Sería capaz de hacerlo? ¿Lo habría hecho ya?

Ambler miró de nuevo su reloj, tratando de no pensar en todas las cosas que podían fallar. Cinco minutos más tarde, al observar a un anciano y obeso burócrata salir del número 2 de la calle Saint Florentin con aire apresurado y montarse en una limusina, sintió una sensación de alivio. Laurel lo había conseguido.

¿Y él, sería capaz de lograrlo?

Tan pronto como la limusina dobló la esquina, entró en el edificio con el aire de una persona hastiada, pero decidida.

—Las solicitudes de pasaporte a la izquierda, las solicitudes de visados a la derecha —dijo un hombre vestido de uniforme con expresión aburrida. Estaba sentado ante lo que parecía un pupitre de escuela sobre el que había una taza que contenía lápices desprovistos de goma de borrar. Probablemente consumían un par de docenas al día.

—Un asunto oficial —farfulló Ambler al empleado uniformado, el cual le dirigió hacia el fondo con un gesto brusco de la cabeza. Saltándose las colas formadas ante los otros mostradores, se acercó a uno que tenía un cartel que decía «Información». Detrás del mostrador estaba sentada una mujer joven y fornida, tachando las casillas de una lista impresa de material de oficina que tenía ante ella.

—¿Está Arnie Cantor? —preguntó Ambler.

—Un momento —respondió la mujer. La observó mientras atravesaba una puerta situada al fondo. Al cabo de unos momentos se acercó al mostrador un joven de aspecto eficiente.

—¿Desea ver a Arnie Cantor? —preguntó—. ¿Su nombre, por favor?

Hal puso los ojos en blanco.

—¿Está o no está? —preguntó exhalando una sensación de inmenso aburrimiento—. Empecemos por ahí.

—En estos momentos no está —respondió el joven midiendo sus palabras. Lucía un corte de pelo discreto, no militar, y mostraba la expresión franca que los agentes encubiertos subalternos jóvenes se afanaban en cultivar.

—¿O sea que está en Milán, cortejando a la *principessa*? No se moleste en responder.

El joven no pudo por menos de sonreír.

—Nunca oí a nadie llamarla así —murmuró mirando a Ambler con una expresión de candor demasiado ensayada—. Quizá pueda ayudarle yo.

—Créame, no está dentro de sus competencias —replicó con hosquedad. Consultó su reloj—. Oh, mierda. Ustedes son la monda.

—¿Disculpe?

—No me venga con disculpas.

—Si me dice su nombre...

—¿No sabe quién soy?

—Me temo que no.

—Eso debería indicarle que no le compete saber quién soy. Me parece que sólo hace un par de semanas que ha salido de la incubadora. Hágase un favor. Cuando el agua le llegue al cuello, llame a un socorrista.

«La incubadora.» El término utilizado en Operaciones Consulares para designar el programa especial de adiestramiento al que todos los agentes de campo debían someterse. El joven dirigió a Ambler una media sonrisa.

—¿Qué quiere que haga?

—Tiene un par de opciones. Puede ponerme a Arnie al teléfono, si no lo tiene le daré el número de Francesca, o puede llamar a uno de los *cowboys* que están sentados en sus mesas arriba. Traigo noticias, *comprenez-vous*? Y cuanto antes me aleje de la mirada indiscreta de estos civiles, mejor. De modo que andando. —Hal miró de nuevo su reloj, dramatizando su impaciencia—. No dispongo de mucho tiempo. Y si ustedes, que son unos inútiles, fueran más eficientes, no habría tenido que molestarme en venir aquí.

—Pero debe mostrarme alguna identificación. —La frase sonaba a súplica; el joven agente se sentía inseguro, consciente de que no hacía más que meter la pata.

—Colega, ha vuelto a pifiarla por tercera vez. Me sobran los documentos de identidad, de cinco identidades distintas. Acabo de llegar de una misión. ¿Acaso cree que llevo encima mi verdadero documento de identidad? —Ambler se detuvo—. No quiero ponerlo en un aprieto. Hace tiempo yo me hallaba donde está usted. Recuerdo cómo me sentía.

Se situó detrás del mostrador y pulsó el botón del ascensor con puerta plegadiza que se hallaba a unos metros.

—No puede subir solo —protestó el joven.

—No voy a hacerlo —respondió Ambler con aire desenfadado—. Usted vendrá conmigo.

El joven parecía desconcertado, pero siguió al desconocido hasta el ascensor. La autoridad y seguridad que denotaba la voz del extraño eran infinitamente más efectivas que cualquier certificado o documento de identidad. Hal pulsó el botón del tercer piso. Pese a los anticuados elementos del ascensor —la puerta exterior plegadiza, la interior revestida de cuero con unas pequeñas ventanas—, la maquinaria era nueva, tal como había supuesto, y cuando la puerta del ascensor volvió a abrirse, penetró en lo que parecía un edificio totalmente distinto.

Pero no le resultaba desconocido. Presentaba el aspecto de cualquier división de la Oficina de Inteligencia e Investigación del Departamento de Estado. Hileras de mesas, ordenadores de pantalla plana, numerosos teléfonos. Hileras de cubos con trituradoras acopladas a la tapa, tal como dictaba el protocolo del Departamento de Estado después del secuestro de la embajada estadounidense en Teherán en 1979. Pero eran los empleados quienes le resultaban familiares, no en tanto que individuos sino como prototipo. Camisas blancas, corbatas a rayas: podían ser empleados de IBM de principios de la década de 1960, la época gloriosa del ingeniero norteamericano.

Ambler echó un rápido vistazo por toda la habitación, identificando al funcionario superior momentos antes de que éste —un hombre con pecho de paloma, caderas anchas, rostro estrecho y gazmoño, tupidas cejas negras y pelo que le caía sobre la frente dándole un falso aire juvenil— se levantara. Era el brazo derecho de Keith Lewalski. Había estado detrás de un escritorio en un rincón en una habitación que carecía de despachos privados.

Hal no esperó a que el otro se acercara.

—Eh, usted —dijo bruscamente al hombre con pecho de paloma—. Acérquese. Tenemos que hablar.

El funcionario se acercó con aire perplejo.

—¿Cuánto tiempo lleva aquí? —inquirió Ambler.

El funcionario hizo una breve pausa antes de responder.

—¿Quién es usted?

—Maldita sea, ¿cuánto tiempo lleva aquí?

—Seis meses —respondió con cautela.

Hal bajó la voz.

—¿Han recibido la alerta sobre Tarquin?

El tipo asintió con la cabeza.

—Entonces sabe quién soy, quiénes somos. Y sabe que no debe hacer más preguntas.

—¿Forma parte del dispositivo de recuperación? —preguntó el hombre en un murmullo. Su expresión traslucía ansiedad y cierta envidia: un burócrata hablando con un asesino profesional.

—No hay ningún dispositivo de recuperación, y usted no me ha visto nunca —respondió Ambler con voz áspera al tiempo que asentía a la pregunta con un leve gesto de asentimiento—. ¿Entendido? Si tiene algún problema con ello, o con nosotros, hable con la subsecretaria, ¿de acuerdo? Aunque si le interesa tener una carrera larga, yo que usted me lo pensaría dos veces antes de hacerlo. Hay gente que se juega el pellejo para que ustedes sigan aquí sentados con sus culos gordos. Hoy he perdido a un hombre. Si nuestra investigación revela que no han hecho las cosas como es debido, armaré la de Dios. Lo mismo que todos los que están en mi cadena de mando. Téngalo presente: el tiempo es crucial.

El funcionario con pecho de paloma extendió una mano.

—Me llamo Sampson. ¿Qué necesitan?

—En estos momentos estamos llevando a cabo una operación de limpieza.

—¿Se refiere a que...?

—El objetivo ha sido eliminado a las nueve horas.

—Un trabajo rápido.

—Más rápido de lo que temíamos. Más engorroso de lo que esperábamos.

—Entiendo.

—Lo dudo, Sampson —respondió Ambler con voz imperiosa, autoritaria—. Nos preocupa la pequeña embarcación que tienen aquí. Tememos que tenga una vía de agua.

—¿Lo dice en serio? Eso es muy grave.

—Tan grave como un aneurisma. Es una posibilidad, pero tenemos que cerciorarnos. Tarquin sabía demasiado. Como he dicho, ha sido muy engorroso. Necesito disponer de un sistema de comunicación seguro con Washington. Me refiero a seguridad total. Sin orejitas rosas pegadas a la pared.

—Creo que deberíamos hablarlo con...

—¡Ahora, joder!

—En tal caso, será mejor que utilice la cámara de datos que hay arriba. Es examinada cada mañana. Ofrece absoluta privacidad acústica, visual y electrónica, de acuerdo con las normas del departamento.

—Yo contribuí a redactar esas normas —comentó Ambler con desdén—. Una cosa son las normas y otra su aplicación.

—Le garantizo personalmente su seguridad.

—Tengo que transmitir un informe. Lo que significa que necesito realizar unas rápidas pesquisas. Caiga quien caiga y sean cuales sean las consecuencias.

—Por supuesto —dijo Sampson.

Hal le miró con cara de pocos amigos.

—Vamos.

La mayoría de edificios consulares disponían de una versión de una cámara segura, donde la información era almacenada, procesada y transmitida. Durante las últimas décadas, las instalaciones del Comando Central estadounidense habían adquirido una importancia especial en lo concerniente a la proyección del poderío americano, en menoscabo del Departamento de Estado, que había cedido ante el aumento de los recursos militares con respecto a los recursos diplomáticos en la coyuntura de los años posteriores a la Guerra Fría. Así era el mundo, pero no el mundo en el que habitaban personas como Sampson, quienes redactaban sus informes analíticos y se consideraban los jefes del cotarro, aunque esos tiempos fueran ya historia.

La cámara de datos de alta seguridad estaba situada detrás de dos puertas separadas, y el sistema de ventilación había sido diseñado para conferir a la cámara una presión positiva en relación con las estancias exteriores, de forma que uno se diera cuenta de inmediato si una de las puertas se abría. Las puertas eran resistentes a todo intento de volarlas, de acero grueso con una pestaña de goma que garantizaba que cerraran herméticamente y la cámara quedara insonorizada. La normativa exigía que las paredes se compusieran de capas alternativas de fibra de vidrio y hormigón.

Ambler entró en la cámara y pulsó el botón que cerraba las puertas. Durante unos momentos se produjo un silencio; en la habitación hacía un calor sofocante y estaba tenuemente iluminada. De pronto se oyó un silbido grave al ponerse en marcha el sistema de ventilación, y se encendieron unas luces halógenas. Se hallaba en un espacio que medía alrededor de treinta y cinco metros cuadrados. Había dos mesas de trabajo, dispuestas una junto a la otra, cuyas superficies estaban revestidas con una especie de laminado blanco, y un par de sillas de oficina con los asientos y respaldos ovalados, forradas de un tejido sintético. Sobre las mesas había pantallas planas como las que había abajo y teclados negros; las torres de los ordenadores, de color beige, descansaban en soportes sobre las mesas. Mediante una conexión continua de alta velocidad de fibra óptica, intercambiaban datos encriptados con el complejo de almacenaje digital en Washington; las bases de datos remotas como ésta eran actualizadas —sincronizadas— cada hora.

La configuración del triple compartimento para almacenamiento contenía un sistema de almacenaje de ochenta y cuatro terabytes, que incorporaba una monitorización proactiva, así como *software* para detectar y corregir errores. Ambler sabía que estaba asimismo programado con dispositivos automáticos de borrado en caso de producirse un contratiempo. Se habían tomado todo tipo de precauciones para garantizar que esta vasta base de datos no terminara nunca en manos enemigas.

Hal encendió el monitor y esperó unos momentos a que se pusiera en marcha; la conexión ya estaba activada. A continuación empezó a teclear las palabras clave de su búsqueda. Había logrado entrar en el lugar más sensible de las oficinas de Operaciones Consulares; su artimaña podía ser descubierta en cualquier momento. Calculó que el trayecto de Lewalski a la avenida Gabriel le tomaría veinte minutos, pero si había poco tráfico, quizá menos. Tenía que aprovechar el tiempo de que disponía juiciosamente.

Tecleó «Wai-Chan Leung». Al cabo de unos segundos apareció una biografía oficial, preparada por la INR, la Oficina de Inteligencia e Investigación del Departamento de Estado. Unos hipervínculos subrayados conducían a otros archivos sobre los padres de Leung, sus intereses comerciales, orígenes, lazos políticos. La valoración de los negocios de los padres no revelaba nada interesante. Sus relaciones comerciales no eran impolutas: legisladores amigos recibían puntualmente donaciones; se insinuaban, aunque no estaban documentados, pequeños pagos a funcionarios extranjeros que podían agilizar ciertas transacciones, pero teniendo en cuenta el lugar y el momento, esos trapicheos eran llevados a cabo con cierto decoro. Ambler examinó impaciente la biografía del propio Wai-Chan Leung, reconociendo los puntos familiares en una trayectoria pública familiar.

No había atisbo de las alegaciones que contenía el dossier preparado por la Unidad de Estabilización Política, y Hal conocía bien los métodos de insinuación, las técnicas de manipulación empleadas por los analistas de inteligencia profesionales. Por lo general, consistían en tibios desmentidos precedidos por «pese a los rumores de unos contactos con...», o «aunque algunos han conjeturado que...» Pero aquí no había nada de eso. A los analistas les preocupaba que las perspectivas de Leung como personaje político se vieran afectadas por su «retórica decididamente no beligerante» sobre el tema de las relaciones con China. Los ojos de Ambler saltaban de un párrafo a otro, como un bólido por un accidentado camino de montaña. De vez en cuando se detenía en un pasaje potencialmente significativo.

Wai Chan Leung tenía plena confianza en un futuro de «liberalización convergente». Creía que la emergencia de una China Continental más democrática conduciría a relaciones políticas más estrechas. Sus adversarios, por el contrario, mantenían la vieja e inflexible postura de abierta hostilidad y suspicacia, una postura que sin duda reforzaba dichos conceptos tan extendidos entre los homólogos de éstos en el Partido Comunista chino y el Ejército de Liberación Popular. La postura de Wai-Chan Leung sobre el tema probablemente habría sido insostenible para cualquier político que no poseyera su enorme carisma.

Eran palabras mesuradas, pero que aludían al joven e idealista candidato que Ambler había visto, alguien que había defendido sus ideales al margen de la conveniencia política, y que se había ganado por ello el respeto de la gente.

El historial de Kurt Sollinger era más somero. Había pasado quince años dedicado a los asuntos económicos de Europa, bajo diversas denominaciones: Mercado Común Europeo, Comunidad Europea, Unión Europea. Sollinger había nacido en 1953 y había crecido en Deurne, Bélgica, un suburbio de clase media de Amberes. Su padre había sido un osteópata formado en Lausanne; su madre una bibliotecaria. Había las acostumbradas afiliaciones izquierdistas en sus años de instituto y universidad —en el Lyceum van Deurne, la Universidad Católica de Lovaina—, pero nada fuera de lo común en gentes de su generación. Había sido fotografiado con un grupo de manifestantes que protestaban por el despliegue de misiles de alcance intermedio en Alemania a principios de la década de 1980, había sido firmante de varias peticiones hechas por Greenpeace y otros grupos activistas medioambientales. Pero ese activismo no había sobrevivido a sus veinte años. Sollinger se había aplicado a los estudios académicos con ahínco. Preparó un doctorado en ciencias económicas con un tal profesor Lambrecht, algo relacionado con las economías locales y la integración europea. Ambler examinó el escueto informe, buscando... ¿qué? No estaba seguro. Pero si había un patrón por descubrir, ésta era la única forma de hacerlo. Tenía que mantener la mente abierta y receptiva. Y acabaría viéndolo. O no.

Siguió examinando el documento, leyendo por encima la interminable lista de promociones y nombramientos burocráticos que había obtenido el plurilingüe doctor Kurt Sollinger. Su progreso había sido constante, aunque no espectacular, pero en un campo de tecnócratas altamente cualificados como él, había conseguido labrarse poco a poco una reputación de integridad e inteligencia. La próxima sección de la breve biografía de Sollinger iba encabezada con el título: «El equipo oriental». Era un informe referente a su cargo de presidente de un comité especial encargado de las transacciones comerciales entre Oriente y Occidente. Ambler lo leyó más pausadamente. El grupo había hecho notables progresos al lograr un convenio especial entre Europa y China, un convenio, sin embargo, que había descarrilado debido a la muerte de Kurt Sollinger, el principal negociador europeo.

Sintió que el pulso se le alteraba al teclear el nombre de Benoit Deschesnes. Pasó por alto los detalles de los estudios que había cursados en el instituto y la universidad, los nombramientos en

La advertencia de Ambler 325

asociaciones y facultades, los pormenores burocráticos de su trabajo de consultoría para la Comisión de Monitorización, Verificación e Inspección de las Naciones Unidas, seguido por su rápido
ascenso a la dirección del Organismo Internacional de Energía
Atómica.

Ambler encontró lo que buscaba al final del expediente. Deschesnes había designado una comisión especial, encargada de investigar las acusaciones de que el gobierno chino estaba implicado
en la proliferación nuclear. Muchos pensaban que las acusaciones
habían sido hechas con fines políticos; a otros les preocupaba que
hiciera bueno el dicho de que «donde hay humo, hay fuego».
Como director general del OIEA, Deschesnes tenía fama de recti-
tud e independencia. Los analistas del Departamento de Estado
habían llegado a la conclusión, basándose en las informaciones
procedentes de diversas fuentes, de que el informe, elaborado a lo
largo de un año, exoneraría al gobierno chino. La última entrada,
redactada y enviada hacía unas horas, afirmaba que la publicación
de los resultados de la comisión especial sería pospuesta sin fecha
debido a la muerte violenta del investigador principal.

China.

El orbe de la red se centraba en China. La palabra indicaba a
Ambler todo y nada. Lo que estaba meridianamente claro era que
el asesinato de Wai-Chan Leung no se había producido por des-
cuido; no era el resultado de una credulidad con respecto a las
informaciones falsas difundidas por sus adversarios. Antes bien,
esa información falsa había sido utilizada de modo deliberado.
Todo indicaba que la muerte de Wai-Chan Leung formaba parte
de un patrón. De un intento de mayor envergadura de eliminar a
varios personajes influyentes que se mostraban favorables al nuevo
liderazgo en China. Pero ¿por qué?

Más preguntas, más conclusiones. Si Leung había sido convertido en un instrumento al servicio de otros mediante una astuta
manipulación, sin duda habían empleado esa técnica con otros. El
fanatismo de Fenton propiciaba el que alguien le utilizara. Los

fanáticos como él siempre se exponían a ser manipulados cuando su fanatismo eclipsaba su instintivo recelo. Sería muy fácil apelar a su patriotismo y suministrarle una información falsa, y luego esperar a observar los resultados.

Pero ¿por qué?

Ambler miró su reloj. Llevaba allí demasiado tiempo; cada momento que pasaba incrementaba los riesgos. No obstante, antes de apagar el monitor, tecleó un último nombre.

Transcurrieron unos segundos interminables, mientras el sistema de ochenta y cuatro terabytes de discos duros buscaba inútilmente, antes de reconocer su fracaso.

No existen datos sobre HARRISON AMBLER.

21

La limusina Daimler que condujo a Ellen Whitfield a la mansión esperó en un área de aparcamiento de grava mientras la subsecretaria entraba en el magnífico edificio.

El castillo de Gournay, a cuarenta minutos en coche al noroeste de París, era un tesoro arquitectónico del siglo XVII que, aunque mucho menos ostentoso que el cercano Versalles, no resultaba menos imponente en sus detalles. Diseñado por François Mansart para un duque de la corte de Luis XIV, el castillo era uno de los más importantes de su género en Francia, desde la entrada que era una apoteosis del clasicismo de la época hasta el aparador en piedra tallada, el cual había sido fotografiado hasta la saciedad. Los once dormitorios seguían intactos desde su construcción; la pista de tenis y las piscinas eran más recientes. A lo largo del último medio siglo, había sido utilizado para conferencias internacionales de organismos gubernamentales y no gubernamentales, para cónclaves de industriales de alto nivel y sus sucesores de la era de la información. En estos momentos, había sido alquilado por una «fábrica de ideas» de tendencia conservadora y generosamente dotada, radicada en las afueras de Washington, a instancias del profesor Ashton Palmer, que presidía el programa de la Cuenca del Pacífico y siempre prefería un entorno que expresara lo mejor que la civilización podía ofrecer.

Un sirviente de librea recibió a la subsecretaria en el vestíbulo.

—Monsieur Palmer la espera en la Sala Azul, *madame* —dijo el criado francés a la subsecretaria. Era un hombre de cincuenta y tantos años, con la nariz rota, la mandíbula cuadrada y de complexión delgada, un hombre del que uno sospechaba que había vivido numerosas experiencias y poseía conocimientos que excedían los requerimientos de su presunto puesto. A Whitfield no le habría sorprendido que Palmer hubiera contratado a un ex miembro de la Legión Extranjera francesa, pues era un firme defensor de los empleados «multiuso»: el ayuda de cámara que también era traductor, el mayordomo que hacía también las veces de guardaespaldas. La afición de Palmer por la polivalencia obedecía a una estética en materia de eficiencia; reconocía que una persona podía desempeñar varios papeles en el escenario de la historia, que la acción elegida con acierto obtendría más de un efecto. De hecho, la doctrina de la polivalencia de Palmer era clave en el escenario que se estaba desarrollando en esos momentos.

La Sala Azul era una estancia octagonal con una ventana saledeza que daba a los establos. El techo abovedado estaba a una altura de al menos cinco metros, las alfombras sin costuras habían salido de los mejores telares de la época, los candelabros eran de una calidad exquisita. La subsecretaria se acercó a la ventana para contemplar el paisaje maravillosamente dibujado. Los establos, de ladrillo y madera, podrían haber sido transformados en una hermosa casa rural.

—Eran magníficos artesanos, ¿no crees? —preguntó Ashton Palmer.

Al volverse Ellen Whitfield vio entrar a Palmer por una discreta puerta de vaivén.

—Como dices siempre, «no es la habilidad, sino el grado de habilidad» —respondió la subsecretaria sonriendo.

—Eso era lo más extraordinario de la corte del Rey Sol: el nivel de civilización, el gran valor que daban a la literatura, el arte, las ciencias naturales y la arquitectura. Al mismo tiempo, había muchas cosas a las que no prestaban atención: las inestabilidades sísmicas del orden social gracias a las cuales medraban. La base de la revolución que devoraría a sus hijos un siglo más tarde. La suya era una paz espuria, que contenía las semillas de su propia destrucción. Las personas tienden a olvidar lo que Heráclito nos enseñó:

«La guerra es frecuente, el conflicto es habitual y todas las cosas ocurren debido al conflicto y la necesidad».

—Me alegro de verte, Ashton —dijo Whitfield con afecto—. Vivimos tiempos, si se me permite invocar la vieja maldición china, interesantes.

Palmer sonrió. Su pelo plateado era más escaso que cuando Whitfield era su alumna, aunque iba no menos bien peinado; tenía una frente despejada e imponente; sus ojos gris pizarra irradiaban inteligencia. Su persona tenía un aire de intemporalidad, algo que trascendía el día a día. A lo largo de su carrera Whitfield se había topado con muchos personajes considerados históricos, pero creía que Ashton Palmer era el hombre más grande que había conocido, un visionario en todos los sentidos. Había sido un privilegio para ella conocerlo, un hecho del que ya había sido consciente en aquel entonces, cuando tenía veintipocos años. En esos momentos seguía siendo consciente de ello.

—¿Qué me cuentas? —preguntó el sabio. Ellen Whitfield sabía que Palmer había volado directamente de Hong Kong, pero le asombró el aspecto descansado que presentaba.

—Hasta la fecha, todo ha ocurrido tal como pronosticaste. —Los ojos de la subsecretaria chispeaban—. Tal como habías imaginado. —Se miró en el elegante espejo veneciano. La luz cobriza del invierno francés penetraba a través del cristal emplomado, acentuando sus elevados pómulos y marcados rasgos. Tenía el pelo castaño, peinado con raya al lado; lucía una falda color cereza y un collar de perlas de una vuelta. La sutil sombra de ojos realzaba el azul de sus pupilas—. Este lugar es impresionante.

—El Centro de Estudios sobre Política se dispone a celebrar una conferencia aquí. «Normas monetarias: una perspectiva Oriente/Occidente.» ¿Que has dicho a tu gente?

—Descuida, el castillo de Gournay forma parte del itinerario. Una reunión con especialistas sobre la liberalización de los intercambios monetarios.

—Es preciso seguir tomando las debidas precauciones.

—Lo sé —respondió la subsecretaria sentándose a una mesa de madera dorada. Palmer se acercó a ella.

—Recuerdo la primera vez que asistí a una conferencia tuya —dijo Whitfield mirando a través del cristal emplomado—. Yo era una estudiante en Radcliffe, tú dabas un curso sobre dominio global en el Sanders Theatre, y escribiste tres palabras en alemán en el encerado: *Machtpolitik, Geopolitik* y *Realpolitik*. Alguien sentado al fondo de la sala preguntó: «¿Vamos a tener que hablar alemán?» Tú respondiste que no, pero que era una lengua que convenía que aprendiésemos, y que sólo algunos de los oyentes lograríamos dominar: la lengua de la política.

Los ojos de Palmer traslucían una expresión risueña al recordar el episodio.

—Me pareció justo advertir a la gente.

—Cierto —dijo Ellen Whitfield—. Dijiste que la mayoría de nosotros no lo conseguiríamos. Que sólo unos pocos llegaríamos a dominarlo, mientras que el resto caería en los tópicos de lo históricamente insignificante, «la visión del concejal local del universo», creo que lo denominaste. Conceptos muy elevados para mentes jóvenes.

—Tú ya tenías entonces el vigor intelectual —respondió Palmer—. El carácter decidido que se tiene o no se tiene.

—Recuerdo que hablaste de Gengis Khan, y que, en términos de modernidad, cabía decir que estaba entregado a la liberalización del comercio y la libertad religiosa, porque así era como gobernaba su imperio.

—Lo cual era justamente lo que le hacía tan peligroso. —Ashton Palmer extendió las manos sobre la marquetería de madera de peral.

—Exacto. Y mostraste en el mapa la extensión del imperio de Khan, explicando que en 1241 su hijo y heredero, Ogodei, había tomado Kiev, destruido un ejército alemán en el este, atravesado Hungría y llegado a las puertas de Viena. Las hordas se habían detenido allí. El imperio mongol era casi exactamente coincidente con el Bloque Oriental. Eso era lo alucinante. Nos mostraste las dos áreas, la de los dominios mongoles y la del imperio comunista, desde Corea del Norte y China hasta Europa Oriental. Era la misma zona, «la huella de la historia», dijiste. Fue un capricho del azar que los mongoles se detuvieran en Viena.

—Un capricho del azar —repitió Palmer—. Ogodei había muerto, y los líderes militares querían regresar para contribuir a elegir a su sucesor.

—Nos mostraste que los grandes imperios respondían a un patrón. En el siglo dieciséis, Suleimán el Magnífico era el sultán otomano más poderoso, y defendía también los principios básicos de una justicia igual para todos, la imparcialidad procesal, el libre comercio. Como premisa histórica, demostraste que los imperios orientales siempre habían sido peligrosos para Occidente en proporción directa a lo liberales que eran dentro de sus fronteras.

—Muchas personas son incapaces de leer la letra pequeña —comentó Palmer—, especialmente cuando está en chino.

—Y explicaste a ese hatajo de jóvenes con ojos legañosos que durante los últimos siglos, China, el Imperio de la Tierra Media, no había supuesto nunca un peligro para la hegemonía occidental, aunque, en principio, podía haber sido su mayor rival. El presidente Mao era el auténtico tigre de papel. En China, cuanto más totalitario era el régimen, más cautelosa, puramente defensiva y encerrada en sí misma era la postura de los militares. Era un material potente, transmitido de forma potente. Los chicos listos se espabilaron enseguida al comprender las connotaciones de lo que decías. Recuerdo que se me puso la piel de gallina.

—Pero algunas cosas no cambian. Tus colegas en el Departamento de Estado siguen negándose a ver la realidad: que a medida que China se ha occidentalizado en su forma de gobierno, se ha convertido en una amenaza mayor, tanto desde el punto de vista militar como económico. El presidente de China tiene un rostro agradable, y ese rostro ha impedido a nuestro gobierno ver la realidad: que el presidente chino, más que nadie, está empeñado en despertar al dragón dormido. —Palmer consultó su delgado y elegante reloj Patek Philippe. Whitfield observó que indicaba el tiempo sidéreo a la vez que la hora oficial y la hora en Pekín.

—Incluso cuando era una estudiante, tú parecías comprender las cosas mucho mejor que los demás. El seminario sobre relaciones internacionales al que asistí en mi primer año de posgrado me produjo la sensación de ser uno de los iluminados.

—Se presentaron cincuenta estudiantes; sólo admití a doce.

—Un grupo extraordinario. No creo que yo fuera la más brillante de ellos.

—No —convino Palmer—, pero eras la más... competente.

Whitfield recordó el primer día del seminario de posgrado. El profesor Palmer había hablado sobre la perspectiva que debía tener sobre el mundo el primer ministro británico, Benjamin Disraeli, a fines del siglo XIX, al timón de una poderosa *pax britannica*. Disraeli debía suponer que su imperio era imperecedero, que el próximo siglo pertenecería a los británicos y a su poderosa armada. Al cabo de unas décadas del siguiente siglo, Gran Bretaña había quedado reducida a una potencia de segundo orden. Era una transformación, dijo Palmer, análoga a cuando el Imperio romano se convirtió en Italia.

El siglo XX era el siglo americano; la supremacía industrial y económica de Estados Unidos no tenía rival después de la Segunda Guerra Mundial, y los complejos mecanismos de sus puestos de mando militares proyectaban su poderío sobre los lugares más remotos del globo. Pero era un error suponer, advirtió Palmer, que el próximo siglo pertenecería a Estados Unidos por derecho propio. Si el Imperio chino se despertaba de su letargo, el próximo siglo podía ser suyo; el centro de la preeminencia global podía desplazarse al este. Y la política del «compromiso constructivo» era justamente el tipo de sandez que reforzaría a los chinos y aceleraría su ascendiente.

Haciéndose eco del rechazo de Marx de los «marxistas» franceses de la década de 1870, Ashton Palmer había comentado en cierta ocasión, en broma, que no era un «palmerita». Con ello rechazaba las burdas interpretaciones de sus doctrinas esenciales por parte de las personas que deducían de sus trabajos la inevitabilidad histórica. El método de Palmer combinaba la gran historia de *long durée* —la historia de épocas que duraban siglos— y la microhistoria del período siguiente. No podía ser reducido a eslóganes, refranes, fórmulas. Nada era inevitable: ése era el punto crucial. Creer en un determinismo histórico equivalía a aceptar la pasividad. La historia del mundo era una historia de acciones llevadas a cabo por seres humanos. Acciones que habían construido la historia de la humanidad. Acciones que podían reconstruirla.

El criado de librea carraspeó.

—Profesor Palmer —dijo—, ha recibido un mensaje.

Se volvió hacia Whitfield con gesto de disculpa.

—Perdóname un momento.

Palmer desapareció por un largo pasillo. Cuando regresó, al cabo de unos minutos, se mostraba al mismo tiempo nervioso y eufórico.

—Todo se está desarrollando según lo previsto —informó a Ellen—. Lo cual incrementa la tensión.

—Entiendo.

—¿Y Tarquin?

—Como tú acabas de decir, todo se está desarrollando según lo planeado.

—¿Y su nueva «compañera»? ¿No presentará ningún problema?

—No te preocupes. Lo tenemos todo controlado.

—Es muy importante que tengas en cuenta que sólo faltan sesenta y dos horas. Todos deben desempeñar su papel a la perfección.

—Hasta ahora —le tranquilizó la subsecretaria Whitfield—, todos lo han hecho.

—¿Incluyendo a Tarquin? —preguntó Palmer. Sus ojos gris pizarra centelleaban.

Whitfield asintió con una pequeña sonrisa.

—Especialmente Tarquin.

Ambler fijó los ojos al frente cuando abandonó el número 2 de la calle Saint Florentin; quería dar la impresión de un hombre que no tiene tiempo que perder. Lo cual no representaba un gran reto, puesto que no tenía un minuto que perder. Cuando salió a la calle y se alejó del consulado, redujo el paso, adoptando el aire de un paseante sin rumbo fijo al pasar frente a las marquesinas rojas y los espléndidos escaparates. Se alejaba de la plaza de la Concorde, dirigiéndose hacia la calle Saint Honoré —de la paz al honor, se dijo—, consciente de cuanto le rodeaba mientras fingía estar absorto en su propio mundo.

El estar pendiente de tu entorno era más que una cuestión de ver. Era también una cuestión de escuchar: siempre tenías que aguzar el oído para advertir los pasos de alguien, invisible, apresurados y luego más lentos en un intento de mantener una distancia constante con la persona a la que seguía.

Ambler se percató de que alguien le seguía, pero no como lo haría un agente encubierto. Oyó el sonido de alguien que se apresuraba hacia él, una persona con las piernas algo más cortas que las suyas y, a juzgar por los sofocados jadeos, que no estaba en buena forma física.

Sabía que eso debía inquietarle, pero el hombre que se apresuraba tras él se movía con la sutileza de un camarero persiguiendo a un cliente que se ha ido sin pagar. Quizás ése era el propósito del ardid, aplacar las sospechas de un agente experto por medio de una excesiva obviedad.

Apretó el paso y al llegar al final de la manzana dobló a la izquierda, enfilando por la calle Cambon, más estrecha, y luego, tras un breve recorrido, por la calle de Mont Thabor. A unos cincuenta metros había un callejón, que daba acceso a algunas de las *boutiques* vecinas. Se detuvo ante el callejón fingiendo consultar su reloj. Vio reflejado en su esfera al hombre que le estaba persiguiendo. Con un movimiento rápido, se volvió y agarró al extraño, forcejeando con él hasta lograr meterlo en el callejón y acorralarlo contra el muro de ladrillo de ceniza cubierto de grafitis.

El hombre era un espécimen anodino de ser humano, pálido, jadeante, con el pelo negro y ralo, con ojeras y barriga protuberante. Tenía la frente perlada de sudor. Medía aproximadamente un metro sesenta y cinco de estatura y parecía hallarse fuera de su elemento. Su atuendo —una gabardina barata, una camisa de una mezcla sintética y un insulso traje gris mal cortado— era americano. Ambler observó sus manos para comprobar si hacía algún gesto para sacar un arma oculta.

—Usted es Tarquin, ¿no? —preguntó el pálido extraño sin dejar de resollar.

Hal le empujó contra la pared.

—¡Ay! —protestó el hombre.

Le palpó la ropa en busca de algún tipo de arma: el bolígrafo era demasiado grueso, demasiado largo, el billetero era demasiado abultado para contener tan sólo unos billetes y tarjetas de plástico.

Nada.

Le miró fijamente, escrutándole, en busca de algún atisbo de astucia.

—¿Quién quiere saberlo?

—Quíteme las manos de encima, cretino —le espetó aquel tipo. Tenía un acento de Brooklyn, pero leve.

—Repito, ¿quién quiere saberlo?

El hombre se irguió con expresión ofendida.

—Me llamo Clayton Caston. —No ofreció la mano a Ambler.

22

—¿No me diga? —dijo Hal sin disimular su desdén y suspicacia—. Es un amigo. Ha venido para ayudarme.

—¿Está de broma? —replicó el hombre pálido con hosquedad—. No soy su amigo. Y he venido para ayudarme a mí mismo.

—¿Con quién está? —preguntó Ambler.

Ese tipo no tenía remedio: su incompetencia al tratar de realizar las maniobras básicas de un agente encubierto no podía simularse. Pero podía ser útil como parte de un equipo, atrayendo la atención de Hal, haciéndole que bajara la guardia mientras los otros entraban a matar.

—¿Se refiere en mi lugar de trabajo?

—Me refiero ahora, aquí. ¿Qué otras personas hay? ¿Y dónde? O me lo dice ahora mismo o le prometo que no volverá a articular palabra.

—Y yo me preguntaba por qué no tenía usted amigos.

Ambler extendió la mano derecha en un gesto amenazante de karateca. Quería dejar muy claro que era capaz de asestarle un golpe contundente en el cuello.

—¿Qué otras personas hay? —prosiguió Caston—. Unos once millones de franceses, contando toda el área metropolitana.

—¿Pretende decirme que opera solo?

—Al menos de momento —contestó el hombre de mala gana.

Hal empezó a relajarse; el rostro del extraño no mostraba el menor disimulo. Operaba solo. Intuyó que no lo había dicho para tranquilizarle, sino que se había limitado a reconocer una verdad incómoda.

—Pero debe saber que trabajo para la CIA —le advirtió Caston, irritado—. Así que no se ponga chulo. Si me hace daño, lo lamentará. La Compañía detesta pagar facturas médicas. Les sentará como un tiro. De modo que... ya puede apartar esa mano. Es un gesto que no le beneficia. Aunque, bien pensado, quizá tampoco me beneficie a mí. En definitiva, que los dos saldríamos perdiendo.

—Está de broma.

—Una suposición frecuente, y frecuentemente errónea —contestó el hombre—. Mire, hay un McDonald's cerca de la Ópera de París. Podríamos conversar allí.

Ambler le miró atónito.

—¿Qué le parece?

—¿Un McDonald's? —Meneó la cabeza con gesto incrédulo—. ¿Es un nuevo punto de encuentro que se ha sacado la agencia de la manga?

—No lo sé. Es que no estoy seguro de soportar la comida local. Por si no lo ha adivinado todavía, no estoy acostumbrado a estos numeritos —el hombre agitó los dedos despectivamente— de agentes secretos. No es lo mío.

Hal echaba vistazos continuos a su alrededor. Hasta el momento no había detectado ninguna sutil modificación en el tránsito peatonal que indicara que una patrulla a pie —un equipo de «caminantes»— rondaba por allí.

—De acuerdo, hablaremos en un McDonald's. —*Nunca se debe aceptar un lugar de reunión elegido por la otra parte—.* Pero no en ése.

Introdujo la mano en el bolsillo del pecho del extraño y sacó su móvil. Un Ericsson multiestándar. Una somera inspección reveló que contenía una tarjeta SIM de prepago. Probablemente había alquilado el artilugio en el Aeropuerto Charles De Gaulle. Pulsó unas teclas y el teléfono mostró las cifras de su número, que él se apresuró a memorizar.

—Le llamaré dentro de quince minutos para darle una dirección.

El hombre miró su reloj, un Casio digital.

—Bien —respondió con un tono ligeramente malhumorado.

Doce minutos más tarde, Ambler salió del metro de Pigalle. El McDonald's estaba frente a la estación; la muchedumbre que pasaba por ahí le permitía vigilar el lugar sin llamar la atención. Telefoneó al hombre que decía llamarse Caston y le dio la dirección.

Luego se dispuso a esperar. Había centenares de métodos mediante los cuales los «caminantes» ocupaban discretamente sus posiciones. La pareja que reía a carcajadas junto al quiosco de prensa, el hombre solitario de rostro cetrino que contemplaba con gesto adusto el escaparate de una tienda que vendía prendas eróticas de látex y cuero, el joven mofletudo vestido con una cazadora tejana con cuello de borrego, que llevaba una cámara colgada del cuello... Todos avanzaban, para ser sustituidos por personas con un perfil similar, las cuales evitaban todo contacto visual entre sí, pero estaban invisiblemente conectadas por un denominador común.

Pero esos movimientos siempre producían cambios sutiles, que un observador avispado podía detectar. Los seres humanos guardaban distancias entre sí según leyes de las que no eran conscientes, pero que incidían en su comportamiento.

Dos personas en un ascensor se repartían el espacio entre ellas; si había más de tres, evitaban escrupulosamente todo contacto visual. Cuando otro pasajero se montaba en la cabina, los ocupantes cambiaban de posición para maximizar las distancias entre ellos. Era una pequeña danza, repetida hora tras hora, día tras día, en los ascensores de todo el mundo: las personas se comportaban como si hubieran sido instruidas en esas maniobras, pero eran inconscientes de lo que les impulsaba a desplazarse un poco hacia atrás, o a la izquierda, o bien a la derecha, o hacia delante. No obstante, cuando conocías esos patrones, resultaban de lo más obvio. En las aceras se observaban patrones similares —elásticos y amorfos, pero reales— en la forma en que la gente se agolpaba frente a un escaparate o hacía cola ante un quiosco de prensa. La presencia de alguien apostado de modo que le hacía destacar entre los demás alteraba el orden natural. Un observador lo suficientemente receptivo se percataba de esas alteraciones casi de forma inconsciente. Ambler sabía que más difícil que describir lo que no encajaba era intuirlo. El pensamiento consciente es lógico y lento. La intuición es veloz, irreflexiva y por lo general más precisa. Al cabo de unos minutos se convenció de que no había llegado ningún dispositivo o patrulla de vigilancia.

El hombre pálido llegó en un taxi, deteniéndose en la esquina justo antes del McDonald's. Al apearse se apresuró a estirar el cuello para mirar a su alrededor, un gesto inútil que más que ayudarle a identificar a sus seguidores habría servido para que éstos le identificasen a él.

Después de que el hombre de la CIA entrara en el restaurante, Ambler observó hasta que el taxi desapareció por la calle y dobló la esquina. Luego aguardó otros cinco minutos. Nada.

Atravesó la concurrida calle y entró en el McDonald's. El interior estaba en penumbra, iluminado con unas luces rojizas que parecían más adecuadas para un prostíbulo. Caston estaba sentado en un reservado bebiendo un café.

Ambler compró un par de hamburguesas con beicon y se sentó a una mesa situada en el tercio posterior del restaurante, pero desde la que se veía la puerta con toda claridad. Luego indicó a Caston que se reuniera con él. Éste había elegido evidentemente ese reservado porque era el menos visible. Era el tipo de error defensivo que ningún espía habría cometido. Si unos elementos hostiles entraban en el lugar, era porque sabían que estabas allí. Era preferible percatarse cuanto antes de la presencia de éstos, para potenciar tu capacidad de observación. Sólo los aficionados se cegaban para permanecer invisibles.

Caston se sentó frente a Ambler en la pequeña mesa de madera clara. Parecía sentirse incómodo.

Ambler no cesaba de vigilar el comedor del restaurante. No podía eliminar la posibilidad de que Caston fuera, sin quererlo, un tigre de papel; si llevaba un transpondedor en el tacón del zapato, por ejemplo, sería muy fácil reunir un dispositivo invisible; la vigilancia visual sería innecesaria.

—Es usted más corpulento que en su fotografía —comentó Caston—. Aunque su fotografía sólo medía ocho por trece centímetros.

Hal ignoró el comentario.

—¿Quién sabe que está aquí conmigo? —preguntó con impaciencia.

—Sólo usted —respondió el hombre. Su voz denotaba irritación, pero ni el menor rastro de engaño o disimulo. Los mentirosos con frecuencia te miran atentamente después de hablar, para comprobar si te has tragado la mentira o tienen que esforzarse para convencerte. Los que dicen la verdad, durante una conversación normal, dan por supuesto que les crees. Caston fijó los ojos en las hamburguesas en la bandeja ante Ambler—. ¿Va a comerse las dos?

Tarquin negó con la cabeza.

El norteamericano tomó una hamburguesa y empezó a engullirla.

—Lo siento —dijo al cabo de unos minutos—, hace rato que no pruebo bocado.

—Es difícil comer bien en Francia, ¿no?

—Y que lo diga —respondió el hombre, sin percatarse del sarcasmo de Tarquin.

—Quiero que me diga quién es en realidad. No parece un agente de la CIA. No tiene aspecto de agente encubierto o de policía. —Observó al hombre cargado de hombros y barrigudo sentado ante él. Era evidente que no estaba en forma. Y que estaba fuera de lugar—. Tiene aspecto de contable.

—Ha acertado —respondió Caston. Sacó un bolígrafo y apuntó a Ambler con él—. De modo que ándese con cuidado —añadió sonriendo—. En realidad, era un agente de la CIA antes de ponerme a trabajar para la CIA. Era auditor interno. Llevo treinta años trabajando para la agencia. Pero apenas salgo de la oficina.

—¿Trabajos de trastienda?

—Es lo que suelen decir los tipos que trabajan de cara al público.

—¿Cómo es que acabó trabajando para la Compañía?

—¿Tenemos tiempo para eso?

—Explíquemelo —respondió Hal. La insistente nota en su voz era casi una amenaza.

Caston asintió con la cabeza; comprendió que el hombre que conocía como Tarquin no se lo preguntaba por simple curiosidad, sino para verificar si lo que decía era cierto.

—Para resumir, empecé a trabajar sobre fraudes corporativos en la SEC. Luego trabajé un tiempo en Ernst & Young, pero eso se parecía mucho a cometer un fraude corporativo. A todo esto, una lumbrera en Washington pensó que la Compañía era, básicamente, una compañía. Decidieron contratar a alguien con mis singulares dotes. —El hombre apuró su café—. Lo de «singular» no lo he dicho por decir.

Ambler observó a Caston cuando prosiguió hablando, y, de nuevo, no detectó ningún intento de engañarle.

—De modo que ha dado conmigo un aficionado en materia de trabajos de campo —dijo Hal—. Un burócrata. No sé si eso me divierte o hace que me sienta humillado.

—Puede que yo sea un simple burócrata, Tarquin, pero eso no quiere decir que sea un idiota.

—Al contrario —contestó el aludido—. Cuénteme cómo me encontró, y por qué.

El hombre esbozó una breve sonrisa de satisfacción, un momento de vanidad reprimida.

—Fue muy sencillo una vez que me enteré de que se dirigía a París.

—Como ha apuntado, es un área con una población de once millones de personas.

—Empecé a pensar en las probabilidades. París no es un buen lugar para ocultarse: sigue siendo un importante sector para las comunidades de inteligencia de varias naciones. De hecho, es el último lugar en el que usted debería estar. No vino aquí para ocultarse. Quizá tenía que realizar un trabajo, pero, en tal caso, ¿por qué no se largó a la primera oportunidad? Las pistas que dejó parecían indicar que había venido en busca de algo..., de información. ¿Cuál sería el último lugar en el mundo en el que un ex empleado de Operaciones Consulares, ahora clasificado como un agente «que va por libre», se presentaría? Obviamente, en la oficina parisina de Operaciones Consulares, al menos ésa es la conclusión a la que habían llegado mis colegas. El último lugar en el que debería estar.

—Así que se apresuró a venir aquí y me vigiló desde un banco situado al otro lado de la calle.

—Porque la información que usted andaba buscando debía de estar relacionada con Operaciones Consulares, y el mundo de Operaciones Consulares es el mundo en el que usted se siente más cómodo.

—De modo que fue una corazonada, ¿eh?

Caston le miró indignado.

—¿Una corazonada? —contestó con marcado desdén—. ¿Una corazonada? Clay Caston no se basa en corazonadas. No trafica con presentimientos, golpes de intuición, instinto o...

—Le aconsejo que baje la voz.

—Lo siento —dijo sonrojándose—. Me temo que ha tocado un nervio sensible.

—En todo caso, según su prodigiosa colección de deducciones lógicas...

—Se trata más de una matriz probabilística que de una lógica estrictamente silogística...

—Sea cual sea la estrambótica hipótesis en la que se basa, decidió venir aquí. Y tuvo suerte.

—¿Suerte? Está claro que no ha oído nada de lo que he dicho. Era cuestión de aplicar el teorema de Bayes para calcular las probabilidades condicionales, concediendo la debida importancia a las probabilidades anteriores y evitando la falacia de...

—Pero la pregunta clave es «por qué». ¿Por qué me buscaba?

—Muchas personas le buscan. Sólo puedo hablar por mí.

—Caston se detuvo—. Lo cual no es sencillo. Hace unos días, lo único que me interesaba era encontrarle para acabar con usted, eliminar una irregularidad. Pero ahora empiezo a pensar que existe una irregularidad más grave que resolver. Yo poseo ciertos datos. Tengo entendido que usted posee también unos datos. Si juntamos la información que tenemos, estableciendo un «espacio de muestreo», para utilizar el término técnico, quizá saquemos algo en limpio.

—Sigo sin comprender por qué no está en su despacho sacando punta a los lápices.

Caston respondió con un respingo.

—Por si le interesa, estaban jugando conmigo al gato y al ratón. Hay algunos actores malos que quieren dar con usted. Yo quiero dar con ellos. Lo cual significa que tenemos intereses en común.

—Veamos si lo he entendido bien —dijo Ambler. Hablaba en voz baja, como si él y Caston estuvieran conversando amigablemente, sabiendo que sus palabras quedarían sofocadas por el barullo de voces a una distancia de más de diez metros. Seguía en actitud vigilante—. Usted quería dar conmigo para liquidarme. Ahora quiere dar con otros que quieren dar conmigo.

—Exacto.

—¿Y luego qué?

—¿Luego? Entonces le tocará a usted. Después de que yo los haya arrestado, tendré que arrestarlo a usted. Luego seguiré sacando punta a esos lápices número dos.

—¿Pretende decir que confía en poder arrestarme? ¿Acabar conmigo? ¿Cómo se le ocurre decirme eso a la cara?

—Porque es verdad. Verá, usted representa todo cuanto yo detesto.

—Con halagos no conseguirá nada.

—Lo cierto es que las personas como usted son una plaga. Es un *cowboy*, empleado por otros *cowboys*, por personas que no tienen el menor respeto por las normas y las leyes, personas que toman siempre la vía fácil. Pero eso no es lo único que sé sobre usted. También sé que siempre se da cuenta de cuando alguien le miente. Así que no voy a molestarme en disimular.

—Lo que ha oído decir es cierto. ¿No le preocupa?

—Simplifica las cosas. Mentir nunca se me dio bien.

—Se lo preguntaré por última vez. ¿Ha dicho a alguien dónde estoy?

—No —respondió Caston.

—Entonces dígame por qué no debería matarle.

—Porque, como he dicho, a fin de cuentas tenemos intereses en común. A la larga..., como dijo Keynes, a la larga todos estaremos muertos. Confío en que acceda a formar conmigo una alianza temporal.

—¿El enemigo de tu enemigo es tu amigo?

—Por Dios, no —contestó Caston—. Esa forma de pensar es detestable. —Empezó a formar una grulla con el envoltorio de papel de la hamburguesa que había comido—. Hablemos claro. Usted no es mi amigo. Y estoy seguro de que yo no soy su amigo.

Washington, D.C.

Ethan Zackheim observó los rostros de los analistas y especialistas técnicos sentados alrededor de la mesa en la sala de conferencias 0002A preguntándose distraídamente cuántas toneladas de piedra y hormigón se alzaban sobre él. Seis pisos construidos en 1961, la mole del número 2201 de C Street. En esos momentos, el peso sobre sus hombros le parecía muy opresivo.

—De acuerdo, colegas, está claro que no hemos alcanzado nuestros objetivos, de modo que decidme al menos si hemos averiguado algo. ¿Abigail?

—Bien, hemos analizado las búsquedas que realizó en el consulado —respondió la especialista en comunicaciones, entrecerrando los ojos debajo de su flequillo castaño. El hecho de que Tarquin lograra colarse en una cámara de máxima seguridad en París constituía un tema espinoso entre ellos, un golpe a la vez espectacular y humillante, y motivo para que todos se lanzaran reproches mutuamente, además de ser un tema que a ninguno le apetecía abordar—. Tres de sus búsquedas eran para obtener información sobre Wai-Chan Leung, Kurt Sollinger y Benoit Deschesnes.

—Sus víctimas —rezongó Matthew Wexler. En su calidad de veterano que llevaba veinte años en la INR, la Oficina de Inteligencia e Investigación del Departamento de Estado, el analista político reivindicaba su prerrogativa de intervenir sin mayores preámbulos—. El criminal que recrea sus crímenes.

Zackheim se aflojó el nudo de la corbata. *¿Hace calor aquí o soy yo?*, se preguntó, pero decidió no expresarlo en voz alta. Tenía la sensación de que era él.

—¿Qué sentido tiene?

—Demuestra la relación entre él y esas víctimas con meridiana claridad, suponiendo que antes no estuviera claro. —Wexler se inclinó hacia delante, presionando su voluminosa barriga contra la mesa—. Antes teníamos pruebas circunstanciales muy contundentes, pero ahora no existe la menor duda.

—No creo que el análisis de imágenes pueda ser catalogado de circunstancial —objetó Randall Denning el experto en interpretación de imágenes—. Lo ubica en el lugar de los hechos. Sin lugar a dudas.

—Matthew, te basas en la suposición que todos acordamos hacer —dijo Zackheim—. Pero hay algo sobre esas búsquedas que me choca. ¿Por qué investigaría alguien los antecedentes de las personas que ha matado? ¿No es el tipo de cosa que hace un tipo antes de cargarse a alguien?

Sentado en el extremo opuesto de la mesa, Franklin Runci-

ROBERT LUDLUM

man, el director adjunto de Operaciones Consulares, parecía sentirse incómodo con el rumbo que había tomado Zackheim. Carraspeó para aclararse la garganta.

—Tienes razón, Ethan, al señalar que existen múltiples interpretaciones sobre el tema. —Sus ojos parecían especialmente penetrantes debajo de sus espesas cejas—. Siempre las hay. Pero no podemos emprender múltiples acciones. Debemos elegir una, basada en nuestra interpretación de las pruebas, todas las pruebas. No tenemos tiempo de barajar hechos no basados en datos objetivos.

Zackheim apretó la mandíbula. El resumen de Runciman, que no admitía réplica, le exasperaba: el problema que debían resolver era justamente descifrar qué hechos se basaban en datos objetivos y cuáles no. Pero era inútil protestar. Runciman llevaba razón al decir que existían múltiples interpretaciones. No obstante, el informe de Abigail preocupó a Zackheim por motivos que no habría sabido expresar. Fuera quien fuese ese Tarquin, parecía estar haciendo lo que hacían ellos, se comportaba como si llevara a cabo una investigación, no como si fuera el objetivo de una investigación. Zackheim tragó saliva. Eso le cabreaba.

—El verdadero problema es Fenton —dijo Wexler. Zackheim observó que el analista político no se había acordado de abrocharse los botones del cuello de su camisa. Como es natural, dada la brillante y organizada mente de Wexler, a todos les tenía sin cuidado su desaliño.

—La identificación no admite la menor duda —terció Denning—. Es el hombre que acompaña a Tarquin en el escenario inmediato del asesinato de Sollinger. Paul Fenton.

—Nadie lo pone en duda —dijo Wexler como si hablara con un alumno un tanto torpe—. Sabemos que estaba allí. La pregunta es qué significa su presencia. —Wexler se volvió hacia los otros—. ¿Qué sabemos sobre eso?

—Nos hemos topado con algunos problemas a la hora de obtener autorización para investigar el tema —dijo Abigail con cautela.

—¿Problemas? —preguntó Zackheim incrédulo—. ¿Qué somos, el consejo de redacción del *Washington Post?* Aquí no debería haber ningún impedimento interno. ¿Problemas a la hora de obtener autorización? ¡Eso son chorradas! —Se volvió hacia Wexler—. ¿Y tú? ¿Has examinado los expedientes de Fenton aquí?

Wexler alzó sus rechonchas manos con las palmas hacia arriba.

—Están secuestrados —contestó—. Al parecer, el protocolo de acceso especial es inviolable. —A continuación fijó la vista en Runciman.

—Explícate —dijo Zackheim dirigiéndose a Runciman. La lógica burocrática le decía que el director adjunto de Operaciones Consulares o había consentido en que se erigieran esas barreras o las había erigido él mismo.

—Es irrelevante a los propósitos de este equipo —dijo Runciman sin inmutarse. Incluso debajo de las luces fluorescentes baratas, su traje oscuro, de franela gris marengo con un discreto dibujo, tenía un aspecto caro y elegante.

—¿Irrelevante? —le espetó Zackheim casi farfullando—. ¿No crees que es el equipo el que debe decidirlo? ¡Maldita sea, Frank! Me pediste que dirigiera esta investigación, tenemos a todos tus genios de Imaging, Sigintel, Analysis... ¿Y ahora nos impides hacer nuestro trabajo?

Los rasgos duros de Runciman no revelaban la menor tensión, pero miró a Zackheim con aspereza.

—Hemos superado la fase de buscar datos. Ahora nuestro trabajo consiste en ejecutar la misión que acordamos. No convocar una sesión que no tiene ningún sentido, barajar hipótesis, consultar archivos o satisfacer tu pueril curiosidad. Cuando se establece una misión, tu trabajo consiste en garantizar que tenga éxito. Ofrecer apoyo operativo e información sobre la que puedan trabajar nuestros agentes para que lleven a cabo la misión que les hemos asignado.

—Pero el cuadro que se nos presenta...

—¿El cuadro? —le interrumpió Runciman con evidente desdén—. Nuestra tarea, Ethan, es eliminar a ese cabrón del cuadro.

París

Media hora más tarde, ambos hombres, el agente y el auditor, llegaron por separado al hotel donde se alojaba Caston, un extraño y atestado establecimiento llamado Hotel Sturbridge, que formaba parte de una cadena americana. Estaba claro que Caston trataba de aislarse al máximo del entorno local. Su habitación era espaciosa, en comparación con otros hoteles de su categoría en París, aunque tenía un aspecto amazacotado e institucional. Podía haber sido un hotel en Fort Worth. Caston invitó a Ambler a sentarse en una butaca con patas cabriolé, tapizada en terciopelo color mostaza, mientras ordenaba unos papeles sobre un pequeño escritorio lacado, el tipo de objeto que delataba su escasa calidad por su fallido intento de parecer elegante.

Hizo a Hal unas cuantas preguntas escuetas y precisas sobre sus experiencias tras abandonar Parrish Island; las respuestas de éste fueron también breves.

—Una situación... extraña —dijo Caston al cabo de un rato—. Me refiero a la suya. Eso de que borrasen todos sus datos... Si mi empatía hacia usted no estuviera bajo mínimos, diría que la experiencia debió de ser angustiosa. Como una extraña crisis de identidad.

—¿Una crisis de identidad? —le espetó Ambler—. Por favor. Eso es cuando un ingeniero de *software* se encierra en una cabaña de adobe en Nuevo México y se pone a leer los libros de Carlos Castaneda. Eso es cuando un ejecutivo de *marketing* cuya empresa figura en la lista de *Fortune 500* decide dejar su trabajo y dedicarse a vender pastelitos vegetarianos a tiendas de productos orgánicos. Supongo que estará de acuerdo conmigo en que mi experiencia excede con mucho esas situaciones.

Caston se encogió de hombros como medio disculpándose.

—Mire, he pasado los últimos días recabando todos los datos que he podido con ayuda de mi asistente. He rescatado buena parte de su historial profesional de la Unidad de Estabilización Política, o en todo caso lo que se supone que es su historial profesional. —Le entregó unos folios grapados.

Hal los hojeó. Le producía una curiosa sensación ver, en forma disecada y abreviada, el producto de sangre, sudor y lágrimas. Era deprimente. Su carrera, como la de tantos otros, carecía de un perfil público; su total secretismo era redimido por el heroísmo encubierto de sus acciones. Ésa era la promesa, el pacto: tus hechos, aunque ocultos, pueden cambiar el rumbo de la historia. Serás la mano oculta de la historia.

Pero ¿y si se tratara de una quimera? ¿Y si una vida de secretismo —una vida que le obligaba a sacrificar las relaciones humanas estrechas que conferían significado a tantas vidas— no tuviera consecuencia reales o duraderas, o cuando menos positivas?

Caston observó la expresión de Ambler.

—Concéntrese, ¿de acuerdo? Si observa algo que le parece falseado, dígamelo.

Hal asintió con la cabeza.

—De modo que emerge un perfil: tiene usted una facilidad pasmosa para «sacar deducciones eficaces». Es un polígrafo andante. Eso le da un gran valor como agente. El equipo de Estab le contrata al principio de su carrera en Operaciones Consulares. Se mete en lo más duro. Cumple el tipo de misiones que le gustan a la unidad. —Caston no trataba de ocultar su repugnancia—. Luego le endilgan la misión de Changhua. Completada con éxito, según los archivos. Acto seguido usted desaparece del mapa. ¿Por qué? ¿Qué ocurrió?

Ambler se lo contó rápidamente, sin apartar los ojos del rostro de Caston.

Éste no dijo nada, pero al cabo de un rato volvió a la carga.

—Cuénteme lo que ocurrió la noche que se lo llevaron. Todo

lo que usted y los otros dijeron. Todo, y todas las personas, que recuerda haber visto.

—Lo siento, pero no... —Hal no terminó la frase—. No lo sé. Laurel dice que tiene algo que ver con una amnesia retrógrada inducida por fármacos.

—Debe de estar en alguna parte de su mente, ¿no? —preguntó Caston.

—No lo sé —respondió Ambler—. Recuerdo ciertas cosas de mi vida, pero luego ésta se disipa y desaparece en la nada.

—Un fin de semana perdido.

—En otro orden de magnitud.

—Quizá no se esfuerza lo bastante —gruñó Caston.

—Maldita sea, he perdido dos años de mi vida. Dos años durante los cuales manipularon mi cerebro. Dos años de desolación. Dos años de desesperación.

Caston pestañeó.

—Eso son seis años.

—Si alguna vez se le ocurre dedicarse a una profesión para ayudar a la gente, no lo haga. No tiene ni idea de lo que he pasado...

—Ni usted. Eso es lo que trato de averiguar. Así que ahórrese sus lamentaciones para alguien que finja preocuparse por usted.

—No lo entiende. Por más que intento recordar, no lo consigo. En la pantalla todo está borroso. No hay una imagen nítida. —Ambler sintió que le embargaba una sensación de agotamiento. Estaba cansado. Demasiado cansado para hablar. Demasiado cansado para pensar.

Se acercó a la cama y se tendió en ella, contemplando el techo deprimido.

—Olvídese de la imagen —le espetó Caston—. Empiece por los pequeños detalles. ¿Cómo regresó de Taiwán?

—No tengo la más remota idea.

—¿En qué medio de transporte?

—Maldita sea, le he dicho que no lo sé —estalló Hal.

Pero Caston insistió, aparentemente ciego a las emociones de Ambler, a la agonía que le producían sus preguntas.

El agente sintió un martilleo en la cabeza y trató de controlarse, de moderar su respiración.

—Que le den —dijo en voz baja—. ¿No ha oído una palabra de lo que he dicho?

—¿En qué medio de transporte? —repitió Caston. Su voz no denotaba ternura, sólo impaciencia.

—Supongo que iría en avión.

—Así que tiene alguna idea de lo ocurrido, quejica. ¿De dónde partió en avión?

Ambler se encogió de hombros.

—Supongo que del Aeropuerto Chiang Kai-shek, en las afueras de Taipei.

—¿Qué vuelo?

—No... —Hal pestañeó—. Cathay Pacific —respondió.

—Un vuelo comercial. —Caston no parecía sorprendido—. Un vuelo comercial. Doce horas. ¿Bebió algo a bordo?

—Supongo que sí.

—¿Qué bebió?

—Imagino que un *bourbon* Wild Turkey.

Caston tomó el teléfono y llamó al servicio de habitaciones. Cinco minutos más tarde les trajeron una botella de Wild Turkey.

El auditor sirvió dos dedos en un vaso y se lo entregó a Ambler.

—Relájese, bébase una copa —dijo secamente. Tenía el ceño fruncido en una expresión sombría. La oferta era una orden: Caston se había convertido en el típico barman pelmazo.

—No bebo —protestó Hal.

—¿Desde cuándo?

—Desde... —Éste no terminó la frase.

—Desde Parrish Island. Pero antes bebía, y ahora lo va a hacer. ¡Salud!

—¿A qué viene esto?

—Un experimento científico. Ande, beba.

Ambler apuró la copa, sintiendo que el *bourbon* le quemaba la garganta. No experimentó una sensación de euforia, sólo de mareo, confusión y náuseas.

Caston le sirvió otra copa, que Ambler apuró.

—¿A qué hora aterrizó el avión? —preguntó el auditor—. ¿Llegó por la tarde o por la mañana?

—Por la mañana. —Hal sintió malestar en la barriga. Empezaba a recordar, como si los recuerdos procedieran de otra dimensión. No podía evocarlos voluntariamente. Pero los había invocado y habían aparecido.

—¿Informó del resultado de la operación al funcionario encargado de la misma?

Ambler se quedó bloqueado. Debió de hacerlo.

—Siguiente pregunta —dijo Caston, implacable. Parecía como si procediera a través de un enorme inventario de pequeñas preguntas, como un pájaro picoteando una roca—. ¿Quién es Transience?

Hal sintió que la habitación giraba a su alrededor, y cuando cerró los ojos, comenzó a girar más deprisa. Guardó silencio durante largo rato. La pregunta, como un disparo en los Alpes, desencadenó un pequeño movimiento que se convirtió en un alud. Un manto de oscuridad cayó sobre él.

De pronto, en medio de la oscuridad, apareció un destello.

23

Ambler se hallaba de nuevo en Changhua. Un pasado que ensombrecía su presente. En una frenética confusión de imágenes, era consciente de una gran actividad, una carrera alocada a través de la isla. Había hallado lo que temía.

A continuación, una serie de imágenes fugaces y aleatorias. La azafata en el vuelo de Cathay Pacific, una *geisha* de las líneas aéreas, que le sirvió varias copas de *bourbon*. El taxista en Dulles, un tipo oriundo de Trinidad con las mejillas hundidas y firmes convicciones sobre cuál era la ruta más rápida. El apartamento de Ambler en Baskerton Towers, que ese día le pareció tan pequeño, tan estéril. Poco más que un lugar donde bañarse, vestirse y prepararse para la batalla que se avecinaba.

La batalla.

¿Qué batalla? Una extraña bruma se cernió de nuevo sobre su memoria, una opacidad que nublaba sus recuerdos. Pero Hal... No, Tarquin —era Tarquin— había sentido una intensa emoción. Si lograba recuperar esa emoción, recuperaría los recuerdos que la acompañaban. Era una emoción particularmente potente, una mezcla de culpa y furia.

La bruma se disipó. Aparecieron unos edificios y unas personas; unas voces, al principio sofocadas por un ruido blanco constante, se hicieron audibles y claras. La sensación apremiante que Tarquin experimentaba se hizo vívida, real, presente.

El agente carecía del narcisismo moral para suponer que tenía las manos limpias, pero le indignó comprobar que se las había manchado de sangre por un increíble lapso de profesionalidad.

Debía informar a Transience.

Presa todavía de una sensación de furia e incredulidad, Tarquin regresó al cuartel general en Washington. Un hombre con una corbata, como tantos otros, en un gigantesco edificio de piedra, como tantos otros. Fue directamente a ver a la persona encargada de la operación, la subsecretaria directora de la Unidad de Estabilización Política: Transience.

De repente lo increíble dio paso a lo imperdonable. La subsecretaria Ellen Whitfield, la aristocrática directora de Estabilización Política, era alguien a quien Tarquin conocía bien, incluso muy bien. Era una mujer bien parecida con una nariz pequeña y recta y unos pómulos marcados; su pelo castaño realzaba unos ojos azul oscuro que Whitfield acentuaba con un poco de sombra de ojos. Era decididamente atractiva; tiempo atrás a Tarquin le había parecido incluso guapa. De eso hacía mucho tiempo, al principio de su carrera, cuando Whitfield estaba aún involucrada en operaciones de campo y la relación entre ambos, consumada en unas cabañas de estilo militar en la parte septentrional de las Islas Marianas, había durado menos de un mes. *Lo que sucede en Saipán*, le había dicho ella sonriendo, *permanece en Saipán*.

Whitfield había solicitado poco después un puesto en el Departamento de Estado; Tarquin había aceptado su siguiente misión de campo; sus aptitudes especiales le hacían indispensable allí, según le habían dicho. Durante los años sucesivos, las carreras de ambos habían divergido en ciertos aspectos, en otros habían convergido. En Operaciones Consulares, Whitfield era conocida por su mente extraordinariamente bien organizada: pocos administradores eran tan hábiles a la hora de procesar y priorizar los diversos niveles de información y planes de acción. Asimismo, había mostrado una gran astucia en la política de despachos, dando coba a sus superiores sin que fuera evidente; poniendo la zancadilla a quienes entorpecían su progreso, de nuevo sin delatar su intención. Un año después de ocupar su primer cargo en Washington, fue nombrada directora asociada de la sección de Asuntos del Este de Asia y el Pacífico; dos años más tarde había sido ascendida a directora de división por derecho propio y se había afanado en reforzar la Unidad de Estabilización Política, expandiendo su esfera y su gama de operaciones.

Dentro de Operaciones Consulares, la unidad Estab era considerada altamente «proactiva» —sus críticos decían «temeraria»— y ahora lo era mucho más. Según sus detractores, los agentes de Estab se saltaban las normas y eran excesivamente agresivos, y trataban las leyes internacionales con el respeto que muestra un conductor de Boston por las señales de tráfico. El hecho de que alguien que parecía tan remilgada y controlada como Ellen Whitfield hubiera presidido esa transformación había sorprendido a algunos de sus colegas. Pero no a Ambler. Éste sabía que Whitfield tenía algo de salvaje, una mezcla de impetuosidad, premeditación, y algo que antaño habría sido calificado de posesión diabólica. Tiempo atrás, durante un húmedo agosto en Saipán, a él le había parecido sexualmente excitante.

Pero en la actualidad, Whitfield —que había obtenido el rango civil de subsecretaria— se mostraba extrañamente esquiva. En ocasiones Ambler se preguntaba si la «historia» que habían tenido hacía que ella se sintiera incómoda en su presencia, pero lo cierto era que Whitfield no le había parecido ser ese tipo de persona, ni había mostrado señales de considerar la relación como algo más que un agradable pasatiempo durante un destino aburrido. Un agradable pasatiempo que había terminado bien. La cuarta vez que Hal fue informado de que la subsecretaria Whitfield estaba «reunida», comprendió que ésta no quería saber nada de él. Él había redactado y presentado su informe sobre el desastroso asunto Leung. Lo que deseaba ahora era que alguien asumiera la responsabilidad de lo ocurrido. Quería que Whitfield dijera que iba a emprender una investigación en toda regla sobre el calamitoso fallo de inteligencia. Quería que Estab reconociera que la había pifiado y tomara medidas para poner orden en la unidad.

No era pedir la luna.

Cinco días después de que Hal llegara al Departamento de

Estado, había averiguado a través de canales oficiosos que Whitfield ni siquiera había presentado un memorando oficial sobre su queja, tal como estipulaba el protocolo. Era indignante. Whitfield era conocida, incluso alabada, por sus tendencias perfeccionistas. ¿Se sentía quizá tan avergonzada de su fallo que se negaba a confesárselo todo al director de Operaciones Consulares y al secretario de Estado? ¿Acaso creía que podría tapar el asunto, habida cuenta de lo que Ambler había conseguido averiguar? Éste quería encararse con ella, oír su explicación.

Tenía que oírlo cara a cara.

Estaba tan furioso como en Changhua. Furioso por sentirse traicionado. Era viernes por la tarde, el fin de una semana laboral en Washington, pero no para él. «Lo siento, pero la subsecretaria Whitfield está reunida. Si lo desea, puede dejarle un mensaje.» Cuando Ambler llamó al cabo de una hora, la respuesta de la asistente fue igual de tajante, una subalterna encargada de sacudirse de encima a un pelmazo. «Lo siento. La subsecretaria Whitfield se ha marchado y hoy ya no regresará.»

¡Era una locura! ¿Creía Whitfield que podía rehuirlo —rehuir la verdad— eternamente? Furibundo, se dirigió en coche a su casa, en las afueras de Fox Hollow, un pueblo al oeste de Washington. Sabía dónde vivía la subsecretaría, y allí no podría rehuirlo.

Media hora más tarde Ambler atravesó una valla pintada de blanco y enfiló un largo camino de acceso flanqueado por perales. La casa consistía en una estructura alta e imponente, al estilo Monticello, con una fachada con elegantes cornisas y piedras angulares de ladrillo rojo erosionado por el tiempo y grandes ventanas saledizas. Unos amplios escalones de piedra conducían desde el camino circular a la puerta de entrada tallada en roble.

La familia Whitfield, según recordó Hal, había acumulado varias fortunas industriales durante el siglo XIX, algunas en acero fundido y traviesas de ferrocarril, otras no mediante la fabricación sino la exportación de esos productos. La fortuna de la familia había mermado un tanto durante los años de la posguerra, cuando los herederos habían entrado en sectores más conocidos por su prestigio cultural o intelectual que por la generación de riqueza: había un Whitfield en el Museo Metropolitano, la National Gallery, el Instituto Hudson, aparte de algunos que trabajaban en el ámbito más saneado de la banca internacional. Pero unos fondos fiduciarios bien gestionados garantizaban que ningún Whitfield tuviera que preocuparse excesivamente por la prosaica cuestión de ganar y gastar y, al igual que en el caso de los Rockefeller, la ética de servicio de la familia había persistido durante décadas. La grandiosidad virginiana de la casa de Ellen Whitfield dejaba claro que el servicio no exigía el rechazo del vil metal ganado con el sudor de la frente. Era más majestuosa que espectacular, pero no era una mansión que pudiera mantenerse con el sueldo de un funcionario del gobierno.

Ambler se detuvo ante la enorme puerta de doble hoja en el centro de la casa y se apeó del coche. Llamó al timbre. Al cabo de unos momentos una mujer —¿una filipina?— vestida con un uniforme de sirvienta de estambre negro y una pechera blanca con volantes le abrió.

—Soy Hal Ambler y quiero ver a Ellen Whitfield —anunció secamente.

—La señora no puede recibirle —respondió la mujer con el uniforme. Luego, con un tono más brusco, añadió—: La señora no está en casa.

Por supuesto, mentía. La voz de Whitfield podía oírse procedente de una habitación contigua. Hal pasó frente a la filipina, ignorando sus protestas, atravesó el vestíbulo enlosado e irrumpió en una biblioteca artesonada, con una amplia ventana saprdiza y unas estanterías gigantescas.

Ellen Whitfield estaba sentada delante de unos documentos junto a un hombre mayor que ella. Ambler los miró. El hombre le resultaba familiar. Tenía el pelo plateado y aspecto intelectual, con una frente prominente; lucía una corbata de seda con un nudo pequeño que desaparecía dentro de un chaleco de punto abrocha-

do, debajo de una chaqueta de *tweed*. Ambos estaban absortos en
los papeles que había ante ellos.

—Señora, le dije que usted no... —Cuando la filipina rompió el
silencio con sus protestas, tanto Whitfield como el hombre de pelo
plateado alzaron la vista bruscamente, sorprendidos y conster-
nados.

—¡Maldita sea, Ambler! —gritó ella, sorprendida, dando paso
a una profunda indignación—. ¿Qué diablos haces aquí?

El caballero de edad avanzada volvió la espalda a Hal, como
presa de una repentina curiosidad por los libros de la estantería.

—Sabes muy bien por qué he venido, subsecretaria Whitfield
—replicó Ambler pronunciando el título de su cargo con evidente
desprecio—. Quiero unas cuantas respuestas. Estoy harto de tus
tácticas de dilación. ¿Crees que puedes darme esquinazo? ¿Qué
tratas de ocultar?

El rostro de la mujer traslucía su furia.

—¡Eres un cabrón paranoico! ¡Sal de mi casa! ¡Ahora mismo!
¿Cómo te atreves a violar mi intimidad? ¿Cómo te atreves? —Whitfield señaló la puerta con un brazo extendido. Hal observó que
temblaba. ¿De ira? ¿De temor? Quizá por ambas cosas.

—Has recibido mi memorando —respondió Ambler con frialdad—. Contiene la verdad de lo ocurrido. ¿Crees que puedes se-
pultarla? ¿Crees que puedes sepultarme a mí? Olvídalo. Créeme,
he tomado mis precauciones.

—Mírate. Escúchate. No te comportas como un profesional,
sino como una persona desquiciada. ¿No te das cuenta de los dis-
parates que dices? En mi cargo, tengo que resolver más cosas de las
que puedas imaginar. Si quieres hablar conmigo, podemos reunir-
nos el lunes a primera hora. Pero escúchame, y hazme caso. Si no
sales de esta casa de inmediato, haré que te expulsen del Departamento de Estado de forma permanente e irrevocable. Ahora lárga-
te de aquí.

Ambler respiraba con dificultad, su indignación un tanto eclipsada por la intensa furia de Whitfield.

—El lunes —dijo con voz ronca, tras lo cual dio media vuelta y se marchó.

Unos kilómetros después de abandonar Fox Hollow, un furgón de urgencias médicas, con las luces rojas parpadeando y la sirena sonando, apareció de pronto detrás de él. Aparcó en el arcén. La ambulancia se detuvo rápidamente delante de Hal, y otro coche, un enorme Buick, se detuvo detrás de él. Varios hombres —¿técnicos sanitarios?, pero algo olía mal— se apearon de la ambulancia. Otros bajaron del sedán aparcado detrás de Ambler. Cuando lo sacaron de su coche, clavándole una aguja hipodérmica en el brazo sin mayores contemplaciones, Hal trató de comprender lo que ocurría. Era evidente que esos hombres obedecían órdenes, se comportaban con la eficiencia de unos profesionales. Pero ¿quiénes eran?, ¿qué querían de él?

La bruma en su mente no se había disipado por completo; se cernía sobre lo que sucedió a continuación, al igual que sobre lo que había sucedido con anterioridad. Mientras lo colocaban sobre una camilla, Ambler oyó al equipo de técnicos sanitarios hablar en voz baja, con tono tenso. Luego empezó a perder el conocimiento. Era el comienzo de un largo crepúsculo.

Cuando abrió de nuevo los ojos, había caído también el crepúsculo.

Hacía unos días, era un «interno» en un centro psiquiátrico de máxima seguridad. Ahora se hallaba al otro lado de un océano. Pero aún no era libre.

24

Ambler abrió los ojos, los fijó en el pálido auditor y empezó a hablar, desgranando un relato de sus movimientos y observaciones tan detallado como pudo. El tiempo había oscurecido mil detalles, pero las líneas esenciales del episodio las recordaba ahora con toda claridad.

—Temí que hubiera perdido durante un rato el conocimiento —dijo Caston después de que Hal hablara durante cinco minutos seguidos—. Me alegro de que haya regresado entre los vivos. —Dejó la publicación que había estado leyendo, *The Journal of Applied Mathematics and Stochastic Analysis*—. Ahora haga el favor de levantarse de mi cama.

—Lo siento. —Ambler se desperezó, se levantó y se sentó en la butaca de color mostaza. Debió de quedarse dormido. Según su reloj, habían transcurrido cuatro horas.

—¿De modo que Transience era Ellen Whitfield?

—Era el alias que utilizaba cuando participaba en una misión en el extranjero. Cuando los archivos se digitalizaron, esos datos se perdieron. No se conservan expedientes oficiales. Y menos los suyos. Whitfield quería borrarlo todo. Dijo que era por motivos de seguridad.

—Eso explica por qué a nadie le sonaba el nombre —comentó Caston. Observó unos momentos al agente en silencio—. ¿Quiere otra copa?

Ambler se encogió de hombros.

—¿Hay agua mineral en el minibar?

—Sí, unas botellas de Evian. Según el tipo de cambio actual, sale a nueve dólares con veinticinco centavos unos quinientos mili-

litros. Eso equivale a dieciséis coma nueve onzas. De modo que la
onza cuesta cincuenta y cinco centavos. ¿Cincuenta y cinco centavos una onza de agua? Me entran ganas de vomitar.

Hal suspiró.

—Admiro su precisión.

—Pero ¿qué dice? Estoy redondeando las cifras.

—Por favor, dígame que no tiene familia.

Caston se sonrojó.

—Debe de volverlos locos.

—En absoluto —contestó el auditor, casi sonriendo—. Porque no me hacen el menor caso.

—Eso debe de volverle loco a usted.

—De hecho, me parece perfecto. —Durante unos momentos
el rostro de Caston dejó entrever una curiosa expresión. Ambler
captó un atisbo de una actitud casi reverencial que le hizo comprender, sorprendido, que el auditor seco y adusto era un padre
entregado a sus hijos. Luego ese hombrecillo curioso regresó al
asunto que les ocupaba con tono brusco y profesional—. Descrí-
bame con el máximo detalle al hombre que estaba con la subsecretaria Whitfield, sentado en su biblioteca.

Hal fijó la vista en el infinito mientras evocaba la imagen. Un
hombre de sesenta y tantos años. El pelo plateado, bien peinado,
y una frente amplia y lisa. Un rostro de rasgos armoniosos y una
expresión atenta, los pómulos pronunciados, el mentón marcado.
Empezó a describir al tipo que recordaba.

Tras escucharle, Caston guardó de nuevo silencio. Luego se
levantó, visiblemente nervioso; en su frente pulsaba una vena.

—No es posible —murmuró.

—Es lo que recuerdo —dijo Hal.

—Está describiendo a... Es imposible.

—Venga, desembuche.

Caston acarició su ordenador portátil, que había conectado al
enchufe del teléfono. Después de teclear unas palabras en un buscador, se apartó para que Ambler echara un vistazo. La pantalla

mostraba la imagen de un hombre. El hombre que Ambler había visto en casa de Whitfield.

—Es él —confirmó con voz tensa.

—¿Sabe quién es?

Ambler negó con la cabeza.

—Se llama Ashton Palmer. Fue profesor de Whitfield cuando era estudiante de posgrado.

Hal se encogió de hombros.

—¿Y?

—Más tarde ella repudió a Palmer y todo cuanto éste representaba. No mantuvo ningún contacto con él. De lo contrario la subsecretaria no habría hecho carrera.

—No comprendo.

—¿No le suena el nombre de Ashton Palmer?

—Vagamente —respondió Ambler.

—Quizá sea usted demasiado joven. Tiempo atrás, hace unos veinte o veinticinco años, Palmer era la luz más brillante de los expertos en política extranjera. Escribió artículos que fueron publicados en *Foreign Affairs*. Los dos partidos políticos le cortejaban. Dio seminarios en el Antiguo Edificio Ejecutivo, en el Ala Oeste, en el Despacho Oval. La gente estaba pendiente de cada palabra que pronunciaba. Obtuvo un nombramiento honorario en el Departamento de Estado, pero ambicionaba más. Estaba destinado a ser el próximo Kissinger: uno de esos hombres cuya visión deja huella en la historia, para bien o para mal.

—¿Y qué ocurrió?

—Muchos opinan que se destruyó a sí mismo. O quizá se equivocara en sus cálculos. Llegó a ser conocido como un extremista, un peligroso fanático. Quizá pensó que su autoridad política e intelectual había alcanzado un nivel que le permitía expresar sus opiniones con franqueza, y ganar adeptos por el mero hecho de que era él quien exponía esos argumentos. Pero se equivocó. Los criterios que expresaba eran muy extremos y habrían colocado a este país en un rumbo histórico peligroso. Palmer pronunció un discurso muy incendiario en el Instituto Macmillan de Política Exterior, en Washington, y después varios países, creyendo que Palmer representaba al gobierno, o a una facción del gobierno, amenazaron con llamar a sus embajadores a consulta. ¿Se lo imagina?

—Cuesta creerlo.

—El secretario de Estado pasó toda la noche al teléfono. Prácticamente en un abrir y cerrar de ojos, Palmer se convirtió en una persona *non grata*. Ocupó un cargo de profesor en una de las selectas universidades de la costa noreste; fundó su propio centro académico y le ofrecieron un puesto en la junta de directores de una «fábrica de ideas» un tanto marginal en Washington. Esta imagen está sacada de la página web de Harvard. Pero cualquiera en el Departamento de Estado que mantenía una relación demasiado estrecha con Palmer se convirtió en un elemento sospechoso.

—De modo que ninguno de sus alumnos consiguió prosperar.

—Lo cierto es que hay muchos «palmeritas» en el gobierno. Estudiantes brillantes, graduados por la Escuela Harvard's Kennedy. Pero si uno quiere hacer carrera, no puede confesar que es un «palmerita». Y no puede mantener una relación con ese sinvergüenza.

—Tiene sentido.

—Usted los vio juntos, y eso no tiene sentido.

—Explíquese.

—Hablamos de una de las figuras más destacadas del Departamento de Estado en compañía de Ashton Palmer. ¿No comprende que es un tema explosivo? ¿No comprende lo desastroso que podría ser para la subsecretaria? Como dijo en cierta ocasión un jurista americano: «No hay mejor desinfectante que la luz del sol». Y eso es justamente lo que ellos no podían permitirse.

Ambler entrecerró los ojos, evocando el semblante enrojecido de ira de Ellen Whitfield: ahora comprendía el temor que había intuido en ella.

—Así que se trataba de eso.

—Yo no me aventuraría a decir que se trataba sólo de eso.
—Caston, como siempre, se mostraba preciso—. Pero que un im-
portante miembro del Departamento de Estado tenga tratos con
Palmer es un suicidio profesional. Como directora de la Unidad de
Estabilización Política, Whitfield no podía tener ningún vínculo
con él.

Hal se reclinó en la butaca. Ellen Whitfield, una mujer inteligente y una consumada embustera —reflexionó—, probablemente
podría haber aducido cualquier pretexto para explicar a otra persona el motivo de la presencia de Palmer en su casa. Pero a él no
podía engañarlo.

Por eso se lo había quitado de en medio. No podía permitir
que Ambler divulgara esa información. La cinta en que se le oía
desvariar como un desquiciado constituía una póliza de garantía
que demostraba que nada de lo que él dijera podía ser tomado en
serio.

Esa noche Whitfield, aterrorizada, debió de activar un 918PSE,
el protocolo, rara vez utilizado, de una emergencia psiquiátrica con
respecto a un agente clandestino. Puesto que Hal le había dicho
que había «tomado sus precauciones», insinuando que en caso de
que él muriese la información que la incriminaba saldría a la luz,
Whitfield debió pensar que la única solución era encerrarlo. Y luego hacer que desapareciese.

Ambler sintió que el corazón se le salía del pecho mientras
trataba de comprender cómo era posible que un incidente tan
nimio hubiese causado semejantes estragos en su existencia. ¿Qué
trataba de ocultar la subsecretaria? ¿Una relación personal... o
algo más?

Hal se disculpó y utilizó su móvil para llamar a Laurel. Le dio
los nombres de los dos protagonistas de la historia. Convinieron
en que ella se dirigiera a la gigantesca Biblioteca Nacional de
Francia, situada en el Distrito Octavo, donde sin duda hallaría en
sus amplios archivos material que no sería fácilmente accesible
por otros medios. Cuando colgó, Ambler se sintió más calmado y

comprendió el verdadero motivo de que hubiera llamado a Laurel. Necesitaba oír su voz. Era así de simple. Laurel Holland había impedido que cayera en la más profunda desesperación, y seguía siendo un referente de cordura en un mundo que parecía haber enloquecido.

Al cabo de un rato, Caston se volvió hacia él. Había algo que le intrigaba.

—¿Puedo hacerle una pregunta personal?

Hal asintió con aire distraído.

—¿Cómo se llama?

Lo mejor de lo mejor para Paul Fenton, pensó la subsecretaria Whitfield cuando éste la invitó a entrar en sus aposentos, la suite imperial del elegante Hotel Georges V. El establecimiento de ocho plantas, ubicado a medio camino entre el Arco de Triunfo y el Sena, era posiblemente el más famoso de la ciudad, y no sin razón. La mayoría de las habitaciones estaban decoradas en una versión más liviana y sutil del estilo Luis XVI. Pero no la suite imperial, que hacía que las otras, en comparación, mostrasen casi la austeridad del estilo Bauhaus. En la suite imperial, un imponente vestíbulo daba acceso a un espacioso salón y un cuarto de estar y comedor contiguos. Había incluso un lavabo junto al salón para visitantes, huéspedes del huésped. La suite estaba decorada con numerosas pinturas y esculturas que rendían homenaje a Napoleón y Josefina. Aparte de las paredes, tapizadas con un tejido amarillo dorado, el tema imperio estaba representado por tonos verdes y maderas oscuras. Por doquier había bronces y jarrones de flores, en una profusión arbórea. Desde la ventana se divisaba una espectacular vista de la silueta urbana de la Ciudad de la Luz, en la que los Inválidos, la Torre de Montparnasse y, por supuesto, la Torre Eiffel eran claramente visibles.

Ellen Whitfield admiró la vista. La suite le parecía espantosa. Para su refinado gusto, resultaba recargada, atestada de objetos

decorativos, cursi, pretenciosa. Pasó los dedos sobre los brazos de
la butaca, que eran de madera adornados con motivos egipcios en
bronce dorado.

—No sé si te he dicho lo agradecida que te estoy, lo agradeci-
dos que te estamos todos, por cuanto has hecho por nosotros durante estos años. —Whitfield se expresó con sinceridad, abriendo
mucho los ojos casi en un gesto sensual. Se inclinó hacia delante.
De cerca, observó lo tersa, lisa y sonrosada que era la piel de Fenton, como si hubiera estado toda la mañana con una mascarilla de
barro sobre el rostro. Tenía los desarrollados pectorales y musculosos brazos de una persona que pasa horas en el gimnasio. Era un
hombre con múltiples proyectos en su vida; evidentemente, uno de
ellos era su cuerpo.

Fenton se encogió de hombros.

—¿Quieres un café?

La subsecretaria volvió la cabeza hacia un aparador de
ébano.

—He observado que tenías una bandeja de café preparada,
todo un detalle por tu parte. Pero deja que yo lo sirva. —Whitfield
se levantó y regresó con la bandeja. Había una cafetera de plata
con el interior de cristal que contenía café recién hecho, una jarrita
de cerámica para la leche y un azucarero—. Yo haré los honores
—dijo la subsecretaria sirviendo café en dos delicadas tazas de Li-
moges.

Se recostó en la butaca imperio y bebió un trago del excelente
café; le gustaba negro. Sabía que Fenton prefería que estuviera
muy dulce y le observó servirse varias cucharadas de azúcar, como
hacía siempre.

—Tanto azúcar te matará —murmuró Whitfield con un tono
de censura maternal.

Él bebió un trago y sonrió.

—Vivimos tiempos muy interesantes, ¿no te parece? Siempre
ha sido un honor para mí ayudaros en lo que pudiese. Es un placer
trabajar con alguien que ve las cosas como yo. Los dos entendemos

que Estados Unidos merece un mañana más seguro. Los dos entendemos que uno tiene que combatir hoy la amenaza que se cierne sobre el mañana. Más vale prevenir que curar, ¿no?

—Cuanto antes se aplique el remedio, mejor —respondió Whitfield—. Y nadie lo hace mejor que vosotros. Sin tus hombres y tus sistemas de inteligencia, jamás habríamos podido hacer progresos tan cruciales. Para nosotros, no eres sólo un agente privado. Eres un socio de pleno derecho en la misión de preservar el ascendiente de nuestro país.

—Nos parecemos en muchos aspectos —dijo Fenton—. A los dos nos gusta ganar. Y eso es lo que estamos haciendo: ganar. Ganar para un equipo en el que ambos creemos.

Whitfield lo observó mientras apuraba su café y depositaba la taza vacía en el platito.

—Es más fácil ganar —comentó— cuando tus adversarios ni siquiera saben que estás disputando una partida. —Miró a Fenton con expresión de profunda gratitud.

Éste asintió; cerró los ojos y volvió a abrirlos, como si le costara ver con claridad.

—Pero sé que no querías reunirte aquí conmigo sólo para felicitarme —dijo arrastrando ligeramente las palabras.

—Ibas a informarme sobre cómo va todo con Tarquin —respondió Whitfield—. Deduzco que no sabe que te hospedas en este hotel. ¿Has tomado precauciones?

Fenton asintió somnoliento.

—Me reuní con él en un piso franco. Pero lo ha hecho muy bien. —Bostezó—. Disculpa —dijo—, supongo que empiezo a sentir los efectos del *jet lag*.

Whitfield le volvió a llenar la taza.

—Debes de estar rendido, con todo lo que ha ocurrido durante los últimos días —dijo observándole con atención. Se dio cuenta de que Fenton no pronunciaba con claridad las consonantes y empezaba a dar cabezadas.

El hombre bostezó de nuevo y se rebulló en el sofá.

—Esto es muy extraño —murmuró—, no puedo mantener los ojos abiertos.

—Relájate —respondió Whitfield—. No luches contra el sueño. —Sus agentes no habían tenido problema alguno en aderezar el azúcar con un potente depresor del sistema nervioso, un derivado cristalino de gamma-hidroxibutirato, el cual, en niveles elevados para inducir inconsciencia, no sería detectado por un examen forense, puesto que sus metabolitos se hallaban presentes de forma natural en el suero de los mamíferos.

Fenton abrió los ojos unos instantes, quizás en respuesta al gélido tono que había adoptado Whitfield, y emitió el sofocado gemido de una persona somnolienta.

—Lo lamento sinceramente. —La subsecretaría miró su reloj—. Ha sido una decisión difícil para Ashton y para mí. No es que dudemos de tu lealtad. No es eso. Pero... ya sabes cómo soy. No te habría costado hacer ciertas deducciones y no estábamos seguros de que te gustara el cuadro que habrías visto. —Miró a Fenton, tumbado en una postura que indicaba que estaba inconsciente. ¿Había oído siquiera sus palabras?

No obstante, lo que había dicho Ellen Whitfield era verdad. Corrían el riesgo de que Fenton se sintiera traicionado al averiguar la auténtica naturaleza de la operación en la que había participado, y sentirse traicionado suele engendrar traición. El acontecimiento que estaba a punto de producirse era demasiado importante para permitir que algo fallara. Todos tenían que desempeñar su papel a la perfección.

Mientras contemplaba el cuerpo inmóvil ante ella, pensó que Paul Fenton así lo había hecho.

25

—Esto me da mala espina —dijo Ambler.

Ambos hombres caminaban por el bulevar de Bonne Nouvelle. El auditor tenía las manos enlazadas debajo de su abrigo para protegerse del frío. Hal jamás hubiera hecho semejante cosa —ni ningún agente—, pero lo cierto era que las manos de Caston no servían de gran cosa fuera de una oficina. El tipo caminaba con la vista fija en la acera, en busca de excrementos de perro. Ambler echaba de vez en cuando un vistazo a la calle, pendiente de detectar alguna señal de que les estuvieran vigilando.

—¿Qué ha dicho? —preguntó el auditor fulminándole con la mirada.

—Ya me ha oído.

—¿Es que su horóscopo dice que sus astros están mal alineados? ¿Acaso un sacerdote que interpreta las vísceras ha hallado algo maléfico en ellas? Oiga, mire, si sabe algo que yo debería saber, hablemos de ello. Si sus sospechas se basan en motivos fundados, perfecto. Pero ¿cuántas veces tenemos que hablar de ello? Somos adultos. Debemos responder a los hechos. No a los sentimientos.

—Hablemos claro: aquí usted no tiene la ventaja de moverse en su terreno. No estamos en la tierra de las hojas de cálculo. Esos edificios de cristal y piedra que le rodean son reales, no unas malditas columnas de dígitos. Y si alguien dispara contra uno de nosotros, será una bala auténtica, no la campana de Gauss de unas posibles balas. En cualquier caso, ¿qué va a saber alguien como usted sobre un piso franco de la agencia? Ateniéndonos al principio de que no tiene por qué saberlo, es lógico que su pantalla de radar no lo capte. Porque no es el tipo de información que un burócrata como usted deba conocer.

—Sigue sin entenderlo. ¿Quién paga el alquiler? ¿Quién examina las facturas? Nada que le cueste dinero a la agencia elude la pantalla de mi radar. Soy un auditor. Nada susceptible de ser auditado se me escapa.

Ambler calló unos momentos.

—¿Cómo sabe que el lugar no está ocupado?

—Porque el contrato de arriendo vence a fines de este mes y dejaremos que expire. Y porque tenemos un capítulo en el presupuesto destinado al equipo de limpieza que llegará la semana que viene. Por lo tanto, está vacío, aunque aún está amueblado y acondicionado. Antes de marcharme revisé las partidas de gastos referentes a París. De modo que puedo asegurarle que el coste medio mensual del piso de la calle Bouchardon durante los cuarenta y ocho últimos meses ha sido, al cambio, de dos mil ochocientos treinta dólares. Los cargos adicionales variables comprenden, en orden descendente de magnitud, la factura del teléfono, que oscila entre...

—De acuerdo, basta. Me ha convencido.

El edificio de la calle Bouchardon presentaba un extraño aspecto de desolación; la fachada de piedra estaba cubierta de liquen y hollín, las ventanas estaban sucias, y en la entrada, la rejilla negra de metal estaba gastada y resquebrajada. Una farola de mercurio cercana emitía chispas y un zumbido.

—¿Cómo vamos a entrar? —preguntó Ambler a Caston.

—No es asunto mío —respondió con gesto ofendido—. ¿Acaso pretende que lo haga yo todo? El agente clandestino es usted. Así que espabílese.

—Mierda. —Esto no era como el aparcamiento de la Clinique du Louvre; era un lugar expuesto a las miradas de curiosos, por lo que era preciso acabar la faena cuanto antes. Hal se arrodilló y se desató el cordón de un zapato. Cuando se incorporó de nuevo, sostenía una pequeña llave, que era plana, a excepción de cinco pequeños salientes entre las muescas. Era una llave de percusión, y para hacerla funcionar se requería habilidad y suerte. Ambler dudaba de que tuviera alguna de las dos cosas—. No se mueva de aquí —ordenó a Caston.

Se dirigió a un contenedor situado en el extremo de la corta calle y regresó al cabo de unos minutos con una novela de bolsillo sucia que alguien había arrojado a la basura. Pero era gruesa y tenía el lomo duro. Haría las veces de un pequeño martillo.

Una llave de percusión estaba diseñada para golpear la chaveta inferior en el cilindro de la cerradura para hacer que aquélla saltara durante un instante, y permitiera que la llave pasara por el espacio donde el cilindro interior termina y el exterior comienza. En ese instante, antes de que el resorte empujara de nuevo la chaveta superior hacia abajo, la llave giraría.

Teóricamente.

En la realidad eso ocurría pocas veces. Si las columnas de chavetas no saltaban lo suficientemente alto, la cosa no funcionaba. Si la chaveta interior saltaba demasiado alto, la cosa no funcionaba. Si la llave giraba un instante demasiado tarde, tampoco funcionaba.

Ambler situó la llave de percusión justo enfrente del orificio y la golpeó con el lomo del libro de bolsillo, haciendo que penetrara a través del cilindro de la cerradura con la máxima fuerza y girándola en cuanto entró.

Era increíble. ¡Había funcionado a la primera! Eso no ocurría casi nunca. La llave giró, la cerradura cedió y Hal abrió la puerta. Orgulloso de su pericia, se volvió sonriendo a Caston.

El auditor reprimió un bostezo.

—Por fin —rezongó—. Es increíble que le llevara tanto tiempo.

Haciendo un gran esfuerzo, Ambler se abstuvo de replicar.

Una vez dentro del edificio, Hal podría abrir la puerta del apartamento sin temor de ser observado; el bloque de pisos parecía desierto. Pero el equipo de la CIA que había acondicionado el apartamento se había afanado también en instalar una cerradura de muesca como es debido.

Ambler la examinó unos minutos antes de desistir. Con una llave inglesa, quizás habría logrado abrirla, pero no disponía de las herramientas adecuadas.

Caston no se molestó en ocultar su desdén.

—¿Es que no puede hacer nada a derechas? Se supone que es un agente de primera. Veinte años en la Unidad de Estabilización Política y ahora...

—Métase un calcetín en la boca, Caston —le cortó Hal.

Estudió el pequeño patio del edificio. El apartamento de la planta baja tenía un par de ventanas que daban al desierto patio. No sería una forma elegante de entrar, pero no había más remedio.

Golpeando de nuevo con el lomo de la novela de bolsillo, Hal partió un trozo rectangular de cristal y retiró metódicamente todos los fragmentos restantes. Durante unos momentos permaneció inmóvil, aguzando el oído. Pero no oyó nada. No había señal de que hubiera alguien en el inmueble. Ni de que alguien hubiera oído el cristal al partirse.

—Acaba de costarle al gobierno norteamericano cuatrocientos dólares —comentó Caston en voz baja—. Como mínimo. Por no mencionar el coste de la reparación. El coste de mano de obra de un cristalero en París es astronómico.

Ambler apoyó ambas manos en la repisa de piedra y, con un rápido movimiento, saltó a través de la ventana despojada del cristal. Debajo de ella había una recia estantería, sobre la que aterrizó de pie.

Avanzando con cautela a través de la penumbra, se dirigió hacia la puerta, encendió unas luces y abrió la cerradura de muesca.

Por fin abrió la puerta de entrada, donde Caston esperaba con los brazos cruzados y gesto de impaciencia.

—Para colmo, fuera hace un frío polar —dijo el burócrata—. Y usted ha tenido que romper la maldita ventana.

—Entre de una vez. —Cuando el auditor hubo entrado, Ambler cerró la puerta. Un piso franco no solía disponer de un sistema de alarma; la posible llegada de la policía representaba una amenaza mayor que cualquier ladrón que entrara a robar.

Los dos hombres se pasearon por el apartamento hasta que vieron una pequeña habitación con un gigantesco televisor. Debajo de él había lo que, a primera vista, parecía la caja de un descodificador de televisión por cable. Pero Ambler no se dejó engañar. En el tejado del edificio debía de haber una antena parabólica, conectada con un cable de fibra óptica que no podía interceptarse instalado en la planta baja; la caja contenía un complejo equipo de desencriptación.

No se trataba de un artilugio de alta seguridad y no estaba diseñado para recibir información sensible. Por lo que el material al que tendrían acceso era técnicamente no clasificado, por no decir que estaba al alcance de cualquiera.

Caston abrió los cajones de la mesa sobre la que se hallaba el televisor y buscó hasta encontrar un mando a distancia. Sonrió como si hubiera encontrado a un amigo. Pulsó la tecla de encendido.

La pantalla parpadeó, pero se quedó en blanco.

—A ver si recuerdo cómo funciona esto —dijo mientras manipulaba el mando. De pronto aparecieron en la pantalla unos dígitos, mostrando el tamaño y las fechas de una serie de descargas de archivos.

La expresión de Caston ya no era malhumorada, sino grave.

—Voy a mostrarle los de Fuente Abierta —explicó a Ambler—. Se trata de material no clasificado, de dominio público. Quiero que vea a Ashton Palmer en su elemento. Usted es el experto en rostros. Quiero que vea su cara en tamaño natural, en color y con máxima resolución. —Siguió tecleando, ajustando varios parámetros. De repente apareció en la pantalla la imagen vibrante y animada de Palmer hablando frente a un atril.

—Esto es de mediados de los años noventa —prosiguió Caston—. Un discurso que pronunció durante una conferencia promovida por el Centro de Estudios Políticos. Hay una referencia al discurso en uno de los artículos de prensa que su amiga encontró en la Biblioteca Nacional de Francia. Palmer se expresa con circunloquios, pero dudo que tenga usted que aguzar el oído para captar lo que dice entre líneas.

En la pantalla, Ashton Palmer proyectaba una imagen segura, erudita, casi serena. Detrás de él había unas cortinas oscuras. Lucía un aspecto elegante con un traje azul marino, una corbata de un rojo oscuro y una camisa azul pálido.

«El sistema tradicional de viviendas chinas en las ciudades eran los *siheyuan*, que textualmente significa "patios cerrados por los cuatro costados". Consistían en casas abiertas al patio interior. En otras civilizaciones, los centros metropolitanos expresaban el deseo cosmopolita de mirar hacia fuera, bien para conquistar o para descubrir. Esto nunca ha ocurrido en China. Antes bien, la arquitectura de los *siheyuan* ha demostrado ser un símbolo del carácter nacional. —Ashton Palmer alzó la vista del atril; sus ojos gris pizarra centelleaban—. El Reino Medio fue, durante un milenio, dinastía tras dinastía, un reino profundamente encerrado en sí mismo. La persistente xenofobia quizá fuera el elemento más profundo y constante de las múltiples costumbres y hábitos de pensamiento que llamamos cultura china. En la historia de China no hay ningún Pedro el Grande, ni emperatriz Catalina, Napoleón, reina Victoria, káiser Guillermo, ningún Tojo. Desde la abolición del yugo tártaro, no ha existido nada que podamos denominar el imperio chino: tan sólo China. Vasta, desde luego. Sin duda poderosa. Pero en última instancia un recinto cerrado por los cuatro costados. En última instancia un gigantesco *siheyuan*. Podemos debatir si esa arraigada xenofobia ha beneficiado al pueblo chino. De lo que no cabe duda es que nos ha beneficiado al resto de nosotros.»

Ambler se acercó a la pantalla de cincuenta y seis pulgadas de alta definición, fascinado por la imagen del elocuente intelectual y la viva inteligencia que irradiaba.

«Algunos politólogos creían que China cambiaría cuando los comunistas asumieran el control —prosiguió Palmer después de beber un trago de agua del vaso junto al atril—. El comunismo internacional era justamente eso, internacional en su orientación. Sus horizontes expansionistas harían que China mirara hacia fuera, que se abriera al menos a sus hermanos del bloque oriental. Eso era lo que suponían los expertos. Por supuesto, eso no ocurrió. El presidente Mao mantuvo sobre sus súbditos el control más férreo que cualquier otro líder en la historia; se convirtió en un dios. Y pese a la belicosidad de su retórica, no sólo aisló a sus súbditos de los fuertes vientos de la modernidad, sino que era profundamente conservador, incluso retrógrado, en su proyección de la fuerza militar. Aparte de escaramuzas sin importancia, hubo sólo dos hechos notables. Uno fue el conflicto en la península coreana a principios de la década de 1950, cuando nota bene los chinos creyeron que Estados Unidos planeaba lanzar una invasión. El conflicto coreano fue el resultado de una postura defensiva, no ofensiva. El caso es que el presidente Mao fue el último emperador, cuyas obsesiones miraban hacia dentro, referidas a la pureza de sus seguidores.»

La expresión de Palmer seguía siendo inmutable mientras exponía su visión, pero sus palabras eran articuladas con fascinante soltura.

«Ha sido en los últimos años que hemos empezado a ver un cambio sísmico en China, una orientación hacia fuera, potenciado por su rápida inserción en el sistema del capitalismo global. Era el acontecimiento en el que una administración norteamericana tras otra confiaba fervientemente, y trataba de promover. Pero como dirían los chinos, debemos tener cuidado con lo que deseamos. Hemos despertado al tigre, confiando en montarlo. —Palmer se detuvo esbozando una breve sonrisa—. Y, mientras soñábamos con montar el tigre, hemos olvidado lo que ocurre cuando te caes de él. Los estrategas políticos están convencidos de que una convergencia económica conduciría a una convergencia política, a una armonización de intereses. Pero es todo lo contrario. ¿Es posible que dos hombres enamorados de la misma mujer puedan coexistir de modo pacífico? No lo creo. —Se oyó el sonido de unas risas—. Lo mismo sucede cuando dos entidades comparten el mismo objetivo competitivo, ya sea de dominio económico en un determinado ámbito o de dominio político sobre la región del Pacífico. Al parecer nuestros miopes expertos políticos no se han percatado de que, conforme China ha ido expandiendo sus mercados, se ha hecho extremadamente belicosa. Una década después de la muerte de Mao, China hundió tres barcos vietnamitas en el área de las islas Spratly. En 1994 fuimos testigos de la confrontación entre barcos norteamericanos y un submarino chino en el mar Amarillo, y en años sucesivos de la invasión de Mischief Reef en Filipinas, de misiles disparados desde la costa de Taiwán, en aguas internacionales, y así sucesivamente. La marina china ha adquirido un portaaviones francés y sistemas de vigilancia por radar británicos. China también ha construido un corredor desde la provincia de Yunnan hasta la bahía de Bengala, adquiriendo así acceso al océano Índico. Hasta ahora hemos quitado hierro a esas acciones, que, en apariencia, son insignificantes en cuanto a magnitud. De hecho, son meras tentativas, intentos de calibrar la firmeza de la comunidad internacional. Una y otra vez, los chinos han comprobado la ineficacia de sus competidores, sus rivales. Y tengan por seguro que, por primera vez en la historia, somos rivales.»

La mirada de Palmer cobraba más intensidad mientras proseguía con su discurso.

«China está ardiendo, y Occidente le ha proporcionado el combustible. A través de sus iniciativas hacia una liberalización económica, China ha adquirido cientos de miles de millones de dólares en capital extranjero. Asistimos a una tasa de crecimiento del producto interior bruto de más del diez por ciento por trimestre, más rápido de lo que ha logrado crecer ninguna otra nación sin un conflicto de gigantescas proporciones. Asistimos también a un notable crecimiento en materia de consumo: dentro de unos años, el tigre que se ha despertado consumirá el diez por ciento de la producción de petróleo del mundo, un tercio de su producción de acero. Simplemente en tanto que consumidor, ejerce una influencia desproporcionada sobre las naciones del sudeste de Asia, así como Corea, Japón y Taiwán. Nuestras empresas dependen cada vez más de la dínamo china para crecer. Señoras y caballeros, ¿les suena eso familiar?»

Palmer se detuvo de nuevo, sus ojos escrutando el invisible público ante él. Su sentido de la cadencia era magistral.

«Permítanme que se lo desglose. Tomemos un país que ha experimentado lo que cabría denominar como una segunda revolución industrial. Un país con una mano de obra barata, abundancia de capital y recursos, un país capaz de transformar su economía en la más eficiente y en la que cuenta con un crecimiento más rápido en el mundo. Me refiero —Palmer alzó la voz sutilmente— a los Estados Unidos de América, tal como era a principios del siglo veinte. Todos sabemos lo que ocurrió a continuación. Un período de incuestionable primacía militar, industrial, económica y cultural, un período de poder y prosperidad que hemos calificado, en suma, como el siglo americano. —Fijó la vista en el atril antes de proseguir—. El siglo americano fue formidable. Pero nadie prometió que sería permanente. Antes bien, todo indica que no lo será, todo indica que el veintiuno será identificado, cuando volvamos la vista atrás, como el siglo chino.»

Se oyeron unos murmullos del público.

«No soy yo, un profesor imparcial, quien debe afirmar si ése será un hecho digno de celebrarlo o de lamentarlo. Me limitaré a apuntar la ironía que ese acontecimiento tendrá sobre los frutos de nuestro esfuerzo. Los norteamericanos bienintencionados, dominantes dentro de nuestro *establishment* de política exterior, se han esforzado denodadamente por despertar al tigre. Para convertir un reino que miraba hacia dentro en uno que mira hacia fuera. Nuestros hijos vivirán con los resultados. —Palmer agregó con tono quedo—: O morirán a causa de ellos.»

Ambler se estremeció; trató de recordar otras ocasiones en que había visto rostros que emanaran semejante seguridad y entusiasmo. Los semblantes que evocó no eran tranquilizadores: uno de ellos era el del doctor Abigail Guzmán, el sanguinario fundador de Sendero Luminoso, el movimiento terrorista de Perú. Otro era el de David Koresh, el autoproclamado mesías de los Davidianos, una secta cristiana apocalíptica. Pero Ashton Palmer tenía una cualidad de urbanidad, de falso civismo, que le distinguía de esos evidentes fanáticos, y que hacía que fuera potencialmente más peligroso.

«Una y otra vez, nuestros pretendidos expertos en China han errado al leer las hojas de té verde. Todos los presentes recordaréis los graves disturbios que se produjeron en China cuando su embajada en Belgrado fue bombardeada durante un ataque aéreo norteamericano. Millones de ciudadanos chinos se negaron a creer que había sido un accidente. En Washington todos se estrujaban las manos. Todos consideraban el resurgimiento del antiamericanismo como algo nefasto. Esos expertos no han aprendido lo que el sabio chino Chung-wen Han denomina *shuangxing*, o "lo que es doble". De hecho, la emergencia de la xenofobia puede ser beneficiosa para Estados Unidos. Cualquier cosa que retrase la integración de China en la comunidad de naciones servirá también para aminorar el motor de su crecimiento. Un escéptico podría afirmar que ese hecho podría ser beneficioso para Estados Unidos, y para el mundo. Comoquiera que soy un profesor imparcial y objetivo, no me corresponde a mí apoyar un resultado u otro. Pero si, como creo, hemos llegado a una encrucijada, quizá pueda señalar lo que se halla al final de cada uno de los caminos. El conflicto con China es inevitable. Lo que no es inevitable es que perdamos o no. Eso dependerá de nuestras decisiones, las decisiones que tomemos hoy.»

Clay Caston se arrodilló y tecleó de nuevo varios comandos, hasta que empezó a aparecer otro videoclip. Éste era más borroso, al parecer copiado de una transmisión de C-SPAN de hacía un par de años.

—Aquí le verá expresarse de modo distinto —dijo—. Por supuesto, la conferencia del Centro de Estudios Estratégicos estuvo cerrada al público. Palmer habló principalmente para sus acólitos. La transmisión de C-SPAN consistía en un panel organizado en Washington por otra «fábrica de ideas», el cual representaba diversas opiniones. Es posible que Palmer decidiera asumir un rostro distinto.

Ashton Palmer destacaba en el panel compuesto por cinco sinólogos; su rostro mostraba una expresión fría e impávida; su despejada frente y sus ojos grises y perspicaces exhalaban inteligencia y seriedad.

El videoclip comenzó con una pregunta formulada por un hombre joven y desgarbado entre el público, que lucía una espesa barba y unas gafas gruesas.

«¿Cree usted, profesor Palmer, que la política norteamericana hacia China no es lo suficientemente escéptica, que no está en sintonía con nuestros intereses nacionales? Porque muchas personas en el Departamento de Estado considerarían hoy en día el ascenso del presidente Liu Ang un gran triunfo, y un éxito de la política que propugna de "compromiso constructivo".»

Palmer sonrió cuando la cámara le enfocó.

«Es lógico —dijo—. Liu Ang es un político con un gran carisma. Confío en que represente el futuro.»

Sonrió de nuevo, mostrando una dentadura blanca y regular. Pese a la supuesta sinceridad de sus palabras y su talante afable, Ambler sintió un escalofrío: al observar su rostro detectó —no, vio claramente— un profundo e intenso desprecio hacia el estadista sobre el que se había referido. En el preciso momento en que pronunció el nombre de Liu Ang, el semblante de Palmer dejó entrever una fugaz expresión que desmentía sus palabras.

«De modo que sólo puedo decir que confío en que los triunfalistas del Departamento de Estado estén en lo cierto —concluyó—. En cualquier caso, debemos colaborar con el presidente de China.»

Caston soltó un gruñido.

—Lo que ese tío dice aquí también suena plausible. Es un tipo difícil de descifrar.

Luego fue Ambler quien se puso a teclear. El *software* del videoclip permitía avanzarlo o rebobinarlo, y él lo hizo retroceder hasta llegar al momento en que Ashton Palmer pronunciaba el nombre del presidente chino. A continuación avanzó el videoclip fotograma por fotograma. ¡Ahí! En una micropausa entre las dos partes del nombre chino, el rostro de Palmer asumió una expresión radicalmente distinta. Achicó los ojos, las comisuras de su boca descendieron, las fosas nasales se dilataron: era un rostro que expresaba al mismo tiempo indignación y desprecio. Dos fotogramas más adelante, esa expresión se desvaneció, sustituida por otra artificial de risueña aprobación.

—Vaya —exclamó Caston.

Ambler guardó silencio.

—Jamás me hubiera fijado en eso —observó el auditor sacudiendo la cabeza.

—Hay muchas cosas en el cielo y la Tierra que no aparecen en sus todopoderosas hojas de cálculo —comentó Hal.

—No se confunda, al final siempre llego al lugar adecuado.

—Seguro, para recoger los casquillos cuando el tiroteo ha terminado. He conocido a unos cuantos analistas y procesadores de números. Ustedes trabajan con papeles, ordenadores, listados, gráficos, cuadros, gráficos de dispersión, pero no tratan con personas. Se sienten más cómodos con bits y bytes.

Caston ladeó la cabeza.

—John Henry venció al martillo pilón... una vez. Quizás estaba usted durmiendo cuando emergió la era de la información. Hoy en día, la tecnología no conoce fronteras. Mira. Oye. Capta patrones, pequeñas perturbaciones estadísticas, y a poco que uno presta atención...

—Puede oír, pero no puede escuchar. Puede mirar, pero no puede observar. Y no puede conversar con los hombres y las mujeres con los que tratamos nosotros. Nada puede sustituir eso.

—A mi entender, el rastro del dinero es mucho más voluble y revelador que la mayoría de las personas.

—No me sorprende que piense eso —le espetó Hal. Se levantó y empezó a pasearse por la habitación. Sentía claustrofobia—. De acuerdo, ¿quiere que hablemos sobre lógica y análisis probabilístico? ¿Qué está ocurriendo en China en estos momentos que molesta tanto a un tipo como Ashton Palmer? ¿Por qué odia de ese modo a Liu Ang?

—Soy un hombre de números, Ambler. No me dedico a la geopolítica. —Caston se encogió de hombros—. Pero leo la prensa. Y ambos hemos oído la perorata de Palmer en esa reunión de Estudios Estratégicos. Ya que me lo pregunta, lo más destacable en Liu Ang es que es inmensamente popular entre sus compatriotas, con una increíble fuerza de liberalización. Ha abierto mercados, ha establecido sistemas de comercio justo, incluso ha condenado la piratería en los medios, la falsificación de artículos de lujo...

—Pero eso es gradualismo, el estilo chino.

—Es gradualismo, sí, pero acelerado.

—Eso es una contradicción.

—Liu Ang es un personaje paradójico en muchos aspectos. ¿Cuál es ese término al que se refirió Palmer? «Lo que es doble.» Fíjese en la lógica de su argumento sobre el siglo chino, sobre lo que podría ocurrir si un reino que mira hacia dentro se abriera a otros países, se integrara en la comunidad de naciones. Si usted fuese Palmer, Liu Ang sería su peor pesadilla.

—Si usted fuese Palmer —contestó Ambler—, decidiría tomar cartas en el asunto.

—He leído en alguna parte que Liu Ang planea realizar una importante visita oficial a Estados Unidos el mes próximo —dijo Caston. Tras un momento de silencio agregó—: Voy a hacer unas llamadas.

Hal miró de nuevo la imagen congelada del profesor, tratando de extraer cuanto pudiera de su semblante. *¿Quién eres? ¿Qué pretendes?* Agachó la cabeza, absorto en sus pensamientos.

Luego la imagen se desvaneció.

Ambler vio cómo estallaba el monitor —convirtiéndose en una nube de fragmentos de cristal— incluso antes de oír el ruido seco que lo acompañó.

El tiempo se detuvo.

¿Qué había sucedido? Una bala. De gran calibre. Un fusil. Con silenciador.

Al volverse vio a un tirador vestido de negro, acuclillado al estilo de un comando, situado al fondo del pasillo frente a la habitación. El hombre empuñaba un fusil militar de asalto, un modelo que Ambler reconoció. Un Heckler & Koch G 36. Un cargador curvado montado frente al seguro del gatillo contenía treinta cartuchos de balas de 5,56 por 45 milímetros de la OTAN; los visores utilizaban un retículo de punto rojo. Su carcasa era de polímero negro, ligero y de gran resistencia. Muy portátil, muy letal.

Un fusil perteneciente al arsenal de Operaciones Consulares.

26

Ambler se arrojó al suelo una fracción de segundo antes de que el tipo del fusil descargara una triple ráfaga de balas contra él. Vio que Caston se había precipitado hacia el otro lado de la habitación, lejos del punto de mira del comando.

De momento.

El comando no estaba solo; Hal lo vio en sus ojos. Mostraba la seguridad de un miembro de un equipo.

Un equipo que utilizaba armas de operaciones especiales. ¿Cuántos eran? Entre cuatro y seis era lo normal para un escuadrón de operaciones especiales que perseguía a un objetivo civil. Si se producía una respuesta rápida, quizá fueran sólo dos o tres. Debían de haber llegado utilizando distintas rutas de entrada, algunos a través de la puerta, otros a través de la ventana. Con visores infrarrojos, no tendrían ninguna dificultad en localizar la posición exacta de Ambler y Caston en el piso franco.

Hal se preguntó por qué no lo habían matado.

Mientras el primer comando permanecía sentado, un segundo tirador vestido de negro pasó a la carrera junto a él: una típica maniobra de apoyo.

Con un rápido movimiento, Ambler cerró la puerta del estudio de una patada.

—Sé lo que está pensando —murmuró Caston. Estaba agachado, su rostro normalmente pálido estaba blanco como la cera—. Pero créame, no he tenido nada que ver con esto.

—Es cierto —respondió Hal—. Lo sé. Uno de los archivos debió de activar una alarma. El identificador I/O debió de facilitarles las señas. Como usted dijo, se suponía que este lugar estaba desocupado.

—¿Qué hacemos ahora?

—La situación es seria. Nos enfrentamos a profesionales. Armados con fusiles H&K G treinta y seis. ¿Tiene idea de lo que eso significa?

—H&K G treinta y seis —repitió Caston pestañeando—. En pedidos superiores a mil, cada unidad nos sale a ochocientos cuarenta y cinco dólares. No obstante, el costo no amortizable de los cartuchos...

—Son fusiles G treinta y seis provistos de silenciador —le interrumpió Ambler—. Esos tipos constituyen un dispositivo de limpieza.

Una ráfaga de balas destrozó la parte superior de la puerta y llenó el aire de astillas y de olor a madera carbonizada. La puerta no resistiría mucho más.

Hal se levantó y apagó las luces de la habitación antes de arrojarse de nuevo al suelo.

¿Por qué estaba vivo?

Porque eran dos. Los visores infrarrojos habían indicado a los comandos que eran dos. No lo habían matado porque no habían podido verificar quién era Ambler. Primero tenían que identificarlo, luego matarlo. Sus instrucciones no preveían la presencia de una segunda persona.

—No tenemos nada con que defendernos —dijo Caston—. Debemos rendirnos.

Otra triple detonación hizo un enorme agujero en la puerta.

Ambler sabía lo que ocurriría a continuación. Los comandos se acercarían a la abertura que habían hecho en la puerta y les apuntarían con sus fusiles; de esa forma podrían tomarse todo el tiempo que necesitaran para verificar la identidad de su objetivo.

Disponía exactamente de diez segundos para deshacerles el plan.

La única arma de Hal era la pequeña Glock 26, inútil contra un fusil de asalto, una pistola de agua contra su cañón de agua. No incorporaba un visor, no era precisa a cierta distancia y las balas de pequeño calibre no podían traspasar la armadura ligera de Monocryl que llevaban los comandos. En esta situación, el arma no tenía ningún valor ofensivo.

Rectifica e improvisa.

—En realidad, tiene algo que puede utilizar —dijo Ambler en voz baja al atribulado auditor.

—No lo creo. El mando a distancia no funciona contra esos tipos. He intentado pulsar el botón de «Pausa».

—Lo que tiene —dijo el agente— es un rehén.

—Está loco.

—Cállese y escuche —murmuró Hal—. Tiene que gritar, tan fuerte como pueda, que tiene un rehén y que disparará contra él si dan un paso más. Ahora.

—No puedo hacerlo.

—Puede y debe hacerlo. Ahora —le indicó Ambler moviendo los labios en silencio.

Caston estaba demudado, pero asintió con la cabeza y respiró hondo.

—Tengo un rehén —gritó a voz en cuello a los tiradores—. Si dan un paso más, lo mato.

Al cabo de unos segundos de silencio oyeron a los hombres hablar entre sí con voces apenas audibles.

Ambler sacó la pequeña Glock 26 de la funda que llevaba a la espalda y se la entregó al auditor.

—Apúnteme con ella a la parte posterior de la cabeza, ¿de acuerdo?

—Para usted es muy fácil decirlo —murmuró Caston—. Es a mí a quien matarán.

—Confíe en mí. Hasta ahora lo ha hecho muy bien.

La angustia y confusión de Caston eran visibles, pero Hal observó que su comentario le había complacido.

—Utilice mi cuerpo a modo de escudo —dijo Ambler—. Eso

significa que debe procurar que no le vean. Yo le ayudaré, pero es preciso que comprenda la maniobra.

—Pero ¿no van a por usted? Esto no tiene ningún sentido.

—Confíe en mí —repitió Hal.

Le llevaría demasiado tiempo explicar su aparentemente disparatado plan. Los rehenes siempre hacían que este tipo de misiones resultaran más engorrosas de lo habitual. En medio de una operación llena de tensión, a nadie se le ocurriría tratar de descifrar la identidad del rehén y su captor. No importaba que a los tiradores les hubieran facilitado unas buenas fotografías junto con sus órdenes; no estaban examinando las imágenes con calma sobre una mesa iluminada. Eran hombres armados con fusiles, cargados de adrenalina, tratando de cumplir sus órdenes sin cometer un error que destruyera sus carreras. Dejar que el rehén muriera podía ser ese error. La posición del rehén y su captor les parecería un hecho tan vívido y presente que eclipsaría otras consideraciones, detalles como el color del pelo y la estatura.

Ambler murmuró más instrucciones a Caston al oído.

Por fin, éste volvió a respirar hondo.

—Quiero hablar con su comandante —gritó. A un volumen normal de conversación, su voz quizás habría temblado; pero al tener que gritar, mostraba un tono autoritario y decidido.

No se oyó ninguna respuesta.

Adoptando una expresión de pánico, Hal se arrojó contra la maltrecha puerta, como si le hubieran empujado. Caston se ocultó tras él.

—No dejen que este tipo me mate —gimió Ambler, oprimiendo la cara contra el enorme agujero—. Por favor, no dejen que me mate. Se lo suplico. —Abrió los ojos desmesuradamente, aterrorizado, moviéndolos de un lado a otro presa del histerismo de un civil atrapado en una pesadilla que jamás había imaginado.

Hal vio a los dos comandos que había visto antes: hombres de mandíbula pronunciada, pelo oscuro, musculosos, sin duda bien adiestrados. Trataban de vislumbrar el interior de la oscura habitación, ignorando el hecho de que su presa les miraba a la cara.

—Quiero hablar con su comandante —repitió Caston en voz alta, con firmeza—. Ahora.

Los dos hombres se miraron, y Ambler sintió que el pulso se le aceleraba. *No había ningún comandante presente.* Al menos todavía. Los dos tiradores estaban solos. Una respuesta rápida exigía un equipo mínimo. Seguramente llegarían más hombres dentro de poco, pero de momento esos dos trabajaban sin refuerzos.

—Por favor, no dejen que este tipo me mate —gimoteó Hal como si repitiese un mantra de terror.

—No le ocurrirá nada —dijo uno de los comandos, el que era más fornido, en voz baja.

—Suelte al rehén —gritó el otro tirador— y hablaremos.

—¿Me toman por imbécil? —gritó Caston de inmediato. A Ambler le asombraron las dotes de improvisación del auditor.

—Si le hace daño, iremos a por usted —gritó el segundo comando. Las negociaciones para liberar a un rehén estaban comprendidas en el adiestramiento de un comando, pero no era algo en lo que se trabajara demasiado. Daba la impresión de que el tirador trataba de recordar las tácticas básicas.

De pronto Hal se arrojó al suelo y desapareció de la vista de los comandos.

—¡Ay! —chilló como si le hubiesen golpeado.

Caston y Ambler intercambiaron impresiones. Lo que iban a hacer a continuación tenía que ser ejecutado de forma impecable. La precisión era algo que el auditor valoraba mucho; su expresión de intensa concentración mostraba que en esos momentos le concedía también gran importancia.

Hal volvió a asomar la cara por el agujero de la puerta, moviendo la cabeza hacia delante como si el otro le empujara con la pistola.

—Por favor, sáquenme de aquí —gritó—. No sé quiénes son ustedes. No quiero saberlo. Pero no permitan que este tipo me mate. —Tenía el rostro contraído en un rictus de pavor y los ojos húmedos—. Tiene un fusil cargado con muchas balas. Dice que me destrozará a balazos... Tengo mujer e hijos... Soy norteamericano. —Ambler balbucía frases breves y entrecortadas, la viva imagen del terror—. ¿Les gusta el cine? Yo trabajo en la industria del cine. He venido para localizar exteriores. El embajador es un buen amigo mío. Este tipo me dijo, me dijo... Joder, joder...

—Éste es el plan —gritó Caston, invisible en la habitación en penumbra—. Uno de ustedes debe salir y detenerse a un metro y medio del umbral. Si da un paso más, lo mato. Dejaré que el civil salga y avance hacia usted para que compruebe que está ileso. Pero le tendré todo el tiempo en mi punto de mira, ¿entendido? Si dan un paso en falso, mi Lapua Magnum trescientos treinta y ocho les demostrará de lo que es capaz.

Ambler abrió de golpe la puerta y avanzó unos pasos torpemente, trastabillando, hacia el pasillo. De nuevo, su rostro traslucía un profundo terror. Los comandos supondrían que su objetivo estaba situado en un rincón oscuro de la habitación, fuera de su vista, empuñando un sofisticado fusil de largo alcance. El ángulo le permitiría matar a su rehén sin correr él ningún riesgo. Pero los dos comandos no podían sino seguirle el juego. El tiempo estaba de su lado; su plan, ahora, era dejar correr los minutos hasta que llegasen los otros miembros del dispositivo. Hal lo leyó en sus rostros. Quizá la muerte del rehén era un costo aceptable con tal de llevar a cabo la misión Tarquin, pero esa decisión sólo podía tomarla el comandante de la misma.

Ambler dio otro paso hacia el segundo comando, el más fornido, observando sus ojos verde mar, su pelo oscuro y su barba de dos días. El tipo consideraba al rehén poco más que un impedimento y un engorro, un extraño que aún no podían eliminar. El comando ya no empuñaba su G36 en posición de disparar; no merecía la pena.

Hal se echó a temblar aparentando angustia. Se volvió para mirar hacia la habitación en penumbra, fingiendo divisar el fusil apuntándole a la cabeza, una impresión que transmitió conteniendo audiblemente el aliento. Luego se volvió de nuevo hacia el comando vestido de negro y le miró con gesto implorante.

—Ese tipo va a matarme —repitió Ambler—. Lo sé, estoy convencido. Lo veo en sus ojos. —Las palabras brotaban de su boca, como si fuera presa de un ataque de histerismo. Empezó a agitar los brazos—. Tienen que ayudarme. Dios, ayúdenme, por favor. Llamen al embajador, Sam Hurlbut responderá por mí. Soy buena gente, se lo aseguro. Pero, por favor, no me dejen con ese psicópata. —Al hablar, Hal se inclinó hacia delante, hacia el comando, como si quisiera decirle algo confidencial.

—Procure calmarse —respondió el tipo con tono seco y quedo, sin apenas disimular el desprecio que le inspiraba el pusilánime y aterrorizado civil, el cual se aproximaba demasiado y hablaba demasiado mientras seguía agitando las manos como un poseso, hasta que...

Las oportunidades se presentarán. Aprovéchalas.

—Tienen que ayudarme, tienen que ayudarme, tienen que ayudarme... —Las palabras, fruto del pánico, brotaban sin el menor sentido. Ambler se acercó más al comando; percibió el rancio olor a sudor debido a la tensión que emanaba.

Agarra el arma por la base de la culata, no por el cargador. El cargador podría desprenderse, pero quedarían balas alojadas en la recámara del fusil. Ese tipo tiene el dedo apoyado en el protector del gatillo. Agárralo ahora...

Con la agilidad de una cobra, Hal arrebató el G 36 de manos del comando y le golpeó en la cabeza con el cañón provisto de silenciador. Cuando el hombre cayó al suelo, Ambler apuntó el fusil de asalto hacia el compañero del primer comando, que no salía de su estupor.

Hal vio a un hombre tratando de replantearse sus suposiciones, desconcertado. Liberó el seguro del G 36.

—Suelta el arma —le ordenó.

El tipo obedeció, retrocediendo lentamente.

Ambler sabía lo que se disponía a hacer.

—Quieto —gritó.

Pero el hombre siguió retrocediendo, con las manos en alto. Cuando una operación fracasaba, había que evacuar. Ésa era la primera norma que había que seguir.

Ambler observó mientras el hombre daba media vuelta y salía corriendo del apartamento, bajaba la escalera, salía a la calle y desaparecía, sin duda para reunirse con su escuadrón y reagruparse. Él y Caston también tenían que evacuar rápidamente el inmueble y reagruparse a su manera. Matar al comando habría sido inútil.

Había demasiados comandos esperando ocupar su lugar.

Pekín

Chao Tang era muy madrugador y, como muchos hombres importantes aficionados a madrugar, obligaba a quienes trabajaban para él a que hiciesen lo propio, mediante el simple trámite de convocar reuniones al amanecer. Los miembros de su equipo de colaboradores en el Ministerio de Seguridad del Estado estaban acostumbrados a ello: poco a poco, habían renunciado a las veladas en que permanecían bebiendo vino de arroz hasta altas horas de la noche, la caprichosa vida nocturna que los altos funcionarios del gobierno podían permitirse. No merecía la pena entregarse a esos excesos para luego levantarse a las seis de la mañana con resaca. Poco a poco, habían pasado de mostrar cara de sueño a una expresión de serena atención; las reuniones a primeras horas de la mañana ya no les parecían una imposición tan tremenda.

Pero en esos momentos Chao Tang no pensaba en la reunión matutina destinada a repasar objetivos, los que se habían cumplido y los que estaban pendientes. Se hallaba en la sala de comunicaciones de alta seguridad, leyendo un informe reservado que había llegado para él por la noche, y cuyo contenido era profundamente inquietante. Si el mensaje de Joe Li era correcto, la situación a la que se enfrentaban era más grave de lo que él había imaginado. La descripción por parte del camarada Li del incidente en los Jardines de Luxemburgo echaba por tierra sus hipótesis sobre la operación; era preciso tomar otras medidas cuanto antes. La pregunta de «por qué» atormentaba a Chao Tang.

¿Era posible que Joe Li estuviera equivocado? No lo creía. No podía ignorar el informe. Había demasiados enemigos a los que enfrentarse, pero en esos momentos su mayor enemigo era el tiempo. Chao no podía esperar un minuto más a que Liu Ang entrara en razón.

Tenía que tomar él solo una nueva decisión. Algunos lo considerarían una traición. Una transgresión inadmisible e imperdonable.

Pero la contumacia de Liu Ang no le dejaba otra opción.

Chao suspiró. El mensaje debía ser enviado sin pérdida de tiempo y en secreto. Y su naturaleza tenía que garantizar que fuera aceptado sin reticencia y acatado. Era preciso suspender las normas operativas habituales. Lo que estaba en juego era demasiado importante para atenerse a lo normal.

Mientras transmitía sus instrucciones en clave, Chao trató de tranquilizarse diciéndose que había tomado las medidas desesperadas que la situación exigía. Pero si calculaba mal, cometería el error más grave de su vida. La ansiedad y el temor bullían en su mente.

Al igual que las palabras del mensaje de Joe Li. ¿Quién más estaba enterado del mismo? El joven que se lo había entregado, Shen Wang, se mostraba esa mañana tan vivaz y rebosante de energía como todas las mañanas. Al principio el camarada Chao había recelado de él. Era un joven «prestado» por el Ejército Popular de Liberación, una terminología que inducía a error. Con el fin de promover el desarrollo de una cultura gubernamental común —o, dicho de otro modo, evitar el desarrollo de divisiones en los distintos departamentos—, el EPL trasladaba temporalmente a jóvenes oficiales a los departamentos civiles del gobierno. El problema era que uno no podía rechazar a una de las personas que les enviaban, al menos sin provocar un grave malestar. De modo que un joven factótum del EPL pasaba un año como interno en la oficina central del Ministerio de Seguridad del Estado. A su vez, el MSE colocaba a uno de sus empleados en el EPL, pero todos opinaban que el EPL salía ganando con el intercambio.

Como es natural, en el MSE sospechaban que el interno del EPL informaría a sus superiores del ejército sobre lo que veía y oía. Todos sabían que Shen Wang era un protegido del general Lam, un hombre terco por el que Chao sentía escasa simpatía. Pero pese a sus recelos iniciales, el interno había logrado congraciarse con él. Shen Wang era un muchacho incansable, trabajador, carente de cinismo. Chao tenía que reconocer que el joven —no debía tener más de veinticinco años— parecía ser un auténtico idealista, como lo había sido él años atrás.

Shen Wang apareció en la puerta, carraspeando discretamente.

—Disculpe mi atrevimiento, señor —dijo—, pero parece preocupado.

Chao alzó la vista y miró al diligente interno. ¿Habría leído el comunicado? La expresión del joven era tan franca que parecía imposible que fuera culpable de semejante cosa.

—Hace tiempo que las cosas se han complicado —respondió—. Esta mañana se han agravado.

Shen Wang inclinó la cabeza y guardó silencio unos momentos.

—Trabaja mucho —dijo—. Creo que es el hombre más trabajador que conozco.

Chao esbozó una sonrisa.

—No tardarás en aventajar a tu superior.

—Ignoro las complejidades de los asuntos de Estado que le preocupan —dijo Shen Wang—. Pero me consta que tiene los hombros muy anchos como para soportar cualquier peso. —El joven aludía a un antiguo proverbio. Su comentario rayaba en la adulación.

—Esperemos que así sea.

—¿Recuerda el camarada Chao su cita para almorzar?

El hombre sonrió distraídamente.

—Acabas de recordármela.

Shen Wang miró la agenda de su superior.

—Un almuerzo para conmemorar a los héroes del pueblo. En el Peninsula Palace.

—Supongo que debería ponerme en marcha —dijo. No era necesario que ninguno de los dos se quejara en voz alta del denso tráfico de la ciudad. Incluso un breve recorrido suponía perder un montón de tiempo. Un personaje de la importancia del camarada Chao no podía desplazarse sin la protección de un coche blindado y un chofer especialmente adiestrado.

Al cabo de unos minutos, cuando se montó en el asiento posterior de su limusina negra, pensó en la perspicacia y agradable talante de Shen Wang. Chao se ufanaba de saber reconocer el potencial, y creía que a ese joven le aguardaba un magnífico futuro.

Después de diez minutos de avanzar muy lentamente entre el tráfico, el sedán enfiló por un paso elevado a una velocidad razonable.

A un centenar de metros, en el carril opuesto, apareció un enorme buldócer de color amarillo. Debían de estar reparando la carretera, pensó Chao, lo cual complicaría aún más el tráfico. Era una lástima que no hubiesen podido aplazar la celebración hasta una hora más normal del día. Menos mal que el buldócer se hallaba en el carril contrario.

—El tráfico en este sentido no es tan malo —comentó el chofer del camarada Chao.

El director del MSE no llegó a responder. De su garganta surgió un grito en el momento en que se produjo el impacto, tan repentino como inesperado. El gigantesco buldócer, con su pala mecánica en ristre, había invadido el carril contrario, encajonando al sedán entre los coches que circulaban a ambos lados. El cristal del parabrisas saltó hecho añicos, atravesando ojos y arterias, al tiempo que se oía el chirrido de metal contra metal al retorcerse y doblarse. De pronto el vehículo se elevó sobre la carretera, alzado por la pala mecánica. El buldócer aplastó al sedán hasta que el destrozado vehículo dio una vuelta de campana y aterrizó en un inmenso parapeto de hormigón, donde estalló en llamas.

En la cabina invisible del buldócer, el conductor habló a través de un móvil.

—La limpieza se ha llevado a cabo —dijo en el tosco dialecto de la zona rural del norte.

—Gracias —respondió Shen Wang. Dado el elevado número de accidentes de tráfico que se producían actualmente en Pekín, la muerte en un paso elevado sería considerada un incidente lamentable, pero no sorprendente—. El general se sentirá muy complacido.

París

—¿Qué es eso? —preguntó Laurel mirándole alarmada.

Ella y Ambler se encontraban en la habitación del hotel y él acababa de quitarse la camisa. Ella se acercó y deslizó los dedos sobre un moratón que tenía en el hombro.

—El piso franco de Caston no era tan seguro como creíamos —dijo.

—¿Puedes confiar en ese individuo? —inquirió la mujer observándole atentamente. Parecía inquieta, temerosa de que a Ambler le ocurriese algo.

—Creo que sí.

—¿Por qué, Hal? ¿Cómo puedes estar seguro?

—Porque si no puedo confiar en él, no puedo confiar en mí mismo. —Se detuvo—. Es difícil de explicar.

Laurel asintió con la cabeza.

—No es preciso. Lo comprendo... —Hizo una pausa—. No sé por qué me preocupa. Hace tiempo que el mundo dejó de tener sentido.

—Hace unos días —le corrigió Hal.

—Hace más tiempo.

—Desde que aparecí yo. —Ambler sintió un sabor ácido en la garganta—. Un extraño. Un extraño para mí mismo.

—No sigas —le conminó Laurel con gesto de advertencia. Pasó sus dedos sobre su pecho, sobre sus brazos, como para confirmar que era real, una persona de carne y hueso, no un fantasma. Cuando le miró de nuevo a los ojos, los suyos estaban húmedos—. Jamás he conocido a nadie como tú.

—Menuda suerte la tuya.

—Eres una buena persona —insistió ella meneando la cabeza. Le dio un golpecito en el esternón—. Con un buen corazón.

—Y la cabeza de otra persona.

—¡Me importa un carajo! —replicó ella fingiendo enojo—. Trataron de borrarte del mapa, pero eres más real que ninguna otra persona que conozco.

—Laurel... —empezó él, pero se detuvo al percatarse de que hablaba con voz entrecortada.

—Cuando estoy contigo es como... descubrir que he estado sola toda mi vida sin darme cuenta, porque no sabía lo que significa estar junto a alguien hasta ahora. Así es como me siento contigo. Como si hubiera estado siempre sola y ya no lo estoy. No puedo volver a vivir como antes. No puedo volver a eso. —La voz de Laurel denotaba una profunda emoción—. ¿Quieres hablar de lo que me has hecho experimentar? Eso es lo que me has hecho. Y no quiero que deje de ser así.

Ambler sintió que tenía la boca seca.

—Nada me asusta más que perderte.

—Ya no estoy perdida. —Sus ojos de color ámbar parecían emitir una luz interior; las motas verdes relucían—. Me has salvado la vida en más de un aspecto.

—Eres lo más importante para mí, Laurel. Nada tiene sentido sin ti. No para mí. Tan sólo soy...

—Harrison Ambler —apostilló Laurel, sonriendo al pronunciar su nombre en voz alta—. Harrison Ambler.

27

Según la guía Michelin, el Museo Armandier no merecía ser visitado. Pero Ambler lo recordaba debido al año que había pasado en París de joven y dudaba que hubiera cambiado mucho. Era uno de los pocos museos de arte privados de París y, para conservar su estatus fiscal como museo, mantenía un escrupuloso horario de apertura. Estaba casi siempre vacío; quizá tenía menos visitantes que cuando había sido una residencia privada, a fines del siglo XIX y principios del XX. Como mansión —una villa de estilo neoitaliano, con unas imponentes ventanas en arco empotradas en la piedra caliza de Purbeck, y un patio cerrado parcialmente—, no dejaba de ser bonita. Construida por un banquero protestante que había ganado mucho dinero con sus negocios durante el Segundo Imperio, estaba situada en Plaine Marceau en el Distrito Octavo, en aquel entonces un barrio muy apreciado por los nobles de Bonaparte y una nueva clase de financieros, e insólitamente apacible incluso hoy en día. De vez en cuando, el Museo Armandier era alquilado por un equipo cinematográfico que rodaba una película de época. Aparte de eso, era el espacio público menos visitado en París. Tal vez fuese un lugar para una cita juvenil —Ambler sonrió al evocar esos lejanos recuerdos—, pero poco interesante para el público aficionado a visitar museos. Lo malo era la colección. La esposa de Marcel Armandier, Jacqueline, era aficionada al arte rococó de principios del siglo XVIII, una escuela artística que había dejado de estar en boga hacía cincuenta años. Lo peor era que Jacqueline sentía pasión por el arte rococó de tercer orden, lienzos pintados por artistas mediocres como François Boucher, Nicolas de Largillière, Francesco Trevisani y Giacomo Amiconi. Le gustaban los cupidos rollizos y sonrientes, triscando en un perfecto firmamento turquesa, y los pastores arcádicos en ambientes tan bucólicos como fuera posible. Jacqueline coleccionaba los paisajes como si adquiriese los lugares pintados en ellos en lugar de los cuadros.

Al ceder la mansión para que fuera un museo, la señora Armandier, que sobrevivió a su esposo una década, debió de confiar en que sus bienes serían admirados por las futuras generaciones. Sin embargo, el raro historiador que visitaba el museo solía acoger la colección de Jacqueline con silenciosas exclamaciones de desprecio o, peor aún, con afectada adoración.

Ambler apreciaba el museo por otras razones: pese a su escasa popularidad, era un excelente lugar para un encuentro privado, y la combinación de abundantes ventanas y una calle tranquila le permitiría detectar cualquier dispositivo de vigilancia. Al mismo tiempo, la fundación Armandier, encargada de gestionar un presupuesto limitado, contrataba sólo a un guardia de seguridad para todo el museo, el cual no solía pasar de la segunda planta.

Subió la escalera hasta la cuarta planta y enfiló un pasillo decorado con molduradas doradas y un cuadro alargado que mostraba a unas diosas tocando unas liras triscando sobre lo que parecía un campo de golf, y se dirigió hacia una amplia sala situada al fondo, donde Caston y él habían acordado reunirse.

Sus pasos quedaban sofocados por la moqueta de color melocotón y, al acercarse, oyó la voz del auditor.

Ambler se detuvo en seco, sintiendo que el vello del cogote se le erizaba. ¿Estaba Caston con alguien?

Se aproximó sigilosamente, hasta que pudo captar las palabras. «Perfecto», dijo Caston. Luego: «¿De veras?» Y: «¿De modo que están bien?» Hablaba por un móvil. Tras una larga pausa, dijo: «Buenas noches, gordi. Yo también te quiero». Cerró el móvil y se lo guardó en el bolsillo cuando Hal entró en la sala.

—Me alegro de verle —dijo Caston.

—¿Gordi? —preguntó Ambler.

Sonrojándose, el auditor se volvió y se puso a mirar por la ventana.

—Pedí a los de mi oficina que comprobaran la base de datos de Aduanas —dijo Caston al cabo de unos momentos—. El doctor Ashton Palmer llegó ayer a Roissy. Está aquí.

—¿A los de su oficina? ¿Confía en su discreción?

—En realidad, se trata sólo de una persona. Mi asistente. Y sí, confío en él.

—¿Qué más ha averiguado?

—No he dicho que hubiera averiguado nada.

—Claro que sí —le corrigió Hal—. Aunque no verbalmente.

Caston contempló las paredes cubiertas de lienzos y frunció el ceño.

—Es un tanto complicado, y no sé qué conclusión sacar de ello. Lo llaman «cháchara», breves fragmentos de conversación que consiguen interceptar y que en sí mismos no tienen sentido, no dicen nada...

—¿Y sumados?

—Algo está ocurriendo, mejor dicho, algo está a punto de ocurrir. Algo relacionado con...

—China —le interrumpió Ambler.

—Ésa es la parte fácil del enigma.

—Explíquese.

—Lo difícil es usted. Si abordamos la cuestión de forma lógica, es el lugar por el que debemos empezar. Llámelo una variante del principio antrópico. Lo que denominamos los efectos de la selección de observaciones.

—Hable en cristiano, Caston.

Éste miró a Hal irritado.

—Los efectos de la selección de observaciones son muy comunes. ¿No ha comprobado nunca que en el supermercado se coloca con frecuencia en la cola más larga ante una caja? ¿Por qué? Porque son las colas donde hay más personas. Digamos que le digo que el señor Smith, del que usted no sabe nada, está en una de las colas ante una caja y usted tiene que adivinar cuál, basándose únicamente en que sabe cuántas personas hay en cada cola.

—Sería imposible.

—Pero las deducciones se basan en probabilidades. Y el resultado más probable es que el señor Smith esté en la cola donde haya más personas. Si uno da un paso atrás y se observa desde la perspectiva de una persona ajena, resulta evidente. El carril por el que circula el tráfico más lento es el que contiene mayor número de coches. Las leyes de probabilidades dicen que un conductor cualquiera seguramente está en ese carril. Eso significa usted. No es mala suerte o un espejismo lo que le hace pensar que en otros carriles el tráfico circula con más rapidez. Lo más probable es que sea así.

—De acuerdo —respondió Ambler—. Es obvio.

—Es obvio cuando se lo explican —observó Caston—. Es como si usted no supiera nada sobre una persona, salvo que hoy en día vive en este planeta, y le pidieran que adivinara el país de origen de esa persona, y usted dijera que es china. Erraría menos veces que si nombrara cualquier otro país de origen, sencillamente porque China es la nación más populosa del mundo.

—Por si no se ha dado cuenta —replicó Hal—, yo no soy chino.

—Cierto, pero está metido en algo relacionado con la política china. Y la pregunta es: ¿por qué usted? En el caso de la cola ante la caja del supermercado, pocas cosas le distinguen de otros compradores. Pero, en este caso, la población (la lista de posibles candidatos) es más singular.

—Yo no elegí meterme en esto. Me eligieron otros.

—De nuevo, la pregunta es: ¿por qué? —insistió el auditor—. ¿Qué información tenían sobre usted? ¿Qué datos eran pertinentes?

Ambler recordó lo que diversas personas pertenecientes al Grupo de Servicios Estratégicos le habían dicho. Que él era especial, según su criterio.

—Paul Fenton me dijo que habían decidido que yo era un mago porque me había «borrado» a mí mismo.

—Cuando, en realidad, le habían «borrado» otros, por decirlo así. Pero eso indica que necesitaban a un agente que no pudiera ser identificado. Y no un agente cualquiera. Un agente con unas dotes especiales, un agente con la extraordinaria habilidad de adivinar emociones. Un polígrafo andante.

—Fenton tenía mis expedientes de Estab, al menos algunos de ellos. No conocía mi nombre, mi nombre verdadero, pero conocía las misiones que había realizado, lo que había hecho, los lugares en los que había estado.

—Consideremos también ese factor. Por un lado, están sus características congénitas y, por otro, las características históricas: la persona que es usted y lo que ha hecho. Una de ellas o ambas cosas podían ser relevantes.

—No conviene sacar conclusiones precipitadas, ¿eh?

Caston sonrió. Sus ojos se posaron en un cuadro que mostraba un prado de un verde lujuriante, con unas pintorescas vacas y una joven lechera rubia que sonreía beatíficamente y portaba un cubo.

—¿Conoce la vieja historia sobre un economista, un físico y un matemático que viajan en coche por Escocia? Ven por la ventanilla una vaca de color castaño y el economista dice: «Es fascinante que las vacas en Escocia sean castañas». El físico replica: «Me temo que estás generalizando a partir de indicios. Sólo sabemos que algunas vacas en Escocia son castañas». Por último, el matemático sacude la cabeza y dice: «Os equivocáis. Los indicios no prueban nada. Lo único que podemos deducir, lógicamente, es que en este país existe al menos una vaca, y que uno de sus costados es castaño».

Ambler puso los ojos en blanco.

—Me equivoqué al decir que es usted el tipo que llega después de un tiroteo para recoger los casquillos. En realidad, es el tipo que, mil años más tarde, recoge los casquillos en un yacimiento arqueológico.

Caston se limitó a mirarlo.

—Simplemente trato de obligarle a buscar patrones. Porque lo cierto es que aquí hay un patrón. Changhua. Montreal. Y ahora París, el incidente Deschesnes.

—Changhua... Traté de impedirlo. Demasiado tarde, pero lo intenté.

—Pero falló. Y estaba allí.

—¿Y eso qué significa?

—Que debe de haber pruebas fotográficas de su presencia. No podemos extraer muchas deducciones a partir de una vaca castaña. Pero ¿de tres vacas castañas seguidas? Ahí es donde entra en juego la ley de probabilidades. La cuestión es por qué le querían a usted. Y para qué le querían. Changhua. Montreal. París. No se trata de acontecimientos aislados, Ambler.

—De acuerdo —respondió Hal irritado. El exceso de calefacción en el museo le hacía sudar—. No son acontecimientos aislados. ¿Y eso qué significa?

—Significa que debemos acudir a las matemáticas. Cero, uno, uno, dos, tres, cinco, ocho, trece, veintiuno, treinta y cuatro, cincuenta y cinco... Es la serie Fibonacci. Un niño puede mirar esos números y no ver el patrón. Pero lo tiene ante sus narices. Cada número en la serie es la suma de los dos precedentes. Cada serie es como ésta, por fortuita que parezca. Existe un patrón, una regla, un algoritmo, que hace que algo caótico tenga sentido. Esto es lo que necesitamos aquí. Debemos averiguar la forma en que cada acontecimiento está relacionado con el anterior, porque entonces sabremos cuál será el próximo acontecimiento. —Caston mostraba una expresión grave—. Aunque, claro está, podemos esperar a que se produzca el próximo acontecimiento. Eso aclararía el misterio. Por los indicios que tenemos, no tardaremos en comprobar a dónde conduce todo.

—Entonces probablemente será demasiado tarde —gruñó Ambler—. De modo que se trata de una serie. Lo que significa que usted no conoce la lógica que encierra.

—Lo que significa que debemos averiguar la lógica de la progresión de esos acontecimientos. —Caston miró a Hal con una expresión a un tiempo irónica y fría—. Si yo fuera supersticioso, diría que tenemos mala suerte.

—La suerte puede cambiar.

El auditor torció el gesto.

—Las series no cambian. A menos que uno haga que cambien.

Langley

Adrian Choi se tocó el *piercing* que llevaba en la oreja, sentado ante la mesa de su jefe. Se sentía bien sentado ahí, y no tenía nada de malo. Por lo demás, prácticamente no pasaba nadie por allí; el pasillo donde estaba el despacho de Caston no era una zona de acceso restringido, pero quedaba un tanto alejado. Como un despacho en Siberia. Hizo otra llamada telefónica.

Su jefe estaba emperrado en conseguir esos expedientes del personal de Parrish Island, y cuando Adrian le había preguntado cómo creía que lo lograría cuando él no lo había logrado, Caston había hecho una referencia a su «encanto personal». Adrian no tenía la autoridad del meticuloso auditor, pero había otros canales oficiosos. Esbozó su sonrisa más radiante cuando llamó a una asistente en el Centro Común de Recursos, una persona de su mismo nivel. Caston había hablado con el jefe de ésta sin resultado. Había rezongado, protestado y bramado. Adrian intentaría otro enfoque.

La mujer que atendió la llamada no se dejaría convencer fácilmente. Asumió de inmediato un tono suspicaz.

—Pabellón O, PIPF... Sí, lo sé —dijo—. Tengo que rellenar los impresos de solicitud.

—No, verá, ya nos han facilitado una copia de los expedientes —mintió Adrian.

—¿Se los han facilitado los del Centro Común de Recursos?

—Sí —respondió él con tono campechano—. Lo que quiero es otra copia.

—Ah —respondió la joven con menos frialdad—. Lo siento. Cosas de la burocracia, ¿comprende?

—Y que lo diga —contestó Adrian adoptando un tono de gran desenvoltura—. Me gustaría decir que es una cuestión de seguridad nacional. Pero se trata de salvar mi pellejo.

—¿A qué se refiere?

—Verá, Caitlin... Se llama Caitlin, ¿no?

—Así es —respondió la joven.

Adrian no sabía si se lo estaba imaginando, pero parecía que la chica se mostraba algo más receptiva.

—Parece ser el tipo de persona que nunca la pifia, de modo que no espero que me comprenda.

—¿Quién, yo? —respondió la joven riendo—. ¿Bromea?

—No, conozco a las personas que son como usted. Lo tienen todo bajo control. Cada papel en su despacho está en el lugar que le corresponde.

—Sin comentarios —respondió la joven. Adrian percibió su tono risueño.

—Es importante admirar a alguien —dijo—. Tengo en mi mente una imagen de usted. Deje que atesore esa imagen.

—Es usted muy divertido.

—Pues debí de hacer el payaso cuando envié el archivo al despacho del director de la CIA sin conservar una copia para mi jefe. —Adrian se expresaba con tono zalamero, coqueteando un poco con la chica—. Lo que significa que a mi jefe le va a dar un soponcio. Y yo ya puedo ir recogiendo mis cosas. —Se detuvo—. Mire, ése es mi problema, no el suyo. No quiero comprometerla. Déjelo estar. De veras...

La joven al otro lado de la línea telefónica suspiró.

—Lo malo es que se muestran inflexibles en ese tema, aunque Dios sabe por qué. Todo está en una base de datos secuestrada de nivel Omega.

—Las rivalidades intramuros siempre son las más feroces, ¿no?

—Supongo que sí —respondió la joven indecisa—. Veré qué puedo hacer, ¿de acuerdo?

—Me ha salvado la vida, Caitlin —contestó Adrian—. Se lo juro.

París

Burton Lasker miró por enésima vez su reloj mientras se paseaba por la sala de espera de Air France. Fenton no solía retrasarse. Pero los pasajeros habían empezado a embarcar y Fenton aún no había aparecido. Lasker se dirigió a los empleados situados en la puerta de embarque, quienes respondieron a su mirada interrogante negando con la cabeza; ya les había preguntado dos o tres veces si Fenton se había presentado. Estaba enojado. Había varias circunstancias que podían hacer que un pasajero se retrasara, pero Fenton era el tipo de persona que se preparaba para las exigencias e inconveniencias habituales de viajar. Tenía un sentido muy desarrollado de las tolerancias de la vida cotidiana y sabía hasta qué punto convenía ponerlas a prueba. Pero ¿dónde se había metido? ¿Por qué no respondía al móvil?

Hacía una década que Lasker trabajaba para él y, al menos durante los últimos años, se consideraba su lugarteniente más leal. Todo visionario necesitaba a alguien que se entregara en cuerpo y alma a la tarea de «ejecución», de «seguimiento». Burton lo hacía de forma magistral. Era un veterano de las Fuerzas Especiales, pero nunca había experimentado el desprecio que algunos militares sentían hacia los civiles: Fenton era un mecenas de los agentes encubiertos, como algunas personas son mecenas de artistas. Y era un auténtico visionario, que comprendía perfectamente que una asociación privada-pública podía transformar los puntos fuertes de Estados Unidos en operaciones clandestinas. Respetaba a Lasker por sus conocimientos de primera mano de las técnicas de combate y las sutiles operaciones de los escuadrones de contraterrorismo a los que había ayudado a entrenar. Por su parte, Lasker consideraba sus años con Fenton como los más valiosos y gratificantes de su vida de adulto.

¿Dónde diablos estaba? Cuando los empleados de Air France, encogiéndose de hombros con gesto de disculpa, cerraron las puertas de la rampa, Lasker sintió una opresión de angustia en la boca del estómago. Algo iba mal. Telefoneó a la recepción del hotel donde Fenton y él se habían alojado.

—No, *monsieur* Fenton no ha abandonado el hotel.

Decididamente, algo iba mal.

Laurel Holland se reunió por fin con Ambler y Caston en la cuarta planta del Museo Armandier, que seguía desierta, unos minutos más tarde de lo que habían planeado. Les explicó que sus recados le habían llevado más tiempo de lo previsto.

—Usted debe ser Clayton Caston —dijo al auditor tendiéndole la mano. Su talante, a la par que sus palabras, resultaba un tanto seco. Parecía temer lo que era Caston, lo que representaba como alto funcionario de la CIA. Al mismo tiempo, confiaba totalmente en el criterio de Ambler. Había decidido tratar con Caston y ella le apoyaría en todo. Confiaba en que no estuviera equivocado.

—Llámeme Clay —respondió el auditor—. Celebro conocerla, Laurel.

—Hal me ha dicho que es la primera vez que visita Francia. Yo también, aunque parezca increíble.

—Es la primera vez y, con suerte, será la última —gruñó Caston—. Odio este país. En el hotel, cuando abrí el grifo de la ducha que ponía «C» por poco me abraso. Juro que oí a cincuenta millones de franceses riendo a mandíbula batiente.

—Cincuenta millones de franceses no pueden equivocarse —comentó Laurel muy seria—. ¿No es lo que suele decirse?

—Cincuenta millones de franceses —replicó él con gesto de reproche— pueden equivocarse de cincuenta millones de formas.

—Pero ¿quién se va a molestar en contar? —preguntó Ambler con tono desenfadado, escrutando los rostros de los pocos transeúntes que pasaban por esa zona. Observó el periódico que Laurel había traído a modo de tapadera. *Le Monde Diplomatique.* En la portada había un artículo firmado por un tal Bertrand Louis-Cohn, al parecer un reputado intelectual. Hal lo leyó por encima; era una conferencia en el Foro Económico Mundial en Davos, pero el contenido parecía consistir en generalizaciones sobre la coyuntura económica actual. Algo sobre «*la pensée unique*», que, según decía Louis-Cohn, podía ser definido por sus enemigos como «*la projection idéologique des intérêts financiers de la capitale mondiale*» (la proyección ideológica de los intereses financieros de la capital global) o «*l'hégémonie des riches*», (la hegemonía de los ricos). El artículo seguía insistiendo en lo mismo, reciclando las críticas izquierdistas de *l'ortodoxie libérale* sin apoyarlas o rechazarlas. Todo el ensayo parecía un estilizado ejercicio, un *kabuki** intelectual.

—¿Qué dice? —preguntó Laurel señalando el artículo.

—Trata sobre una reunión de titanes globales en Davos. El Foro Económico Mundial.

—Ya —dijo ella—. ¿Y ese tipo está a favor o en contra de ello?

—No tengo ni idea —respondió Ambler.

—Yo estuve allí una vez —dijo el auditor—. El Foro Económico Mundial quería que expusiese mis conocimientos sobre blanqueo de dinero. Les gusta invitar a unas cuantas personas que saben de qué hablan. Es como unas hojas verdes en un arreglo floral.

Hal contempló de nuevo la calle a través de la ventana, confirmando que nadie sospechoso rondaba por ahí.

—Estoy cansado de jugar a la gallina ciega. Sabemos que aquí hay un patrón, una progresión o una serie, como dice usted. Pero esta vez necesito conocer con antelación el próximo paso.

---

*Una forma de teatro japonés tradicional que se caracteriza por su drama estilizado y el elaborado maquillaje de los actores. *(N. de la T.)*

—Mi asistente está tratando de obtener más información del Centro Común de Recursos de Inteligencia —dijo el auditor—. Creo que debemos esperar a ver qué consigue averiguar.

Ambler lo miró con aspereza.

—Usted está aquí como observador, Caston. Nada más. Como he dicho, éste no es su mundo.

Wu Jingu era un hombre de voz suave, pero había comprobado que rara vez tenía dificultad en hacerse oír. Su carrera en el Ministerio de Seguridad del Estado le había dado fama de ser un analista riguroso, alguien que no era un optimista redomado ni un alarmista. Era una persona a quien la gente prestaba atención. Pero el presidente Liu Ang se mostraba indiferente a sus consejos. No era de extrañar que los músculos en los estrechos hombros de Wu estuviesen tensos.

Estaba tendido boca abajo e inmóvil sobre una mesa estrecha y acolchada mientras se preparaba para el masaje que recibía dos veces a la semana, tratando de eliminar el estrés de su mente.

—Tiene los músculos muy tensos —dijo la masajista mientras manipulaba con sus fuertes dedos la carne alrededor de los hombros de Wu Jingu.

Éste no reconoció la voz; no era su masajista habitual. Volvió la cabeza y miró a la sustituta.

—¿Dónde está Mei?

—Mei no se encuentra bien, señor. Me llamo Zhen. ¿Le parece bien que la sustituya?

Zhen era aún más guapa que Mei, tenía unas manos fuertes y conocía su profesión. Wu asintió satisfecho. El exclusivo y elitista *spa* Caspara, que acababa de abrirse en Pekín, empleaba sólo a las mejores masajistas: eso estaba claro. Wu Jingu se volvió de nuevo, colocando la cabeza en el espacio para la misma, y escuchó los sonidos grabados del murmullo del agua y las suaves notas de un *guzheng*. Sentía que los dedos de Zhen eliminaban la tensión acumulada en diversos puntos de su cuerpo.

—Excelente —murmuró—. Por el bien del barco, es preciso calmar las aguas turbulentas.

—Ésta es nuestra especialidad, señor —respondió Zhen—. Tiene los músculos tan tensos... Debe de tener muchas responsabilidades y muchos quebraderos de cabeza.

—Muchos —murmuró él.

—Pero yo conozco el remedio, señor.

—Estoy en tus manos.

La hermosa masajista empezó a aplicar acupresión en las plantas de los pies de Wu, quien experimentó una creciente sensación de ingravidez. El asesor en materia de seguridad del Estado estaba tan somnoliento que no reaccionó de inmediato cuando la mujer le clavó una aguja hipodérmica justo debajo de la uña del dedo gordo de su pie izquierdo; el pinchazo fue tan inesperado que al principio Wu apenas lo notó. Pero al cabo de unos momentos le invadió una sensación de total relajación, como una ola que le produjo un profundo aturdimiento. Durante los instantes siguientes, Wu tan sólo pudo pensar vagamente en la diferencia entre relajación y parálisis. Era como si estuviera muerto.

Luego Zhen verificó con frialdad que Wu, en efecto, estaba muerto.

Burton Lasker tomó el ascensor del Georges V junto con el joven director de rostro terso que estaba de servicio. Cuando llegaron a la séptima planta, éste llamó con los nudillos a la pesada puerta de roble, tras lo cual la abrió con una tarjeta especial. Los dos hombres recorrieron las habitaciones, pero no había rastro de su ocupante. Luego el director entró en el baño. Cuando salió, estaba demudado. Lasker entró apresuradamente y al ver lo que el otro hombre había contemplado emitió una exclamación de horror. Sintió como si tuviera un globo en el pecho que le impedía respirar con normalidad.

—¿Era usted amigo suyo? —inquirió el hotelero.

—Amigo y socio —confirmó Lasker.

—Lo lamento. —El hombre se detuvo, sin saber qué hacer—. No tardará en venir la policía. Haré las llamadas pertinentes.

Lasker permaneció inmóvil, tratando de calmarse. Paul Fenton. Su cuerpo enrojecido y llagado estaba tendido en la bañera, desnudo. Observó que el agua seguía manando, la botella vacía de vodka en el borde de la bañera... Un montaje que quizá confundiera a los gendarmes, pero que a él no le engañaba.

Un hombre extraordinario —un gran hombre— había sido asesinado.

Lasker sospechaba quién estaba detrás de ello, y cuando examinó el teléfono inteligente de Paul Fenton, sus sospechas quedaron confirmadas. El responsable de lo ocurrido era el hombre que su socio llamaba Tarquin. Un hombre que él conocía bien.

Tarquin había servido en la Unidad de Estabilización Política, y Lasker —cuyo alias era Cronus— había tenido la mala suerte de trabajar con él en un par de misiones. Tarquin se creía superior a sus colegas y no daba importancia a la impagable ayuda que éstos le prestaban. Era famoso por su singular habilidad de adivinar lo que la gente pensaba, un don que a algunos de los estrategas en Operaciones Consulares impresionaba exageradamente. Ignoraban lo que un agente experimentado como Cronus sabía: que el éxito de una operación residía siempre en la potencia de fuego y la fuerza bruta.

Tarquin había matado al hombre más grande que Lasker había conocido jamás, y pagaría por ello. Pagaría con la única moneda que él aceptaría: su vida.

Lo que más le enfurecía era que en cierta ocasión había salvado la vida a Tarquin, aunque éste no se había molestado en expresarle la menor gratitud. Lasker recordó una noche húmeda, infestada de mosquitos, hacía casi diez años, en la selva de Jafra, Sri Lanka. Esa noche, él había arriesgado el pellejo al irrumpir en una cabaña en la selva, enfrentándose a un fuego graneado, para salvar a Tarquin de un grupo de terroristas que planeaban asesinarlo. Lasker recordó con amargura el viejo adagio: «Toda buena obra obtiene su castigo». Había salvado la vida de un monstruo, un error que ahora se disponía a subsanar.

Fenton no le explicaba todo lo que se traía entre manos, ningún visionario lo hacía. En cierta ocasión, cuando Lasker le había preguntado la razón fundamental de una misión, le había respondido con tono jovial:

—La tuya es cumplirla y matar.

Pero la presente situación no tenía nada de divertida.

Lasker examinó la agenda de direcciones del telefóno inteligente de Fenton. Enviaría un mensaje al hombre condenado. Pero en primer lugar llamaría a la docena de «asociados» que el GSE tenía en París. Después de alertarlos de inmediato, les remitiría unas órdenes precisas de movilización.

Una profunda pena se apoderó de Lasker, pero no podía permitirse llorar la muerte de su jefe hasta haberlo vengado. Hizo acopio de la disciplina que exigía su singular profesión. Concertaría una cita al atardecer con el hombre condenado.

Sería el último atardecer que Tarquin contemplaría, pensó Lasker.

Caleb Norris pulsó el botón para silenciar su móvil. Era absurdo que la CIA permitiese la utilización de móviles en la sede, pensó. Su presencia invalidaba muchas de las complejas medidas de seguridad que se tomaban, era algo así como comprobar que un colador no deja pasar el agua. Pero en esos momentos las circunstancias le beneficiaban.

Metió varios papeles en la trituradora junto a su mesa, tomó su chaqueta y, por último, abrió con llave una caja revestida de acero que guardaba en su escritorio. La pistola de cañón largo cabía en su maletín.

—Que tenga muy buen viaje, señor Norris —dijo Brenda

Wallenstein con su característica voz nasal. Había sido la secretaria de Norris durante los últimos cinco años y seguía fielmente las modas en materia de lesiones sufridas en el lugar de trabajo. Cuando empezaron a aparecer historias nuevas sobre trastornos causados por movimientos repetitivos, Brenda comenzó a utilizar muñequeras especiales y vendas a presión. Recientemente, solía llevar auriculares especiales, como una telefonista, para no someter a su cuello a los riesgos de ajustarse unos auriculares convencionales. Tiempo atrás, recordaba Norris, su secretaria había mostrado una hipersensibilidad a ciertos perfumes; el que esas alergias no hubieran ido más allá se debía tan sólo a la limitada capacidad de concentración de Brenda.

Hacía tiempo que Norris había llegado a la conclusión de que su secretaria prefería imaginar que su tarea —que consistía principalmente en trabajar ante el ordenador y atender el teléfono— era, en cierto modo, tan peligrosa como una misión de los marines. En su imaginación, se recompensaba con numerosas medallas por «lesiones sufridas en combate».

—Gracias, Brenda —respondió—. Espero que así sea.

—Procure no coger una insolación —le previno su secretaria con su infalible instinto para identificar el lado negativo de todas las situaciones—. Allí incluso ponen unas pequeñas sombrillas en las bebidas para que éstas no se quemen bajo el sol. Esos rayos son muy potentes. He mirado en Internet las previsiones metereológicas en Saint John y las Islas Vírgenes, y al parecer hará un tiempo estupendo.

—Celebro saberlo.

—Joshua y yo fuimos un año a Saint Croix. —Brenda pronunció el nombre tal como se escribe—. Él se quemó el primer día, y se pasó todo el tiempo untándose pasta dentífrica de menta en la cara para refrescarse. ¿Se lo imagina?

—Prefiero no hacerlo, si no le importa. —Norris pensó en llevar munición adicional, pero decidió no hacerlo. Pocos sabían que era un excelente tirador.

Brenda se rió.

—Más vale prevenir que curar, ¿no? Pero Saint John tiene que ser una maravilla. Ese cielo azul, ese mar azul, esa arena blanca... Acabo de comprobarlo y su coche le espera en el aparcamiento dos A con su equipaje. A esta hora, no tardará ni treinta minutos en llegar a Dulles. Todo irá perfectamente.

Brenda tenía razón —pese a su locuacidad y a las incomodidades que ella misma se imponía—, era muy eficiente—, pero Cal Norris se había dado tiempo de sobra para llegar al aeropuerto. Incluso tras rellenar todos los impresos pertinentes —declarar un arma era un trámite bastante engorroso—. En tales circunstancias, la cola en Business Class avanzaba con más rapidez.

—Buenas tardes —le saludó el empleado de las líneas aéreas detrás del mostrador con el tono de rigor—. ¿Adónde se dirige hoy?

Norris le entregó su billete.

—A Zúrich —respondió.

—Supongo que para esquiar. —El empleado examinó el pasaporte y el billete de Norris antes de sellar su tarjeta de embarque.

—Por supuesto —contestó él consultando su reloj.

Mientras observaba una ráfaga de aire barrer la calle frente al Museo Armandier, Ambler sintió la BlackBerry vibrar en un bolsillo interior de su chaqueta. Debía de ser un mensaje de Fenton o de uno de sus empleados, los cuales le habían facilitado el artilugio. Miró la pequeña pantalla. Un representante de Fenton había llamado para concertar una cita esa tarde, esta vez al aire libre. Cuando volvió a guardar el artilugio en su bolsillo, sintió cierta aprensión.

—¿Dónde? —preguntó Laurel.

—En Père-Lachaise —respondió él—. No es un lugar para dar rienda suelta a la imaginación, pero tiene ciertas ventajas. Y a Fenton no le gusta reunirse dos veces en el mismo sitio.

—Me preocupa —dijo ella—. No me gusta la idea.

—¿Porque es un cementerio? Es como si fuera un parque de atracciones. Es una zona muy transitada. Confía en mí, sé lo que hago.

—Ojalá tuviera su seguridad —intervino Caston—. Fenton es un indeseable. Su acuerdo con el gobierno federal es de lo más turbio. Hice que en mi oficina lo investigaran y está enterrado bajo una partida de gastos secreta. Un misterio a alto nivel, que no puedo descifrar mientras esté aquí. Pero me encantaría tener la oportunidad de repasar esos números. Seguro que es algo de lo más irregular. —Pestañeó—. La verdad es que una cita en Père-Lachaise con ese tipo de gente... rebasa la categoría de riesgo para inscribirse en el oscuro ámbito de la incertidumbre.

—Maldita sea, Caston, ya vivo en el oscuro ámbito de la incertidumbre —le espetó Ambler—. ¿O no lo había notado?

Laurel apoyó una mano en la de Hal.

—Sólo digo que te andes con cuidado. No sabes qué se proponen esas personas.

—Tendré cuidado. Pero nos estamos acercando.

—¿Te refieres a descubrir lo que te hicieron?

—Sí —respondió él—. Y a averiguar lo que tienen planeado para el resto del mundo.

—Cuídate, Hal —dijo Laurel. Luego, tras mirar a Caston de refilón, se inclinó hacia delante y le susurró a Ambler en el oído—: Insisto en que esto me da mala espina.

Pekín

—Debemos enviar el mensaje al presidente Liu —dijo Wan Tsai, su expresión de horror magnificada por sus gafas convexas con montura de metal.

—Pero ¿y si la muerte del camarada Chao fue un accidente? —pregunto Li Pei. Ambos hombres se habían reunido en el despacho de Wan Tsai, en el edificio de Gobierno.

—¿Lo crees realmente? —preguntó Wan Tsai.

—No —respondió Li Pei. Al respirar, el anciano emitía un ligero silbido—. No lo creo.

Li Pei tenía setenta y tantos años, pero en esos momentos aparentaba más edad aún.

—Hemos utilizado todos los canales habituales —dijo Wan Tsai por enésima vez—. Hemos dado la voz de alarma. Pero por lo visto ya ha despegado, no tardará en llegar a su destino. Debemos obligarle a regresar.

—Pero no regresará —contestó Li Pei respirando trabajosamente—. Ambos lo conocemos bien. Es astuto como un zorro, y terco como una mula. —Su arrugado semblante mostraba una expresión de tristeza—. Y quién sabe si en casa le aguardan peligros más graves. ¿Has hablado con Wu Jingu, el colega de Chao?

—Nadie sabe dónde se encuentra en estos momentos. —El economista tragó saliva.

—¿Cómo es posible?

Wan Tsai meneó la cabeza enérgicamente.

—Nadie lo sabe. Pero he hablado con todos los demás. Todos queremos pensar que lo que le ocurrió a Chao fue un accidente. Pero no podemos. —El economista se pasó la mano por su espesa y canosa cabellera.

—Deberíamos empezar a pensar también en Wu Jingu —dijo el anciano.

Su expresión horrorizada amenazaba con destruir lo que restaba de la compostura de Wan Tsai.

—¿Quién está a cargo del séquito de seguridad de Liu Ang?

—Ya lo sabes —respondió el astuto campesino.

Wan Tsai cerró los ojos un instante.

—Te refieres al EPL.

—Una unidad bajo el control del EPL. Viene a ser lo mismo.

Wan Tsai miró a su alrededor, su gigantesco despacho, el imponente edificio de Gobierno, las fachadas de Zhongnanhai que eran visibles desde su ventana exterior. Las puertas, los muros, la verja, los barrotes... Todas las medidas de seguridad parecían destinadas a producir una sensación de encarcelamiento.

—Hablaré con el general a cargo de la unidad —dijo Wan Tsai de súbito—. Se lo imploraré personalmente. Muchos de esos generales son hombres de honor, a un nivel personal, al margen de sus opiniones políticas.

Al cabo de unos minutos, había logrado ponerse en contacto con el hombre en cuyas manos estaba en esos momentos la seguridad de Liu Ang. Wan Tsai no le ocultó sus temores, reconoció que no estaban fundados en pruebas, e imploró al general que ordenara a sus hombres que transmitieran un mensaje urgente al presidente.

—No se preocupe —respondió el general del EPL en mandarín, con el tosco acento de los hakka—. Nada es más importante para mí que la seguridad de Liu Ang.

—Le aseguro que todos los que trabajamos con él nos sentimos profundamente inquietos —dijo el economista por enésima vez.

—Estamos de acuerdo —respondió el oficial del EPL, el general Lam, con tono tranquilizador—. Como dice la gente de mi pueblo: «Ojo derecho, ojo izquierdo». Le garantizo que la seguridad de nuestro querido líder es mi principal prioridad.

Al menos Wan Tsai creyó que eso fue lo que dijo el general. El marcado acento del oficial hizo que la palabra «prioridad» sonara casi como otra palabra en mandarín, rara vez utilizada, que significaba «juguete.»

28

El cementerio Père-Lachaise, construido a principios del siglo XIX en la colina del antiguo Champ l'Évêque, ostenta el nombre del confesor de Luis XIV, el padre Lachaise. En la actualidad es el lugar de descanso eterno de figuras legendarias: Colette, Jim Morrison, Marcel Proust, Oscar Wilde, Sarah Bernhardt, Edith Piaf, Chopin, Balzac, Corot, Gertrude Stein, Modigliani, Stephane Grappelli, Delacroix, Isadora Duncan y muchos otros. *La muerte al estilo de los ricos y famosos*, pensó Ambler al entrar.

Era un camposanto inmenso —de más de cuarenta hectáreas— y surcado de caminos empedrados. En invierno, recordaba un arboreto de piedra.

Miró su reloj. La cita había sido fijada a las cinco y diez de la tarde. En París, en esa época del año, el sol se ponía aproximadamente a las cinco y media. La luz había empezado a declinar. Ambler tiritó, sólo en parte debido al frío.

Nunca se debe aceptar un lugar de reunión elegido por la otra parte. Era un protocolo básico. Pero en este caso él no tenía opción. No podía soltar el hilo.

Sobre el plano, el Père-Lachaise estaba dividido en noventa y siete «secciones», como condados en miniatura, pero las rutas principales tenían nombre y Ambler había recibido instrucciones muy específicas sobre las que debía tomar. Portando una mochila negra, había pasado de la avenida Circulaire, la carretera de circunvalación en la periferia exterior del cementerio, a la avenida de la Chapelle y había doblado a la izquierda en la avenida Feuillant. Todas las calles y senderos —flanqueados con sepulcros y lápidas como casitas— hacían que pareciese una aldea. La aldea de los muertos. Algunas tumbas eran de granito rojo, pero la mayoría consistía en losas talladas de piedra caliza pálida, travertino y mármol. El color plomizo de primeras horas de la tarde realzaba el aire sepulcral.

Ambler no se presentó de inmediato en el lugar fijado, sino que caminó por los senderos que lo rodeaban. Los árboles abundaban, pero en su mayoría estaban desprovistos de hojas, lo cual no contribuía a que uno pudiera ocultarse. Con todo, Fenton podía haber apostado guardias de seguridad detrás de los edificios de mayor tamaño. O colocarlos, vestidos de paisano, entre los turistas y visitantes, que también abundaban.

Se acercó a un banco, una estructura consistente en listones de acero pintados de verde, y con un gesto rápido y disimulado, dejó la mochila negra debajo del banco. Luego se alejó y se situó en un sendero en diagonal, detrás de un voluminoso sepulcro de piedra, para observar. A continuación se metió en un urinario público, se quitó la chaqueta y se enfundó una sudadera. Salió rápidamente, rodeando el urinario y se ocultó detrás de un mausoleo de piedra de tres metros de altura de un tal Gabriel Lully, donde podía observar sin ser observado.

Unos sesenta segundos más tarde apareció un joven vestido con unos vaqueros, una cazadora de cuero y una camiseta negra, se sentó en el banco y bostezó, tras lo cual reanudó su paseo; Ambler se percató entonces de que la mochila había desaparecido.

El joven de la cazadora de cuero era uno de los vigilantes y había hecho lo que él había previsto, aunque con insólita agilidad y economía de movimientos. Lo habían observado dejar la mochila debajo del banco y, deseosos de averiguar por qué, habían enviado a alguien para que la recogiese.

La mochila contenía alpiste. Era un juego de palabras empleado entre los de la profesión: la palabra «alpiste» se refería a cualquier cosa sin valor alguno que pudiera utilizarse para atraer la atención de agentes enemigos. Los otros comprenderían la artimaña en cuanto abrieran la mochila y examinaran la bolsa de semillas de girasol y mijo.

Entretanto, Ambler había identificado a uno de los vigilantes. Decidió seguir al joven y comprobar si le conducía hasta los demás.

Echó a andar por otro camino empedrado; ahora lucía vaqueros, una sudadera gris y gafas con montura de carey y lentes de cristal claro. Sus otras ropas estaban guardadas en la pequeña bolsa de nailon con cremallera que llevaba colgada de una correa al hombro. Presentaba un aspecto que no llamaba la atención.

Al menos, eso esperaba.

Siguió al vigilante con la camiseta negra, a unos doce metros de él y a la izquierda, a través de otra plazoleta, un espacio donde se congregaba todo tipo de visitantes: excursionistas, turistas, historiadores de arte e incluso lugareños. El joven con la cazadora de cuero y la camiseta negra caminaba con paso calculadamente despreocupado. Miró a diestro y siniestro, pero pocas personas, por profesionales que fueran, habrían reparado en las miradas casi imperceptibles de reconocimiento, desde una mujer corpulenta a la izquierda del joven a un hombre menudo y esmirriado a su derecha. Pero Ambler sí se percató. También eran vigilantes. Observó de nuevo a la mujer corpulenta. Tenía el pelo de color castaño vulgar y corriente, corto, y lucía una chaqueta de tela vaquera forrada. Como muchas personas en el cementerio, portaba un voluminoso bloc y una pastilla de carbón, para hacer calcos de las inscripciones en las lápidas. Pero Hal comprendió de inmediato que la mujer fingía hacer calcos; no cesaba de mover los ojos de un lado a otro, pendiente de cuanto la rodeaba, pero no de la lápida frente a ella.

El tipo esmirriado, con el pelo largo y oscuro peinado con raya en medio, con las puntas grasientas, casi apelmazadas, hacía lo propio. También era un vigilante. Llevaba unos auriculares y movía la cabeza como si siguiera el ritmo de alguna canción. Pero Ambler sabía que lo que oía a través de los auriculares no era música. Podían transmitirle instrucciones en cualquier momento, a través de una radio oculta, y la mujer de pelo castaño seguiría el ejemplo de su compañero. Cuando Ambler se dirigió a la siguiente plazoleta repleta de tumbas, empezó a sentir que el vello del cogote se le erizaba.

Había más vigilantes.

Intuyó su presencia en la mirada demasiado atenta que un desconocido le dirigía al pasar junto a él, para después apresurarse a desviarla. En la mirada supuestamente despreocupada que se posaba sobre él demasiado tiempo o era desviada con demasiada rapidez. En el fugaz intercambio de miradas entre dos personas que, por su apariencia, pertenecían a distintas clases sociales, personas que no parecían conocerse.

Ambler tenía la sensación de caminar a través de un organismo social, una colección de personas presuntamente aleatoria vinculadas por hilos invisibles, que eran manipuladas por un titiritero invisible.

Sintió que se le ponía la carne de gallina. No le había sorprendido toparse con varios guardaespaldas de paisano; una funcionaria gubernamental tan importante como la subsecretaria Whitfield sin duda habría tomado sus precauciones.

Pero el aspecto del personal que Ambler había observado no encajaba con el tipo de cita que le habían prometido. Para empezar, había demasiados vigilantes. La red era demasiado compleja. Había personas situadas en posiciones no defensivas, dispuestas a entrar en el acto en acción. Los patrones que Hal observaba le resultaban demasiado familiares. Como agente de Estab, a veces había tenido que organizar un despliegue semejante, destinado invariablemente a una acción agresiva: un secuestro o un asesinato.

Sintió que la sangre se le helaba en las venas. Se esforzó en concentrarse. Frente a él, el joven con la cazadora de cuero y la camiseta negra pasó la mochila de nailon a dos tipos de rostros impasibles que lucían abrigos de lana oscuros. Después de recibir el paquete, se alejaron apresuradamente, sin duda hacia un vehículo preparado para un secuestro.

Hal pensó en dos posibilidades. Una era que la reunión había fracasado, que enemigos mutuos se habían enterado de la misma y habían decidido intervenir. La segunda posibilidad —Ambler tuvo que reconocer que era la más probable— era que la cita hubiera sido una encerrona desde el principio.

¿Le había mentido Fenton? El hecho de considerar esa posibilidad suponía un duro golpe para su orgullo, pero no podía descartarla. Puede que Fenton fuera un actor espectacular, el tipo de actor del método Stanislavski que incluso experimentaba las emociones que mostraba. Por más extraordinarias que fuesen las dotes de percepción de Ambler, demostradas a lo largo de toda una vida, no creía que fueran infalibles. Cabía la posibilidad de que le engañaran. No obstante, quizás habían transmitido a Fenton una información equivocada. Esa perspectiva parecía más probable. Habría sido más fácil mentir a Fenton que mentirle a él.

Fueran las que fuesen las circunstancias, Hal comprendió que su única salida era batirse de inmediato en retirada. Le resultaba difícil, de todas formas: cualquier miembro del equipo que había sido desplegado aquí podía saber algo que él necesitaba averiguar. Todo enemigo era una fuente de información en potencia. Pero el averiguarlo no le serviría de nada si le mataban. No tenía más remedio que aceptar la realidad.

Apretó el paso y dobló enseguida a la derecha, en dirección a la estación de metro Père-Lachaise. Echó a andar más deprisa por el camino empedrado, como un hombre de negocios que acaba de darse cuenta de que llega tarde a una reunión.

Se percató demasiado tarde del trance en el que se hallaba: los dos tipos fornidos que habían recibido la mochila, ambos vestidos con abrigos oscuros similares, le acorralaron desde direcciones opuestas y se abalanzaron sobre él, agarrándolo y obligándole a volverse con un movimiento fluido y perfectamente coreografiado.

«*Je m'excuse, monsieur, je m'excuse*», repetían en voz alta. Un observador ajeno no le habría dado importancia, una pequeña colisión entre hombres de negocios que caminaban distraídos. Entretanto, Ambler se debatía ferozmente y en vano. Sus captores eran altos y fuertes —más altos y fuertes que él—, y sus abrigos contribuían a ocultar la disciplinada agresividad con la que lo arrastraron fuera del camino empedrado y lo condujeron hacia la parte posterior de un mausoleo cercano. Al cabo de unos momentos, ocultos a miradas curiosas por un imponente edificio de piedra, flanquearon a Hal, sujetándolo por los antebrazos e inmovilizándolo. El hombre a su derecha sostenía una aguja hipodérmica, cuyo tubo calibrado contenía un líquido color ámbar.

—Ni una palabra —dijo el tipo en voz baja—, o te clavo esto en el brazo.

Era un americano, corpulento y de rostro orondo, cuyo aliento apestaba a la dieta basada en proteínas de un culturista.

De pronto apareció un tercer individuo, que Ambler tardó unos segundos en reconocer. Tenía el pelo rizado, ralo, canoso; los ojos juntos, la frente surcada de arrugas. Cuando Hal lo había conocido, tenía la cara lisa, el pelo espeso y rebelde. Lo que no había cambiado era su nariz, larga, recta, ancha, y sus dilatadas fosas nasales, que daban a su rostro cierto aire equino. El hombre era indudablemente Cronus.

Éste sonrió. Su sonrisa estaba tan desprovista de calor que más parecía una mueca amenazante.

—Ha pasado mucho tiempo —dijo con tono distendido, aunque su actitud estaba muy lejos de ser distendida—. Demasiado tiempo, Tarquin.

—Quizá no el suficiente —replicó Ambler tratando de parecer tranquilo. Miró a los tres hombres. Era obvio que Cronus era el que llevaba la voz cantante; los otros le observaban atentos a una señal suya para actuar.

—Hace diez años te hice un regalo. Ahora me temo que debo arrebatártelo. ¿Me convierte eso en un donante indio?*

---

* Expresión norteamericana utilizada para describir a una persona que te da algo y luego pretende que se lo devuelvas, o que le des algo equivalente a cambio. (*N. de la T.*)

—No sé de qué me hablas.

—¿No? —Los ojos de Cronus mostraban un intenso odio.

—Es una expresión un tanto extraña, ¿no crees? —Hal necesitaba ganar tiempo para descifrar la situación en la que se encontraba—. Me refiero a que es extraño que hablemos sobre un «donante indio» teniendo en cuenta los centenares de tratados que el hombre blanco hizo con el piel roja, todas las promesas y garantías que se rompieron. La expresión más adecuada sería «tomador indio», referido al hecho de aceptar algo que luego te arrebatarán. ¿No crees que tiene más sentido?

Cronus lo miró.

—¿Creíste realmente que te saldrías con la tuya?

—¿A qué re refieres?

—Cabrón asqueroso. —Las palabras brotaron en un silencioso estallido—. Asesinar a un gran hombre no hace que seas menos insignificante. Sigues siendo un gusano. Y te aplastaré como a un gusano.

Ambler clavó la vista en las negras pupilas de Cronus. Vio en ellas furia, pero algo más: pena, dolor.

—¿Qué ha ocurrido? —preguntó sin apartar los ojos de los de su captor.

—Asesinaste a Paul Fenton —respondió Cronus—. La pregunta es: ¿por qué?

¿Fenton había muerto? La mente de Ambler empezó a girar.

—Escúchame, Cronus —dijo—. Cometes un gran error... —Comprendió entonces que esa cita no era otra cosa que una trampa mortal. La venganza concebida por un fiel colaborador de Fenton enloquecido de dolor.

—No, joder, escúchame tú a mí —contestó Cronus interrumpiéndole—. Vas a decirme lo que quiero saber. Lo averiguaré por las buenas o por las malas. Y casi espero que sea por las malas. —Un sadismo vengativo animaba y crispaba su rostro en una mueca de odio.

La grandiosa tumba de cuatro columnas del general napoleónico y estadista Maximilian Sebastien Foy tenía una gigantesca base y una estatua magníficamente tallada de su habitante. Pero según Joe Li, su principal atractivo residía en el tejado de piedra sobre el frontón y cornisamento. Encaramado al tejado, oculto a la vista del público por el parapeto decorativo, Joe Li estaba tumbado como un gato mirando a través de sus prismáticos. La vista era muy extensa; la tumba era uno de los edificios más altos de esa zona y el invierno había transformado muchos árboles y arbustos en esqueletos desprovistos de hojas. Su fusil, una versión modernizada del de asalto QBZ-95, era de diseño y fabricación chinos; la munición de 5,8 por 42 milímetros que alojaba había sido fabricada en exclusiva para las fuerzas de operaciones especiales chinas. El modelo Norinco —desarrollado por la China North Industries Corporation— no había sido simplemente fabricado a partir de un prototipo ruso, sino perfeccionado; las balas tenían un mayor poder de penetración, conservaban su energía durante una mayor parte de su trayectoria. Joe Li había hecho otras modificaciones en el fusil, para que fuera más fácil de plegar y ocultar.

A través de sus potentes prismáticos, observó el grupo compacto de hombres que rodeaban a Tarquin. Éste había demostrado una extraordinaria destreza para escapar de situaciones comprometidas, reconocía Joe Li con la objetividad de un profesional. Pero era mortal. Un ser de carne y hueso. Una carne y unos huesos que probablemente antes de que se pusiera el sol formarían un sanguinolento revoltijo.

La última comunicación de Joe Li con Pekín no había sido satisfactoria. Su consejero empezaba a impacientarse; hasta ahora siempre había obtenido resultados con asombrosa rapidez. No estaba acostumbrado a explicar el motivo de un retraso. Estaba aún menos acostumbrado al tipo de complicaciones que su misión le presentaba. Pero Joe Li no era tan sólo un tipo forzudo que ejecutaba las órdenes de otro; sabía utilizar la cabeza. Recababa y transmitía información. Tenía una capacidad de juicio muy desarrollada. No era un mero *shashou*, un mero sicario. Tarquin era un objetivo demasiado escurridizo para un simple tirador, y lo que estaba en juego era demasiado importante para admitir el menor error.

Con todo, el significado de éxito, en esta misión, resultaba menos claro de lo que Joe Li había supuesto al principio.

Miró de nuevo a través del visor, perfeccionado electrónicamente para obtener la máxima nitidez en el punto donde se unía la cruz reticular.

—Es pura curiosidad. ¿Cuántos «socios» tienes aquí? —preguntó Ambler.

—Alrededor de una docena —respondió Cronus.

—Posicionamiento reticular —dijo Hal, en parte para sus adentros. Era una configuración estándar en Estab que Cronus y él conocían perfectamente. Cada agente tenía una conexión —visual, auditiva o electrónica— con al menos otros dos. Un pequeño número de agentes tenía una conexión con una unidad remota. Las conexiones redundantes garantizaban una respuesta coordinada, aunque alguno de los participantes quedara fuera de combate. La vieja estructura vertical de mando y control había demostrado ser extremadamente vulnerable. El sistema reticular subsanaba las carencias de aquélla.

—No está mal para una acción improvisada —comentó Ambler impresionado.

—El Grupo de Servicios Estratégicos tiene recursos en todas partes —observó Cronus—. Es el legado de Fenton. Todos daríamos nuestra vida por él. Es algo que las personas como tú no podéis comprender.

—¿Las personas como yo?

Con aire despreocupado, Hal retrocedió un paso. Su única oportunidad de huir era el vértice de un triángulo, conseguir que los tres se alinearan en un solo nivel. Puso cara de resignación y miró al individuo de su izquierda. El tipo observaba a Cronus, esperando una señal de su líder. Hal utilizaría contra él esa autoridad.

Empezó a hablar con vehemencia, irritado, el tipo de protesta verbal que no solía ir acompañada de una agresión física.

—Das muchas cosas por supuestas, Cronus. Como has hecho siempre. Te equivocas sobre Fenton, pero eres demasiado ciego o estúpido para reconocer tu error.

—El mayor error que he cometido fue salvarte la vida en Vanni. —Se refería a la región del norte de Sri Lanka que constituía un feudo de los Tigres de Liberación del Elaam Tamil, los terroristas de LTTE.

—¿Crees que me salvaste la vida? ¿Eso crees? Por poco consigues que me maten, estúpido *cowboy*.

—¡No digas chorradas! —Cronus hablaba en voz baja, pero su indignación era audible—. La reunión fue una encerrona. Había media docena de Tigres del Tamil presentes, armados hasta los dientes. Para matarte a ti, Tarquin.

Ambler recordaba bien la escena. Después de numerosas negociaciones, por fin había organizado un encuentro con miembros selectos de los Tigres Negros, unos guerrilleros que habían jurado convertirse en terroristas suicidas, una técnica que los tamiles habían sido los primeros en utilizar. Tarquin creía poder lograr que algunas facciones se desgajaran, como había ocurrido con el Sinn Fein, para aislar a los terroristas acérrimos de la lucha civil. El líder de los rebeldes con el que iba a encontrarse, Arvalan, había llegado a reconocer la inutilidad del terror. Él y su círculo creían poder hacer que otros se unieran a ellos, siempre y cuando les facilitaran ciertos recursos. Tarquin creía saber la forma de ayudarles en ese sentido.

Cronus formaba parte de un pequeño dispositivo de refuerzo que los superiores de Tarquin en la Unidad de Estabilización Política habían insistido en que le acompañara. El chaleco de combate de Tarquin estaba equipado con un micrófono de fibra óptica que les suministraría información auditiva. Varios minutos después de haberse iniciado la entrevista, tal como él había previsto, Arvalan había comenzado a despotricar contra los norteamericanos. Un observador ajeno que ignorase la situación habría pensado que el líder de los rebeldes amenazaba a Tarquin. Pero el agente comprendió por la extraña expresión pétrea de Arvalan que estaba fingiendo de cara a sus colegas y que todo era puro teatro.

Inopinadamente, la puerta de la cabaña en la selva se abrió y entró Cronus, disparando su arma automática. Otro hombre armado apareció en el dintel de la puerta situada en el lado opuesto y disparó contra los combatientes del LTTE congregados en la cabaña. Al cabo de unos segundos se había producido un baño de sangre. Arvalan y la mayoría de su círculo yacían muertos; un miembro de su séquito había escapado internándose en la selva.

Tarquin estaba que trinaba. Todos sus esfuerzos habían sido destruidos por las acciones de un terco y estúpido agente de Estab. De hecho, la situación era aún peor; la noticia de la matanza se propagaría entre los hombres del LTTE. Las perspectivas de otra mediación o intervención por parte occidental se habían ido al traste. Ningún Tigre accedería jamás a mantener otra reunión; las consecuencias estaban meridianamente claras.

Cronus había permanecido ahí plantado, en medio de la carnicería, sonriendo de orgullo y satisfacción y declinando lo que interpretó como las muestras de agradecimiento de Tarquin. Luego éste hizo algo que hacía rara vez. Cablegrafió a Whitfield para explicarle lo ocurrido y decirle que Cronus era una amenaza, que era preciso apartarlo de inmediato del servicio activo y obligarle a retirarse. En lugar de ello, Whitfield lo había relegado a un trabajo de analista, alegando que su notable experiencia en trabajos de campo era demasiado valiosa como para desaprovecharla. Tarquin comprendió sus motivos, pero nunca perdonó a Cronus por sus graves meteduras de pata y su egocentrismo.

—Estabas demasiado pagado de ti mismo para darte cuenta de

lo que habías hecho en Jaffna —dijo—. Eras una amenaza. Por eso te apartaron del servicio activo.

—Estás loco —replicó Cronus—. Debí dejar que te mataran en la guarida de los Tigres. Como he dicho, cometí un error. Pero no volverá a ocurrir.

—Crees que me salvaste el pellejo. Lo cierto es que por poco hiciste que me mataran y de paso destruiste la operación. De no ser porque habría comprometido la clandestinidad de las operaciones, habrías sido juzgado. ¿Y estos pobres tipos están a tus órdenes?

Tarquin sabía que el truco consistía en seguir hablando aunque te atacaran.

—¿Crees que te has ganado mi gratitud? —prosiguió con rapidez—. ¿Mi gratitud? Eso demuestra —de pronto, con una fuerza explosiva, golpeó en el cuello con la mano crispada al gigante de mandíbula cuadrada que tenía a la izquierda— lo inconsciente que eres. —Pese al esfuerzo, procuró seguir hablando en un tono normal. La diferencia entre su voz y sus acciones confundiría a sus agresores, concediéndole unos momentos cruciales. Sintió el impacto de sus nudillos contra los cartílagos. Los tejidos lesionados de la tráquea empezarían a oprimir su vía respiratoria, pero Tarquin necesitaba utilizar al hombre que había atacado a modo de escudo contra los otros dos. Cuando la jeringa cayó al suelo, atacó al otro tipo forzudo, pero éste esquivó el golpe y sacó una pistola de su chaqueta. Él le asestó un segundo golpe en la sien, lo que le produjo un dolor lacerante en el brazo. Pero el hombre sólo quedó atontado unos instantes. Éste y Cronus se separaron y echaron a correr en direcciones opuestas, una retirada que Tarquin sabía que no era una retirada. Significaba que ahora estaba en la línea de fuego.

Cuando se arrojó al suelo, oyó cuatro disparos sofocados —¿de dónde provenían?— al tiempo que una nube de fragmentos de mármol y tierra estallaba a su alrededor. Se esforzó en examinar el terreno frente a él y vio un denso seto de rododendros, sus gruesas y correosas hojas inmunes al frío, y divisó fugazmente el hombro enfundado en un tejido caqui de un tipo acuclillado detrás del seto.

El tiempo se detuvo. Tarquin arrebató la pistola de cañón largo de la funda que llevaba al hombro el tipo postrado en el suelo, apuntó y disparó tres veces en rápida sucesión.

Le sorprendió el sonido quedo y seco del arma y cayó en la cuenta de que lo que había creído que era una pistola de cañón largo era una Beretta 92 Centurion, un arma compacta de nueve milímetros con una corredera y un cañón recortados. El silenciador era lo que alargaba el cañón.

Ahora, en el seto de rododendros, Tarquin vio un brazo ensangrentado agitarse en el aire y, al cabo de unos momentos, a un hombre herido salir entre el follaje y echar a correr para ponerse a salvo detrás de unas estatuas cercanas.

Pero él no tenía dónde ponerse a salvo. Debía moverse; cada momento que permanecía quieto se hallaba en el punto de mira de un tirador. Echó a correr hacia donde había huido Cronus, sintiendo unos afilados fragmentos de mármol rozándole la oreja. Supuso que un francotirador situado en un lugar elevado había disparado otra bala contra él. Miró a su alrededor mientras corría: había demasiados lugares donde podía ocultarse un atacante.

«Aproximadamente una docena», había dicho Cronus, y Tarquin sabía que no estaba fanfarroneando.

Todos eran asesinos experimentados, programados para liquidarlo. Tenía que invertir las tornas; tenía que utilizar la singularidad del terreno contra ellos. Pero ¿cómo?

Por un momento pensó en la ironía de tener que luchar por salvar la vida en un cementerio. Pero el Père-Lachaise era más que eso: era un tablero gigantesco, un laberinto de senderos, caminos y monumentos que podían servir como obstáculos o puntos de ataque. Sus enemigos estaban dispuestos en una red dentro de una red.

Tenía que acceder a esa red. Al correr de una tumba a otra, atraía menos atención de lo que había supuesto.

Tenía que pensar; no, tenía que sentir, dejar que su instinto le guiara. ¿Cómo habría organizado el dispositivo si de él dependiese? Habría colocado a algunos miembros del GSE en posiciones ofensivas, a otros simplemente en puestos de observación, para ser utilizados en una acción ofensiva sólo como último recurso. Tenía que utilizar sus singulares dotes —su ventaja comparativa— para defenderse, o moriría en ese lugar. Y había llegado demasiado lejos para eso. Sentía una emoción, aún más potente, que eclipsaba su temor: la furia.

Le enfurecía lo que le habían hecho, empezando por Changhua. Le enfurecía que hubiesen intentado despojarlo incluso de su alma en el aséptico centro psiquiátrico de Parrish Island. Le enfurecía la arrogancia de los estrategas que utilizaban a seres humanos como meros peones en el tablero de ajedrez de la geopolítica.

No moriría en ese cementerio. Ahora, no. Esa noche, no. Morirían otros. No mostraría clemencia alguna hacia quienes estaban dispuestos a matarlo.

Tarquin echó a correr por un sendero en el que había un letrero que decía «CHEMIN DE QUINCONCE», y que discurría por una zona de tierra húmeda hasta llegar a otro camino empedrado, la avenida Aguado. Se aproximaba a la sección noroeste del vasto cementerio, a una inmensa capilla de estilo morisco, con una cúpula circular sobre un gigantesco pórtico. De hecho, era un columbario, un edificio construido para albergar las urnas cinerarias. Frente a la entrada principal había una empinada escalera que conducía a una cripta subterránea, como un abismo oscuro y rectangular.

Era un refugio que podía servir asimismo de trampa mortal. Era imposible que los hombres del equipo de GSE no lo vigilaran. A unos veinte metros había una arcada semicerrada con nichos empotrados en las paredes, un pasaje de piedra caliza y pizarra rodeado de pilares. Tarquin entró en ella. A su izquierda vio a un

japonés con una cámara digital de tamaño bolsillo y mirada malé-
vola. Tarquin no le prestó atención; el turista parecía enojado
porque le había estropeado la foto. En el siguiente nicho había
una joven rubia y un hombre de edad avanzada, de piel aceituna-
da y sienes canosas; estaban abrazados; la joven miraba al hombre
con adoración, mientras éste observaba a Tarquin con nerviosismo. Pero no era el nerviosismo de quien desea ver, sino el nerviosismo de quien no desea ser visto. Quizás el hombre estaba traicionando a su esposa, o —esto era Francia— traicionando a su
amante, lo que era aún peor. Los nichos contiguos estaban desiertos. En otro, una mujer de rostro orondo leía lo que parecía un
libro de poesías. Miró a Tarquin sin demasiado interés y reanudó
su lectura.

Era una estratagema que habría resultado más convincente
hacía diez o quince minutos, cuando aún había suficiente luz
para leer cómodamente. La mujer tenía un rostro ancho y masculino, y sus gruesas piernas estaban apoyadas en el suelo con las
rodillas dobladas, la postura de un tirador profesional. Tarquin
la vio meter la mano en su parka de nailon, como para defenderse del frío. Cualquier duda que hubiese podido tener se disipó al
instante.

Pero de momento Tarquin no podía revelar lo que sabía. En
vez de ello, mantuvo la vista al frente mientras entraba en el lugar
donde se hallaba la mujer. Avanzó como si hubiera observado algo
e intentara verlo con más claridad. Al pasar junto a la mujer, se
volvió bruscamente y se abalanzó sobre ella. Los dos cayeron al
suelo de piedra. Él la inmovilizó, apoyando el cañón de la Beretta
con silenciador sobre su cuello.

—Ni una palabra —dijo.

—Que te den —replicó la mujer entre dientes. Otra americana.
Su amplio rostro estaba distendido como el de una serpiente dispuesta a atacar.

Tarquin le asestó un rodillazo en el vientre y la mujer soltó un
gemido de dolor. Su rostro mostraba una expresión de furia, en

gran parte dirigida contra ella misma, por su fallo al no haber previsto el movimiento de Tarquin. Éste le arrebató el libro —*Les fleurs du mal*, según indicaba la cubierta con letras rojas— y lo abrió. Tal como había supuesto, en un espacio rectangular practicado en las páginas se alojaba un diminuto radiotransmisor.

—Diles que me has visto —murmuró él—. Diles que me he refugiado en la cámara subterránea del columbario.

Los ojos de la mujer mostraban indecisión, y Tarquin insistió.

—De lo contrario dejaré tu cadáver aquí junto a los otros. —Oprimió con más fuerza el cañón de la Beretta contra su cuello y observó que la mujer se venía abajo—. Si intentas algo raro, me daré cuenta —le advirtió.

Ella pulsó un botón del transmisor y dijo:

—Constelación. Constelación ochenta y siete.

El camposanto estaba dividido en más de noventa secciones; la capilla se hallaba en el centro de la sección ochenta y siete. Tarquin se sintió aliviado por el hecho de que la mujer no se identificara como 87A u 87E, una complicación que significaría que otros habían sido apostados también en esa sección.

Le arrebató el pequeño auricular inalámbrico que llevaba en el oído derecho e insertó el objeto de plástico de color carne en el suyo.

—Danos tu informe —dijo una voz metálica a través del auricular. Tarquin hizo una señal a la mujer con la cabeza.

—Está oculto en la cámara subterránea —dijo ésta.

—Y va armado —le susurró Tarquin al oído.

—Y va armado —añadió la agente.

Eso ya lo sabían; el hecho de que su compañera les informara de ese detalle haría que su informe fuera más creíble. Tarquin bajó bruscamente la parka de nailon de la mujer y le inmovilizó los brazos.

En esto se oyó una voz preguntar a gritos desde el pasaje central:

—*Mam'selle. Il vous ennui, se mec-ci?*

«¿Ese tipo la está molestando?» Una pregunta bien intencionada de un hombre que pasaba por ahí. Tarquin le miró. Era un joven delgado, larguirucho, con expresión inquisitiva y aire de empollón, quizás un estudiante de una universidad local. Sabía que las impresiones se forman en un instante, y podían borrarse al siguiente. Se inclinó sobre la agente y oprimió su boca contra la de ella.

—Cariño —dijo en inglés—. ¿De modo que la respuesta es sí? ¿Te casarás conmigo? ¡Me has hecho el hombre más feliz de la Tierra! —Tarquin alzó la voz fingiendo sentirse alegre y exaltado y mientras abrazaba a la mujer apasionadamente. No importaba si el francés hablaba inglés o no; el mensaje quedaba claro.

—*Excusez-moi* —dijo el joven con tono quedo, sonrojándose, y dio media vuelta.

Tarquin se limpió la boca con la manga y miró lo que parecía un pequeño estuche de herramientas que la agente llevaba prendido en el cinturón. Se apresuró a quitárselo, apartando su mano de un manotazo cuando ella trató de impedírselo.

Él lo reconoció enseguida: una *Kleinmaschinenpistole*, una ametralladora plegable conocida como «la metralleta del ejecutivo». El mortífero artilugio consistía en un arma desarrollada por el departamento de diseños del KGB en Tula, el modelo PP-90, capaz de disparar todos sus cartuchos en una ráfaga casi instantánea, como un rayo mortífero de plomo. Era una maravilla en miniatura: el protector del gatillo estaba engoznado; el seguro provisto de un resorte controlaba la acción de plegar el arma. Medía tan sólo veinticinco centímetros, y tenía una recámara que alojaba treinta balas parabellum de nueve milímetros. En una esquina del objeto de metal oblongo había un botón provisto de un resorte. Cuando Tarquin lo oprimió, una parte del armazón de metal giró hacia la parte posterior y se convirtió en una culata.

De repente, sin previo aviso, apoyó el brazo contra el cuello de la mujer, obligándola a inclinar la cabeza hacia delante y sujetándola con fuerza. La agente permanecería inconsciente durante varios minutos. La tumbó sobre el banco de mármol, apoyando su cabeza contra el muro, como si descabezara un sueñecito. Luego le quitó los cordones de los zapatos y formó un lazo que sujetaba su tobillo izquierdo, rodeaba dos veces el gatillo sin seguro de la metralleta y las dos muñecas de la mujer. Cuando ésta tratara de ponerse de pie o incorporarse, el lazo se tensaría.

Tarquin se trasladó a otro espacio, situado a un centenar de metros, que estaba en penumbra, pero le permitía observar los escalones que daban acceso al columbario.

No tuvo que aguardar mucho rato.

El primero en aparecer fue el joven de la cazadora de cuero que había recogido la mochila. Bajó corriendo los escalones hacia el columbario, con una mano en el bolsillo de su cazadora, como si se sujetara el vientre. El siguiente que apareció en escena fue un hombre de mediana edad con una incipiente calva, la cara picada de viruelas y una voluminosa barriga. No bajó los escalones, sino que se situó cerca de la capilla, en el otro extremo de la escalera, desde donde podía ver el rellano inferior. Un posicionamiento sensato.

Dos minutos más tarde llegó un tercer individuo. Era el segundo de los dos tipos que habían agarrado a Tarquin cuando éste había tratado de abandonar el cementerio. Estaba acalorado y tenía el rostro cubierto de sudor, debido a los nervios, al cansancio tras la carrera o a ambas cosas.

Tarquin oyó un tono grave a través del pequeño auricular revestido de goma y luego la voz metálica.

—Constelación ochenta y siete, confirma si el sujeto sigue en la misma posición.

Tarquin, que no le quitaba ojo al hombre empapado en sudor, observó que movía los labios al tiempo que escuchaba el mensaje; era evidente que se trataba de su voz, transmitida a través de un diminuto micrófono de fibra óptica oculto.

Una expresión de perplejidad se pintó en su rostro.

—Constelación ochenta y siete, responde —dijo.

Tarquin apoyó la Beretta con silenciador sobre la repisa de piedra del nicho más cercano, escudriñando la densa penumbra con el corazón en un puño. Aunque hubiera sido un tirador de primera —que no lo era—, la distancia era demasiado grande para acertar el tiro con una pistola. Probablemente sólo conseguiría revelar su escondite y atraer a un miembro del dispositivo de asalto.

Tarquin esperó a que otro hombre del equipo apareciera en la sección ochenta y siete —ya había llegado la mitad de sus perseguidores—, tras lo cual emprendió con sigilo la retirada, deslizándose hasta llegar a una zona cubierta de matojos en el cuadrante al norte de donde se hallaba. Vio la caseta del guarda, el extenso plano para turistas, la imponente verja pintada de verde que daba acceso a la ciudad propiamente dicha. Si aguzaba la vista, veía incluso las desteñidas marquesinas verdes y blancas de una calle parisina, la cual parecía engañosamente cercana.

Oyó a lo lejos los disparos de un arma automática y gritos de sorpresa y terror. La aficionada a la poesía sin duda se había despertado; los treinta cartuchos debían haber impactado contra el fondo del banco de mármol. Pero a los hombres de Cronus que se hallaban en la zona el estruendo debió de atraerles como un faro, haciendo que corrieran hacia el espacio semejante a un ábside que Tarquin había abandonado hacía un rato.

Apretando el paso, cruzó apresuradamente innumerables tumbas y estatuas, árboles desprovistos de hojas y arbustos de hoja perenne que la brisa agitaba, al tiempo que las sombras se alargaban y el tono rosado del crepúsculo empezaba a desvanecerse, como una llama a punto de extinguirse. Sintió que tenía los músculos tensos, sus sentidos alerta. Su ardid había logrado, según la jerga de la profesión, «reducir la presión» de las fuerzas hostiles, pero habría otros hombres vigilando el terreno con prismáticos. El peligro se agudizaba en los puntos de salida, y Tarquin se aproximaba a uno de ellos. Lo lógico era colocar a hombres en las puertas del cementerio.

Se lanzó a la carrera. Tropezó brevemente en el accidentado terreno, soltando en silencio una palabrota, tras lo cual sintió, en lugar de oír, una doble detonación que provocó otra rociada de afilados y lacerantes fragmentos de piedra. De no haber tropezado, una de esas balas se habría alojado en su tronco.

Tarquin se arrojó al suelo y se ocultó detrás de un obelisco de dos metros de altura. ¿Dónde estaba el tirador? De nuevo, había demasiadas posibilidades.

Otra silenciosa rociada de fragmentos de piedra, en esta ocasión procedente del lado contrario. El lado de donde él se había refugiado. ¿Dónde podía ponerse a salvo?

Se volvió; teniendo en cuenta los obstáculos que le rodeaban, el ángulo del disparo era demasiado bajo para provenir de una distancia considerable.

—Pelea como un hombre. —Era la voz de Cronus.

El fornido agente salió de un hueco en sombra detrás de una inmensa lápida.

Tarquin escudriñó desesperadamente el área delante de él. Vio a un operario de mantenimiento de espaldas, vestido con un uniforme verde, que no se había percatado de nada. El uniforme tenía impreso, con letras blancas, a la altura de los hombros y en la parte posterior de la gorra con visera la leyenda «Père-Lachaise Équipe d'Entretien». A través de la elevada verja pintada de verde —tan cercana, aunque parecía hallarse a millones de kilómetros—, Tarquin oyó el leve runrún de una calle parisina al anochecer. Un reducido grupo de turistas —la luz era demasiado tenue para tomar buenas fotografías— se paseaba ajeno al juego mortal que se desarrollaba en las inmediaciones.

Cronus le apuntó con la pistola. Tarquin podía tratar de arrebatarle la Beretta, pero el largo cañón con silenciador añadiría una fracción de segundo fatal al tiempo que necesitaba para arrebatársela y utilizarla.

Alrededor de él, la vida proseguía a su ritmo normal. El encargado, empleado del departamento de limpieza o lo que fuera, seguía trajinando con su recogedor de basura, su rostro oculto por la gorra con visera. Los turistas empezaron a abandonar el cementerio en busca de taxis o tratando de localizar la boca de metro más cercana, charlando entre sí con voces que reflejaban el lógico cansancio al término de la jornada.

Cronus hizo una señal a alguien frente a él; Tarquin dedujo que era el francotirador.

—No te preocupes por nuestro amigo el tirador —dijo al hombre que había disparado con una voz que destilaba odio—. Es un refuerzo. La presa es mía. Todos lo saben.

El encargado de la limpieza seguía trabajando a medida que avanzaba, aproximándose más y más. A Tarquin empezó a inquietarle que su presencia le impidiera moverse con libertad. El tipo mostraba un aire indiferente, como si fuera un testigo ajeno, aunque Tarquin dudaba que ello tuviera la menor importancia para alguien como Cronus. Durante unos momentos, sintió una sensación de peligro al observar la forma en que el hombre se movía.

De pronto un rayo de luz crepuscular se reflejó en el parabrisas de un coche, iluminando durante unos instantes el rostro del encargado. Tarquin sintió de nuevo que el terror hacía presa en él. Recordó la piscina del Plaza. El rostro que había vislumbrado en los Jardines de Luxemburgo.

El asesino chino.

Las posibilidades de supervivencia de Tarquin se habían reducido aún más.

—Lo que nunca comprenderás, Cronus —dijo tratando desesperadamente de ganar tiempo—, es que...

—Estoy harto de ti —le interrumpió el fornido hombre empuñando la pistola con silenciador. De pronto la expresión de hostilidad se borró de su rostro, sustituida por una curiosa expresión ausente.

En ese preciso instante, Tarquin observó un hilo de gotas de sangre que brotaba del oído izquierdo de Cronus. El chino tenía una rodilla apoyada en el suelo, el recogedor de basura que sostenía suplantado por un largo fusil con silenciador. Todo había sucedido tan rápidamente que Tarquin sólo consiguió descifrar los hechos al recordarlos más tarde.

El chino se volvió hacia él y disparó. Durante unos momentos Tarquin se preguntó si eso sería lo último que vería... Pero el hombre miraba a través del visor y un profesional no observa a través de una mira telescópica para disparar contra un objetivo que se halla a menos de cinco metros. Tarquin oyó el ruido seco de un cartucho disparado al impactar contra el suelo.

El asesino no disparaba contra él, sino contra el francotirador.

Tarquin se quedó alucinado. No tenía sentido.

El individuo que estaba ante él apuntó de nuevo con su fusil mirando por el visor. Sólo alguien con una destreza extraordinaria trataría de alcanzar a un francotirador oculto desde esa posición de fuego, equiparando la estabilidad de un bípode con el cuerpo de un ser humano agachado.

Una doble detonación: dos ruidos secos, otros dos cartuchos disparados. Tarquin oyó a unos metros el gemido de un hombre herido.

El francotirador con el uniforme verde se incorporó y dobló la culata de su fusil.

Tarquin no salía de su estupor, aturdido debido al desconcierto y la incredulidad.

El asesino iba a dejar que viviera.

—No lo entiendo —balbució.

El chino se volvió hacia él, mirándole con unos ojos castaños y solemnes.

—Ahora lo sé. Por eso sigues vivo.

Al observarlo Tarquin vio a un hombre que hacía lo que creía que su deber le exigía, un hombre orgulloso de sus insólitas habilidades, pero que no se deleitaba en sus mortíferas consecuencias. Ese hombre se consideraba no tanto un guerrero como un guardián; sabía que a lo largo de la historia de la humanidad había existido siempre hombres como él —ya fuera un prefecto pretoriano, un templario o un samurái—, que se convertían en instrumentos de acero para que otros no tuvieran que hacerlo. Hombres que eran duros para que otros pudieran ser blandos. Que mataban para que otros pudieran vivir a salvo. Su consigna era «protección»; su credo, «protección».

Al cabo de una fracción de segundo, el cuello del chino estalló envuelto en una nube de sangre. El francotirador invisible, por malherido que estuviese, tenía un último cartucho, y lo había disparado contra el hombre que representaba una mayor amenaza para él.

Tarquin se levantó de un salto. Durante unos instantes —sólo unos instantes— sus otros atacantes permanecerían a una distancia prudencial, frenados por las lápidas y los sepulcros de ese jardín de la muerte. Tenía que aprovechar esa oportunidad o perderla para siempre. Echó a correr hacia la puerta de doble hoja pintada de verde que daba a la calle, sin detenerse hasta hallar el coche alquilado que había dejado aparcado cerca del cementerio. Mientras maniobraba el vehículo inmerso en el clamoroso tráfico parisino, procurando evitar que le siguieran, trató de asimilar lo que había averiguado.

Los elementos se confundían y chocaban entre sí desconcertándolo. Alguien había matado a Fenton. ¿Había sido un miembro de su propia organización, una especie de topo? ¿O alguien que trabajaba con él, alguien del gobierno estadounidense?

Y también estaba el asesino chino: un adversario que se había convertido en un aliado, una persona que había sacrificado su vida para protegerle.

¿Por qué?

¿Para quién trabajaba?

Había demasiadas posibilidades, demasiadas imposibilidades que se habían convertido en posibilidades. Tarquin —no, ahora era Ambler— había llegado a un punto en que las conjeturas podían llevarle a sacar conclusiones equivocadas.

Había otra cosa que le angustiaba: la descarga de adrenalina no le había producido una sensación desagradable. ¿Qué clase de hombre era? Se estremeció al pensar en su personalidad. Esa tarde había matado y casi había muerto. ¿Cómo era posible que se sintiera tan vivo?

—No lo entiendo —repitió Laurel. Estaban los tres reunidos en la habitación del hotel de Caston, pintada con un insulso color crudo.

—Yo tampoco —respondió Ambler—. Todo esto es muy raro.

—No encaja —apuntó el auditor.

—Un momento —dijo ella—. Usted dijo que los asesinatos estaban relacionados con China. Dijo que parecía una serie, una sucesión de acontecimientos relacionados, que según todos los indicios conducía a un hecho inminente. Que el objetivo probablemente era Liu Ang.

—Estaba previsto que visitara la Casa Blanca el mes que viene —respondió Caston—. Una visita histórica, con cenas de Estado y demás ceremonias. Ofrecía muchas oportunidades. Pero...

—Pero ¿qué?

—El momento no es el adecuado. Hay una demora dadas las anteriores especificaciones sobre la gran cantidad de factores que rodean el acontecimiento.

—No ha habido ninguna demora —contestó Laurel. Abrió su voluminoso bolso y sacó un ejemplar doblado del *International Herald Tribune*—. Usted dijo algo sobre el artículo publicado en *Le Monde* que me hizo pensar en ello.

—¿Qué?

—Mañana por la noche —dijo ella—. La gran noche del presidente Liu.

—¿A qué te refieres?

—Al Foro Económico Mundial —respondió Laurel—. Me refiero a lo que sucederá en Davos esta semana.

Ambler empezó a pasearse por la habitación mientras reflexionaba en voz alta:

—Liu Ang abandona la seguridad que le ofrece Pekín por primera vez desde que ocupó el cargo. Viene a Occidente, pronuncia su importante discurso, destinado a hacer que todos sientan simpatía y afecto hacia el gran tigre.

—Ni el mismo Palmer lo habría expresado mejor —comentó Caston con mordacidad.

—Y en medio del discurso le abaten a tiros.

—Lo eliminan de la ecuación. —El auditor mostraba un aire pensativo—. Pero ¿por quién?

La voz de Fenton: «Tengo un proyecto muy interesante para usted. Pero no meta todavía los esquís en la maleta».

Hal guardó silencio durante largo rato.

—¿Creéis que Fenton pensó que podía hacerlo yo?

—¿Es eso posible?

—Estoy tratando de descifrar su muerte. A mi entender, ese asesinato es la prueba de algo. Es el tipo de cabo suelto que cortas cuando una operación está a punto de alcanzar un clímax.

—Se expresa usted con una frialdad... —dijo Caston—. ¿Está seguro de que no ha sido nunca un contable?

—Acháquelo a una carrera pasada al servicio de la Unidad de Estabilización Política —respondió Ambler—. Ése es un factor importante. Otro es que el asesino puede ser alguien que conozco. Alguien con quien trabajé en alguna operación de Estab.

—Eso no tiene sentido —intervino Laurel.

—En Estab se ufanan de contratar a los mejores. Fenton se ufanaba de contratar a los mejores de Estab. Si quisieras confiar el asesinato de un presidente chino a alguien, ¿no procurarías contratar a la persona mejor preparada?

—Y en caso de ser un agente de Estab —dijo ella pausadamente—, lo más probable es que lo conocieras.

—Por supuesto —contestó Hal.

—Pues estamos jodidos —soltó Caston—. ¿Tienen ustedes idea de a qué nos enfrentamos? Si va a ocurrir algo en Davos, hemos llegado demasiado tarde.

—Tenemos que pensar...

—Tenemos que pensar en lo que ocurrirá después —le interrumpió Caston con tono sombrío—. Porque las consecuencias... ¡Cielo santo! Las consecuencias. El presidente Liu Ang es una figura muy estimada en China, es como JFK, el Papa y John Lennon juntos. Su asesinato provocará una gigantesca sacudida en un país de mil cuatrocientos millones de personas. Me refiero a una histeria que dejará sordo al resto del globo, y esa histeria dará paso en un abrir y cerrar de ojos a la furia si se demuestra que el magnicidio está de alguna forma relacionado con el gobierno estadounidense. ¿Tienen idea de qué tipo de válvula de escape necesitan mil cuatrocientos millones de ciudadanos enfurecidos? La nación podría verse sumida en una guerra. Los beligerantes podrían ocupar Zhongnanhai de la noche a la mañana.

—Uno tendría que ser un fanático para desencadenar algo así —dijo Laurel.

—Como Ashton Palmer y sus discípulos. —Ambler sintió que palidecía.

Ella fijó la vista en una pared de la habitación mientras repetía las palabras que tiempo atrás habían expresado los deseos juveniles de Hal:

—«No dudes nunca de que un pequeño grupo de ciudadanos responsables y comprometidos pueden cambiar el mundo. Es lo único capaz de hacerlo.»

—Maldita sea, esto no ha acabado todavía —dijo Ambler. Su voz denotaba una intensa ira—. No dejaré que se salgan con la suya.

Caston se levantó de su silla y empezó a pasearse por la habitación.

—Deben de haberlo planeado muy bien, han debido de analizar esta acción desde todos los ángulos. ¿Quién sabe cuánto tiempo llevan preparando este magnicidio? Una operación de este tipo requiere la participación de un brillante agente encubierto y de refuerzos. He auditado las suficientes operaciones para saber que los errores operativos están a la orden del día. Una operación semejante tiene que tener un mecanismo oculto de seguridad. Un código para anularla. Y una estrategia en caso de que algo falle. Siempre tiene que haber un chivo expiatorio. —Caston mostraba un aire concentrado—. Por supuesto, todo sería más simple si fuese el mismo tirador. Pero cabe suponer que han analizado a fondo todos los parámetros.

—En una operación siempre participan seres humanos —dijo Hal con cierto tono desafiante—. Y los seres humanos nunca se comportan como números enteros en una matriz, Caston. No se puede cuantificar el factor humano con precisión. Eso es lo que las personas como usted no comprenden.

—Y lo que las personas como usted no comprenden es que...

—Basta, chicos —interrumpió Laurel con impaciencia, señalando el periódico—. Aquí dice que el presidente hablará en Davos mañana a las cinco de la tarde. Dentro de menos de veinticuatro horas.

—Dios santo —murmuró Ambler.

Laurel miró primero a uno y luego a otro.

—¿No podemos alertar a todo el mundo?

—Créeme, están operando en alerta máxima —respondió Hal—. Así es como funcionan. Lo malo es que ha habido tantas amenazas de muerte contra ese hombre que es posible que se lo tomen como una falsa alarma. Están al corriente de las amenazas. Para ellos no es ninguna novedad. Y Liu Ang se niega a dejar que esas amenazas le impidan moverse libremente.

Laurel parecía confundida, desesperada.

—¿No puedes explicarles que esta vez la amenaza va en serio?

Caston la miró.

—Lo haré yo —dijo—. Seguro que me harán caso. —Luego se volvió hacia Ambler—. ¿Cree de verdad que reconocerá al asesino?

—Sí —respondió él sin más explicaciones—. Creo que habían pensado en reclutarme a mí para ese trabajo. Pero usted tiene razón. Fenton no trabajaba sin refuerzos. La misión ha pasado ahora a manos de alguien que me ha suplantado. Y debe de pertenecer al mismo grupo de talentos.

Los tres guardaron silencio unos minutos.

—Aunque no fuera así —apuntó Laurel tímidamente—, seguro que podrías identificarlo. Lo has hecho otras veces, tienes ese don.

—Lo he hecho otras veces —convino Hal—. Pero lo que estaba en juego no era de esta magnitud. Aunque no hay otra opción.

Ella se sonrojó.

—No le debes nada a nadie, Hal —dijo nerviosa—. No tienes que ser un héroe. Podemos desaparecer, ¿no?

—¿Es eso lo que quieres?

—Sí —respondió Laurel. Luego murmuró—: No. —Las lágrimas afloraron a sus ojos—. No lo sé —dijo con voz entrecortada—. Sólo sé que... Si vas a ir allí, iré contigo. No hay ningún otro lugar donde me sentiría segura. Ya lo sabes.

Ambler la abrazó, estrechándola con fuerza contra sí, apoyando la frente en la de Laurel.

—De acuerdo —murmuró. No sabía si la emoción que denotaba su voz era alegría o pesar—. Está bien.

Al cabo de un rato Caston se volvió.

—¿Tiene alguna idea de cómo va a conseguir lo que se propone? —preguntó.

—Desde luego —respondió Hal sin mucho convencimiento.

El auditor se sentó en la butaca de color mostaza y lo miró fríamente.

—Para que le quede claro. Tiene menos de veinticuatro horas para esquivar a los letales comandos que los Servicios Estratégicos y/o los de Operaciones Consulares han contratado para que todo salga según lo previsto, entrar en Suiza, infiltrarse en un cónclave vigilado de los poderosos del mundo e identificar al asesino antes de que ataque a su víctima.

Ambler asintió con la cabeza.

—Permita que le diga algo. —Caston arqueó una ceja—. No será tan sencillo como suena.

CUARTA PARTE

29

Cuando un letrero indicó que la frontera suiza se hallaba a treinta kilómetros, Ambler abandonó impulsivamente la autopista y tomó por una pequeña carretera rural. ¿Le habían seguido? Aunque no había detectado señal alguna, la más elemental prudencia le decía que no podía pasar el control fronterizo en el Opel cupé alquilado.

Laurel Holland y Clayton Caston habían decidido viajar a Zúrich en el TGV, el tren de alta velocidad, un trayecto de poco más de seis horas, y luego tomar el autocar para Davos Klosters, lo cual añadiría otro par de horas. Abordarían el tren por separado para evitar contratiempos. Pero ellos no eran los objetivos de una operación autorizada por Operaciones Consulares para eliminar a un agente «irrecuperable», o de una persecución no menos letal por parte del GSE, unos adversarios anónimos. De haber utilizado el transporte público, Ambler hubiera corrido el riesgo de caer en una emboscada. No había tenido más remedio que ir en coche, buscar el anonimato entre los centenares de miles de coches que circulaban por la Autopista del Sol. Hasta hora todo había ido bien. Pero el control fronterizo constituía la parte más peligrosa del viaje. Suiza se había mantenido al margen de la integración europea; no había relajado el control de sus fronteras.

En la población de Colmar, en el Alto Rin, Hal encontró a un taxista que, ante un fajo de billetes de banco, accedió a llevarlo a través de Samoëns a la aldea de Saint Martin, al otro lado de la frontera. El conductor, que se llamaba Luc, era un hombre rollizo con los hombros caídos, el pelo liso y grasiento y ese olor a virutas de lápiz, mantequilla rancia y estiércol característico de quienes no se lavan;

aunque se hubiese echado encima un litro de *aftershave* Pinaud Lilac Vegetal no hubiera logrado ocultarlo. Pero era franco y sincero, incluso en su avaricia. Ambler sabía que podía confiar en él.

Bajó un poco la ventana cuando partieron, dejando que el frío aire de la montaña le refrescara el rostro. Su bolsa de viaje reposaba en el asiento junto a él.

—¿Está seguro de que quiere llevar la ventanilla bajada? —le preguntó el taxista, a quien por lo visto no le molestaba el hedor que invadía el coche—. Hace un frío polar, *mon frère*. Como dicen ustedes los americanos, hace un frío que te hiela el culo.

—Lo prefiero así —respondió Ambler con seca cortesía—. Un poco de aire fresco me ayudará a permanecer despierto. —Se subió la cremallera de su cazadora de invierno forrada de plumón. Había elegido la prenda precisamente para no pasar frío.

Faltaban unos diez kilómetros para llegar a la población fronteriza de Saint Morency cuando experimentó de nuevo cierta aprensión y temor. Empezó a observar signos —equívocos, ambiguos, no determinantes— de que quizá le habían detectado. ¿Simple paranoia? Había un todoterreno, con el techo de lona, que les seguía a una distancia constante. Había un helicóptero, en un lugar y un momento en que no era normal que hubiera un helicóptero. Pero una mente hipervigilante siempre podía identificar anomalías incluso en las circunstancias más inocentes. ¿Cuál de esas señales era significativa, suponiendo que lo fuese alguna?

Pocos kilómetros antes de llegar a la frontera suiza, Ambler se fijó en una camioneta de color azul pálido con una matrícula que le era familiar, pues la había visto antes. Se preguntó de nuevo si no sería mera paranoia. El ángulo sesgado de las primeras luces del amanecer le impedía ver al conductor. Pidió a Luc que redujera la velocidad; la camioneta hizo lo propio casi al mismo tiempo, manteniendo una distancia constante entre ambos vehículos, una distancia mayor de la que un camionero profesional habría guardado. La aprensión dio paso a la ansiedad. Ambler tenía que seguir su intuición. *Hemos llegado hasta aquí gracias a la fe.* La fe que había salvado hasta ahora su vida era la más austera: la fe en sí mismo. No flaquearía en esos momentos. Tenía que aceptar una realidad profundamente inquietante.

Habían dado con él.

El sol lucía sobre el horizonte, formando una cinta roja; el aire tenía la temperatura de una cámara frigorífica. Hal le dijo a Luc que había cambiado de parecer, que le apetecía hacer autostop a esas horas de la mañana; sí, aquí mismo, en este maravilloso paraje.

La entrega de otro fajo de billetes suavizó la expresión del taxista, que pasó de una clara suspicacia a un escepticismo entre irónico y divertido. El conductor sabía que el pasajero no esperaba que se tragara la trola, pero aunque la historia fuera falsa, el dinero era auténtico. Luc no protestó. Antes bien, parecía divertirle el juego. Existía un sinfín de razones por las que alguien quisiera evitar un control fronterizo, muchas de ellas relacionadas con el pago de impuestos de lujo. Mientras nadie tratara de utilizar su vehículo para transportar mercancías no declaradas, Luc no corría ningún riesgo.

Ambler tensó los cordones de sus pesadas botas de cuero de escalador, tomó su bolsa y se apeó del coche. Cruzar la frontera a pie no era una eventualidad imprevista. Al cabo de unos minutos desapareció entre los abetos, pinos piñoneros y alerces cubiertos de nieve, avanzando en paralelo a la carretera, pero a doscientos metros de la misma. Después de recorrer un kilómetro divisó dos farolas, situadas a ambos lados de la carretera. Los globos de vidrio esmerilado arrojaban una luz intensa. La aduana —un edificio de madera marrón oscuro con persianas verde hoja y celosías decorativas en la segunda planta, cubierto por un inmenso tejado de dos aguas— parecía la típica casa de madera de la región. Hal vio a través de los árboles la tricolor bandera francesa —azul, blanca y roja— y la suiza, una cruz blanca sobre un escudo rojo. En la carretera había unos cantos rodados dispuestos junto a unas líneas blancas, apenas visibles sobre el pavimento cubierto de nieve, que añadían un obstáculo físico al obstáculo legal. Una barrera pintada de un naranja vivo estaba destinada a controlar el flujo de vehículos. A ambos lados de la carretera había casetas desprovistas de puertas. Unos metros más allá de la aduana, el conductor de un camión de cáterin había aprovechado el amplio arcén pavimentado para detenerse y reparar una avería en el vehículo. Ambler divisó la barriga y las piernas de un obeso mecánico inclinado sobre el motor, con la cabeza oculta en las entrañas de éste. Había varias piezas del motor desperdigadas sobre el pavimento, junto al camión. De vez en cuando, se oía una palabrota farfullada en francés.

Al otro lado de la aduana había un aparcamiento situado a un nivel más bajo que la carretera. Hal aguzó la vista; una nube había tapado el espléndido sol; a lo lejos vio el destello de una cerilla, un guardia que encendía un cigarrillo. Era el tipo de detalle que la penumbra resaltaba. Miró su reloj. Eran las ocho y pocos minutos; en enero el sol salía más tarde, y el terreno montañoso demoraba aún más el amanecer.

Vio el todoterreno con el techo de lona detenido en el aparcamiento situado debajo de la carretera, cubierto de nieve; el gélido aire agitaba la lona. Supuso que había transportado a los guardias fronterizos franceses que iniciaban su turno a las ocho. Sus homólogos suizos habrían llegado en dirección opuesta. Ambler se colocó detrás de una arboleda de jóvenes píceas. La mayoría de los pinos, aunque mostraban un denso follaje en el centro, se habían desprendido de las ramas que crecían junto a la base del tronco. Por el contrario, las píceas conservaban sus frondosas ramas junto a la base, proporcionando una cubierta a escasa distancia del suelo. Se llevó los prismáticos a los ojos y miró a través de una abertura entre dos píceas enlazadas. El guardia fronterizo que acababa de encender un cigarrillo dio una profunda calada, se desperezó y echó un vistazo a su alrededor. Hal comprendió que el hombre no esperaba que ese día ocurriese nada de particular en la frontera.

A través de las ventanas del edificio de la aduana, vio a varios guardias bebiendo café y, a juzgar por sus expresiones, charlando sobre cosas intrascendentes. Sentado entre ellos, con aire satisfecho, había un hombre que lucía una camisa de franela roja con un cuerpo en forma de pera que indicaba una vida sedentaria. Dedujo que era el camionero.

El tráfico era esporádico; al margen de lo que dijera el reglamento, era difícil convencer a unos hombres de que permaneciesen a la intemperie cuando la carretera estaba desierta, excepto por el viento. Aun sin oír lo que decían, Ambler dedujo por sus rostros que reinaba entre ellos un ambiente de hosca jovialidad.

Uno de los hombres permanecía algo alejado del resto; su lenguaje corporal indicaba que no formaba parte del grupo. Hal lo enfocó con sus prismáticos. Lucía el uniforme de un funcionario superior de las aduanas francesas. Era un visitante oficial, alguien cuya labor consistía en realizar inspecciones esporádicas de esos pasos fronterizos. Si los otros se sentían cómodos en su presencia, sin duda era debido a la indiferencia que el oficial mostraba hacia su oneroso e ingrato trabajo. Quizá la burocracia le había enviado ahí como parte de una rotación de inspección periódica, pero ¿quién supervisaba al supervisor?

Cuando Ambler ajustó el foco de los prismáticos, vio el rostro del hombre con más nitidez y comprendió que se había equivocado.

No era un funcionario de aduanas. Una cascada de imágenes inundó la mente de Hal: era un rostro que conocía. Al cabo de unos momentos, la sensación de haberlo reconocido se plasmó en una identificación definitiva. El nombre del individuo... Pero su nombre no importaba, pues utilizaba múltiples alias. Se había criado en Marsella y, de adolescente, había trabajado como sicario para una de las mafias del narcotráfico. Posteriormente, al emplearse como mercenario en el sur de África y la región de Senegambia, se había convertido en un curtido asesino. Ahora trabajaba por libre, actuaba en circunstancias que requerían una extremada delicadeza... y una capacidad mortífera. Era un asesino eficiente, hábil en el manejo de un arma de fuego, un cuchillo, un garrote; un hombre muy útil para un asesinato que no pudiera rastrearse. En la profesión, ese tipo de individuo era conocido por el inocuo apelativo de «especialista». La última vez que Ambler le había visto era rubio; ahora tenía el pelo oscuro. Las mejillas hundidas debajo de los pronunciados pómulos y la boca de labios finos no habían cambiado, aunque su rostro mostraba el paso del tiempo. De pronto el hombre miró directamente a Hal. Éste sintió una descarga de adrenalina. ¿Le había visto? Era imposible. El ángulo de visión y las circunstancias lumínicas le ocultaban. El asesino estaba contemplando el paisaje a través de la ventana; el aparente contacto visual había sido momentáneo y fortuito.

El hecho de que el asesino permaneciera dentro del edificio debía de tranquilizar a Ambler. Pero no era así. El especialista no estaba solo. Si estaba dentro del edificio, significaba que había otros hombres desplegados por el bosque circundante. Toda sensación de ventaja que había experimentado se evaporó en el acto. Le perseguían otros hombres de su profesión, los cuales se adelantarían a sus movimientos y los contrarrestarían. Puede que el especialista fuera el jefe, pero otros rondaban cerca. El especialista aparecería cuando fuera necesario.

El reto había sido perfectamente concebido, aprovechándose del terreno natural y del control fronterizo. Ambler no podía por menos de admirar la profesionalidad. Pero ¿a quién se debía el mérito, al equipo de los Servicios Estratégicos o al de Operaciones Consulares?

Los dos guardias del lado suizo salieron del edificio; una pequeña furgoneta Renault se acercó al control fronterizo y se detuvo ante la barrera color naranja. Uno de los guardias se agachó para hablar con el conductor, formulándole las preguntas de rigor. Comprobó que la fotografía del pasaporte se correspondía con su rostro. Otros trámites quedaban a discreción del aduanero. El guardia francés estaba cerca, y ambos se miraron. Habían identificado al conductor y tomaron una decisión. La barrera color naranja ascendió y el aduanero indicó con un ademán indiferente al conductor de la furgoneta blanca que pasara.

En la caseta, los dos hombres se sentaron en sillas de plástico, se ajustaron sus orejeras y sus chaquetas acolchadas.

—La mujer de ese Renault era tan gorda que me recordó a tu esposa —comentó uno de los guardias en francés. Alzó la voz para hacerse oír a través del viento y las orejeras del otro.

El otro guardia fingió sentirse ofendido.

—¿Mi esposa, o tu madre?

Era el tipo de bromas, cansinas y faltas de ingenio, que les ayudaban a matar las largas y aburridas jornadas. En ese momento el asesino marsellés salió de la aduana y echó un vistazo a su alrededor. *Sigue su mirada.*

Ambler dirigió la vista al lugar hacia el que miraba el asesino: una formación rocosa al otro lado de la carretera. Seguramente había otro miembro de la unidad apostado allí. Debía de haber también un tercero. Alguien cuya misión era la de observador, que sólo participaría in extremis.

El especialista se encaminó hacia la farola y luego hacia el aparcamiento, donde desapareció detrás de una estructura baja de ladrillo, probablemente un almacén en el que guardaban el material. ¿Había ido a consultar con alguien?

Hal no tenía tiempo para analizar las opciones. Tenía que actuar. La creciente luz del día sólo ayudaría a sus enemigos. *Hemos llegado hasta aquí gracias a la fe.* Podía alcanzar la formación rocosa tomando un sendero zigzagueante que corría en diagonal. La proximidad a menudo reducía el peligro. Abandonó la arboleda de píceas, y tras recorrer varios metros por el sendero, ocultó su bolsa debajo de unos matorrales, cubriéndola con una capa de nieve. Trepó por un pequeño cerro que el viento había despojado de nieve. Ascendió con largas zancadas. Luego agarró la rama de un árbol para ascender un poco más y alcanzar un saliente por el que podría avanzar. La rama del árbol se partió con un ruido seco y Ambler cayó hacia atrás, extendiendo los brazos para frenar su caída. Trató de levantarse, pero pese a los surcos y tacos de las suelas de sus botas resbalaba sobre la nieve. Tras no pocos esfuerzos, logró recobrar el equilibrio. Sabía que si daba un paso en falso se despeñaría más de cincuenta metros colina abajo. Utilizó los árboles a modo de balaustrada, saltando sobre las piedras, obligando a sus piernas a pisar con más firmeza cuando la resbaladiza nieve amenazaba con derribarlo. No dejaría que lo cazaran como a un conejo. De pronto recordó las emocionadas palabras de Laurel al despedirse y sintió renovadas fuerzas. «Cuídate —le había dicho—. Por mí.»

Caleb Norris nunca había tenido sueños agitados. Cuando estaba estresado dormía aún más profunda y apaciblemente. Una hora antes de que el avión aterrizara en Zúrich, se despertó y se dirigió al lavabo del avión, donde se lavó la cara y los dientes. Cuando desembarcó y echó a andar por el iluminado recinto del aeropuerto, no presentaba un aspecto más desaliñado que cualquier otro día.

Paradójicamente, el arma le permitió recoger su equipaje antes de lo normal. Norris se dirigió a un funcionario de Swiss Air encargado de esos trámites y no pudo por menos que admirar, por enésima vez, la eficiencia de los suizos. Estampó su firma en dos hojas y le entregaron su arma de fuego y su bolsa de viaje. En el despacho se habían congregado otros funcionarios del gobierno: agentes del Servicio Secreto, algunos de los cuales reconoció vagamente por unas conferencias a las que había asistido con agentes de contraterrorismo del FBI. Reconoció a un hombre que estaba de espaldas, vestido con un traje oscuro a rayas, pero con el pelo teñido de ese color imposible rayano al naranja. El tipo se volvió y sonrió a Norris, demasiado finolis para mostrar sorpresa. Se llamaba Stanley Grafton, y era miembro del Consejo de Seguridad Nacional. Norris le recordaba de varias reuniones sobre seguridad a las que había asistido en la Casa Blanca. Grafton escuchaba mejor que la mayoría de los miembros del Consejo, aunque él sospechaba que también tenía más que decir.

—Caleb —le saludó Grafton ofreciéndole la mano—. No he visto tu nombre en la agenda.

—Ni yo el tuyo —se apresuró a responder Norris.

—Una sustitución de última hora —adujo Grafton—. Ora Suleiman se ha partido algo. —Suleiman era la presidenta del Consejo y propensa a las frases grandilocuentes, como si hiciera siempre el papel de un personaje en una «recreación histórica» para la televisión.

—Supongo que no sería la lengua.

Grafton sonrió involuntariamente.

—En cualquier caso, han tenido que echar mano de un suplente.

—Yo también he venido en calidad de suplente —reconoció Norris—. Cancelaciones de última hora, sustituciones de última hora. ¿Qué puedo hacer por ti? Todos hemos venido para soltar sonoras peroratas.

—Es lo que se nos da mejor, ¿no? —La risa hizo que aparecieran unas arruguitas alrededor de los ojos de Grafton—. ¿Quieres que te lleve a algún sitio?

—De acuerdo. ¿Tienes una limusina?

El otro dio un respingo.

—Un helicóptero, amigo mío, un helicóptero. Soy miembro del CSN, tenemos que viajar a todo trapo.

—Celebro ver que emplean nuestros dólares en cosas útiles —bromeó Norris—. Adelante, Stan, yo te sigo. —Tomó su maletín y siguió al miembro del CSN. El maletín tenía un peso más equilibrado con la pistola de nueve milímetros de cañón largo que iba dentro.

—Debo reconocer, Cal, que teniendo en cuenta que acabas de bajarte de un avión, tienes un aspecto fresco como una rosa. En todo caso, el mismo aspecto de siempre.

—Como dijo el poeta, tengo que recorrer muchos kilómetros

antes de irme a dormir —contestó Norris encogiéndose de hombros—. Por no hablar de las promesas que debemos cumplir.

Cuando Ambler llegó a un sitio elevado que le ofrecía una buena vista del control fronterizo, se detuvo unos minutos para observar el lugar a través de las ramas cubiertas de nieve. El especialista marsellés se había apostado en medio de la carretera, escudriñándola por si se acercaba algún vehículo y oteando el terreno colindante en busca de alguna señal de actividad. Los guardias en la caseta seguían mostrando una expresión aburrida, sus compañeros dentro de la aduana parecían más animados; mientras el camión era reparado, su conductor les entretenía con sus historias y anécdotas.

Fue más fácil descender que subir por la colina. En los puntos en que el terreno era demasiado escarpado, Hal se deslizaba o rodaba por él, controlando la velocidad con sus manos y pies, pero aprovechando la gravedad para darse ímpetu. Por fin, regresó a la arboleda de píceas.

Desde una posición a pocos metros oyó la voz grave de un hombre.

—Aquí Beta Lambda Epsilon. ¿Habéis localizado al sujeto?

—Era un americano que hablaba con acento tejano—. Porque no he venido aquí para que se me congele la picha, joder.

La respuesta fue inaudible, sin duda transmitida a través de los auriculares. Lo cual indicaba que el tipo hablaba por una especie de *walkie-talkie* especial. El tejano bostezó y empezó a pasearse por el arcén de la carretera, con el único propósito de impedir que se le helaran los pies.

En esto se oyeron gritos, pero de más lejos, en el control fronterizo. Ambler observó el coche detenido ante la barrera de seguridad color naranja. Los guardias habían pedido a un airado pasajero —calvo, de rostro rubicundo, vestido con un traje caro— que descendiera de un sedán conducido por un chofer mientras inspeccionaban el vehículo.

—Esta absurda burocracia —protestó el ricachón. Era un trayecto que hacía a diario, y jamás había sido sometido a esas molestias.

Los guardias se disculparon, pero se mostraron firmes. Habían recibido órdenes. Hoy tenían que tomar precauciones especiales. Si lo deseaba, el hombre podía presentar su queja a las autoridades aduaneras; de hecho, hoy había venido un supervisor de visita. Podía hablar con él.

El empresario de rostro rubicundo se volvió hacia el supervisor uniformado y sintió su mirada pétrea de indiferencia y desdén. Suspiró y sus protestas fueron remitiendo, hasta quedar reducidas a un gesto malhumorado. Al cabo de unos momentos la barrera color naranja ascendió y el lujoso sedán prosiguió su camino, con su amor propio herido casi grabado en el radiador.

Pero las protestas de aquel tipo habían proporcionado a Ambler la oportunidad de ponerse a salvo.

Aunque no podía cambiar la situación a su favor, podía mejorarla. Echó a andar sigilosamente por un sendero hacia la carretera, hasta que divisó a un hombre corpulento que lucía un costoso reloj, cuya pulsera de oro relucía bajo el sol que emergía detrás de una nube. El tejano en persona. El reloj no encajaba con esa misión, indicaba que se trataba de un agente privilegiado con una cuenta de gastos de representación que nadie controlaba, alguien cuyos tiempos como comando quedaban muy atrás y le habían contratado en el último momento para participar en una operación debido al carácter inminente de la misma. Ambler se abalanzó sobre él, rodeándole el cuello con el brazo derecho y enlazando sus manos sobre el hombro izquierdo. Le apretó el cuello justo debajo de la mandíbula, oprimiendo las arterias carótidas y haciendo que el tipo perdiera rápidamente el conocimiento. El sujeto tosió una vez y se desmayó. Hal le palpó en busca del *walkie-talkie*.

Lo encontró en el bolsillo inferior de la cazadora de cuero negra que llevaba el comando, una prenda cara, forrada de piel, tan

ROBERT LUDLUM

poco apropiada para un trabajo de vigilancia a la intemperie en el invierno alpino como el reloj de oro Audemars Piguet que lucía en la muñeca. Todo indicaba, sin embargo, que el *walkie-talkie* se lo habían entregado esa mañana, cuando le habían contratado; era un modelo pequeño, con una carcasa de plástico dura y negra, con un alcance limitado pero una señal potente. Ambler insertó los pequeños auriculares en sus oídos, respiró hondo y trató de recordar la forma de hablar del agente. Luego pulsó el botón para conectar el aparato y dijo con un acento tejano pasable:

—Aquí Beta Lambda Epsilon, informando sobre...

Una voz con marcado acento —el rudo acento de la provincia saboyarda— le interrumpió:

—Te hemos dicho que cesaras toda comunicación. Estás comprometiendo la seguridad de la operación. ¡No nos enfrentamos a un aficionado! En todo caso, el aficionado eres tú.

La voz no pertenecía al asesino marsellés. Debía de ser otro hombre, el que al parecer dirigía la operación.

—Cierra la boca y escucha —le espetó Hal enojado. El micrófono convertía las voces en secas y metálicas, primando la calidad audible, pero eliminando el timbre entre una y otra voz—. He visto a ese cabrón. Al otro lado de la carretera. Le he visto atravesar corriendo el aparcamiento como un puto zorro. Ese gilipollas se está burlando de nosotros.

Se produjo un silencio al otro lado del transmisor. Luego la voz preguntó con tono cauteloso, apremiante:

—¿Dónde se encuentra exactamente en estos momentos?

¿Qué podía decir ahora Ambler? No había pensado en ello y durante unos momentos se quedó en blanco.

—Se ha subido al todoterreno —soltó—. Levantó la lona y se metió dentro.

—¿Sigue allí?

—De no ser así, yo le habría visto.

—De acuerdo. —Una pausa—. Buen trabajo.

Si no hubiera tenido las mejillas insensibles debido al frío, Hal habría sonreído. Los miembros del dispositivo asesino eran de su profesión; pensarían lo mismo que pensara él. Sólo podía ganarles la partida no pensando, siguiendo a ciegas su instinto, improvisando sobre la marcha. *Nada sale nunca según lo previsto. Rectifica e improvisa.*

El asesino marsellés salió de la caseta y echó a andar hacia el aparcamiento situado más abajo de la carretera, donde estaba aparcado el todoterreno con techo de lona que trasladaba al personal de la aduana. Empuñaba una potente pistola provista de silenciador. Otra fuerte ráfaga de viento sopló sobre los barrancos y la carretera, golpeando a Ambler en la espalda.

¿Y ahora qué? El asesino estaría en un estado hiperalerta, presto a apretar el gatillo al primer movimiento sospechoso. Hal tenía que aprovechar esa circunstancia, tenía que desencadenar una reacción exageradamente violenta. Miró a su alrededor en busca de una piedra, algo que pudiera arrojar, algo que se elevara por el aire y aterrizara al otro lado de la carretera. Pero la gruesa capa de hielo hacía que todo estuviera adherido al suelo: cantos rodados, grava, pedruscos. Sacó la pistola Magnum del tejano y extrajo una pesada bala de plomo de la recámara. Acto seguido la arrojó en el aire. Una ráfaga de viento la impulsó más lejos y, cuando la ráfaga remitió, la bala aterrizó sobre el techo de lona del vehículo. El ruido fue tenue, apenas un chasquido, pero la reacción del especialista fue desmesurada. Sin pensárselo dos veces, el tipo se arrodilló y, sujetando su brazo derecho con el izquierdo, disparó repetidamente contra el todoterreno, perforando la lona y los cojines con una descarga silenciosa de balas de gran potencia.

Ambler observó a través de los prismáticos el violento ataque contra el vehículo vacío. Pero ¿dónde estaba el otro hombre, el saboyardo? No había rastro de él. El mecánico, al abrigo del viento debajo del capó del camión, seguía trabajando sin prisas con su llave inglesa, consciente de que sus honorarios aumentaban conforme pasaba el tiempo. En la caseta exterior, el guardia suizo y su homólogo francés seguían sentados en las sillas de plástico con el ceño fruncido, bebiendo café y cambiando insultos con el acostumbrado aire de aburrimiento de dos ancianos jugando a las damas.

Hal tragó saliva. Todo se reducía a elegir el momento adecuado. Durante unos segundos podría atravesar la carretera sin ser visto y decidió hacerlo. El asesino marsellés era un tipo desalmado, despiadado, implacable: si su presa lograba escapar del cerco, la perseguiría con denodado ahínco. Estaba en juego su orgullo; dedujo que era el especialista quien había ideado la trampa que le habían tendido.

Ambler le devolvería el favor.

Se ocultó rápidamente detrás del almacén bajo de ladrillo, tras lo cual se dirigió hacia el aparcamiento. El especialista había reducido el techo de lona del todoterreno a un colador, asegurándose después de que no había nadie en el vehículo. Empezó a retroceder, alejándose del coche, moviendo la cabeza a diestro y siniestro. De pronto se volvió hacia Ambler. Éste le apuntaba con la pistola de calibre cuarenta y cuatro que le había arrebatado al tejano, pero sabía que la detonación alertaría a los otros, por lo que dudaba en oprimir el gatillo. En lugar de disparar, utilizaría la pistola para amenazarlo.

—No te muevas —dijo Hal.

—Lo que tú digas —mintió el especialista en un inglés pasable.

Dispara ahora contra él, le gritaba su instinto.

—Tú mandas ahora —dijo el especialista con tono tranquilizador. Pero Hal sabía que estaba mintiendo, lo había adivinado aunque el tipo no había alzado simultáneamente el brazo con que sostenía el arma en un gesto fluido.

—¿Qué diablos ocurre aquí? —inquirió una voz atronadora a sus espaldas.

Uno de los guardias fronterizos suizos se había acercado al aparcamiento, quizás había oído el impacto de las balas contra el todoterreno. El especialista se volvió, casi picado por la curiosidad.

—¿Qué pasa aquí? —preguntó el guardia suizo en francés.

Un pequeño círculo rojo, como un *bindi*, apareció en la frente del guardia, que cayó al suelo.

Al cabo de unos segundos —unos segundos demasiado tarde— Ambler apretó el gatillo...

Pero no ocurrió nada. Recordó la bala que había desechado, recordó demasiado tarde que la recámara de la pistola estaba vacía. El especialista se volvió hacia él, empuñando su pistola de cañón largo, inmóvil, y la apuntó al rostro de su objetivo. Era un disparo que podría haber hecho un novato, y el especialista marsellés era un profesional.

30

Los nervios de Ambler le gritaban en señal de reproche más que de advertencia. De haber hecho caso a su instinto, el guardia suizo no estaría muerto y él mismo no estaría a punto de morir. Cerró los ojos brevemente. Cuando los abrió, trató de «ver» haciendo un esfuerzo semejante al movimiento de dos tiempos en halterofilia. Tenía que ver, hablar. Su semblante, su voz, su mirada serían sus armas. Eran segundos cruciales.

—¿Cuánto te pagan? —preguntó.

—Lo suficiente —respondió el especialista impasible.

—Te equivocas. Te toman por idiota, *un con*.

Hal arrojó la pesada pistola de calibre cuarenta y cuatro al suelo antes de ser consciente de que había decidido hacerlo. Curiosamente, se sintió más seguro. El hecho de que no estuviera armado reduciría la presión que el otro sentía de matarlo al instante. *A veces la mejor forma de utilizar un arma es desprendiéndote de ella.*

—Cállate —le ordenó el especialista. Pero Ambler sabía que si quería seguir vivo tenía que seguir hablando .

—Porque después de que me mates, ellos te matarán a ti. Esta operación es un HA. ¿Sabes lo que eso significa?

El especialista dio un paso hacia Hal, su mirada reptiliana mostraba el afecto de una cobra hacia un roedor.

—«Horno autolimpiable» —dijo Ambler—. Significa que es una operación diseñada para que todos los participantes se maten entre sí. Es una precaución, un instrumento de autoborrado.

El asesino marsellés le miró sin comprender, mostrando un ligero interés.

Hal soltó una breve carcajada burlona.

—Por eso eres perfecto para los fines de esa gente. Lo suficientemente astuto para matar. Demasiado estúpido para vivir. El elemento ideal para una operación HA.

—Tus mentiras me aburren —replicó el verdugo, pero estaba dispuesto a escuchar a Ambler, impresionado por el descaro de su víctima.

—Créeme, he contribuido a diseñar un buen número de estas operaciones. Recuerdo que en cierta ocasión enviamos a un especialista como tú a liquidar a un *mullah* en una isla de Malasia, un tipo que se dedicaba a blanquear dinero para los *jihadistas*, pero tenía muchos seguidores entre los lugareños, de modo que no podíamos dejar rastro. Enviamos a otro tipo, un técnico en explosivos, para que colocara una carga de Semtex en la avioneta Cessna que el especialista iba a utilizar para largarse, una carga de Semtex activada con una espoleta bárica. Luego el especialista recibió instrucciones de liquidar al técnico en explosivos. Cosa que hizo poco antes de despegar en la Cessna. Tres menos tres igual a cero. Las matemáticas funcionaron a la perfección. Como siempre. ¡Menuda ecuación! Tú no verás el signo menos hasta que sea demasiado tarde.

—Dirías cualquier cosa con tal de convencerme —replicó el especialista para observar la reacción de Ambler—. Es lo que hacen siempre los tipos en tu situación.

—¿Los tipos que se enfrentan a la muerte? Eso nos describe a los dos, amigo mío, puedo demostrártelo. —La mirada que dirigió al asesino era más despectiva que temerosa.

Una microexpresión de confusión e interés.

—¿Cómo?

—En primer lugar, deja que te enseñe una copia de la transmisión Sigma A veintitrés cuarenta y cuatro D. Tengo una copia en mi bolsillo interior.

—No hagas ningún movimiento. —El especialista achicó sus ojos hundidos al tiempo que su boca delgada como la hoja de un cuchillo esbozaba una mueca—. Debes de tomarme por un aficionado. No se te ocurra moverte.

Ambler se encogió de hombros y puso las manos en alto.

—Sácala tú mismo de mi bolsillo —dijo con tono neutro—. Está en el bolsillo superior derecho del interior de mi chaqueta. No tienes más que bajar la cremallera. Mantendré las manos en alto. No tienes que creerme si no quieres. Pero si quieres conservar tu asquerosa vida, necesitas mi ayuda.

—Lo dudo mucho.

—Créeme, me importa un carajo que vivas o mueras. Pero la única forma que tengo de salvar mi pellejo es salvando el tuyo.

—Más chorradas.

—Vale —respondió Ambler—. ¿Sabes lo que decía un presidente norteamericano? «Confía, pero verifica.» Probemos una variante: desconfía, pero verifica. ¿O es que temes averiguar la verdad?

—Si te mueves, te salto la tapa de los sesos —bramó el especialista mientras se acercaba a él, empuñando la pistola con la mano derecha y extendiendo la izquierda hacia la cremallera. El deslizador de metal estaba oculto en la costura de la cremallera, justo debajo del cuello del forro polar que llevaba Ambler. El tipo se aproximó más a él, palpando el interior de su chaqueta en busca del bolsillo de marras. La carne de su rostro parecía cubrir su cráneo como una capa de caucho. Hal percibió el olor rancio de su aliento. Sus ojos hundidos eran más fríos que el aire de montaña.

Era preciso actuar en el momento oportuno. Ambler asumió una expresión de resignación, de paciente espera. Era muy fácil moverse demasiado pronto o tarde, lo cual habría sido fatal. El pensamiento racional no le ofrecía una guía segura. Tenía que ser prudente al tiempo que dejaba de lado toda reflexión, cognición, cálculo, los engorrosos aparatos ortopédicos del pensamiento consciente. El mundo había cesado de existir: las montañas, el aire, el suelo que pisaba y el cielo sobre su cabeza se habían esfumado. La realidad consistía en dos pares de ojos, dos pares de manos. La realidad consistía en todo lo que se movía.

El especialista comprobó que el bolsillo interior horizontal estaba cerrado, y la mano izquierda del asesino no era lo suficientemente hábil para mover el deslizador de la cremallera. Al tirar de él, el dispositivo se enganchó en el tejido de la cremallera. Mientras el asesino forcejeaba con el deslizador, Ambler dobló un poco las rodillas, como un hombre agotado que se empequeñece.

Luego cerró los ojos con la resignación de alguien que sufre migrañas. El especialista estaba tratando con una persona que no sólo había tirado su pistola al suelo, sino que ahora ni siquiera le miraba. *A veces la mejor forma de usar un arma es desprendiéndote de ella.* La actitud de Hal le recordó la de un mamífero cuando se rinde, como un perro que presenta su cuello para apaciguar a otro más agresivo.

El momento oportuno... Irritado, el especialista retiró la mano, su torpe mano izquierda. Ambler dobló las rodillas un poco más, empequeñeciéndose aún más. *El momento oportuno...* El especialista no tendría más remedio que trasladar la pistola de la mano derecha a la izquierda, una operación que no le llevaría más de un segundo. Incluso con los ojos cerrados, Hal sintió y oyó el rápido traslado de mano de la pistola. El tiempo se medía en milisegundos. El hombre empezó a trasladar la pistola a su mano izquierda, su dedo índice izquierdo extendido hacia el protector del gatillo, palpando el apóstrofe curvado de metal dentro del mismo, mientras Ambler doblaba las rodillas un poco más, agachando la cabeza, como un niño avergonzado. Había dejado de pensar, estaba entregado por completo a su instinto, y... *ahora ahora ahora...*

Se inclinó hacia delante y se impulsó hacia arriba, sintiendo la tensa e inmensa fuerza de sus piernas, y golpeó con la cabeza inclinada la mandíbula del asesino. Sintió y oyó los dientes del hombre al chocar, la tremenda vibración que le atravesó el cráneo y, al cabo de unos instantes, éste dobló el cuello hacia atrás. El reflejo de la sorpresa hizo que abriera la mano. Hal oyó el ruido de una pistola al caer al suelo y... *ahora ahora ahora...*

Entonces asestó un potente cabezazo hacia abajo, en sentido inverso, y destrozó con la parte superior de su frente la nariz del especialista.

El marsellés cayó al suelo, el rictus de asombro en su rostro indicaba que había perdido el conocimiento. Hal recogió la pistola con silenciador, se deslizó sigilosamente a través del bosque detrás de la aduana, la nieve sofocando sus pasos, y regresó al arcén de la carretera. Supuso que acababa de atravesar la frontera entre Francia y Suiza. La colección de piezas del motor del camión de cáterin desperdigadas sobre el arcén pavimentado era más numerosa que antes. Pero el mecánico fornido y barrigudo ya no estaba inclinado sobre el motor. Estaba a cierta distancia del vehículo, con un dedo oprimido sobre su oreja, caminando tranquilamente hacia Ambler, su voluminoso vientre tensando el tejido de su mono manchado de grasa.

El hombre tenía el rostro rollizo y sin afeitar; dejando entrever la habitual mezcla de aburrimiento y resentimiento que suelen mostrar los *hommes à tout faire* franceses. Silbaba una canción de Serge Gainsbourg, desafinando. Alzó la cabeza, como si acabara de percatarse de la presencia de Hal, y le saludó con un breve movimiento de la cabeza.

Ambler sintió que el temor hacía presa en él. A menudo, en situaciones extremas, actuaba antes de haber pensado conscientemente en hacerlo, al igual que esta vez. Sacó la pistola con silenciador de la chaqueta y apuntó al hombre... Al tiempo que contemplaba el orificio del cañón de una pistola de gran calibre que —como en un juego de manos en que un prestidigitador atrapa monedas en el aire— había aparecido en la gruesa mano de aquel tipo.

—*Salut* —dijo el mecánico vestido con un mono. Hablaba pronunciando las vocales al estilo teutónico de los saboyardos franceses.

—*Salut* —respondió Hal al tiempo *(ahora ahora ahora)* que se tiraba al suelo y apretaba el gatillo no una sino tres veces. El ruido sofocado y seco de cada detonación iba acompañado por un potente culatazo que contrastaba con el sonido de los disparos. Casi simultáneamente, el saboyardo disparó su Magnum de cañón largo hacia el punto donde había estado la cabeza de Ambler un instante antes de que se arrojara al suelo.

Hal aterrizó sentado, pero con más gracia que el tirador vestido con un mono. Mientras la sangre chorreaba del pecho del saboyardo, sobre él se formaron unas nubecillas de vapor en el gélido ambiente. Tras emitir unos estertores, el hombre se quedó inmóvil.

Ambler le quitó el llavero que llevaba prendido en el cinturón y localizó la llave de su camioneta. Estaba aparcada a treinta metros al este del control fronterizo, decorada con un logotipo en francés y alemán: «GARAGISTE/AUTOMECHANIKER». Unos segundos más tarde, enfiló la carretera y entró en Suiza. Se dirigió hacia la población de Saint Martin, y se detuvo brevemente para recoger su bolsa de viaje de debajo de un montón de nieve junto a la carretera. El control fronterizo francés no tardó en desaparecer de su retrovisor.

Hal comprobó que la camioneta era potente, y dedujo que su motor original había sido modificado o sustituido por otro de más caballos. Sabía cómo trabajaban esos profesionales; la firma del mecánico probablemente existía sólo de nombre; la matrícula estaría registrada, y el logotipo del vehículo les permitía poder aparecer en cualquier lugar y momento sin levantar sospechas. Donde hubiera automóviles, se produciría una avería en un motor. Por lo demás, la policía no detendría a un vehículo de esas características por rebasar el límite de velocidad. Aunque no era precisamente una ambulancia, esas furgonetas de reparaciones eran enviadas en casos de emergencia, incluyendo accidentes de carretera. Habían elegido bien el vehículo de tapadera.

Ambler estaría a salvo en esa camioneta, al menos durante un tiempo. Mientras circulaba a gran velocidad a través de la campiña, el tiempo constituía un maravilloso montaje de sol y sombra, de calles atestadas de gente y carreteras llenas de coches. Girando a un lado y al otro, sorteaba los pequeños utilitarios y los enormes camiones articulados que circulaban con gran estrépito. Todo parecía confabularse para impedir que avanzara; es decir, su conciencia sólo captaba esos impedimentos. La camioneta descendía por los tramos más empinados con gran facilidad, sus neumáticos antideslizantes se adherían con firmeza al pavimento. Las marchas funcionaban con suavidad, el motor no protestaba, por más que él rozara los límites de su potencia.

Por momentos Hal se percataba de la espléndida belleza del entorno: los gigantescos pinos que se alzaban ante él y que el invierno había transformado en castillos de nieve, *Neuschwanstein* construidos con ramas; los picos montañosos que se recortaban contra el horizonte como las velas de barcos lejanos; los arroyos desbordados, alimentados por los ríos de las montañas, que seguían fluyendo, aunque todo lo que les rodeaba estaba helado. Pero la mente de Ambler estaba obsesionada con el imperativo del movimiento, la velocidad. Había decidido que podía conducir su vehículo durante dos horas sin exponerse a mayores contratiempos, y en esas dos horas debía recorrer buena parte de la distancia que se interponía entre su destino y él. Al final del trayecto le aguardaban peligros que tendría que afrontar, peligros que tendría que esquivar, pero también había esperanza.

Y estaba Laurel. Ya estaría allí, ya habría llegado. Sintió una profunda emoción al pensar en ella, su Ariadna. Dios, cómo la amaba. Laurel, la mujer que primero le había salvado la vida y luego el alma. No importaba lo maravilloso que fuese el paisaje; cualquier cosa que le separase de ella le resultaba detestable.

Ambler miró su reloj como venía haciendo de forma obsesiva desde que había entrado en Suiza. El tiempo apremiaba. Otra escarpada cuesta de una carretera alpina, seguida por una empinada pendiente. Mantenía el pedal del acelerador casi pegado al suelo, rozando el pedal del freno sólo cuando era imprescindible. Tan cerca y tan lejos: tantos abismos a su espalda, tantos abismos frente a él.

31

Davos

Pocos lugares en el mundo eran tan vastos en la imaginación popular y al mismo tiempo tan diminutos en escala física, unos dos kilómetros de viviendas y edificios ubicados en su mayoría en una sola calle. Inmensas coníferas cubiertas de nieve lo rodeaban cual centinelas helados. Los geógrafos lo consideraban el centro turístico más alto de Europa, pero ésa no era simplemente una verdad sobre su altura física. Durante unos días, cada año, representaba asimismo la cumbre del poder político y financiero. El pueblo era sinónimo de la reunión anual del Foro Económico Mundial, una reunión de la élite global que tenía lugar allí durante la última semana de enero, cuando la lobreguez estacional garantizaba que los *illuminati* visitantes brillaran y resplandecieran con más fuerza. Aunque el foro estaba dedicado al libre movimiento del capital, la mano de obra y las ideas, constituía un campamento fuertemente vigilado. Centenares de soldados suizos rodeaban un inmenso recinto de semiesferas y bloques —el Centro de Congresos, donde se celebra la conferencia—, y vallas de acero temporales impedían el acceso a todos los puntos informales de entrada.

Ambler dejó la camioneta en el aparcamiento detrás de una antigua y lúgubre iglesia con una torre que parecía el sombrero de una bruja y echó a andar por una calle estrecha, Reginaweg, hasta la calle mayor de la ciudad, Promenade. La nieve había sido eliminada de las aceras, el resultado de incesantes esfuerzos, pues el viento arrastraba continuamente la nieve desde las laderas incluso cuando no nevaba. Promenade consistía en una especie de galería comercial, con una tienda tras otra, interrumpida sólo por algún hotel y restaurante. Los escaparates no tenían nada de pintorescos. Allí estaban los puntos de venta de marcas internacionales como Bally, Chopard, Rolex, Paul & Shark, Prada. Ambler pasó frente a un establecimiento donde vendían ropa de hogar llamada Bette und Besser, y un elevado y moderno edificio que exhibía tres banderas como si fuera un consulado; de hecho, era una sucursal del banco UBS, que ostentaba las banderas del país, del cantón y del banco. Hal no tenía ninguna duda sobre cuál de ellas representaba la auténtica lealtad del banco. Sólo los hoteles —el Posthotel, con un cuerno icónico sobre sus gigantescas letras, o el Morosani Schweizerhof, con una imagen verde y negra de las tradicionales botas alpinas sobre su marquesina— indicaban cierto carácter local.

Es posible que Davos fuese uno de los lugares más remotos del mundo, pero el mundo estaba aquí, exhibiendo su plumaje metálico en todo su esplendor. Coches provistos de costosos neumáticos y potentes faros —Ambler vio un Honda azul oscuro, un Mercedes plateado, un Opel todoterreno compacto, un Ford monovolumen— circulaban por las calles. Aparte de eso, la batería de escaparates frente a él se asemejaba a un plató hollywoodiense, un decorado de Dodge City: uno recordaba lo estrecha que era la ciudad, porque la vastedad de las laderas que la rodeaban era casi siempre visible, una catarata helada de árboles que se precipitaba desde una cima invisible. La misma orografía del lugar —gigantescos e incomprensibles patrones de montañas, espirales y arcos como las huellas digitales de Dios— hacía que todo pareciese falso, temporal. El edificio más antiguo frente al que pasó Ambler era una austera y elegante estructura que decía «KANTONSPOLIZEI», una oficina de la policía cantonal. Pero sus residentes eran también huéspedes, que trataban de controlar lo que no podía ser controlado, las inamovibles montañas cubiertas de nieve, el alma humana ingobernable.

¿Y su alma? Lo cierto era que Hal estaba rendido, desbordado por una información que podía significar mucho o nada. Su estado de ánimo era tan sombrío y desolado como el día. Se sentía insignificante, impotente, aislado. *El hombre que no estaba allí.* Ni siquiera para sí mismo. Unas voces quedas y mordaces empezaron a resonar en su cabeza, desdeñosas, inquisitivas. Casi había alcanzado la cima de una montaña, pero se sentía como un náufrago en alta mar.

El suelo bajo sus pies parecía oscilar, suave e imperceptiblemente. ¿Qué le estaba ocurriendo? Sin duda se debía a la hipoxia —el mal de altura—, los efectos de elevadas altitudes en los que no estaban acostumbrados a ellas, que en ocasiones podía reducir la oxigenación de la sangre y causar confusión mental. Ambler respiró hondo el aire de la montaña y trató de orientarse. Cuando miró a su alrededor, tratando de asimilar las cumbres cortadas a pico que parecían alzarse a pocos centímetros de él, le sobrevino un ataque de claustrofobia que le retrotrajo a los espacios revestidos de caucho de Parrish Island; de pronto empezó a revivir la jerga a la que había estado sometido: trastorno disociativo de la identidad, fragmentación de la personalidad, paranoia, distonía abreactiva del ego. Era una locura —eran ellos quienes estaban locos, no él—, pero lo superaría, ya lo había superado, pues era la búsqueda de sí mismo lo que le había conducido hasta aquí.

A menos que esa odisea fuera en sí misma una locura.

Las sombras que Hal se esforzaba en desterrar de su mente se unían a las que le rodeaban.

La voz estentórea y exultante de un corpulento industrial: «Es El Hombre que No Estaba Allí... ¡Oficialmente no existe!»

El tono cauteloso del brillante y ciego Osiris: «Es la navaja de Occam: ¿cuál es la explicación más simple? Es más fácil alterar el contenido de tu mente que cambiar el mundo entero... Ya sabes..., esos programas conductistas de la década de 1950... Cambiaron los nombres de los programas, pero la investigación no se suspendió».

El psiquiatra con las gafas con montura negra, rectangular, el largo mechón castaño, los rotuladores... y las palabras que quemaban como una electrocauterización. «La pregunta que le formulo es la pregunta que debe plantearse usted mismo: ¿quién es usted?»

Ambler se dirigió trastabillando hacia un callejón y se colocó detrás de un contenedor de basura, apoyándose contra el muro y tratando, con un gemido ronco, de desterrar las clamorosas voces que se solapaban, el ruido infernal. No podía fracasar. No fracasaría. Volvió a respirar hondo un par de veces y cerró los ojos, diciéndose que era el recio viento lo que hacía que le lagrimearan. En el breve intervalo de oscuridad recobraría la compostura. Salvo que en su mente había aparecido ahora la imagen de la pantalla de un ordenador, no, varias pantallas, imposibles de ver con nitidez, salvo el cursor parpadeante en el centro de cada una de ellas, un cursor que pulsaba como una señal de advertencia al final de una breve línea:

Harrison Ambler no consta.

Ambler se agachó y se puso a vomitar. A la primera oleada de náuseas le siguió una segunda, más potente. Permaneció doblado, casi acuclillado, con las manos apoyadas en las rodillas, ajeno al frío, a todo, resollando como un perro en agosto. Otra voz, otro rostro, apareció en su mente, y era como si hubiera aparecido el sol, abrasando y haciendo desaparecer la lobreguez de su dolor y desesperación. «Yo creo en ti —dijo Laurel Holland abrazándolo—. Creo en ti, y tú también debes hacerlo.»

Al cabo de unos momentos, las náuseas remitieron. Hal se incorporó sintiendo una renovada energía y determinación. Se había alejado a nado de las oscuras profundidades de su psique y había alcanzado la superficie, había salido de una pesadilla que era la suya propia.

Ahora tenía que penetrar en otra pesadilla, sabiendo que si fracasaba, el mundo penetraría en ella y quizá no saliera nunca.

Tras consultar su reloj para verificar que no se había retrasado, Ambler se encaminó hacia el hotel más grande de Davos, el Steigenberger Hotel Belvedere, en el número 89 de Promenade, situado en diagonal con respecto a la entrada principal del Centro de Congresos. La gigantesca estructura era un antiguo sanatorio, construido en 1875. Su fachada de color rosa estaba tachonada de estrechas ventanas en arco que imitaban las aspilleras de los castillos de la época feudal. Pero los únicos conflictos visibles, durante la semana que duraba la conferencia anual del foro, se producían entre patrocinadores corporativos. KPMG ostentaba una enorme pancarta azul y blanca montada sobre la entrada del hotel, que rivalizaba con otra cercana que anunciaba un servicio de transporte y estaba decorada con los cuatro aros enlazados del logotipo de Audi. Ambler sintió que el pulso le latía aceleradamente cuando se aproximó a la entrada; a lo largo del camino de acceso circular del hotel, junto a los acostumbrados coches de lujo, había vehículos de transporte militar y un enorme todoterreno con una luz azul rectangular en el techo y una franja roja fluorescente en el costado, en la que en letras blancas estaba inscrita la leyenda «MILITÄR POLIZEI». Al otro lado de la calle, la acera estaba parapetada por una valla de acero de tres metros de altura coronada por unas afiladas puntas. Sobre la valla había una pancarta a rayas de colores con una firme advertencia «ZONA PROHIBIDA» en los tres idiomas suizos principales: «SPERRZONE, ZONE INTERDITE, ZONA SBARRATA».

Ambler sabía, por un mensaje de voz que había escuchado de camino, que Caston había conseguido una acreditación para la conferencia; había utilizado su influencia como alto funcionario de la CIA para que añadieran su nombre a la lista de invitados. Para Hal eso no sería posible; y hasta ahora Caston no había averiguado nada. La tarea, a fin de cuentas, requería percepción, no raciocinio.

O quizá requería un milagro.

En el vestíbulo del Belvedere había una amplia alfombra de sisal para limpiarse la nieve de los zapatos; más allá de la puerta de doble hoja, la alfombra de sisal daba paso a una elegante moqueta estilo Wilton con un sutil dibujo floral. Un rápido paseo por la planta baja reveló varios saloncitos adyacentes, así como un comedor cercado

con cuerdas de terciopelo rojo sujetas a barras verticales rematadas
por decorativas piñas de latón. Ambler regresó a un saloncito no lejos de la recepción del hotel, donde, desde un ángulo discreto, podía
observar a la gente que entraba en el establecimiento, y se sentó en
una copetuda butaca de cuero. Las paredes estaban tapizadas con
seda a rayas de color negro y borgoña. Hal se miró en un espejo en
la pared de enfrente, comprobando satisfecho que vestido con un
traje ojo de perdiz marengo, de aspecto caro, representaba el papel
que pretendía. Le tomarían por uno de tantos hombres de negocios
que, no siendo tan ilustres como los «participantes» del foro, habían
pagado elevadas sumas para asistir, es decir, aquellos cuyas solicitudes habían sido aceptadas. En el selecto ámbito del Foro Mundial
Económico, el invitado que pagaba era considerado con la condescendencia con que tratan a un chico pobre que asiste a un colegio
exclusivo gracias a una beca. En casa, esos hombres, en su mayoría
directores de empresas locales o alcaldes de ciudades de tamaño mediano, se creían los amos del universo; en Davos, eran unos paniaguados.

Ambler pidió un café solo a uno de los atareados pero afables
camareros y echó un vistazo a las publicaciones de negocios que
había en una mesita cercana: *Financial Times, The Wall Street
Journal, Forbes, Far Eastern Economic Review, Newsweek International* y *The Economist.* Cuando tomó *The Economist,* sintió un
pequeño sobresalto: en la portada había una fotografía de Liu Ang,
con aspecto risueño, sobre la contundente leyenda «DEVOLVER LA
REPÚBLICA DEL PUEBLO AL PUEBLO».

Leyó por encima el artículo de la portada, deteniéndose en
los llamativos subtítulos. Uno decía: «REGRESA LA TORTUGA DE
MAR»; otro anunciaba: «LA INFLUENCIA AMERICANA A DEBATE». A
menudo alzaba la vista para observar a los huéspedes del hotel
que entraban y salían. Al poco rato, localizó a un candidato que
prometía: un inglés de cuarenta y pocos años, con el pelo entrecano y rubio, alguien que seguramente trabajaba en la banca, a
juzgar por el cuello abotonado de la camisa y la corbata amarilla

con un pequeño dibujo. Acababa de entrar en el hotel y parecía enojado consigo mismo, como si hubiera dejado olvidado algo que necesitaba. Sus redondas mejillas estaban sonrosadas debido al frío, y su abrigo de cachemir negro tenía adheridos unos copos de nieve.

Ambler dejó unos francos suizos junto a su taza de café y alcanzó al hombre de negocios cuando se disponía a entrar en un ascensor. Logró colarse unos instantes antes de que la puerta se cerrase. El hombre de negocios oprimió el botón de la cuarta planta. Hal volvió a pulsarlo, como si no hubiera caído en la cuenta de que el botón ya estaba encendido. Observó el distintivo de la conferencia que lucía el inglés: decía «Martin Hibbard». Al cabo de unos momentos, Ambler salió del ascensor tras el hombre de negocios y echó a andar por el pasillo, fijándose en el número de habitación ante la que se detuvo, pero pasando de largo con paso rápido y doblando una esquina al final del pasillo. Cuando hubo desaparecido de la vista, Hal esperó hasta oír que la puerta se cerraba detrás del inglés. Medio minuto más tarde, volvía a abrirse. El sujeto salió portando un maletín de cuero y se dirigió hacia los ascensores. Dada la hora que era y su aire apresurado, como si llegara tarde a una reunión, Ambler dedujo que había quedado citado para almorzar y había ido a recoger unos documentos, los cuales llevaba en el maletín. Probablemente, se dirigiría al Centro de Congresos para asistir a una de esas sesiones que se celebraban a las dos y media y no regresaría a su habitación del hotel hasta al cabo de unas horas.

Volvió al vestíbulo y observó a los empleados de recepción que atendían en un elegante mostrador de caoba y mármol. Decidió dirigirse a una recepcionista de veintitantos años que llevaba los labios y los ojos demasiado pintados. No quería arriesgarse con un hombre de unos cuarenta años con la cabeza afeitada, aunque en esos momentos no estaba ocupado, ni con una mujer mayor que la otra, con el pelo canoso, una sonrisa forzada y cara de no haber dormido bien.

Cuando la joven terminó de atender a un huésped —un africano irritado por no poder cambiar nairas a francos suizos—, Ambler se acercó con expresión turbada.

—No sé si se me nota, pero soy un estúpido —dijo.

—¿Disculpe? —La joven hablaba inglés con un leve acento.

—No se disculpe. He dejado la tarjeta de acceso en mi habitación.

—No se preocupe, señor —respondió la mujer afablemente—. Ocurre con frecuencia.

—A mí, no. Me llamo Marty Hibbard. Mejor dicho, Martin Hibbard.

—¿Su número de habitación?

—El número de mi habitación... —Hal fingió devanarse los sesos—. Ah, ya me acuerdo, cuatro diecisiete.

La recepcionista detrás del mostrador de mármol le recompensó con una amplia sonrisa y tecleó unos códigos en su ordenador. Al cabo de unos momentos salió una nueva tarjeta de acceso de una máquina situada a su espalda, que entregó a Ambler.

—Disfrute de su estancia —dijo la recepcionista.

—Espero hacerlo —contestó Hal—. Gracias a usted.

La mujer sonrió agradecida ante el inesperado cumplido.

La habitación 417 era espaciosa y estaba decorada con elegancia. Las paredes estaban pintadas con colores delicados y los muebles eran exquisitos: una cómoda estilo Sheridan, una butaca orejera, un pequeño escritorio y una silla en una esquina de la estancia. No había una habitación disponible en toda la zona Davos-Klosters durante la última semana de enero, pero la que Ambler acababa de ocupar momentáneamente le bastaba, al menos durante un rato.

Hizo la llamada telefónica, apagó las luces, corrió las cortinas, incluyendo las interiores para que no pudiera verse la habitación desde fuera, y esperó.

Al cabo de diez minutos llamaron a la puerta. Se pegó a la pared junto al lado de la puerta que no estaba engoznada. Era un gesto habitual, algo que había aprendido durante su adiestramiento. Algo que un agente como Harrison Ambler hacía automáticamente.

Suponiendo que él fuera Harrison Ambler.

Hal sintió que le invadía una profunda ansiedad, como una columna de humo tóxico de una chimenea. Descorrió el cerrojo y abrió la puerta unos centímetros.

La habitación estaba a oscuras. Pero no era necesario que la viera; podía oler su aroma, su champú, el suavizante de su ropa, el perfume a miel que exhalaba su piel.

—¿Hal? —preguntó Laurel en un murmullo cerrando la puerta tras ella.

Ambler habló también en voz baja para no sobresaltarla.

—Estoy aquí —dijo esbozando una sonrisa tan involuntaria como un estornudo, un sollozo o una carcajada. Casi parecía iluminar la habitación.

Laurel se dirigió hacia donde sonaba su voz, le tocó la cara como una persona ciega y le acarició la mejilla. Estaba muy cerca de él y Hal sintió su calor, sus labios rozando los suyos. El contacto fue eléctrico. La abrazó, sintiendo su mejilla contra su pecho, besándola en el pelo, la oreja, el cuello, aspirando su aroma. Quería saborear cada momento junto a ella. Aunque sabía que quizá no sobreviviría a ese día, experimentó una curiosa sensación, la certeza de que, al margen de lo que le ocurriese, no moriría sintiendo que nadie le amaba.

—Laurel —murmuró—, yo...

Ella le besó, silenciándole, como si ese beso le diera renovado valor.

—Lo sé —dijo al cabo de unos instantes.

Ambler le tomó la cara entre sus manos y acarició suavemente sus mejillas, la delicada piel de debajo de sus ojos, que tenía húmedos.

—No es necesario que pronuncies las palabras —dijo Laurel con voz entrecortada por la emoción, pero con tono quedo.

Luego volvió a abrazarlo, alzándose de puntillas, dedujo Hal, para besarlo de nuevo. Durante unos momentos, él sólo fue consciente de Laurel: su calor, su olor, su cuerpo firme y dúctil apretujado contra el suyo, los latidos acompasados de su corazón, ¿o era el suyo? El resto del mundo se desvaneció: la habitación del hotel, la ciudad, la misión, incluso el mundo. No existía nada, sino ellos, dos personas que de alguna forma ya no eran dos. Hal sintió que Laurel se aferraba a él no con desesperación, sino con una extraña serenidad que les embargaba a los dos.

Al cabo de unos minutos ambos se relajaron y separaron, de nuevo dos personas. Ambler accionó el interruptor junto a la puerta. Al encenderse la luz, el espacio en el que se hallaban cambió también; se hizo más pequeño, más acogedor, las texturas y los colores le conferían un aire más íntimo. El aspecto de Laurel era el que él había imaginado, como si la imagen en su mente se hubiera materializado ante él: los grandes ojos castaños con motas verdes, rebosantes de deseo, amor, inquietud; la piel de porcelana y los labios carnosos, un poco entreabiertos. Era una expresión que irradiaba una total devoción, una expresión que rara vez se ve, salvo en las películas, pero que era real; estaba ahí, a su alcance, pensó Ambler. Era lo más real que existía.

—Gracias a Dios que estás bien, amor mío —dijo Laurel en voz baja—. Gracias a Dios.

—Qué hermosa eres —respondió Hal expresando sus pensamientos en voz alta sin pretenderlo. *Mi Ariadna.*

—Marchémonos de aquí —dijo ella al tiempo que una intensa expresión de esperanza transformaba su rostro—. Bajemos la montaña esquiando y no volvamos a mirar atrás.

—Laurel... —respondió él.

—Los dos solos —prosiguió ella—. Lo que sea, será. Estaremos juntos.

—Pronto —dijo Hal—. Dentro de unas horas.

Laurel pestañeó lentamente; había tratado de mantener su temor a raya, pero ya no podía reprimirlo.

—Amor mío —dijo—. Tengo un mal presentimiento. No puedo evitarlo. —Su voz temblaba; sus ojos estaban húmedos.

El temor que invadió a Ambler era un temor por Laurel, por su seguridad.

—¿Has hablado de ello con Caston?

Ella sonrió con tristeza mientras las lágrimas le corrían por las mejillas.

—¿Hablar con Caston sobre sentimientos? Él sólo habla de posibilidades y probabilidades.

—Ése es nuestro Caston.

—Posibilidades escasas y probabilidades remotas. —Laurel dejó de sonreír—. Creo que él también tiene un mal presentimiento. Pero no quiere reconocer que tiene sentimientos.

—A algunas personas les resulta más fácil ocultarlos.

—Dice que harás lo que debes hacer, al margen de lo remotas que sean las posibilidades de éxito.

—¿Eso se lo dijo su calculadora de bolsillo? —preguntó Ambler sacudiendo la cabeza—. Pero no se equivoca.

—No quiero perderte, Hal. —Cerró los ojos unos instantes—. No puedo perderte —dijo alzando la voz más de lo que pretendía.

—Dios santo, Laurel —exclamó él—. Yo tampoco quiero perderte. No obstante, hay algo curioso... —Ambler meneó la cabeza, pues eran unas palabras que no podía pronunciar, no podía esperar que nadie las comprendiese. Su vida hasta ahora había sido sórdida, sórdida para sí mismo. Nunca había pensado en ello, pero ahora lo comprendía. Porque ya no era sórdida. Contenía algo de un valor infinito. Contenía a Laurel.

Pero era precisamente debido a ella que él estaba ahí; era debido a ella que haría lo que debía hacer. No podía ocultarse, desaparecer en una gigantesca metrópoli suramericana, llevar una existencia anónima mientras estallaba una guerra entre las grandes potencias. El mundo en el que se hallaba Laurel era el mundo que de pronto le preocupaba. Eso era lo que pensaba Ambler, pero no podía decirlo en voz alta. Miró a la mujer que amaba unos momentos; ambos hacían acopio de valor para enfrentarse a lo que les aguardaba.

No dudes nunca de que un pequeño grupo de ciudadanos responsables y comprometidos pueden cambiar el mundo. Es lo único capaz de hacerlo.

Al recordar estas palabras Hal sintió un sabor a bilis en la boca. Era inimaginable el conflicto global que estallaría si la conspiración de los seguidores de Palmer prosperaba.

Se acercó a la ventana y observó el complejo de edificios bajos al otro lado de la calle: el Centro de Congresos. Había grupos de policías militares, vestidos casi de pies a cabeza de azul oscuro —era el color de sus pantalones con cremallera, sus chaquetas de nailon forradas y sus gorras de lana—, a excepción de una banda color turquesa en el interior de los cuellos de sus chaquetas, que llevaban levantados, y sus botas negras altas con cordones. Cuando estaban juntos, parecía como si hubieran traído consigo la noche. Elevadas vallas de acero tubular, parcialmente sepultadas en la nieve, dirigían a los visitantes hacia el punto de salida indicado. Ambler conocía prisiones de máxima seguridad más acogedoras que eso.

—Quizás a Caston se le ocurra una solución —comentó Laurel—. Ha conseguido meterme ahí. Aunque no me he enterado de nada.

—¿Que ha conseguido meterte ahí? —preguntó Hal estupefacto.

Laurel asintió con la cabeza.

—Argumentó que, técnicamente, puedo pasar como miembro de los servicios de inteligencia. Tengo una autorización de alto nivel, ¿comprendes? La oficina del Foro Económico Mundial obtuvo una confirmación oficial. El caso es que los encargados de Parrish Island disponemos también de una autorización de alto nivel, según las normas de ese tipo de centros, pero ¿cómo íbamos a saberlo? Se trata de las letras y los números que figuran junto con tu nombre, y Caston es un genio a la hora de descifrar el sistema.

—Por cierto, ¿dónde está?

—No tardará en llegar —respondió Laurel—. Yo me he adelantado. —No era necesario que explicara el motivo—. Pero quizá haya descubierto algo, una de esas «anomalías» suyas.

—Mira, Caston es un buen hombre, pero es un analista, se dedica a los números. Aquí tratamos con personas, no con la estela electrónica que dejan.

Alguien llamó a la puerta tres veces. Laurel reconoció la forma de llamar y abrió la puerta a Clayton Caston. Su gabardina de color tostado mostraba unas charreteras de nieve que se fundían en riachuelos sobre la parte delantera. Parecía agotado, más pálido de lo habitual. Portaba una bolsa negra, serigrafiada con el logotipo del Foro Económico Mundial. Miró a Ambler sin mostrar la menor sorpresa.

—¿Ha averiguado algo? —le preguntó éste.

—No mucho —respondió el auditor con expresión seria—. Estuve en el centro de congresos durante una hora y media. Como dije, ya había estado en otra ocasión, en un panel relacionado con instituciones financieras en paraísos fiscales y el blanqueo internacional de dinero. Siempre organizan numerosos seminarios técnicos, además de los acontecimientos más rimbombantes. Esta tarde me di una vuelta por allí, entré y salí de varios seminarios. Debería lucir un distintivo que dijera: «Pregúnteme lo que desee sobre flujos de capital transnacionales». Laurel también se dio una vuelta por ahí, pero al parecer tampoco ha tenido éxito.

—Ese lugar me puso nerviosa —confesó ella—. Reconoces muchas caras por haberlas visto en las revistas y los informativos de televisión. Te marea. Es un reflejo automático, pero al principio saludas a todas las personas con la cabeza porque te son familiares y crees que las conoces. Luego te das cuentas de que te son familiares porque son famosas.

Caston asintió con la cabeza.

—Davos hace que Bilderberg parezca la Cámara de Comercio de Muncie.

—Yo no dejaba de pensar que llamaba la atención allí, que todos se daban cuenta de que estaba fuera de lugar —prosiguió Laurel—. Y la idea de que uno de ellos..., uno de ellos... pudiera ser ese psicópata...

—No nos enfrentamos a un psicópata —respondió Ambler con cautela—. Nos enfrentamos a un profesional. Que es mucho peor. —Hizo una pausa—. Pero la buena noticia es que ambos pudisteis entrar —dijo—. Eso fue gracias a usted, Caston, y aún no sé cómo lo logró.

—No olvide que soy un alto funcionario de la CIA —contestó el auditor—. Pedí a mi ayudante que llamara a la oficina del presidente ejecutivo para que añadieran mi nombre al grupo de asistentes de Washington. Una llamada oficial de Langley, seguida por una llamada de los de aquí para confirmar los datos, garantías de seguridad y demás. No pusieron ninguna pega.

—¿No les importa tener aquí a espías sentados a la mesa?

—¿Importarles? Les encanta. Sigue sin entenderlo. En Davos todo se centra en el poder. Todo tipo de poder. Les chifla que asista el director en persona de la CIA, quien por cierto vino hace un par de años, pero se conforman con tener a un alto funcionario de la agencia.

—¿Y consiguió que Laurel entrara por el mismo procedimiento?

—Lo consiguió mi asistente. La describimos como una especialista en psiquiatría perteneciente a los Servicios Conjuntos de Inteligencia, que es la designación técnica de Laurel. Por lo demás, dispone de un nivel de autorización doce A-cincuenta y seis J, que es obligatorio para el personal de Parrish Island. La solicitud de última hora era un tanto irregular, aunque no insólita, tanto más cuanto que están acostumbrados a tratar con gente de los servicios de inteligencia estadounidenses. El resto fue una cuestión de elisión, por decirlo así.

—Pero imagino que los del Foro Económico Mundial no se conformarían con su palabra, Caston.

—Por supuesto. Llamaron a Langley, localizaron mi oficina a través de la centralita, un trámite normal, y mantuvieron una segunda conversación con mi asistente. Deduzco que éste insinuó que era un favor especial para el director de la CIA y el secretario de Estado. Luego les proporcionó una contraseña de conocimiento cero para que verificaran los datos. Verá, existe un sistema de acceso limitado de verificación Intranet desarrollado para operaciones realizadas en colaboración con otras naciones. La ventaja es que pueden obtener un listado abreviado del personal, que nosotros llamamos un «recorte», el cual les ofrece una confirmación a nivel C de lo que les hemos dicho. Mi oficina les transmite luego una fotografía digital para la tarjeta de seguridad y asunto resuelto.

—Casi he entendido lo que acaba de decir —comentó Ambler ladeando la cabeza—. Pero un momento, usted dijo que el sistema de seguridad aquí era infalible.

—Prácticamente infalible. ¿Me toma por idiota?

—¿De modo que podría hacer lo mismo por mí?

—Mmm, deje que lo piense. ¿Figura en la nómina de empleados de la CIA? —Caston pestañeó para no poner los ojos en blanco—. ¿Tienen su historial en la división de Servicios Conjuntos de Inteligencia? Si llaman a la centralita en Langley para verificar su cargo y rango, ¿qué les dirán?

—Pero...

—Harrison Ambler no existe —le espetó Caston—. ¿O lo ha olvidado? Lamento darle la noticia, pero le han borrado del mapa, ¿vale? El Foro Económico Mundial trafica con datos, bits y bytes. Es un mundo de firmas digitales, archivos digitales, confirmación digital. Me resultaría más fácil conseguir que el WEF facilitara un distintivo de seguridad a Bigfoot, al Yeti o al dichoso monstruo del lago Ness. Ellos tampoco existen, pero al menos los encuentras en Internet.

—¿Ha terminado?

—Sí, y me temo que nosotros también estamos acabados —replicó Caston con ojos centelleantes—. Siempre sospeché que usted había ideado un plan genial. Lo malo es que es más insensato de lo que yo había supuesto. ¡Se lanza de cabeza al desastre sin un plan! No piensa en las consecuencias... No piensa, punto. Desde el principio, nuestras probabilidades de éxito eran entre escasas y nulas. Ahora podemos descartar lo de escasas.

Ambler sintió como si la fuerza de la gravedad se hubiera duplicado de golpe, como si sus piernas fueran de plomo.

—Explíqueme cómo está organizado físicamente el sistema de distintivos de seguridad.

—No puede colarse ahí por la cara, si es lo que está pensando —respondió Caston con tono hosco—. Ni tampoco puede entrar por medio de otros trucos, como ése que utiliza de tratar de adivinar el pensamiento de los demás. El sistema es muy simple e imposible de burlar. —Se desabrochó la americana de lana y poliéster gris (Hal observó que olía a naftalina) y les mostró el distintivo que lucía colgado de un cordel de nailon blanco alrededor del cuello. Era aparentemente muy simple: un rectángulo blanco de plástico, con una fotografía de Caston a la izquierda de su nombre; debajo había un holograma cuadrado plateado, y encima una banda de color azul. El auditor le dio la vuelta, mostrando la tira magnética en el dorso.

—El mío es igual —terció Laurel—. No parece muy complicado. ¿No podríamos robar uno y modificarlo?

Caston negó con la cabeza.

—Cuando entras, pasas la tarjeta a través de un lector. La tarjeta contiene una firma digital que activa un archivo de invitados en un ordenador. Ahora bien, el ordenador en la puerta posee el tipo de ciberseguridad más potente que cabe imaginar: está física, eléctrica y electrónicamente aislado de redes inseguras. Dicho de otro modo, no está conectado a Internet, de modo que no puedes entrar en él. Hay un guardia apostado frente a un monitor, y cada vez que una tarjeta es leída, el nombre y la fotografía que facilita el ordenador aparecen en la pantalla. De modo que si uno no está en el ordenador, está jodido.

—¿Ése es el término técnico?

—Además tienes que pasar por un detector de metales, como en un aeropuerto —prosiguió Caston—. Tienes que dejar la chaqueta, las llaves y todo lo demás en una cinta transportadora.

—¿Lo suficiente para impedir la entrada a un asesino? —preguntó Laurel.

—Hablamos de alguien que lleva planificando esto desde hace meses, quizás años —respondió Caston. Miró a Ambler—. Dispone de unas dos horas.

Ambler se acercó a la ventana y observó de nuevo la desapacible tarde. Nevaba lenta, pero sistemáticamente.

¿Qué opciones tenía? Sintió que le invadía el pánico, pero sabía que tenía que mantener a raya sus emociones. Podían paralizarlo, impedirle actuar, hacerle perder el contacto con su instinto.

—¿Y si dices que has perdido la tarjeta? —preguntó Laurel.

—Te dicen que lo sienten y te acompañan a la salida —respondió Caston—. Cuando estuve aquí hace unos años ocurrió un caso semejante. Les tiene sin cuidado, aunque seas el rey de Marruecos. Toda persona que entra ahí tiene que llevar una tarjeta colgada del cuello.

—¿Incluso los jefes de Estado? —insistió Laurel.

—Acabo de ver al vicepresidente de Estados Unidos. Lucía un traje azul oscuro y una corbata amarilla. Y una tarjeta de identificación de Davos colgando unos diez centímetros debajo del nudo. Es bien simple, pero a prueba de bomba. Esa gente no se la juega. No han tenido un fallo de seguridad en tres décadas, y hay un motivo para ello.

Cuando Ambler se volvió hacia ellos, Laurel le miró expectante.

—Tiene que haber algún medio. El factor humano, como dices siempre.

Hal oyó las palabras de Laurel como si provinieran de lejos. Imaginó varios escenarios, que consideró, analizó y rechazó al cabo de unos segundos. Casi toda organización tenía la porosidad del criterio humano, porque los detalles prácticos del día a día exigían cierto grado de flexibilidad. Pero la reunión anual del Foro Económico Mundial no era una institución como tantas otras. Era un acontecimiento especial que duraba tan sólo una semana. Aquí las reglas eran infinitamente estrictas. No transcurría el tiempo suficiente para que los funcionarios de seguridad empezaran a dar ciertas cosas por sentado.

Ambler observó la bolsa negra del WEF que había traído Caston, la cual contenía el material que entregaban a los asistentes en la entrada. La tomó y vació su contenido sobre la cama. Había un ejemplar de *Global Agenda*, la revista del WEF preparada para la ocasión, y una carpeta blanca que contenía el programa de acontecimientos. Hal la hojeó: página tras página se enumeraban los paneles, los cuales ostentaban unos títulos tan aburridos como «¿Adónde se dirige la gestión del agua?», «Asegurar el sistema sanitario global: ¿amigos o enemigos?», «Hacia un nuevo Bretton Woods». Contenía el programa de discursos del secretario general de Naciones Unidas, el vicepresidente de Estados Unidos, el presidente de Pakistán y otros; el discurso de Liu Ang era evidentemente el acontecimiento culminante y clave. Ambler cerró la carpeta y tomó un libro pequeño, grueso, casi cúbico, en el que figuraban todos los «participantes» en la reunión anual del WEF, casi mil quinientas páginas que mostraban la fotografía de cada uno de ellos, seguida por una biografía profesional escrita en una letra pequeña de palo seco.

—Fijaos en esos rostros —dijo deslizando el pulgar a lo ancho del libro, pasando las páginas rápidamente.

—Parece una rueda de reconocimiento —comentó Laurel. La frustración empezaba a impregnar la atmósfera.

De pronto Caston se incorporó.

—Una rueda de reconocimiento —repitió.

Ambler le miró y vio algo en sus ojos que casi le alarmó. Parecían girar dentro de las órbitas.

—¿A qué se refiere? —preguntó Hal en voz baja.

—Las ruedas de reconocimiento deberían estar prohibidas —respondió Caston—. Son responsables de un gran número de condenas falsas. El índice de error es insoportable.

—Está cansado —se apresuró a decir Laurel volviéndose hacia Ambler con expresión preocupada—. Apenas ha dormido en el tren.

—Deja que siga —contestó él con tono quedo.

—Porque los testigos oculares son altamente falibles —prosiguió Caston—. Ves a alguien cometer una fechoría y te inducen a creer que una de las personas de la rueda de reconocimiento puede ser la que viste. De modo que miras y... La mayoría de la gente sigue una determinada heurística. Eligen a quien se parece más a la persona que recuerdan.

—¿Y eso por qué representa un problema? —preguntó Laurel sin comprender.

—Porque la persona que se parece más a la que recuerdas no es necesariamente esa persona. Dicen: «Es la número cuatro», «Es la número dos». Y a veces la persona número cuatro o número dos es un policía o alguien que han incluido en la rueda de reconocimiento para despistar, y no ocurre nada grave. Los investigadores dan las gracias al testigo y se despiden de él. Pero, a veces, ese tipo es un sospechoso. No es el criminal, pero es un sospechoso. Se da la circunstancia de que es el que más se parece al individuo que viste. Pero no es el individuo que viste. De pronto, tienes a un testigo ocular declarando contra el sospechoso. «¿Puede señalar a la persona que vio la otra noche?» y todo eso. El jurado imagina que es un caso claro. Ahora, hay un medio de averiguar lo que un testigo ocular vio sin esa distorsión: aplicando el método *seriatim*. Le muestras las fotografías de varias personas, no al mismo tiempo, sino una tras otra. Preguntas: «¿Es esa persona, sí o no?» Con el método *seriatim*, el índice de error en la identificación de un criminal disminuye de un siete por ciento a menos de un uno por ciento. Es indignante que las fuerzas del orden no estén al tanto de esas estadísticas básicas. —Caston alzó de repente la vista—. Pero a lo que voy: en el mundo real, una identificación aproximada en ocasiones resulta útil. —Pestañeó—. Los datos son muy claros al respecto. De modo que se trata de buscar a la persona que se parezca más a usted. Mil quinientos rostros... Es un espacio de muestreo con el que podemos trabajar.

Ambler no respondió de inmediato.

Cuando Caston se situó junto a él, Hal empezó a pasar las páginas del libro, rápida, metódicamente, con el dedo humedecido, casi de forma mecánica.

—Quiero que tú mires también estas fotografías —le dijo a Laurel—. Si alguien se parece lo suficientemente a mí, te darás cuenta enseguida. No lo pienses. Limítate a mirar, a experimentarlo. Si es factible, lo sabrás al instante.

Los rostros pasaron volando, aproximadamente dos por segundo.

—Espera —dijo Laurel.

Caston pegó un Post-it rectangular en la página y dijo:

—Continúe.

Ambler obedeció y siguió pasando las siguientes cien páginas hasta que se detuvo en una. Caston pegó otro Post-it, y Hal reanudó su tarea. Cuando apareció el rostro de Ashton Palmer, Ambler se detuvo brevemente. Ninguno de ellos dijo nada. No era necesario. Lo mismo ocurrió cuando Hal llegó a la página en que aparecía Ellen Whitfield. Mostraba un aspecto atractivo, al igual que su mentor mostraba un aire distinguido, pero la foto oficial de tamaño de un sello de correos no traslucía la astuta inteligencia y ambición que poseían ambos.

Cuando Ambler hubo pasado todas las páginas del libro, habían señalado cuatro de ellas. Hal entregó el libro a Caston.

—Usted las verá con una mirada fresca. Eche una ojeada.

El auditor examinó las cuatro páginas señaladas.

—La tercera —dijo, y le pasó el libro a Laurel, que hizo lo propio.

—Probablemente la tercera —dijo Laurel, aunque un tanto indecisa.

Ambler abrió el libro por la tercera página que habían señalado y la arrancó. Leyó la biografía de ese hombre.

—No creo que guarde un gran parecido conmigo —comentó casi para sus adentros—. Pero confieso que hoy en día me cuesta recordar qué aspecto tengo. —Miró de nuevo la fotografía en blanco y negro. Los ojos del hombre reflejaban una engreída severidad, rayana en la altivez, aunque era difícil adivinar si era su auténtico talante o se debía a la fotografía.

Se llamaba Jozef Vrabel, y era el presidente de V&S Slovakia, una compañía radicada en Bratislava que estaba especializada en «soluciones, servicios y productos inalámbricos, y seguridad en redes de acceso».

—No quisiera ser una aguafiestas —dijo Laurel—, pero ¿cómo vamos a conseguir la tarjeta de ese tipo?

—A mí que me registren —respondió Caston encogiéndose de hombros—. Pregúnteselo a don Factor Humano.

—¿Podremos localizarlo? —Ambler se volvió hacia Caston y luego miró de nuevo por la ventana. Sabía que en el tejado, dos pisos más arriba, había apostados un par de tiradores de élite. Pero ¿de qué servían las armas sin un blanco? Qué ironía que en primer lugar tuviera que engañar a unos policías que, al igual que él, pretendían garantizar la seguridad. Los enemigos de sus enemigos eran sus enemigos.

Fijó la vista en un muro alargado, de color azul oscuro —una barrera sólida, pero movible— que se alzaba frente a la fachada de hormigón. Sobre éste había varios rectángulos blancos de gran tamaño que ostentaban un logotipo azul: «FORO ECONÓMICO MUNDIAL», cada palabra dispuesta verticalmente una encima de la otra, con una delgada media luna enlazada a través de las oes. A la izquierda, había un letrero con el mismo logotipo, y unas flechas que dirigían a los «MEDIOS INFORMATIVOS/PERSONAL» hacia una entrada distinta de la «puerta central» reservada a los participantes.

Ambler experimentó una mezcla de temor, impotencia y furia,

cuyo resultado constituía una aleación más fuerte que cualquiera de sus componentes: una aleación de firme determinación.

Tardó unos momentos en darse cuenta de que Caston estaba hablando.

—Los prodigios de la tecnología —dijo el genio de los números—. El Centro de Congresos y muchos hoteles comparten una Intranet para que uno pueda localizar a una o varias personas. La conexión de redes es clave en Davos.

—¿Entró en la Intranet cuando estuvo ahí, Caston?

—No me dedico a consultar la Intranet —respondió él irritado—. Analizo las redes. Aunque si voy al vestíbulo, seguro que tendrán una terminal allí. Puedo teclear el nombre de ese tipo y comprobar a qué eventos piensa asistir. Porque hay que inscribirse. Luego...

—Luego lo localiza, le dice que se ha producido una emergencia y lo saca del centro.

Caston tosió.

—¿Yo?

—¿Es un buen embustero?

Tras reflexionar unos instantes, el auditor respondió:

—Mediocre.

—Con eso basta —dijo Ambler dándole una palmada de aliento en el hombro. Al auditor pareció turbarle ese gesto—. A veces, cuando algo merece la pena, hay que arriesgarse.

—Si puedo ayudar... —apuntó Laurel.

—Te necesitaré al frente de la logística —le dijo Hal. Acto seguido se lo explicó—: Necesitaré unos prismáticos potentes . Hay más de mil personas en el centro. Según la agenda oficial, el presidente de China hablará en la Sala de Congresos.

—Es la sala más grande —dijo Caston—. Tiene un aforo para aproximadamente mil personas. Quizá más.

—Ésos son muchos, muchos rostros, y no podré aproximarme a ellos.

—Si te paseas con unos prismáticos colgados alrededor del

cuello, llamarás la atención —le advirtió Laurel—. Lo cual no te conviene.

—Te refieres a la vigilancia de seguridad.

—El lugar está lleno de cámaras —dijo ella—, incluidas las de televisión.

—¿Cómo lo sabes?

—Charlé con uno de los cámaras —respondió Laurel—. Supuse que podía averiguar algo útil. Resulta que el Foro Económico Mundial graba numerosos acontecimientos para sus archivos, pero aparte de eso, los acontecimientos más importantes, las sesiones plenarias y algunos foros abiertos son grabados por algunas de las televisiones más importantes. La BBC, CNN International, Sky TV, SBC y otras. Esas cámaras están equipadas con objetivos increíbles, miré a través del visor de una de ellas.

Ambler ladeó la cabeza.

—Así que pensé que podías utilizar una de esos objetivos, por el zoom. Esas cámaras de televisión son portátiles y van provistas de un potente zoom óptico. Eso es mejor que unos prismáticos. Y no llamarías la atención.

Hal sintió un pequeño estremecimiento de emoción.

—Cielo santo, Laurel.

—No sé por qué te extraña tanto que se me haya ocurrido una buena idea —replicó ella en broma—. Lo único que me preocupa es por qué acarrearía el presidente de V&S Slovakia una cámara por el centro de congresos.

—Eso no representará un problema cuando esté dentro —terció Caston—. Necesita el distintivo para entrar. Cuando esté dentro, nadie le prestará mucha atención. El distintivo no indica su afiliación, sólo su nombre. Cuando haya logrado entrar, la cosa cambia.

—¿Cómo conseguiremos una cámara? —preguntó Ambler.

—No es ningún problema, sé cómo hacerme con un par de ellas —respondió Laurel—. El tipo con el que hablé me mostró un almacén lleno de cámaras.

—Oye, mira, Laurel, no estás preparada para una operación...

—¿Está en un bote salvavidas y quiere comprobar si alguien tiene licencia de patrón de barco? —inquirió Caston con socarronería—. Pensé que el obsesionado con las reglas era yo.

—Lo cierto es que me será más fácil a mí que a «Jozef Vrabel» entrar en ese almacén —declaró Laurel—. Ya he tenido amigables charlas con los chicos que entran y salen de él. —Luego, adoptando el aire de una mujer fatal, añadió—: Puede que no tenga conocimientos, pero tengo otros atributos...

Ambler la miró.

—¿Ah, sí?

—Sí —respondió Laurel con una media sonrisa.

Lo curioso, pensó Adrian Choi, sentado ante la mesa maravillosamente ordenada de Clayton Caston, era que su jefe conseguía generarle tanto trabajo cuando estaba ausente como cuando estaba en la oficina. Sus últimas llamadas telefónicas habían sido breves, apresuradas y crípticas. Muchas preguntas apremiantes, sin ninguna explicación. Todo era muy misterioso.

Adrian se lo estaba pasando bomba.

Incluso gozaba de una leve resaca esa mañana. ¡Una resaca! Una sensación insólita para él. Era muy... Derek St. John. En esas novelas de intriga de Clive McCarthy, Derek St. John siempre era propenso a los excesos. «Demasiado nunca es suficiente» era uno de sus lemas; otro era: «La gratificación instantánea me irrita». Debido a su trabajo, tenía que pasar muchas largas veladas seduciendo a mujeres hermosas, pidiendo champán caro cuyos nombres franceses Adrian ni siquiera sabía pronunciar y que invariablemente le producía una resaca matutina. «Se pronuncia "Sin-jin", explicaba el superespía con tono zalamero y socarrón a las mujeres que no sabían pronunciar su apellido. «Con el acento sobre "sin".» Derek St. John tenía incluso una receta para superar la resaca, detallada en la novel *Operación Atlantis* de Clive McCarthy, pero contenía huevos crudos, y a Adrian no le parecía una buena idea comer huevos crudos.

No es que hubiese pasado la velada con una supermodelo de piernas larguísimas que resultaba ser socia de un tetrapléjico criminal que habitaba en un satélite especial con cero gravedad que orbitaba la Tierra, que era lo que había ocurrido en *Operación Atlantis*. Las veladas de Adrian eran mucho más prosaicas. De hecho, al pensar en ello, sintió ciertos remordimientos de conciencia, cosa que Derek St. John jamás sentía.

La chica se llamaba Caitlin Easton, y era asistente administrativa en el Centro Común de Recursos. Por teléfono su voz había sonado risueña y atractiva una vez que Adrian había logrado romper el hielo. Había tenido que ocultar su decepción cuando se habían encontrado en Grenville's Grill. La joven era algo más rolliza de lo que él había imaginado, y había observado que tenía un incipiente grano en la nariz. El lugar al que la había llevado no era gran cosa: Grenville's Grill era un autodenominado «restaurante» en Tysons Corner, donde los camareros arrojaban sobre la mesa las gigantescas cartas plastificadas, servían patatas fritas en irritantes cestitas forradas con una servilleta y clavaban mondadientes en el club sándwich. Pero les pillaba de camino a los dos. No obstante, a medida que conversaban Adrian había comprobado que la chica tenía un buen sentido del humor y, en términos generales, había pasado un buen rato con ella. Cuando le había dicho su nombre completo, diciendo «Me llamo Adrian Choi, con el acento en "oi"», la joven se había reído, aunque no debía de haber captado la referencia. Caitlin se había reído de muchas de las cosas que había dicho Adrian, incluso cuando no eran especialmente cómicas, lo cual le habían proporcionado un subidón. Era una chica muy simpática.

Entonces, ¿a qué venían esos remordimientos? Pues porque la había utilizado. Adrian le había dicho: «Oye, si no tienes plan después del trabajo, podemos tomarnos una copa y comer algo, ¿te parece?» No le había dicho: «Vosotros tenéis algo que mi jefe necesita». De modo que toda la operación era un tanto encubierta. Y, a fin de cuentas, Caitlin Easton no era un agente enemigo; era tan sólo una administrativa encargada de los archivos, para decirlo claramente.

Sonó el teléfono, una llamada interna. ¿Caitlin?

Sí, era ella.

Adrian respiró hondo.

—Hola —dijo, sorprendiéndose a sí mismo; sonaba más relajado de lo que se sentía.

—Hola —respondió Caitlin.

—Anoche fue estupendo.

—Sí —contestó ella. Luego bajó la voz—. Escucha, creo que tengo algo para ti.

—¿De veras?

—Sí —respondió la chica—. No quiero que tengas más problemas con tu jefe.

—¿Te refieres a...?

—Sí,

—No sé cómo darte las gracias, Caitlin.

—Ya se te ocurrirá algo —dijo ella con una risita.

Adrian se sonrojó.

La primera vez que Ambler vio a Jozef Vrabel sintió que se la caía el alma a los pies: la persona que había elegido como su doble era un hombre de aspecto insignificante, que medía apenas un metro sesenta y cinco de estatura y que tenía la cabeza pequeña, los hombros estrechos, un vientre protuberante y las caderas anchas; parecía una peonza humana. No obstante, si Caston estaba en lo cierto, bastaba con que se pareciesen en los rasgos faciales, y su rostro guardaba la suficiente semejanza con el de Hal para convencer a alguien que le echara un rápido vistazo en busca de similitudes en lugar de diferencias.

—No lo entiendo —repetía el hombre de negocios eslovaco,

vestido con un deslucido traje de gabardina color pardo, mientras Caston le conducía fuera del Centro de Congresos. Las nubes transformaban la calle en una versión grisácea de sí misma, un cuadro pintado en tonos grises.

—Sé que es absurdo —respondió el auditor—. Pero la agencia ha negociado un acuerdo con Slovakia Telecom, y es nuestra última oportunidad de reconsiderar el asunto. Casi hemos agotado el período de valoración y análisis de la inversión. De lo contrario, el acuerdo entrará en vigor contractualmente a las doce de esta noche.

—Pero ¿por qué no se pusieron en contacto con nosotros para informarnos? Es increíble que hayan esperado hasta el último momento. —El eslovaco hablaba un inglés con acento, pero fluido.

—¿Le sorprende que el gobierno de Estados Unidos la haya pifiado con una solicitud de propuesta? ¿Me pregunta cómo es posible que nuestro gobierno federal la haya pifiado con respecto al proceso de ofertas?

El eslovaco dio un respingo.

—Dicho así...

Ambler, que se había situado al otro lado de la calle, se encaminó hacia el hombre de negocios.

—¿Señor Vrabel? Soy Andy Halverson, de la Administración de Servicios Generales de Estados Unidos. Mi colega Clay opina que estamos a punto de cometer un error que nos costará muy caro. Necesito saber si tiene razón.

Caston carraspeó para aclararse la garganta.

—La oferta actual nos costará un veinte por ciento más que nuestro presente acuerdo de telefonía. Incluso con elementos de seguridad añadidos, a mi entender salimos perdiendo en el trato.

—¡Es un acuerdo inaceptable! —exclamó el eslovaco bajo y rechoncho—. Debieron hablar con nosotros.

Caston se volvió hacia Ambler encogiéndose de hombros, como diciendo «ya te lo dije».

Hal mostraba el talante de un burócrata temeroso de futuras represalias, pero decidido a evitar una crisis en tanto fuera posible.

—En nuestra oficina tenemos un montón de gente cuya tarea es precisamente ésa —dijo con tono neutro—. Supongo que no se han molestado en hablar con Bratislava. El caso es que nos dijeron que Slovakia Telecom tenía copado el mercado.

—Hace dos años, es posible —terció Caston, mientras Vrabel balbucía con incredulidad—. Estáis a punto de firmar un contrato de doscientos millones de dólares, Andy, ¿y os basáis en un análisis de mercado de hace dos años? Me alegra no ser la persona que tendrá que explicárselo al Congreso.

Ambler observó que, poco a poco, Vrabel, la peonza humana, comenzó a erguirse, a enderezar la espalda. Su enojo por haber sido obligado a abandonar la conferencia titulada «Dos economías, una alianza» dio paso a cierto deleite al presenciar las mutuas recriminaciones entre dos poderosos funcionarios norteamericanos, y la perspectiva de un lucrativo contrato con el gobierno estadounidense.

El rostro del eslovaco se relajó, y sonrió jovialmente.

—Caballeros, es tarde, pero confío en que no demasiado tarde. Creo que lograremos llegar a un acuerdo.

Los dos americanos lo condujeron a una pequeña sala de conferencias situada en la segunda planta del Belvedere, después de asegurarse de que estaría vacía hasta que un «grupo de trabajo» de ASEAN (la Asociación de Naciones del Sudeste Asiático) llegara dentro de una hora. Ambler sabía que podrían ocupar la sala de conferencias, aunque brevemente, siempre y cuando dieran la impresión de estar allí por derecho propio. Los empleados del hotel, desconcertados por su aspecto, supondrían que eran ellos quienes habían cometido un error y, dado el número de VIPS residentes en el hotel, su principal prioridad sería evitar ofenderles.

Laurel, vestida con un austero conjunto compuesto por una falda gris y una blusa blanca, se reunió con Hal y Caston en la pequeña sala de conferencias y se acercó a Jozef Vrabel empuñando un artilugio negro semejante a un bastón.

Ambler dijo con tono de disculpa:

—Es una simple formalidad. Técnicamente, cuando mantenemos una reunión fuera de nuestras oficinas sobre lo que consideramos información confidencial, tenemos que asegurarnos de que nadie lleva un aparato de escucha.

Laurel movió el artilugio —confeccionado con dos mandos de televisión— sobre las extremidades del eslovaco y luego sobre su torso. Cuando se acercó al distintivo de identificación, se detuvo y dijo:

—Permítame que le quite la tarjeta con su nombre, señor... Me temo que el chip que contiene genera interferencias.

Vrabel accedió con un gesto de la cabeza y Laurel se colocó detrás de él, fingiendo pasar el artilugio sobre su espalda.

—Muy bien —dijo al cabo de unos momentos. Volvió a colgar el cordón de nailon alrededor del cuello del eslovaco, metiendo la tarjeta debajo de la solapa. Puesto que nadie miraba su tarjeta de identificación cuando la llevaba puesta, Vrabel no tendría ocasión de comprobar que ésta había sido sustituida por una tarjeta de miembro de la Triple A.

—Siéntese —dijo Ambler indicando una silla—. ¿Le apetece un café?

—Un té, por favor —respondió el eslovaco.

—De acuerdo, un té. —Hal se volvió hacia Caston y preguntó—: ¿Tienes las condiciones de la oferta?

—¿Aquí? Podemos descargar los archivos encriptados, pero tenemos que utilizar uno de nuestros ordenadores. —Caston recitó el guión con cierta rigidez, pero cabía achacarlo al hecho de sentirse abochornado—. Los chicos que manejan los ordenadores ya están conectados.

—Joder —exclamó Ambler—. ¿En el Schatzalp? No puedes pretender que el señor Vrabel suba la montaña en funicular hasta el Schatzalp. Está demasiado lejos. Es un hombre muy ocupado. Todos lo estamos. Olvídalo. Déjalo correr.

—Pero es un mal acuerdo —protestó Caston—. No puedes...

—Yo afrontaré las consecuencias. —Hal se volvió hacia el eslovaco—. Lamento haberle hecho perder el tiempo,

Vrabel dijo con tono magnánimo:

—Por favor, caballeros. Su país merece la más alta consideración, que una pandilla de incompetentes no pueden destruir. Los
intereses de mis accionistas están en sintonía con los suyos. Lléven-
me al funicular. Lo cierto es que confiaba en tener la oportunidad
de visitar el Schatzalp. Me han dicho que no debo perdérmelo.

—¿Seguro que desea hacerlo?

—Por supuesto —respondió el eslovaco con una sonrisa de
doscientos millones de dólares—. Por supuesto.

Ante la entrada principal al Centro de Congresos, la cola avanzaba
rauda entre dos vallas movibles de acero y un no menos infran-
queable cordón humano de policías militares, con las mejillas sonrosadas debido al frío y el aliento formando nubecillas de vapor en
el gélido ambiente. Más allá de la entrada, a la izquierda, había
guardarropías con encargados muy eficientes. Luego estaba el área
de seguridad, en la que había media docena de guardias. Ambler se
quitó el abrigo pausadamente, palpándose como si temiera haber
olvidado algo en él. Quería ganar tiempo antes de entrar, asegurarse de tener varias personas delante y detrás de él. Lucía un *blazer*
sin corbata; la tarjeta de identificación colgaba alrededor de su
cuello, junto al tercer botón de la camisa.

Por fin vio entrar a un grupo de hombres y mujeres y se apresuró a colocarse en la cola ante el mostrador de seguridad.

—¡Qué frío hace fuera! —dijo al hombre sentado junto al monitor del ordenador con un acento centroeuropeo pasable—. Pero
supongo que ustedes están acostumbrados. —Hal pasó su tarjeta a
través del lector y se dio unas palmadas en las mejillas como si las
tuviera heladas. El hombre sentado ante el monitor miró la pantalla y luego a Ambler. Se encendió una luz verde junto al torniquete
y Hal pasó a través de la barrera.

Había conseguido entrar.

Sintió un estremecimiento, como si un pajarillo se agitara en su interior, y comprendió que era esperanza.

La esperanza. Quizá la más peligrosa de las emociones, y quizá la más necesaria.

32

El interior daba la impresión de ser el exterior; pasar de la luz mortecina de Davos a la vasta arena del Centro de Congresos era como salir de un teatro a oscuras a la luz del día. Cada rincón estaba intensamente iluminado, las paredes y los suelos presentaban cálidas tonalidades crema, tostado, ocre. A la izquierda del primer inmenso atrio había paneles del globo dibujados —continentes o partes de continentes— en colores marrones, con líneas curvadas entrecruzadas de latitud y longitud, como proyectados a partir de un globo terráqueo. Ambler se adentró en el espacio que bullía de actividad, casi exageradamente alerta a cuanto le rodeaba. El techo, a seis metros del suelo, consistía en un espacio abovedado formado por estrechas tablas, dando la impresión de que uno se hallaba dentro de un enorme arco. Hal se detuvo ante un espacio con asientos donde servían café en unas mesitas redondas con la superficie de cristal. Entre las mesas estaban dispuestas pesadas macetas marrones que contenían orquídeas. Unas letras en relieve sobre una pared de color oscuro proclamaban que la zona era el «CAFÉ DEL MUNDO». La pared estaba decorada con los nombres horizontales de países intersectados por mayúsculas dispuestas en sentido vertical, como un acróstico. Las mayúsculas eran de color blanco, los nombres de los países marrón oscuro, salvo la letra que se solapaba con otra. La «a» de Polonia constituía la «a» de Varsovia; la «o» de Mozambique era la «o» de Maputo; en la «I» de la India se leía en vertical «Nueva Delhi». Ambler se preguntó si algunos países como Perú e Italia no se habían quejado.

Con todo, no podía por menos de sentirse impresionado por el exquisito cuidado que habían puesto en cada detalle. La reunión anual del foro se celebraba la última semana de enero, tras lo cual todas las paredes eran repintadas y todas las esculturas y elementos decorativos guardados en un almacén, pero el decorado mostraba un nivel de atención al detalle que incluso las estructuras permanentes rara vez recibían. En el Café del Mundo había unas veinte personas, en su mayoría sentadas en sillas de plexiglás transparente. Ambler se fijó en una mujer, de aspecto un tanto masculino, que lucía una falda azul marino, una gruesa sortija en un dedo y lo que parecía un echarpe alrededor del cuello. Al acercarse observó que la tarjeta con su nombre no era blanca, como las otras, sino azul, y que el echarpe eran unos auriculares Trimline que llevaba sobre los hombros. Unas mesas más allá, había un hombre de rostro afable, cuadrado, que no tardaría en desarrollar papada, con unas gafas de color ámbar y una montura gruesa y una chaqueta abrochada que apenas ocultaba la curva de su vientre —Ambler supuso que era alemán o austríaco—, hablando con otro hombre que estaba de espaldas a Hal, un hombre con el pelo alborotado y canoso y un traje azul oscuro. Directores de bancos de inversiones, los cuales se mostraban muy satisfechos de estar ahí: «invitados» en lugar de «participantes», según la rígida jerarquía de la conferencia. En otra mesa, un hombre de aspecto próspero, con el pelo ralo y castaño peinado con esmero, revisaba unos papeles; sus ojos mostraban una mirada impasible detrás de sus gafas con montura de acero. Tenía el aire de alguien que conoce las reglas de la carretera y jamás las transgrede; un hombre con un traje más claro y el pelo entrecano hablaba con él con un tono más animado que su interlocutor, obviamente tratando de convencerle de algo. Un tercer hombre con una camisa estampada en azul y rosa con el cuello abotonado y una corbata de topos —un inglés, de nacionalidad o intención— estaba inclinado hacia los otros dos, escuchando abiertamente y reservándose el derecho de intervenir. Su semblante jovial ocultaba cierta desazón: la de alguien que no formaba parte de una conversación ni estaba del todo excluido de la misma.

Ninguno era el hombre que buscaba.

Al final de un largo pasillo en la planta baja del Centro de Congresos, Caston se llevó el móvil a la oreja, aguzando el oído para oír las instrucciones de Adrian. De vez en cuando, el auditor le interrumpía con gesto taciturno para hacerle unas preguntas.

No era lo que Adrian se esperaba cuando había entrado a trabajar en el Departamento de Evaluación Interna, pero a su joven asistente no parecía importarle. Si Caston no estaba equivocado, Adrian parecía pasárselo en grande haciendo el papel de *Shifu*.

Ambler bajó una amplia escalera de granito rojo hasta llegar a un entresuelo, como el anfiteatro en un teatro de ópera. En un pasillo que discurría serpenteante detrás de la escalera había un letrero azul que decía: «ESTUDIOS DE TELEVISIÓN»; era evidente que estaba reservado a los reporteros de televisión que hacían entrevistas a algunas de las lumbreras que asistían al foro. Un letrero en otro lugar decía: «SALAS BILATERALES», seguramente reservadas a pequeñas reuniones privadas. El tránsito en el entresuelo fluía hacia la izquierda, hacia otro punto de reunión: un área con sillas de mimbre y una barra en la que había botellines y latas, en su mayoría refrescos, zumos de fruta y otras bebidas semejantes. Un par de monitores instalados en la pared mostraban la actualización en la programación y lo que parecían ser unos extractos de vídeos de algunas de las conferencias más destacadas. Al aproximarse, Ambler observó que las bebidas procedían de diversos lugares del mundo: Fruksoda, una bebida de lima de Suecia; Appletize, un zumo de manzana de Suráfrica; Mazaa, una bebida con sabor a mango de la India; incluso Titán, un refresco con sabor a grosella de México. Unas Naciones Unidas modélicas compuestas por refrescos, pensó Hal con sarcasmo.

La sala de ordenadores contigua estaba incluso más concurrida: había grupos de sillas dispuestas en semicírculo y ordenadores conectados a la Intranet, decorativamente separados por unos delgados tanques rectangulares que contenían un líquido transparente a través del cual ascendía un lento y constante chorro de burbujas. Docenas de dedos se movían sobre docenas de teclados; rostros que reflejaban aburrimiento, satisfacción, incertidumbre, agresividad. Pero nadie que le llamara la atención. Ambler se asomó al balcón y vio un espacio mucho mayor, un terrario de poder. Sobre un vasto muro de ladrillo frente a él, había unas inmensas esculturas africanas y polinesias, las cuales contrastaban con las banderas del Foro Económico Mundial dispuestas sobre el borde interior de un metro y medio del balcón.

Hal bajó el tramo de escalera hacia la parloteante multitud, consultó su reloj y se abrió paso a través del gentío. Un grupo de personas, aprovechando las pausas de media tarde entre sesiones, se abalanzaban sobre los canapés que ofrecían los camareros en bandejas de plata, y sobre las bebidas aprobadas por la conferencia. El aire estaba impregnado del olor a colonias, *aftershaves* y fijadores caros, por no hablar de las bandejas de *Bündnerfleisch* sobre triángulos de pan de centeno, una especialidad de la región. Ambler se detuvo y empezó a asimilar su entorno humano.

Un hombre relativamente joven, fornido, vestido con un traje bien cortado pero anticuado —su calidad evidenciada por el hecho de que su sobrepeso no se notaba a primera vista— estaba rodeado por un grupo compuesto por personas un tanto desaliñadas. El hombre no dejaba de mirar a su alrededor, tomando nota de todo el mundo, salvo de las personas que le rodeaban. De vez en cuando murmuraba unas palabras que parecían eslavas a una mujer morena que estaba a su lado. Probablemente era el nuevo jefe de Estado de una de las repúblicas bálticas, que había acudido en busca de inversiones extranjeras. La mirada del hombre se detuvo de pronto, y Ambler se volvió para ver lo que contemplaba: una joven rubia, con unas curvas mareantes, al otro lado de la habitación, obviamente la esposa-trofeo del pequeño y vetusto plutócrata. Hal hizo un gesto con la cabeza al eslavo, el cual le devolvió el gesto, entre afable y receloso: era un gesto que preguntaba: «¿Eres alguien?» El gesto de alguien que no estaba seguro de saberlo. Ambler intuyó, asimismo, que el séquito que le rodeaba constituía al mismo tiempo una fuente de confort y humillación para el joven político. Estaba acostumbrado a ser la persona más importante en la habitación. Aquí, en Davos, era un personaje insignificante, y el hecho de que su séquito presenciara esa realidad le molestaba. A un par de metros de él, un multimillonario americano, más viejo, alto y delgado —alguien cuya «empresa de *software*» era una industria modelo en todo el mundo—, estaba rodeado por personas que intentaban hablar con él, tratando, como módems sibilantes y chirriantes, de establecer contacto. El multimillonario se asemejaba a un planeta que atraía a satélites. Por el contrario, pocos mostraban interés en hablar con el político báltico. En Davos, los presidentes de países pequeños ocupaban un lugar inferior que los jefes de las grandes multinacionales. La globalización, como la reingeniería de procesos de negocio, no «nivelaba las jerarquías», como proclaman sus defensores, sino que establecía otras nuevas.

Mientras Ambler seguía paseándose, observó que el patrón se repetía: algunas personas se inflaban, halagadas por la atención que atraían; otras se encogían, desmoralizadas por el escaso interés que despertaban. Pero otras parecían eufóricas de respirar simplemente el mismo aire que los gigantes que había entre ellas. Las bandejas de canapés desaparecían devoradas por ávidos gaznates, aunque Hal dudaba de que alguien se molestara en degustarlos. Todos tenían su atención centrada en otra parte. Los «emprendedores sociales» —como se denominaban hoy en día los inteligentes presidentes de obras de beneficencia y ONG, reconociendo que sólo el vocabulario de los negocios tenía algún peso en la nueva era— conversaban vehementemente entre sí e incluso con más vehemencia con empresarios cuyos talonarios podían respaldar sus programas.

Un joven y apuesto indio departía con un hombre de negocios occidental con unas cejas tupidas y canosas y las orejas llenas de pelos.

—Lo importante es descubrir qué es lo que no funciona y subsanarlo —dijo el joven—. Averiguar qué es lo que se atasca y desatascarlo. Supongo que ustedes saben mucho de eso en Royal Goldfields.

—En cierto sentido —farfulló el occidental.

—Ya conoce el refrán: da a un hombre un pescado y comerá un día. Enséñale a pescar...

—Y te hará la competencia —le interrumpió su interlocutor, obviamente el presidente de un consorcio minero, con una voz empañada por la flema.

Una breve exhibición de dientes, cuya blancura resaltaba en contraste con la piel tostada del indio: Ambler dudaba que su interlocutor se percatara de la irritación que era más que evidente para él.

—Pero el verdadero reto consiste en transformar toda la industria pesquera. Dotarla de una base racional. Hacer que sea rentable. Hablando metafóricamente, por supuesto. Se trata de hallar soluciones sostenibles. No de poner un parche.

Mientras Hal zigzagueaba a través de la multitud, captaba fragmentos de conversaciones: «¿Asististe al desayuno que ofreció el fiscal general?», «Puede decirse que somos un fondo *mezzanine*, pero entraremos antes si estamos seguros de los factores de riesgo», «He averiguado por qué es más fácil entender a los ministros africanos francófonos que a sus homólogos franceses: siempre hablan despacio y con claridad, como les enseñaron en la escuela primaria». Ambler contempló docenas de rostros, muchos de ellos tan sólo entrevistos: medialunas que asomaban a través de cuerpos que las ocultaban parcialmente.

Hal vio unos ojos, entre un grupo cerca de la barra, que irradiaban malevolencia, y decidió acercarse para observarlos mejor. Al aproximarse comprobó que el hombre estaba siendo atosigado por otro, un tipo vestido con un traje de mezclilla de confección y una corbata mal anudada. Sin duda un académico, aunque probablemente de una prestigiosa institución donde él gozaba de una alta reputación.

—Con todo respeto, no creo que comprendas lo que está ocurriendo aquí —dijo el académico. «Con todo respeto» era una de esas frases que significaba lo contrario a su significado literal, como «en perfecto estado», cuando se aplicaba a una botella de leche que había caducado—. Me refiero, con todo respeto, a que quizás haya un motivo por el que no has formado parte de ningún gobierno desde la administración Carter, Stu.

El otro hombre entrecerró los ojos; sonrió con expresión divertida para ocultar su profunda irritación.

—Nadie discute que el desarrollo de China ha sido impresionante, pero la cuestión radica en si es sostenible, y cuáles serán las consecuencias globales, y si no estamos viendo el principio de una burbuja, en lo que se refiere a inversiones extranjeras.

—¡Despierta y aspira el olor del jazmín! —replicó el académico—. No se trata de una burbuja. Es un gigantesco tsunami que antes de lo que imaginas destruirá vuestros castillos de arena. —Ambler sospechó que el tono nasal y cargante era su modo habitual de hablar. Probablemente se ufanaba de su sinceridad y, arropado por su cargo, no tenía idea de lo irritante que resultaba a los demás.

Hal se volvió y echó a andar hacia un punto arbitrario entre la multitud con fingido aire decidido, pero procurando no llamar la atención. De pronto un hombre le interceptó el paso, mirándole con expresión perpleja. Habló en una lengua que Ambler no comprendió. Parecía eslava, pero distinta de la lengua farfullada por el político.

—¿Perdón? —Hal se llevó un dedo a la oreja, indicando que no comprendía.

El hombre —de rostro rubicundo y casi calvo— respondió en un inglés farragoso:

—He dicho que no sé quién es usted, pero no es la persona que indica su tarjeta —añadió señalando el distintivo que lucía Ambler—. Conozco a Jozef Vrabel.

En el otro extremo de la sala, Clayton Caston temblaba bajo su gélida sonrisa.

—¿Subsecretaria Whitfield? —preguntó.

La subsecretaria Ellen Whitfield se volvió hacia él.

—¿Disculpe? —la mujer bajó la vista y observó al diminuto auditor.

—Me llamo Clayton Caston. Trabajo en la CIA, Departamento de Evaluación Interna. —Whitfield no parecía impresionada—. He venido con un mensaje urgente del director.

La subsecretaria se volvió hacia el dignatario africano con el que había estado conversando.

—Le ruego que me disculpe —dijo. Luego se dirigió a Caston y le preguntó—: ¿Cómo está Owen?

—Creo que todos hemos estado mejor —respondió el auditor secamente—. Acompáñeme, por favor. Es muy importante.

—Desde luego —contestó Whitfield ladeando la cabeza.

El auditor la condujo por un pasillo situado en la parte trasera hasta una habitación junto a un letrero que decía: «SALA BILATERAL 2».

Cuando Whitfield entró y vio a Ashton Palmer sentado en una de las butacas de cuero que había en la estancia, se volvió hacia Caston y preguntó sin perder la calma:

—¿A qué viene esto?

El pequeño burócrata cerró la puerta y le indicó que se sentara.

—Enseguida se lo explicaré.

Respiró hondo antes de dirigirse a ambos.

—Subsecretaria Whitfield, profesor Palmer, permítanme resumir una larga historia... Bueno, no tan larga y tampoco demasiado interesante. De vez en cuando, un especialista en auditorías descubre cosas que desearía no haber descubierto.

—Lo siento, ¿he aplicado una deducción injustificada en mi declaración de la renta con respecto al despacho que tengo en casa? —inquirió el profesor de pelo plateado y frente alta y distinguida.

Caston se sonrojó ligeramente.

—Las comunidades de inteligencia en Estados Unidos constituyen, como sin duda saben, una especie de edredón de retazos multicolores. Una división puede no estar al tanto de una operación autorizada por otra. Si se han seguido trámites legítimos, la naturaleza de esas operaciones no me concierne. Lo más destacado de los servicios clandestinos es que su trabajo es...

—Clandestino —apostilló Whitfield asintiendo con la cabeza.

—Exacto. Incluyendo, a menudo, otros servicios clandestinos. Pero supongan que un análisis de datos accesibles les lleva a descubrir una operación con consecuencias potencialmente explosivas, sobre todo si alguien revelara la operación. —Caston se detuvo.

—En ese caso creo que la persona que reveló la operación debería considerarse responsable de esas consecuencias explosivas —respondió Whitfield. Tenía los labios apretados—. Es lógico, ¿no? —Era una mujer elegante, pero exhalaba un aire letal, pensó Caston. Su pelo castaño suavizaba sus pronunciados rasgos; sus ojos de color azul oscuro parecían estanques de insondable profundidad.

—¿Ha hablado de ello con el director de la CIA? —preguntó el profesor.

—Quería comentarlo primero con ustedes —respondió el auditor.

—Muy sensato —dijo Palmer. Sus ojos traslucían una expresión vigilante, pero no intimidante—. Muy sensato por su parte.

—No me han entendido —prosiguió Caston—. Lo que pretendo decir es que si yo he podido sacar ciertas deducciones, relacionar los datos obtenidos a partir de una investigación, también pueden hacerlo otros.

—¿Datos obtenidos a partir de una investigación? —Palmer pestañeó.

—Comprenden desde billetes de avión y viajes, hablo hipotéticamente, claro está, hasta pagos enviados a funcionarios extranjeros. Se trata de irregularidades contables relacionadas con la utilización de recursos de la Unidad de Estabilización Política y muchas otras partidas en las que prefiero no abundar.

Palmer y Whitfield se miraron.

—Señor Caston —dijo el profesor—, ambos apreciamos su interés y su cautela. Pero me temo que se ha involucrado en un asunto que no le incumbe.

—Se trata de decisiones que corresponden a los mandos superiores —intervino Whitfield.

—Siguen sin comprender el motivo de mi preocupación.

—¿Su preocupación? —preguntó ella mirándole con una sonrisa despectiva.

—Que sin duda compartirá el director de la CIA.

La sonrisa se borró de la cara de Whitfield.

—Para decirlo lisa y llanamente, han cometido una chapuza. Han dejado un rastro digital. Lo que yo he podido descubrir, otros lo descubrirán también. Como por ejemplo una comisión de investigación doméstica o internacional. Me pregunto si tuvieron esto en cuenta cuando concibieron esta descabellada operación.

—No sé a qué se refiere —replicó Whitfield indignada—, y dudo que usted mismo lo sepa. Todas estas indirectas empiezan a hartarme.

—Me refiero al asesinato del presidente Liu Ang. ¿Le parece eso lo suficientemente directo?

Palmer palideció.

—No tiene sentido...

—Déjese de tonterías. Lo que yo descubrí lo descubrirá cualquier investigación competente. Ustedes llevan a cabo la operación, y la culpa recae sobre nuestro gobierno. Tan sencillo como disparar.

—Quintiliano, el retórico romano, dice que un retruécano involuntario es un solecismo —observó Palmer con una media sonrisa desdeñosa.

—¡Maldita sea! —bramó Caston—. Ustedes, los luchadores que van por libre, son todos iguales. No piensan nunca en las consecuencias. Están tan obsesionados con sus artimañas, tácticas y subterfugios que las consecuencias siempre les pillan por sorpresa. He respetado los compartimentos interorganizativos, he mantenido la boca cerrada para concederles el beneficio de la duda. Ahora comprendo que estaba equivocado. Presentaré inmediatamente mi informe al director de la CIA.

—Señor Caston, me impresiona la seriedad con que se toma su trabajo —dijo Whitfield mostrando de pronto una actitud cordial—. Discúlpeme si le he ofendido. La operación a la que se refiere es un programa Omega de acceso especial. Por supuesto, confiamos en su discreción y sensatez, goza de una reputación intachable. Pero necesitamos que confíe también en la nuestra.

—Ustedes no me ayudan a hacerlo. Se expresan como si les hubieran pillado fumando en una zona libre de humo. De hecho, su «programa de acceso especial» es tan privado como una boda de Liz Taylor. Y mi pregunta es: ¿qué diablos van a hacer al respecto? Porque no puedo ayudarles a menos que ustedes me ayuden a mí a extraer algún sentido de esta condenada situación.

—Por favor, no subestime el nivel de cálculo y planificación que hemos invertido en esto —respondió la subsecretaria—. Y no subestime los beneficios que obtendremos de ello.

—¿Qué beneficios?

Whitfield se volvió hacia el hombre sentado junto a ella.

—Estamos hablando de la historia, señor Caston —dijo el intelectual con el pelo plateado—. Estamos hablando de la historia, y de cómo forjarla.

—Usted es un historiador —le espetó Caston—. Eso consiste en el estudio del pasado. ¿Qué sabe sobre el futuro?

—Una pregunta excelente —respondió Palmer con una sonrisa afable, pero breve—. Pero mis estudios me han enseñado que lo único más arriesgado que tratar de cambiar el curso de la historia es abstenerse de hacerlo.

—Eso no me cuadra.

—La historia, especialmente en estos tiempos, es como un coche de carreras. Peligroso de conducir.

—Y que lo diga.

Palmer sonrió de nuevo.

—Pero es más peligroso si no lleva a nadie al volante. Nosotros hemos elegido no ser pasajeros en un vehículo sin conductor.

—Basta de metáforas. Estamos hablando de un jefe de Estado. Un hombre admirado en todo el mundo.

—Los hombres deben ser juzgados por sus obras, no por sus intenciones —contestó Palmer—. Y las consecuencias de esas obras deben ser examinadas mediante las técnicas de análisis y proyección históricos.

—¿Insinúa que prefiere un déspota chino a un demócrata chino? —preguntó Caston tragando saliva.

—Desde el punto de vista del mundo, sin duda alguna. El despotismo, las tradiciones de autocracia, ya sean monárquicas o totalitarias, han mantenido cerrada la caja de Pandora. ¿No le explicaron de niño que si todos los habitantes de China saltaran al mismo tiempo el mundo se desplazaría de su eje? El despotismo, como dice usted, es lo que ha impedido que la nación China salte. El despotismo es lo que ha mantenido sujetos los pies de los chinos.

Caston sintió que el corazón le latía aceleradamente.

—Lo que ustedes están haciendo...

—Por favor —le interrumpió Whitfield sonriendo—, observe que nosotros no estamos haciendo nada. ¿Nos ha visto en la sala? Ni siquiera estamos presentes en el escenario del presunto... incidente. Estamos aquí. Como muchas personas pueden atestiguar, estamos aquí con usted, señor Caston.

—Reunidos —apostilló Palmer esbozando una áspera sonrisa— con un alto funcionario de la CIA.

—De nuevo, eso es algo que muchos pueden atestiguar. —La subsecretaria sonrió—. De modo que si estamos tramando algo, lo lógico es deducir que usted estaba también metido en ello.

—Aunque no creemos que nadie extraiga ese tipo de deducciones —apuntó Palmer—. Las que saquen serán muy distintas.

—Eso es lo que trato de explicarles —dijo Caston—. El gobierno estadounidense se convertirá de inmediato en sospechoso.

—Exacto. Contamos con ello —dijo Whitfield—. Lo siento, estos cálculos geopolíticos no pertenecen al ámbito de un auditor. Sólo le pedimos discreción. No le pagan para expresar sus opiniones sobre acontecimientos tan complejos. Todas las eventualidades han sido exploradas por nuestros cerebros más brillantes, o quizá debería decir por nuestro cerebro más brillante —añadió la subsecretaria mirando a Palmer con admiración.

—Un momento, si Estados Unidos es sospechoso...

—Sospechoso, sí, pero sólo sospechoso —explicó el profesor—. El Departamento de Estado solía denominar su política doble con respecto a China una «ambigüedad constructiva». Pues bien, lo que aquí pretendemos alcanzar es precisamente una ambigüedad constructiva. Culpabilidad, pero sin saberlo a ciencia cierta; sospechas, pero sin pruebas irrefutables. Un cúmulo de conjeturas, pero cimentadas por la sospecha en un muro muy duro.

—¿Como la Gran Muralla China?

Palmer y Whitfield volvieron a cambiar una mirada.

—Lo ha expresado muy bien, señor Caston —dijo el profesor—. Otra Gran Muralla China, sí, a eso nos referimos. Es la mejor forma de encerrar a un tigre. Y, como demuestra la historia, sólo hay un modo de cercar a China.

—Lograr que los chinos construyan ellos mismos la muralla —observó el auditor lentamente.

—Señor Caston —alegó el profesor—, da la impresión de que pertenece a nuestro bando sin saberlo. Ambos entendemos la importancia de la lógica, ¿no es así? Ambos entendemos que las intuiciones ordinarias, incluyendo las intuiciones morales, deben capitular ante la fuerza de la razón. No es un mal comienzo.

—Siguen sin convencerme —replicó el auditor—. Puede que el mundo sea un lugar más caótico e incontrolable de lo que imaginan. Se creen los amos de la historia. A mi modo de ver, son como niños jugando con fósforos. Y el mundo es un lugar altamente inflamable.

—Créame, Ashton y yo hemos analizado a fondo los riesgos de la situación.

—No se trata de riesgos —contestó Caston sin alzar la voz—. Eso es lo que las personas como ustedes no comprenden. Se trata de incertidumbre. Creen que pueden aplicar una parrilla de probabilidades a futuros acontecimientos como ése. Por razones técnicas, nosotros lo hacemos continuamente. Pero es una estupidez, un mero trámite, un concepto contable. El riesgo indica una probabilidad mensurable. La incertidumbre es cuando no se pueden calcular las probabilidades de acontecimientos futuros. La incertidumbre es cuando uno ni siquiera sabe lo que no sabe. La incertidumbre es humildad en presencia de la ignorancia. ¿Quieren hablar sobre la razón? Pues bien, han cometido un error conceptual básico. Han confundido la teoría con la realidad, el modelo con lo que pretenden modelar. Su tesis no tiene en cuenta el factor más básico y elemental del curso de los acontecimientos humanos: la incertidumbre. Eso es lo que se volverá contra todos nosotros y asestará al mundo una patada en el culo.

—¿Y considera eso una certidumbre? —preguntó Palmer. Por primera vez, su compostura empezó a resquebrajarse, pero la recobró rápidamente—. ¿O tan sólo un riesgo? Quizás olvida el principio de Heráclito: lo único constante es el cambio. Asimismo, el no hacer nada es hacer algo. Habla de los peligros de actuar como si existiera la alternativa de un conjunto nulo. Pero no existe. ¿Y si decidiéramos dejar que Liu Ang viviera? Porque eso también es una acción. ¿Cuál sería nuestra responsabilidad en tal caso? ¿Ha analizado los riesgos de esa situación? Nosotros, sí. No puedes sumergirte dos veces en el mismo río, nada permanece nunca igual. Heráclito lo comprendió quinientos años antes de nuestra era, y sigue siendo cierto en un orden civilizado que Heráclito no pudo siquiera concebir. En cualquier caso, confío en que nuestra lógica haya quedado clara.

Caston dio un respingo.

—Su lógica tiene más agujeros que un teléfono de ducha. La verdad pura y dura es que colocarán a nuestra nación en una situación de guerra abierta.

—Estados Unidos siempre ha demostrado su mejor faceta cuando estaba en guerra —contestó Palmer con el tono de un intelectual desapasionado—. El pánico y las depresiones siempre han ocurrido en tiempos de paz. Y durante la Guerra Fría, un período de interminables escaramuzas a pequeña escala, fue cuando consolidamos nuestra preeminencia global.

—A los norteamericanos no les disgusta la noción de dominar el globo —dijo la subsecretaria Whitfield—. De hecho, sólo hay una cosa que les gusta menos. La perspectiva de que lo haga otro.

El auditor emitió un suspiro tembloroso.

—Pero la perspectiva de una guerra global...

—Se expresa como si tuviéramos que rechazar toda posibilidad de conflicto, sin embargo, como historiador, debo señalar una paradoja en la que usted parece no haber reparado —le interrumpió Palmer—. Una nación que rehúye sistemáticamente la guerra incita a la guerra, propicia actos beligerantes que conducen a su propia derrota. Heráclito también entendió eso. Dijo: «El conflicto armado es el padre de todos, el rey de todos. A algunos los convierte en dioses, a otros en hombres, a otros en esclavos, y a otros los libera».

—¿Confía usted en que le conviertan en un dios, profesor Palmer? —preguntó Caston con desdén.

—En absoluto. Pero como norteamericano tampoco quiero que me conviertan en esclavo. Y la esclavitud, en el siglo veintiuno, es algo impuesto no por unas esposas de acero, sino por el cerrojo de desventajas económicas y políticas que ninguna llave puede abrir. El siglo veinte fue una época de libertad para Estados Unidos. Por lo visto usted prefiere que, debido a la inacción, se imponga un nuevo siglo de esclavitud en nuestro país. Puede perorar cuanto quiera sobre las incógnitas. Estoy de acuerdo en que existen incógnitas. Pero eso no justifica la pasividad cuando nos atacan. ¿Por qué dejar que los acontecimientos nos desborden cuando podemos contribuir a forjar esos acontecimientos? —Palmer tenía una voz culta y tranquilizadora de barítono—.

Verá, señor Caston, el curso de la historia es demasiado importante para dejarlo al azar.

Ambler observó el rostro del eslovaco: la confusión daba paso de forma rápida e irreversible a la sospecha, como el poliepóxido al entrar en contacto con el aire. Miró su tarjeta: Jan Skodova. ¿Quién era? ¿Un funcionario del gobierno, un colega de negocios o un rival?

Sonrió con jovialidad.

—Lleva razón. Estuvimos juntos en un panel. Intercambiamos nuestras tarjetas en plan de broma. —Una breve pausa—. Qué casualidad que esté usted aquí. —Hal extendió la mano—. Bill Becker, de EDS, en Texas. ¿De qué conoce a mi amigo Joe?

—Soy directivo de Slovakia Utilities. ¿Dónde está Jozef? —Los ojos del eslovaco relucían como la antracita.

Maldita sea, el tiempo apremia.

—¿Tiene usted una tarjeta? —preguntó Ambler, fingiendo rebuscar en el bolsillo para darle la suya.

El centroeuropeo sacó, no sin cierto recelo, una tarjeta del bolsillo interior de su americana.

Hal la miró brevemente antes de guardársela en el bolsillo.

—Un momento... No será usted el empresario que se dedica a la televisión por cable en Kosice. Joe me ha hablado de usted.

El rostro de Skodova dejó entrever una expresión vacilante, circunstancia que Ambler se apresuró a aprovechar.

—Si no está ocupado, acompáñeme. Joe y yo estábamos charlando en un saloncito privado que hay al fondo. He salido un momento para beber algo, pero las aglomeraciones me horrorizan. Quizá podamos hacer usted y yo un trato. ¿Ha oído hablar de Electronic Data Systems?

—¿Dónde dice que está Jozef? —La pregunta era cortés, pero firme.

—Le llevaré con él —respondió Hal—, pero primero prometí

llevarle de extranjis una botella de *slivovitz*. —Seguido por Jan Skodova, tomó una botella de brandy de ciruelas ignorando las débiles protestas del barman y condujo al empresario eslovaco por un pasillo que daba acceso a unas salas pequeñas. Entró en la primera que tenía la puerta entreabierta, indicando que estaba desocupada.

Jan Skodova entró detrás de Hal, echó un vistazo a su alrededor y dijo con aspereza.

—Haga el favor de explicarse.

—Hace unos momentos Joe estaba aquí —respondió Ambler, cerrando la puerta tras él—. Debe de haber ido al servicio.

Al cabo de unos instantes, Hal salió solo de la habitación. Skodova permanecería inconsciente durante una o dos horas como mínimo. El agente lo había sentado en una silla, con la cabeza apoyada en la mesa, la pechera de su camisa empapada de brandy y los restos de la botella junto a él. Cualquiera que entrara en la sala sacaría las conclusiones obvias y elegiría otro lugar donde reunirse. No era un plan perfecto, pero daría resultado. Tenía que dar resultado.

Ambler se abrió paso entre la multitud, primero en el sentido de las agujas del reloj y luego a la inversa, pendiente de cualquier detalle más allá de las emociones humanas normales como ansiedad, rencor, envidia, vanidad y resentimiento. Miró su reloj. Eran las cinco menos cuarto, quince minutos antes de que el presidente chino pronunciara su importante discurso en la sesión plenaria de la conferencia. Vio que la gente empezaba a entrar en la Sala de Congresos, cuya puerta estaba situada en la pared frente a la escalera. De una puerta al fondo de la sala empezaron a salir los cámaras de televisión —vestidos de forma mucho más informal que los participantes en la conferencia— cargados con sus voluminosos trastos. Sintió que el corazón le latía desbocado. Se fijó en una mujer que llevaba una sencilla camisa y unos vaqueros y el pelo castaño alborotado, y sintió de nuevo algo semejante al aleteo de un pajarillo dentro de su pecho. El sentimiento de esperanza.

Esta vez, el pajarillo casi alzó el vuelo.

Era Laurel. Había hecho lo que había dicho que haría, había llegado puntualmente y se había apoderado del material. «Me necesitarás», había dicho. Ambler la necesitaba en muchos aspectos.

Al cabo de unos momentos, los dos subieron al balcón sobre la zona donde había unos asientos.

—Los equipos de televisión llegarán dentro de unos minutos. Quítate la chaqueta y la corbata para no llamar la atención. —Fueron las primeras palabras que le dijo Laurel; sus ojos rebosantes de amor y devoción expresaban sentimientos que las palabras no acertaban a expresar.

Ambler metió apresuradamente su *blazer* y su corbata en una caja de embalaje que había cerca. Ella le revolvió el pelo; el atildado aspecto apropiado para un participante en el foro no era el adecuado para un cámara de televisión.

—Ahora estás bien —dijo—. ¿Tienes alguna pista?

—Todavía no —contestó Hal sintiendo una sensación de desesperación que al instante trató de eliminar, tanto de su voz como de su corazón—. ¿Dónde está Caston?

—Probablemente hablando con su asistente, se pasa el tiempo hablando con él por teléfono.

Ambler asintió con la cabeza, pero no dijo nada; el mero hecho de hablar le suponía un esfuerzo. Durante el próximo y breve espacio de tiempo, triunfaría o fracasaría. Era así de sencillo.

—Tenemos dos cámaras. He conseguido una provista de un zoom óptico de cuarenta y ocho aumentos. —Laurel le entregó la voluminosa cámara, que estaba montada sobre un trípode plegable. Ambos objetos eran de un color verde apagado.

—Gracias —dijo Hal. Quería decir: «Te amo más que a mi vida».

—¿Crees que ese tipo se sentará delante?

—Es posible —respondió Ambler con voz ronca. Carraspeó para aclararse la garganta—. O quizá se siente al fondo. Las posibilidades son múltiples.

—Lo importante es que estás aquí. Haz lo que debas hacer.
—Laurel mostraba valientemente un tono despreocupado, casi jovial. Pero Hal comprendió que, al igual que él, estaba aterrorizada.

Los efectos del estrés podían ser paradójicos e imprevisibles, como cuando echas combustible a un motor. A veces arranca con gran potencia, otras se produce un fallo de carburación y el motor se ahoga. Mucho dependía de los próximos minutos. «Haz lo que debas hacer», había dicho Laurel. ¿Y si no lo lograba? ¿Y si era incapaz de hacerlo?

Liu Ang era el amado líder de la nación más populosa del mundo. No sólo representaba la esperanza para su pueblo, sino para el mundo. Con el simple hecho de apretar un gatillo, esa esperanza se desvanecería. China descarrilaría de la vía laboriosamente construida de evolución pacífica y se encaminaría hacia una colisión cuyas consecuencias serían cataclísmicas. Una población enfurecida de miles de millones de personas clamaría venganza. Una ira ciega, multiplicada por la masa de ciudadanos, representaba un peligro mayor de lo que el planeta había afrontado jamás.

En un «jardín» artificial contiguo a donde se hallaban, los grandes y poderosos —y los menos grandes— comían canapés, consultaban sus costosos relojes. Luego, bañados en la fragancia del poder, empezaron a entrar en la Sala de Congresos. Estaban excitados, como es natural, aunque muchos eran demasiado refinados para demostrarlo. Liu Ang era sin duda el estadista más importante del planeta y posiblemente el más efectivo. Los visionarios abundaban, pero Liu Ang había mostrado hasta la fecha la habilidad de traducir su visión en una realidad. Esos pensamientos no cesaban de bullir en la cabeza de Ambler, atormentándole; tenía que desterrarlos, tenía que desterrar todo pensamiento para ver con claridad.

Jamás había habido tanto en juego. La situación no podía ser más crítica.

El salón plenario era más grande de lo que parecía en un principio. El simple hecho de colocar las sillas debió de llevar horas —cada silla estaba separada, su armazón de cromo en contacto con las sillas vecinas, pero no conectada físicamente a ellas—. En cada asiento había auriculares que funcionaban por radiofrecuencia envueltos en plástico, que transmitían la traducción simultánea en uno de los diez idiomas, según el canal seleccionado.

Mientras la multitud penetraba en la sala, Ambler decidió echar un vistazo alrededor de la misma sin la ayuda del zoom de la cámara; dependería de lo que sus ojos pudieran observar, pero gozaría de mayor movilidad. Dirigió la vista hacia la parte delantera de la sala. Dos inmensos paneles de color azul situados a cada lado del escenario ostentaban el familiar logotipo del Foro Económico Mundial. Al fondo del escenario había una cortina similar a un tablero de damas, con unas hileras de pequeños rectángulos azules y el mismo logotipo estampados en ellos, semejante a un retrato realizado por Chuck Close. Una enorme pantalla estaba suspendida a dos tercios del suelo sobre la parte central del escenario; sobre ella se proyectarían las imágenes de la cámara oficial del WEF, para los que estaban sentados al fondo del salón plenario y no alcanzaban a ver a la persona situada ante el atril.

Ambler consultó de nuevo su reloj y miró a su alrededor; los asientos estaban casi todos ocupados —era increíble lo rápidamente que había ocurrido— y el dirigente chino comparecería dentro de unos minutos.

Se paseó delante de la primera fila, fingiendo que buscaba un asiento desocupado. Sus ojos escrutaron los rostros, detectando... sólo los sentimientos banales de los prepotentes. Un hombre rollizo que sostenía un pequeño bloc de notas exhalaba el nerviosismo lógico de un periodista con una fecha tope; un hombre delgado que lucía una llamativa falda escocesa Glenurquhart mostraba el intenso regocijo de un director hecho a sí mismo de unos fondos de inversión libre que se disponía a ver a un gran hombre en persona. Otro miembro del público —una mujer que Ambler reconoció por haberla visto en fotografías, era la directora general de una compañía de tecnología, rubia y perfectamente peinada— mostraba un aire distraído, como si repasara los temas que le interesaba destacar durante una entrevista que iban a hacerle. Un hombre de pelo plateado que llevaba unas gafas bifocales con montura de acero, con la frente salpicada de manchas de vejez y unas tupidas cejas, leía la hoja de instrucciones de los auriculares con aire un tanto desmoralizado, como si acabara de enterarse de la caída de la bolsa. Ambler avanzó lentamente por el pasillo de la derecha y se fijó en un fotógrafo que portaba una gigantesca cámara SLR equipada con un enorme objetivo. El hombre tenía un aspecto afable y simple, satisfecho del puesto junto a la pared que ocupaba y dispuesto a defenderlo contra cualquier rival que tratara de arrebatárselo. A sus pies había un estuche rígido de un fotógrafo profesional, cubierto con un sinfín de pegatinas de los lugares que había visitado, torpemente arrancadas.

Recorrió las filas con la vista. Había tanta gente... ¡Joder, demasiada gente! ¿Qué le había inducido a creer que...? Se controló, desterrando esos pensamientos. Pensar era su enemigo. Trató de alcanzar un estado de pura receptividad, deslizándose por la sala como una nube invisible. Como una sombra, observándolo todo, sin que nadie le viera.

Ante él se abría un calidoscopio de emociones humanas. El hombre con la sonrisa forzada que Ambler habría jurado que sentía unas ganas tremendas de ir al baño, pero no estaba dispuesto a perder su asiento. La mujer que trataba de entablar conversación con el extraño junto a ella, quien tras echarle un vistazo le había dado un corte con una mirada fulminante, haciendo que la mujer temiera haber sido ofendida y confiando en que se tratara de un simple malentendido lingüístico. Un hombre con las mejillas encendidas y papada, peinado al estilo «cortinilla», que parecía cabreado por no haber podido tomarse un whisky con soda. El sabiondo, que se pasaba de listo, perorando sobre la política china contemporánea con sus compañeros

—¿empleados?—, los cuales ocultaban educadamente su resentimiento.

Había centenares de personas como ésas, todas ellas con sus singulares patrones de fascinación, aburrimiento, malhumor y expectativas, otras tantas pinceladas de la paleta de emociones humanas vulgares y corrientes. Ninguna de ellas era quien Ambler andaba buscando. Conocía ese tipo de persona. No podía analizarlo; lo reconocía cuando lo veía o, mejor dicho, lo sentía, como la oleada de frío que sientes al abrir el frigorífico un día caluroso. Era la deliberada frialdad del asesino profesional, el hombre exageradamente alerta a lo que ocurría a su alrededor, un hombre no sólo pendiente de lo que podía observar, sino de lo que haría. Hal siempre podía sentirlo.

Pero ahora —cuando era vital— nada. *Nada.* Ambler sintió que el pánico hacía presa en él, pero volvió a desterrarlo. Se dirigió hacia el fondo de la inmensa sala y subió la estrecha escalera de terrazo hacia el balcón. En el centro, vio una batería de tres cámaras montadas sobre unos trípodes y media docena de equipos de televisión extranjeros, procedentes de todo el mundo. El balcón era el lugar ideal para un francotirador, toda vez que no requería una gran destreza alcanzar el blanco desde esa altura. Hal cruzó una mirada con Laurel —un hombre sediento que bebe un sorbo de agua en un oasis en el desierto— y luego miró a los otros, escudriñando cada rostro desconocido. Nada. No sintió agitarse el palo del zahorí, ni el clic del contador Geiger... Nada.

El ojo de la cámara podía ser su salvación. Ambler se acercó en silencio a Laurel y tomó la cámara que ella le había preparado, la que incorporaba el zoom 48X. Para disimular, Laurel se había situado junto a una cámara de doble objetivo más antigua, más baqueteada y abollada que la de Ambler. Esforzándose en conservar la calma, inclinó la cámara hacia abajo utilizando el mango antideslizante y observó a los miembros del público sentados abajo; dadas las características de la línea de visión el asesino si estaba entre el público, tenía que sentarse en la mitad delantera de la sala.

Pero aún quedaban quinientos candidatos. ¿Qué le había inducido a pensar que tenía alguna oportunidad de lograr su propósito? Sintió como si una banda de acero le apretara el pecho, impidiéndole respirar con normalidad. Pensar en las probabilidades... No, eso era mejor dejárselo a Clayton Caston. Hal respiraba una atmósfera distinta. Tenía que dejar de pensar en sí mismo, eliminar la racionalidad.

No podía fallar.

Había empezado a flaquear, pero al menos la cámara funcionaba tal como Laurel y él habían supuesto. Su enfoque automático proporcionaba una nitidez de visión casi inmediata. *No pienses. Limítate a ver.* A veces los rostros se perfilaban contra algo, otras aparecían en un ángulo extraño, pero las prestaciones electrónicas de la cámara eran sofisticadas y compensaban las variaciones en los niveles de luz, y el nivel de detalle era increíble. Hal escrutó un rostro tras otro a través del visor, esperando sentir el hormigueo que le indicara que se detuviera, que mirara de nuevo.

Laurel, situada detrás de él, murmuró unas palabras de ánimo.

—Ya llegará, cariño —le animó.

Ambler sintió el calor de su aliento en su cuello; era lo único que impedía que la miasma negra de la desesperación lo engullera. En un mundo de falsedad e hipocresía, Laurel era lo único auténtico, su estrella polar, su piedra imán.

Era su confianza en sí mismo lo que era insostenible. Había observado una hilera tras otra y había llegado a la conclusión de que su instinto le había fallado. ¿Entraría alguien por la puerta principal en el último momento? ¿Había un rostro que no había alcanzado a ver?

De pronto un murmullo recorrió al público y Ambler oyó el sonido de una puerta lateral al cerrarse, custodiada para impedir que entrara alguien de fuera. Los guardias no volverían a abrirla hasta que el discurso terminara.

Al cabo de unos instantes el director del Foro Económico

Mundial, un hombre alto, casi calvo, con unas gafas con montura metálica, apareció en el escenario para hacer unos comentarios a modo de presentación. Lucía un traje azul oscuro y una corbata azul y blanca, los colores de su organización.

Hal se volvió y vio a Laurel, despeinada, guapa y atenta, mirando a través del visor de su voluminosa cámara de televisión dotada de un objetivo largo. Trató de ocultar el abismo que sentía en su alma.

Sabía que no podía engañarla. Laurel pronunció las palabras «te quiero» en silencio, moviendo tan sólo los labios, y fue como si un resplandor de esperanza apareciese en un largo y oscuro túnel.

Ambler no podía arrojar la toalla.

El asesino estaba ahí, dispuesto a hacer que la historia de la humanidad descarrilara apretando el gatillo de su arma.

Tenía que dar con él, y el Ambler capaz de hacerlo era el que conocían como Tarquin.

Ahora era Tarquin.

Miró de nuevo por el objetivo. El sonido desapareció para él, excepto los lentos y sordos latidos de su corazón.

El sonido de los segundos que transcurrían.

Adrian Choi examinó las carpetas que Caitlin le había facilitado. Los expedientes del personal del centro psiquiátrico que Caston había estado emperrado en conseguir. ¡Unos expedientes del personal, en su mayoría unos simples currículos! Era incomprensible que le hubiera costado tanto obtenerlos.

Pero le había costado Dios y ayuda. Precisamente por eso pensaba que debía examinarlos con lupa.

En su mayoría eran un aburrimiento. Una larga lista de escuelas técnicas, colegios comunitarios y servicios militares, al menos por lo que respectaba a los celadores. Psiquiatras con títulos de Case Western Reserve o la facultad de medicina de la Universidad de Miami, enfermeras con diplomas de la Escuela Naval de Ciencias Sanitarias y otros lugares con nombres parecidos, guardias que se habían formado en el Grupo Sexto de la PM, o el 202, sea lo que fuere que eso significara, con las iniciales CID entre paréntesis, las siglas del Departamento de Investigación Criminal.

Salvo que había una... ¿Cómo lo denominaría Caston...? Anomalía.

Sí, era una anomalía.

Alguien llamó a la puerta con insistencia. Adrian se sobresaltó. Nadie llamaba insistentemente a la puerta del despacho de Clayton Caston.

Guiándose por su intuición, decidió no abrir la puerta. Al cabo de unos momentos, oyó unos pasos que se alejaban. *Aquí sólo estamos los novatos.* Quizá fuera un cretino que lo había confundido con el almacén donde guardaban los cartuchos de las impresoras. O quizá fuera otra persona. En cualquier caso, a Adrian no le apetecía ponerse a descifrar el enigma.

Empezó a marcar el móvil de Caston; era uno de esos móviles internacionales que sonaban en cualquier lugar del mundo donde se hallara el usuario, y sería la cuarta conversación que mantendrían en una hora.

Su jefe respondió de inmediato. Adrian le facilitó brevemente la información. Caston le hizo repetir ciertos detalles, no con tono hosco, sino apremiante.

—Y cuando lo verifiqué de nuevo —dijo Adrian—, resultó que los números de la Seguridad Social no coincidían. —Escuchó la respuesta de Caston; nunca le había oído tan excitado.

—Tal como pensé —dijo su jefe—. Resulta anómalo, ¿no es así?

Siendo la viva imagen de la seriedad y vestido con un atuendo caro, el director del Foro Económico Mundial concluyó sus comentarios un tanto grandilocuentes, recibió unos calurosos aplausos y se sentó a la derecha del escenario. Acto seguido los aplausos se intensificaron cuando Liu Ang apareció en el escenario, avanzando con paso ágil, y se situó ante el atril.

Era físicamente más menudo de lo que Ambler había imaginado. Pero emanaba grandeza: su talante denotaba una serenidad pasmosa, una sensación de infinita paciencia, incluso sabiduría, una amabilidad más potente que la brutalidad. Liu Ang dio las gracias al director del Foro Económico Mundial en un inglés cadencioso, melodioso, y empezó a hablar en chino. Se dirigía al mundo, pero sus compatriotas formaban una gran parte del mundo, y Liu Ang quería que cuando escucharan su discurso supieran que había hablado en su lengua nativa con orgullo y elocuencia. Quería que supieran que no era una tortuga de mar, una *hai gui*, sino un ciudadano chino tan auténtico como el que más. Hal no comprendía lo que decía el político, pero la forma en que se expresaba le permitía deducir muchas cosas. Con frecuencia, el contenido de las palabras ocultaba las sutilezas de tono y modulación. Las emociones más simples quedaban ocultas bajo un barniz de complejas ideas.

Liu Ang se mostró irónico y divertido —los asistentes equipados con sus auriculares se reían en los momentos en que Ambler suponía que lo harían— y luego sombrío y vehemente. Entendía una verdad que deseaba que los demás entendieran también. No trataba de «venderles» sus ideas, sino de exponerlas. No era la voz habitual de un político. Era la voz de un auténtico estadista, la voz de alguien que imaginaba un futuro de paz y prosperidad y deseaba invitar al resto del mundo a compartir ese futuro. Un hombre que entendía que la cooperación podía ser tan poderosa, y poderosamente productiva, como la competencia. Un hombre que contribuía a aportar tolerancia y sabiduría no sólo al Imperio chino, sino al mundo entero.

Un hombre que estaba destinado a morir en cualquier momento.

En alguna parte de la sala, el asesino esperaba el momento oportuno, y el instinto de Ambler, su extraordinario don, le había fallado. De nuevo, escudriñó las filas más abajo, mirando con tanta atención a través del visor que su visión empezó a nublarse y notó que tenía el cuello rígido. De pronto, casi involuntariamente, alzó la cabeza y miró a su alrededor, observando a los cámaras y fijando la vista en Laurel.

Miraba a través de su cámara al hombre situado ante el atril, tan fascinada por el estadista como Ambler. Tardó unos instantes en percatarse de que él la observaba. Su rostro mudó de repente y se volvió hacia él con una expresión de precaria determinación, una expresión que traslucía también amor, lealtad y devoción. Ambler pestañeó con fuerza, como si tuviera un orzuelo. No, no era un orzuelo, pero ¿qué era lo que acababa de ver?

Tuvo la sensación de que la temperatura de la habitación había descendido de golpe; sintió como si le hubiera azotado una ráfaga del Ártico.

Era una locura... No podía haber visto lo que creía haber visto.

Recreó el momento en su imaginación. Laurel, su amada Laurel, contemplando la escena a través de la cámara con calma —no, ¿con mirada glacial?— y luego la expresión de su rostro, unos instantes antes de deshacerse en una afectuosa sonrisa. Ambler volvió a recrear esa fracción de segundo en su mente, y vio otra expresión en el rostro de Laurel, tan fugaz e inconfundible como el resplandor de una luciérnaga.

Era una expresión de puro y cristalino desprecio.

33

Ambler miró de nuevo a Laurel y la vio apoyar el dedo corazón sobre lo que parecía una abrazadera debajo del objetivo de la cámara, pero que ahora vio que se trataba de un gatillo. De pronto lo comprendió todo con la devastadora fuerza de un rayo.

¿Cómo pudo haber estado tan ciego?

Siempre había habido una pieza del puzzle que faltaba. La voz de Caston: «Siempre tiene que haber un chivo expiatorio». Un plan de esas características lo exigía. Al pensar en ello Hal sintió como si le hubieran asestado un golpe contundente. Su papel no era el de evitar el asesinato.

Su papel era el de chivo expiatorio; le culparían a él.

Las cámaras habían sido idea de Laurel. Su «inspiración». Los modelos antiguos eran aparatos revestidos de acero, y docenas de ellos pasaban a diario a través de los detectores de rayos X. Pero los rayos no podían penetrar el metal. La cámara de Laurel no ocultaba un arma: era un arma.

El modelo de doble objetivo era un truco: a través del orificio superior asomaba la boca de un fusil. Era una pieza de ingeniería elemental: el largo armazón de la cámara y zoom de medio metro constituían el cañón; el objetivo hacía las veces de punto de mira. Y el gatillo, por supuesto, estaba exactamente... donde Laurel tenía apoyado ahora el dedo.

De hecho, tenía el dedo apoyado en el gatillo con la seguridad de una experta. Debió de ser ella quien mató a Benoit Deschesnes en los Jardines de Luxemburgo: el tirador chino debió de verla asesinar al francés, había descubierto su mortífera estratagema y había comprendido que era la auténtica amenaza contra su pueblo.

¡Qué estúpido había sido al no ver lo que tenía ante sus narices! Pero ahora, con una inmediatez vertiginosa, vio lo que iba a ocurrir a continuación. Los disparos provendrían del mismo lugar donde él se hallaba. Los guardias de seguridad le reducirían; a sus adversarios no les habría costado nada organizar esa parte del atentado. Las pruebas circunstanciales indicarían que era norteamericano, pero sería imposible demostrarlo. Nada podía conectarlo con ninguna identidad.

Porque habían borrado su identidad.

La sospecha sin pruebas era el elemento más explosivo. En Pekín habían estallado graves disturbios cuando Estados Unidos había bombardeado accidentalmente la embajada china en Belgrado, tal como había dicho Ashton Palmer. El asesinato del amado Liu Ang a manos de un agente estadounidense sospechoso provocaría una conflagración instantánea. Y Estados Unidos no podría disculparse, no podría reconocer lo que el resto del mundo sospechaba, porque Harrison Ambler no existía.

«Cuando subía la escalera
me encontré con un hombre que no estaba allí...
Hoy tampoco estaba allí.
¡Ojalá no venga nunca más!»

Los disturbios —a una escala sin precedentes— sembrarían el caos en la República del Pueblo; el EPL se vería obligado a intervenir. Pero el gigante dormido no volvería a conciliar el sueño, al menos antes de haber hecho estragos en un mundo aletargado.

Los pensamientos bullían en la mente de Ambler como sombras alargadas, pero él y Laurel no dejaron de mirarse a los ojos. *Sé que sabes que yo sé que tú sabes...* Hal recordó también esa frase infantil.

El tiempo se detuvo.

Sí, los guardias de seguridad sin duda habían recibido orden de localizarlo; sus enemigos eran más que capaces de eso.

Ambler se había equivocado en muchas cosas, pero había acertado en otras. Liu Ang moriría; el fuego invadiría una nación; el EPL intervendría, imponiendo el yugo de un régimen al antiguo estilo maoísta. Pero la secuencia de acontecimientos no se detendría allí: el fanatismo cegaba a los conspiradores impidiéndoles ver las auténticas consecuencias de sus maquinaciones. Cuando el clamor se intensificara y la furia se propagara, el mundo se sumiría en una guerra. Era imposible detener este tipo de acontecimientos. Era algo que quienes movían los hilos nunca comprendían. Jugaban con fuego y al final eran devorados por él.

Lo que Ambler sentía era angustia, rabia y dolor, emociones entrelazadas como los ramales de un cable de acero.

Todo —empezando por su «fuga», y todo lo que había ocurrido después— obedecía a un plan. El plan de ellos. Como un niño con un mapa del tesoro, Hal había seguido el camino que le habían trazado. Un camino que conducía a Davos, y a la muerte.

Durante unos momentos, el impacto le dejó noqueado, haciendo que se sintiera como un objeto de madera y tela... Y era lógico.

No había sido sino una marioneta.

En la sala bilateral había un monitor de circuito cerrado en el que aparecía el líder chino pronunciando su discurso, con subtítulos en inglés. Palmer y Whitfield apenas prestaban atención. Era como si, después de haber ensayado cada detalle del acontecimiento en sus mentes, el momento actual presentara un interés secundario.

Caston cerró su móvil.

—Lo siento. Necesito salir un momento. —Se levantó, tambaleándose, y se encaminó hacia la puerta. Estaba cerrada desde dentro. ¡Era imposible!

Ellen Whitfield cerró también su móvil.

—Lo lamento —dijo—. Dado el carácter confidencial de nuestra conversación, pensé que sería mejor que no nos importunaran.

Usted estaba preocupado por las precauciones que habíamos tomado. Como le he explicado, son más amplias de lo que usted imaginaba.

—Ya lo veo —respondió él desmoralizado.

Whitfield frunció los labios.

—Señor Caston, se preocupa demasiado. Lo que hemos organizado es una jugada perfecta, desde el punto de vista estratégico. Liu Ang es asesinado. La sospecha, inevitablemente, recae en el gobierno de Estados Unidos. Pero éste lo niega basándose en un motivo plausible.

—Porque, a fin de cuentas, el asesino no existe —apostilló Palmer con expresión divertida.

—Se refieren a... Tarquin. —Caston les observó atentamente al decir ese nombre—. Se refieren a... Harrison Ambler.

—¿Harrison qué? —preguntó Whitfield con tono socarrón.

El auditor fijó la vista al frente.

—Ustedes le programaron.

—Alguien tenía que hacerlo. —Los ojos azul oscuro de Whitfield no mostraban la menor vacilación—. Pero concedámosle el mérito que se merece. Ha realizado un trabajo magnífico. Habíamos trazado un camino complicado para él. Pocos lo habrían seguido con tanta habilidad. No obstante, consideramos prudente advertirle sobre la autorización de Operaciones Consulares. Pedí a nuestro jefe que ordenara a Tarquin que liquidara a un tal Harrison Ambler. Casi lamento no haber presenciado esa conversación. Pero es un detalle sin importancia.

—¿Cómo prepararon la encerrona para Ambler? —preguntó Caston con tono neutral.

—Eso fue lo más bonito —respondió Palmer con gesto ponderado—. Por decirlo así. «*Und es neigen die Weisen / Oft am Ende zu Schönem sich*», como dejó escrito Hölderlin. «Y en ultima instancia, los sabios sucumben con frecuencia a la belleza.»

Caston ladeó la cabeza.

—He visto los documentos de pago —mintió—, pero no me indican cómo dieron con Laurel Holland.

El rostro de Whitfield mostraba una expresión risueña.

—Sí, ése es el nombre por el que la conoce Tarquin. La chica ha desempeñado su papel a la perfección. Esa Lorna Sanderson es un auténtico prodigio. Podría decirse que fue cuestión de oponer un talento extraordinario a otro talento igual de extraordinario. Como sabe, no existe una persona entre diez mil capaz de engañar a un hombre como Harrison Ambler.

Caston entrecerró los ojos.

—Pero Lorna Sanderson es una persona entre un millón.

—Exacto. Una actriz con un talento increíble. En la universidad obtuvo los primeros premios de interpretación dramática. Era la estrella protegida de un discípulo de Stanislavski, quien aseguraba no haber conocido jamás un talento como el suyo.

—¿Stanislavski?

—Un profesor de arte dramático legendario, que ideó un método que lleva su nombre. Los actores adeptos a ese método aprenden a experimentar las emociones que proyectan. Por eso cabe decir que, en cierto sentido, no están actuando. Es una habilidad muy difícil de adquirir. Pero Lorna lo logró. Era una actriz muy dotada, que prometía mucho. Poco después de abandonar Juillard, interpretó el papel protagonista de *Hedda Gabler* en una obra representada en Broadway, por el que cosechó unas críticas entusiastas. Lo cierto es que, de haber tenido las oportunidades adecuadas, habría podido ser otra Meryl Streep.

—¿Y qué ocurrió? —¿Y qué estaría ocurriendo al otro lado de la puerta? Pese a lo recia que era, Caston estaba sentado lo suficientemente cerca para detectar las vibraciones de algo semejante a un forcejeo.

—Por desgracia, Lorna tenía un problema. Era drogadicta. Anfetaminas, heroína. Luego empezó a traficar para asegurarse su dosis diaria. Cuando la arrestaron, su vida quedó destrozada. En Nueva York rigen las leyes Rockefeller sobre drogas. Si vendes una papelina de heroína, cometes un delito muy grave por el que te puede caer una condena de entre quince años y cadena perpetua. Lo mínimo son quince años. Ahí es donde entramos nosotros. Porque un talento como el suyo no se ve todos los días. Mediante un funcionario de enlace de la Unidad de Estabilización Política, conseguimos que un fiscal federal llegara a un acuerdo con la fiscalía del distrito. A partir de ahí, Lorna era nuestra. Era nuestro proyecto especial, y demostró ser una alumna excelente. Comprendió nuestra visión.

—De modo que todo salió a pedir de boca —comentó Caston con ironía, sin dejar de mirar a uno y a otro. Dos rostros irritantemente satisfechos de sí mismos, una visión compartida. ¡Qué disparate! Lo que más le asustaba era que ellos no daban muestras de sentir el menor temor.

De pronto la puerta se abrió de golpe. Un hombre corpulento con el pecho ancho y fuerte se detuvo en el umbral, mientras otros se agolpaban a su espalda.

Caston se volvió hacia el hombre.

—¿Nunca llamas a la puerta?

—Buenas tardes, Clay. —El asistente del director adjunto miró a Whitfield y a Palmer, reconociéndolos, pero sin sorpresa—. ¿No te preguntas cómo descubrí lo que se traían entre manos? —preguntó al auditor.

—Lo que me pregunto, Cal —respondió Caston sin sonreír—, es de qué lado estás tú.

Norris asintió con expresión solemne.

—Enseguida lo averiguarás.

Ambler tenía la sensación de que el tiempo y el espacio, el aquí y ahora, se habían transformado. La atmósfera en la Sala de Congresos estaba tan enrarecida como el espacio exterior, y el tiempo transcurría en segundos lentos y pulsantes, siguiendo el ritmo de su corazón, que latía aceleradamente.

Harrison Ambler. Cuánto se había esforzado en reivindicar ese nombre, un nombre que dentro de poco sería sinónimo de infamia. Sentía intensas náuseas y asco de sí mismo, pero no estaba dispuesto a tirar la toalla.

Laurel debió de advertirlo, pues aunque no dejaron de mirarse a los ojos, Hal detectó —vio o intuyó— un leve movimiento, una contracción muscular previa a oprimir el gatillo, o quizá simplemente lo comprendió sin intuirlo, porque durante esa fracción de segundo él era ella y ella era él, ambos compartiendo un instante de transparencia que era un instante de identidad, una conexión ya no de amor sino de odio, y...

Ambler se arrojó sobre ella antes de darse cuenta de lo que había hecho, se abalanzó sobre ella en el preciso momento en que Laurel apretó el gatillo.

La estruendosa detonación del arma sacó a Hal de su ensimismamiento. Una explosión que sonó en lo alto un microsegundo más tarde —un ruido seco, el sonido de cristal al hacerse añicos, una leve pero perceptible amortiguación de la luz— le indicaron que la bala había errado el tiro, que había alcanzado una de las lámparas halógenas del techo. Al mismo tiempo, Ambler sintió un dolor lacerante en el vientre, sintió el dolor incluso antes de percibir el movimiento de la mano de Laurel, el brillo de la hoja de acero que empuñaba. Una parte de su mente se negaba a aceptarlo; no tenía sentido. Tardó otra fracción de segundo en comprender que Laurel le había apuñalado por segunda vez, que le había apuñalado hacía unos instantes sin que él lo viera, y ahora seguía clavándole el cuchillo una y otra vez, con un frenesí espasmódico.

La sangre chorreaba de sus heridas, como vino de una copa rebosante, pero nada de ello importaba. Tenía que detenerla o lo perdería todo: su nombre, su alma, su ser. Haciendo acopio de las fuerzas que le quedaban, se abalanzó sobre Laurel mientras ella le hundía el cuchillo de nuevo en las entrañas. Con las manos crispadas en garfios, la sujetó por los brazos, obligándola a levantarlos e inmovilizándola contra el suelo. Los gritos y alaridos que sonaban a su alrededor parecían provenir de muy lejos. Hal no era consciente de nada, salvo de Laurel, la mujer que había amado —la asesina que era una desconocida para él—, la cual no cesaba de revolverse y forcejear debajo de él, una grotesca parodia del acto amoroso provocada por todo lo contrario del amor. El rostro de Laurel, que casi rozaba el suyo, no mostraba otra cosa que furia y la pura y feroz determinación de un depredador salvaje. La pérdida de sangre empezó a nublar la mente de Ambler, que utilizó el peso de su cuerpo para contrarrestar la debilidad que experimentaba e impedir que Laurel huyera.

Una voz lejana, que emergía del ruido blanco como una emisora de frecuencia modulada cuyas ondas radiofónicas rebotaban impulsadas por manchas solares de otro continente. *Me recuerda a un hombre, que vivió hace muchos años, el cual montó una tienda en una aldea en la que vendía una lanza que según decía era capaz de traspasar cualquier cosa y un escudo que aseguraba que nada podía traspasar.*

La lanza. El escudo.

Un hombre capaz de penetrar en la mente de todo el mundo. Una mujer en cuya mente era imposible penetrar.

La lanza. El escudo.

Por la cabeza de Ambler desfilaron fragmentos de tiempo como fogonazos, borrosos, como a través de un proyector de diapositivas que no funciona bien. Las palabras de aliento musitadas en Parrish Island. Hal cayó en la cuenta de que había sido Laurel quien le había inducido a pensar en la posibilidad de fugarse, incluso le había dado la fecha exacta. Había sido ella quien, en todo momento, le había mantenido desconcertado, pero sin perder el norte. Tarquin, el *Menschenkenner*, había encontrado la horma de su zapato. Había sido Laurel quien había manejado los hilos siempre.

Ese pensamiento le traspasó y paralizó, abriendo una herida más dolorosa que las que Laurel le había inflingido con su cuchillo.

Ambler cerró los ojos un instante y luego los abrió, y el hecho de abrirlos le costó un esfuerzo mayor que cualquier esfuerzo físico que había realizado jamás.

Miró a Laurel a los ojos, buscando a la mujer que había creído conocer. Antes de perder el conocimiento, vio tan sólo oscuridad, derrota y un odio feroz, y luego, en esa oscuridad —tenue, vagamente reflejado—, se vio a sí mismo.

Epílogo

Harrison Ambler cerró los ojos y sintió la tibia caricia del sol de marzo. Tendido en una tumbona en la cubierta, escuchó los sonidos. Unos sonidos tranquilizadores. El agua lamiendo el costado del barco de pesca. El sonido del carrete de la caña al lanzar alguien el sedal al agua. Y otros sonidos.

Por fin comprendía lo que significaba ser padre de familia, y sintió una profunda complacencia. Al otro lado de la embarcación, el hijo y la hija se peleaban en broma mientras colocaban un cebo en el anzuelo. La madre, que leía el periódico, lanzaba a su manera un sedal, interviniendo con una mirada irónica y cariñosa cuando los chicos se pasaban de la raya.

Ambler bostezó, sintiendo una leve punzada de dolor, y se ajustó su holgada camiseta. Todavía llevaba el vientre vendado, pero después de dos operaciones las heridas empezaban a cicatrizar. Notaba que comenzaba a recuperar las fuerzas. El sol se reflejaba en el lago, un lago pequeño en la región del valle de Shenandoah, y aunque aún no era primavera, hacía buen tiempo, unos quince grados centígrados. Decidió que probablemente no regresaría nunca a los Sourland, pero seguía siendo un gran aficionado a los barcos, a los lagos, a la pesca, y se alegraba de estar junto a unas personas con las que podía compartir sus conocimientos. La escena no era tan apacible como parecía. Aún tenía que pugnar con los demonios en su interior. Por no hablar de los revoltosos adolescentes y su madre, tan atractiva como mordaz. Pero era mejor así. Era más real.

—Eh, tronco —dijo el chico de diecisiete años, de hombros anchos y torso atlético—. Te he sacado un refresco de la nevera. Aún está frío —añadió entregando a Ambler una lata.

Hal abrió los ojos y sonrió.

—Gracias —dijo.

—¿Seguro que no prefieres una cerveza? —preguntó la mujer, que aunque no era joven era muy divertida—. Hay una Guinness en alguna parte. Un desayuno de campeones.

—No —respondió Ambler—. Tengo que tomármelo con calma.

Sí, era agradable ser padre de familia. No le costaría nada acostumbrarse a esto.

Aunque, en realidad, no era su familia.

Clayton Caston subió a cubierta, sudado y macilento, haciendo que una onda, apenas perceptible, moviera ligeramente el barco. Dirigió una mirada torva y de reproche a Hal al tiempo que ingería otra Dramamina a palo seco.

Linda tenía nociones de pesca y los chicos habían aceptado encantados la invitación de ir en barco. Conseguir que Clay les acompañara no había sido empresa fácil. Tenía razón al mostrarse escéptico sobre la tranquilidad que le habían prometido, aunque sólo un hipocondríaco recalcitrante como él era capaz de convencerse de que se mareaba en un lago cuyas aguas apenas se movían.

—No me explico cómo he dejado que me convencierais de que me subiera en este barco que me induce vómitos... —dijo Caston.

—Te envidio —declaró Ambler.

—¿Te das cuenta de que las probabilidades estadísticas de ahogarse en un lago son mayores que las probabilidades de ahogarse en el mar?

—Venga, hombre. Pescar es una de las aficiones preferidas de los norteamericanos. Como te he dicho, es mucho más divertido que una hoja de cálculo. Dale tiempo. Quizá llegues incluso a hacerlo bien.

—Yo ya sé lo que hago bien —gruñó Caston.

—Eres una caja de sorpresas, seguro que a veces incluso te

sorprendes a ti mimo. ¿Quién podía adivinar que eras un hacha con el equipo audiovisual?

—Ya te lo dije —respondió Caston—. Mi asistente me enseñó a manejarlo. Lo único que sé sobre cables coaxiales es su precio de compra por metro y la tabla de amortización recomendada.

Pero a juzgar por la expresión de autosatisfacción en el rostro de Caston, Ambler dedujo que recordaba lo ocurrido cuando Whitfield y Palmer habían descubierto que la sala bilateral había sido discretamente transformada en un estudio de televisión de circuito cerrado y que toda su conversación había sido transmitida a la sala de medios de comunicación del Centro de Congresos. Tanto el profesor como la funcionaria política estaban hipnotizados por su fanatismo, como habían podido comprobar centenares de participantes en Davos al contemplar sus rostros en los monitores de vídeo instalados en todo el centro de conferencias.

Palmer y su protegida no habían tardado en comprender las implicaciones, no sólo con respecto a su futuro, sino a su plan. Como tantas maquinaciones siniestras, una vez descubierta, no podía sobrevivir.

Como Caston había explicado a Ambler durante una de sus frecuentes visitas al hospital, fue Caleb Norris quien había conducido a los policías militares suizos a la sala bilateral para asegurarse de que los conspiradores fueran arrestados. Al parecer, le había alertado un mensaje urgente que un jefe de espías chino llamado Chao Tang había hecho que le entregaran personalmente. Era un gesto insólito, pero los altos funcionarios del espionaje a menudo se afanaban en averiguar cuanto podían sobre sus homólogos. Los dos hombres no se conocían, pero cada uno sabía cómo operaba el otro. En una situación extrema, Chao había decidido recabar la ayuda personal de un norteamericano. Por lo demás, el hecho de que al poco tiempo Norris se enterara de la muerte del jefe de espías chino había constituido una potente autentificación. Mientras Ambler, profundamente sedado, permanecía aletargado durante buena parte de las primeras semanas que había pasado en el hospi-

La advertencia de Ambler   539

tal, Caston había tenido que explicarle varias veces lo ocurrido antes de que comprendiera que no había sido un sueño, producto de los narcóticos que le habían administrado.

Después, cuando Hal había recobrado por completo la lucidez, aunque seguía físicamente débil, había recibido otras visitas, algunas organizadas por Caston, aunque otras no. Un compañero del Departamento de Estado llamado Ethan Zackheim había ido a verlo en dos ocasiones, con numerosas preguntas. Había recibido también un par de visitas del asistente de Caston, quien opinaba que Ambler era fenomenal y no cesaba de compararlo con un tal Derek no sé cuántos. Incluso había recibido una visita de Dylan Sutcliffe, el auténtico Dylan Sutcliffe, aunque, debido a los veinte kilos que había engordado desde los tiempos de estudiantes en Carlyle, Hal había tardado unos momentos en reconocerlo. Mientras hojeaban el anuario de la escuela, Sutcliffe le había contado numerosas anécdotas sobre las bromas que habían gastado en la escuela, la mayoría de las cuales Ambler recordaba de forma algo distinta. Caston había dedicado mucho tiempo a descifrar los métodos mediante los cuales habían logrado desviar las llamadas y las alteraciones en las facturas de teléfono que se habían producido como consecuencia de ello.

—Bien —dijo Hal al cabo de un rato, rebulléndose ligeramente en la tumbona—, tu carrera como locutor de radio puede que haya sido breve, pero muy efectiva. No hay mejor desinfectante que el sol, ¿no es así?

Caston pestañeó.

—¿Se han puesto los chicos un protector solar? —preguntó a su esposa.

—Estamos en marzo, Clay —contestó Linda con expresión divertida—. Marzo. No estamos tomando baños de sol.

Un chillido de alegría seguido de unas protestas sonaron en la otra punta del barco de pesca.

—Lo he capturado. Lo he capturado yo y es mío —declaró Andrea con tono ufano y enfático.

—¿Tuyo? —Era la voz adolescente de Max, que aún no era

una voz de barítono—. ¿Tuyo? Perdona, pero ¿quién lanzó el sedal? ¿Quién colocó el cebo en el anzuelo? Te pedí simplemente que sostuvieras la puta caña mientras yo...

—Ese lenguaje —terció Linda con tono de advertencia, dirigiéndose hacia la pareja que se estaba peleando.

—¿Qué lenguaje? ¡Es inglés! —protestó Max.

—En cualquier caso, ese pescado es demasiado pequeño —prosiguió su madre—. Es mejor que lo arrojéis de nuevo al agua.

—Ya has oído a mamá —dijo Andrea con satisfacción—. Arroja tu ridículo pescadito al agua.

—Ah, ¿de manera que ahora el pescado es mío? —le espetó Max indignado.

—¿Siempre se comportan así? —preguntó Ambler volviéndose hacia Caston.

—Me temo que sí —respondió él alegremente.

Caston miro a su esposa y a sus hijos situados en uno de los extremos de cubierta, y Hal observó el orgullo y el amor que pulsaban dentro de él, de su torrente sanguíneo. Pero el auditor no se distrajo durante mucho rato. Al cabo de unos minutos, al tiempo que la embarcación daba otra leve sacudida, se tendió en la tumbona junto a Ambler, dispuesto a abordar un asunto serio.

—Oye, ¿no podríamos dar la vuelta y regresar a tierra? —preguntó con tono casi implorante.

—¿Por qué vamos a hacerlo? Es un día maravilloso, el agua está estupenda, hemos alquilado este barco increíble... ¿Dónde íbamos a estar más a gusto?

—Ya, pero se supone que esto es una excursión de pesca, ¿no? Creo que comprobarás que todos los peces se encuentran alrededor del embarcadero. Es más, estoy seguro.

—Vamos, Clay —dijo Ambler arqueando una ceja—. Eso no tiene sentido. La distribución más probable de peces en esta época del año...

—Créeme —imploró Caston, interrumpiéndole—. Regresemos al embarcadero. Tengo el presentimiento de que es mejor.

Visite nuestra web en:

www.umbrieleditores.com